Aus süßer Berechnung

Nora Roberts
schreibt als J.D. Robb

Aus süßer Berechnung

Roman

Aus dem Amerikanischen
von Uta Hege

Weltbild

Die amerikanische Originalausgabe erschien 2013
unter dem Titel *Calculated in Death* bei G. P. Putnam's Sons,
a member of Penguin Group (USA) Inc., New York

Besuchen Sie uns im Internet:
www.weltbild.de

Genehmigte Lizenzausgabe für Weltbild GmbH & Co. KG,
Werner-von-Siemens-Straße 1, 86159 Augsburg

Übersetzung: Uta Hege
Umschlaggestaltung: Johannes Frick, Neusäß
Umschlagmotiv: © Johannes Frick unter Verwendung von Motiven von Trevillion Images
(© Ilina Simeonova) und Shutterstock (© littlenySTOCK, © Valentin Valkov)
Satz: Datagroup int. SRL, Timisoara
Druck und Bindung: CPI Moravia Books s.r.o., Pohorelice
Printed in the EU
ISBN 978-3-95973-814-9

2021 2020 2019 2018

Die letzte Jahreszahl gibt die aktuelle Lizenzausgabe an.

Dem Armen mangelt viel, dem Geizigen hingegen alles.

Publilius Syrus

Geld ohne Ehre ist eine Krankheit.

Balzac

1

Ein mörderischer Wind blies ihr die bitterkalte Luft der Novembernacht entgegen, und sie hatte das Gefühl, als schabe er mit spitzen kleinen Messern sorgfältig das Fleisch von ihren Fingern ab. Sie hatte wieder einmal ihre Handschuhe vergessen, aber das war nicht schlimm, denn sonst hätte sie sie wahrscheinlich wie bereits so viele teure Paare Handschuhe bei der Arbeit ruiniert.

Lieutenant Eve Dallas steckte die steifgefrorenen Hände in die warmen Taschen ihres Mantels und sah sich die Tote an.

Sie lehnte unterhalb der kurzen Treppe, über die man in das Souterrain des Hauses kam, an einer Wand, ihr verdrehter Kopf wies auf einen Genickbruch hin, was sie auch ohne Untersuchung durch den Pathologen erkannte.

Eve schätzte sie auf Mitte vierzig. Sie trug keinen Mantel, doch der kalte Wind machte ihr nichts mehr aus. Sie war geschäftsmäßig gekleidet – Hosenanzug, Rollkragenpullover, ordentliche, flache Boots. Wahrscheinlich waren ihre Sachen alles andere als billig, aber die Beurteilung des Outfits überließ Eve am besten ihrer Partnerin Detective Peabody, wenn die erschien.

Eve sah keinen Schmuck und keine Uhr am Arm der Frau.

Keine Hand- und keine Aktentasche auf dem Boden.

Keinen Müll und keine Schmierereien an der Hauswand.

Nur die Tote, die zusammengesunken an der Wand lehnte, als wäre sie dort eingenickt.

Sie wandte sich an die Kollegin, die zuerst vor Ort gewesen war. »Was können Sie mir berichten?«

»Der Notruf kam um 2.12 Uhr. Mein Partner und ich waren gerade in der Nähe und haben uns etwas aus dem Supermarkt geholt. Zwei Minuten später sind wir hier eingetroffen. Der Eigentümer des Gebäudes, ein gewisser Bradley Whitestone, und Alva Moonie standen auf dem Bürgersteig. Whitestone sagte aus, die Wohnung würde gerade renoviert und wäre deshalb unbewohnt. Als er sie Moonie zeigen wollte, haben sie die tote Frau entdeckt.«

»Er wollte ihr um zwei Uhr nachts eine Wohnung zeigen?«

»Ja, Ma'am. Die beiden haben ausgesagt, sie wären erst in einem Restaurant und dann in einer Bar gewesen. Tatsächlich sind sie beide ziemlich alkoholisiert.«

»Okay.«

»Mein Partner hat gesagt, dass sie sich zu ihm in den Wagen setzen sollen, weil Sie doch sicher noch mit ihnen sprechen wollen.«

»Ja, natürlich. Aber das hat noch ein bisschen Zeit.«

»Wir konnten nur noch feststellen, dass die Frau nicht mehr am Leben ist. Einen Ausweis, eine Tasche, Schmuck und einen Mantel haben wir nirgendwo entdeckt. Sie hat augenscheinlich ein gebrochenes Genick und weist ein paar sichtbare Verletzungen wie eine Schürfwunde an einer Wange und eine aufgeplatzte Lippe auf. Wirkt wie ein eskalierter Überfall. Aber ... so fühlt es sich irgendwie nicht an«, schränkte die Beamtin leicht errötend ein.

Eve nickte interessiert. »Warum?«

»Auf keinen Fall wollte ihr irgendwer einfach die Handtasche entreißen, denn dann hätte sie ihren Mantel noch an. Es hat bestimmt etwas gedauert, ihn ihr auszuziehen. Wenn sie gefallen wäre, oder wenn sie irgendwer gestoßen hätte, müsste sie am Fuß der Treppe liegen, statt dort drüben an der Wand zu lehnen, wo man sie vom Gehweg aus nicht sofort sehen kann. Es kommt mir so vor, als hätte jemand sie dort versteckt.«

»Sind Sie scharf auf einen Job in meinem Dezernat, Officer Turney?«

»Ich wollte nicht respektlos sein, Lieutenant.«

»Das waren Sie auch nicht. Natürlich könnte der Genickbruch auch die Folge eines unglücklichen Sturzes sein. Der Angreifer ist ihr gefolgt, hat sie an einen Fleck geschleift, wo sie nicht gleich zu sehen ist und hat sich dann den Mantel und den Rest geholt.«

»Ja, Ma'am«, stimmte Turney ihr mit leisem Zweifel in der Stimme zu.

Und auch Eve meinte: »Aber so fühlt es sich nicht an. Allerdings brauchen wir mehr als einfach ein Gefühl. Bleiben Sie auf Ihrem Posten, Officer. Detective Peabody ist unterwegs.« Noch während sie dies sagte, zog sie ihren Untersuchungsbeutel auf, nahm das Versiegelungsspray heraus und sprühte sich die Hände und die Stiefel ein.

In dieser Ecke der New Yorker East Side war es – wenigstens um diese Uhrzeit – ziemlich ruhig. Die meisten Wohnungen und Schaufenster lagen im Dunkeln, denn die Läden und sogar die Kneipen hatten längst schon geschlossen. Natürlich gab es auch ein paar Lokale, die spätabends noch geöffnet waren, aber um dort potenzielle Tatzeugen zu finden, waren sie zu weit vom Fundort der Verstorbenen entfernt.

Selbstverständlich würden sie sich bei den Nachbarn umhören, doch die Chance, dass irgendjemand mitbekommen hätte, was passiert war, war eher gering. Vor allem aufgrund der eisigen Umklammerung, mit der das Jahr 2060 darauf bestand, erst in ein paar Wochen zu Ende zu gehen, hatten sich die meisten Menschen sicher längst allein oder mit ihren Partnern unter warme Bettdecken gekuschelt wie sie selbst, bevor der Anruf der Zentrale bei ihr eingegangen war.

Das war der Preis, den sie und Roarke dafür bezahlten, dass sie Polizistin und er ihr Ehemann war.

Sie nahm die wenigen Stufen bis zum Souterrain und sah sich kurz die Eingangstür der Wohnung an, bevor sie dicht neben der Toten in die Hocke ging.

Ja, sie sah wie Mitte vierzig aus, mit sorgfältig aus dem Gesicht gebundenem, hellbraunem Haar, einer leichten Abschürfung am rechten Wangenknochen und ein wenig Blut an ihrer aufgeplatzten Unterlippe, das inzwischen angetrocknet war. Sie hatte Löcher in den Ohren, und falls sie Ohrringe getragen hatte, hatte der Mörder sie nicht einfach herausgerissen, sondern sich die Zeit genommen, sie ordentlich zu entfernen.

Eve hob eine der Hände des Opfers an und nahm die Abschürfung am Handballen wahr. Als hätte sich die Frau an den Fasern eines Teppichs verbrannt, sinnierte sie und drückte dann den rechten Daumen der toten Frau auf ihren Identifizierungspad.

Marta Dickenson, eine gemischtrassige Frau von sechsundvierzig Jahren. Verheiratet mit Denzel Dickenson, zwei Kinder, wohnhaft in der Upper East und bei einem Wirtschaftsprüfungsunternehmen, dessen Firmensitz acht Blocks entfernt lag, angestellt.

Eve zog ihre Messgeräte aus dem Untersuchungsset und ihre eigenen, kurzen, braunen Haare flatterten im Wind. Die bernsteinbraunen Augen blieben kühl und ausdruckslos, denn im Moment dachte sie noch nicht an den Ehemann, die Kinder, die Familie und die Freunde des Opfers, sondern an den Leichnam selbst, die Position, in der er sich befand, die Gegend und den Tod, der ihrer Messung nach um 22.50 Uhr eingetreten war.

Was hast du hier getrieben, Marta, in einer eisigen Novembernacht acht Häuserblocks von deinem Arbeitsplatz und mindestens genauso weit von deinem Heim entfernt?

Eve lenkte den Strahl der Taschenlampe auf die Hose, zupfte mit einer Pinzette ein paar blaue Fasern von dem schwarzen Stoff und tütete sie ein.

Als über ihrem Kopf die Stimme ihrer Partnerin erklang, richtete Eve sich wieder auf, sodass der lange Ledermantel um ihre schlanke, hochgewachsene Gestalt schwang, als sie sich umdrehte und Peabody – oder zumindest deren Beine – auf der Treppe sah.

Im Gegensatz zu ihr hatte die Partnerin natürlich nicht vergessen, Handschuhe und Mütze anzuziehen. Eine – Himmel – pinkfarbene Skimütze mit einem kessen, kleinen Bommel, die sie sich so tief wie möglich in die Stirn gezogen hatte und die farblich zu den Cowboystiefeln passte, die sie sicher nicht mal auszog, wenn sie abends schlafen ging. Dazu hatte sie sich einen Schal in allen Regenbogenfarben mehrfach um den Hals geschlungen und eine dick wattierte, pflaumenblaue Jacke an.

»Wie können Sie sich in all diesen Klamotten überhaupt noch bewegen?«

»Ich bin bis zur U-Bahn und dann von der U-Bahn bis hierher gelaufen, ohne dass mir kalt geworden ist. Meine Güte.« Ein Ausdruck des Mitleids huschte über ihr Gesicht. »Sie hat ja nicht mal einen Mantel an.«

»Ich glaube nicht, dass sie das jetzt noch stört. Marta Dickenson«, erklärte Eve und zählte alles auf, was sie bisher herausgefunden hatte.

»Von ihrem Büro und auch von ihrer Wohnung aus ist es ein ziemliches Stück bis hierher. Vielleicht war sie ja auf dem Heimweg von der Arbeit, aber warum hat sie bei dieser Eiseskälte nicht die U-Bahn genommen?«

»Das ist eine gute Frage. Die Wohnung hier steht leer, denn sie wird gerade renoviert. Ziemlich praktisch, finden Sie nicht auch? So, wie sie da in der Ecke sitzt, hätte man sie eigentlich erst morgen früh entdecken sollen.«

»Weshalb sollte sich ein Straßenräuber dafür interessieren, wann die Frau gefunden wird?«

»Auch das ist eine gute Frage. Aber falls er Wert darauf gelegt hat, ist die nächste Frage, woher er gewusst hat, dass hier gerade niemand wohnt.«

»Vielleicht wohnt er ja in der Gegend, oder vielleicht arbeitet er bei der Firma, die die Wohnung renoviert.«

»Vielleicht. Ich will mich auch noch in der Wohnung umsehen, aber vorher rede ich mit den Leuten, die die Polizei verständigt haben. Bestellen Sie schon mal den Pathologen, ja?«

»Was ist mit der Spurensicherung?«

»Noch nicht.«

Eve nahm die Treppe Richtung Bürgersteig und lief entschlossen auf den Streifenwagen zu. Noch bevor sie ihn erreichte, stieg der Mann, der auf dem Rücksitz hockte, aus.

»Sind Sie diejenige, die hier das Sagen hat?«, stieß er mit nervöser Stimme aus.

»Ich bin Lieutenant Dallas«, stellte sie sich vor und sah ihn fragend an. »Mr. Whitestone?«

»Ja. Ich ...«

»Sie haben die Polizei verständigt.«

»Ja. Ja, gleich, als wir sie dort ... sitzen sahen. Sie war ... wir waren ...«

»Sie sind der Eigentümer dieser Wohnung?«

»Ja.« Der attraktive Mann von Anfang dreißig atmete tief ein und blies dann eine weiße Nebelwolke aus. Als er wieder etwas sagte, hatte seine Stimme einen ruhigen, nachdenklichen Klang. »Tatsächlich gehört mir und meinen Partnern das gesamte Haus. Es gibt außer der Wohnung hier im Souterrain noch acht andere Wohnungen im dritten und im vierten Stock.« Sein Blick wanderte an dem Haus hinauf. Auch er trug keine Mütze, merkte Eve, wurde aber von dem schwarzen Wollmantel und dem schwarzrot gestreiften Schal anscheinend ausreichend gewärmt.

»Mir gehört die Wohnung in der untersten Etage«, fuhr er fort. »Wir renovieren gerade das gesamte Haus und ziehen dann mit unserer Firma in den ersten und den zweiten Stock.«

»Was für eine Firma haben Sie?«

»Wir sind Finanzberater, die Firma hat den Namen WIN. Whitestone, Ingersol und Newton. W-I-N.«

»Verstehe.«

»Ich werde selbst in diese Wohnung ziehen, zumindest hatte ich das vor. Wobei ich mir jetzt nicht sicher bin ...«

»Warum erzählen Sie mir nicht erst mal, wie Ihr Abend abgelaufen ist?«, schlug Eve ihm vor.

»Brad?«

»Bleib im Wagen sitzen, Alva. Dort ist es zumindest warm.«

»Ich sitze hier jetzt schon seit einer halben Ewigkeit.« Die Frau, die aus dem Streifenwagen glitt, war blond und gertenschlank, trug irgendeinen Pelz und schenkelhohe Lederstiefel mit so hohen, dünnen Absätzen, dass Eve verstehen konnte, dass sie haltsuchend ihren Arm durch den von Whitestone schob.

Rein optisch wirkten sie wie das ideale Paar. Sie waren beide attraktiv und gut gekleidet, und sie standen beide sichtlich unter Schock.

»Lieutenant Dallas.« Alva reichte ihr die Hand. »Erinnern Sie sich noch an mich?«

»Nein.«

»Wir sind uns letztes Frühjahr während der Big Apple Gala kurz begegnet. Ich sitze in dem Komitee, das diese Gala ausgerichtet hat. Aber egal.« Sie schüttelte den Kopf, während der Wind die meterlangen Haare über ihre Schultern blies. »Das ist einfach entsetzlich. Diese arme Frau. Nicht mal ihren Mantel haben sie ihr gelassen. Ich weiß nicht, warum mir das so nahegeht, aber irgendwie kommt es mir besonders grausam vor.«

»Hat einer von Ihnen die Leiche angefasst?«

»Nein«, ergriff Whitestone abermals das Wort. »Wir waren essen, danach waren wir noch auf ein paar Drinks in einer Bar. Im Key Club, nur zwei Blocks von hier entfernt. Ich habe Alva von den Renovierungsarbeiten erzählt, und da sie sich dafür interessiert hat, sind wir noch hierher spaziert, um uns die Wohnung anzusehen. Sie ist fast fertig, also ... aber während ich den Code eingeben wollte und den Schlüssel aus der Tasche zog, schrie Alva plötzlich los. Ich selbst hatte die Frau bis dahin gar nicht gesehen. Ich habe diese Frau erst in der Ecke lehnen sehen, als Alva schrie.«

»Sie saß ganz hinten in der Ecke«, führte Alva aus. »Obwohl ich laut geschrien habe, dachte ich zunächst, sie wäre eine Obdachlose oder so. Mir war nicht sofort klar ... doch dann war es nicht mehr zu übersehen. Wir konnten deutlich sehen, dass sie nicht mehr am Leben ist.« Sie lehnte sich an Whitestone, der schützend den Arm um sie legte. »Wir haben sie nicht angerührt«, erklärte er. »Natürlich bin ich näher rangegangen, aber ich konnte sehen … ich konnte sehen, dass ihr nicht mehr zu helfen war.«

»Brad wollte, dass ich hinein ins Warme gehe, aber das hätte ich nicht über mich gebracht. Ich konnte nicht in seiner warmen Wohnung warten, während sie hier draußen in der Kälte saß. Die Polizei kam dann wirklich schnell.«

»Mr. Whitestone«, meinte Eve. »Ich brauche eine Liste mit den Namen Ihrer Partner und der Leute, die hier arbeiten.«

»Natürlich.«

»Bitte geben Sie die Liste und Ihre Kontaktinformationen meiner Partnerin. Dann können Sie nach Hause fahren. Wir melden uns später noch einmal.«

»Wir können gehen?«, fragte Alva überrascht.

»Für heute ja. Ich hätte gerne die Erlaubnis, mich in dem Gebäude und speziell hier unten in der Wohnung umzusehen.«

»Sicher. Alles, was Sie brauchen. Ich habe die Codes und die Schlüssel hier.«

»Ich habe einen Generalschlüssel. Falls es Probleme gibt, weiß ich ja, wo ich Sie erreichen kann.«

Eve wandte sich zum Gehen, doch Alva rief ihr hinterher: »Bei unserem ersten Treffen, Lieutenant, dachte ich, die Arbeit, die Sie leisten, wäre glamourös. Wegen des Icove-Falls, der bald als Film in alle Kinos kommt. Das alles wirkte furchtbar aufregend auf mich. Aber das ist es nicht.« Sie blickte wieder Richtung Treppe. »Es ist hart und traurig.«

»Das ist Teil meines Jobs«, gab Eve zurück und wandte sich Officer Turney zu. »Die Nachbarschaft befragen wir erst morgen früh. Ich glaube nicht, dass irgendwer uns viel erzählen will, wenn er um diese Uhrzeit aus dem Bett gerissen wird. Nicht nur die Wohnung, sondern das gesamte Haus steht augenblicklich leer. Sorgen Sie dafür, dass unsere Zeugen heimgefahren werden, ja? Von welcher Wache sind Sie, Turney?«

»Wir sind vom 136. Revier.«

»Und wer ist Ihr Vorgesetzter?«

»Sergeant Gonzales, Ma'am.«

»Wenn Sie die Nachbarn mit uns befragen wollen, seien Sie um halb acht wieder hier. Ich kläre das mit Ihrem Boss.«

»Sehr gerne, Ma'am.« Beinahe hätte die Beamtin vor ihr salutiert.

Lächelnd kehrte Eve zurück zum Fuß der Treppe, schob den Generalschlüssel ins Schloss und öffnete die Wohnungstür.

»Licht an«, bat sie, und sofort wurde es taghell.

Der bisher nicht möblierte Wohnbereich bot jede Menge Platz. Die bereits gestrichenen Wände schimmerten wie Brot, das frisch getoastet worden war, und der nicht mit Planen abgedeckte Teil des dunklen Holzbodens verströmte einen warmen Glanz. Die ordentlich entlang der Wände aufgetürmten Arbeitsmaterialien zeugten davon, dass die Renovierung noch nicht völlig abgeschlossen war.

Trotzdem wirkte alles ordentlich und aufgeräumt, weshalb also war eine Plane anders als die anderen nicht ganz glatt gezogen und ließ einen Teil des Bodens frei?

»Sieht aus, als wäre irgendwer dort ausgerutscht, oder als hätte dort ein Kampf stattgefunden«, meinte sie und nahm den Raum mit dem Videorekorder, der am Aufschlag ihres Mantels klemmte, auf.

Dann bückte sie sich nach der Plane, zog sie glatt und stellte fest: »Jede Menge Farbspritzer, aber zugleich ...«

Sie richtete den Strahl von ihrer Taschenlampe auf die Plastikfolie und erklärte: »Ja, genau, das sieht nach Blut aus. Nur ein paar kleine Spritzer, aber immerhin ...«

Sie nahm eine kleine Probe, markierte die Stelle für dic Spurensicherung und ging dann weiter in die große Küche, deren ebenfalls schimmernde Oberflächen unter zusätzlichen Schutzplanen verborgen waren.

Nach dem ersten Durchgang durch das Schlafzimmer, das Gäste- oder Arbeitszimmer und die beiden Bäder tauchte Peabody an ihrer Seite auf.

»Ich habe schon einmal mit der Überprüfung unserer Zeugen angefangen«, meinte ihre Partnerin. »Die Frau ist zwar nicht ganz so reich wie Roarke, aber auf jeden Fall betucht genug, damit sie sich den Mantel und die wirklich tollen Stiefel ganz problemlos leisten kann.«

»Das war ihr deutlich anzusehen.«

»Auch er nagt nicht gerade am Hungertuch. Sohn reicher Eltern, aber er verdient auch selbst nicht gerade schlecht. Vor zehn Jahren ist er mal wegen Trunkenheit am Steuer aufgefallen, und sie wird ständig irgendwo geblitzt, vor allem, wenn sie auf dem Weg zu ihrem Grundstück in den Hamptons ist.«

»Wir wissen schließlich alle, wie es ist, wenn man dringend in die Hamptons muss. Was sehen Sie, wenn Sie sich hier umsehen, Peabody?«

»Sehr gute Arbeit, Liebe zum Detail, gut angelegtes Geld und einen Eigentümer, der sich diese gute Arbeit und die Liebe zum Detail problemlos leisten kann. Und ...« Sie wickelte sich ein paar Meter ihres bunten Schals vom Hals und trat auf die verrutschte Plane zu. » ... ein paar kleine Flecken auf der Folie, die wie Blut aussehen.«

»Die anderen Planen liegen alle völlig glatt. Nur diese war verschoben wie ein Läufer, über den jemand gestolpert ist.«

»Auf einer Baustelle kann es schon mal zu Unfällen kommen, aber ...«

»Ja, genau. Blut auf einer Plane und dazu die Leiche vor der Tür. Sie hat eine aufgeplatzte Lippe, aber die hat nur ganz leicht geblutet, also hat womöglich niemand mitbekommen, dass etwas auf der Plane hier gelandet ist.«

»Sie haben sie hier reingebracht?« Peabody sah stirnrunzelnd in Richtung Tür. »Mir sind bisher keine Spuren eines Einbruchs aufgefallen, aber ich sehe gleich noch einmal nach.«

»Sie haben die Tür nicht aufgebrochen. Vielleicht haben sie das Schloss geknackt, doch dafür braucht man Zeit. Sie hatten also entweder den Zugangscode oder ein echt gutes Lesegerät dabei.«

»Das heißt, es ist kein eskalierter Straßenraub.«

»Nein. Wobei der Killer alles andere als clever vorgegangen ist.

Wenn er stark genug war, um ihr das Genick zu brechen, warum hat er sie dann erst noch geschlagen? Darauf deuten wenigstens die aufgeschürfte rechte Wange und die aufgeplatzte Unterlippe hin.«

»Dann ist er also vorher mit den Fäusten auf sie losgegangen?«

»Nein, ich glaube, er hat ihr nur eine mit der flachen Hand gescheuert. Das machen Typen, um Frauen zu erniedrigen. Sie schlagen mit den Fäusten zu, wenn sie betrunken oder sauer sind und ihnen scheißegal ist, ob jemand die Folgen ihrer Schläge sieht. Mit der flachen Hand schlagen sie zu, um einzuschüchtern oder wehzutun. Vor allem sieht es aus, als hätte unser Täter mit der Rückhand zugeschlagen und die Wange seines Opfers dabei mit den Knöcheln aufgeschürft.«

Sie hatte selbst bereits genügend Schläge ins Gesicht bekommen, um zu wissen, wovon sie sprach.

»Er war beherrscht und schlau genug, um nicht mit den Fäusten auf sie einzudreschen«, fuhr sie fort. »Aber zu dumm, um keine Spuren zu hinterlassen oder die verdammte Plane einfach mitzunehmen, als er abgehauen ist. Die Abschürfung an ihrem rechten Handballen und die blauen Fasern, die sie an der Hose hat, könnten von einem Teppich stammen, der in einem Fahrzeug lag.«

»Sie denken, jemand hätte sich die Frau geschnappt und sie in einem Wagen hergefahren.«

»Das könnte durchaus sein. Er hat sie hierhergeschafft, in diese leere Wohnung, und dann seinen Job gemacht. Er war schlau genug, die Wertsachen und den Mantel seines Opfers mitzunehmen, damit es aussieht wie ein Straßenraub, der aus dem Ruder gelaufen ist. Aber ihre Stiefel hat er hiergelassen. Anständige Stiefel, die noch ziemlich neu aussehen. Wenn sich ein Straßenräuber die Zeit genommen hätte, um der Frau den Mantel auszuziehen, warum hätte er ihr dann die teuren Stiefel anlassen sollen?«

»Wenn er sie hierhergebracht hat, brauchte er anscheinend

Zeit und Ruhe. Aber vergewaltigt hat er sie wohl nicht, denn weshalb hätte er sie danach wieder anziehen sollen?«

»Ich schätze, dass sie auf dem Weg zur oder von der Arbeit war.«

»Sie war auf dem Heimweg, ihr Mann hatte bereits die Polizei verständigt, weil er Angst hatte, ihr wäre was passiert. Sie war heute länger im Büro, aber um kurz nach zehn hat sie ihn angerufen und gesagt, sie würde sich jetzt auf den Weg machen und wäre spätestens in einer halben Stunde zu Hause.«

»Das sind aber ziemlich viele Infos für eine Vermisstenanzeige«, meinte Eve. »Vor allem, wenn es um eine erwachsene Frau geht, mit der man vor zwei Stunden noch gesprochen hat.«

»Das fand ich auch, deshalb habe ich den Ehemann zur Vorsicht auch noch überprüft. Und raten Sie einmal, wer Denzel ist? Der jüngere Bruder von Gennifer Yung.«

»Das hat mir gerade noch gefehlt.« Eve atmete vernehmlich aus. »Das macht's nicht wirklich einfacher für uns.«

»Das glaube ich auch«, stimmte Peabody ihr zu.

»Bestellen Sie die Spurensicherung, und sagen Sie, die Sache wäre wirklich wichtig, denn wir haben es schließlich mit der toten Schwägerin einer Richterin zu tun.«

Sie fuhr sich mit der Hand durchs Haar und dachte nach. Sie hatte eigentlich erst einmal zum Büro des Opfers fahren, sich den Weg ansehen und ein Gefühl für die Umgebung kriegen wollen, bevor es zum Haus des Opfers ginge, um zu sehen, wie weit der Weg normalerweise war. Doch jetzt ...

»Der Ehemann der Toten läuft wahrscheinlich schon seit Stunden in der Wohnung auf und ab. Also lassen Sie uns hinfahren und ihm die schlechte Botschaft überbringen.«

»Ich hasse diesen Teil von unserer Arbeit«, murrte Peabody.

»Wenn Sie ihn eines Tages nicht mehr hassen, sollten Sie sich schnellstmöglich nach einem anderen Job umsehen.«

Die Dickensons bewohnten eines von vier Penthäusern mit Dachgarten in einem würdevollen Gebäude ganz aus grauem Stein und Glas in einer Nachbarschaft, in der Gehwege und

Parks mit Kindermädchen und professionellen Hundesittern bevölkert waren.

Um in das Gebäude zu gelangen, musste sie sich erst mit dem Computer auseinandersetzen, der nachts anstelle des Portiers die Tür bewachte und der reinste Schießhund war.

»Lieutenant Eve Dallas und Detective Delia Peabody.« Sie zückte ihre Dienstmarke und hielt sie vor den kleinen Monitor. »Wir müssen zu Denzel Dickenson in Penthouse B.«

Bitte nennen Sie den Grund Ihres Besuchs, forderte der dämliche Computer sie mit butterweicher Stimme auf.

»Der geht dich einen feuchten Kehricht an. Lies die verdammte Marke ein, und mach endlich die Tür auf, ja?«

Es tut mir leid, doch eine Einladung durch Penthouse B liegt mir nicht vor, und außer, wenn es sich um einen Notfall handelt, ist der Zugang zum Gebäude ohne die entsprechende Genehmigung durch die Verwaltung oder einen der Bewohner nicht gestattet.

»Hör zu, du dämliches Stück Scheiße. Ich kann nichts dafür, dass du statt eines Hirns nur ein paar Chips im Kasten hast. Es geht um offizielle polizeiliche Ermittlungen, also lies endlich meine Marke ein und gib die Tür frei, wenn ich nicht die Hausverwaltung, die Security und sämtliche Bewohner wegen Strafvereitelung belangen und dich verschrotten lassen soll.«

Die Verwendung von Schimpfworten ist nicht …

»Wenn du uns nicht sofort reinlässt, fallen mir noch jede Menge anderer Beleidigungen für dich ein. Peabody, rufen Sie Reo an, damit sie Haftbefehle gegen die Verwaltung und Bewohner des Gebäudes hier erwirkt. Wollen wir doch mal sehen, wie es ihnen gefällt, wenn sie um diese Zeit in Handschellen aufs Revier verfrachtet werden, nur weil dieser Blechgott uns den Zugang zu dem Haus verwehrt.«

»Mit Vergnügen, Lieutenant.«

Bitte lassen Sie mich Ihre Dienstmarke noch einmal überprüfen, und legen Sie die Hand auf das neben dem Eingang installierte Handlesegerät.

Eve zückte mit der einen Hand die Marke, während sie die andere auf den Scanner klatschen ließ. »Jetzt mach endlich auf.«

Die Überprüfung wurde abgeschlossen, und der Zugang wird gestattet.

Sie marschierten durch die Tür und durch die elegant mit schwarzem Marmor ausgelegte Eingangshalle auf den schimmernd weißen Fahrstuhl zu, neben dem zwei riesengroße Urnen voll stacheliger, leuchtend roter Blumen standen.

Bitte warten Sie, bis Mr. oder Mrs. Dickenson Sie einlädt raufzufahren.

»Sonst noch was, du blöde Blechbüchse?« Sie stapfte durch die offene Tür des Lifts und ihre Partnerin stürzte ihr eilig hinterher.

»Penthouse B«, wies sie den Fahrstuhl an. »Und falls du irgendwelche Scherereien machst, ziele ich mit meinem Stunner geradewegs auf deine Hauptplatine, das verspreche ich.«

Geschmeidig glitt der Lift nach oben und mit einem breiten Grinsen meinte Peabody: »Das hat echt Spaß gemacht.«

»Ich hasse es, wenn ein Computer meint, dass er mich vorführen kann.«

»Nun, im Grunde werden Sie nicht vom Computer selber, sondern eher vom Programmierer vorgeführt.«

»Sie haben recht. Verdammt, Sie haben recht. Machen Sie

sich eine Notiz, dass Sie herausfinden, wer der Programmierer dieser blöden Kiste ist.«

»Das wird bestimmt noch lustiger als Ihre Auseinandersetzung mit dem Ding.«

Das Lächeln ihrer Partnerin verflog, sobald der Fahrstuhl hielt. »Im Gegensatz zu unserem Besuch bei Denzel Dickenson.«

Sie gingen zum Penthouse B, das ebenfalls sehr gut mit Handlesegerät, Spion und Kamera gesichert war, und als Eve auf die Klingel drückte, hörte sie ein gut gelauntes »Hi!«

Die Stimme eines Kindes, dachte sie verwirrt.

»Willkommen bei den Dickensons«, grüßte die Jungenstimme und dann stellten Denzel, Marta, Annabelle und Zack sich nacheinander vor. Zum Abschluss hörte man das dumpfe Bellen eines Hundes und nach einem »Das ist Cody« fügte Zack hinzu: »Und wer sind Sie?«

»Ah …« Da sie keine Ahnung hatte, was sie sagen sollte, hielt Eve ihre Marke vor die Kamera.

Die Marke wurde eingescannt und kurz darauf verkündete die Stimme des Geräts: *Die Identifizierung wurde abgeschlossen. Einen Augenblick bitte.*

Tatsächlich sprang bereits nach einem Augenblick das grüne Lämpchen an, und ein erschöpft wirkender Mann in grauem Sweatshirt, dunkelblauer Jogginghose sowie abgetragenen Laufschuhen machte ihnen auf. Er hatte kurz geschnittenes, leicht gewelltes Haar, einen schokoladenbraunen Teint und seine beinahe schwarzen Augen drückten bei Eves Anblick nacheinander Hoffnung, Angst und schließlich Trauer aus.

»Nein. Nein. Nein.« Er sackte auf die Knie und schlang sich die Arme um den Bauch, als hätte sie ihm einen Tritt verpasst.

Sofort hockte Peabody sich neben ihn. »Mr. Dickenson.«

»Nein«, stieß er zum vierten Mal mit rauer Stimme aus, während ein Hund, der größer als ein Shetlandpony war, aus Richtung Wohnzimmer getrottet kam. Der Hund blickte auf Eve, während sie noch überlegte, ob sie diese Bestie betäuben sollte, legte er sich auf den Bauch und robbte winselnd auf sein Herrchen zu.

»Kommen Sie, ich helfe Ihnen auf die Beine. Kommen Sie, ich führe Sie zu einem Stuhl«, bot Peabody dem Witwer an.

»Marta. Nein. Ich kenne Sie. Sie sind Dallas. Sie sind Mordermittlerin. Oh nein.«

Da ihr Mitgefühl das Misstrauen gegenüber großen Hunden überwog, hockte auch Eve sich vor ihn hin. »Mr. Dickenson, wir müssen reden.«

»Sagen Sie es nicht. Nein, sagen Sie es nicht.« Er hob den Kopf und starrte sie verzweifelt an. »Bitte, sagen Sie es nicht.«

»Es tut mir leid.«

Er brach in lautes Schluchzen aus. Schlang die Arme um den Hund, wippte auf den Knien und brach in hemmungsloses Schluchzen aus.

Aber es musste ausgesprochen werden. Für das Protokoll und, wie sie wusste, auch für ihn.

»Mr. Dickenson, es tut mir leid, aber ich muss Sie darüber informieren, dass Ihre Frau nicht mehr am Leben ist. Es tut uns wirklich leid.«

»Marta. Marta. Marta«, sprach er ihren Namen wie ein Mantra aus.

»Können wir jemanden für Sie anrufen?«, erkundigte sich Peabody mit sanfter Stimme. »Ihre Schwester oder vielleicht eine Nachbarin?«

»Wie? Was ist passiert?«

»Vielleicht sollten wir uns erst mal setzen«, meinte Eve.

Er starrte sie mit großen Augen an, bevor er zitternd ihre ausgestreckte Hand ergriff. Er war ein großer, gut gebauter Mann, nur zu zweit schafften sie es, ihn hochzuziehen, bis er schwankend zwischen ihnen stand.

»Ich kann nicht ... was?«

»Wir werden uns jetzt erst einmal setzen.« Sachte, doch entschlossen führte Peabody den Mann ins Wohnzimmer, das groß, aber mit all den Farben und den vielen Sachen, die eine Familie mit zwei Kindern und mit einem Riesenhund hatte, freundlich und gemütlich war. »Ich werde Ihnen ein Glas Wasser holen, okay?«, fuhr sie mit ruhiger Stimme fort. »Soll ich Ihre Schwester kontaktieren?«

»Genny? Ja, rufen Sie Genny an.«

»Also gut. Und Sie setzen sich erst mal hin.«

Ermattet ließ er sich in einen Sessel sinken, sofort legte der Hund die riesigen Vorderpfoten und den massiven Schädel auf den Beinen seines Herrchens ab.

Während Peabody sich auf die Suche nach der Küche machte, wandte Denzel sich an Eve. Noch immer strömten Tränen über sein Gesicht, der anfängliche Schock über das Auftauchen der Polizei hingegen hatte sich gelegt.

»Marta. Wo ist Marta?«

»Unser Pathologe kümmert sich um sie.« Obwohl sie sah, dass Dickenson zusammenzuckte, fuhr sie fort. »Wir kümmern uns um sie. Ich weiß, das ist sehr schwer für Sie, aber ich müsste Ihnen ein paar Fragen stellen.«

»Sagen Sie mir, was passiert ist. Ich muss wissen, was passiert ist. Sie hätte heimkommen sollen. Warum ist sie nicht heimgekommen?«

»Das müssen wir herausfinden. Wann hatten Sie zum letzten Mal Kontakt zu Ihrer Frau?«

»So gegen zehn. Sie war noch im Büro, rief aber an, um mir zu sagen, dass sie Feierabend macht. Ich habe ihr gesagt, lass dich fahren, Marta, ruf die Fahrbereitschaft an. Sie hat gesagt, ich sollte nicht so ängstlich sein, aber ich wollte nicht, dass sie allein zur U-Bahn läuft oder an der Straße auf ein Taxi warten muss. Es ist heute Abend so entsetzlich kalt.«

»Und, hat sie sich fahren lassen?«

»Nein. Sie hat mich ausgelacht und mir erklärt, der kurze Weg zur U-Bahn durch die frische Luft täte ihr gut. Sie hätte fast den ganzen Tag am Schreibtisch zugebracht und sie – sie wollte fünf Pfund abnehmen. Oh Gott. Oh Gott. Was ist passiert? Hatte sie einen Unfall? Nein.« Er schüttelte den Kopf.

»Sie sind Mordermittlerin. Jemand hat Marta umgebracht. Jemand hat meine Frau, hat meine Marta umgebracht. Aber warum? Warum?«

»Wissen Sie, ob irgendwer ihr etwas antun wollte?«

»Nein. Auf keinen Fall. Da gibt es niemanden. Ganz sicher nicht. Es gibt nicht einen Menschen auf der Welt, der sie nicht leiden kann.«

Peabody kam zurück und hielt ihm ein Glas Wasser hin. »Ihre Schwester und Ihr Schwager kommen gleich.«

»Danke. War es ein Überfall? Aber das kann auch nicht sein. Wenn sie überfallen worden wäre, hätte sie freiwillig alles rausgerückt. Als wir beschlossen haben, in der Stadt wohnen zu bleiben, haben wir uns gegenseitig in die Hand versprochen, nie ein unnötiges Wagnis einzugehen. Schließlich haben wir zwei Kinder.« Abermals brach er in wildes Zittern aus. »Die Kinder. Was soll ich nur unseren Kindern sagen? Wie in aller Welt soll ich es unseren Kindern erklären?«

»Sind Ihre Kinder hier?«, erkundigte sich Eve.

»Ja, natürlich. Sie schlafen und erwarten, dass sie morgen früh beim Aufstehen ihre Mutter sehen. Sie ist morgens vor der Schule immer hier.«

»Ich muss Ihnen diese Frage stellen, Mr. Dickenson. Gab es zwischen Ihnen und Ihrer Frau Probleme?«

»Nein.« Er schüttelte den Kopf. »Ich bin Anwalt, und da meine Schwester Strafrichterin ist, ist mir bewusst, dass ich erst einmal verdächtig bin.« Wieder füllten seine Augen sich mit Tränen, und mit rauer Stimme bat er: »Also bringen wir es einfach hinter uns. Aber sagen Sie mir vorher, was mit meiner Frau passiert ist. Sagen sie mir erst, wie Marta umgekommen ist.«

Am besten fasste sie sich möglichst kurz. »Ihre Leiche wurde heute Nacht um kurz nach zwei circa acht Häuserblocks von ihrem Arbeitsplatz entfernt entdeckt. Sie lehnte mit gebrochenem Genick am Fuß der Eingangstreppe eines Hauses.«

Er atmete vernehmlich aus und ebenso geräuschvoll wieder ein. »So weit wäre sie nie zu Fuß gegangen, nicht spätabends und vor allem nicht allein. Und wenn es ein Sturz gewesen wäre, wären Sie jetzt nicht hier. Wurde sie – hat man sie vergewaltigt?«

»Bisher deutet nichts auf sexuellen Missbrauch hin. Mr. Dickenson, haben Sie nach dem letzten Telefongespräch mit Ihrer Frau und unserem Erscheinen noch einmal versucht, Ihre Frau zu kontaktieren?«

»Ich habe sie alle paar Minuten auf dem Handy angerufen. Zum ersten Mal gegen halb elf, aber sie ging nicht dran. Sie hätte niemals zugelassen, dass ich mir so lange Sorgen um sie mache. Deshalb wusste ich ... Ich brauche einen Augenblick für mich. Ich brauche einen Augenblick für mich.« Zitternd stand er auf und eilte aus dem Raum.

Der Hund blickte ihm traurig hinterher, schob sich dann vorsichtig an Peabody heran und legte eine Pfote auf ihr Knie.

»Manchmal ist es noch schlimmer als sonst«, murmelte sie und tätschelte dem armen Tier tröstend den Kopf.

2

Auch Eve stand wieder auf und lief durchs Wohnzimmer, um Spannung abzubauen und sich einen Eindruck davon zu verschaffen, welcher Art das Leben der Familie gewesen war.

Gerahmte Fotos waren überall im Raum verteilt – vor allem Bilder der Familie, auf denen man das Opfer in glücklichen Zeiten mit dem Ehemann und den Kindern sah. Vor allem aber gab es Aufnahmen der Kinder, eines wunderhübschen, kindlich unschuldigen Mädchens und eines genauso hübschen Jungen, dessen ansteckende Fröhlichkeit der Stimme, die sie an der Tür begrüßt hatte, entsprach.

Die Landschafts- und die Seebilder, die an den Wänden hingen, hatten ansprechende Farben. Es war eine Art von Kunst, die Menschen tatsächlich verstehen konnten, und genau wie die Gemälde an den Wänden sahen auch die Möbel weniger modern oder pompös als behaglich und vor allem kinder-, hunde- oder einfach generell familienfreundlich aus.

Trotzdem zeugte die Einrichtung der Wohnung ebenso wie das diskrete, ruhige Haus, in dem sie lag, von jeder Menge Geld.

Im Kamin – den sie auf einer Aufnahme von Weihnachten komplett mit prall gefüllten Strümpfen, strahlenden Kindern und den großen, roten Blumen, die für viele Menschen offenbar ein Muss an diesen Feiertagen waren, gesehen hatte – hatte Denzel in Erwartung seiner Frau ein echtes Holzfeuer entfacht. Wieder wogte Mitgefühl in ihrem Innern auf, denn dieses Feuer nützte weder dem Opfer noch den Hinterbliebenen etwas.

»Ganz schön große Wohnung«, stellte sie beiläufig fest.

»Mit zwei Kindern und einem Hund von dieser Größe brauchen sie die schließlich auch.«

»Das stimmt. Er ist Anwalt für Gesellschaftsrecht, nicht wahr?«, erinnerte sie sich von ihrer kurzen Überprüfung, die sie durchgeführt hatte, bevor sie hergekommen war.

»Ja. Und Teilhaber einer anscheinend durchaus gut gehenden Kanzlei. Grimes, Dickenson, Harley und Schmidt.«

»Warum haben Kanzleien immer Namen, die nach Kanzleien klingen?«, fragte Eve. »Was macht er dort genau?«

Peabody balancierte ihren Handcomputer und den dicken Hundeschädel auf den Knien. »Er ist auf Erb- und Steuerrecht spezialisiert. Dabei geht es hauptsächlich um Geld.«

»Wie bei unserem Zeugen. Interessant. Gucken Sie, ob es eine Verbindung zwischen Dickenson oder Dickensons Kanzlei und Whitestone oder dessen Firma gibt.«

»Dickensons Kanzlei hat zwei Etagen in ... Roarkes Firmensitz.«

»Die Adresse ist nicht schlecht.«

»Eine direkte Verbindung zwischen ihm und unserem Zeugen gibt es nicht, aber vielleicht haben sie ein paar gemeinsame Mandanten.«

»Da gehe ich jede Wette ein.« Als die Wohnungstür geöffnet wurde, brach sie ab und sah, dass Denzels Schwester angekommen war.

Richterin Gennifer Yung kam in den Raum gestürzt, blieb abrupt stehen, als sie die Mordermittlerin entdeckte, und für einen kurzen Augenblick sah es so aus, als sacke sie in sich zusammen, bis sie ihre Schultern wieder straffte und mit ausdrucksloser Miene dicht gefolgt von einem schlanken Mann mit asiatischen Gesichtszügen den Raum durchquerte, bis sie vor Eve Dallas stand.

»Lieutenant.«

»Richterin Yung. Mein Beileid zu Ihrem Verlust.«

»Danke«, gab sie knapp zurück und sah sich suchend um. »Mein Bruder ...?«

»Brauchte einen Augenblick für sich.«

Nickend wandte sich die Richterin an ihren Mann. »Daniel, das sind Lieutenant Dallas und Detective Peabody. Dr. Yung, mein Ehemann.«

»Die Kinder«, fragte Dr. Yung. »Wissen sie es schon?«

»Sie schlafen, ich glaube nicht, dass sie schon mitbekommen haben, was geschehen ist.«

Cody hatte Peabody bereits im Stich gelassen und scharwänzelte um Gennifer und ihren Ehemann herum.

»Schon gut, Cody, schon gut. Sei ein braver Junge und mach Platz. Platz.«

Die Richterin, die eine attraktive Frau mit seidig weicher brauner Haut und wachen, beinahe schwarzen Augen war und in dem Ruf stand, als Vertreterin von Recht und Ordnung unerschrocken, leidenschaftlich und gerecht zu sein, legte eine Hand auf Codys Kopf und streichelte ihn sanft.

»Ich werde erst einmal mit Denzel sprechen. Mir ist klar, dass Sie wahrscheinlich Fragen haben und bestimmt in Eile sind, aber trotzdem werde ich erst kurz ...«

Bevor sie den Satz beenden konnte, kehrte Denzel mit von Schmerz gezeichnetem Gesicht ins Wohnzimmer zurück.

»Genny. Oh Gott, Genny. Marta ...«

»Ich weiß, Schätzchen, ich weiß.« Eilig trat sie auf ihn zu und nahm ihn in den Arm.

»Jemand hat ihr das Genick gebrochen.«

»Was?« Sie rahmte sein Gesicht mit beiden Händen und fragte entgeistert: *»Was?«*

»Sie sagen, ihr Genick ... Warum habe ich sie nicht gezwungen, die Fahrbereitschaft anzurufen? Warum hab ich nicht selbst dort angerufen und sie so dazu gezwungen, dass sie sich fahren lässt?«

»Psst. Psst. Komm mit. Wir gehen erst mal kurz nach nebenan. Stütz dich auf mich, Baby. Daniel.«

»Ja, natürlich.« Höflich wandte sich ihr Ehemann an Eve. »Möchten Sie einen Kaffee?«

Obwohl Eve für eine Tasse anständigen Kaffees einen Mord hätte begehen können, durfte sie jetzt keine Zeit verlieren. »Nein danke. Waren Sie zu Hause, als Ihr Schwager sich bei Ihrer Frau gemeldet hat?«

»Ja. Es war gegen Mitternacht, er war völlig außer sich. Marta ging nicht an ihr Handy und war schon seit fast zwei Stunden nicht mehr im Büro. Er hatte bereits den Wachdienst angerufen, und sie hatten ihm gesagt, dass sie das Büro um kurz nach zehn verlassen hat. Er hatte auch schon die Polizei verständigt, doch Sie wissen selbst, dass die nichts unternimmt, nur, weil offenbar jemand ein bisschen später als geplant nach Hause kommt. Also hat er seine Schwester angerufen, damit die ihm hilft.«

»Ich gehe davon aus, dass Mrs. Dickenson, soweit Sie wissen, für gewöhnlich nie so spät nach Hause kam.«

»Auf keinen Fall. Das heißt, zumindest nicht, ohne Denzel anzurufen. Sie hätte nicht gewollt, dass er sich Sorgen um sie macht. Genauso hat auch er ihr jedes Mal Bescheid gegeben, wenn er einmal später kam. Wir wussten gleich, dass etwas nicht stimmt, aber ich hätte nie ... dass es so schlimm wäre, hätte ich niemals gedacht.«

»Wie gut haben Sie Mrs. Dickenson gekannt?«

»Verzeihung, aber können wir uns vielleicht setzen? Das ist wirklich hart für mich. Ich ...« Er ließ sich in einen Sessel sinken. »Ich bin augenblicklich nicht ich selbst.«

»Kann ich Ihnen ein Glas Wasser holen, Dr. Yung?«

Er sah Peabody mit einem müden Lächeln an. »Danke, nein. Sie haben mich gefragt, wie gut ich Marta kannte«, wandte er sich abermals an Eve. »Sehr gut. Wir sind eine Familie, und für meine Frau und Denzel – auch für dessen Frau – geht die Familie über alles. Genny und ihr Bruder standen sich immer schon sehr nahe. Die Kinder.« Er sah dorthin, wo man über eine Treppe in die obere Etage kam. »Ich mache mir Sorgen um die Kinder. Sie sind viel zu jung, um so etwas zu erleben, sie werden einen Großteil ihres kindlichen Vertrauens verlieren, wenn sie hören, was geschehen ist.«

Er schloss kurz die Augen.

»Sie werden wissen wollen, wie Martas und Denzels Ehe war. Ich bin seit sechsunddreißig Jahren mit einer Richterin verheiratet.« Er seufzte abgrundtief und faltete die Hände sorgfältig in seinem Schoß. »Mir ist deshalb bewusst, dass man in einem Fall wie diesem allen Spuren nachgehen muss. Aber ich kann Ihnen versichern, die beiden haben einander abgöttisch geliebt. Sie hatten ein gutes Leben und vor allem eine glückliche Familie. Natürlich waren sie ab und zu verschiedener Meinung oder hatten sogar manchmal Streit. Aber trotzdem waren sie wie geschaffen füreinander, und vor allem haben sie sich wunderbar ergänzt, wenn Sie verstehen, was ich damit sagen will. Manchmal hat man einfach Glück mit den Entscheidungen, die man im Leben fällt, und mit den Menschen, die man trifft. Die beiden hatten in der Beziehung ein Riesenglück.«

»Wissen Sie, ob jemand Marta oder Denzel hätte schaden wollen?«

»Nein.« Er schüttelte den Kopf. »Ich kann mir beim besten Willen nicht vorstellen, dass ihnen jemand derart feindselig gesonnen war. Sie beide sind beruflich hochzufrieden und erfolgreich, und sie haben einen wirklich netten Freundeskreis.«

»Trotzdem machen Anwälte sich ab und zu auch Feinde«, meinte Eve.

»Das ist mir klar, denn das tun Richter auch. Aber Denzel arbeitet vor allem als Wirtschaftsanwalt, als solcher hat er mit Familien- und mit Strafsachen, die heftige Gefühle bei den Leuten wecken, nichts zu tun. Er ist ein Mann der Zahlen.«

»Genau wie Marta eine Frau der Zahlen war.«

»Was heißt, dass sie dieselbe Sprache sprachen«, stellte Denzels Schwager mit dem Anflug eines Lächelns fest.

»Hatten sie gemeinsame Mandanten?«

»Das kam mitunter durchaus vor.« Als Dickenson zurückkam, stand er auf und sah ihn fragend an.

»Genny kocht erst mal Kaffee. Sie hat gefragt, ob sie Sie wohl kurz sprechen kann, Lieutenant.«

»Okay.« Eve wandte sich an Peabody, und die nickte ihr unauffällig zu.

»Mr. Dickenson, ich hätte da noch ein paar Fragen«, meinte ihre Partnerin, als Eve den Raum verließ. Während der Lieutenant durch ein zweites Wohnzimmer, das über einen hochmodernen Fernseher verfügte und mit den Regalen voller Fotos, zahlreichen Trophäen und bunten Pappschachteln mit Deckeln behaglich erschien, und ein großes Esszimmer mit einem dunklen Holztisch, auf dem eine große, blaue Vase voller weißer Blumen prangte, in die offene Küche ging, konzentrierte sich Peabody auf den Anwalt.

Auch die Schränke in der Küche waren aus dunklem Holz, die Arbeitsplatten waren aus hellem, grauem Stein und in einer Fensternische standen Polsterbänke und ein Tisch, an dem die Familie wahrscheinlich zu den Mahlzeiten zusammenkam.

Vor einem anderen Fenster waren hübsche, kleine, blaue Kräutertöpfe aufgereiht, und die Richterin stand an der Kochinsel und stellte dicke, blaue Becher auf ein hölzernes Tablett.

»Das wird mein Bruder nie verwinden«, stellte sie mit rauer Stimme fest. »Sie kennen sich schon seit dem College, für beide war es Liebe auf den ersten Blick. Anfänglich war ich dagegen, denn ich wollte, dass er erst sein Studium abschließt und beruflich Fuß fast, ehe er an eine ernsthafte Beziehung denkt.«

Sie trat vor einen Schrank und nahm ein Milchkännchen heraus.

»Ich bin zehn Jahre älter als mein Bruder, und ich habe immer auf ihn aufgepasst. Ob er es wollte oder nicht.« Sie bemühte sich zu lächeln, aber dadurch wurden ihre rot verquollenen Augen noch betont. »Es dauerte nicht lange, bis Marta mich für sich eingenommen hat. Sie war für mich so etwas wie die kleine Schwester, die ich niemals hatte, ich habe sie bereits nach Kurzem abgöttisch geliebt.«

Als sich ihre roten Augen abermals mit Tränen füllten, wandte sie sich eilig ab, zog die schimmernd weiße Tür des Kühlschranks auf und nahm einen Milchkarton heraus.

Sie atmete tief durch und fuhr mit ruhiger Stimme fort: »Sie warteten mit Kindern, und haben sich erst mal ganz auf ihre Ehe und auf ihre Karrieren konzentriert, aber als die Kinder kamen, standen sie für beide im Mittelpunkt. Trotzdem hatten sie von Anfang an ein Kindermädchen, weil sie beide ihre Arbeit lieben, doch in ihrer Freizeit gehen sie ganz in der Familie auf. Sie haben ein beneidenswertes Gleichgewicht zwischen Arbeit und Familie hergestellt. Ein Gleichgewicht, das Denzel nie mehr wieder finden wird.«

Sie stellte das gefüllte Milchkännchen und eine Schale voller Zuckerwürfel zu den Bechern aufs Tablett.

»Ich erzähle Ihnen das aus einem ganz bestimmten Grund«, erklärte sie, als Eve weiter schwieg. »Ich weiß, Sie müssen sich auch meinen Bruder ansehen, weil der Partner immer oder sogar zuerst verdächtig ist. Ich werde Ihnen eine Liste ihrer Freunde, Nachbarn, Vorgesetzten und Kollegen, ihres Kindermädchens und der Putzfrau geben. Eine Liste aller Leute, die sie sprechen müssen oder wollen.«

»Das weiß ich zu schätzen. Dazu brauchen wir auch noch das Link, von dem aus er sie angerufen hat, wir würden uns auch gerne alle anderen elektronischen Geräte ansehen, die's hier gibt. Es würde die Sache beschleunigen, wenn er uns die Erlaubnis gäbe, uns hier in der Wohnung, in seinem Büro und in sämtlichen Fahrzeugen der Familie umzusehen.«

»Die wird er Ihnen geben. Er wird alles tun, was Sie von ihm verlangen, aber um den Anschein zu vermeiden, irgendetwas ginge nicht mit rechten Dingen zu, kann ich den Durchsuchungsbefehl nicht erteilen. Ich werde einen Kollegen bitten, das zu tun. Es sollte nicht mein Name darunter stehen. Ich bitte Sie lediglich darum, die Durchsuchung durchzuführen, wenn die Kinder nicht zu Hause sind. Ich sage Denzel, dass er sie mir morgen bringen soll.«

»Kein Problem.«

»Sagen Sie mir, was Sie schon wissen.«

»Einzelheiten kann ich noch nicht nennen. Tut mir leid, aber das wissen Sie genauso gut wie ich. Ich kann Ihnen nur sagen, dass es wie ein fehlgeschlagener Überfall durch einen Straßenräuber ausgesehen hat. Ich nehme an, sie hatte eine Handtasche dabei, und vielleicht eine Aktentasche.«

»Beides. Höchstwahrscheinlich beides. Ihre Aktentasche ist aus braunem Leder, hat ein Schulterband und einen silbernen Besatz. Denzel hat sie ihr vor fünf Jahren zu ihrer Beförderung geschenkt. Ihren Ehering hat sie nie abgelegt. Weißgold mit eingravierten Herzen. Die Armbanduhr, die ein Geschenk von Daniel und mir zu ihrem vierzigsten Geburtstag war, trug sie ebenfalls. Beides ist versichert, wir können Ihnen Fotos und genauere Beschreibungen der beiden Schmuckstücke geben, wenn Sie wollen.«

»Das wäre uns eine Hilfe.«

»Außerdem werden Sie wissen wollen, wie es finanziell um die Familie stand. Sie haben jeder ein eigenes Konto, doch die meisten Sachen sind gemeinsamer Besitz. Wir werden Ihnen all diese Informationen geben, aber Ihnen ist hoffentlich klar, dass Denzel Marta nicht auf dem Gewissen hat.«

»Richterin ...«

»Sie müssen Ihre Arbeit machen, müssen gründlich sein und können erst einmal nicht ausschließen, dass er der Täter ist. Aber Sie wissen jetzt schon, dass er es nicht ist. Sie sind intelligent, gewieft und verfügen, wie ich glaube, über eine sehr gute Intuition. Ich brauche Sie ganz sicher nicht zu bitten, Ihr Möglichstes für meine Schwägerin zu tun, denn das tun Sie sowieso.«

Als ihre Stimme schwankte, brach sie ab, presste sich die Finger vor die Augen und holte mehrmals tief Luft.

»Erst vor Kurzem«, fuhr sie fort, »habe ich im Scherz zu Daniel gesagt, manchmal müssten wir in unserer Position gegenüber den Menschen, die wir lieben und die sich andauernd Sorgen um uns machen, die Gefahren unseres Jobs herunterspielen. Aber falls einer der Schweinehunde, die ich hinter Gitter schicke, seine Todesdrohung einmal in die Tat umsetzen würde, sollte er auf alle Fälle dafür sorgen, dass Sie die Ermittlungen in diesem Mordfall übernehmen. Sorg dafür, dass Lieutenant Dallas in dem Fall ermittelt, habe ich zu ihm gesagt. Und jetzt sage ich Ihnen persönlich, wenn Sie diesen Fall nicht sowieso bekommen hätten, hätte ich meine Beziehungen spielen lassen, um dafür zu sorgen, dass man Ihnen die Ermittlungsleitung überträgt. Ich will, dass Sie und Ihre Partnerin herausfinden, wer das getan hat, wer eine so wunderbare Frau ermordet und sie meinem Bruder, ihren Kindern, uns genommen hat. Oh Gott.«

Wieder brach sie ab und warf sich erschaudernd beide Hände vors Gesicht. »Oh Gott. Ich muss einen Schritt nach dem anderen machen, bis die Sache abgeschlossen ist. Einen Schritt nach dem anderen, sonst nichts.«

Sie ließ ihre Hände wieder sinken, riss sich sichtbar zusammen und fuhr fort: »Falls Morris sich nicht bereits um sie kümmert, wie er es normalerweise mit den Toten, die Sie reinbekommen, macht, bitte sorgen Sie dafür, dass er sie übernimmt. Werden Sie das tun?«

»Ja, das werde ich«, versprach Eve ihr.

»Dann kümmern sich die jeweils Besten ihres Fachs um sie. Das ist alles, was ich im Moment für Marta tun kann.«

»Können Sie mir sagen, was für einen Mantel Ihre Schwägerin getragen hat?«

»Was für einen Mantel?«

»Sie hatte keinen Mantel an. Aber angesichts der Kälte ...«

»Großer Gott.« Yung massierte sich die Schläfen und atmete zischend ein. »An einem Tag wie diesem hätte Marta ihren langen, grauen Wollmantel mit schwarzen Ärmeln und mit schwarzen Knöpfen angehabt. Und auf alle Fälle einen Schal. Sie hat immer einen Schal getragen, und sie hatte eine ziemlich große Sammlung davon, deshalb bin ich mir nicht sicher, ob ich bei der Durchsicht all der Schals und Tücher, die sie hatte, wüsste, welchen sie getragen hat. Aber vielleicht kann Denzel sich erinnern.«

»Danach werden wir ihn später fragen.«

»Ich muss jetzt nach meinem Bruder sehen. Die Kinder ...« Wieder holte sie vernehmlich Luft. »Die Kinder stehen bestimmt bald auf.«

»Dann lassen wir Sie jetzt allein.«

»Danke. Ich stelle Ihnen alles, was Sie brauchen, schnellstmöglich zusammen. Falls Sie feststellen, dass etwas fehlt, rufen Sie mich einfach an.«

Als sie in das graue Dämmerlicht des anbrechenden Tages traten, presste Peabody sich wie die Richterin die Finger vor die Augen und stellte mit dumpfer Stimme fest: »Schlimmer geht es wirklich nicht.«

»Oh doch. Und zwar, wenn gleich die Kinder aufstehen und hören, was geschehen ist.« Eve drückte ihr die Plastiktüte mit dem Handy, das Denzel ihr überlassen hatte, in die Hand. »Ich setze Sie gleich bei der Wache ab. Kontaktieren Sie McNab, richten Sie ihm von mir aus, dass er seinen knochigen Hintern schwingen und sich das Handy ansehen soll.«

Sie öffnete die Fahrertür des Wagens und stieg ein. »Ich habe gesagt, dass Harpo – selbst ernannte Königin von Haar und Fasern – sich die Fasern an der Hose unseres Opfers ansehen soll, und werde sie nachher anrufen und fragen, ob sie schon was dazu sagen kann. Yung besorgt uns die Durchsuchungsbefehle für die Wohnung, die Büros und Autos der Familie. Setzen Sie die Detectives Sanchez und Carmichael darauf an, aber sagen Sie den beiden, dass Sie darauf achten sollen, dass die Familie während der Durchsuchung nicht zu Hause ist. Denzel bringt die Kinder an dem Tag zur Richterin.«

Sie wendete und fuhr zurück in Richtung Innenstadt. »Und Carmichael von der Trachtengruppe soll ein Team zusammenstellen, das die Anwohner befragt. Er soll Officer Turney um halb acht dort treffen, also kontaktieren Sie bitte auch noch deren Vorgesetzten auf dem 136. und sagen ihm, dass ich sie haben will.«

»Sie wollen die Beamtin, die zuerst am Fundort unserer Leiche war?«

»Ich will Turney. Sie hat echt gute Instinkte, ich sehe eine kleine Peabody in ihr.«

»Ach ja?« Peabody straffte stolz die Schultern, bevor sie beleidigt das Gesicht verzog. »Ist sie ...«

»Denken Sie am besten nicht einmal daran zu fragen, ob sie einen kleineren Hintern, einen strafferen Busen, leuchtendere Augen oder sonst was hat, was schöner als bei Ihnen ist, rufen Sie einfach Sergeant Gonzales an.«

»An ihren Hintern habe ich gar nicht gedacht«, murmelte die Partnerin gekränkt. »Aber jetzt geht er mir sicher nicht mehr aus dem Kopf.«

»Die elektronischen Ermittler sollen sich die Geräte ansehen, sobald uns die Versicherung die Aufnahmen der Schmuckstücke geschickt hat, geht die Suche nach dem Ehering, der Armbanduhr und auch dem Mantel los. Wir reden später noch mal mit dem Ehemann. Vielleicht kann er sich ja erinnern, welchen Schal und ob sie Ohrringe getragen hat. Eben war er noch zu fertig für ein längeres Gespräch. Außerdem überprüfen Sie die Arbeitsplätze und gucken nach möglichen Verbindungen sowohl untereinander als auch zu der Firma unseres Zeugen. Irgendwas ist da auf jeden Fall. Wenn sie ein zufälliges Opfer war, bin ich die Kaiserin von Japan.«

»China.«

»Was?«

»Es heißt, ›die Kaiserin von China‹, und bevor Sie fragen, nein, ich habe keine Ahnung, woher dieses Sprichwort kommt, vor allem, da es Kaiser oder Kaiserinnen anders als in Japan dort schon ewig nicht mehr gibt.«

»Da haben Sie's.«

»Ich mein ja nur …«

Eve bedachte Peabody mit einem kurzen Seitenblick und trat aufs Gaspedal. Da um diese Uhrzeit noch kaum Fußgänger die Straßen überquerten und die letzten Nachtschwärmer inzwischen mit dem Taxi heimgefahren waren, kamen sie ungewöhnlich schnell voran.

Sie mied den Times Square, wo die Party niemals endete, und überholte einen mit verschlafenen Pendlern auf dem Weg von oder zur Schicht beladenen Maxibus.

»Jemand hat sie sich geschnappt und zwar in der Nähe des Büros. Vielleicht saß er auch in einem Taxi, ist an ihr vorbeigefahren, hat sie eingeladen und ist dann mit ihr zu dieser leeren Wohnung weitergefahren, weil er wusste, dass dort niemand ist. Entweder, es war ein echt versierter Einbrecher oder er hatte den Zugangscode, weil Spuren eines Einbruchs nicht zu sehen sind. In der Wohnung angekommen, hat er ihr erst mal ein paar verpasst.«

»Mit der Rückhand auf die Wange und dann auf den Mund.«

»So sieht's zumindest aus. Eine Rückhand auf dem Wangenknochen tut echt weh, haut einen erst mal um und hat ihr wahrscheinlich eine Heidenangst gemacht. Die Verletzung ist zu stark für eine leichte Ohrfeige, aber zu schwach dafür, dass jemand mit den Fäusten auf sie losgegangen ist.«

Sie rief sich das Gesicht des Opfers in Erinnerung. »Wobei er sicher mehr als einmal zugeschlagen hat. Wir werden sehen, ob Morris uns verraten kann, ob sie betäubt war, doch im Grunde glaube ich das nicht. Es sollte aussehen wie ein vermasselter Raub, da würde es nicht passen, fänden wir einen Betäubungsmittelrest in ihrem Blut. Sie haben sie sich geschnappt, in ein Fahrzeug eingesperrt und sind mit ihr zu dieser Wohnung gefahren, denn dort waren sie ungestört.«

»Und warum? Wäre es ein gegen Yung gelenkter Racheakt gewesen, hätten sie sich doch wahrscheinlich eher an die Richterin persönlich, deren Ehemann, eins ihrer Kinder oder eins von ihren Enkelkindern rangemacht. Sie hat zwei Töchter, falls das von Interesse für Sie ist, und jede dieser Töchter hat ein Kind.«

»Es ging hier nicht um Rache.« Auch Eve selber hatte diese Möglichkeit bereits erwogen und war zu dem Schluss gekommen, dass zu viel dagegen sprach. »Sonst hätten sie sie deutlich übler zugerichtet, damit Yung erkennt, dass es um Rache geht. Und ja, sie hätten sich dann jemanden geschnappt, der ihr noch näher stand. Vielleicht geht es ihnen darum, Druck auf Denzel auszuüben, und sie haben sich die Ehefrau geschnappt, um über sie an ihn heranzukommen oder so. Doch dann wäre sie lebend deutlich wertvoller für sie gewesen. Vielleicht also ging es einfach um Informationen. Über einen der Mandanten ihres Unternehmens, denn sie kannte sicher zahlreiche mit Geld zusammenhängende Geheimnisse der Leute, wusste, wenn sie Steuern hinterzogen hatten oder etwas in der Art. Sie wussten, dass sie länger im Büro geblieben war, also haben sie sie entweder beobachtet, haben einen Spitzel im Büro oder arbeiten selber dort.«

Sie hielt vor dem Revier. »Ich fahre noch zu Morris. Sobald ihr Büro aufmacht, fahren wir hin und reden mit ihren Kollegen und mit ihrem Boss. Ich brauche ihre aktuellen Fälle und ihre Mandantenliste, dasselbe gilt für ihren Mann.«

»Wir folgen also der Spur des Geldes.«

»Die ist immer interessant. Und jetzt steigen Sie endlich aus.«

»Ich bin schon weg.«

Eve fuhr weiter, sah auf ihre Uhr und rief über das Autotelefon bei sich zu Hause an. Zwar wurde es erst langsam hell, doch wie sie ihren Gatten kannte, war der schon seit über einer Stunde auf und hatte unter Umständen bereits ein kleines Sonnensystem oder etwas in der Art gekauft.

»Lieutenant.«

Sein von Gott in einem ganz besonders großzügigen Augenblick geschaffenes Gesicht mit den hellwachen, leuchtend blauen Augen füllte den gesamten Bildschirm. Die zum Pferdeschwanz gebundene Mähne seidig weicher, schwarzer Haare zeigte, dass er wie erwartet längst im Arbeitsmodus war.

»Ich dachte mir, ich gebe dir Bescheid, dass ich vor heute Abend nicht noch mal zurückkomme.«

»Das hatte ich mir schon gedacht«, erklärte er mit seinem melodiösen, irischen Akzent. »Sieh zu, dass du was in den Bauch bekommst.«

»Ich glaube, damit warte ich, bis ich im Leichenschauhaus fertig bin. Die Automaten dort sind echt der letzte Dreck.«

»Es ist mal wieder schlimm. Das sehe ich dir an.«

»Ein Mord ist niemals schön, dieser hier war nicht einmal besonders blutig, aber ... sie war Mutter von zwei Kindern, und ihr

Mann war völlig fertig, als er es erfahren hat. Betuchte Leute aus der Upper East Side, beide Ehepartner im Finanzsektor tätig, mit einem Penthouse, das jedoch nicht schick, sondern mit Fotos ihrer beiden Kinder urgemütlich eingerichtet ist. Außerdem war sie die Schwägerin von Richterin Yung.«

»Richterin Yung?«

»Vom Strafgericht. Eine der Besten ihres Fachs.« Ihm gegenüber brauchte sie nicht zu verbergen, dass sie sich die Angelegenheit zu Herzen nahm. »Die Wohnung ist derart mit Liebe und mit Trauer überflutet, dass man dort nur noch mit Mühe Luft bekommen hat.«

»Es ist schwer, diejenige zu sein, die keine andere Wahl hat, als den Damm zu brechen.«

»Das gehört nun mal zu unserem Job, aber wie Peabody gesagt hat, ist es manchmal noch schlimmer als sonst. So war es diesmal auch. Yung wird es mir so leicht wie möglich machen, die Erlaubnis zur Durchsuchung des Apartments, der Büros und der Fahrzeuge der Eheleute und Zugang zu allen Unterlagen zu bekommen, die ich einsehen muss.«

»Aber trotzdem ...«

»Aber trotzdem bleibt die Mutter zweier Kinder, die dem Anschein nach eine echt glückliche Familie gegründet hat, weiter tot. Wie dem auch sei, was weißt du über Brewer, Kyle und Martini?«

»Ah ... Wirtschaftsprüfer, die vor allem große Unternehmen oder Leute prüfen, die so reich wie Unternehmen sind.«

»Aber dich nicht?«

»Nein.« Er schüttelte den Kopf. »Aber falls ich die Wirtschaftsprüfer wechseln wollte, kämen sie durchaus in Betracht. Sie haben einen tadellosen Ruf. Opfer oder Ehemann?«

»Das Opfer selbst. Der Ehemann ist Dickenson von Grimes, Dickenson, Harley und Schmidt, auf Erbrecht und auf Steuerkram spezialisiert.«

»Von denen habe ich noch nichts gehört, aber ich kann gerne sehen, was ich über diesen Laden in Erfahrung bringen kann.«

»Das dürfte dir nicht allzu schwerfallen, denn die Räume der Kanzlei liegen in deinem Haus.«

»Das macht's mir wirklich leicht.«

»Wenn du Zeit hättest, sie dir mal anzusehen, wäre das gut. Es kann bestimmt nicht schaden, jemanden an Bord zu haben, der weiß, worum es bei diesen Sachen geht. Einen Namen hätte ich da noch. Die WIN-Gruppe – Immobilien, Geldanlagen, solches Zeug.«

»Das sagt mir nichts, aber auch über diese Firma kriege ich bestimmt problemlos etwas raus. Was haben sie mit deinem Fall zu tun?«

»Bradley Whitestone – das W – hat die Tote heute Nacht vor seiner noch nicht fertig renovierten Wohnung lehnen sehen, als er mit einer Frau dort war, an der er offenbar Interesse hat. Sie sagt, wir wären uns schon mal auf einer Gala irgendwo begegnet. Alva Moonie.«

»Alter New Yorker Geldadel. Sie bauen Fracht- und Kreuzfahrtschiffe, und verdienen dann als Reeder selbst ihr Geld damit. Ich kenne Alva nicht persönlich, kann dir aber sagen, dass sie bis vor ein paar Jahren ziemlich wild war und ihr Geld für Partys, ausgedehnte Reisen, Shoppingtouren, Alkohol, Drogen und Sex zum Fenster rausgeworfen hat.«

»Sie sah durchaus nach Geld aus«, meinte Eve. »Aber besonders wild wirkte sie nicht.«

»Ich glaube, dass sie heutzutage als Designerin die Einrichtung der Kreuzfahrtschiffe mit entwirft und nebenher in einer Reihe Organisationen ehrenamtlich tätig ist. Steht sie unter Verdacht?«

»Bisher steht sie eher am Ende unserer Liste, aber man weiß nie.«

»Du schon«, verbesserte Roarke sie. »Oder du findest es auf jeden Fall heraus. Wie ist die Mutter zweier Kinder umgekommen?«

»Jemand hat ihr das Genick gebrochen. Wenigstens, bis Morris etwas anderes sagt«, schränkte sie ein, während sie vor dem Leichenschauhaus hielt. »Ich werde erst mal mit ihm reden. Wir sehen uns dann heute Abend.«

»Denk daran, etwas zu essen«, wiederholte er sein Ansinnen vom Anfang des Gesprächs.

»Ja, ja«, murmelte sie, sah ihn dabei aber mit einem breiten Grinsen an.

Wie hatte Daniel Yung noch mal gesagt? Manche Menschen hatten wirklich Glück. Sie hatte mit Roarke das große Los gezogen, denn er liebte sie, obwohl er sie verstand.

Und manchmal, dachte sie, als sie den langgezogenen, weißen Gang hinunterstapfte, wurde man vom Glück verlassen so wie Marta und der hinterbliebene Denzel Dickenson.

Es war anscheinend noch zu früh für einen Schichtwechsel, erkannte sie. Die Leute kümmerten sich um die Toten, die während der Nacht hereingekommen waren, erledigten Papierkram in ihren Büros oder taten in Labors verschiedene Dinge mit verschiedenen Körperteilen, an die sie nicht denken sollte, wenn sie wirklich etwas essen wollte, wie es ihr von Roarke empfohlen worden war.

Sie blieb vor einem Automaten stehen, verwarf den Gedanken, einen Becher von dem Zeug zu holen, das hier als Kaffee ausgegeben wurde, nahm stattdessen eine Dose Pepsi und brachte sich auf dem Weg zu Morris' Raum mit ein paar Schlucken kalten Koffeins in Schwung.

Falls er nicht schon informiert und eingetroffen war, würde sie ihn anrufen und Yungs Bitte entsprechend einbestellen.

Doch als sie die Doppeltür des Raums erreichte, drangen tränenreiche Bässe und das Schluchzen eines Saxofons an ihre Ohren und verrieten, dass er bereits bei der Arbeit war.

Marta Dickenson lag vor ihm auf dem Tisch. Nachdem er sie schon aufgeschnitten hatte, nahm er vorsichtig das Herz aus ihrer Brust und legte es auf einer Waage ab.

Er hob den Kopf und blickte Eve durch seine Mikroskopbrille aus großen, dunklen Augen an.

»Unser Tag hat angefangen, als ihr Tag geendet hat.«

»Sie hat Überstunden im Büro gemacht und hätte sich bestimmt ein anderes Ende ihres Tags gewünscht.«

»Es gibt keine Spuren einer Vergewaltigung, aber ich konnte sehen, dass sie mindestens ein Kind geboren hat.«

»Zwei.«

Nickend fuhr er mit der Arbeit fort. Unter seiner durchsichtigen Schürze trug er einen tadellos geschnittenen, schokoladenbraunen Anzug über einem cremefarbenen Hemd, die schwarzen Haare hatte er zu einem komplizierten Zopf geflochten, der ihm auf den Rücken hing.

»Wenn Sie sich nicht bereits um sie kümmern würden, hätte ich Sie einbestellt.«

»Ich habe diese Woche freiwillig die Nachtschicht übernommen, weil ich augenblicklich nicht gut schlafen kann.« Er blickte wieder auf. »Gibt es einen besonderen Grund, aus dem Sie mich für diese Untersuchung hätten haben wollen?«

»Sie ist Richterin Yungs Schwägerin.«

»Die Schwägerin von Genny?«

Eve hob überrascht die Brauen an. »Sie beide duzen sich?«

»Wir mögen dieselbe Art Musik. Dies ist die Frau ihres Bruders? Denzels Frau? Ich habe die beiden mal getroffen, als Genny zu einem Konzert in ihrem Haus geladen hat. Ich hätte sie nicht mehr erkannt, aber Genny hat nur Gutes über sie erzählt.«

»Die Richterin wird dafür sorgen, dass wir möglichst umgehend vollen Zugang zu der Wohnung der Familie, den Büros und allen Unterlagen kriegen.«

»Sie verdächtigen doch nicht den Ehemann?«

»Nein, aber Sie wissen, dass ich allen Spuren nachgehen muss. Todesursache ist das gebrochene Genick?«

»Ja. Der Täter ist sehr stark und sehr geschickt. Von einem Sturz stammt die Verletzung keinesfalls. Laut Bericht wurde sie am Fuß einer Treppe aufgefunden.«

»Ja, aber die Treppe war sehr kurz und nein, sie ist ganz sicher nicht gestürzt. Sie haben sie dort hingeschafft, nachdem sie mit ihr fertig waren. Es sollte aussehen wie ein mißglückter Raubüberfall. Aber das war es nicht.«

»Sie hat ein paar kleinere Verletzungen. Eine leichte Abschürfung der rechten Wange, eine aufgeplatzte Lippe – beides Folge eines Schlags nicht mit der Faust, sondern der flachen Hand – leichte Abschürfungen um den Mund herum, ein Hämatom am rechten Handgelenk und leichte Abschürfungen an beiden Knien, am linken Ellenbogen und am rechten Handballen.«

»Schürfwunden an Knien und an Händen. Als wäre sie auf einem Teppich oder Läufer ausgerutscht?« Eve hob die Hand und schob den Handballen nach vorn.

»So sieht es aus. Ich habe Fasern in der Schürfwunde am Handballen entdeckt und ins Labor geschickt.«

»Blaue Fasern?«

»Ja, so wie sie laut Bericht auch an der Hose waren. Nachdem sich Harpo Ihre Fasern ansehen soll, habe ich ihr meine Fasern ebenfalls geschickt.«

»Gut.«

»Ich habe gerade erst mit ihr begonnen, das heißt, dass ich im Grunde noch nicht wirklich etwas sagen kann.«

»Weist sie Stunnerspuren oder Spuren eines Betäubungsmittels auf?«

»Sie hat ganz leichte Stunnerspuren oberhalb des linken Schulterblatts.«

»Das hätte ich nicht gedacht«, murmelte Eve und schob die Daumen in die Vordertaschen ihrer Jeans, während sie näher an die Leiche trat. »Wenn es nach einem Raub aussehen soll, ist es nicht gerade schlau, mit einem Stunner auf sie loszugehen. Der durchschnittliche Straßenräuber wüsste sicher nicht, wie er an einen Stunner kommen soll. Diese Typen haben Messer. Linkes Schulterblatt«, fuhr sie mit nachdenklicher Stimme fort. »Das heißt, dass er von hinten kam.«

»Ja, wobei der Stunner meiner Meinung nach ganz niedrig eingestellt gewesen ist, gerade stark genug, dass sie für einen kurzen Augenblick benommen war. Ich sehe sie mir gleich noch einmal gründlich an, aber ich habe dem Labor schon eine Blutprobe von ihr geschickt und kann es dringend machen, wenn Sie wollen.«

»Das würde sicherlich nicht schaden.« Eve umrundete die tote Frau und schaute sie sich selbst noch einmal genauer an. »Er hat sie sich also geschnappt, als sie aus dem Bürogebäude kam – drinnen hätte die Security etwas mitbekommen können, weshalb hätte er das riskieren sollen? Es geht viel schneller, und es ist viel unauffälliger, wenn er ihr den Mund zuhält und sie in einen Lieferwagen oder auf den Rücksitz eines Autos stößt. Zur Vorsicht hat er sie noch leicht betäubt. Vielleicht heißt das, dass der Killer eine andere Frau oder ein kleiner Mann gewesen ist, die oder der Angst hatte, dass sie sich vielleicht wehrt und ihr dadurch die Flucht gelingt.«

»Die leichten Abschürfungen an den Knien und der Hand deuten auf einen Sturz auf einen Teppich hin. Vielleicht in der Wohnung?«

»Nein, dort gibt es keine Teppiche. Der Boden ist mit beigefarbenen, nicht mit blauen Planen abgedeckt. Also stammen die Fasern vielleicht von dem Teppich, der im Fahrzeug lag. Sie war benommen und konnte sich nicht auffangen, als man sie auf den Rücksitz oder in den Laderaum gestoßen hat. Vielleicht hat sie die Abschürfungen an den Knien und die blauen Fasern an der Hose vom Transport. Sie sind sicher nicht zu Fuß acht Blocks mit ihr bis zu dem Ort marschiert, an dem sie sie ermordet haben, also waren sie mit einem Fahrzeug unterwegs.«

»Harpo kann bestimmt herausfinden, zu welchem Fahrzeugtyp von welchem Hersteller die Fasern, die Sie ihr geschickt haben, gehören.«

»Wenn sie ihre Krone nicht verlieren will, sollte sie das tun. Die Entführung hätte auch ein Mensch alleine hinbekommen«, überlegte Eve. »Er hätte sie allein betäuben und in das Gefährt verfrachten können, nur, dass sie wahrscheinlich schon nach wenigen Minuten wieder völlig bei sich war. Und dann hätte man verhindern müssen, dass sie schreit, während man fährt, sie aus dem Wagen holt, zur Wohnung schafft und dort die Tür aufsperrt. Also halte ich es für wahrscheinlicher, dass sie zu zweit gewesen sind, dass einer von den beiden gefahren ist und der andere sich um sie gekümmert hat.«

»Der Täter hatte große Hände«, warf der Pathologe ein. »Ich glaube nicht, dass ihr Entführer klein gewesen ist. Die Abdrücke an ihrem Hals weisen auf große Hände hin.«

»Okay. Okay.« Wenn dem so war, ergab es keinen Sinn, dass man mit einem Stunner auf sie losgegangen war, doch Morris wusste stets, wovon er sprach.

»Das heißt, sie wollten unbedingt auf Nummer sicher gehen. Vielleicht kam ihnen die Idee, es hinzustellen wie einen fehlgeschlagenen Raubzug, ja spontan. Wie dem auch sei, haben sie das Opfer in die leere Souterrainwohnung verschleppt, an deren Eingangstür es keine Spuren eines Einbruchs gibt. Sie wollten ihr Angst machen, damit sie ihnen gibt, worauf sie scharf waren, oder ihnen alles sagt, was sie über eine bestimmte Sache weiß. Also haben sie ihr eine mit dem Handrücken verpasst.« Sie holte schwungvoll aus und demonstrierte, wie es ihrer Meinung nach gelaufen war. »Die Knöchel schürfen ihr die Wange auf, sie stürzt und kommt mit ihrem Ellenbogen auf dem Boden auf. Als sie mit ihr fertig sind, was sicherlich sehr schnell gegangen ist, bricht einer von den zweien ihr das Genick. Mit bloßen Händen?«

»Ja, und zwar von links nach rechts. Dem Winkel und dem Bruch zufolge stand er hinter ihr und hat ihr ruckartig den Kopf von links nach rechts gedreht.«

»Dann ist er also Rechtshänder, sehr stark, und weiß, wie so was geht. Einem Menschen das Genick zu brechen, ist schließlich gar nicht so leicht. Er war vorbereitet und beherrscht genug, um sie nicht allzu übel zuzurichten, aber ein echter Profi ist er nicht. Vielleicht ein Militär oder ein Paramilitär, der es gewohnt ist, in der Schlacht zu töten, ohne danach aufzuräumen, weil die Polizei sich für die Sache interessiert. Ich habe auf einer verschobenen Plane in der Wohnung ein paar Blutspritzer entdeckt. Die Wohnung wird wie auch das übrige Gebäude gerade renoviert, ich bin sicher, dass es ihr Blut ist.«

»Abwehrverletzungen habe ich nicht entdeckt.« Morris ergriff sanft die Hand der toten Frau. »Nichts unter ihren Nägeln, nichts zwischen den Zähnen, also ja, ich nehme auch an, dass es ihr Blut ist.«

»Abgesehen von dem Blut, das sie anscheinend übersehen haben, und der Tatsache, dass der Besitzer dieser Wohnung in der Hoffnung auf ein Techtelmechtel mitten in der Nacht mit seinem Date dort aufgetaucht ist und sie deshalb früher als erwartet aufgefunden wurde, lief es offenbar nach Plan. Wobei ich mich frage, ob sie wohl bekommen haben, was sie wollten. Hatte sie die Sachen, auf die diese Leute scharf waren, dabei? Oder wusste sie etwas, was sie nicht hätte wissen oder ihnen sagen sollen?«

»Das kann ich nicht sagen, doch das Fehlen irgendwelcher Abwehr-, Fessel- oder Folterspuren und die eher harmlosen Verletzungen, die sie davongetragen hat, legen die Vermutung nahe, dass sie ihnen das gegeben hat, worum es ihnen ging.«

Wieder dachte Eve an das familienfreundliche Apartment mit den Aufnahmen der glückstrahlenden Kinder und dem großen, gutmütigen Hund.

Ja, sie hätte ihnen alles überlassen, was sie haben wollten. Falls sie es dabeigehabt oder gewusst hatte, worum es ging.

»Sie haben ihr Angst gemacht und ihr ein bisschen wehgetan, dann haben sie gesagt, wenn sie ihnen gibt oder erzählt, was sie von ihr haben oder wissen wollen, würden sie ihr nichts mehr tun. Schließlich haben sie sie von hinten umgebracht. Der Täter brauchte also nicht den Kick, ihr dabei ins Gesicht zu sehen. Er hat nur seinen Job, seine Pflicht, seine Aufgabe erfüllt. Wahrscheinlich hielt er es nicht für erforderlich, die Sache auszudehnen und ihr stärker wehzutun oder ihr größere

Angst zu machen, als für die Erreichung seines Ziels notwendig war.«

»Es war also nichts Persönliches.«

Obwohl Morris nickte, legte er die Hand auf Martas Schulter und schüttelte mitleidig den Kopf: »Ich nehme an, dass sie das anders sieht.«

3

Mühsam kämpfte Eve sich durchs Revier in Richtung ihres Dezernats. Es war gerade Schichtwechsel, und zwischen all den Cops, die auf dem Weg an ihre Schreibtische oder nach Hause waren, bahnten sich ein paar Leute wie sie, die in den letzten Stunden einen Fall hereinbekommen hatten, mühsam einen Weg durch das Gedränge, um mit ihrer Arbeit fortzufahren.

Vor einem Süßigkeitenautomaten blieb sie stehen, studierte kurz die Auswahl, kam zu dem Ergebnis, dass die Sachen alle gleichermaßen widerlich aussahen, und entschied sich für ein Blaubeerplunderteilchen, das wahrscheinlich niemals auch nur in die Nähe einer echten Blaubeere gekommen war.

Sie tippte ihren Code ein, drückte auf den Knopf, hörte ein knirschendes Geräusch und sah ein wild blinkendes rotes Licht.

»Na los, du blödes Ding.« Sie wiederholte das Verfahren, und diesmal drangen ein paar leise Piepser an ihr Ohr. »Verdammt, ich wusste, dass mein Glück ganz sicher nicht von Dauer wäre.«

Die verfluchten Automaten auf der Wache machten ihr schon seit dem ersten Tag das Leben schwer, und wenn sie es nicht schaffte, den vermaledeiten Kasten dazu zu bewegen, das von ihr gewünschte jämmerliche Teilchen auszuspucken, könnte sie vor lauter Scham und Ärger nicht mehr in den Spiegel sehen.

Sie versetzte der Maschine einen festen Tritt.

Vandalismus und Gewaltanwendung gegenüber diesem sowie allen anderen Automaten in diesem Gebäude können dazu führen, dass Ihnen das Recht, dort etwas zu erstehen, bis zu einem Vierteljahr entzogen wird. Bitte zahlen Sie mit Karte oder Bargeld oder geben Ihren Code über die Tastatur neben dem Bildschirm ein, und wählen Sie ein Produkt.

»Genau das habe ich gemacht, du nutzloses Stück Dreck.«

Bevor sie dem Gerät den zweiten Tritt versetzen konnte, kam Detective Baxter angeschlendert und sah sie mit einem breiten Lächeln an. »Hi, Dallas. Gibt es ein Problem?«

»Dieses Mistding weigert sich, das jämmerliche Plunderteilchen auszuspucken, das ich haben will.«

»Sie gestatten?« Pfeifend gab der Mann, der seiner äußeren Escheinung nach nicht Polizist, sondern eher Dressman hätte werden sollen, seinen eigenen Code ein, wählte das Gebäck und hielt es zwei Sekunden später in der Hand.

Eve bedachte es mit einem argwöhnischen Blick, während das Gerät mit gut gelaunter Stimme die zahlreichen Zutaten mit unzähligen fremdsprachigen Silben und den zweifelhaften Nährwert des Gebäckstücks aufzählte.

»Bitte, Lieutenant. Dieses Teilchen geht auf mich.«

»Woher wusste dieses Ding, dass ich es war? Und warum ist ihm das nicht piepegal?«

»Vielleicht stimmt einfach die Chemie zwischen Ihnen und diesen Geräten nicht.«

»Das ist ja wohl totaler Blödsinn.«

»Nun, zumindest haben Sie jetzt Ihr Plunderteil.«

»Ja. Und danke, dass Sie mir geholfen haben.«

»Gern geschehen. Aber wie dem auch sei, Trueheart und ich hatten doch diesen Doppelmord. Es war die Ex, die keine Lust hatte, die Ex zu sein.«

Sie durchforstete ihren mentalen Aktenschrank. »Das erschlagene Paar in Chelsea.«

»Ja«, fuhr er im Gehen fort. »Sie ist mit einem Wagenheber auf die beiden losgegangen. Ich dachte, die Ex, die nicht die Ex sein wollte, hätte jemanden dafür bezahlt oder mit Sex dazu gebracht, dass er die beiden für sie um die Ecke bringt. So übel, wie die beiden zugerichtet waren, hätte ich beim besten Willen nicht gedacht, dass der Täter eine Frau ist.«

»Und warum nicht?«

»Nun, Sie wissen doch, Lieutenant. Normalerweise wählen

Frauen Gift oder irgendetwas anderes, was nicht ganz so blutig ist. Und diese Frau ist gerade mal eins fünfzig groß und bringt höchstens fünfundvierzig Kilo auf die Waage, und auch das nur, wenn sie mehrere Pullover übereinander trägt. Ich hätte einfach nicht gedacht, dass sie die Muckis dafür hat. Aber Trueheart hat sie geknackt.«

»Trueheart«, wiederholte Eve. Der proppere, weichherzige junge Bursche von der Trachtengruppe, dessen Ausbilder der weltgewandte Baxter war.

»Er hat von Anfang an gesagt, dass nichts so schlimm ist wie die Rache von verschmähten Frauen. Beim Verhör hat er mit ihr gespielt wie die Katze mit der Maus.«

Natürlich kehrte Baxter immer noch den großen Bruder gegenüber Trueheart raus, doch es war nicht zu überhören, wie stolz er auf die Leistung des Kollegen war.

»Ich muss sagen, er hat seine Sache wirklich ganz hervorragend gemacht. Er hat den Verständnisvollen, Mitfühlenden rausgekehrt und ihr erzählt, wie man ihm selbst einmal das Herz gebrochen hat.« Grinsend schlug sich Baxter mit der Faust aufs Herz. »Mit dieser Masche hat er sie dazu gebracht, ihm zu erzählen, wie gemein ihr Ex ihr gegenüber war und dass sie ihm das einfach nicht verziehen hat.«

»Das war wirklich clever«, lobte Eve.

»Allerdings, wobei das noch nicht alles ist. Er hat ihr erzählt, dass er sich vorstellen kann, wie sehr es sie verletzt hat, seine neue Freundin in dem sexy Nachthemd mit dem Leopardenmuster auf dem Bett liegen zu sehen. Die dumme Kuh ist darauf reingefallen und hat ihm erklärt, das Nachthemd hätte einen Tigerprint gehabt und die flachbrüstige Schlampe hätte nicht mal annähernd die Figur dafür gehabt.«

»Die Tote hatte dieses Nachthemd erst am Nachmittag gekauft, das heißt, die Ex konnte nur wissen, wie es aussieht, wenn sie an dem Abend in der Wohnung war. Von da an hatte unser Junge leichtes Spiel mit ihr. Sie hat umfänglich gestanden, dass der tote Ex als Frischluftfanatiker das Fenster seines Schlafzimmers nie ganz geschlossen hat und dass sie kurzerhand über die Feuertreppe raufgestiegen und dann dort eingebrochen ist. Im Grunde hatte sie es nur auf ihren Exfreund abgesehen, aber nachdem sie ihm den Schädel eingeschlagen hatte, war sie gerade irgendwie in Schwung und ist auch noch auf die neue Freundin losgegangen. Danach ist sie runter in den Keller gegangen, zu dem sie noch einen Schlüssel hatte, hat ihre Klamotten in die Waschmaschine gestopft, sich selbst gesäubert, und dann ist sie losmarschiert und hat den Wagenheber im Hudson entsorgt.«

»Gute Arbeit. Sind ihre Klamotten im Labor?«

»Ja. Ich überlasse es dem Jungen nachzufragen, ob noch Blutspuren daran zu finden sind. Wir dachten beide, dass sie in der Sache drinsteckt, aber dass sie selbst mit einem Wagenheber auf die beiden losgeht, hätte ich im Gegensatz zu Trueheart nicht gedacht.«

Er legte eine kurze Pause ein, und da sie wusste, dass er noch etwas sagen wollte, blieb Eve stehen.

»Er hat den Bogen raus, Dallas. Tja nun, wahrscheinlich ist er einer dieser Jungs, die ihre Unschuld niemals vollständig verlieren, aber Sie wissen, was ich damit sagen will. Er hätte es verdient, dass er zur Prüfung zum Detective angemeldet wird.«

Sie hatte bereits zugesagt, darüber nachzudenken, und obwohl der zweite Vorstoß des Detectives etwas früher als erwartet kam, war sicher durchaus etwas dran.

»Der erste Termin im nächsten Jahr. Wenn er möchte, melde ich ihn dazu an. Dann hat er noch ein bisschen Zeit, um noch ein paar Erfahrungen zu sammeln und den Stoff der Prüfung zu pauken. Richten Sie ihm von mir aus, dass er mir sagen soll, ob er die Prüfung machen will. Sie haben Ihre Sache wirklich gut gemacht und Trueheart jede Menge beigebracht«, stellte sie anerkennend fest.

»Er ist einfach ein Gewinn. Anfangs dachte ich, er wäre eher ein Klotz am Bein, aber er ist echt gut, und ich bin wirklich froh, dass er mein Partner ist.«

»Er ist ein Schatz, aber ein Weichei ist er nicht.«

In ihrer Abteilung herrschte bereits reges Treiben, und nachdem sie Peabody bedeutet hatte mitzukommen, ging sie weiter in ihr eigenes Büro, marschierte schnurstracks bis zum AutoChef und bestellte erst einmal Kaffee.

»Morris hat bestätigt, dass die Todesursache Genickbruch ist. Sie weist keine sichtbaren Abwehrverletzungen auf. Die Abschürfungen, die sie hat, könnten – das heißt, müssten – während der Entführung und durch einen Schlag mit dem Handrücken verursacht worden sein. Das Genick haben sie ihr von Hand gebrochen.«

»Au.«

»Ich glaube, sie hat kaum etwas davon gespürt, denn vorher hat er sie, vielleicht, weil er auf Nummer sicher gehen wollte, leicht betäubt. Ihr Schulterblatt weist Spuren eines Stunners auf.«

»Das heißt, dass man ihr aufgelauert und sie dann von hinten angegriffen hat.«

»Genau. Ich gehe jede Wette ein, dass die Fasern, die sie an der Hose hatte, und die Morris aus der Schürfwunde an ihrer rechten Hand gezogen hat, aus dem Inneren des Fahrzeugs stammen, mit dem sie zu dem Haus gefahren worden ist. Und jetzt stelle ich erst mal meine Tafel auf. Haben Sie noch was für mich?«

»McNab ist schon auf dem Revier und hat mit dem Handy angefangen. Die elektronischen Ermittler warten noch auf die Erlaubnis, sich die anderen Geräte anzusehen. Sanchez und Carmichael habe ich auf die Durchsuchung des Apartments der Familie angesetzt und Carmichael von der Trachtengruppe hört sich in der Nachbarschaft des Tatorts um. Ich habe eine Suchmeldung nach Martas Ehering und Armbanduhr herausgegeben und den Ehemann nach Ohrringen gefragt. Sie hatte goldene, herzförmige Stecker in den Ohren, die sie von den Kindern zum letzten Muttertag bekommen hat. Ich hoffe wirklich, wir bekommen ihren Schmuck zurück. So was ... vielleicht haben wir ja Glück, und der Killer will das Zeug verpfänden oder irgendwo verhökern.«

»Da es ganz eindeutig keine Profis waren, wäre das durchaus vorstellbar.«

»Außerdem habe ich angefangen, die Finanzen unseres Opfers und des Ehemannes durchzugehen. Sie haben jeder eine hohe Lebensversicherung, aber stehen finanziell auch so gut da. Er verdient erheblich mehr als sie, aber ihr Gehalt war auch nicht schlecht. Sie haben einen Teil ihres Geldes in sicheren, langfristigen Aktien angelegt und gleich nach der Geburt der Kinder angefangen, für deren Ausbildung zu sparen.«

Sie zog ihr Notizbuch aus der Tasche und ging kurz die Aufzeichnungen durch. »Die Wohnung gehört ihnen beiden und ist abbezahlt, aber sie haben noch eine Hypothek auf ein Häuschen in Long Island. Oyster Bay. Die Familie hat einen nagelneuen Van, familiengerecht, doch nicht besonders schick. Dazu kommen ein paar Kunstwerke und Schmuck. Vor elf Jahren haben Dickenson und Grimes die Kanzlei gegründet, nachdem der Laden lief, haben sie die beiden anderen dazugeholt. Die Firma hat einen sehr guten Ruf. Fast genauso lange war das Opfer in der anderen Firma angestellt, hat dort eine steile Karriere hingelegt, und nach der Geburt der Kinder haben sie beide abwechselnd Erziehungsurlaub eingereicht. Das Kindermädchen haben sie seit der Geburt des ersten Kindes, ich habe ihre Daten hier.«

»Okay, dann reden wir als Nächstes mit der Kinderfrau, den Vorgesetzten und Kollegen unseres Opfers und den anderen Anwälten in der Kanzlei.«

»Ein paar Mandate beider Firmen haben sich überschnitten, und bisher habe ich die Namen zweier Leute, die auch bei dem Unternehmen unseres Zeugen sind.«

»Gehen Sie die durch, und dann sehen wir uns auch diese Leute an.« Als ihr Computer schrillte, sah sie auf den Bildschirm und erklärte: »Das ist die Erlaubnis zur Durchsuchung des Apartments, des Dickenson'schen Vans und der Büros.« Sie druckte das Schriftstück aus und las kurz den Anhang durch. »Yung schreibt, die Kinder wären auf dem Weg zu ihr. Schicken

Sie das Dokument Carmichael und sagen ihr, am besten machen sie und Sanchez sich umgehend auf den Weg. Und geben Sie McNab Bescheid, dass sich seine Abteilung die Geräte der Familie ansehen kann. Sie selber ... Sir.«

Sie straffte ihre Schultern, als Commander Whitney in der Tür erschien. Sie hatte schon damit gerechnet, dass ihr Vorgesetzter mir ihr sprechen wollte, wünschte sich jedoch, er hätte sie wie üblich in sein eigenes Büro zitiert, statt einfach aufzutauchen, ohne dass sie darauf vorbereitet war.

»Mir wurde mitgeteilt, dass die Schwägerin von Richterin Yung ermordet worden ist.«

»Ja, Sir. Ich war in dieser Sache bis vor einer halben Stunde unterwegs. Ich habe meinen Bericht noch nicht geschrieben, denn ich warte noch auf die Ergebnisse aus dem Labor.«

»Erzählen Sie mir, was Sie bisher wissen.«

»Peabody, Sie fangen schon mal mit der Arbeit an. Commander«, wandte sie sich wieder ihrem Vorgesetzten zu und erstattete ihm kurz Bericht.

Der große Mann füllte ihr winziges Büro beinahe zur Gänze aus, und während er ihr lauschte, trat er grimmig vor das schmale Fenster und sah reglos in den trüben Vormittag hinaus.

»Sie glauben nicht, dass sie von ihrem Mann ermordet worden ist?«

»Eher nicht«, erklärte sie. »Obwohl er selbstverständlich eingehend von uns vernommen werden wird. Er und die Richterin waren äußerst kooperativ. Ich habe Sanchez und Carmichael losgeschickt, um sich in der Wohnung der Familie umzusehen, die elektronischen Ermittler holen die Computer und die Telefone ab. McNab sieht sich bereits das Handy an, mit dem der Ehemann das Opfer gestern Abend angerufen hat. Bisher gehen wir davon aus, dass sie von einer oder mehreren Personen aus bisher unbekannten Gründen überwältigt und ermordet worden ist. Allerdings war sie kein zufälliges Opfer, und es war auch kein normaler Überfall. Wobei bisher nichts darauf hinweist, dass die Tat in irgendeiner Weise mit der Richterin zusammenhängt.

Als Nächstes sehe ich mir unseren Zeugen und seine Begleiterin sowie die aktuellen Mandanten unseres Opfers an und versuche rauszufinden, womit sie beruflich in der letzten Zeit beschäftigt war.«

Nickend wandte der Commander sich ihr wieder zu. »Die Schwägerin einer bekannten Richterin. Das wird hohe Wellen schlagen, und damit Sie keine Zeit verlieren, gibt am besten Yung eine Erklärung vor den Journalisten ab.«

Halleluja, dachte Eve, sagte aber einfach. »Danke, Sir.«

»Wie fast alle hier bin ich mit Yung bekannt, und Sie sollten wissen, dass sie und ihr Mann mit Tibble und mit dessen Frau befreundet sind.«

»Verstehe.«

»Halten Sie mich weiter auf dem Laufenden.«

»Ja, Sir.«

Kaum, dass er den Raum verlassen hatte, hängte sie ein Bild von Marta Dickenson an ihrer Tafel auf, notierte den zeitlichen Ablauf, ging noch einmal die Vernehmungen der Zeugen und des Ehemanns der Toten durch und schaute sich die Aufnahmen vom Tatort an.

Blutspritzer auf der Plane, überlegte sie. Die Täter hatten alles andere als gründlich aufgeräumt. Sie hatten ihren Zugriff gut getimt, sich das Opfer schnell geschnappt und es auf schnelle und brutale Weise umgebracht. Sie hatten eine Ausbildung auf dem Gebiet, doch Profis waren sie nicht. Vielleicht waren sie Türsteher, von einem Wachdienst oder hatten eine andere Tätigkeit, bei der man anderen gewohnheitsmäßig Knochen brach.

Wer aber hatte diese miesen Typen angeheuert, die sich nicht zu schade waren, das Genick von einer Frau zu brechen, die ihnen vollkommen hilflos ausgeliefert war?

Am besten fragte sie zuerst nach dem Warum, nahm sie sich vor und sammelte die Sachen, die sie bräuchte ein.

Bevor sie sich jedoch zum Gehen wenden konnte, klingelte ihr Link, und sie ging an den Apparat. »Dallas.«

»Lieutenant.« Auf dem Bildschirm tauchten Harpos feuerrote,

stachelige Haare auf. »Ich dachte mir, ich sage Ihnen schnell, was das für Fasern waren.«

»Sie haben sie identifiziert.«

»Geben Sie mir nächstes Mal bitte was Anspruchsvolleres zu tun. Sie stammen von einem Teppichboden, der im Maxima Cargo, im Mini Zip und im Land Cruiser 4X verwendet wird. Die Farbe ist Stahlblau. Es gibt sie standardmäßig zum indigoblauen Äußeren dazu, aber man kann sie auch so bestellen. General Motors hat die Farbe letztes Jahr erst eingeführt, es muss also ein Wagen Baujahr 59 oder 60 sein, und da die Fasern noch fabrikmäßig versiegelt waren, ist davon auszugehen, dass der Teppichboden bisher kaum beansprucht worden ist.«

»Gute, schnelle Arbeit, Harpo«, lobte Eve.

»Wie gesagt, das war das reinste Kinderspiel. Die Fasern aus dem Leichenschauhaus haben mit Ihren Fasern übereingestimmt, und das Blut, das daran klebte, stammte wie die Spritzer auf der Plane von der toten Frau.«

»Das war wirklich gute, wirklich schnelle Arbeit, Harpo«, wiederholte Eve.

»Wir standen fast alle schon einmal bei Yung im Zeugenstand. Deshalb ... ich schicke Ihnen den Bericht gleich zu.«

»Ja. Danke, Harpo.«

»Man tut eben, was man kann. Und ich kann es am besten«, gab die Laborantin ungerührt zurück, und da ihr Eve im Augenblick nicht widersprechen konnte, legte sie mit einem breiten Grinsen auf und stapfte los.

»Peabody«, rief sie auf ihrem Weg durch die Abteilung und die Partnerin zog eilig ihre Jacke an und joggte ihr so schnell wie möglich hinterher.

»McNab ist mit dem Handy durch und kann bestätigen, dass stimmt, was Dickenson behauptet hat. Das Opfer hat zu Hause angerufen und gesagt, sie säße länger im Büro. Sie haben sich übers Abendessen und die Kinder unterhalten, um kurz nach zehn hat sie ihn noch mal angerufen und gesagt, sie mache sich jetzt auf den Weg. Er hat sie bedrängt, sich fahren zu lassen, aber wie er sagte, hat sie diese Bitte einfach abgetan. Außerdem hat sie gesagt, sie brächte noch ein bisschen Arbeit mit nach Hause, die sie aber erst am nächsten Morgen durchgehen würde, weil sie ihrem Chef gesagt hätte, sie käme erst am Mittag wieder ins Büro.«

»Das hat er vergessen, uns zu sagen.«

»McNab schickt uns Kopien sämtlicher Gespräche. Er sagt, dass man in dem Video deutlich sehen kann, wie das Opfer seinen Mantel, einen Schal, Handschuhe und sogar eine Mütze anzieht, während sie mit Denzel spricht. Sie hat mit ihm über ihr Schreibtischlink telefoniert. Sie hat auch die Aktentasche, die Yung Ihnen beschrieben hat, und eine rote Handtasche, ebenfalls mit Schulterriemen, dabei. Außerdem kann man den Ehering, die Armbanduhr und selbst die Herzstecker in ihren Ohren sehen.«

»Gut.« Dass Ian McNab privat mit Peabody verbandelt war, beeinträchtigte seine Arbeit ganz eindeutig nicht.

»Sie haben sich etwas über drei Minuten unterhalten, und sie hat gesagt, wenn er ihr schon einmal ein großes Glas von ihrem Lieblingswein einschenken würde, hätte er womöglich Glück. Er hat gelacht und ihr geantwortet, wenn jemand Glück hätte, dann ja wohl *sie.* Das macht es irgendwie noch trauriger.«

»Traurigkeit gehört für uns erst einmal nicht zur Gleichung«, antwortete Eve, als sie in Höhe der Garage aus dem Fahrstuhl stieg. »Das Gespräch bestätigt, was uns der Ehemann erzählt hat, und gibt uns vor allem einen Eindruck davon, wie ihre Beziehung ausgesehen hat. Wenn man dazu noch das Gespräch mit ihm, sein Verhalten und auch die Finanzen der Familie nimmt, sieht er tatsächlich sauber aus. Wenn wir nicht herausfinden, dass er eine Geliebte hat, hätte er beim besten Willen kein Motiv für diese Tat.«

Sie trat auf der Fahrerseite neben ihren Wagen und stieg ein. »Harpo hat mich angerufen und gesagt, woher die stahlblauen Fasern sind. Aus einem Mini Zip, einem Maxima Crog oder einem Land Cruiser 4X Baujahr 59 oder 60.«

»Das bringt uns sicher gut voran.«

»Tja nun, auf jeden Fall voran. Das Blut an den Fasern und auch an der Plane war vom Opfer, also wissen wir, dass sie gekidnappt und mit einem Fahrzeug zu dem Haus verfrachtet wurde, in dem sie getötet worden ist. Dann haben ihr die Täter Mantel, Mütze, Schal, Handschuhe, Schmuck und Uhr entwendet und sie draußen an die Wand gelehnt.«

»Am besten schaue ich kurz nach, ob auf einen von den Namen, die wir haben, so ein Fahrzeug zugelassen ist.«

»Am besten finden wir erst mal heraus, was für Arbeit sie mit nach Hause nehmen wollte, und warum.«

Als Eve aus der Garage schoss, zog Peabody gehorsam ihren Handcomputer aus der Tasche, um der Frage nachzugehen.

»Ihr direkter Vorgesetzter ist Sylvester Gibbons. Wenn ich recht verstehe, prüft diese Abteilung hauptsächlich die Bücher großer Aktien- und Kapitalgesellschaften und von Treuhandfonds.«

»Die Aufgabe einer Buchprüferin besteht darin herauszufinden, ob etwas nicht sauber ist.«

»Ich schätze, ja. Oder dafür zu sorgen, dass in den geprüften Büchern alles stimmt.«

»Es ging um etwas, was nicht ganz sauber ist«, beharrte Eve auf ihrer Position. »Und eine Möglichkeit, die Prüfung irgendwelcher Bücher zu verhindern oder wenigstens ein wenig zu verzögern, wäre die, den Buchprüfer aus dem Verkehr zu ziehen.«

»Das wäre aber ziemlich harsch und echt extrem. Und falls mit den Zahlen was nicht stimmt, kommt es doch früher oder später sowieso heraus, nicht wahr?«

»Vielleicht brauchten sie ja einfach Zeit, um den Fehler zu beheben. Also haben sie die Buchprüferin abgepasst, herausgefunden, was sie wusste, was sie schon zu Protokoll gegeben und mit wem sie schon geredet hat, sie danach umgebracht und es so aussehen lassen, als ob ein normaler Straßenräuber sie spätabends auf dem Heimweg überfallen hat. Jetzt haben sie ein bisschen Zeit, um ihre Buchhaltung zu korrigieren oder nach einem Griff in fremde Kassen das zurückzuzahlen, was dort fehlt. Wenn alles glattgegangen wäre, würden alle denken, Marta hätte einfach Pech gehabt. Dann würde niemand denken, dass die Sache irgendwie mit ihrem Job zusammenhängt. Aber da wir das schon wissen, haben wir ja vielleicht einen kleinen Vorsprung vor den Typen. Kontaktieren Sie die Richterin.«

»Jetzt?«

»Natürlich. Schließlich gilt es, möglichst schneller als die anderen zu sein. Kein anständiger Wirtschaftsprüfer wird der Polizei freiwillig Unterlagen der Mandantschaft überlassen, ohne dass ein Richter den Befehl dazu erteilt. Wir müssen uns alles ansehen, was in den vergangenen vier Wochen auf dem Schreibtisch unsers Opfers lag, und wenn Yung einen Kollegen darum bittet, stellt er uns diese Erlaubnis sicher auf der Stelle aus.«

»Es ist wirklich praktisch, wenn man einen Richter zur Verfügung hat«, erklärte ihre Partnerin. »Natürlich ganz ohne korrupte Hintergedanken«, fügte sie schnell hinzu.

»Hm. Aber erzählen Sie ihr nur das Nötigste. Sagen Sie, wir wollten einfach gründlich sein und allen Spuren nachgehen. Sie wissen schon, wie man so etwas macht.«

»Bei einer Richterin habe ich bisher nie mein Glück versucht. Oje, das klang jetzt etwas zweideutig.«

»Besorgen Sie mir einfach die Erlaubnis, mir die Unterlagen anzusehen.«

Natürlich gab es noch jemanden, den sie zur Verfügung hatten, dachte Eve. Einen ausgemachten Zahlenfreak, der die Sprache der Finanzwelt fließend sprach und selber reich wie Krösus war.

Sie schaute sich nach einem Parkplatz um und sagte sich, dass heute offenbar ihr Glückstag war, weil sie tatsächlich nur ein wenig mehr als einen Block von Martas Arbeitsplatz entfernt in Straßenhöhe eine freie Lücke fand.

»Die Richterin besorgt uns die Erlaubnis, was jedoch ein bisschen dauern kann«, erklärte Peabody. »Denn schließlich geht es dabei um sensible Unterlagen, den Schutz der Privatsphäre und so.

Falls wir schlüssige Beweise dafür haben, dass der Tod des Opfers in Zusammenhang mit seiner Arbeit steht, dürfte es deutlich schneller gehen.«

»Die könnten wir vielleicht erbringen, wenn wir uns die Unterlagen angesehen haben«, knurrte Eve. Im Grunde aber hatte sie sich schon gedacht, dass es ein wenig dauern würde, und war bereits froh, dass die Erteilung der Erlaubnis wenigstens schon einmal angeleiert worden war.

Plötzlich öffnete der Himmel seine Schleusen, und die anderen Fußgänger beschleunigten ihr Tempo, um dem widerlichen Graupelschauer zu entgehen. Innerhalb von wenigen Sekunden hatte ein gewiefter Straßenhändler einen Stand eröffnet, bot zu Wucherpreisen Regenschirme an, und genauso schnell rissen die Leute ihm die Ware aus der Hand.

»Ich hätte selbst nichts gegen einen Schirm«, murmelte Peabody.

»Sie sind doch nicht aus Zucker.«

»Warum kann's nicht einfach schneien? Wenigstens sieht Schnee schön aus.«

»Solange, bis er sich in rußig schwarzen Haufen an den Straßenrändern türmt.« Eve stopfte die kalten Hände in die Taschen ihres Mantels und ging etwas schneller, weil das Wetter auch aus ihrer Sicht eher ungemütlich war.

Wenig später trat sie in die Eingangshalle des Bürogebäudes, schüttelte sich wie ein Hund, verspritzte kleine Tropfen Eiswasser in alle Richtungen, zog ihre Dienstmarke hervor und wies sich beim Empfangschef aus. »Brewer, Kyle und Martini.«

»Fünfter Stock. Geht es um Ms. Dickenson? Ich habe von der Sache auf dem Weg zur Arbeit in den Nachrichten gehört.«

»Ja, es geht um Marta Dickenson.«

»Dann ist es also wahr.« Er schüttelte den Kopf und stieß zwischen zusammengepressten Lippen aus: »Natürlich hofft man bis zum Schluss, dass es ein Irrtum ist, nicht wahr? Sie ist eine wirklich nette Frau, und immer, wenn sie reinkommt, grüßt sie mich.«

»Sie hatten gestern Abend keinen Dienst?«

»Nein, mein Dienst war um halb fünf vorbei. Sie hat das Haus um 22.08 Uhr verlassen. Wegen der Sache in den Nachrichten habe ich nachgesehen, als ich vorhin gekommen bin.«

»War sie oft so lange im Büro?«

»Nicht regelmäßig, aber ab und zu. Das sind die anderen auch. Und in den Wochen vor dem letzten Steuerabgabetermin …« Er winkte ab. »Da könnten sie genauso gut hier einziehen.«

»War heute Morgen jemand hier und hat nach ihr gefragt?«

»Mich nicht. Ich meine, ja, natürlich tauchen immer wieder einmal Leute auf, Mandanten oder so, und fragen entweder nach ihr oder nach der Kanzlei. Aber die müssen sich hier alle eintragen.«

»Dürfte ich vielleicht die Eintragungen der vergangenen Woche sehen?«

»Warum wohl nicht?«

»Könnten Sie vielleicht eine Kopie davon für unsere Akten machen?«

Er trat unbehaglich von dem einen auf den anderen Fuß. »Das müsste ich vorher mit meinem Boss absprechen. Kommen Sie doch einfach auf dem Weg nach draußen noch mal hier vorbei. Ich nehme an, unter den gegebenen Umständen ist es für ihn okay.«

»Vielen Dank. Das wäre nett.«

»Sie war eine wirklich freundliche Frau«, erklärte er noch einmal. »Auch ihren Mann und die Kinder kannte ich. Sie haben sie manchmal von der Arbeit abgeholt. Eine echt nette Familie. Eine verdammte Schande, was mit ihr passiert ist. Eine echte Schande. Erste Fahrstuhlreihe rechts. Ich rede gleich mit meinem Boss.«

»Nochmals Danke«, wiederholte Eve und wandte sich an ihre Partnerin. »Kontaktieren Sie Carmichael von der Trachtengruppe und erkundigen Sie sich, ob die Befragung irgendwas ergeben hat.«

»Wenn der Portier es weiß, weiß sicher auch schon das Büro Bescheid«, bemerkte Peabody.

»Dann ist es also keine Überraschung mehr.«

»Also wird's sicher nicht ganz so schrecklich, als wenn sie es erst von uns erfahren.«

Leider doch, erkannte Eve, als die Tür des Fahrstuhls aufglitt und gedämpftes Schluchzen hinter einer anderen Tür zu hören war. Die Sitzecke des würdevollen und ein bisschen langweiligen, cremefarben und braun gehaltenen Empfangsbereichs war menschenleer, die beiden Angestellten an der Rezeption jedoch – ein Mann und eine Frau – hielten einander in den Armen, bis sie die Besucher näherkommen sahen.

Die Frau trat eilig einen Schritt zurück, es war nicht zu übersehen, dass sie um Fassung rang, bevor sie krächzend ausstieß: »Tut mir furchtbar leid, aber sämtliche Termine heute wurden abgesagt. Wir haben einen Trauerfall.«

»Das ist mir klar«, erklärte Eve und wies sich aus.

»Sie sind wegen Marta hier.«

»Lieutenant Dallas und Detective Peabody. Wir ermitteln in dem Todesfall. Wir müssen mit Sylvester Gibbons sprechen.«

»Ja, natürlich. Ja.« Die Frau zog ein paar Papiertücher aus einer Box und tupfte sich damit die Tränen fort. »Marcus?«

»Ich werde ihn holen«, bot er an und lief davon.

»Möchten Sie sich vielleicht setzen? Oder einen Kaffee? Ich meine, kann ich Ihnen einen Kaffee anbieten?«

»Danke, nein. Wie gut kannten Sie Ms. Dickenson?«

»Sehr gut. Ich kannte sie echt gut.« Wieder tupfte sich die junge Frau die Augen ab. »Wir waren zweimal in der Woche zusammen beim Sport. Und ich habe jeden Tag mit ihr gesprochen, wenigstens an jedem Arbeitstag. Ich kann einfach nicht glauben, was passiert ist. Sie ist wirklich vorsichtig, und dies ist eine anständige Gegend. Wenn sie überfallen worden wäre, hätte sie sich sicher nicht gewehrt.« Wieder brachen sich die Tränen Bahn. »Sie hätten ihr nichts tun müssen.«

»Hat irgendwer nach ihr gefragt?«

»Nein.«

»Hatte sie Probleme mit jemandem im Büro, mit jemandem aus der Kanzlei?«

»Nein. Das hätte ich gewusst, denn hier vorne am Empfang bekommt man alles mit. Dies ist eine gute Firma, und wir kommen alle prima miteinander aus.«

Niemand kam die ganze Zeit mit allen anderen aus, sagte sich Eve, sprach den Gedanken allerdings nicht aus. »Und wie sieht es mit den Mandanten aus? Gab es da womöglich Ärger oder hat sich irgendwer beschwert?«

»Das weiß ich nicht. Vielleicht. Ich weiß es nicht.«

»Menschen mögen es im Allgemeinen nicht, wenn man sie überprüft. Hat ihr jemand wegen ihrer Arbeit Scherereien gemacht?«

»Darum kümmert sich die Rechtsabteilung. Ich verstehe nicht. Sie wurde überfallen und ausgeraubt, also ...«

»Das sind nur Routinefragen«, meinte Eve. »Wir müssen einfach gründlich sein.«

»Natürlich. Ja, natürlich. Tut mir leid. Ich bin völlig durcheinander«, stieß sie mit erstickter Stimme aus und riss die nächsten Tücher aus der Box. »Wir haben uns im Fitnessstudio angefreundet. Sie war eine wirklich tolle Frau.«

»Hat Sie Ihnen auch von ihrer Arbeit und den Buchprüfungen erzählt?«

»Marta hätte niemals über eine Buchprüfung getratscht. Das wäre unprofessionell gewesen, und selbst wenn sie irgendwas von ihrem Job erzählt hätte, dann sicherlich nicht mir. Man wird, wie soll ich sagen, locker, während man beim Sport gemeinsam schwitzt. Manchmal haben wir uns für die Mühe noch mit einem Drink belohnt. Dann haben wir uns über unsere Kinder und Klamotten oder über Männer – insbesondere Ehemänner – ausgetauscht«, gab sie mit einem schwachen Lächeln zu. »Außerhalb der Arbeit hatte keine von uns Lust, über den Job zu reden.«

»Also gut.«

»Ich ... oh, Sly.« Schluchzend sank sie auf den Stuhl, der hinter dem Empfangstisch stand, und warf sich die Hände vors Gesicht.

»Nat.« Ein drahtiger Mann mit leicht zerzaustem, blondem Haar und wässrig blauen Augen trat entschlossen hinter den Empfangstisch, tätschelte ihr sanft die Schulter und schlug mit besorgter Stimme vor: »Warum gehst du nicht nach Hause?«

»Ich will hierbleiben und helfen. Wir konnten nicht alle, die heute einen Termin haben, erreichen. Ich brauche nur ein paar Minuten.« Damit stand sie auf und lief davon.

»Mit ein paar Minuten ist es sicher nicht getan.« Er fuhr sich müde mit der Hand durch das Gesicht und wandte sich an Eve und ihre Partnerin. »Lieutenant Dallas?«

»Mr. Gibbons?«

»Ja. Wir stehen heute alle etwas neben uns. Marta ...«, fing er an und schüttelte den Kopf. »Am besten gehen wir in mein Büro.«

Schlacksig, so als mache ihm die Länge seiner Glieder Schwierigkeiten, führte er sie durch einen Bereich mit einer Reihe Schreibtische, an denen Eve mehrere Leute mit verquollenen Augen sitzen sah, und dann durch einen kurzen Gang an geschlossenen Bürotüren vorbei.

»Martas Büro ...« Er blieb kurz stehen und starrte auf die Tür. »Müssen Sie es sehen?«

»Später, ja. Vorher würde ich mich gerne kurz mit Ihnen unterhalten«, antwortete Eve. »Ist die Tür gesichert?«

»Sie hat hinter sich abgeschlossen, als sie gestern ging. Das gehört zur Firmenpolitik. Ich habe aufgeschlossen, als ich heute Morgen kam und hörte, was geschehen war, um zu sehen, ob dort irgendetwas ungewöhnlich ist. Wobei ich eigentlich nicht wirklich weiß, warum ich überhaupt in ihr Büro gegangen bin. Als ich es wieder verlassen habe, habe ich hinter mir abgesperrt.«

Sie kamen an einem Pausenraum vorbei, in dem sich ein paar Leute mit gedämpften Stimmen unterhielten, und marschierten weiter bis zu Gibbons Eckbüro am Ende des Korridors.

Die Einrichtung des Raums war minimalistisch, praktisch und erschreckend gut organisiert. Auf dem Schreibtisch standen zwei Computer und zwei Touchscreens, eine Reihe sorgsam aufgereihter Aktenordner, ein Wald an tödlich scharf gespitzten Stiften in verschiedenen, harten Farben und ein dreiteiliger Bilderrahmen, in dem Schnappschüsse von einer drallen, freundlich dreinblickenden Frau, einem pausbäckigen Jungen, der bis über beide Ohren grinste, sowie einer alles andere als hübschen Promenadenmischung angeordnet waren.

»Bitte nehmen Sie doch Platz. Ich ... Kaffee. Ich werde Ihnen erst mal einen Kaffee holen.«

»Vielen Dank, aber wir brauchen nichts.«

»Es ist wirklich kein Problem. Ich wollte mir sowieso auch selber einen Kaffee holen. Ich war gerade im Pausenraum und habe versucht, die anderen zu trösten. Unsere Abteilung ist sehr klein, und wir sind Teil einer Firma, die, tja nun, in der alles ineinandergreift. Hier kennt jeder jeden, und alle hatten schon mal irgendetwas miteinander zu tun. Wir haben eine eigene Softballmannschaft, und wir feiern die Geburtstage im Pausenraum. Marta hatte letzten Monat erst Geburtstag und hat einen Kuchen mitgebracht. Oh Gott. Es ist meine Schuld. Es ist alleine meine Schuld.«

»Wie das?«

»Sie war auf meine Bitte hin so lange im Büro. Ich hatte sie gefragt, ob sie ein bisschen länger bleiben kann. Uns fehlen diese Woche zwei Prüfer, die bei einer Tagung waren. Sie sollten längst schon wieder hier sein, doch sie hatten einen Unfall. Einen schweren Autounfall, bei dem einer von den beiden sich ein Bein gebrochen hat und nach dem der andere im Koma lag. Zwischenzeitlich war er wieder bei sich, doch aus irgendeinem Grund haben die Ärzte ihn künstlich ins Koma zurückversetzt. Er hat keinen Hirnschaden davongetragen, aber er hat mehrere gebrochene Rippen, und sie müssen noch verschiedene Tests durchführen und ... es tut mir leid. Es tut mir leid. Deshalb sind Sie nicht hier.«

»Wann haben Sie Marta gebeten, Überstunden einzulegen?«

»Gestern erst. Gestern Morgen, nachdem ich mit Jim gesprochen hatte, dem Kollegen, der sich das Bein gebrochen hat. Die beiden konnten noch nicht zurückkommen. Sie sind in Vegas. Dort fand diese Tagung statt. Aber das habe ich ja schon erzählt. Tut mir leid. Sie kommen frühestens in ein paar Tagen wieder ins Büro, aber wir haben ein paar Prüfungen, die vorher abzuschießen sind. Also habe ich bei Marta nachgefragt, ob sie einen Teil der Arbeit übernehmen kann. Ich selbst habe bis acht gearbeitet, bin dann aber heimgefahren, während Marta hiergeblieben ist. Sie hat sich noch bei mir dafür bedankt, dass ich gegen sechs etwas zu essen habe kommen lassen. Für mich selbst, für Marta und Lorraine.«

»Lorraine?«

»Lorraine Wilkie. Sie war ebenfalls noch länger im Büro, ist aber ungefähr zur selben Zeit gegangen wie ich selbst, während Marta immer noch über ihren Akten saß. Ich hatte ihr den größten Teil der Arbeit aufgehalst, weil sie die Beste ist. Sie ist die Beste von uns allen. Ich wusste nicht, dass sie so lange bleiben würde. Ich hätte ihr sagen sollen, dass sie auch um acht nach Hause gehen soll. Ich hätte ihr ein Taxi rufen sollen. Wenn ich das getan hätte, wäre ihr nichts passiert.«

»Woran hat sie gearbeitet?«

»An verschiedenen Dingen.«

Plötzlich klingelte sein Handy, doch nach einem kurzen Blick auf das Display wies er den Anruf ab.

»Tut mir leid. Das Gespräch kann warten. Marta hatte eine ihrer eigenen Buchprüfungen fertig und gerade mit einer anderen angefangen, als sie noch drei weitere von mir bekommen hat – eine von Jim, die anderen zwei von Chaz. Außerdem habe ich sie noch gebeten, sich die Arbeit eines unserer Praktikanten anzusehen.«

»Hätte Marta irgendwem von diesen Aufträgen erzählt? Ich meine, hätte sie Namen oder Einzelheiten dieser Aufträge genannt?«

»Nein. Diese Informationen sind streng vertraulich.«

»Trotzdem werden wir uns ihre Arbeit ansehen müssen, es wäre nett, wenn Sie uns die Erlaubnis geben würden, uns die Akten anzuschauen.«

»Ich ... verstehe nicht.« Er hob flehend die Hände in die Luft. »Ich würde alles tun, um Ihnen zu helfen, aber vertrauliche Akten kann ich Ihnen leider nicht überlassen. Vor allem weiß ich nicht, inwiefern dieser Überfall auf sie mit ihrer Arbeit in Verbindung stehen soll.«

»Mr. Gibbons, wir haben Grund zu der Vermutung, dass Ms. Dickenson kein zufälliges Opfer eines Straßenräubers war. Wir gehen vielmehr davon aus, dass sie bei Verlassen des Büros gekidnappt und an einen anderen Ort verbracht wurde, an dem sie dann ermordet worden ist. Der Täter hat auch ihre Aktentasche mitgenommen, in der bestimmt ein Teil ihrer Unterlagen war.«

Er ließ die Hände wieder sinken und starrte sie an. »Ich verstehe nicht, was Sie da sagen. Das kann doch nicht sein.«

»Wir gehen davon aus, dass Marta Dickenson wegen ihrer Arbeit von den Tätern ins Visier genommen und ermordet worden ist.«

Er ließ sich in seinen Schreibtischsessel sinken und stellte mit rauer Stimme fest: »Aber in den Nachrichten hieß es, man hätte Marta überfallen und ausgeraubt.«

»Ich hoffe, dass es das auch weiter heißen wird. Aber so war es nicht, ich muss Sie dringend darum bitten, dass davon erst einmal niemand außer Ihnen etwas erfährt. Wer wusste, dass sie gestern noch so lange im Büro sein würde?«

»Ich ... ich wusste es. Lorraine, Martas Assistentin Josie und die Assistentin von Lorraine. Meine Sekretärin ...« Er neigte seinen Kopf und raufte sich das schüttere Haar. »Oh Gott. Mein Gott. Das hätte jeder wissen können. Das war schließlich kein Geheimnis.«

»Was ist mit der Putzkolonne, mit dem Hausmeister oder dem Nachtportier?«

»Tja, nun, die Putzkolonne kam, als wir noch bei der Arbeit waren. Und der Nachtportier passt auf, dass jeder, der das Haus betritt oder verlässt, sich registrieren lässt. Ich verstehe nicht ...«

»Es reicht, wenn Sie verstehen, dass wir wissen müssen, womit Marta in der letzten Zeit beschäftigt war.«

»Ich ... da muss ich erst mit unserer Rechtsabteilung sprechen. Ich schwöre Ihnen, wenn ich könnte, würde ich Ihnen die ganzen Sachen geben. Sie war eine Freundin. Und Sie denken wirklich, jemand hätte sie wegen der Arbeit umgebracht?«

»Das ist zumindest eine Möglichkeit.«

»Ich kann mir nicht vorstellen, dass es so ist.« Er massierte sich die Schläfen.

»Sprechen Sie mit Ihrer Rechtsabteilung und erklären Sie den Leuten, dass die richterliche Erlaubnis, uns die Akten anzusehen, schon in Arbeit ist. Wir werden sie bekommen. Richterin Yung wird dafür sorgen, dass einer ihrer Kollegen sie uns gibt.«

»Das hoffe ich.« Mit einem leisen Seufzer stand er wieder auf. »Ich denke immer noch, dass Sie sich irren, aber falls es so ist, wie Sie vermuten, will ich, dass Sie alles kriegen, was Sie brauchen, um herauszufinden, wer Marta auf dem Gewissen hat. Sie war eine gute Freundin«, wiederholte er. »Und ich war hier im Büro für sie verantwortlich. Ich weiß nicht, wie ich Denzel jemals ... es ist meine Schuld, egal, aus welchem Grund man sie getötet hat. Es ist alleine meine Schuld.«

»Das ist es nicht«, erwiderte Eve tonlos, weil sie dachte, dass das wichtig für ihn war. »Es ist die Schuld des Kerls, der sie ermordet hat.«

4

Auf Eves Bitte schloss Sylvester Gibbons die Bürotür ihres Opfers auf und machte sich dann auf den Weg, um deren Assistentin zu suchen.

Zwar war Martas Büro erheblich kleiner als das ihres Vorgesetzten, doch es war genauso aufgeräumt. Neben ihren Arbeitsutensilien hatte sie auch einige private Gegenstände wie Fotos der Familie, einen schiefen Stifthalter, der entweder von einem Kind oder von einem künstlerisch nicht sonderlich begnadeten Erwachsenen angefertigt worden war, und eine gut gedeihende Grünpflanze um den Arbeitsplatz herum verteilt.

An ihrem Mini-AutoChef hatte sie einen leuchtend gelben Zettel aufgehängt.

»Fünf Pfund«, las Eve.

»Damit hat sie sich wahrscheinlich selbst daran erinnert, dass sie abnehmen wollte, wenn sie in Versuchung war, sich irgendeinen Dickmacher zu holen«, erklärte Peabody. »Sie selber mussten sich noch nie Gedanken machen, ob Sie zunehmen oder nicht. Aber Leute wie ich, die mit den Pfunden kämpfen, wenden alle möglichen Tricks und Anreize zum Abnehmen an.«

»Allen bisherigen Aussagen zufolge hat sie ihren Job geliebt. Aber ein zweites Zuhause war die Firma für sie nicht. Sie hat sich hier gemütlich eingerichtet, aber abgesehen von den Fotos und dem Stifthalter hat sie kaum etwas Privates mitgebracht.«

Sie selbst hatte in ihrem eigenen, noch kleineren Büro viel mehr privaten Kram verteilt, erkannte Eve. Kleine Dinge wie den Briefbeschwerer, den sie auf dem Schreibtisch stehen hatte, weil sie gerne etwas in der Hand hielt und damit herumspielte, wenn sie am Überlegen war. Dann den kristallenen Sonnenfänger, der in ihrem Fenster hing, weil er ihr an der Stelle gut gefiel.

Oder die lächerliche sprechende Pistole, die ihr Peabody geschenkt hatte und die sie liebte, weil sie einfach lustig war.

Sie hatte auch einmal eine Pflanze im Büro gehabt, sie dann aber verschenkt, weil sie bei ihr um ein Haar vertrocknet war.

Sie trat vor den Schreibtisch und hörte sich auf Martas Links die Anrufe vom Vortag an.

Gespräche mit Kollegen aus der Firma, die nicht weiter von Bedeutung waren, zwei Gespräche mit Mandanten, deren Telefonnummern sich Eve notierte, ein Anruf bei der Rechtsabteilung wegen eines kniffligen juristischen Problems, das sie nicht einmal annähernd verstand, ein Anruf bei dem Kindermädchen, um zu sagen, dass es später würde und zu fragen, ob sie länger bleiben könnte, um den Kindern noch ihr Abendessen zu servieren, und die letzten beiden Anrufe bei Martas Ehemann.

Sie drückte auf den roten Knopf des Telefons, sah auf und stellte fest, dass eine junge Frau mit bleicher, unglücklicher Miene durch die Tür getreten war.

»Als ich ihre Stimme hörte, dachte ich ... als ich ihre Stimme hörte ...«

»Josie Oslo?«

»Ja. Ja, ich bin Josie. Ich bin Martas Assistentin.«

»Lieutenant Dallas und Detective Peabody«, stellte Eve sich selbst und die Kollegin vor. »Am besten setzen Sie sich erst einmal. Wir müssen Ihnen ein paar Fragen stellen.«

»Ich habe erst davon gehört, als ich zur Arbeit kam. Ich habe heute früh den Fernseher nicht angestellt. Aber als ich ins Büro kam, hat Lorraine – Ms. Wilkie – fürchterlich geweint. Und auch die anderen waren völlig aufgelöst. Niemand wusste, was er machen soll.«

Sie sah sich hilflos um und presste sich den Handrücken gegen den Mund. »Sly – Mr. Gibbons – kam ein bisschen später und hat gleich versucht, mit Martas Ehemann zu sprechen, aber der ging nicht ans Telefon. Als er die Polizei kontaktiert hat, haben die ihm kaum etwas gesagt. Dann meinte er, wir sollten sämtliche Termine heute und morgen absagen und heimfahren, aber keiner von uns wollte jetzt schon wieder gehen.«

»Es hilft, wenn man mit anderen zusammen ist, die Marta kannten«, stellte Peabody mit mitfühlender Stimme fest und führte Josie sanft zu einem Stuhl.

»Wahrscheinlich. Als ich eben ihre Stimme hörte, dachte ich einen Moment, alles wäre ein fürchterlicher Irrtum. Aber das ist es nicht.«

»Nein. Es tut mir leid, das ist es nicht.« Eve lehnte sich an Martas Schreibtisch. »Wie lange waren Sie Martas Assistentin?«

»Ungefähr zwei Jahre. Seit ich mit dem College fertig bin. Nebenher studiere ich.«

»Gab es in der letzten Zeit Probleme?«

»Martas Drucker war kaputt, aber ich habe ihn wieder hingekriegt.«

»Irgendwas, was ungewöhnlich war?«

»Nein, ich glaube nicht. Das heißt, natürlich! Doch. Der Autounfall von Jim und Chaz. Chaz Parzarri und Jim Arnold waren auf einer Tagung in Las Vegas und hätten schon gestern wieder in New York sein sollen. Aber sie hatten einen Unfall mit dem Taxi und wurden dabei verletzt. Weil Marta und Lorraine die Arbeit von den beiden übernehmen sollten, waren sie so lange im Büro. Deswegen war Marta gestern überhaupt so lange hier.«

»Als ihre Assistentin wussten Sie doch sicher, womit sie beschäftigt war. Sie haben doch wahrscheinlich alle eingehenden Gespräche und Termine irgendwo notiert.«

»Ja, natürlich. Ja.«

»Gab es in den letzten Tagen irgendwelche aufregenden oder ungewöhnlichen Anrufe?«

»Nein«, erklärte Josie, wagte dabei aber nicht, ihr ins Gesicht zu sehen.

»Josie«, sagte Eve in derart scharfem Ton, dass sie gezwungen war, sie wieder anzuschauen. »Sie müssen es uns sagen.«

»Marta hat gesagt, dass ich es niemandem verraten soll.«

»Das gilt jetzt nicht mehr.« Peabody setzte sich neben sie. »Sie wollen Marta helfen, und Sie wollen tun, was für sie und ihre Familie richtig ist.«

»Das will ich wirklich«, stimmte ihr die Assistentin zu. »Sie wollte Sly nicht aufregen und hat gesagt, dass sie sich selber darum kümmern wird.«

»Worum?«, erkundigte sich Eve.

»Es war nur ... es ging um Ms. Mobsley. Marta hat auf Anweisung der Treuhänder den Treuhandfonds der Frau geprüft. Sie hat nur ihren Job gemacht, aber Ms. Mobsley war deswegen völlig außer sich. Sie hat gesagt, es wäre ihr Geld und sie ließe ganz bestimmt nicht zu, dass eine vertrocknete Zahlenfresserin diesen – Verzeihung – alten Säcken, die den Fonds verwalten, eine Möglichkeit eröffnet, ihr den Geldhahn zuzudrehen. Sie hat gesagt, es würde Marta leidtun, wenn sie nicht tut, was sie ihr sagt.«

»Und was genau hat sie zu ihr gesagt?«

»Ich nehme an, sie hat gewollt, dass Marta – na, Sie wissen schon – ein paar der Zahlen schönt. Wobei ich im Grunde nicht über Mandanten oder über deren Bücher reden darf.«

»Sie informieren einfach die Polizei über eine potenzielle Drohung, die man Marta gegenüber ausgesprochen hat«, rief Eve ihr in Erinnerung.

»Ich habe ihr geholfen, die Zahlen zu überprüfen, und tja nun, es sah so aus, als hätte Ms. Mobsley einige der Zahlen gefälscht. Als hätte sie sich Geld aus diesem Fonds geholt, das sie nicht hätte holen dürfen, und als hätte sie das unter den erlaubten Ausgaben verbucht. Aber die Verwalter dieses Fonds haben uns den Auftrag zu der Buchprüfung erteilt, also hätte Marta diese Diskrepanzen in ihrem Bericht auf jeden Fall erwähnt. Als sie gesagt hat, dass sie das Gericht und auch die Treuhänder über die Drohanrufe informieren würde, ist Ms. Mobsley vollends ausgeflippt. Marta hat mich hereingerufen und gesagt, dass ich die Tür schließen soll, damit keiner von den anderen etwas davon mitbekommt, dass ich aber selber wissen müsste, was passiert sei, weil ich schließlich an der Buchprüfung beteiligt war. Außerdem sollte ich ihr sofort Bescheid geben, falls sich Ms. Mobsley selber oder sonst wer wegen dieser Sache mit mir in Verbindung setzt oder mir droht.«

»Und? Hat das irgendwer getan?«

»Nein. Leute wie Ms. Mobsley nehmen Assistentinnen und Assistenten gar nicht wahr. Und wenn Ms. Mobsley sich noch einmal melden würde, sollte ich ihr sagen, Marta wäre nicht zu sprechen, aber alles, was sie sagt, notieren, damit Marta, wenn die Frau nicht aufhört uns zu drohen, zu Sly und den Verwaltern ihres Fonds gehen kann.«

»Haben Sie Ms. Mobsleys vollständigen Namen und Adresse?«

»Sicher. Candida Mobsley. Und ihre Adresse oder vielmehr die Adressen kann ich für Sie raussuchen«, bot Josie an. »Brauchen Sie auch die Adressen der Verwalter ihres Fonds? Und soll ich Sly von dieser Angelegenheit erzählen? Denken Sie, dass ich es ihm erzählen soll?«

»Auf jeden Fall, aber erst einmal erzählen Sie mir von gestern, ja? Hat Mobsley gestern ebenfalls versucht, Marta zu erreichen?«

»Nein. Aber wegen des Unfalls der Kollegen waren wir ziemlich durch den Wind und hatten alle Hände voll zu tun. Marta hatte drei von Jims und Chaz' Mandaten übernommen, und weil sie mit zwei der Aufträge noch ganz am Anfang waren, bin ich auch länger geblieben, aber gegen acht hat sie zu mir gesagt, dass ich nach Hause fahren soll. Das habe ich gemacht, weil ich total erledigt war. Meine Mitbewohnerin hat sich gerade erst von ihrem Freund getrennt, also sind wir ziemlich lang aufgeblieben und haben noch gequatscht.«

»Okay. Geben Sie Detective Peabody die Kontaktdaten dieser Ms. Mobsley und der Treuhänder und sagen Lorraine Wilkie, dass sie reinkommen soll.«

»In Ordnung.« Josie nickte und stand auf. »Ich möchte nur noch sagen, dass sie eine tolle Chefin war. Sie hat mir sehr viel beigebracht, und es hat großen Spaß gemacht, für sie zu arbeiten.«

Peabody wartete, bis sie verschwunden war. »Wollen Sie wissen, wer Candida Mobsley ist? Eine reiche Erbin, die das Geld ihrer Familie verprasst. Wenn sie nicht gerade auf Reisen ist, macht sie wahrscheinlich wieder einmal eine Reha wegen Drogen- oder Alkoholmissbrauchs, den sie als Entschuldigung anführt, wenn sie einen Wagen schrottet, einer möglichen Rivalin eine Ohrfeige verpasst, ein Hotelzimmer verwüstet oder sonst etwas.«

»Und das wissen Sie woher?«

»McNab und ich sehen uns im Fernsehen gern die Klatsch- und Tratschsendungen an. Sie können sich nicht vorstellen, wie witzig die oft sind. Irgendwann habe ich aufgehört zu zählen, wie oft Candida schon verlobt war, einmal war sie sogar kurz verheiratet. Für die Hochzeit auf einer privaten Insel in der Südsee gingen mehrere Millionen drauf, und den Berichten nach hat sie alleine für das Kleid ...«

»Das interessiert mich nicht.«

»Entschuldigung, ich war einfach gerade so schön in Schwung. Im Grunde wollte ich damit nur sagen, dass die Frau stinkreich, total verwöhnt und bereits öfter wegen ihrer Neigung zu Gewalt mit den Gesetzen in Konflikt geraten ist.«

»Sie könnte es sich also leisten, jemanden zu engagieren, um eine Wirtschaftsprüferin, auf die sie sauer war, aus dem Verkehr zu ziehen.«

»Das könnte sie auf jeden Fall. Vor ein paar Jahren hat sie sich häufiger mit irgendwelchen zwielichtigen Typen rumgetrieben, Typen, die ganz sicher wüssten, wo jemand für einen solchen Auftrag aufzutreiben ist.«

»Okay, besorgen Sie sich die Adresse, und dann reden wir mit ihr. Und warum fahren Sie nicht noch mal runter, um zu sehen, ob der Empfangschef die Kopien der Besucherprotokolle für uns hat. Falls nicht, probieren Sie es ruhig mit etwas Druck.«

»Ich liebe meinen Job.« In freudiger Erwartung der Vernehmung der skandalträchtigen, reichen, jungen Erbin lief sie fröhlich Richtung Tür, wo ihr eine andere Frau entgegenkam.

Im Gegensatz zu Josie Oslo mit den weichen, frischen Zügen und dem hochmodernen, jugendlichen Outfit sah Lorraine mit ihrem schmalen, kantigen Gesicht, dem stahlgrauen, praktisch kurz geschnittenen Haar, der gestärkten weißen Bluse und dem maskulinen, dunkelblauen Hosenanzug wie ein sorgfältig gespitzter Bleistift aus.

Ihre Augen waren zwar verquollen, aber trocken, als sie ihren Blick an Eve herunterwandern ließ.

»Sie sollen also rausfinden, wer eine unserer Kolleginnen auf dem Gewissen hat.«

»Ich bin die Ermittlungsleiterin.«

Die andere nickte knapp. »Sie sehen durchaus fähig aus.«

Sie setzte sich auf einen Stuhl, schlug die Beine übereinander und legte die Hände in den Schoß. »Was brauchen Sie von mir?«

Eve ging kurz die grundlegenden Dinge mit ihr durch. Von Martas Ärger mit Candida Mobsley hatte Lorraine offenbar nichts mitbekommen, und im Gegensatz zu Martas junger Assistentin war sie nicht so leicht dazu zu bringen, irgendwelche Dinge zu enthüllen, die aus ihrer Sicht vertraulich waren.

»Wir sind zu Verschwiegenheit verpflichtet, denn wir arbeiten auf einem hochsensiblen Feld. Außerdem hatte Marta andere Mandanten als ich selbst. Im Allgemeinen überlappen die Mandate sich in unserer Firma nicht. Falls jemand krank wird oder aus der Firma ausscheidet«, sie schluckte kurz, »bestimmt Sylvester, wer welche Mandate und Klienten des betreffenden Kollegen übernimmt.«

»Wie nach dem Unfall, als er Ihnen und Marta die Mandate von Jim Arnold und von Chaz Parzarri übertragen hat.«

»Genau. Unter anderem dank der Arbeit unserer Abteilung steht das Unternehmen verdientermaßen in dem Ruf, genau, diskret und effizient zu sein. Chaz und Jim fallen in den nächsten Tagen, wenn nicht Wochen aus, was heißt, dass jemand anderes ihre Arbeit machen muss.«

»Wurden Sie im Rahmen der sensiblen Arbeit, die Sie leisten, je beschimpft oder bedroht?«

»Wir haben es vor allem mit großen Unternehmen und Gesellschaften zu tun. Es kommt mitunter vor, dass deren Anwälte mit unseren Juristen ringen, aber für gewöhnlich kämpfen sie eher gegen die Gerichte, die die Prüfung ihrer Bücher angeordnet haben, als mit uns. Natürlich kam es im Verlauf der Jahre ab und zu auch vor, dass jemand wütend bei dem für ihn zuständigen Prüfer angerufen oder ihn sogar hier in der Firma aufgesucht und angepöbelt hat. Wobei es für die Ängste und den Zorn dieser Personen sicher einen Grund gegeben hat.« Sie hob die dürren Schultern an. »Aber meistens haben wir hier unsere Ruhe und gehen unserer Arbeit in einer entspannten, angenehmen Atmosphäre nach.«

»Und wie sieht's mit Bestechung aus?«

Jetzt lächelte Lorraine. »Oh, natürlich kommt es durchaus vor, dass irgendwer dem Prüfer oder sonst jemandem etwas dafür bietet zu vertuschen, was die Buchprüfung zu Tage fördern soll. Aber wer Bestechungsgelder annimmt, läuft Gefahr, dass er im Gefängnis landet, eine hohe Strafe zahlen muss, die schwer verdiente Zulassung verliert und dass ihm obendrein gekündigt wird.«

»Wenn die ausgelobte Summe hoch genug ist, könnte vielleicht trotzdem jemand denken, dass sich die Sache lohnt.«

»Vielleicht, aber das wäre dumm und kurzsichtig, denn Zahlen lügen nicht, Lieutenant. Früher oder später werden sie auf jeden Fall korrekt addiert, und dann würde sich die Entscheidung für das schnelle, leichte Geld auf jeden Fall als Irrtum herausstellen. Marta hätte eine derart falsche und vor allem unmoralische Entscheidung niemals gefällt.«

»Das wissen Sie genau?«

»Das weiß ich sogar ganz genau. Sie hatte Spaß an ihrer Arbeit, und sie wurde gut dafür bezahlt. Auch ihr Ehemann hat Spaß an seiner Arbeit und wird gut dafür entlohnt. Außerdem haben sie Kinder, und sie wäre nie das Wagnis eingegangen, die Familie bloßzustellen und die Kinder in einen Skandal hineinzuziehen. Vor allem aber war sie einfach eine grundehrliche Haut.«

Zum ersten Mal klang Lorraines Stimme rau, und ihre bisher trockenen Augen wurden feucht. »Es tut mir leid. Ich versuche schon die ganze Zeit, mich zu beherrschen, doch das fällt mir alles andere als leicht.«

»Verstehe«, meinte Eve. »Sie haben uns sehr geholfen. Falls Ihnen noch etwas einfällt, rufen Sie mich bitte an. Egal, wie unwichtig es Ihrer Meinung nach auch ist.«

»Das werde ich.« Lorraine stand auf. »Bei gutem Wetter gehe ich den Weg immer zu Fuß. Tatsächlich sind wir oft zusammen heimgegangen, denn ich lebe nur zwei Blocks von dort, wo man sie aufgefunden hat, entfernt. Ich gehe gern zu Fuß, vor allem in meinem eigenen Viertel, aber jetzt ... es wird bestimmt ein bisschen dauern, bis ich mich dort wieder ohne Angst bewegen kann.«

»Eins noch«, meinte Eve, als sich Lorraine zum Gehen wandte, und die andere Frau blieb noch einmal stehen.

»Haben Sie beruflich etwas mit der WIN-Gruppe zu tun oder schon mal davon gehört?«

»WIN wie gewinnen?« Auf Eves Nicken spitzte sie die Lippen und erklärte: »Dieser Name kommt mir irgendwie bekannt vor, aber einordnen kann ich ihn nicht. Ich kann mich auch nicht entsinnen, dass schon einmal eine Akte mit dem Namen auf meinem Schreibtisch lag.«

»In Ordnung. Vielen Dank.«

Als Peabody mit der Besucherliste kam, bestellte Eve auch noch die anderen Angestellten zum Gespräch, doch abgesehen von der Bestätigung, dass Marta allgemein beliebt gewesen war, brachten deren Aussagen nichts weiter ein.

Sie war nicht wirklich überrascht, als die Erlaubnis, sich die Akten ihres Opfers anzusehen, im Dickicht der Gerichte stecken blieb, doch Yung ließe bestimmt nicht locker, bis sie die Unterlagen bekäme, und vor allem hatte sie bis dahin schon mal eine erste Spur.

»Wir müssen sehen, wo diese Mobsley steckt, aber vorher will ich noch einmal zum Tatort und mit unseren beiden Zeugen und mit Whitestones Partnern sprechen«, sagte sie zu ihrer Partnerin. »Fangen Sie bitte mit der Suche nach dem Fahrzeug der Entführer an.«

Sie lenkte ihren Wagen auf die Straße, manövrierte ihn an einer Handvoll Häuserblocks vorbei und rammte Peabody den Ellenbogen in die Rippen, weil die über ihrem Handcomputer eingeschlafen war.

»Ja, Ma'am! Was ist?«

»Ein paar Häuser weiter ist ein Imbiss. Holen Sie sich dort etwas zu essen und zu trinken und bringen Sie mir was mit.«

»In Ordnung. Tut mir leid, aber wir waren bis nach Mitternacht mit Mavis und mit ihrer Clique unterwegs, jetzt bin ich total k. o.«

»Werfen Sie, wenn's sein muss, einen Muntermacher ein.«

Gähnend krabbelte die Ärmste aus dem Wagen, fuhr sich müde mit den Händen durchs Gesicht und stapfte los.

Eve umrundete die Kühlerhaube und marschierte durch den widerlichen Graupel bis zu dem Gebäude, in dem Marta Dickenson gestorben war.

Selbst bei diesem Wetter sah es gut aus, dachte sie. Elegant, würdevoll und prächtig renoviert. Die Eigentümer hätten sicher kein Problem, die Wohnungen zu vermieten.

Ließe man die Kleinigkeit des dort begangenen Mordes außer Acht.

Immer noch im kalten Graupel stand sie da und schloss ihre Augen.

Wahrscheinlich hatten sie den Van oder Geländewagen, denn ein Mini wäre für das Kidnapping zu klein gewesen, in der Nähe des Büros geparkt. Früher oder später hatte sie ja kommen müssen, und das Warten war nun einmal Teil des Jobs. Die Überwachungskameras des Hauses deckten nicht den ganzen Gehweg ab, sie hatten also einfach warten müssen, bis sie rausgekommen war.

Dann waren sie ausgestiegen, hatten sie an sich vorbeigehen lassen, waren hinter sie getreten, hatten sie betäubt, ihr Mund

und Nase zugehalten und sie in den rückwärtigen Teil ihres Gefährts gezerrt. Einer hatte auf dem Fahrersitz gesessen und der andere war hinten bei der Frau geblieben, um sie festzuhalten und daran zu hindern, dass sie schrie. Nach wenigen Minuten hatten sie ihr Ziel erreicht. Einer von den zweien war ausgestiegen, um die Wohnungstür zu öffnen, war zurückgekommen und gemeinsam hatten sie ihr Opfer innerhalb von wenigen Sekunden aus dem Wagen in das Haus gezerrt.

Der Tathergang war wirklich einfach zu rekonstruieren, dachte Eve. Doch wo war das Motiv?

»Lieutenant.« Mit von der Kälte roten Wangen und vom Regen schwerem Mantel kam Carmichael von der Trachtengruppe auf sie zu.

»Ich habe Detective Peabody getroffen, als wir eben in dem Imbiss an der Ecke waren, um uns eine Kleinigkeit zu holen.«

»Was haben Sie für mich?«

»Nicht viel. Keiner der Befragten hat etwas gehört. Wir haben eine potenzielle Zeugin, die im vierten Stock des Hauses direkt gegenüber wohnt. Sie hat gesagt, vielleicht hätte sie letzte Nacht hier einen Van stehen sehen.«

»Was für einen Van?«

»Dunkel«, stellte er mit einem schwachen Lächeln fest. »Dunkelblau, dunkelgrau oder vielleicht auch schwarz. Das Nummernschild war nicht zu sehen, und sie hatte auch keine Ahnung, was für eine Marke und Modell es war. Die Jalousie an ihrem Fenster hatte sich verklemmt, und als sie versucht hat, sie zu reparieren, hat sie den Van hier stehen sehen. Außerdem ist sie sich sicher, dass sie in der Wohnung im Souterrain Licht hat brennen sehen. Das fiel ihr deshalb auf, weil sie verfolgt hatte, wie gut sie mit den Renovierungsarbeiten vorangekommen waren. Sie dachte, dass der Van der Baufirma gehörte und sie noch im Haus beschäftigt wären.«

»Wann soll das gewesen sein?«

»Gegen halb elf. Sie hat danach noch etwas ferngesehen, dann hat sie ihren Partner aufgeweckt, der in seinem Sessel eingeschlafen war.

Ich habe ihn am Link gesprochen, doch er hat keinen Van und auch kein Licht im Haus gesehen. Wir haben an jeder Menge Türen angeklopft. In einer solchen Gegend reden praktisch alle mit der Polizei, wobei um diese Uhrzeit kaum jemand zu Hause ist. Das heißt, in ein paar Stunden klappern wir die Häuser noch einmal ab.«

»Okay. Und wie hat Turney sich gemacht?«

Carmichael lächelte. »Sie gibt nicht so leicht auf.«

»Dann nehmen Sie sie, wenn sie möchte, nachher noch einmal mit.« Sie sollten sie ruhig sehen lassen, dass der Job der Mordermittler wie die Arbeit der Kollegen größtenteils aus Laufarbeit, aus Warten, aus Befragungen und aus Papierbergen bestand.

Sie nahm die kurze Treppe bis zum Souterrain des Hauses, brach das Siegel auf und öffnete die Tür.

Im Grunde war dort nichts zu sehen. Abgesehen von der dünnen Staubschicht und dem widerlichen chemischen Geruch, der von der Spurensicherung dort hinterlassen worden war, wirkte alles noch genau wie letzte Nacht.

Sie hatten sie nicht weiter als ins Wohnzimmer geschleift. Sie hatten keinen Grund gehabt, die Sache auszudehnen, und der Sichtschutz vor den Fenstern hatte zwar das Licht nach außen durchgelassen, die Bewegungen der Menschen aber nicht. Dazu war das Apartment schallgeschützt, es hätten also Dutzende von Leuten an dem Haus vorbeispazieren können, ohne auch nur einen Schrei zu hören.

Sie hatten ihre Aktentasche mitgehen lassen, nicht, um anzugeben oder sich zu tarnen, sondern weil es Teil des Jobs gewesen war. Sie hatten ihre Arbeit, ihre Akten, ihren Terminkalender, ihr Tablet, alles, was sie aus der Firma mitgenommen hatte, eingesackt.

Als Mutter zweier Kinder wollte sie ganz sicher nicht die Heldin spielen. Weshalb hätte sie das auch tun sollen? Wegen irgendwelcher fremder Gelder, wegen irgendwelcher Zahlen? Sie hätte ihnen alles überlassen und verraten, was sie von ihr haben oder wissen wollten.

Und sie hatte sich auch nicht gewehrt. Hatte sie geglaubt, dass sie sie gehen lassen würden, wenn sie ihnen alles sagte oder gab?

»Das ergibt am meisten Sinn«, murmelte Eve und schlenderte gemächlich durch den Raum. »Sag und gib uns, was wir wollen, dann brauchen wir dir nichts zu tun.«

Sie hatte es geglaubt, weil die Alternative zu beängstigend gewesen war.

Als Peabody hereinkam, wehte ein verführerischer Duft mit ihr zusammen durch die Tür.

»Sie machen dort die Hühnersuppe und das Brot mit frischen Kräutern selbst. Ich habe Ihnen welche mitgebracht«, erklärte sie. »Hat Carmichael Sie gefunden?«

»Ja. Vielleicht hat eine Zeugin einen Van hier stehen sehen, wobei sie ihm nur sagen konnte, dass er dunkel war. Suchen Sie weiter nach dem Ding, wobei ich annehme, dass es ein Cargo war.« Eve nahm Peabody den Becher mit der Suppe ab, schnupperte daran und nahm den ersten vorsichtigen Schluck. »Mein Gott. Das schmeckt ja einfach wunderbar.«

»Nicht wahr? Ich habe auf dem Weg hierher mit meiner Suppe angefangen, denn allein der Duft hätte mich beinah umgebracht. Eine derart feine Suppe bekommt sonst nur meine Oma hin.«

»Bestimmt ist irgendetwas Illegales drin. Aber das interessiert mich nicht.« Sie merkte erst, wie abgrundtief erschöpft sie selbst gewesen war, als ihr die Suppe neue Energie verlieh.

»Sie haben von ihr bekommen, was sie wollten«, wandte sie sich wieder ihrer Arbeit zu. »Wenn sie gesagt hätte, sie wüsste oder hätte nicht, was diese Kerle von ihr wollten, hätten sie ihr weiter zugesetzt, bis sie klein beigegeben hätte oder bis sie sicher wussten, das bei ihr tatsächlich nichts zu holen war. Sie haben also schnell und mühelos bekommen, was sie wollten.«

»Und sie trotzdem umgebracht.«

»Das hätten sie auf jeden Fall getan. Was sie auch immer wusste oder hatte, durfte sie nicht weitergeben. Die Tür wurde nicht aufgebrochen, was bedeutet, dass die Eigentümer des Gebäudes oder irgendwer vom Bautrupp in die Angelegenheit verwickelt sind. Ich tippe auf die Eigentümer, aber trotzdem sehen wir uns die Handwerker natürlich auch noch an. Für eine solche Renovierung braucht man eine wirklich gute Firma. Gute Baufirmen verdienen jede Menge Geld, was heißt, dass Buchprüfungen dort bestimmt nicht weiter ungewöhnlich sind.«

Eve biss herzhaft in ihr Kräuterbrot und stellte schmatzend fest: »Das Zeug ist ganz eindeutig illegal. Und jetzt lassen Sie uns mit dem Zeugen und mit seinen Partnern reden.«

»Aber mit Candida wollen Sie doch wohl auch noch sprechen, oder etwa nicht?«

»Das machen wir danach, wenn ich nicht einschlafe, bevor wir wissen, wo die Frau zu finden ist.«

»Ich bin jetzt wieder völlig fit. Vielleicht sollte ich noch mal losgehen und einen Liter von der Suppe holen. Oder nein! Ich schreibe einfach meiner Oma und versuche, sie dazu zu bringen, dass sie mir etwas von ihrer Suppe schickt.«

»Dafür fehlt es Ihnen an der notwendigen Hinterlist.« Eve trank den nächsten Schluck Suppe und ging wieder aus dem Haus. »Am besten sagen Sie, Sie hätten hier gerade eine Suppe gekostet, die so gut war, dass Sie an die Suppe denken mussten, die sie selber immer kocht. Wenn sie dann noch schreiben, was für ein Genuss die fremde Suppe an dem kalten, regnerischen Tag hier in der Großstadt für Sie war, kocht sie garantiert gleich einen Riesentopf Suppe, nur, um Ihnen zu beweisen, dass sie besser ist.«

Peabody stieg in den Wagen und sah Eve mit großen Augen an. »Man könnte meinen, dass Sie meine Oma schon mal irgendwo getroffen hätten, denn genau das wird sie tun. Das ist wirklich ein brillanter Plan.«

»Deshalb bin ich Lieutenant und nicht Sie.«

»Da haben Sie wahrscheinlich recht. Essen Sie Ihr ganzes Brot?«

»Auf jeden Fall.«

»Das habe ich befürchtet.« Seufzend zerrte ihre Partnerin den Handcomputer aus der Tasche und versuchte herauszufinden, wo Candida Mobsley gerade war.

»Sie ist hier in New York«, erklärte sie nach einem Augenblick. »Das hat ihr Assistent gesagt. Ich habe mich ihm nicht als Polizistin vorgestellt, denn dann wäre sie sicher sofort abgetaucht.«

»Ein bisschen hinterlistig sind Sie offenkundig doch.«

»Ich schätze, dass das einfach an der Hühnersuppe liegt.«

Bis sie im Zentrum parkten, hatte zwar der Graupel nachgelassen, doch die Kälte hielt New York auch weiter fest im Griff. Dankbar für die Suppe, die ihr unterwegs die Knochen wärmte, stapfte Eve in Richtung des Büroturms, wies sich aus, nannte ihr Ziel und quetschte sich mit ihrer Partnerin in einen überfüllten Lift.

»Allein hier in New York wurden im letzten und in diesem Jahr über zweitausend Cargos zugelassen«, stöhnte Peabody. »Und aus New Jersey kommt noch mal dieselbe Zahl dazu.«

»Wir suchen einen dunkelblauen, dunkelgrauen oder schwarzen Van.«

»Das *sind* allein die dunklen Vans.«

»Dann suchen Sie nur noch nach dunklen Vans mit blauem Teppichboden und beschränken sich auf die, die 60 zugelassen worden sind«, bat Eve in dem Gedanken daran, dass die Teppichfasern noch versiegelt und wie neu gewesen waren.

In der achtzehnten Etage kämpfte sie sich aus dem vollen Fahrstuhl und marschierte auf den Plan des Stockwerks zu. »Zur WIN-Gruppe geht es nach links.« Sie joggte los und fand das Namensschild an einer breiten Flügeltür.

»Immer noch mehr als achthundert, und zwar allein in New York«, erklärte ihre Partnerin.

»Dann gleichen wir die Namen der Besitzer mit den Namen, die wir haben, ab. Falls dabei nichts herauskommt, dehnen wir die Suche wieder aus.«

Der winzige Empfangsbereich hinter der Tür war ganz in energiegeladenem Rot, Schneeweiß und Chrom gehalten, mit einem breiten Lächeln nahm der heiße Rotschopf an der Rezeption sie in Empfang.

»Kann ich Ihnen helfen?«

»Lieutenant Dallas und Detective Peabody.« Eve legte ihre Marke auf den Tisch.

»Oh, Sie kommen wegen dieser armen Frau, die Brad gefunden hat. Haben Sie herausgefunden, wer sie überfallen hat?«

»Wir müssen Mr. Whitestone sprechen«, antwortete Eve.

»Ja, natürlich. Tut mir leid. Die Sache hat ihn völlig aus dem Gleichgewicht gebracht.« Sie legte eine Hand an ihren Kopfhörer und fragte: »Brad? Die Polizei ist hier. Ja, Lieutenant Dallas. Ja, das mache ich.« Sie klopfte wieder an den Kopfhörer und wandte sich erneut den beiden Frauen zu. »Ich bringe Sie in sein Büro. Möchten Sie etwas trinken?«

Nach der wunderbaren Suppe wollte sie vielleicht nie wieder etwas trinken. »Danke, nein. Sind Mr. Whitestones Partner auch im Haus?«

»Jake hat ein Geschäftsessen, kommt aber spätestens um zwei zurück, und Rob ist gerade im Gespräch mit einem Kunden, aber ich kann gerne seiner Sekretärin sagen, dass Sie hier sind und ihn sprechen wollen.«

»Tun Sie das.«

Ehe sie Gelegenheit bekam, die Tür zu öffnen, machte Whitestone sie bereits von innen auf. Wie Lorraine trug er ein blütenweißes, frisch gestärktes Hemd zu einem dunklen Maßanzug, sah aber aufgrund der dunklen Ringe unter seinen Augen ziemlich mitgenommen aus.

»Danke, Marie. Lieutenant, Detective, Sie sind hoffentlich gekommen, um mir mitzuteilen, dass der Mörder dieser Frau gefunden worden ist.« Er ließ sie an sich vorbei in einen kleinen, eleganten Raum mit einem großen Fenster, einer Anrichte mit einem AutoChef und einem Minikühlschrank, mit modernen Bildern an den Wänden, einem schwarz schimmernden Schreibtisch sowie zwei Besuchersesseln in demselben energiegeladenen Rot wie die Stühle im Empfangsbereich.

»Marta Dickenson wurde in Ihrer Wohnung umgebracht.«

»Was? *In* der Wohnung?«

»Es war kein Raubmord, auch wenn es zunächst so ausgesehen hat. Wann waren Sie selbst zum letzten Mal in dem Apartment?«

»Ich ...« Erschüttert ließ er sich in seinen Schreibtischsessel sinken. »Nun, das müsste vorgestern gewesen sein. Ich war dort, weil es noch ein paar Kleinigkeiten zu besprechen gab.«

»Mit wem?«

»Mit Jasper Milk, dem Bauleiter. Von Milk and Sons. Sie sind inzwischen schon seit sechzig Jahren auf dem Markt. Sie sind echte Künstler, und sie haben einen ganz hervorragenden Ruf. Sie schließen immer alles gründlich ab und stellen, wenn sie Feierabend machen, die Alarmanlage an.«

»Ich habe diese Anlage gesehen. Wer hat alles den Code?«

»Ich, Jasper, meine Partner und, na klar, die Innenarchitektin. Sasha Kirby. Sie gehört zu City Style. Falls die Person in meine Wohnung eingebrochen ist ...«

»Darauf weist bisher nichts hin.«

Auf seiner Miene zeichneten sich erst Verwirrung, dann Verstehen und am Ende starrsinniges Leugnen ab.

»Hören Sie, ich vertraue allen, die den Code und Zugang zu der Wohnung haben, blind, und wüsste nicht, wie irgendjemand Unbefugtes dort hätte hineingelangen sollen.«

»Wir wissen ganz bestimmt, dass es so war.«

»Mag sein, aber, verdammt noch mal, all das ergibt nicht den geringsten Sinn. Die Schlösser und auch die Alarmanlage sind brandneu.«

»Brewer, Kyle und Martini. Das Opfer war bei diesem Wirtschaftsprüfungsunternehmen angestellt, und einige Mandanten dieser Firma gehören auch zu Ihrem Kundenstamm.«

Inzwischen sah er aus, als wäre ihm ein wenig schlecht. »Aus dem Kopf sagt mir der Name nichts. Natürlich kann ich meine

Sekretärin bitten nachzuschauen, aber wenn Sie mir die Namen der Mandanten nennen würden, die wir ebenfalls als Kunden haben …«

»Peabody.«

Sofort las sie die kurze Namensliste vor.

»Das sind nicht meine Kunden«, meinte er. »Den Namen Abner Wheeler kenne ich. Der ist bei Jake. Und die Blacksford Corporation ist bei Rob. Das beides weiß ich sicher, aber davon abgesehen müsste ich erst nachschauen oder meine Partner fragen, was es mit den Namen auf sich hat.«

»Wir müssen sowieso noch mit Ihren Partnern sprechen.«

»Selbstverständlich. Auch wenn mir das alles völlig unverständlich ist. Weshalb hätte jemand unser neues Haus benutzen sollen, um diese Frau zu töten?«

»Das ist eine gute Frage«, antwortete Eve.

5

Whitestone führte sie in einen kleinen Konferenzraum und entschuldigte sich für die Enge und Bescheidenheit des Mobiliars.

»Das ist einer der Gründe, warum wir in das neue Haus umziehen wollen. Wir brauchen dringend Platz. Ein paar Sachen haben wir schon hingebracht, im Augenblick ist hier alles im Fluss.«

»Dann gehen die Geschäfte offenkundig gut.«

»Und ob.« Ein stolzes Lächeln huschte über sein Gesicht. »Das Unternehmen wächst beständig, wir haben einen soliden Kundenstamm und einen guten Ruf. Und das Haus, in das wir umziehen, hat Charakter und macht etwas her. Was eine große Rolle spielt, weil man in der Finanzwelt den äußeren Schein für bare Münze nimmt.«

»Nicht nur in der Finanzwelt«, stimmte Eve ihm zu.

»Dann suche ich jetzt erst mal Jake und Rob.«

»Warum erzählen Sie mir vorher nicht noch kurz, wie es zu dieser Firmengründung kam? Wie lange sind Sie drei schon Partner?«

»Offiziell sind wir im fünften Jahr. Rob und ich waren schon zusammen auf dem College und haben danach gemeinsam studiert. Kurz nach unserem Wechsel an die Uni haben wir zusammen in unsere erste Immobilie investiert, ein halb verfallenes, kleines Geschäftshaus in der Lower West.«

Er entspannte sich und ihm war deutlich anzuhören, wie stolz er auf die Anfänge des Unternehmens war. »Er hatte die Idee und musste mich erst dazu überreden mitzumachen«, gab er unumwunden zu. »Ich liebe Geld«, räumte er grinsend ein. »Ich mache gern Geschäfte, aber wäge stets gern Risiken gegen den potenziellen Lohn der Mühe ab, und hatte anfangs Vorbehalte gegen die Investition in dieses Haus. Aber Rob hat auf mich eingeredet, bis ich schließlich weich geworden bin. Eine bessere Entscheidung habe ich in meinem ganzen Leben nicht getroffen, denn von dem Moment an waren wir ein Team. Wir haben jede Menge Arbeit in dieses Gebäude investiert, die meisten Sachen selbst gemacht, und ich habe gelernt, dass sich auch körperlicher Einsatz durchaus lohnen kann. Am Verkauf des Hauses haben wir ziemlich gut verdient, den Großteil des Gewinns als Partner weiter investiert und den Profit dadurch erhöht.«

»Klingt, als hätte die Zusammenarbeit bestens funktioniert.«

»Auf jeden Fall. Das tut sie immer noch. Nach dem Studium ging ich zu Prime Financial, während er bei Allied angefangen hat, aber nach der Arbeit haben wir uns oft getroffen und davon gesprochen, dass wir eine eigene Firma auf die Beine stellen sollten. Dann hat Rob mal Jake, der ebenfalls bei Allied war, zu einem Treffen mitgebracht, und die Chemie zwischen uns dreien hat sofort gestimmt. Also haben wir abermals zusammen ein Haus gekauft, auf Vordermann gebracht und den Gewinn aus dem Weiterverkauf in die Gründung eines eigenen Unternehmens investiert. Wir haben WIN mit diesem Geld gegründet. Jakes Onkel – Ingersol von Ingersol & Williams – hat uns als Verwalter einer der Filialen der Gesellschaft eingesetzt, und mein eigener Vater hat uns eine kleine Stiftung anvertraut, weshalb der Laden von Beginn an lief.«

»Es ist gut, wenn die Kollegen gleichzeitig auch Freunde sind«, erklärte Eve. »Wenn Sie jetzt Ihre Freunde holen, damit ich kurz mit ihnen reden kann, machen wir uns danach wieder auf den Weg und halten Sie nicht länger auf.«

»Bin sofort wieder da. Oh, nehmen Sie sich doch bitte einen Kaffee. Der Kaffee hier ist wirklich gut.«

Eve beschloss zu überprüfen, ob er wirklich trinkbar war, und schenkte Peabody und sich selber ein. »Er ist total begeistert von der Arbeit, die er macht.«

»Das Leben wäre auch echt ätzend, wenn man einen Job hätte, den man nicht gerne macht.«

»Und er wirkt alles anderes als dumm, aber das müsste er sein, um zuzulassen, dass in seiner eigenen zukünftigen Wohnung eine Frau ermordet wird, und obendrein noch der zu sein, der sie – huch – rein zufällig dort mitten in der Nacht entdeckt.«

»Vielleicht liebt er es, im Mittelpunkt zu stehen, oder wollte dafür sorgen, dass die Polizei ihn gleich in die Ermittlungen mit einbezieht.«

Eve schüttelte den Kopf. »Dafür ist er nicht der Typ, und vor allem war dies eindeutig ein Auftragsmord.« Sie trank den ersten Schluck Kaffee und runzelte verwirrt die Stirn. »Das ist dieselbe Mischung wie in meinem Auto-Chef. Die, die mir Roarke immer besorgt.«

»Oh Gott. Da haben wir aber wirklich Glück.«

»Die Geschäfte laufen offenkundig wirklich gut.«

In diesem Augenblick trat Whitestone wieder durch die Tür. »Rob beendet gerade das Gespräch mit einem Kunden und Jake kommt eben von einem Geschäftsessen zurück. Sie kommen sicher beide gleich. Brauchen Sie mich noch? Ich habe einen Termin mit einem Kunden, aber den kann ich verschieben, wenn Sie wollen.«

»Ich glaube, dass wir erst mal alles haben, was wir von Ihnen wissen wollen.«

»Also gut. Hören Sie zu, ich weiß, das klingt wahrscheinlich sehr gefühllos, aber können Sie mir sagen, wann der Bautrupp wieder in die Wohnung kann? Ich wüsste einfach gern, wie es jetzt weitergeht.«

»Spätestens bis morgen sind wir mit der Wohnung durch.«

»Okay.«

»Ich kann Ihnen nur empfehlen, den Code zu ändern und in Zukunft gut zu überlegen, wer ihn kriegen soll.«

»Das mache ich auf jeden Fall. Da kommt auch schon Rob. Lieutenant Dallas, Detective Peabody, Robinson Newton«, stellte er die drei einander vor.

»Angenehm, auch wenn der Anlass unseres Kennenlernens traurig ist.«

Er verströmte grenzenloses Selbstbewusstsein sowie einen Hauch von Macht, als er den Raum betrat. Eve kannte die Mixtur, denn niemand war so selbstbewusst und mächtig wie ihr eigener Mann.

Rob Newton kultivierte diese Aura durch den leuchtend roten Schlips und das dezente dunkelgraue Hemd, das er zu einem tadellos geschnittenen schiefergrauen Nadelstreifenanzug trug.

Unter seinem Anzug aber war er wie ein Quarterback gebaut, muskulös, durchtrainiert und zäh.

Er hatte kurzes, dunkles Haar, das seine scharf geschnittenen Wangenknochen, seinen Teint, der wie Milchkaffee schimmerte, und seine leuchtend grünen Augen vorteilhaft zur Geltung kommen ließ. Er maß erst Eve und danach Peabody mit einem durchdringenden Blick, reichte Ihnen nacheinander seine glatte, feste, trockene Hand und wies in Richtung Tisch.

»Wir sind im Augenblick etwas spartanisch eingerichtet, aber bitte nehmen Sie doch Platz. Tut mir leid, dass ich Sie habe warten lassen.«

»Kein Problem.«

»Ich habe heute Morgen von dem Überfall gehört. Eine schreckliche Geschichte, aber als mir Brad erzählte, dass Sie die Ermittlungen leiten, war ich froh. Ich verfolge Ihre Arbeit, weil das Buch über den Icove-Fall mich echt gefesselt hat, ich habe erst gestern Karten für die Filmpremiere reserviert.« Er wandte sich an seinen Freund und reckte einen Daumen in die Luft. »Sechs Stück, sieh also zu, dass du jemanden findest, der mit dir ins Kino gehen will. Ich bitte um Entschuldigung«, fügte er umgehend hinzu. »Sie sind schließlich nicht hier, um über Hollywood und rote Teppiche zu reden. Also sagen Sie mir bitte, wie ich Ihnen helfen kann.«

»Sie haben Zugang zu der Wohnung.«

»Ja. Wir alle haben Zugang zu sämtlichen Bereichen des Gebäudes.«

»Können Sie mir sagen, wo Sie gestern Abend zwischen neun und Mitternacht gewesen sind?«

»Na klar.« Er zog einen Terminkalender aus der Tasche und legte ihn aufgeschlagen auf den Tisch. »Ich habe mit meiner Verlobten und mit deren Eltern im Tavern on the Green gegessen. Sie lieben das Lokal und essen regelmäßig dort. Sie hatten für acht Uhr einen Tisch für vier Personen reserviert, kurz nach zehn sind Lissa und ich aufgebrochen und mit einem Taxi in die Innenstadt gefahren. Wir waren in Reno's Bar, haben dort mit ein paar Freunden was getrunken, sind aber nach vielleicht einer Stunde mit dem Taxi heimgefahren und dürften gegen Mitternacht dort angekommen sein. Stehen wir unter Verdacht?«

»Das sind Routinefragen«, antwortete Eve. »Das Opfer wurde in die Wohnung gebracht, zu der Sie Zugang haben, deshalb hilft es uns zu wissen, wo Sie zu dem Zeitpunkt waren. Ich brauche für die Akte auch die Namen der Leute, mit denen Sie zusammen waren.«

»Ich werde meiner Assistentin sagen, dass sie Ihnen eine Liste mit den Namen und Adressen geben soll. Dabei kannten wir das Opfer nicht mal, oder?«, wandte er sich an den Freund.

»Ich nicht. Aber der Lieutenant hat gesagt, dass sie für das Wirtschaftsprüfungsunternehmen eines deiner Kunden tätig war. Blacksford.«

»Sie war bei Brewer, Kyle und Martini? Wenn ich mich nicht irre, sind auch noch zwei andere Kunden von mir dort.« Er steckte den Kalender wieder ein. »Aber ich hatte dort noch nie etwas mit einer Frau zu tun. Mein Kontaktmann ist Jim Arnold.«

Eve hielt ihm Martas Foto hin. »Haben Sie diese Frau schon einmal gesehen?«

»Nein. Es tut mir leid. Ich hatte eine Reihe von Geschäftsessen mit Jim und Sly – Sylvester Gibbons – aber diese Frau hier habe ich noch nie gesehen.«

»Es wäre mir eine Hilfe, wenn Sie mir die Namen Ihrer Kunden nennen könnten, die auch bei dem Wirtschaftsprüfungsunternehmen sind.«

»Natürlich kann ich das. Sie denken also nicht, dass sie das Opfer eines willkürlichen Überfalles war? Dass jemand die Gelegenheit genutzt hat, als er sie alleine auf der Straße sah? Ich bin mir sicher, alle in der Gegend wissen, dass wir das Gebäude gerade renovieren lassen und dort augenblicklich niemand wohnt.«

»Es war kein Einbruch«, meinte Eve.

»Dann haben vielleicht die Bauarbeiter nicht daran gedacht, die Alarmanlage einzuschalten, als sie gestern Nachmittag gegangen sind.«

»Aber das tun sie immer«, rief ihm Whitestone in Erinnerung.

»Manchmal machen Menschen Fehler, Brad.«

»Wir gehen allen Möglichkeiten nach«, erklärte Eve, brach aber ab, als eine Männerstimme aus dem Flur an ihre Ohren drang.

»Das ist Jake.« Whitestone glitt aus dem Raum und kam im nächsten Augenblick mit dem dritten Teilhaber zurück. »Mein Kunde ist jetzt da. Falls Sie mich nicht mehr brauchen ...«

»Wir bleiben in Verbindung«, meinte Eve.

»Jake Ingersol, Lieutenant Dallas und Detective Peabody von der New Yorker Polizei. Ich bin in meinem Büro, falls es noch irgendwelche Fragen gibt.«

»Was für ein Schlamassel.« Ingersol gab Eve und Peabody die Hand und ließ sich auf einen Stuhl am Konferenztisch fallen. »Was für eine schreckliche Geschichte. Brad ist völlig fertig.«

Während Whitestone Freundlichkeit und Kompetenz und Newton Souveränität und Selbstvertrauen verströmten, bestach Ingersol mit seinem neugierigen Blick und einer unbändigen Energie.

Genau wie seine Partner trug er einen teuren Anzug, eine passende, perfekt geknotete Krawatte und blitzblanke Schuhe. Seine braunen Locken mit den sonnenhellen Strähnen verliehen ihm ein jugendliches, unschuldiges Aussehen, doch der warme, braune Ton der Augen konnte nicht verhehlen, dass sein Blick ein wenig kalt und stechend war.

»Er hat mal wieder zu viel Kaffee in sich reingekippt«, erklärte Newton mild.

»Was soll ich sagen? Schließlich ist der Kunde König, und wenn er zwei doppelte Espressi mit mir trinken möchte, sage ich nicht Nein«, wandte er sich an Eve. »Dabei bin ich auch schon ohne Kaffee immer furchtbar aufgedreht. Bisher habe ich nur Bruchstücke von der Geschichte mitbekommen. Brad sagte, dass sie in seiner Wohnung waren? Sie waren wirklich *drin*?«

Eve nickte knapp.

»Dabei haben wir jede Menge Kohle in die Schlösser und in die Alarmanlage investiert. Ich verstehe nicht, wie das möglich war.«

»Wahrscheinlich hatten sie den Code.«

Er öffnete den Mund, klappte ihn wieder zu und lehnte sich auf seinem Stuhl zurück. »Meine Güte, Rob. Einer von Jaspers Leuten?«

»Das wissen wir noch nicht«, gab Newton schnell zurück.

»Haben Sie Grund, jemanden aus dem Bautrupp zu verdächtigen?«, erkundigte sich Eve.

»Wer soll es sonst gewesen sein?« Entschlossen sprang er wieder auf und holte eine Flasche Wasser aus dem Kühlschrank, der in einer Ecke stand. »Den Code haben nicht gerade viele Leute, und wir drei haben bestimmt niemanden umgebracht.«

»Bevor sie in dem Gebäude angefangen haben, haben Jasper und sein Trupp ein halbes Jahr lang meine Wohnung renoviert«, mischte sich Newton wieder ein. »In all der Zeit kam niemals auch nur eine Kaffeetasse weg.«

»Schon gut, ich weiß, und ich mag ihn nicht weniger als du. Ich kann ihn echt gut leiden, aber ich nehme einfach an, dass irgendwer beim Gehen nicht abgeschlossen hat und wer auch immer diese Frau ermorden wollte, einfach einen Glückstreffer gelandet hat.«

Eve schob ihm Martas Foto hin. »Kennen Sie sie?«

»Nein, ich ... einen Augenblick.« Er schob sich etwas näher an den Tisch und schaute sich das Bild genauer an. »Vielleicht, auch wenn ich nicht mehr weiß, woher.«

»Sie war bei Brewer, Kyle und Martini angestellt«, kam Newton Eve zuvor.

»Genau!«, stimmte ihm Ingersol mit lautem, beidhändigem Fingerschnipsen zu. »Da habe ich die Frau gesehen. Wir sprechen uns gewohnheitsmäßig mit den Wirtschaftsprüfern unserer Kunden hinsichtlich der Steuern, der Investitionen, der Portfolios ab. Ich habe ein paar Kunden, die das Unternehmen nutzen und obwohl dort Chaz Parzarri und Jim Arnold meine Ansprechpartner sind, habe ich sie dort schon einmal im Vorbeigehen gesehen. Wow. Ich kannte diese Frau.«

»Können Sie uns sagen, wo Sie gestern Abend zwischen neun und Mitternacht gewesen sind?«

Ihm fiel kurz die Kinnlade herunter, aber schließlich trank er einen Schluck von seinem Wasser, schluckte und erklärte: »Nochmals wow. Stehen wir etwa unter Verdacht?«

»Das ist nur Routine«, wiederholte Eve.

»Nun, okay, ich habe ... lassen Sie mich überlegen.« Wie zuvor schon Newton zog auch er einen Terminkalender aus der Tasche und sah eilig nach. »Ich war auf einen Drink im Blue Dog Room. Mit Sterling Alexander, dem Geschäftsführer eines Immobilienunternehmens, dessen Bücher Chaz Parzarri prüft. Wir, ah, wir haben uns um halb sieben dort getroffen, und ich glaube, dass er kurz nach sieben wieder ging. Er wollte noch irgendwo essen gehen, glaube ich. Also habe auch ich selber ausgetrunken und bin ebenfalls mit ein paar Freunden in ein Restaurant gegangen. Mit einer guten Freundin und mit einem anderen Paar. Wir waren bis ungefähr halb elf im Chez Louis, danach kam Alys mit zu mir, und wir sind nicht mehr weggegangen.«

»Ich bräuchte für die Akten eine Liste mit den Namen und Adressen dieser Leute«, sagte Eve.

»Sicher.« Wieder sah er Newton an. »Das ist wirklich seltsam, findest du nicht auch?«

»Dazu bräuchte ich auch eine Liste aller anderen Kunden, die Sie haben und die auch bei diesem Wirtschaftsprüfungsunternehmen sind.« Eve stand wieder auf. »Vielen Dank für die Zusammenarbeit.«

Es dauerte ein bisschen, bis die junge Dame am Empfang, die eine echte Plaudertasche war, sämtliche Namen und Adressen, die sie brauchte, fand.

Sie erzählte ihnen, dass sie ihren Job vor einem Jahr bekommen hatte, als aufgrund der zunehmenden Zahl an Kunden eine eigene Empfangsdame erforderlich geworden war. Bis dahin hatten offenbar die Assistentinnen und Assistenten der drei Bosse diesen Dienst versehen. Inzwischen aber wollten die drei Partner sich mit einer kleineren Kanzlei zusammentun, in das neue, große Gebäude umziehen und hofften, innerhalb des nächsten Jahres einen vierten Partner mit an Bord nehmen zu können, weil die Arbeit von ihnen allein nicht mehr zu leisten war.

»Eine interessante Mischung«, meinte Eve, nachdem sie das Büro verlassen hatten.

»Aber wie es aussieht, funktioniert es wirklich gut. Dieser Newton ist ein wirklich schnatzer Kerl und, mein Gott, ist der gebaut ...«

»Das ist mir auch aufgefallen.«

»Natürlich liebe ich den fast nicht existenten Hintern und die schmalen Schultern von McNab, aber *Mamma mia!* Newton kehrt auf jeden Fall den Glatten raus, und Newton hat das Charisma, während Ingersol der Hamster ist.«

»Der Hamster?«

»Der im Laufrad läuft. Er steht anscheinend ständig unter Strom.«

»So sieht's auf alle Fälle aus.«

»Aber sie haben alle Alibis.«

»Die wir natürlich überprüfen werden, auch wenn das wahrscheinlich nichts ergeben wird. Mr. Body wäre sicher stark genug, um jemandem mit bloßen Händen das Genick zu brechen, aber er wäre sicher nicht so dämlich, das in seinem eigenen Haus zu tun. Und falls er oder auch Ingersol Whitestone mit Dreck bewerfen wollten, hätten sie sich garantiert nicht selbst die Hände schmutzig machen wollen.«

»Trotzdem werden wir sie überprüfen.«

»Allerdings.«

»Auf keinen von den dreien ist ein Cargo zugelassen. Auch auf das Unternehmen nicht.«

»Überprüfen Sie Newtons Finanzen, die Familien und die Unternehmen der Familien der drei Männer. Vielleicht kommt dabei ja etwas heraus.«

Wieder schwang sie sich hinter das Lenkrad ihres Wagens, denn auch wenn die Wirkung der phänomenalen Hühnersuppe sicher nicht mehr lange anhielt, wollte sie noch einer Spur nachgehen.

»Lassen Sie uns sehen, ob Mobsley jetzt zu sprechen ist.«

»Wahnsinn.«

»Und stellen Sie sich nicht allzu dämlich an.«

»Ich weiß schon, wie ich mich benehmen muss«, stieß Peabody beleidigt aus. »Ich spiele schließlich selbst in einem Film mit lauter echten Filmstars mit. Und ich gehe zur Premiere dieses Films, ohne dass ich mich am Ticketschalter in die Schlange stellen muss. *Mir* wurden meine Karten schließlich einfach zugeschickt.«

»Ja, ja.«

»Ich bitte Sie, ein bisschen aufgeregt sind Sie doch sicher auch. Mavis hat gesagt, dass Leonardo sich mit Ihrem Kleid mal wieder selber übertroffen hat.«

Eve erinnerte sich dunkel, dass das Kleid magentafarben war. Zumindest hatte Leonardo das gesagt, als er mal wieder Roarkes Partei ergriffen hatte, nachdem sie erklärt hatte, sie hätte schon genügend schicke Kleider und vor allem trüge sie am liebsten Schwarz.

»Ich verstehe wirklich nicht, warum die ganze Welt ein solches Aufheben um eine Filmpremiere macht. Man geht ins Kino, guckt dort einen Film und schiebt sich Popcorn in den Mund.«

»In dem Film geht es um *uns.* Und vor allem«, fügte Peabody gewieft hinzu, »ist die Sache furchtbar wichtig für Nadine.«

Nadine Furst, die nicht nur Starreporterin, bekannte Fernsehjournalistin sowie Bestsellerautorin, sondern auch oder vor allem eine Freundin war. Es ging also nicht an, dass sie sich bei der Premiere der Verfilmung ihres Buches nicht blicken ließ. »Ich gehe zu dieser Premiere, oder etwa nicht?«

»Wir werden super aussehen, uns unter Berühmtheiten aus Film und Fernsehen mischen, die wir sogar persönlich kennen, und über den roten Teppich laufen wie die großen Stars. Ich glaube, mir wird schlecht.«

»Aber nicht in meinem Wagen. Und vor allem geht es mir im Augenblick mehr darum rauszufinden, wer zum Teufel Marta Dickenson ermordet hat, als auf irgendeinem blöden roten Teppich rumzustehen, damit mich das Publikum begaffen kann.«

Peabody vermied es klugerweise zu erwähnen, dass sie schon mit Mavis abgesprochen hatte, wie die Vorbereitung auf das Großereignis auszusehen hätte, und dass extra Trina für die Haare und für das Make-up von ihnen angeheuert worden war.

Denn Eve litt unter ausgepräger Trina-Angst.

»Was ist?«, erkundigte sich Eve.

»Ich gucke einfach ernst, denn schließlich gehen wir gerade einem Mordfall nach.«

»Schwachsinn.«

»Mord ist eine ernste Sache«, versuchte die arme Peabody, sich weiter rauszureden und atmete auf, als das Läuten des Autotelefons die Unterhaltung unterbrach.

»Lieutenant«, meldete sich Carmichael aus ihrer Abteilung. »Die Durchsuchung des Apartments und des Wagens der Familie unseres Opfers ist ergebnislos verlaufen. Auch die elektronischen Geräte, die McNab sich angesehen hat, sehen völlig sauber aus.«

»Das hatte ich mir schon gedacht. Wir warten noch auf die Erlaubnis, uns die Arbeitsunterlagen und die Kundenliste unseres Opfers anzusehen.«

»MacNab meinte, er hätte auf der Kiste in der Wohnung mehrere Dateien aus dem Büro entdeckt.«

»Ach ja?« Eve lächelte. »Dann bringen Sie den Computer mit. Die Beschlagnahme von Gegenständen wird durch die Erlaubnis zur Durchsuchung des Apartments abgedeckt. Sagen Sie McNab, dass er Kopien von allem machen soll. Danach fahren Sie und Sanchez noch zu City Style und reden dort mit einer Sasha Kirby, die als Innenarchitektin unseren Tatort eingerichtet hat und in der Wohnung nach Belieben ein und aus gehen kann.« Sie warf einen Blick auf ihre Uhr und rechnete kurz nach. »Danach überprüfen Sie noch ein paar Alibis für mich.«

»Okay.«

Nach Ende des Gesprächs wandte sich Eve an ihre Partnerin. »Sie kontaktieren Yung und sagen ihr, dass die Durchsuchung des Apartments abgeschlossen ist. Versuchen Sie herauszufinden, wann in etwa die Erlaubnis kommt, uns Martas Firmenunterlagen anzusehen. Aber wir haben auch so schon einen ersten, kleinen Durchbruch«, fügte sie hinzu. »Es könnte sein, dass etwas Wichtiges auf ihrem heimischen Computer abgespeichert ist.«

Es war der richtige Tag für Penthäuser und für die Upper East Side, dachte Eve. Diesmal blieb ihr keine andere Wahl, als sich beim Empfangschef auszuweisen und in der in Gold und Weiß gehaltenen Eingangshalle voller blühender Pflanzen zu warten, bis die Überprüfung ihrer Marke abgeschlossen war, aber während sie noch überlegte, ob sie es auf einen Streit ankommen lassen sollte, nickte der Portier ihr höflich zu.

»Ich hätte angenommen, Mobsley würde uns erklären, dass wir uns verziehen sollen«, stellte sie auf dem Weg nach oben fest.

»Wahrscheinlich ist sie einfach neugierig. Oder vielleicht auch schuldbewusst, weil sie den Klatschspalten zufolge schließlich immer irgendetwas auf dem Kerbholz hat.«

»Deshalb hätte ich ja angenommen, dass sie uns nicht sehen will.«

Achselzuckend stieg Eve aus dem Fahrstuhl und betrat einen in Blau und Grün gehaltenen Flur. Auch hier gab es ein Meer von Blumen, die in hohen weißen Vasen standen, sowie eine Reihe Kerzen, die beinah so groß waren wie sie.

Ein ganz in Schwarz gehüllter Mann mit weißlich blondem Haar und beinah so vielen Ringen in den Ohren wie McNab öffnete die breite, blaue Tür des Penthauses und nickte ihnen höflich zu.

»Bitte treten Sie doch ein. Candida wird gleich bei Ihnen sein. Wir servieren heute Katzenminze-Tee.«

»Danke, nein.« Eve schüttelte den Kopf.

»Ich bereite gern auch eine andere Sorte zu.« Er führte sie in einen riesigen Salon, der aussah wie ein kleiner Eispalast. Sofas, Tische, Lampen, Teppiche und Kissen waren weiß, und nur die blonde Mähne und die rot geschminkten Lippen auf dem Aktgemälde von Candida, die auf einem weiß bezogenen Bett posierte, brachten einen Hauch von Farbe in den Raum.

Sogar die Gardinen waren weiß, und es sah aus, als triebe ganz New York auf einem Wolkenbett dahin.

Auf eine alles andere als angenehme Art.

Plötzlich kam Bewegung in die Schneewehe, die auf dem breiten Sofa lag, und eine riesengroße, weiße Katze blinzelte sie argwöhnisch aus leuchtend grünen Augen an und flackerte gemächlich mit dem Schwanz.

Eve mochte Katzen, sie hatte selber eine, aber diese Katze war ihr wie der Rest des Zimmers und die weiß verhängten Fenster einfach unheimlich.

»Wir fasten heute, deshalb kann ich Ihnen nichts zu essen und auch keinen Kaffee anbieten. Aber wir haben wunderbares Wasser, das man in den Anden bei der Schneeschmelze geerntet hat.«

»Das wäre toll«, kam Peabody Eves Ablehnung zuvor.

»Bitte fühlen Sie sich wie zu Hause.«

»Mich interessiert wirklich, wie Schneeschmelzwasser aus den Anden schmeckt«, erklärte Peabody, nachdem der Mann gegangen war.

»Ich gehe davon aus, dass es wie Wasser schmeckt. Wer kann in einer solchen Wohnung leben?«

»Irgendwie kriegt man hier drinnen Kopfschmerzen. Das viele Weiß tut in den Augen weh, und ich muss ständig blinzeln, wenn ich was erkennen will. Oh Gott, das ist keine normale Miezekatze.«

»Was?« Eve blickte wieder auf das fremdartige Tier. Das hieß, es war tatsächlich nicht nur eine Katze, sondern eher ein kleiner Löwe oder Tiger oder ...

»Das hier ist mein weißes Panthermädchen.«

Passend zur Umgebung trug Candida einen weißen Wollpullover, eine enge weiße Hose sowie hart glitzernde Diamanten um den Hals und an den Ohren, als sie barfuß in den Raum geglitten kam. Ihre blonde Mähne rahmte ein Gesicht, das wunderschön, doch mindestens so hart wie ihre Diamanten war.

»Delilah.« Im Vorbeigehen streichelte sie kurz das junge Tier. »Holt Aston Ihnen Ihren Tee?«

»Wasser«, korrigierte Eve. »Danke, dass Sie sich die Zeit nehmen, mit uns zu reden.«

»Tja nun.« Sie winkte lachend ab, warf sich auf ein sanft geschwungenes Sofa, das so tief war, dass sie fast darin verschwand, und zog die Beine unter sich. »Ich selbst und meine Anwälte reden fast jede Woche mit der Polizei. Ich weiß, wer Sie sind und interessiere mich für Sie. Ich hätte angenommen, dass Sie älter sind.«

»Als was?«

Sie lachte wieder unbekümmert auf. »Ich freue mich bereits auf die Premiere Ihres Films.«

»Das ist nicht *mein* Film.«

»Ich gehe gerne zu Premieren. Man weiß nie, wen man dort sieht oder von wem man dort gesehen wird. Genauso weiß man nie, was alles passiert, und für mich gibt es nichts Schöneres, als mir die grauenhaften Kleider mancher Frauen dort anzusehen. Sie ziehen ein Kleid von Leonardo an.«

»Ich bin nicht hier, weil ich mit Ihnen über meine Kleidung reden will.«

»Was wirklich schade ist. Ich könnte nämlich stundenlang über Klamotten reden«, gab Candida gut gelaunt zurück. »Da sind Sie ja, Aston. Vergessen Sie auch nicht Delilahs Snack?«

»Natürlich nicht.« Er reichte ihr ein Glas mit Tee und bot den beiden anderen Frauen zwei Gläser voller Wasser an.

»Also, warum sind Sie hier? Ich habe noch Termine und nur wenig Zeit.«

»Marta Dickenson wurde vergangene Nacht ermordet.«

Candida warf die Arme in die Luft und räkelte sich auf der Couch. »Wer ist Marta Dickenson, und warum sollte mich das interessieren?«

»Sie ist die Frau, die Ihre Bücher prüfen sollte, und die Sie deshalb bedroht haben.«

»Ach, die.«

»Ja, die.«

»Falls jemand sie ermordet hat, nützt mir das nicht.«

»Ach nein?«

»Ach nein. Ich habe deshalb schon bei Tony angerufen, und er meinte, dass jetzt einfach jemand anderes die Bücher prüfen wird. Wobei dieser andere das mit etwas Glück nicht so verkniffen sehen wird wie sie.«

»Wer ist Tony?«

»Tony Greenblat. Mein Finanzberater.«

»Einer von den Treuhändern?«

Sie schnaubte auf. »Oh nein, mit diesen engstirnigen alten Säcken habe ich ganz sicher nichts zu tun. Er ist mein persönlicher Finanzberater und einer der Anwälte, die mir *mein* Geld aus *meinem* Treuhandfonds besorgen sollen.«

»Dann hat Tony also gesagt, es würde Ihnen nicht viel nützen, Marta Dickenson aus dem Verkehr zu ziehen.«

»Ja. Nein!« Sie richtete sich eilig wieder auf und verzog beleidigt das Gesicht. »Sie wollen mich reinlegen, aber ich bin nicht dumm.«

Wie es aussah, war sie sogar dümmer, als die Polizei erlaubte, dachte Eve. »Warum haben Sie ihn nach ihr gefragt?«

»Weil sie nicht mehr am Leben ist. Ich dachte, dass mir das vielleicht etwas nützt. Aber Tony hat gesagt, dass mir das auch nicht hilft, also ...« Achselzuckend trank sie einen Schluck von ihrem Tee.

»Auf meine anfängliche Frage haben Sie gesagt, Sie würden sie nicht kennen. Aber trotzdem wollten Sie von Tony wissen, ob ihr Tod für Sie von Vorteil ist?«

Candida runzelte die Stirn und überlegte angestrengt. »Dann wusste ich also, wer Marta ist. Na und?«

»Sie haben also eine Polizeibeamtin während laufender Ermittlungen zu einem Mordfall vorsätzlich belogen. Wenn Sie bereits bei derart simplen Fragen lügen, muss ich davon ausgehen, dass auch alles andere, was Sie uns erzählen, gelogen ist. Wie zum Beispiel, dass Sie mit Martas Tod nichts zu tun haben.«

Wütend knallte Candida die weiße Tasse wieder auf den weißen Tisch. »Das habe ich auch nicht.«

»Sie haben Sie belästigt und bedroht. Sie haben sie angerufen und am Telefon bedroht, sie hat Ihnen ihrerseits damit gedroht, die Treuhänder und das Gericht über diese Drohungen zu informieren, und jetzt ist sie tot.«

»Na und? Dann hab ich sie eben angerufen. Schließlich kann ich sagen, was ich will. Das ist nicht verboten.«

»Da irren Sie sich.«

»Das gehört zur freien ... Meinungsäußerung. Fünfter Zusatz der Verfassung oder so. Schauen Sie nach.«

»Bestimmt«, murmelte Eve. »Aber da wir gerade über Rechte sprechen, kläre ich Sie vielleicht besser erst mal über Ihre Rechte auf.«

Wieder fing Candida an zu schmollen, und als Eve geendet hatte, stieß sie schnippisch aus: »Als hätte ich das nicht schon mal gehört.«

»Doppelt hält mitunter besser, finden Sie nicht auch? Dann verstehen Sie also, welche Rechte und Verpflichtungen Sie haben?«

»Ja, verdammt.«

»Warum erzählen Sie uns nicht, wie Ihre Interpretation des Rechts auf freie Meinungsäußerung gegenüber Marta ausgesehen hat?«

»Was?«

»Was haben Sie zu Marta Dickenson gesagt?«

»Himmel, warum haben Sie das nicht gleich gesagt? Ich habe nur gefragt, ob sie nicht mal ein bisschen locker bleiben kann, schließlich geht es hier um *meine* Kohle, und es ist echt ätzend, dass ich diese Knicksäcke immer auf Knien anflehen muss, wenn ich was davon haben will. Davor war ich wirklich *nett* zur ihr. Ich habe dieser blöden Ziege einen dicken Blumenstrauß geschickt und ihr erklärt, ich würde ihr unter der Hand zehntausend zahlen, wenn sie mir hilft. Das ist für eine kleine Zahlenfresserin doch sicher eine hübsche Stange Geld.«

»Sie haben Ms. Dickenson gesagt, Sie würden ihr zehntausend Dollar zahlen, wenn sie dafür die Bücher fälscht?«

»Wie gesagt, ich war echt nett zu ihr. Aber sie hat sich furchtbar aufgeregt. Also habe ich gesagt, okay, okay, machen wir zwanzigtausend draus, und sie hat weiter rumgetobt und mir mit einer Anzeige gedroht.«

Eve wandte sich an ihre Partnerin. »Ihre Handschellen oder meine?«

»Bitte, bitte meine.«

»Wovon reden Sie? Bleiben Sie weg von mir.« Candida presste sich gegen die Rücklehne der Couch. »Aston!«

»Die Prüfung Ihrer Bücher war gerichtlich angeordnet, und Sie haben zugegeben, dass Sie Marta Dickenson bestechen wollten, damit sie die Zahlen schönt. Das ist eine Straftat.«

»Ist es nicht!«

»Schauen Sie nach«, schlug Eve ihr vor, als Aston aus dem Nebenraum gelaufen kam. »Halt dich da raus, Kumpel, wenn du nicht ebenfalls verhaftet werden willst.«

»Was ist hier los? Was ist passiert?«

»Sie behaupten, dass sie mich verhaften können, weil ich nett zu dieser blöden, toten Buchprüferin war. Ich habe nur gesagt, dass ich ihr Geld geboten habe, damit sie mir hilft.«

Offenbar war Aston etwas weniger beschränkt als seine Chefin, denn er kniff die Augen zu und seufzte: »Meine Güte, Candida.«

»Was ist los? Wo ist da das Problem? Es ist schließlich *mein* Geld, und sie können mir doch wohl nicht an den Karren fahren, nur weil ich ihr was von *meiner* Kohle geben wollte.«

»Lieutenant, bitte, Candida hat nicht verstanden, dass sie sich damit strafbar macht. Bitte geben Sie mir einen Augenblick, nur einen kurzen Augenblick. Ich werde ihren Anwalt kontaktieren und sagen, dass er kommen soll.«

»Lassen Sie uns erst was anderes probieren. Sie sagt ab jetzt die reine, vollkommene Wahrheit, wenn ich mit ihren Antworten zufrieden bin, werden wir weitersehen.«

»In Ordnung. Das klingt fair. Also, Candida, Sie müssen jetzt vollkommen ehrlich sein und alle Fragen umfänglich beantworten.«

»Das habe ich doch schon die ganze Zeit gemacht!«

»Ihre erste Antwort war gelogen. Jetzt versuchen Sie es einfach noch einmal.«

»Ich habe ihren Namen nicht sofort erkannt. Das ist alles.«

»Peabody, ich brauche Ihre Handschellen.«

»Okay, okay. Mein Gott. Ich habe mich von Anfang an einfach dumm gestellt, sonst nichts. Aber dann habe ich zugegeben, dass ich weiß, wer sie war, oder etwa nicht?«

»Sie haben ihr gedroht.«

»Aber doch nur, weil ich echt sauer auf sie war. In Wahrheit sind die Treuhänder die Arschlöcher, nicht ich. Und mein Opa, weil er ein so blöder Knicksack ist. Und, Himmel, meine Eltern, weil ...«

»Die Treuhänder, Ihr Großvater und Ihre Eltern tun mir leid, aber ansonsten sind sie mir egal. Ich interessiere mich allein für Marta Dickenson.«

»Ich habe nichts gemacht! Ich habe ihr ein bisschen Geld geboten, denn ich wollte ihr was Gutes tun. Dafür, dass sie mir einen winzigen Gefallen tut. Ich bezahle jede Menge Leute dafür, dass sie irgendwelche Dinge für mich tun.«

»Lieutenant«, setzte Aston an.

»Ruhe«, meinte Eve und sah an sich herab, weil ihr plötzlich der weiße Panther um die Beine strich. Was ziemlich seltsam war. »Sie haben Sie mehrfach angerufen und bedroht, falls Sie nicht kooperiert.«

»Ich war einfach sauer! Anfangs war ich wirklich nett zu ihr, und als sie derart pissig reagiert hat, war ich selber angepisst.«

»Sie wollten es ihr heimzahlen.«

»Allerdings. Und ich kenne Leute, die dafür gesorgt hätten, dass sie bereut, dass sie nicht netter zu mir war.«

»Ach ja?«, erkundigte sich Eve, während Aston leise aufstöhnte.

»Ich war dabei zu überlegen, wie ich es am besten anstellen soll. Diese blöden Knicksäcke von Treuhändern wollen immer, dass ich meine Kohle investiere. Also hätte ich den ganzen Laden kaufen und die Sumpfkuh feuern wollen.«

»Sie wollten die Firma kaufen und ihr kündigen?«

»Genau! Tony hat gesagt, sie wollten nicht verkaufen, aber Leute machen immer, was man möchte, wenn die Kohle stimmt. Dann hat Tony noch gesagt, selbst wenn ich den Laden übernehmen und sie feuern könnte, würde vom Gericht ein anderes Unternehmen auf die blöde Prüfung meiner Bücher angesetzt, aber es ging mir eben ums Prinzip. Schließlich habe ich Prinzipien so wie jeder andere auch.«

»Bei den ganzen Leuten, die Sie kennen, sind doch sicher auch ein paar dabei, die wissen, wie man andere erschreckt. Wie man ihnen nur ein bisschen wehtut, bis sie machen, was man will.«

»Huh? Sie meinen, so?« Sie ballte lachend eine Faust. »Also bitte! Wenn ich dieser Tussi hätte eine schießen wollen, hätte ich das selbst gemacht. Aber wenn ich in den nächsten einundachtzig Tagen jemand anderem eine liegen lasse, muss ich wieder zu dem blöden Anti-Aggressionstraining, und das ist einfach sterbenslangweilig. Wahrscheinlich war noch jemand anderes von ihr angepisst. Das dachte ich als Erstes, als ich hörte, dass das Weib ermordet worden ist. Leute, die sich ungebeten in die finanziellen Angelegenheiten anderer mischen, sind bestimmt nicht sonderlich beliebt.«

Als das Pantherjunge an Eves Bein hochklettern wollte, kraulte sie es kurz zwischen den Ohren und schob es sachte fort. Kurzerhand sprang es zurück aufs Sofa, rollte sich zu einem Ball zusammen und gab Eve auf diese Weise zu verstehen, dass es bei Weitem nicht so dämlich wie sein Frauchen war.

»In Ordnung.«

»Was, in Ordnung?«

»Das ist erst mal alles, was wir brauchen. Wenn uns noch was einfällt, melden wir uns einfach wieder.«

Aston faltete die Hände vor der Brust. »Soll ich ihren Anwalt kontaktieren?«

»Diesmal nicht. Ein Blumenstrauß ist nett, Bestechung aber nicht«, wandte sie sich noch einmal Candida zu. »Denken Sie in Zukunft dran, dass Bestechung strafbar ist. Peabody.«

Mit einem abgrundtiefen Seufzer stieg sie wieder in den Lift und wandte sich an ihre Partnerin. »Was schließen Sie aus dem Gespräch?«

»Ich hatte sie mir schlauer vorgestellt. Bisher hatte ich mir immer eingeredet, reiche Leute wären intelligent. Aber sie ist dumm wie Bohnenstroh. Auch wenn das vielleicht eine Beleidigung für diese Pflanze ist. Auf jeden Fall ist sie nicht schlau genug, um einen Mord zu arrangieren oder auch nur ihren Mund zu halten, falls tatsächlich irgendwer auf ihr Geheiß Marta aus dem Verkehr gezogen hätte. Denn sie hat uns schließlich sofort erzählt, dass sie Marta bestechen wollte.«

»Genau. Sie wollte also das gesamte Unternehmen kaufen, nur um Marta Dickenson zu feuern«, meinte Eve und schüttelte den Kopf. »Weil sie ihre Prinzipien hat.«

»Und sie kennt den fünften Zusatz der Verfassung oder so ähnlich.«

»Auf den hätte sie sich auch weiterhin berufen sollen, statt einfach zuzugeben, dass sie jemanden mit zwanzigtausend Dollar bestechen wollte.«

»Sie wollte doch nur nett sein.«

Lachend schüttelte Eve abermals den Kopf. »Wie war das Schneeschmelzwasser aus den Anden?«

»Nass.«

6

Eve sah auf die Uhr und schickte Peabody zu Jasper Milk, während sie selber in der Hoffnung, dass ihr Bradley Whitestones Date und ihre zweite Zeugin etwas mehr über die Partner zu erzählen hätte, zu Alva Moonie fuhr.

Statt eines Penthauses bewohnte Alva ein gepflegtes Stadthaus in der Upper West Side, das zwar gut gesichert, aber trotzdem offenkundig auf Besucher eingerichtet war. Sofort, nachdem sich Eve mit ihrer Marke ausgewiesen hatte, öffnete ihr Alva barfuß und in einem kurzen, violetten Kleid die Tür.

»Lieutenant Dallas, das nenne ich Timing. Ich bin gerade von der Arbeit heimgekommen.«

»Von der Arbeit?«

»Ich engagiere mich bei einer gemeinnützigen Stiftung unserer Familie. Aber kommen Sie doch rein.«

Sie führte Eve durch das Foyer, dessen Wände in der Farbe ihres Kleids gestrichen und in dem die Bodenfliesen zu verschiedenen geometrischen Figuren angeordnet waren, in einen großzügigen Wohnbereich, der stilistisch zwischen der Behaglichkeit im Wohnzimmer der Dickensons und der kalten Pracht des Mobsley'schen Palastes angesiedelt war. Das sanft flackernde Feuer im Kamin sowie die dicken, bunten Kissen auf den Sofas sorgten für Gemütlichkeit, die Gemälde an den Wänden, die Antiquitäten und die teuren Stoffe aber kündeten von jeder Menge Geld.

»Ich hatte einen ziemlich anstrengenden Tag und wollte mir gerade ein Glas Rotwein holen. Wie steht's mit Ihnen?«, wandte Alva sich an ihren Gast.

»Nein danke, aber holen Sie sich ruhig eins.«

»Sissy bringt mir eins. Sie ist meine Hauswirtschafterin. Früher war sie mal mein Kindermädchen, sie passt heute noch immer auf mich auf. Bitte setzen Sie sich doch. Ich hatte schon damit gerechnet, dass ich noch einmal von Ihnen hören würde. Haben Sie herausgefunden, was mit dieser armen Frau geschehen ist?«

»Die Ermittlungen dauern noch an.«

»Brad hat mich vor einer Stunde angerufen.« Alva setzte sich und zog die Beine unter sich. »Er hat gesagt, Sie würden zu ihm in die Firma kommen, um mit ihm und mit den beiden anderen zu reden. Und Sie würden denken, dass es bei dem Anschlag ganz konkret um diese Frau gegangen wäre und dass sie in seiner Wohnung war.«

»Das spart mir Zeit, denn jetzt muss ich das alles selbst nicht mehr erklären.«

»Hätte er mir nichts davon verraten sollen?«

»Schon gut.« Sie blickte auf, als eine hochgewachsene, attraktive Frau mit dunkelbraunem Haar den Raum betrat. In den Händen hielt sie ein Tablett, auf dem neben einer Flasche Rotwein und zwei Gläsern noch ein kleiner Obst- und Käseteller stand.

»Danke, Sissy. Dies ist Lieutenant Dallas. Cicily Morgan, mein Fels in der Brandung«, stellte Alva sie einander vor.

»Angenehm«, erklärte Cicily mit ausgeprägtem, britischem Akzent. »Darf ich Ihnen ein Glas Wein einschenken?«

»Danke, nein, ich bin im Dienst.«

»Dann vielleicht einen Kaffee oder Tee?«

»Nein danke.«

»Nun, dann lasse ich Sie beide jetzt wieder allein.«

»Wenn Lieutenant Dallas schon nichts trinken möchte, setz dich bitte hin und trink du ein Glas mit mir. Ist das in Ordnung?«, wandte Alva sich an Eve. »Ich habe Sissy die Geschichte schon erzählt.«

»Kein Problem«, erklärte Eve. »Es geht mir sowieso nur noch um ein paar Kleinigkeiten, für die gestern keine Zeit gewesen ist. Vielleicht erzählen Sie mir erst einmal, welcher Art genau Ihre Beziehung zu Brad Whitestone ist.«

»Wir haben uns vor ein paar Wochen auf einer Spendengala kennengelernt, seither macht er mir den Hof.« Lächelnd schenkte sie sich selbst und Sissy ein. »Oder vielleicht auch meinem Geld. Aber das ist mir egal. Er hat gute, frische Ideen und geht die Dinge voller Tatkraft an.«

»Dann haben Sie also keine persönliche Beziehung?«

»Das steht noch nicht fest. Ich finde ihn durchaus sympathisch, aber ich bin sehr vorsichtig. Das war ich nicht immer, stimmt's?« Sie tätschelte die Hand der anderen Frau, die sie mit einem leisen Lächeln ansah.

»Du warst damals noch jung und vielleicht ein bisschen starrsinnig.«

»Ein bisschen?« Alva warf den Kopf zurück und brach in lautes Lachen aus. »Sissy ist mal wieder sehr diskret. Ich habe vor nicht allzu langer Zeit eine ziemlich wilde Phase durchgemacht. Habe mich nächtelang in Clubs oder auf irgendwelchen Partys rumgetrieben und war praktisch jede Nacht mit irgendeinem anderen Mann und der Vollständigkeit halber manchmal auch mit einer Frau im Bett. Ich habe das Geld mit beiden Händen ausgegeben, einfach, weil es da war, bis ich eines Tages an den falschen Mann geraten bin. Er hat mir furchtbar wehgetan.«

»Das tut mir leid.«

»Um es kurz zu machen, er hat mich geschlagen, vergewaltigt, abermals geschlagen, bestohlen und mich irgendwann aus meiner eigenen Wohnung rausgeworfen. Splitternackt. Keine Ahnung, wie die Sache ausgegangen wäre, hätte nicht einer der Nachbarn mich gehört, bei sich aufgenommen und die Polizei geholt.«

»Haben sie den Kerl erwischt?«

»Oh ja, das haben sie. Wobei der Prozess die reinste Folter für mich war. Ich stand dort mindestens genauso vor Gericht wie er. Aber meine Familie, und dazu gehört auch Sissy, hat sich hinter mich gestellt. Trotz allem, was ich getan und ihnen damals an den Kopf geworfen hatte, waren sie für mich da.«

»Ich kann mich nicht daran erinnern, was davon gehört zu haben.«

»Weil es sich in London zugetragen hat. Wohin ich damals umgezogen war. Inzwischen ist die Angelegenheit vier Jahre her. Danach ist Sissy bei mir eingezogen und passt seither auf mich auf. Außerdem habe ich eine Therapie gemacht und bin schließlich heimgekehrt. Als anderer, als besserer Mensch als der, der von hier fortgegangen ist.«

»Du bist als der Mensch heimgekommen, der du immer warst«, verbesserte Sissy sie. »Du hast nur etwas Zeit gebraucht, um ihn zu finden.«

»Ich wollte diesen Menschen nicht noch mal verlieren, deshalb habe ich Sissy gebeten, mit mir zurückzukommen und weiter für mich da zu sein. Sie ist mein Kompass, sie hält mich auf dem rechten Weg. Ich habe dieses Haus gekauft und versuche, mir die zweite Chance zu verdienen, die das Leben mir gegeben hat.«

»Es ist ein schönes Haus. Es verströmt ... Zufriedenheit.«

»Vielen Dank, genau das ist es, was wir wollen.«

»Ich war eben bei jemand anderem, der längst nicht so zufrieden ist. Kennen Sie Candida Mobsley?«

»Ja, die kenne ich.« Mit einem neuerlichen Blick auf Sissy, die nur seufzte, nippte Alva vorsichtig an ihrem Wein. »Sie war damals in meiner Clique, also kenne ich sie sogar ziemlich gut. Wir haben in der schlimmen, alten Zeit zusammen jede Menge Blödsinn angestellt. Inzwischen haben wir nicht mehr denselben Lebensstil, aber trotzdem sehe ich sie ab und zu auf einer Party oder irgendeinem anderen Event. Sie hat sich kaum verändert. Hat sie etwa ...« Alva riss verblüfft die Augen auf und stellte ihr halb volles Weinglas auf dem Tisch ab. »Candida hat doch nichts mit dieser Angelegenheit zu tun?«

»Nein, ich glaube, nicht.«

»Sie ist ziemlich wild, etwas verrückt und, offen gestanden, nicht besonders helle.«

»All das ist mir auch schon aufgefallen.«

»Sie ist die, die sie sein will«, meinte Sissy und nahm eine kerzengerade Haltung ein. »Tut mir leid. Das war ziemlich harsch und unnötig.«

»Und wahr«, fügte ihr Schützling ruhig hinzu. »Wenn sie sich etwas nimmt, was sie fast täglich tut, bricht sie auch gern mal einen Streit vom Zaun. Dann wirft sie gerne Sachen durch die Gegend, mitunter geht sie auch auf andere los. Wobei sie sich nicht wirklich prügelt, sondern sich im Grunde wie ein Kleinkind in der Trotzphase benimmt. Ich kann mir einfach nicht vorstellen, dass sie jemals so weit gehen würde, einem Menschen so was anzutun wie dieser armen Frau.«

»Sie hat genügend Geld und auch Beziehungen, um jemanden zu engagieren, der das für sie erledigt«, erklärte Eve.

»Ich glaube, nicht mal das würde sie jemals tun. Wenn sie mit jemandem Probleme hat, bekommt sie ihren Wutanfall, wirft mit ihrer Kohle um sich, lässt sich vielleicht zu irgendwelchen Drohungen hinreißen und wirft dem schon verprassten Geld noch mehr Geld hinterher. Aber ein Mord?«

Sie griff wieder nach ihrem Glas und lehnte sich zurück. »Ich glaube wirklich nicht, dass sie jemals auf den Gedanken käme oder dazu fähig wäre. Falls sie so eine Tat doch aus irgendeinem Grund begangen oder veranlasst hätte, würde sie damit wahrscheinlich, dämlich wie sie ist, sogar noch hausieren gehen.«

»Interessant«, bemerkte Eve. »Genau denselben Eindruck hatte ich vorhin von ihr.«

»Vielleicht sollte ich mich bei der Polizei bewerben«, stellte Alva lachend fest. »Aber keine Angst, das tue ich im Leben nicht. Also ... Sie haben nicht danach gefragt, aber trotzdem interessiert es Sie vielleicht, dass ich mir auch nicht vorstellen kann, dass Brad dahintersteckt. Zwar kenne ich ihn erst seit ein paar Wochen, aber ich habe inzwischen eine deutlich bessere Menschenkenntnis als noch vor vier Jahren. Was meinst du, Sissy?«

»Ja, ich mag ihn«, räumte ihre Aufpasserin unumwunden ein. »Er hat Benimm, Enthusiasmus und Humor.«

»Mein Kompass«, wiederholte Alva. »Gestern Abend war es wirklich nett. Es war entspannt und unterhaltsam. Wir waren erst was essen und dann noch auf einen Drink in einer Bar. Ich habe in etwa gesagt, dass die vollständige Renovierung eines ganzen Hauses sicher interessant sei und vor allem Freude mache. Es gefalle mir, dass drei Freunde erst zusammen ein Unternehmen gründen und jetzt auch noch dieses Haus zu neuem Leben erwecken wollen. Wir haben uns kurz darüber unterhalten, und er meinte, vielleicht würde ich das Haus ja gern mal sehen. Es läge schließlich nur zwei Blocks von der Bar, in der wir waren, entfernt.«

»So sind Sie also auf die Idee gekommen, dorthin zu gehen«, meinte Eve.

»Ja, genau. Und ich hatte wirklich Lust zu sehen, was er und seine Partner dort geschaffen hatten. Er war richtig aufgeregt bei dem Gedanken, mir das Haus zu zeigen, und er hat sich über mein Interesse echt gefreut. Vielleicht hätten wir unsere Beziehung während der Besichtigung durchaus noch etwas ausgebaut. Aber nachdem ... wir standen beide unter Schock. Er hat mich heimgebracht und kam dann noch mit rein. Keiner von uns wollte allein sein, weshalb er am Schluss in meinem Gästezimmer übernachtet hat.«

»Was ist mit seinen Partnern? Was wissen Sie über die?«

»Nicht viel. Obwohl ich ihnen schon einmal begegnet bin. Der Kör ...«, lachend fächerte sich Alva Luft zu und fuhr fort. »Wir waren mal zusammen essen. Rob, seine Verlobte, Jake, ein Date von ihm, Brad und ich. Das war eine rein private Angelegenheit. Brad hat mir bei dem Essen weiterhin den Hof gemacht, aber auf eine durchaus angenehme Art. Außerdem habe ich meinen Dad gebeten, sich die drei beruflich und privat etwas genauer anzusehen. Ich gehe nicht noch einmal ein Wagnis ein. Ihm hat gefallen, was er herausgefunden hat. Ich halte es für unwahrscheinlich, dass er ihnen deshalb die Verwaltung seines Geldes überlässt, aber wenn ich Ihnen meine Gelder anvertrauen wollte, wäre das für Dad okay.«

»Also gut. Das sollte reichen.«

»Haben Sie etwa durchgearbeitet, seit wir uns letzte Nacht begegnet sind?«

»Das ist Teil meines Jobs.«

»Ich kann mir echt nicht vorstellen, wie das ist. Sissy und ich haben das Icove-Buch gelesen, wir werden auch zur Filmpremiere gehen.«

»Warum lädst du nicht jemanden ein, wenn du zwei Karten hast?«, fragte die Hauswirtschafterin.

»Das tue ich«, erklärte Alva gut gelaunt und hakte sich bei Sissy ein. »Und zwar dich, weil dir das Buch schließlich genauso gut gefallen hat wie mir.«

»Es ist wirklich faszinierend«, pflichtete ihr Sissy bei. »Aber diese Frauen, die jungen Mädchen und die Kinder tun mir wirklich leid.«

»Mir auch.« Eve stand auf und blickte Alva an. »Vielen Dank, dass Sie mir Ihre Zeit gewidmet haben und dass Sie so offen zu mir waren. Aus meiner Sicht nutzen Sie Ihre zweite Chance wirklich gut.«

Da sie total erledigt war und obendrein noch ein paar Dingen nachgehen wollte, schaltete sie kurzerhand den Selbstfahrmodus ihres Wagens ein und fing mit einer Standardüberprüfung aller Leute aus der Firma ihres Opfers und dem Unternehmen ihres Zeugen an.

Sie müsste sich auch die Dateien vom privaten Laptop ihres Opfers ansehen, die inzwischen von McNab auf ihren eigenen Computer übertragen worden waren. Dann fände sie vielleicht schon etwas heraus, bevor sie die Erlaubnis, sich die Arbeitsunterlagen und die Kundenliste ihrer Toten anzuschauen, bekam.

Wobei sie niemals in der Lage wäre, die Finanzen, Zahlen, Prüfberichte oder was zur Hölle ihr McNab geschickt hatte, in ihrem momentanen Zustand völliger Ermattung auch nur ansatzweise zu verstehen.

Sie rieb sich die müden Augen, als sie in die Einfahrt ihres Grundstücks bog und fand, so schön wie jetzt hätte ihr Heim nie ausgesehen.

Der eisige Novemberwind wehte die letzten Blätter von den

Bäumen oberhalb der ausgedehnten grünen Rasenfläche, deshalb bot sich ihr ein freier Blick auf das Gebäude, das mit seinen Türmen, den Zinnen und den grauen Steinmauern wie eine Burg aussah. Sie freute sich schon auf die Wärme, Helligkeit und Ruhe, die sie dort umgäbe, auf die kochend heiße Dusche, die den nicht endenden Tag aus ihren müden Knochen spülen würde, auf ein kurzes Nickerchen, um frische Kraft zu tanken, und das Essen, das sie mit an ihren Schreibtisch nähme, um dort einen Berg an Zahlen, die sie hoffentlich verstünde, durchzugehen.

Sie hielt vor der breiten Haustür, ließ den Wagen einfach stehen und schlafwandelte Richtung Haus.

Wie immer lauerte ihr Summerset, die größte Plage ihres Lebens, in der Eingangshalle auf. Wie immer ganz in Schwarz gewandet und den klapperdürren Körper kerzengerade aufgerichtet, stand er da und musterte sie kritisch, während Galahad, der fette Kater, reglos neben seinen Füßen saß.

»Sie sehen mal wieder aus, als hätte Galahad Sie angeschleppt.«

Noch im Gehen zog sie ihren Mantel aus und warf ihn über das Geländer, weil sie wusste, dass ihm das ein Dorn im Auge war. »*Sie* anzuschleppen hätte sich aus seiner Sicht wahrscheinlich nicht gelohnt.« Das war ein bisschen lahm, aber zumindest passend, dachte sie.

Das Tier, von dem die Rede war, kam auf sie zugetrottet, wollte sich an ihrem Schienbein reiben, blieb dann aber plötzlich stehen, machte einen Buckel und sah sie aus wild glitzernden, zweifarbigen Augen an.

Dann wich er einen Schritt zurück, blickte zur ihr auf und … stieß ein lautes Zischen aus.

»He!«

»Wie's aussieht, würde er Sie am liebsten sofort wieder los.«

Einen Augenblick lang war sie verwirrt und gleichzeitig beschämt. Schließlich war dies *ihr* Kater. *Ihr* vierbeiniger Freund und zweimaliger Lebensretter, der sich immer freute, sie zu sehen.

Jetzt aber fauchte er sie an und stand mit einem Buckel und gesträubtem Fell wie eine aufgeblähte Horrorkatze da.

Plötzlich fiel ihr das verdammte Pantherjunge ein.

»Das ist nicht meine Schuld. Ich habe eine Frau vernommen, die ein verfluchtes Pantherbaby hat. Ich habe das Vieh ganz sicher nicht mit Milch und irgendwelchen Leckereien angelockt, aber es kam trotzdem zu mir.«

Offenbar fand Galahad diese Entschuldigung genauso lahm wie ihre Reaktion auf Summersets Empfang, denn mit dem ähnlich einem Mittelfinger in die Luft gereckten Schwanz kehrte er ihr den Rücken zu und nahm erneut neben dem Butler Platz.

»Meinetwegen. Halt das, wie du willst.«

Knurrend stapfte sie an ihm vorbei und nahm die Treppe in den ersten Stock. »Auch wenn du es nicht dieser Vogelscheuche, sondern mir verdankst, dass du in einem Schloss lebst und das reinste Luxusleben führst.«

Schmollend trat sie durch die Tür des Schlafzimmers, drückte den Knopf der Gegensprechanlage und erkundigte sich: »Wo ist Roarke?«

Guten Abend, liebste Eve. Roarke ist leider noch nicht da.

»Hätte ich mir denken sollen.« Also konnte sie sich nicht einmal bei ihrem Mann über das undankbare Tier beschweren.

Dann eben nicht.

Sie ließ sich auf den Rand des breiten Bettes fallen, zog ihre Stiefel aus und trat sie fort.

»Verdammt«, stieß sie noch hervor, schob sich bäuchlings auf das seidig weiche Laken und schlief auf der Stelle ein.

Eine Stunde später tauchte Roarke zu Hause auf. Er hatte selber einen langen, harten Tag gehabt und sehnte sich nach seiner Frau und einem Glas erlesenen Weins, doch zuerst nahmen ihn der Butler und der Kater in der Eingangshalle in Empfang.

»Der Lieutenant ist oben«, begann Summerset, während der Kater, immer noch mit leichtem Buckel, schnuppernd angeschlichen kam.

»Gut.«

»Sie sah erschöpft aus.«

»Was ja wohl kein Wunder ist. Was hat er denn?« Roarke bückte sich nach Galahad, der immer noch argwöhnisch schnuppernd vor ihm stand.

»Anscheinend hat er Angst, auch Sie hätten ihn betrogen, nachdem Ihre Frau nach einem anderen Tier gerochen hat.«

»Ah. Tja nun, ich hatte heute keine Zeit für andere Katzen.« Roarke zog seinen Mantel aus und überließ ihn Summerset. »Danke«, meinte er und wandte sich erneut dem Kater zu. »Na, komm mit rauf. Sie macht es sicher wieder gut.«

Er marschierte Richtung Treppe, und der dicke Kater huschte ihm hinterher.

Falls sie in ihrem Arbeitszimmer wäre, brächte er ihr ein Glas Wein und würde dann versuchen, sie dazu zu bringen, sich kurz hinzulegen, denn ein Schläfchen täte ihnen beiden sicher gut. Aber vorher würde er seinen verdammten Anzug ausziehen, weil er schließlich jetzt zu Hause war.

Als er das Schlafzimmer betrat, lag seine Liebste bäuchlings schlafend auf dem breiten Bett.

»Das passt mir gut.«

Er tauschte seinen Anzug gegen eine komfortable Freizeithose und ein langärmliges T-Shirt und schob sich zu ihr aufs Bett. Der Wein könnte noch warten, dachte er und nahm sie zärtlich in den Arm, als sie etwas wie *Zahlen* murmelte, bevor sie weiterschlief.

Galahad nahm Anlauf, sprang aufs Bett, und angenehm gewärmt von Frau und Kater schlief sein Herrchen auf der Stelle ein.

Der Traum führte sie durch den Tag, durch weiße Landschaften, auf kalte Straßen und durch leer stehende Büros, in denen leises Schluchzen von den Wänden hallte, bis sie in der Wohnung ihres Opfers stand.

Sie stemmte ihre Hände in die Hüften und erklärte Galahad, der sie nach Kräften ignorierte: »Hier ist nichts. Ich habe nicht gesagt, dass du mitkommen sollst, aber ich sage dir, dass hier in dieser Wohnung nichts zu finden ist. Hier gibt es nichts als Trauer. Davon abgesehen sieht alles sauber aus.«

Sie trat durch die Tür in das Apartment, dessen Renovierung praktisch abgeschlossen war. »Nur ein bisschen Blut, das hätten sie nicht übersehen sollen. Sie waren ziemlich nachlässig. Dass sie die Frau vor der Tür des Hauses haben liegen lassen ... War das wohl ein Zeichen, und falls ja, für wen?«

Für Bradley Whitestone? Doch im Grunde hätte gar nicht er, sondern eher ein Passant, der früh am nächsten Morgen dort vorbeigekommen wäre, oder vielleicht jemand von dem Bautrupp sie dort finden sollen.

Eine Verbindung zwischen ihrem Opfer und jemandem vom dem Bautrupp gab es bisher nicht.

Eve drehte sich im Kreis und sah die sogfältig gerahmten Aufnahmen der Kinder und des Mannes ihres Opfers, die jetzt nur noch eine traurige Erinnerung an glücklichere Zeiten waren.

»Die Familie war ihr Ein und Alles.« Daniel Yung saß mit im Schoß verschränkten Händen auf der komfortablen Couch. »Sie hätte alles getan, gegeben und gesagt, um die Familie zu schützen.«

»Ja, sie hat nach der Entführung nur daran gedacht, wie sie dorthin zurückgelangt. Vor allem zu ihren Kindern. So machen Mütter es doch, oder nicht?«

Plötzlich roch sie ihre eigene Mutter. Sie war durch die Tür getreten und verzog verächtlich das Gesicht. »Sie hat wie jeder andere nur an sich gedacht. Sie hat es gehasst, mit ihren rotznasigen Gören in dieser Bude eingesperrt zu sein. Genau wie ich. Sie war genau wie ich.«

Eve betrachtete den bitteren Zug um Stellas Mund, den kalten Blick und den von Issac McQueen mit einem Messer aufgeschlitzten Hals und spürte nichts als leichten Ärger, weil das Weib sie nicht in Ruhe ließ.

»Hau ab. Ich habe keine Zeit für dich. Es geht nicht immer nur um dich.«

»Bildest du dir etwa allen Ernstes ein, sie hätte an die beiden Rotzblagen gedacht, oder an den Arsch, der sie geschwängert hat?«

»Allerdings, das denke ich. Sie hat ihr Leben lang an die Familie gedacht, und sie hätte den Bastarden, die sie ermordet haben, alles überlassen, was sie haben wollten. Aber selbst wenn sie den Kerlen alle Unterlagen überlassen hätte, hätte sie auch weiter etwas davon gewusst. Es ging um Geld, um Buchprüfungen, um Portfolios, um Investitionen oder so. Es ging um irgendwelche Summen, die nicht aufgegangen sind. Woher zum Teufel soll ich wissen, was für Summen das gewesen sind?«

Roarke trat neben sie und strich ihr sanft über das Haar. »Musst du das tatsächlich fragen?«

»Stimmt. Ich habe schließlich dich.«

Sie schlug die Augen auf und blickte in das wilde, wilde Blau der Augen ihres Ehemanns.

»Du hast im Schlaf gesprochen.«

»Ach.« Sie sah ihn fragend an. »Und was habe ich gesagt?«

»Ich passe auf dich auf, hast du gesagt. Und das tue ich andersherum auch. Ich bin immer für dich da.«

Immer noch ein wenig groggy strich sie ihm wie er ihr in dem Traum über das Haar. »Ich habe von dem Fall geträumt und nehme an, es geht dabei um Geld, um jede Menge Geld. Die Art von Geld, die investiert, geprüft und auf besonderen Konten angelegt wird, damit niemand sie entdeckt. Du bist in dem Traum bei mir am Tatort aufgetaucht.«

»Und was habe ich gesagt?«

»Du hast mich nur daran erinnert, dass mir ein Experte für genau die Art von Geldern zur Verfügung steht. Ich bin mir ziemlich sicher, dass ich den auch brauchen werde, wenn ich das Motiv für diesen Mord ergründen will.«

»Ich stehe immer gern zu Diensten.«

»McNab hat mir eine Datei geschickt, die du dir bitte ansehen musst.«

Sie richtete sich auf, doch er rollte sich einfach über sie und sah sie fragend an.

»Wie wäre es mit einem kleinen Vorschuss?«

»Ich habe erst heute jemandem erklärt, dass Bestechung strafbar ist.«

»Dann nimm mich anschließend doch einfach fest.« Er öffnete mit einem Handgriff den Verschluss ihres Waffenholsters, das sie noch am Körper trug. »Aber jetzt ist es mir erst mal lieber, wenn du unbewaffnet und wenn möglich auch unbekleidet bist.«

»Es ist dir immer lieber, wenn ich unbekleidet bin.«

»Richtig«, gab er unbekümmert zu und presste ihr die Lippen auf den Mund.

Sie hatte das Gefühl, als wär sie seit Tagen nicht mehr heimgekommen und als hätte sie seit einer Ewigkeit nicht mehr das Bett mit ihm geteilt. Es war wie ein Geschenk, die Reaktionen ihres Körpers wahrzunehmen und sich während eines Augenblickes statt auf ihre Arbeit, Blut, Tod und Trauer ganz auf ihre Leidenschaft zu konzentrieren.

»Zur Abwechslung hast du mal nicht zu viele Kleider an.« Entschlossen zog sie ihm das Shirt über den Kopf und glitt mit ihren Händen über seinen nackten Leib.

»Im Gegensatz zu dir habe ich eben vorausgedacht.« Er zog ihr das Waffenholster und die Jacke aus.

»Ich wollte nur ein bisschen Energie tanken«, erklärte sie ihm grinsend. »Und das tue ich jetzt immer noch.«

Er zog ihr den Pullover aus, in Tanktop, Hose und mit dem von ihm geschenkten Riesendiamanten um den Hals, schlang sie ihm die Arme und die Beine um den Leib und rollte sich mit ihm herum, bis sie am Ende rittlings auf ihm saß. »Wie es aussieht, hat das kurze Nickerchen mir jede Menge neuer Energie verliehen.« Achtlos zerrte sie das Tanktop über ihren Kopf und warf es fort. »Trotzdem könnte ich noch eine zusätzliche Hand gebrauchen.«

»Wenn du willst, bekommst du sogar zwei.«

Er umfasste ihre straffen Brüste und mit einem »Gerne« schloss sie genüsslich ihre Augen, beugte sich zu ihm herab und versank in einem einladenden und zugleich verheißungsvollen Kuss.

Schlank und stark, ging es ihm durch den Kopf. Trotz der dunklen Ringe unter ihren Augen war ihr Körper immer noch von unbändiger Energie erfüllt. Seine Eve, die sein besonderes Geschenk am Ende eines langen, harten Tages war.

Als er sie wieder auf den Rücken rollte und die Hände durch den Mund ersetzte, hörte er sie kehlig lachen und dann leise schnurren, er nahm ihren wilden Herzschlag unter seinen Lippen wahr. Sie hob die Hüfte an, als er an ihrer Hose zerrte und die Lippen von den Brüsten über ihren Oberkörper bis hinab zu ihrem Nabel wandern ließ. Während er in sie hineinglitt, um sie in Besitz zu nehmen, stockte ihr der Atem, und die Finger, die ihn bisher sanft gestreichelt hatten, bohrten sich in seinen Rücken, während sie mit einem seidig weichen Stöhnen kam.

Er wusste, was er geben und was er nehmen musste. Hatte es von Anfang an gewusst. Ihn konnte sie ohne Furcht und Zweifel lieben, und sie wusste, dass das andersrum genauso galt. Glücklich streckte sie die Arme nach ihm aus, ging ganz in seiner einladenden Liebe auf und blickte wieder in das wilde, wilde Blau seiner Augen, während sich in ihrem Innern Leidenschaft mit grenzenlosem Glück vermengte.

Seine Bewegung spiegelte Verlangen und langsam, langsam stiegen sie in ungeahnte Höhen auf und stürzten sich gemeinsam in die Tiefe, in der einzig Raum für ihre Paarung und die völlige Verschmelzung ihrer Leiber war.

Sie rahmte sein Gesicht mit ihren Händen, während jeder seiner Stöße sie noch höher fliegen ließ und sie in seinen Augen sah, dass er bei diesem Flug direkt an ihrer Seite war.

Nachdem ihre innere Uhr durch dieses Zwischenspiel vorübergehend aus dem Takt geraten war, sagte sich Eve, dass sie am besten noch ein paar Minuten liegen blieb. Wobei es sie bestimmt nicht störte, dass die kurze Ruhepause nicht nach Plan verlaufen war.

»Ich musste heute mit zu vielen Leuten sprechen«, meinte sie.

»Wem sagst du das?«

Sie starrte durch das Oberlicht über dem Bett und fragte sich, seit wann es völlig dunkel war. »Aber im Gegensatz zu mir wirst du das niemals leid.«

»Da irrst du dich.«

»Du kannst doch jemanden dafür bezahlen, dass er das Reden übernimmt. Du kannst sogar jemanden dafür bezahlen, dass er mit den Leuten redet, die mit Leuten reden sollen, wenn du gar nicht reden willst.«

Er nahm belustigt ihre Hand. »Und wer würde mit dem reden, der für mich reden soll?«

»Du könntest ihm ja einfach E-Mails schreiben und bräuchtest in deinem ganzen Leben nie mehr auch nur einen Ton zu sagen, während ich von so etwas nur träumen kann.«

»Aber wenn ich jemanden dafür bezahlen würde, dass er mit den Leuten redet, was ich wirklich manchmal tue, und dann jemand anderen bezahlen würde, damit er mit diesem Jemand redet, gingen einige der Dinge, die ich sagen wollte, bei der Vermittlung ganz bestimmt verloren. Deshalb müsste ich am Schluss mit noch mehr Leuten reden, wenn ich alles wieder geradebiegen wollte.«

»Vielleicht. Aber du bist ein größerer Menschenfreund als ich.«

»Wenn man davon absieht, dass du Tag für Tag dein Leben für das Leben anderer riskierst …«

»Heute habe ich das nicht getan.«

»Wenn das kein Grund zum Feiern ist. Gott, ich brauche dringend ein Glas Wein.«

Sie hob seinen Kopf mit ihren Händen an und sah ihm forschend ins Gesicht. »Du hattest einen schlimmen Tag.«

»Ich hatte einen unruhigen und langen doch am Ende alles andere als schlimmen Tag. Vor allem die Heimkehr war sehr angenehm.«

»Was ja wohl selbstverständlich ist.«

»Trotzdem sollte man immer sagen, wenn man glücklich ist.« Er stützte sich auf seinen Ellenbogen ab und küsste sie.

»Dann tue ich das hiermit auch. Jetzt brauche ich eine Dusche, vielleicht auch ein Gläschen Wein, und nachdem du deinen Vorschuss eingesackt hast, siehst du dir gleich bitte die Dateien meines Opfers an.«

»So war es schließlich abgemacht. Also duschen, Wein, etwas zu essen ... und dann sehen wir, wie ich dir helfen kann.«

»Ich habe schon etwas gegessen.«

»Wann?«

Lachend rollte sie sich aus dem Bett. »Heute Morgen hatte ich ein widerliches Plunderteilchen, aber heute Mittag hat mir Peabody eine phänomenale Hühnersuppe aufgetischt.«

»Noch ein Grund zum Feiern«, meinte Roarke und folgte ihr, obwohl er sicher war, dass ihm die Haut in Fetzen von den Knochen fallen würde, wenn er zuließe, dass sie das Duschwasser einstellte, in das angrenzende Bad.

»Es war eine wirklich tolle Suppe aus einem Imbiss in der Nähe unseres Tatorts«, klärte Eve ihn auf, er zuckte zusammen, als aus unzähligen Düsen kochend heißes Wasser seinen Körper traf.

»Und wie steht es mit dir?«

»Du meinst, ob ich schon was gegessen habe?« Diese Frage hatte sie ihm nie zuvor gestellt.

»Ich habe ordentlich gefrühstückt und dann war ich Mittag essen, auch wenn mir dabei das endlose Gespräch mit unzähligen Leuten irgendwie den Appetit verdorben hat.«

»Gibt es ein Problem? Ich könnte einen Teil des vielen Schmucks verpfänden, den du mir geschenkt hast, wenn das hilft.«

»Das ist nett, aber ich nehme an, wir schaffen es auch so. Es ist wirklich kein Problem«, erklärte er, während er seinen Kopf unter dem heißen Wasser kreisen ließ. »Ich musste einfach ein paar Leute daran erinnern, was ihr Job ist und wer sie bezahlt.«

»Hat du den Furchteinflößenden markiert?«

Lächelnd schnipste er gegen das Grübchen in der Mitte ihres Kinns. »Kann sein. Auf alle Fälle ist die Angelegenheit erledigt, und ich glaube nicht, dass es in absehbarer Zeit noch einmal derartige Scherereien geben wird.«

»Im Gegensatz zu dir hatte ich heute keine Chance, irgendjemandem einen Arschtritt zu verpassen. Aber ich konnte eine wirklich blöde, reiche Tussi einschüchtern, das war zumindest nett.«

»Jemand, den ich kenne?«

»Ja, wahrscheinlich. Candida Mobsley.«

»Die ist wirklich blöd. Hat sie was mit dem Mord zu tun?«

»Ich glaube nicht. Sie ist viel zu dämlich, um so was zu planen, und wenn sie jemanden dafür bezahlt hätte, die Sache durchzuziehen, hätte sie es garantiert verraten, als ich bei ihr war.«

»Ich nehme an, da hast du recht.«

»Aber wie dem auch sei, habe ich eine ganze Liste voller Firmen, – warum müssen die fast immer gleich aus drei Namen bestehen? – die ich dir vorstellen will. Ich würde einfach gerne deine Meinung hören, falls du diese Unternehmen kennst.«

Sie stieg aus der Dusche, erleichtert senkte er die Wassertemperatur und kühlte sich kurz ab.

Zurück im Schlafzimmer zog sie bequeme Kleidung an und blickte stirnrunzelnd zu dem Kater.

»Verdammt, er hat verächtlich das Gesicht verzogen, als ich eben reingekommen bin«, beschwerte sie sich beleidigt, als ihr Ehemann den Raum betrat. »Er ist eine Katze. Also wie kriegt er das hin? Reg dich ab, Dicker«, wies sie den Kater rüde an. »Ich habe heiß geduscht und eine frische Hose an. Es ist vorbei.«

»Summerset hat mir erzählt, dass er verärgert war, weil du bei einer anderen Katze warst.«

»Das war keine Katze, sondern ein verdammter Panther.«

»Warst du etwa während deiner Arbeitszeit im Zoo?«

»Die blöde, reiche Tussi hat in ihrem weißen Penthaus einen kleinen weißen Panther. Ich wäre von dem ganzen Weiß fast blind geworden, hätte nicht ihr Assistent was Schwarzes angehabt. Wahrscheinlich, damit sie ihn in dem Schneesturm in der Wohnung überhaupt noch finden kann. Ich muss noch überprüfen, ob sie die Genehmigung zur Haltung dieses Panthers hat. Wie blöd muss jemand sein, dass er eine Wildkatze als Haustier hält?«

»So blöd wie sie, wahrscheinlich hat jemand ihr erzählt, dass so was modern oder rebellisch ist.«

Sie sah ihn aus zusammengekniffenen Augen an. »Hast du diese Irre etwa irgendwann mal flachgelegt?«

Roarke schüttelte den Kopf. »Das ist eine ziemlich krasse Ausdrucksweise, findest du nicht auch? Vor allem nach der Begrüßung, die mir eben erst durch dich zuteilgeworden ist. Aber nein, ich habe diese Irre nie gebumst, gevögelt oder flachgelegt.«

»Und warum nicht?«

»Die Bezeichnung Irre sollte als Erklärung reichen, findest du nicht auch? Zudem ist sie nicht mal annähernd mein Typ. Sie nimmt Drogen, säuft, ist grottendämlich, zügellos und hoffnungslos verwöhnt.«

»Gut zu wissen. Und wie sieht's mit Alva Moonie aus?«

»Sie ist bestimmt keine Idiotin, aber trotzdem habe ich auch sie niemals gebumst, gevögelt oder sonst etwas. Alva Moonie. Ist sie mehr als eine Zeugin in dem Fall?«

»Nein. Zumindest bisher nicht. Ich fand sie nett. Sie hat erzählt, dass wir uns vorher schon mal irgendwo begegnet wären.«

»Wahrscheinlich haben wir auf irgendeiner Spendengala ein paar Grüße ausgetauscht. Sind sonst noch irgendwelche Frauen auf der Liste, mit denen ich vielleicht im Bett gewesen bin?«

Sie sah ihn grinsend an. »Nicht wirklich. Und die beiden passten auch nur deswegen für mich ins Schema, weil ihr alle reich wie Krösus seid.«

»Du bist auch nicht gerade arm.«

»Das liegt nur daran, dass du Geld auf meine Konten überwiesen hast.« Sie reichte ihm die Hand. »Aber ich gehe davon aus, dass du mir bei der Arbeit helfen kannst, weil du stinkreich und alles andere als dumm bist und im Gegensatz zu mir was von Portfolios und dem ganzen Kram verstehst.«

»Dieser Kram hat den Wein bezahlt, den wir gleich trinken werden, und er bringt auch unser Essen auf den Tisch.«

»Ich verdiene selber Geld«, rief Eve ihm in Erinnerung. »Das Essen heute Abend übernehme ich.«

»Wie du willst.« Er zog sie an sich und presste ihr abermals die Lippen auf den Mund. »Aber nach diesem endlos langen Tag werde ich bei Gott ganz sicher keine Pizza essen.«

»Gut. Ich hätte nämlich selber gern ein Steak. Ein dickes, fettes Steak.«

»Was heißt, dass wir uns einig sind. Also lass uns essen, trinken und uns über Mord und Kohle unterhalten.«

Mit einem zufriedenen Seufzer meinte sie: »Ich liebe dich.«

7

In früheren Jahren war das Beste, was sich Eve von ihrem Polizistinnengehalt mitunter hatte leisten können, ein blutarmer Sojaburger mit unechten Fritten, die sie unter einem Berg von Salz hatte begraben müssen, weil sie nur auf diese Weise zu genießen waren. Jetzt lag auf ihrem Teller ein perfekt gegrilltes Steak aus echtem Rindfleisch neben echten, goldfarbenen Fritten und mit Mandelsplittern aufgepeppten, knackig grünen Bohnen.

Super, dachte sie.

Noch besser aber als echtes Fleisch und echte Fritten war, dass sie mit jemandem zusammensaß, mit dem sie ihren Fall durchgehen konnte, während sie am Essen war. Früher hatte sie die meisten Mahlzeiten allein zu Hause eingenommen oder irgendwo an einem Stand. Hin und wieder hatten sie und Mavis sich etwas zum Essen vor den Fernseher geholt, und häufig hatte sie mit anderen Cops in der Kantine irgendetwas aus dem Automaten in sich hineingestopft. Dass sie jetzt in ihrem eigenen Heim bei einer richtigen Mahlzeit mit jemandem zusammensaß, der zuhörte und obendrein verstand, was sie erzählte, kam ihr wie der Hauptgewinn im Lebenslotto vor.

»Ein persönliches Motiv hast du also inzwischen ausgeschlossen«, meinte Roarke, nachdem sie ihm erklärt hatte, worum es ging.

»Es ging eindeutig ums Geschäft. Ich finde nicht den Hauch eines persönlichen Motivs. Auch nicht in der Art, wie diese Tat begangen worden ist. Natürlich werde ich noch Mira bitten, ein Profil des Täters zu erstellen«, bezog sie sich auf die mit ihr bekannte Psychologin, die bei der New Yorker Polizei als Profilerin ihren Dienst versah. »Aber das hier dürfte meiner Meinung nach ein halbprofessioneller Auftragsmord gewesen sein.«

»Halbprofessionell? Für die Profiliga waren sie also nicht gut genug?«

»Ich denke nicht. Das Ganze wirkt ein bisschen laienhaft auf mich. Als wären sie einfach irgendwie drauflosgestürzt. Marta wusste erst seit gestern Nachmittag, dass sie Überstunden machen würde, also hatten die Täter kaum Zeit, um sich zu überlegen, wie sie's angehen sollen. Trotzdem war's ein durchaus anständiger Plan. Sie haben sie betäubt, – obwohl das meiner Meinung nach nicht wirklich nötig war – haben sie sich geschnappt, zu dieser Wohnung transportiert und sie hineingeschafft, denn dort waren sie ungestört. Für die Mordmethode, den Genickbruch, muss man ausgebildet sein, und sie weist darauf hin, dass es keine persönliche Geschichte zwischen ihr und ihrem Mörder war.«

»Ich glaube nicht, dass sie das so gesehen hat.«

»Sie dachte oder hat auf alle Fälle bis zum letzten Augenblick gehofft, dass sie sie gehen lassen würden. Bis einer ihr von hinten das Genick gebrochen hat. Der oder die Täter haben von ihr bekommen, was sie wollten, und versucht, es wie einen fehlgeschlagenen Raub aussehen zu lassen.«

»Ein echter Klassiker.«

»Es hätte durchaus funktionieren können. Aber welcher Straßenräuber hat schon einen Stunner, schlägt sein Opfer ins Gesicht und bricht ihm dann von hinten das Genick?«

»Ein besonders bösartiger, aber nein«, stimmte er zu. »Wenn du als Straßenräuber Glück hast und an einen Stunner kommst, ziehst du dein Opfer damit kurzfristig aus dem Verkehr, schnappst dir dessen Wertsachen und guckst, dass du so schnell wie möglich Land gewinnst.«

»Genau.«

»Und als besonders bösartiger Kerl verzichtest du darauf, dein Opfer zu betäuben, weil du ihm den größtmöglichen Schaden oder Schmerz zufügen willst.«

»Noch mal: genau. Weshalb hätte er sie außerdem töten sollen? Sie hat schließlich das ideale Opfer abgegeben. Eine Frau, die ganz alleine unterwegs ist und die sich nicht wehrt. Wir haben keine Abwehrverletzungen an ihr entdeckt. Wenn sie geschrien oder um Hilfe gerufen hätte, hätte jemand das gehört. Und in dieser Gegend hätte dieser Jemand das gemeldet oder es zumindest den Kollegen während der Befragung heute früh erzählt. Und falls der Täter wirklich Angst bekommen hätte ...«

»Hätte er ihr kurzerhand den Stunner an den Hals gesetzt und sie auf diese Weise umgebracht«, griff Roarke die Überlegung seiner Liebsten auf.

»Deswegen ergibt der Stunner keinen Sinn, aber die Abdrücke sind nun mal nicht zu übersehen. Dann ist da noch etwas anderes, was keinen Sinn ergibt. Was sollte sie so weit von ihrem Arbeitsplatz und ihrem Zuhause entfernt? Es war zu kalt und viel zu spät, als dass sie den gesamten Weg nach Hause hätte laufen wollen, und vor allem hatte sie am Telefon zu ihrem Ehemann gesagt, sie würde nur die kurze Strecke bis zur U-Bahn gehen.«

»Das stimmt. Außerdem wäre da noch das Blut des Opfers an der Plane in der Wohnung.«

»Das beweist, dass man sie dort ermordet oder wenigstens misshandelt hat. Aber um sich Zugang zu der Wohnung zu verschaffen, brauchten sie den Code.«

»Tja nun ...« Lächelnd wackelte er mit den Fingern.

»Wenn die Auftraggeber es sich hätten leisten können, einen Einbrecher zu engagieren, der die Tür der Wohnung öffnen kann, ohne dass er dabei irgendwelche Spuren hinterlässt, hätte ihre Kohle doch wahrscheinlich auch für einen Profikiller ausgereicht.«

»Vielleicht war dafür einfach nicht genügend Zeit.«

Sie streckte ihren Zeigefinger aus. »Genau.«

Froh, dass er derselben Meinung war wie sie, trank sie einen Schluck von ihrem Wein. »Sie hat die Bücher, die sie prüfen sollte, erst am Nachmittag bekommen. Meiner Meinung nach sind diese Bücher das wahrscheinlichste Motiv. Natürlich könnte es auch sein, dass es um eine frühere Arbeit ging, bei der sie jetzt erst feststellen konnte, dass gemauschelt worden ist, aber meiner Meinung nach ist es wahrscheinlicher, dass es um einen neuen Auftrag ging, sonst hätten sich die Kerle ihr Opfer nicht derart überstürzt geschnappt.«

»Mit neuem Auftrag meinst du neu für sie.«

Sie prostete ihm zu. »Genau. Dem Kunden, dem zu Überprüfenden – ist das ein Wort? – oder jemandem, der in die Angelegenheit verwickelt ist und der nicht möchte oder es sich schlicht nicht leisten kann, dass ein neuer Prüfer in die Sache einbezogen wird, kommt zu Ohren, dass sie die Prüfung durchführen soll. Sie hat die Unterlagen erst seit ein paar Stunden, vielleicht hat sie die Mauscheleien bisher noch nicht entdeckt. Aber man muss auf Nummer sicher gehen. Bei Brewer gehen die Dinge gerade etwas durcheinander, weil die beiden Prüfer, die in Vegas waren, im Krankenhaus gelandet sind und die Abteilung alles andere als riesig ist. Dort kennt jeder jeden, und ich wette, dass man problemlos in Erfahrung bringen kann, wer welche Unterlagen prüft. Niemand wird sich etwas dabei denken, wenn man fragt, welche arme Socke jetzt die Arbeit von den beiden anderen übernehmen muss. Vielleicht hat auch der Abteilungsleiter den betroffenen Parteien auf Befragen mitgeteilt, wer die Bücher, die die beiden armen Kerle hätten prüfen sollen, übernommen hat.«

»Keine Sorge, lieber Oberschurke«, meinte Roarke. »Marta ist eine der besten Prüferinnen, die wir haben. Sie leistet hervorragende Arbeit und wird selbstverständlich Überstunden machen, damit trotz des Unfalls unserer beiden anderen Prüfer alles pünktlich fertig ist.«

»Ganz einfach«, stimmte Eve ihm zu. »Dann ruft unser Oberschurke zwei Handlanger an und gibt ihnen den Auftrag herauszufinden, was sie weiß, ihr die Akten abzunehmen und sie aus dem Weg zu räumen, damit sie nichts verraten kann.«

»Was sie auch tun, wobei du als oberschlauer Lieutenant sofort auf die kleinen Fehler stößt, die den beiden unterlaufen sind.«

»Sie hätten ihr den Mantel anlassen sollen.« Sie schnitt ein großes Stück von ihrem Steak und fuchtelte mit ihrem Messer durch die Luft. »Das ist nur eine Kleinigkeit, die aber einfach übertrieben war. Oder, wenn sie schon den Mantel mitgenommen haben, hätten sie auch ihre Stiefel einkassieren müssen. Sie waren schließlich teuer und sind so gut wie neu. Wahrscheinlich mehr wert als der Mantel. Und wenn's wie ein fehlgeschlagener Raub erscheinen sollte, hätten sie ein Messer nehmen sollen. Natürlich hätten sie dann wesentlich mehr Blut vergossen, aber ein paar Stichwunden hätten besser zu einem Raub gepasst. Und die Wohnung zu benutzen, war zwar durchaus praktisch, aber alles anders als schlau. Weil wir jetzt eine Verbindung haben.«

»Zwischen WIN und Brewer und den neuen Unterlagen, die das Opfer gestern Nachmittag bekommen hat.«

»Bisher haben wir mindestens acht Kunden, die bei beiden Unternehmen sind, davon drei, die Marta nach dem Unfall der Kollegen überprüfen sollte. Vielleicht finden wir sogar noch mehr.« Sie nahm eine Fritte in die Hand und starrte sie stirnrunzelnd an. »Wobei das alles fast zu einfach ist.«

»Und warum soll es niemand von den Bauleuten gewesen sein? Die hatten schließlich ebenfalls den Zugangscode zum Haus.«

»Das ist nicht ausgeschlossen, und natürlich muss ich mir Peabodys Bericht von dem Gespräch mit Milk genauer ansehen, wobei mir darin bisher nichts aufgefallen ist. Außerdem nehme ich an, jemand von dem Bautrupp hätte die verrutschte Plane vor Verlassen des Apartments noch einmal zurechtgerückt. Er hätte gewusst, wie's in der Wohnung morgens immer aussieht, und wenn er die Plane einfach so zerknüllt dort hätte liegen lassen, wäre das den anderen aufgefallen. Beim Geradeziehen hätte er wahrscheinlich auch die Blutspritzer entdeckt.«

»So wie du.«

»Ja. Wobei man, wenn man panisch ist, mitunter Fehler macht.«

»Vielleicht ist der Täter ja auch einfach davon ausgegangen, dass du gar nicht in die Wohnung gehst.«

»So blöd kann man doch wohl nicht sein. Um Himmels willen, die Tote lag vor einer leer stehenden Wohnung. Es ist doch wohl logisch, dass wir reingehen, um uns dort umzusehen.«

»Dann sehen wir uns also noch einmal den – wie heißt der W von WIN noch mal? – genauer an.«

»Bradley Whitestone.«

»Ja, genau. Der zufällig genau zur rechten Zeit am rechten Ort war, um das Verbrechen bei der Polizei zu melden.«

»Was ihn durchaus verdächtig macht. Wobei das meiner Meinung nach fast allzu offensichtlich ist. Moonie hat erzählt, wie der Abend abgelaufen ist, und dass sie ihn erst auf die Idee gebracht hat, mit ihr zu dem Haus zu gehen. Er hat das nicht angeregt. Trotzdem sehen wir ihn uns natürlich noch genauer an, wobei ich eher denke, dass einer der beiden Partner in die Angelegenheit verwickelt ist.«

»Warum?«

»Wenn du jemanden ermorden lässt und zwar in einem Haus, das dir gehört, und wenn dir Kohle wichtig ist, nimmst du dann eine potenzielle reiche Kundin, die dir obendrein auch noch als Frau durchaus gefällt, mit an den Tatort, damit sie die Tote dort mit dir zusammen entdeckt?«

»Eher nicht. Zum einen wäre das echt umständlich und zum anderen ziemlich dumm. Trotzdem könnte man argumentieren, Whitestone hätte sich auf diese Art ein Alibi verschafft.«

»Das stimmt, aber ich halte ihn für durchaus schlau, und wirklich schlau wäre gewesen, sich zusammen mit der Kundin von der Gegend fernzuhalten und erst etwas von dem Mord zu hören, wenn die Polizei erscheint.«

»Manche bringen sich gern von Anfang an in die Ermittlungen zu ihren Taten ein.«

Sie mochte es, wenn er den Advokat des Teufels spielte und sie dazu zwang, die Schritte ihrer Arbeit und die Einzelheiten noch einmal gedanklich durchzugehen.

»Manche vielleicht, aber er nicht. Dafür ist er einfach nicht der Typ.« Als Roarke ihr Wein nachschenken wollte, schüttelte sie ablehnend den Kopf. »Dazu kommt, dass er sehr ehrgeizig und stolz auf seine Firma und auf das Gebäude ist. Es kann nicht gut für das Geschäft sein, wenn dort eine Kundin direkt vor der Tür auf eine Tote stößt, selbst wenn die angeblich Opfer eines willkürlichen Überfalls gewesen ist. Das schreckt die Leute ab, vor allem die Leute mit dem vielen Geld.«

»Das stimmt.« Roarke lehnte sich zurück und genoss den Augenblick, auch wenn es wieder einmal um einen Mordfall ging. »Und die anderen Partner sind nicht stolz und ehrgeizig?«

»Doch, ich schätze schon. Aber vor allem glaube ich, dass es spontan in einem Augenblick der Panik zu dem Mordauftrag gekommen ist. Wir haben ein leer stehendes Haus, das können wir benutzen, und die Bullen werden nie dahinterkommen, dass wir selbst die Auftraggeber sind. Sie werden denken, dass sie einfach Pech hatte und zufällig dort vor dem Haus ermordet worden ist. Wer auch immer hinter der Entführung und dem Mord an Marta steckt, hat dem Muskelmann gesagt, dass alles möglichst schnell gehen muss und dass er es aussehen lassen soll, als ob dies ein ganz normaler Straßenraub gewesen ist, und dass er deshalb ihre Wertsachen mitnehmen soll. Ich verwette einen Wochenlohn darauf, dass wer auch immer Marta überfallen hat, niemals vorher einen Straßenraub begangen hat oder selber Opfer eines Straßenraubs geworden ist. Sonst hätte er gewusst, wie er es drehen muss.«

»Wessen Wochenlohn? Meinen oder deinen?«

»Da du in einer Woche mehr verdienst als die meisten Menschen während ihres ganzen Lebens, bleiben wir bei meinem. Was mich wieder darauf bringt, warum du derart nützlich bist. Falls mit den Dateien auf Martas Laptop irgendwas nicht stimmt, findest du es sicher heraus.«

»Zum Glück gefällt es mir, wenn ich mich nützlich machen kann«, erklärte er und fügte noch hinzu: »Ich freue mich schon richtig drauf, dass ich die Nase in die Bücher fremder Leute stecken darf.« Er lächelte, als er die missbilligende Miene seiner Liebsten sah. »Natürlich nur für einen guten Zweck. Warum fange ich nicht langsam damit an? Ich arbeite von hier aus, denn ich denke, das ist einfacher, falls es noch irgendwelche Fragen gibt.«

»Okay. Dann nehme ich den Zweitcomputer. Außerdem muss ich noch meine Tafel aufstellen, aber erst mal sage ich dir, was genau du machen sollst.«

»Sind die Dateien auf dem Computer hier oder auf der Wache?«

»Ich habe McNab gesagt, dass er sie hierher schicken soll.«

»Dann komme ich allein zurecht.«

Umso besser, dachte sie, und da er das Abendessen auf den Tisch gebracht hatte, räumte sie ab. Das war nur gerecht, und wie die wunderbare Suppe hatte ihr auch diese Mahlzeit neue Energie verliehen.

Vielleicht hatten auch das kurze Nickerchen, der Sex sowie die heiße Dusche etwas dazu beigetragen, egal aus welchem Grund, sie hielte bestimmt noch ein paar Stunden durch.

Roarke machte sich bereits ans Werk, und Galahad verfolgte sie mit einem argwöhnischen Blick, als sie wieder aus der Küche kam und vor die Tafel trat.

Am klügsten wäre es wahrscheinlich, ihn zu ignorieren, bis er selbst wieder so tat, als wäre nie etwas geschehen.

Sie hängte die ersten Bilder an der Tafel auf, trat vor den Zweitcomputer, druckte ein paar zusätzliche Fotos aus und brachte Candida und Aston sowie Alva und die Hauswirtschafterin neben den ersten Bildern an.

Verbindungen, sagte sie sich, während sie die ersten Linien zog. Zwischen Candida und Alva, die mal Freundinnen gewesen waren und jeweils in Kohle schwammen, zwischen Candida und ihrem Opfer, das mit einer Überprüfung ihrer Ausgaben beauftragt worden war, und zwischen Candida und ihrem Finanzberater, der zugleich ihr Anwalt war.

Sie ordnete die Bilder der Familie ihres Opfers auf der einen und die Bilder der Kollegen aus der Firma auf der anderen Seite an und nahm sich vor, das Krankenhaus in Vegas anzurufen und zu fragen, wie schwer die Verletzungen von Arnold und Parzarri waren.

Roarke war ebenfalls im Arbeitsmodus, merkte sie. Er hatte sich das Haar zum Pferdeschwanz gebunden, sich die Ärmel seines T-Shirts hochgeschoben und erschien ihr vollkommen entspannt. Sie würde nie verstehen, warum für manche Menschen Zahlen derart faszinierend waren.

Sie selber nahm vor ihrem Zweitcomputer Platz und grub in den Leben fremder Leute, was aus ihrer Sicht erheblich interessanter war.

James Arnold, sechsundvierzig Jahre und seit neun Jahren zum zweiten Mal verheiratet. Eine Tochter und ein Sohn aus erster Ehe, für die Unterhalt in einer ansehnlichen Höhe zahlbar war, und eine Tochter mit der zweiten Frau.

Rein äußerlich kam er ihr wie der Prototyp des langweiligen Zahlenfressers vor. Blass, mit einem leicht besorgten Ausdruck im Gesicht, wässrig blauen Augen sowie dünnem, sandfarbenem Haar.

Die Sorte Mann, die harmlos und vor allem sterbenslangweilig wirkte. Wobei der Schein mitunter trog.

Er hatte BWL studiert und an der Uni gleichzeitig als HiWi und als Sprecher der Bewohner des Studentenwohnheimes fungiert.

Ein echter Nerd.

Nach sechs Jahren beim Finanzamt und einem erfolglosen Versuch, sich selbstständig zu machen, hatte er vor dreizehn Jahren bei Brewer angefangen und verdiente dort sehr gut. Was ihrer Meinung nach dafür, dass er den ganzen Tag mit Zahlen jonglieren musste, durchaus angemessen war. Und was ihm durchaus zupasskam, weil die Studiengebühren des ältesten Kindes wirklich happig waren.

Er hatte keine Vorstrafen, doch einen Haufen Strafzettel wegen verschiedener Verstöße wie zu schnelles Fahren oder Falschparken kassiert. Und, tja nun, das zweite Kind war bereits häufiger mit Ladendiebstahl, Alkoholkonsum, Drogenbesitz und Vandalismus aufgefallen, für seinen Aufenthalt in einer angesehenen, privaten Rehaklink hatte Arnold ebenfalls bezahlt.

Die Frau hatte vor Kurzem ihre Elternzeit beendet, doch der Job als Rechtsanwaltsgehilfin brachte sicher nicht viel ein.

Die Finanzen der Familie wirkten ausgeglichen, aber trotzdem war das Geld wahrscheinlich ziemlich knapp. Wie fühlte es sich wohl für Arnold an, all die Bücher voller Bargeld, Fonds und Aktien durchzugehen, während er jeden Cent umdrehen musste, um die Hypothek für sein bescheidenes Häuschen zu bezahlen?

Interessant.

Chaz Parzarri, neununddreißig, Single, kinderlos. Mit seinem fein gemeißelten Gesicht, den dichten, wilden Locken und dem dunklen, grüblerischen Blick zog er Frauen wahrscheinlich wie Fliegen an. Er hatte nicht das langweilige Aussehen eines Buchhalters, fand Eve, aber auch er hatte sein Studium mit Auszeichnung beendet und die ersten Jahres seines Arbeitslebens beim Finanzamt zugebracht. Ob das für eine Anstellung bei Brewer wichtig war?

Sie sah zu Roarke und fragte sich, ob er ihr das wohl sagen könnte, wandte sich dann aber, ohne ihn bei seiner Tätigkeit zu unterbrechen, wieder ihrer eigenen Arbeit zu.

Chaz war offenbar ein aufgeweckter Junge, denn er hatte sich sein Studium überwiegend mit Stipendien finanziert. Geboren in New Jersey, Eltern Kellnerin und Taxifahrer, drei Geschwister. Was bedeutete, dass auch bei ihm das Geld zumindest früher knapp gewesen war.

Aber er hatte es mit Fleiß und umsichtigem Umgang mit dem Geld zu was gebracht und wohnte jetzt in einer eigenen Wohnung in der Upper East Side nur zwei Häuserblocks von seinem Arbeitsplatz entfernt.

Keine Vorstrafen, nur ein paar Strafzettel für zu schnelles Fahren, wenn auch bei Weitem nicht so viele wie sein Kumpel Jim.

Manche Menschen hatten es anscheinend immer eilig. Vielleicht hatte Chaz Parzarri es ja eilig, reich zu werden, überlegte Eve und nahm sich Peabodys Bericht über den Besuch bei Jasper Milk und dann den von Sanchez und Carmichael über ihre Unterhaltung mit der Innenarchitektin vor.

Dann stand sie auf, holte Kaffee und stellte Roarke einen der beiden Becher auf den Tisch.

»Danke.« Er hob den Kopf und sah sie fragend an. »Was kostet mich dieser Kaffee?«

»Ein paar Antworten oder Meinungen.«

»Das kann ich mir leisten.«

»Bist du schon vorangekommen?«

»Ja, natürlich.« Lächelnd nahm er seinen Becher in die Hand. »Aber ich kann dir gleich sagen, dass es noch ziemlich dauern wird. Zwei ihrer Klienten sind sehr große Unternehmen mit verschiedenen Tochterfirmen, Wohltätigkeitsfonds, Lohn-, Gehaltslisten und so. Die ich mir alle ansehen muss. Eine ordentliche Auflistung möglicherweise unterschlagener oder niemals da gewesener Gelder gibt es sicher nicht.«

»Nie da gewesene Gelder? Was soll das denn bitte sein?«

»Gelder, die ein Unternehmen oder Leute dort in eine ganz bestimmte Richtung fließen lassen, damit ihre Aktionäre, potenzielle Kunden oder Investoren oder auch die Mitglieder des Aufsichtsrats zufrieden sind. Das alles in der Hoffnung, dass man sich die Gelder anschließend zurückholen kann. Damit täuscht man gute Zahlen vor«, erklärte er. »Doch meistens geht so etwas schief.«

»Okay.«

»Wir haben hier eine Prüfung wegen einer möglichen Fusion, eine, die in den Statuten vorgesehen sowie eine, die gerichtlich angeordnet ist. Dein Opfer wäre dabei wahrscheinlich so vorgegangen wie ich selbst. Marta hätte erst mal ein Gefühl für diese Bücher kriegen müssen, sie hatte sich schon eine Reihe Fragen zu den jeweiligen Prüfungen notiert. Nichts wirklich Wichtiges, aber sie hatte diese Unterlagen ja auch erst seit Kurzem auf dem Tisch.«

»Dann gehst du also davon aus, dass sie zum Zeitpunkt ihres Todes nicht gewusst hat, welcher Vorgang für eines dieser Unternehmen wirklich schädlich war?«

»Das kann ich nicht sicher sagen, doch im Grunde glaube ich das nicht.«

»Okay. Ich habe eine Reihe von Verdächtigen, die ich dir vorstellen will. Ein Typ mit eigener Firma, die er schon von seinem Vater übernommen hat. Vor ungefähr zwölf Jahren wurde es sehr eng. Er hat die Durststrecke mit Mühe überwunden, aber dafür musste er einen Kredit aufnehmen sowie einen Teil der Aktiva verkaufen. Er hat damals jede Menge Kleinaufträge angenommen, auch wenn er dabei mitunter nichts verdient und obendrein noch Geld verloren hat.«

»Zumindest war er weiter im Geschäft. Wie sah es mit den Angestellten aus?«

»Von den anfangs um die fünfzig waren in der schlechten Zeit am Ende nur noch zwanzig übrig. Ich bin keine Unternehmerin, aber aus meiner Sicht wäre es schlau gewesen, diese Zahl noch zu halbieren. Dann hätten die Gehälter nicht das ganz Geld gefressen, das er mit den Kleinaufträgen eingenommen hat.«

»Er wollte eben möglichst viele seiner Leute halten. Kurzfristig wirkt das vielleicht nicht klug, aber längerfristig zahlt sich das normalerweise aus. Dann kennt man seine Leute und die Leute wissen, dass Verlass auf einen ist.«

»In Ordnung, das verstehe ich. Jetzt hat er wieder zweiunddreißig Angestellte, die zum Großteil auch schon vor zwölf Jahren, bevor es eng wurde, bei seiner Firma waren.«

»Das heißt, er hat sie damals so lange gehalten, wie er konnte, und sie jetzt, wo's wieder besser läuft, zurückgeholt.«

»Kann sein.«

»Ist das ein öffentliches oder ein privates Unternehmen?«, fragte Roarke.

»Es ist ein Familienunternehmen. Der Bautrupp, der das Haus von Whitestone und den beiden anderen renoviert.«

»Ah. Vor ungefähr zwölf Jahren war die Luft auf diesem Sektor wirklich dünn. Im Immobilien- und im Baugewerbe, meine ich. Damals ist die Blase geplatzt.«

»Was für eine Blase?«

»Die Immoblienblase«, klärte Roarke sie auf. »Und zwar nicht zum ersten Mal. Die Leute verloren damals ihre Häuser, und wenn das passiert, verlieren die Leute, die die Häuser bauen, einrichten oder reparieren, ihre Jobs. Es ist für viele Menschen eine harte Zeit, aber für die Menschen, die bereit sind, was zu wagen, bietet sich eine phänomenale Möglichkeit.«

Eve sah ihn fragend an.

»Die Möglichkeit, auf lange Sicht viel Geld zu machen dadurch, dass man Immobilien kauft. Das habe auch ich selbst damals getan. Aber du glaubst nicht, dass dieser Mann Marta ermordet hat.«

»Nein, zumindest ist er keiner meiner Hauptverdächtigen. Aber wie du selbst gesagt hast, wäre durchaus möglich, dass er selber oder jemand von der Firma Geld dafür bekommen hat, dass er den Code verrät.«

»Wobei dir der Gedanke nicht gefällt, nachdem du dir den Mann genauer angesehen hast.«

»Nein, er gefällt mir nicht. Soweit ich sehe, wäre nicht genügend Zeit gewesen, um die richtige Person zu finden und zu wissen, welchen Anreiz man ihr dafür bieten müsste, dass sie einem Zugang zu dem Haus gewährt. Außer, wenn sie schon von Anfang an in der Geschichte dringehangen hätte, und so eine Verbindung sehe ich bisher nicht.«

Sie nahm auf dem Rand des Schreibtischs Platz und hob ihren Kaffeebecher an den Mund. »Genauso geht's mir mit der Innenarchitektin. Sie hat einen guten Ruf, hat auch einen guten Eindruck auf die Cops gemacht, die bei ihr waren, und kommt, wie's aussieht, sowohl mit dem Bautrupp als auch mit den Kunden – Whitestone und den beiden anderen – gut zurecht.«

»Das heißt, du kannst sie noch nicht völlig von der Liste der Verdächtigen streichen, siedelst sie aber erst mal ganz unten an.«

»Außer sie wäre unabsichtlich mit dem Zugangscode herausgerückt.« Sie drehte ihren Kopf und sah sich ihre Tafel an. »Bisher bleiben also die drei Partner und die beiden Wirtschaftsprüfer, deren Arbeit unser Opfer übernommen hat. Oder ein anderer Mitarbeiter von Brewer, doch nach dem, was du gesagt hast, glaube ich das nicht.«

»Jemand aus der Firma hätte wissen müssen, dass sie nichts verraten konnte und es keinen Grund gab, sie aus dem Verkehr zu ziehen. Es hätte vollkommen gereicht, ihr für den Fall, dass sie sich Arbeit mit nach Hause nehmen wollte, ihre Aktentasche und die Handtasche zu schnappen. Falls der Täter als Angestellter Zugang zu der Firma hatte, wäre es nicht weiter schwierig gewesen, sich nach Dienstschluss Zugang zu ihrem Büro und ihrem Schreibtisch zu verschaffen, um in aller Ruhe die Dateien auf ihrem Computer zu zerstören. Das wäre deutlich einfacher und sauberer gewesen als ein Mord.«

»Das stimmt. Mir bleiben also nur die Partner, Kunden, die bei beiden Unternehmen sind, und die beiden Wirtschaftsprüfer, die jetzt noch in Vegas sind. Einer von den beiden hätte gar nicht mit ihr reden können, weil er noch im Koma lag, und der andere hätte auch nur Andeutungen machen können, wenn es nicht hätte verdächtig wirken sollen. Vor allem geht's dem nach dem Unfall auch nicht wirklich gut.«

»Es wäre also schwierig für einen von den zweien gewesen, einen Killer auf sie anzusetzen.«

»Allerdings. Ich kann mir echt nicht vorstellen, dass ein kleiner Buchhalter von seinem Krankenbett in Vegas aus einen Mordauftrag hier in New York erteilt. Der Auftrag kam aus einer anderen Richtung, aber wenn der Grund die Unterlagen sind, hat einer von den beiden verunglückten Buchhaltern oder haben vielleicht auch alle beide etwas damit zu tun. Sie sind einfach zu gut in ihrem Job, um nicht zu bemerken, wenn irgendwas nicht stimmt.«

»Hast du dir die Finanzen von den beiden angesehen?«

»Ja, bei einem von den beiden ist es ganz schön knapp. Drei

Kinder aus zwei Ehen, eins davon an einem teuren College und ein anderes, das ein paar Schwierigkeiten hatte und in einer teuren Rehaklinik war.«

Sie wandte sich der Tafel zu und wies auf Arnolds Bild.

»Er hat ein Haus in Queens und drei Fahrzeuge, die er unterhält. Um Dinge haben zu wollen, muss man sie kennen, sehen, sich vorstellen. Was, wenn man diese Dinge ständig sieht und pausenlos damit zu tun hat, sie aber immer jemand anderem gehören?«

»Will man sie umso mehr selbst haben. Zumindest geht es manchen Menschen, wie zum Beispiel mir, so.«

»Das stimmt. Rein äußerlich betrachtet ist er der normale Durchschnittstyp, wobei der Schein mitunter trügt. Der andere Buchhalter ist Single, kommt aus einer Arbeiterfamilie, hat aber mithilfe einer Reihe von Stipendien studiert.«

Diesmal wies sie auf Parzarris Bild.

»Er hat sein Geld zu Geld gemacht, was man auch können sollte, wenn man in der Branche arbeitet. Er ist nicht wirklich reich, steht aber finanziell gut da. Dank seiner Stipendien war er auf echt guten Schulen, kam aber abends immer wieder in die arme Gegend, in der die Familie zu Hause war, zurück. Es kann recht schwierig sein zu sehen, wie gut es andere haben. Er selbst war nur auf diesen guten Schulen, weil er klug, nicht weil er Sohn von reichen Eltern ist. Er hatte anders als die anderen immer billige Klamotten an und musste mit dem Bus fahren statt mit einem eigenen, von Dad gekauften Wagen wie die anderen Kids. Was ihm wahrscheinlich sauer aufgestoßen ist.«

»Und deshalb wollte er jetzt dafür sorgen, dass er selbst der mit dem vielen Geld, den teuren Klamotten und dem schicken Wagen ist?«

»Vielleicht. Sie sehen beide sauber aus, aber ... irgendetwas stimmt da nicht«.

»Wie gut, dass du mich niemals unter Druck setzt.«

Sie lachte unbekümmert auf. »Ich weiß, dass du es finden wirst. Aber erst mal geht es mir um etwas anderes, wofür du Fachmann bist.«

»Um Gier?«

»Darum, was jemand tut, der gierig ist. Falls etwas in der Datei auf ihrem Laptop ist – dort muss einfach etwas sein –, würde das der Wirtschaftsprüfer, der das Konto prüft, auf alle Fälle wissen, oder geht gerade einfach mein Argwohn mit mir durch?«

»Natürlich bist du argwöhnisch, aber der Wirtschaftsprüfer, der das Konto prüft, würde bestimmt erkennen, wenn etwas nicht ganz sauber ist. Natürlich gäbe es einen gewissen Spielraum, falls der Mensch, der die Zahlen gefälscht hat, clever vorgegangen wäre, doch bei einer sorgfältigen Prüfung fiele das am Schluss wahrscheinlich trotzdem auf.«

»Dann würde der Prüfer also rausfinden, wenn mit den Zahlen was nicht stimmt?«

»In einem Unternehmen wie Brewer? Ja, auf jeden Fall.«

»Wüssten die Finanzberater, Broker oder wie auch immer man WIN nennen will, dann ebenfalls Bescheid?«

»Auch da gibt es einen gewissen Spielraum, vor allem, wenn der Kunde und der Wirtschaftsprüfer unter einer Decke stecken und so tun, als ob alles in Ordnung sei. Aber um die Sache auszudehnen, oder damit alles glattläuft, wäre es das Beste, wenn der Finanzberater mit von der Partie ist.«

»Das wären mindestens drei Leute«, überlegte sie. »Es wäre vielleicht simpler, aber gleichzeitig auch relativ riskant. Je mehr Leute etwas von der Sache wissen, umso leichter geht was schief.«

»Das ist ja auch passiert. Denn schließlich ist jetzt jemand tot.«

»Das stimmt.« Sie wandte sich erneut der Tafel zu. »Es wurde jemand umgebracht.«

»Es ging oder es geht bei all dem ums Geschäft«, fuhr Roarke mit dunkler Stimme fort. »Genau wie bei dem Mord. Es geht bei dieser ganzen Sache einzig ums Geschäft. Betrügereien, Diebstahl, das Verschieben irgendwelcher Gelder, Rückzahlungen, Auszahlungen, das Verbergen von Profiten. Was auch immer, es ist auf jeden Fall nur ein Geschäft. Und wenn man Geschäfte machen und etwas damit verdienen will, braucht man Berater, Manager und Arbeiter. Damit alles glattgeht und möglichst einfach läuft, haben diese Leute besser einen Fuß in jeder Tür – in der des legalen, offiziellen Geschäfts und der der Kriminalität.«

»Ja, okay, so sehe ich es auch. So hat Oberman es schließlich auch gemacht. Sie hat ihr Dezernat geleitet und bestimmte Cops dazu benutzt, um ihr schmutziges Nebengeschäft aufzuziehen. Man braucht Leute auf beiden Seiten, wenn man die legalen Geschäfte führen und nebenher die illegalen Sachen durchziehen will.«

Sie trank den Rest des Kaffees und dachte kurz darüber nach. »Und wenn's so läuft, wenn der Vergleich nicht hinkt, sind der Geldmann und der Buchprüfer nur Werkzeuge und nicht die Drahtzieher. Der in dem Fall das Sagen hat, steckt irgendwo hier drin«, erklärte sie und klopfte auf den Bildschirm des Computers, an dem Roarke vor den Dateien von Martas Laptop saß.

»Wie gesagt, ich bin echt froh, dass du mir keinen Druck machst«, wiederholte Roarke.

»Du machst dir doch selbst jeden Morgen Druck, wenn du zum Frühstück die Berichte von der Börse guckst.«

»An manchen Tagen ziehe ich ein umfängliches Frühstück wie in Irland vor.«

»Wobei mir selbst der Ire, der mir morgens immer meinen Kaffee bringt, noch lieber ist.« Mit diesen Worten stand sie auf, trat wieder vor die Tafel und sah sich die Bilder an. »Ich weiß genau, dass er oder vielleicht auch sie noch nicht hier hängt. Wir haben bisher nur diejenigen, die er als Werkzeuge benutzt. Jetzt muss ich herausfinden, wer von den Leuten an der Tafel das ist.«

Sie nahm wieder vor dem Zweitcomputer Platz und fuhr mit ihrer Arbeit fort.

Er merkte, dass sie sich die Augen rieb und die Haare raufte, als ob sich die einsetzende Müdigkeit dadurch vertreiben ließ.

Er selber könnte sicherlich noch eine Stunde weitermachen, denn er liebte es, sich fremde Unternehmen, deren Bücher und

Investitionen anzusehen. Er würde finden, was sie brauchte, würde das Vertrauen, das sie in ihn setzte, nicht enttäuschen, auch wenn sie ihn absichtlich herausgefordert hatte, weil sie wusste, dass sein Ego und sein Kampfgeist niemals zuließen, dass er sich vor Erreichen des von ihr gesetzten Ziels geschlagen gab.

Genau so wollte er es haben, und genau das machte einen Teil ihres besonderen Reizes aus.

Heute Abend aber fände er bestimmt nichts mehr heraus. Er hatte ein paar zweifelhafte Einträge entdeckt, aber verdammt, er war kein Wirtschaftsprüfer, er müsste sich ein bisschen näher mit dem Steuerrecht befassen, um herauszufinden, ob sie wirklich nicht ganz sauber waren.

Dafür wäre morgen auch noch Zeit.

Jetzt stand er auf, trat neben sie und zog sie sanft von ihrem Stuhl.

»Ich will nur noch ...«

»Ins Bett. Abgesehen von deinem kurzen Nickerchen vorhin bist du inzwischen seit fast vierundzwanzig Stunden auf den Beinen, genau wie ich. Wir brauchen also beide dringend etwas Schlaf.«

»Hast du schon was herausgefunden?«

»Ich muss morgen ein paar Dinge überprüfen, dann werde ich auch noch gucken, ob es vielleicht irgendwo versteckte Bücher gibt. Darauf freue ich mich schon.«

»Ist dir bisher irgendwer besonders aufgefallen?«

»Nein. Und dir?«

Sie schüttelte den Kopf und schleppte sich ermattet Richtung Schlafzimmer und Bett. »Die beiden Wirtschaftsprüfer, die den Autounfall hatten, sind laut behandelnder Ärzte noch nicht transportfähig. Parzarri hat Probleme mit dem Blutdruck und noch ein paar andere Sachen, die ich nicht verstanden habe, obwohl sie beide jetzt stabil sind, bleiben sie noch zwei Tage im Krankenhaus. Ich will die zwei persönlich sprechen.«

»Wir können nach Vegas fliegen, wenn du willst. Zwei Wirtschafsprüfer in die Mangel nehmen und ein bisschen spielen.«

»Ich habe bisher nicht genug gegen die beiden in der Hand.« Aber Junge, trotzdem würde sie die Herren gern ins Schwitzen bringen, dachte sie. »Wenn ich jetzt nach Vegas fliegen würde, würde die Person, die hinter allem steckt, wissen oder wenigstens vermuten, dass ich weiß, worum es geht, und ich möchte, dass er erst mal denkt, dass alles glattgelaufen ist.«

Im Schlafzimmer zog sie sich aus, schlurfte Richtung Bett, krabbelte auf die Matratze und schloss erschöpft die Augen.

Sie hoffte nur, sie hätte keinen Traum, auch wenn der letzte nicht wirklich schlimm gewesen war. Die Albträume ließen allmählich wieder nach. Aber trotzdem ging es, wenn sie träumte, immer noch um Sterben, Tod und Mord. Und um Mütter, dachte sie, und versuchte, den Gedanken zu verdrängen, als auch Roarke unter die Decke glitt und sie eng an sich zog.

Aber der Gedanke nagte weiter an ihr.

Wer hatte recht? Sie selbst, wenn sie behauptete, dass Marta sogar unter Schmerzen und in Todesangst versucht hatte, ihre Familie, die Kinder und den Mann vor Unheil zu bewahren? Oder Stella, die erklärt hatte, sie hätte einzig an sich selbst und an die Rettung ihrer eigenen Haut gedacht?

Es spielte keine Rolle, dachte Eve, und vor allem fände sie es nie heraus.

Vergiss es, sagte sie sich streng, doch plötzlich wusste sie, was ihr in dem Wust an Informationen bis zu diesem Augenblick entgangen war.

»Sie hat an sie gedacht.«

»Hm?«

»Marta – unser Opfer. Sie hat bis zum letzten Augenblick an ihre Kinder und an ihren Ehemann gedacht. Sie hat an sie gedacht, denn sie hat den Entführern nicht alles erzählt. Bisher dachte ich, sie hätten alles aus ihr rausbekommen, was sie wissen wollten, aber das haben sie nicht. Sie hat ihnen verschwiegen, dass eine Kopie der Unterlagen auf ihrem privaten Laptop ist.

Sie haben ihr Schmerzen zugefügt, ihr Angst gemacht, ihr gedroht und sie am Ende umgebracht. Trotzdem hat sie ihren Mann und die Kinder bis zum Schluss beschützt.«

»Weil sie ihr wichtiger als alles andere waren«, erklärte er und presste seine Lippen auf ihr Haar. »Jetzt ruh dein Gehirn ein bisschen aus und schlaf.«

Aus Gründen, die sie nicht verstand, beruhigte sie das Wissen, dass die Mutter ihre Kinder bis zum Ende hatte schützen wollen, und zum ersten Mal seit Wochen schlief sie tief und traumlos bis zum nächsten Morgen durch.

8

Sie wurde von verführerischem Kaffeeduft und einem heimeligen Feuer im Kamin geweckt und sah, dass Roarke bereits in einem seiner schicken, dunklen Anzüge auf dem bequemen Sofa saß und die Berichte von der Börse sah.

Besser konnte man den Tag gar nicht beginnen. Außer vielleicht noch mit einer Tasse Kaffee, die den letzten Rest von Müdigkeit vertrieb.

Entschlossen rollte sie sich aus dem Bett und schenkte sich aus der Kanne auf dem Couchtisch einen großen Becher Kaffee ein.

»Du siehst erholt aus, Lieutenant«, stellte Roarke zufrieden fest.

»So fühle ich mich auch. Zumindest fast.« Sie trank den ersten großen Schluck des wunderbaren Muntermachers und stapfte ins Bad.

Bis sie, eingehüllt in einen Kaschmirmorgenmantel, wieder an den Tisch trat, hatte er dort Schüsseln mit frischen Beeren, kross gebratenem Speck, Armen Rittern sowie einen Teller mit goldbraunem Toast verteilt. Dankbar, dass er anders als so häufig nicht beschlossen hatte, dass sie Hafergrütze brauchte, setzte sie sich zu ihm auf die Couch.

»Nett.«

»Das haben wir uns verdient.« Roarke hob eine Braue an, als sie ein Stückchen Speck abbrach, um es dem Kater anzubieten, der sie immer noch mit bösen Blicken maß.

»Für ihn ist das so etwas wie Versöhnungssex. Das ist alles, was du kriegst«, sagte sie, als Galahad den Schinken inhalierte und dann liebevoll den Kopf an ihrer Wade rieb.

»Nur damit du's weißt: Wenn du zulässt, dass ein anderer Mann sich an dir reibt, und ich dahinterkomme, kannst du mich ganz sicher nicht mit einem Stückchen Speck besänftigen.« Er reichte ihr den Krug mit Sirup, den sie sich so gern über den Armen Ritter goss.

»Okay. Was hast du heute alles vor?«

Abermals hob er die Braue an.

»Was? Darf mich nicht interessieren, womit du das Geld für diesen Speck verdienst?« Sie schob sich selbst ein Stückchen in den Mund und räumte lächelnd ein: »Aber, okay, ich möchte ein Gefühl dafür bekommen, was ein solcher Typ normalerweise macht. Ein Typ mit Geld. Ich muss mir die hohen Tiere in den Unternehmen ansehen, deren Bücher unser Opfer prüfen sollte. Du bist ebenfalls ein hohes Tier, also ...«

Wortlos klappte Roarke seinen Terminkalender auf und drückte ihn ihr in die Hand.

»Im Ernst?« Sie schüttelte den Kopf, als sie die unzähligen Eintragungen überflog. »Du hattest bereits eine Holo-Konferenz mit Hong Kong, und mit Sydney hast du auch schon telefoniert?«

»Außerdem habe ich Galahad gefüttert, auch wenn das nicht im Kalender steht.«

»Haha. Heute Morgen hast du noch zwei weitere Videokonferenzen und danach eine Besprechung mit deinen Entwicklern wegen irgendwas, was Sentech heißt?«

»Soll ich dir erklären, was das ist?«

»Nein, das sollst du nicht. Und dann hast du noch eine Holokonferenz wegen Olympus. Wie geht's übrigens Darcia?«, fragte sie ihn nach der Chefin der Security seines Ressorts.

»Sehr gut.«

»Ich habe gehört, dass Webster nach ihrem Besuch hier in New York schon zweimal oben war und dass ...«

» ... was zwischen ihnen läuft?«

»Genau. Was wirklich seltsam ist. Aber wie dem auch sei, hast du danach ein Mittagessen mit verschiedenen anderen Leuten und hier steht, dass du auch noch bei 'ner Auktion mitbieten willst. Was willst du denn kaufen?«

»Das wirst du sehen, wenn ich erfolgreich war.«

»Hmm. Noch mehr Treffen, Konferenzen, noch mehr Telefongespräche. Ich bekomme bereits Kopfschmerzen, wenn ich nur lese, was du heute alles machen musst.«

Sie schob sich eine Gabel voll Arme Ritter in den Mund und bekam allmählich wieder einen klaren Kopf. »Du könntest Leute darauf ansetzen, die Hälfte der Termine wahrzunehmen. Oder vielleicht einen noch größeren Teil.«

»Das tue ich auch oft.«

»Dann warst du also schon im Morgengrauen aktiv, und jetzt sitzt du hier und guckst dir die Berichte von der Börse an. Guckst, wie deine Unternehmen, deine Aktien und die Aktien deiner Konkurrenten stehen.«

»Es ist einfach gut für das Geschäft zu wissen, wie die eigenen und die Aktien der anderen stehen, weil die Börse schließlich immer in Bewegung ist.«

»Okay, verstehe. Und den Rest des Tags verbringst du damit zu überprüfen, wie deine aktuellen Geschäfte laufen, irgendwelche neuen Deals abzuschließen und irgendwelche Sachen zu kaufen.«

»So kann man sagen, ja.« Er nahm ihr den Terminkalender wieder ab und steckte ihn lächelnd ein.

»Das machst du, weil du Geld verdienen willst, aber vor allem, weil es dir gut abgeht.«

»Ja, genau.«

Sie war selber Chefin und wusste, wie das lief. Verglichen mit Roarkes Welt nahm sich ihr Dezernat zwar eher bescheiden aus, aber die Regeln, die an beiden Orten herrschten, waren durchaus vergleichbar.

»Wenn ich dich nach einem deiner Angestellten fragen würde, der befugt ist, Infos über Immobilien, Gelder und Investitionen einzuholen, und du diese Infos nicht so einfach aus dem Ärmel schütteln könntest, hättest du sie innerhalb von zehn Sekunden eingeholt.«

»Geht es um jemand bestimmten?«

»Nein. Natürlich hast du sicher ein paar Leute, die mitunter irgendwelche krummen Dinger drehen, aber angesichts der Tausenden von Angestellten, die du hast, hat das System, nach dem du deine Läden führst, sich auf jeden Fall bewährt. Zum Teil, weil du dich selbst überall einbringst, weil es schließlich dein Geld, deine Leute, deine Unternehmen und dein gutes Ansehen sind, um die es dabei geht.«

»Das stimmt.«

»Und deine Bücher wurden auch schon überprüft, nicht wahr?«

»Intern und extern, ja.«

»Falls mit diesen Büchern irgendetwas nicht okay gewesen wäre, hättest du das vor den Buchprüfern gewusst und korrigiert.«

Egal, auf welche Art, doch darum ging es ihr jetzt nicht.

»Das führt mich zu der Frage, ob die hohen Tiere in den Unternehmen, die das Opfer hätte prüfen sollen, wussten, dass etwas nicht gestimmt hat, und falls nicht, warum sie es nicht wussten. Mindestens in einem dieser Unternehmen läuft etwas, wofür es sich gelohnt hat, einen Menschen zu ermorden. Wie weit reichen solche Vorgänge hinauf in die Unternehmensspitze?«

»Am besten fängt man mit der Überprüfung oben an und arbeitet sich dann nach unten durch.«

»Das denke ich auch. Das heißt, dass ich noch einmal mit den Partnern und den Leuten in der Firma unseres Opfers sprechen muss«, erklärte sie und schob sich wieder eine volle Gabel in den Mund. »Ich muss den Kreis verkleinern, bis ich weiß, worum es geht. Wahrscheinlich wäre es das Beste, es sähe sich auch einer unserer eigenen Wirtschaftsspezialisten die Dateien von Martas Laptop einmal an.«

»Sagst du das, um meinen Ehrgeiz anzustacheln?«

»Nein, ich muss einfach auch unsere eigenen Leute in die Sache einbeziehen. Aber, okay, ich gebe zu, dass auch dein Ehrgeiz eine gewisse Rolle spielt. Außerdem muss ich auch noch mit Mira sprechen, nachdem ich bei ein paar anderen Leuten war.«

»Allmählich sieht dein Tag wie meiner aus.«

»Sag das nicht, wenn ich mich nicht bis morgen früh unter dem Bett verstecken soll.«

»Meine geliebte Eve, unsere Motive und Methoden mögen sich zwar unterscheiden, aber unsere Arbeitstage sind ähnlich. Doch jetzt zu einem anderen Thema. Was willst du denn anziehen, wenn du einige der Top-Geschäftsmänner der Stadt vernimmst?«

»Irgendwas aus meinem Schrank.«

»Das ist schon mal ein Anfang.«

Er trat vor den besagten Schrank und zog die Türen auf. »Es sollte auf subtile Weise Macht ausdrücken. Sollte deine Autorität betonen, aber nicht bedrohlich sein.«

»Ich sehe aber gern bedrohlich aus.«

»Das ist mir klar, aber ich gehe davon aus, dass du die Infos nicht aus diesen Leuten rausprügeln, sondern sie ihnen aus der Nase ziehen willst. Dein Outfit soll ihnen die Botschaft übermitteln, dass der Teich, in dem du schwimmst, sogar noch größer ist als der, in dem sie selbst zu Hause sind.«

Sie runzelte die Stirn. »Es ist *dein* verdammter Teich.«

»Halt den Mund, bevor ich sauer werde und dir etwas aussuche, in dem du schwach und dumm aussiehst.«

Wie erhofft schob sie sich grinsend einen letzten Bissen des Frühstücks in den Mund. »Habe ich denn so etwas?«

»Es kommt immer auf die Mischung, die Präsentation, die Geografie und die Uhrzeit an.«

»Oje«, murmelte sie, denn offenbar war es ihm wirklich ernst.

»Dein Kleid für die Premiere ist übrigens inzwischen da. Hast du es dir schon angesehen?«

»Ich habe es gesehen«, erklärte sie und spannte automatisch ihre Schultern an. »Du weißt, dass noch im letzten Augenblick etwas dazwischenkommen kann.«

»Hör auf.« Er kam mit einer dunkelgrauen Jeans mit Silbernieten, einem schlichten Rollkragenpullover in dezentem Apricot und einer rot-orange-farbenen Jacke in der Hand zu ihr zurück.

»Die Farbe gibt ein Statement ab. Du fürchtest dich nicht davor aufzufallen, und zusammen mit dem simplen Schnitt, der zeigt, dass du beruflich unterwegs bist, und dem zwar dezenten, aber teuren Stoff der Klamotten macht er deinem Gegenüber deutlich, dass es sich nicht lohnt, sich mit dir anzulegen, weil du ihm auf alle Fälle überlegen bist.«

»Warum reden Kleider nie mit mir?«

»Das tun sie, aber du hörst leider viel zu selten hin. Um noch mal von dem anderen Thema anzufangen, du wirst jede Menge Spaß auf der Premiere haben, das verspreche ich. Peabody, McNab, Mavis und Leonardo fahren in unserer Limousine mit. Was ebenfalls ein Statement ist. Nämlich, dass ihr beide Partnerinnen und zugleich befreundet seid.«

»Das wird die Leute freuen. Aber ich hasse es, wenn alle Welt mich anglotzt, und die meisten Leute, die wir gestern im Zusammenhang mit den Ermittlungen gesprochen haben, gehen ebenfalls dorthin und …« Plötzlich brach sie ab.

»Da siehst du es. Jetzt kannst du tun, als wäre die Premiere Teil deines Jobs.«

»Vielleicht kann ich sie tatsächlich irgendwie zu meinem Vorteil nutzen. Vielleicht fällt mir ja was ein.«

»Auf jeden Fall.« Er tippte ihr gegen die Stirn. »Jetzt fehlen noch ein schwarzer Gürtel und die schwarzen Stiefel, dann ist dein Outfit komplett.«

»Darauf wäre sogar ich gekommen.«

Er presste seine Lippen auf ihr Haar, trat vor ihre Schmuckschatulle und nahm ein paar Ohrstecker heraus. »Die sind subtil und klassisch, und vor allem greift der Karneol die Farbe der Jacke auf.«

»Ich dachte, Karneole passen ihre Farbe der Umgebung an.«

»Haha.« Er drückte ihr die Stecker in die Hand. »Mit diesen Dingern wirst du selber das Chamäleon in den Schaltzentralen der New Yorker Unternehmen sein.«

Nachdem sie sich angekleidet hatte, legte er den Kopf ein wenig schräg und unterzog sie einer beifälligen Musterung. »Sehr schön. Mit einem Halstuch wäre es perfekt.«

»Ich hänge mir bestimmt nichts um den Hals, mit dem mich irgend so ein Schweinehund erwürgen kann.«

»Vergiss, was ich gesagt habe. Ich gehe die Dateien deines Opfers nachher noch einmal durch. Falls ich etwas finde, rufe ich dich an.«

»Bei deinem vollen Terminkalender kann ich mir nicht vorstellen, dass du auch nur Zeit für eine kurze Pause findest, ganz zu schweigen davon, dass du nebenher noch irgendetwas anderes gebacken kriegst.«

»Wart's ab.« Er nahm sie in den Arm und gab ihr einen Kuss. »Pass gut auf meine Polizistin auf.«

»So gut, wie ich gekleidet bin, wird niemand darauf kommen, dass ich Polizistin bin.«

»Wollen wir wetten?«

Sie schüttelte den Kopf und lachte fröhlich auf. »Pass du auf meinen reichen Pinkel auf.«

»Auf jeden Fall.«

Sie wandte sich zum Gehen, und als ihr Handy schrillte, sah sie stirnrunzelnd auf das Display. »Dallas.«

»Lieutenant, hier spricht Sly Gibbons, Martas Vorgesetzter. Bei uns wurde eingebrochen.«

»Was?«

»Ich ... ich kam ein bisschen früher, denn ich brauchte etwas Zeit ... jemand war in Martas Büro. An ihrem Computer. Es fehlen dort ein paar Dateien und auch die Sicherungskopien sind nicht mehr da. Ich ...«

»Haben Sie den Wachschutz des Gebäudes informiert?«

»Ja, als Allererstes, aber die Überwachungskameras hatten anscheinend einen kurzen Aussetzer. Ich verstehe nicht, was all das zu bedeuten hat. Ich war gestern der Letzte im Büro und habe selber abgesperrt. Ich ...«

»Ich komme. Rühren Sie sich nicht vom Fleck, und sagen Sie dem Wachschutz, dass ich komme und die Aufnahmen der Überwachungskameras sehen will.«

»Ja. Ja. Ich gebe ihnen gleich Bescheid.«

»Sie haben also hinter sich aufgeräumt«, bemerkte Roarke nach Ende des Gesprächs.

»So sieht es aus. Sie hatten Martas Zugangscode und ihre Schlüssel, haben die Überwachungskameras manipuliert und die Dateien und sicher auch noch ein paar andere, die gar nicht wichtig waren, entsorgt. Vielleicht soll es so aussehen, als hätte ihr Computer ein Problem gehabt.«

»Das ist nicht weiter schwierig, wenn man nicht genau hinschaut.«

»Doch das werden wir tun. Sie wissen nichts von den Kopien auf ihrem privaten Laptop. Außer, diese Schweinehunde hätten ebenfalls genauer hingeschaut. Ich muss jetzt los.«

Von unterwegs aus rief sie Denzel an und fand, er sah unerträglich müde aus.

»Hier spricht Lieutenant Dallas. Hat Sie irgendjemand kontaktiert oder versucht, in Ihre Wohnung zu gelangen?«

Er sah sie fragend an. »Ich weiß nicht, was Sie meinen.«

»Ich schicke zwei Beamte los, die sich kurz umschauen sollen. Öffnen Sie die Tür nur den Beamten und sonst niemandem, okay?«

»Ja, aber …«

»Das ist eine reine Vorsichtsmaßnahme«, versicherte sie ihm. »Sind Ihre Kinder auch im Haus?«

»Ja. Meine Schwester kommt nachher vorbei. Wir müssen anfangen zu planen, wie … es weitergehen soll.«

»Bleiben Sie, wo Sie sind.«

Sie riss ihren Mantel vom Geländer, zog ihn an und rannte aus dem Haus.

Ihr Wagen stand am Fuß der Treppe, und sie gab dem Butler ihres Mannes widerstrebend Punkte dafür, dass die Kiste startbereit und vorgeheizt dort auf sie wartete, obwohl der Mann sie jeden Abend, wenn sie heimkam, an den für sie vorgesehenen Platz in der Garage fuhr. Eilig schwang sie sich hinter das Lenkrad, kontaktierte die Zentrale, bat um zwei Beamte zur Bewachung des Apartments ihres Opfers und wählte die Nummer ihrer Partnerin.

»Kommen Sie mit McNab zu Brewer. Im Büro des Opfers wurde eingebrochen, ich brauche einen Elektronikfuzzi, um ihren Computer durchzusehen. Den Durchsuchungsbeschluss brauchen wir dafür nicht. Am besten ruft McNab noch Feeney an und gibt ihm kurz Bescheid, dass er mir helfen soll.«

»Okay. Wir machen uns gleich auf den Weg.«

Sie schoss aus der Einfahrt auf die Straße und bahnte sich eilig einen Weg durch den Berufsverkehr.

Inzwischen hatte offenkundig jemand nachgedacht und war zu dem Schluss gekommen, dass früher oder später jemand anderes die Bücher prüfen würde, die dem Opfer überlassen worden waren. Da man schwerlich einen Wirtschaftsprüfer nach dem anderen um die Ecke bringen konnte, wurde man am besten kurzerhand die Unterlagen los und reichte andere, geschönte nach. Oder bestünde darauf, mit der Buchprüfung zu warten, bis der Prüfer, den man in der Tasche hatte, wieder seinen Dienst versah.

Oder ... man mimte den Empörten, wechselte zu einem anderen Wirtschaftsprüfungsunternehmen oder verlangte vom Gericht, dass es die Prüfung einem anderen Unternehmen übertrug.

Das Schlüsselwort war *Zeitgewinnung*, dachte Eve.

Sie fädelte sich durch den zunehmenden Verkehr und rief in Miras Praxis an, damit die feindselige Sekretärin ihr einen Termin bei ihrer Chefin gab. Was alles andere als einfach war, doch bis sie vor dem Gibbons'schen Bürogebäude in der zweiten Reihe parkte und das Blaulicht auf dem Wagendach festmachte, hatte sie es tatsächlich geschafft.

Mit gezückter Marke trat sie durch die Tür und traf dort auf den Empfangschef, der bereits am Tag zuvor dort seinen Dienst versehen hatte.

»Ich weiß, dass Mr. Gibbons denkt, dass es dort oben Ärger gab, aber ich habe niemanden auf Band, der nach Büroschluss noch hereingekommen ist.«

»Was ist mit dem Putztrupp?«

»Sicher, aber die haben sich ein- und wieder ausgetragen.«

»Ich brauche Kopien der Filme aus den Überwachungskameras.«

»Die lasse ich bereits für Sie erstellen.«

»Ich habe einen elektronischen Ermittler einbestellt. Zeigen Sie ihm bitte die Alarmanlage und die Kameras.«

»Kein Problem.«

Nickend ging sie Richtung Lift und fuhr nach oben, wo sie einem händeringenden Sylvester Gibbons gegenübertrat.

»Das ist einfach schrecklich. Jemand hat diese Dateien gestohlen, Lieutenant. Einen Großteil der Dateien, die auf Martas Computer waren. Sie hat sie gestern noch bearbeitet. Erst gestern. Der Computer ist gesichert, und er hat ein Passwort, weil die Daten sehr sensibel und vor allem streng vertraulich sind. Wir sind verantwortlich dafür.«

»Verstehe«, meinte Eve und folgte ihm in das Büro. »Warum waren Sie an dem Computer?«

»Um die Arbeit zu kopieren, weil sie schließlich jemand anderes übernehmen muss. Wir müssen Fristen einhalten. Natürlich werden sie in diesem Fall verlängert, aber trotzdem muss jemand die Arbeit machen, und falls sie tatsächlich die Erlaubnis zur Beschlagnahmung der Unterlagen kriegen, dachte ich, ich mache vorher noch eine Kopie für uns.«

»Sie haben doch gesagt, dass der Computer mit einem Passwort gesichert ist.«

»Ja, aber ich habe einen Mastercode. Als Abteilungsleiter muss ich in der Lage sein, mir alle Unterlagen anzusehen. Ich habe Mr. Brewer deswegen persönlich kontaktiert, die Sache mit ihm diskutiert, und er hat diesem Vorgehen zugestimmt.«

»Wann haben Sie ihn kontaktiert?«

»Heute Morgen. Gleich, nachdem ich aufgestanden bin. Ich habe schlecht geschlafen und war schon in aller Herrgottsfrühe wieder wach. Ich habe über diese Sache nachgedacht und wusste, dass ich sie mit Mr. Brewer diskutieren muss.«

»Okay.« Was sicher hieß, dass Brewer sauber war, denn sonst hätte das Timing des Gesprächs mit Gibbons nicht gepasst. »Lassen Sie uns noch mal das Büro ansehen.«

»Es war abgeschlossen«, meinte er und sperrte auf. »Alles war an seinem Platz. Ich habe den Computer hochgefahren, wollte die Kopien machen, und da habe ich gemerkt, dass die Dateien verschwunden sind.«

»Von wie vielen Klienten oder Konten sind die Dateien?«

»Ich hab acht gezählt, bevor ich die Security und danach Sie verständigt habe. Danach habe ich hier nichts mehr angerührt. Ich hatte Angst, dass ich Beweismittel vernichten könnte oder so. Ich war sehr aufgeregt.«

»Aber nach den Sicherheitskopien haben Sie noch gesucht?«

»Sofort.«

»Wo werden die Kopien verwahrt?«

»Oh, tut mir leid. In meinem eigenen Büro in einem Safe. Ich bewahre dort Kopien von sämtlichen sensiblen Unterlagen auf.«

»Und wer hat die Kombination von diesem Safe?«

»Abgesehen von mir? Die Bosse und der Leiter der Security haben sie sicher irgendwo notiert.«

»Aber niemand anderes im Büro?«

»Nein.«

»Wie oft ändern Sie die Nummernfolge?«, fragte sie beim Anblick des kompakten Safes, der in einen kleinen Wandschrank eingelassen war.

»Ich ... das habe ich noch nie gemacht. Die Nummernfolge wurde schon im Werk so eingestellt, und da wir bisher niemals irgendwelche Schwierigkeiten hatten, gab es keinen Grund, sie neu zu programmieren.«

»Ich wette, ab und zu war jemand im Büro, wenn Sie an den Safe gegangen sind. Ihre Sekretärin, einer von den Buchprüfern, einer von deren Assistenten oder so.«

»Ich ... ja.« Ermattet ließ er sich in den Schreibtischsessel fallen und stützte seinen Kopf zwischen den Händen ab. »Das Ganze ist ein Albtraum«, stöhnte er. »Wir werden die betroffenen Parteien darüber informieren müssen, dass diese Dateien verschwunden sind. Die Prüfungen, die noch nicht abgeschlossen und deren Resultate nicht bereits an die Klienten oder ans Gericht gegangen sind, müssen wir noch einmal machen, und der Ruf des Unternehmens ... Es ist alles meine Schuld.«

»Der Mensch, der Marta Dickenson ermordet hat und jetzt auch noch hier eingebrochen ist, ist schuld.«

»Sie gehen davon aus, dass es derselbe Täter war.«

»Was glauben Sie?«

»Ich weiß nicht, was ich glauben soll.«

»Wurde sonst noch etwas entwendet? Irgendwas, das nichts mit Martas Arbeit zu tun hat?«

»Ich glaube, nicht. Aber ich habe auch noch nicht genauer nachgeschaut.«

»Dann holen Sie das bitte nach. Ich schicke außerdem die Spurensicherung in Martas und in Ihr Büro, und ein elektronischer Ermittler wird sich die Alarmanlage und die Aufnahmen der Überwachungskameras ansehen. Wann haben Sie gestern das Büro verlassen?«

»Gegen vier. Wir haben früher Schluss gemacht. Die Partner waren hier, haben mit allen gesprochen und gesagt, dass wir nach Hause fahren sollen. Auch heute bleibt die Firma zu. Ich bin ein bisschen länger als die anderen geblieben und habe abgesperrt. Dann war ich bei Mr. Brewer in dessen Büro. Ich musste einfach noch mit jemandem über die Sache reden. Mr. Kyle und Mr. Martini waren ebenfalls noch da. Wir haben darüber gesprochen, ob wir eine kleine Gedenkfeier für Marta hier in den Büros abhalten sollen. Dann bin ich zu Martas Mann gefahren, um ihm mein Beileid auszusprechen. Mir ist klar, dass er im Augenblick wahrscheinlich erst mal nur seine Familie sehen will, aber wir waren, das heißt, wir sind hier ebenfalls eine Familie. Dann bin ich heimgefahren und habe meinen Schmerz mit Alkohol betäubt. Meine Frau war sehr verständnisvoll.«

Er schüttelte den Kopf. »Ich hatte etwas Kleingeld hier im Safe. Dreihundert Dollar. Die sind nicht mehr da. Aber davon abgesehen sind nur noch die Kopien von Martas Unterlagen weg. Es fehlen zehn Kopien, das heißt, dass sicher auch auf dem Computer in ihrem Büro zehn Dateien verschwunden sind.«

Er starrte seine Hände an. »Es kann keiner von uns gewesen sein. Das ist völlig ausgeschlossen. Schließlich sind wir alle hier eine Familie.«

Eve ersparte sich die Mühe, ihm zu sagen, dass es in Familien oft zu Diebstählen und selbst zu Morden kam.

Als Peabody erschien, winkte sie sie in das Büro der toten Frau. »Wir haben zehn verschwundene Dateien, sie versuchen also, sich zu tarnen, auch wenn sie dabei nicht wirklich clever vorgegangen sind. Vielleicht haben sie es als Systemfehler getarnt, McNab soll also graben, bis er sehen kann, was los ist.«

»Das macht er sowieso. Im Augenblick sieht er sich unten am Empfang die Aufnahmen der Kameras über dem Eingang an.«

»Sie waren außerdem in Gibbons' Safe und haben die Sicherungskopien der Dateien geklaut, was heißt, dass es ganz sicher kein Systemfehler war. Außerdem haben sie noch dreihundert Dollar mitgehen lassen, die dort ebenfalls gelagert waren.«

»Manche nehmen eben alles, was sie kriegen können.«

»So sieht's aus. Gibbons hat die Kombination des Schlosses bisher nie geändert und hat zugegeben, dass mitunter andere im Raum waren, wenn er etwas in den Safe gelegt oder herausgenommen hat.«

»Dann könnte also jeder, der hier arbeitet, die Nummernfolge kennen. Außerdem hatten sie vielleicht das Passwort des Computers, wenn Marta es in ihrer Aktentasche oder ihrer Geldbörse verwahrt hat. Und selbst wenn nicht, hätte ein Komplize hier im Haus ihnen erklären können, wie man sich am besten Zugang zu ihrem Büro und auch zum Safe verschaffen kann.«

»Sie haben einen sauberen Job gemacht. Haben nichts verwüstet und auch nichts kaputt gemacht. Wieder wirkt ihr Vorgehen halbprofessionell. Professionell genug, um die Spuren zu verwischen, aber gleichzeitig so dämlich, eine Spur zu hinterlassen, indem sie das Bargeld und die Sicherungskopien mitgenommen haben, statt sie einfach zu zerstören. Sie hätten die dreihundert Dollar liegen lassen und die Sicherungskopien einfach zerstören sollen.«

»Sie haben überstürzt gehandelt, so wie bei dem Mord«, bemerkte ihre Partnerin. »Es war ein guter Plan, doch schlampig umgesetzt.«

»Trotzdem haben sie ihr Ziel erreicht. Für uns bleibt hier nichts mehr zu tun«, erklärte Eve. »Ich habe die Spu-Si einbestellt, auch wenn sie sicherlich nichts finden wird, der Rest ist für McNab. Wir beide fahren also langsam wieder los und knöpfen uns verschiedene hohe Tiere der Geschäftswelt vor.«

»Deshalb sehen Sie selbst heute wie eine große Nummer aus.«

»Fangen Sie bloß nicht mit meinem Outfit an.«

»Darf ich etwa nicht mal sagen, dass Sie wirklich toll aussehen?«

»Was wissen Sie denn schon von Mode? Schließlich haben Sie pinkfarbene Cowboystiefel an.«

»Die ein Geschenk von Ihnen sind, und von denen alle anderen total begeistert sind«, rief Peabody ihr in Erinnerung.

Sie fuhren zurück ins Erdgeschoss und suchten dort McNab.

Der in einer völlig eigenen Modewelt zu leben schien. Die vielen Taschen seiner leuchtend violetten Schlabberhose waren sicher praktisch, doch Eve würde nie verstehen, weshalb er dazu einen Pulli mit so leuchtend bunten, aufgedruckten Wirbeln trug, dass ihr der Anblick Tränen in die Augen trieb. Unter seiner langen, ärmellosen, violetten Weste verbarg er diskret sein Waffenholster, wobei ihrer Meinung nach ein Stunner längst nicht so bedrohlich wie die neongelben Herzen auf dem Rücken dieser Weste waren.

Da sollte Roarke noch einmal sagen, dass sie nicht auf Kleider achten würde, dachte sie und schaute sich die laut klimpernden

Silberringe in den Ohren des elektronischen Ermittlers an. Genau wie Roarke trug er sein langes, allerdings nicht dunkles, sondern blondes Haar während der Arbeit meist als Pferdeschwanz. Wobei sein Pferdeschwanz so lang war, dass er ihm bis in den schmalen Rücken mit den wild blinkenden, neongelben Herzen hing.

»Da wusste irgendwer genau, was er tut«, sagte er zu Eve und stieß sich vom Hauptcomputer ab. »Er hat es so gedreht, dass es wie eine leichte Störung wirkt, die es bei diesen älteren Systemen manchmal gibt.«

»Aber das war es nicht.«

»Oh nein, das war es nicht. Ich habe seine Fingerabdrücke entdeckt.«

Sie stürzte sich auf dieses Wort. »Sie haben Fingerabdrücke entdeckt?«

»Nicht diese Art von Abdrücken«, schränkte er ein. »Die Dinger hier sind elektronischer Natur. Bei einer Routineüberprüfung hätte man gedacht, es handelt sich mal wieder um einen verdammten Aussetzer. Aber wenn man tiefer gräbt, entdeckt man einen mit dem Rest vermischten Code, der die Geräte für ein paar Minuten hat runterfahren lassen. Der Code war wirklich gut versteckt. Ich muss noch ein paar Sachen checken, aber meiner Meinung nach hatten sie eine Fernbedienung, und zwar eine wirklich gute, die mit einer super Technik ausgestattet ist.«

»Okay. Wenn Sie hier fertig sind, gehen Sie rauf und sehen sich den Computer im Büro des Opfers an.«

»Na klar.« Die leuchtend grünen Augen in dem schmalen, hübschen Gesicht bildeten zwei schmale Schlitze und er wiederholte: »Wirklich eine super Technik, die die Kameras, die Schlösser und selbst die Alarmanlage ausgeschaltet hat. Dabei ist das System hier zwar nicht ganz neu, aber bestimmt kein Dreck.«

»Trotzdem hat es versagt.« Der Mann, der in die Eingangshalle kam, sah in seinem dreiteiligen Anzug wie ein netter Opa aus. »Deshalb ist es Dreck. Was für ein System würden Sie uns empfehlen?«

»Nun …« Hilfe suchend wandte Ian sich an Eve.

»Verzeihung. Ich bin Stuart Brewer, Seniorpartner von Brewer, Kyle und Martini. Sie sind Lieutenant Dallas«, wandte er sich ebenfalls an sie.

»Mr. Brewer«, sagte sie und freute sich, dass sie ihn nicht mehr extra suchen musste, weil er von allein gekommen war. »Mr. Gibbons hat gesagt, er hätte Sie am frühen Morgen kontaktiert.«

»Ja. Zweimal. Erst wegen der Akten, Martas Akten. Keiner von uns, weder ich noch meine Partner, haben gestern auch nur einen Augenblick daran gedacht. Wir waren alle so betroffen, dass uns das entfallen ist. Das ist unverzeihlich, und jetzt zahlen wir dafür. Als Sly mich wegen dieses Einbruchs anrief, wurde mir bewusst, wie fahrlässig wir gestern waren. Wie der junge Mann schon festgestellt hat, ist das Sicherheitssystem bereits recht alt. Ich bin Miteigentümer des Gebäudes, und ich weiß, dass regelmäßig Updates daran vorgenommen worden sind – nennt man das so?«

»Ja, Sir«, stimmte ihm der elektronische Ermittler zu.

»Um Geld zu sparen, haben wir darauf verzichtet, in ein neues, effizienteres System zu investieren. Und jetzt … wissen Sie schon, ob auch noch andere Büros betroffen sind?«

»Die Spurensicherung ist unterwegs, und Beamte werden sich hier im Gebäude umhören, ob sonst noch jemandem etwas aufgefallen ist. Aber ich gehe davon aus, dass es den Tätern hauptsächlich um Ihre Firma und vor allem um die Unterlagen unseres Opfers ging.«

»Sie denken also, dass man Marta wegen ihrer Arbeit hier ermordet hat. Sie war noch jung und hatte ihr ganzes Leben und das ihrer Kinder vor sich, und sie wurde irgendwelcher Akten wegen umgebracht? Sie hatte jede Menge Informationen über Kunden, und es ging um viel Geld. Das ist mir klar. Aber deswegen ermordet zu werden … Mord ist Ihr Metier.«

»Worum geht es in den neuen Unterlagen, die sie kurz vor ihrem Tod bekommen hat. Sind Sie persönlich mit den Individuen, deren Bücher Marta prüfen sollte, bekannt?«

»Nein, aber das hole ich jetzt sofort nach. Ich habe dieses Unternehmen vor sechzig Jahren zusammen mit Jacob Kyle gegründet, und Sonny Martini ist seit achtundzwanzig Jahren als dritter Teilhaber dabei. Ich wollte mich in einem halben Jahr aufs Altenteil zurückziehen. Aber das muss ich jetzt wohl verschieben, denn ich habe diese Firma aufgebaut und kann sie erst verlassen, wenn ich sicher weiß, dass sie vollkommen sauber ist.«

»Er tut mir leid«, erklärte Peabody, als sie mit Eve zu deren Wagen ging. »Brewer, meine ich. Natürlich ist er ebenfalls erst mal verdächtig, aber er sah einfach furchtbar müde aus.«

»Ich glaube zunächst nicht, dass er verdächtig ist. Er hatte freien Zugang zu den Unterlagen, die entwendet worden sind. Er ist einer von den Bossen, und wenn er die Unterlagen haben wollte, hätte er sie sich einfach geholt. Wenn irgendwas, in das er selbst involviert war, nicht ganz astrein wäre, hätte er doch einfach sagen können, dass er diese Konten selber prüfen will. Das gilt auch für die anderen beiden. Wenn sie clever genug sind, ein solches Unternehmen aufzuziehen und sechzig Jahre lang zu führen, sind sie auf alle Fälle schlau genug, um ihre Spuren zu verwischen, ohne dass eine von ihren Untergebenen dran glauben muss.«

Eve schob ihre Hände in die Jackentaschen, denn auch wenn es längst nicht mehr so wehte wie am Vortag, war es weiter bitterkalt.

»Wenn sie gedacht hätten, es wäre effizienter, diese Untergebene aus dem Verkehr zu ziehen, wären sie auf keinen Fall danach auch noch in ihre eigene Firma eingebrochen, um dort die verräterischen Unterlagen zu zerstören.«

»Klingt plausibel. Was mich freut, denn wie gesagt, er tut mir leid.«

»Wir werden uns jetzt erst mal auf die Unternehmen konzentrieren, um die es in den Dateien auf dem privaten Laptop unseres Opfers geht. Sie hat nicht verraten, dass sie die Dateien zu Hause hat, nicht einmal, als man sie geschlagen hat. Und sie hatte sicher einen guten Grund, diese Dateien auf ihren Laptop zu kopieren, um sie dort in Ruhe durchzugehen, und einen genauso guten Grund, nicht zu verraten, dass sie sie dort abgespeichert hat.«

»Sie hat also etwas entdeckt.«

»Möglich. Vielleicht kam ihr auch einfach irgendetwas nicht ganz sauber vor. Sie hatte sich schon ein paar Fragen aufgeschrieben, und ich schätze, dass sie auf der Suche nach den Antworten auf diese Fragen war. Am besten klappern wir die Unternehmen nacheinander ab. Am nächsten liegt Young-Biden. Sie bauen Krankenhäuser und Gesundheitszentren und beliefern sie mit Medikamenten und Geräten und dem ganzen anderen Kram, den man dort braucht.«

Der Firmensitz war auf fünf Stockwerke verteilt, von denen das unterste in Marmor und Glas in hellen, kalten Farbtönen gehalten war.

Auf einer Reihe Wandbildschirmen waren verschiedene Gesundheitszentren, Rehakliniken und Laboratorien in der ganzen Welt zu sehen, und die fünf Leute hinter dem geschwungenen Empfangstresen sahen all fit, gesund und nicht älter als fünfundzwanzig aus.

Eve trat vor den Tresen und wartete schweigend ab, bis eine von den fünfen sich dazu herabließ, sie mit einem schmalen Lächeln anzusehen.

»Kann ich Ihnen helfen?«

»Ich muss zu Young oder zu Biden.«

Die Frau zog ihre Brauen beinah bis zu ihrem Haaransatz hoch und stieß ein leises Schnauben aus. »Haben Sie einen Termin?«

»Ich habe das hier«, meinte Eve und klatschte ihre Marke auf den Tisch.

»Verstehe.« Sie starrte auf die Dienstmarke, als hätte Eve ihr eine fette, schwarz behaarte Spinne hingelegt. »Ms. Young ist auf Geschäftsreise im Ausland, Mr. Young-Sachs und Mr. Biden sind im Haus, aber in einer Besprechung. Falls Sie einen Termin mit einem von den beiden machen möchten ...«

»Sicher, kein Problem. Dann mache ich einen Termin mit beiden auf meinem Revier. Ich lasse sie auch gerne abholen, wenn sie wollen. Wann würde es denn passen?«

Jetzt runzelte die junge Frau erbost die Stirn. »Das wird bestimmt nicht nötig sein. Einen Moment bitte ...«

Sie drehte sich mit ihrem Stuhl herum, kehrte Eve den Rücken zu und murmelte etwas in das Headset, das sie trug.

Dann drehte sie sich wieder zu ihr um und bedachte sie mit einem ausdruckslosen Blick. »Mr. Young-Sachs wird Sie empfangen. Bitte fahren Sie in die fünfundvierzigste Etage. Dort holt Sie dann jemand ab.«

»Das mache ich.« Eve steckte ihre Marke wieder ein ging zu den Fahrstühlen, ließ ihre Schultern kreisen und stellte zufrieden fest: »Das hat mir Spaß gemacht.«

»Warum sind solche Leute immer derart angefressen, wenn die Polizei mit ihren Bossen sprechen will?«, fragte sich Peabody. »Ich meine, schließlich ist es nicht ihr eigener Hals, der in der Schlinge steckt.«

»Keine Ahnung, aber ich bin froh, dass sie es sind.« Eve stieg in den Lift, drückte auf die Fünfundvierzig und erklärte gut gelaunt: »Denn irgendwie wird mir durch ihre schlechte Laune der Tag versüßt.«

9

Die fünfundvierzigste Etage wirkte mit den warmen Farben, dicken Teppichen, üppigen Grünpflanzen und eleganten Möbeln luxuriös, doch wesentlich behaglicher als das Foyer.

Eine hochgewachsene, schlanke Frau mit blondem Haar, High Heels und schwarzem Kostüm mit kurzem Rock nahm sie mit einem freundlichen, professionellen Lächeln in Empfang.

»Officer?«

»Lieutenant Dallas und Detective Peabody.«

»Lieutenant. Ich bin Tuva Gunnarsson, die Assistentin von Mr. Young-Sachs. Darf ich fragen, worum es geht?«

»Um polizeiliche Ermittlungen.«

»Ja, natürlich.« Ihre Stimme und auch ihre Miene blieben weiter völlig glatt. »Wenn Sie mir bitte folgen würden.«

Wie die Frau es schaffte, auf den mörderischen Absätzen zu gleiten, statt zu stöckeln, würde Eve wahrscheinlich nie verstehen, doch sie glitt durch eine Glastür und durch einen rundherum mit Panoramafenstern eingefassten Flur und öffnete die breite Flügeltür zu einem großen, protzigen Büro.

Zwei der Wände waren ebenfalls verglast, es gab zwei bequeme Sitzecken, eine moderne, in Silber gehaltene Bar, drei Wandbildschirme, einen silberfarbenen, großen Schreibtisch und dahinter einen hochlehnigen Sessel, der mit teurem Leder in der Farbe frischen Bluts bezogen war.

»Mr. Young-Sachs wird sofort bei Ihnen sein. Darf ich Ihnen etwas anbieten?« Sie öffnete ein Wandpaneel, hinter dem eine Küchenzeile, vollständig mit einer zweiten, gut bestückten Bar und schimmernd rubinrotem Glasgeschirr verborgen war.

»Danke, nein. Wie lange arbeiten Sie hier schon?«

»Seit sechs Jahren, davon vier als Assistentin von Mr. Young-Sachs.«

»Und was hat er hier für eine Funktion?«

»Er ist der Finanzvorstand. Vorstandsvorsitzende ist Ms. Young, die augenblicklich außer Landes ist.«

»Das habe ich bereits gehört. Und Biden?«

»Mr. Biden ist Geschäftsführer. Mr. Biden senior ist bereits im Ruhestand.« Sie blickte Richtung Tür, und Eve bemerkte, dass ihr eine leichte Röte in die Wangen stieg, als der Chef den Raum betrat.

Ein deutlicher Geruch von Pheromonen aus Richtung der zuvor eher ein wenig unterkühlten Frau schlug ihr entgegen.

Er musste gegen Ende dreißig sein. Attraktiv, in dem für Männer seines Ranges vorgeschriebenen Maßanzug aus teurem Stoff, mit der Sonnenbräune eines reichen Mannes im Gesicht, einem im Fitnessstudio antrainierten, wohlgeformten Körper und einem ein wenig schiefen Lächeln, das aus Sicht der meisten Frauen wahrscheinlich charmant und durchaus anziehend war.

Die winzigen Pupillen jedoch verrieten, dass er eindeutig auf Drogen war.

»Tut mir leid, dass ich Sie habe warten lassen. Carter Young-Sachs.« Er drückte erst Eve und dann auch Peabody die Hand. »Nehmen Sie doch bitte Platz. Tuva, wie wäre es mit ein paar Tassen deines wunderbaren Kaffees? Er ist wie alles, was sie macht, ganz ausgezeichnet«, klärte er die Gäste auf und zwinkerte ihr zu.

»Tut mir leid, man hat mir Ihre Namen nicht genannt.«

»Lieutenant Dallas und Detective Peabody.«

»Dachte ich mir doch, dass ich Sie irgendwoher kenne.« Er reckte einen Zeigefinger in die Luft, und an seinem Mittelfinger funkelte ein teurer Ring. »Die Frau von Roarke, der wir zu verdanken haben, dass sich Hollywood hier endlich wieder mal die Ehre gibt. Ty und ich gehen zur Premiere Ihres Films. Tuva, wir haben hier zwei Berühmtheiten zu Gast.«

»Zwei Polizeibeamtinnen«, erklärte Eve. »Wir sind nicht hier, weil wir uns schmeicheln lassen oder Ihren wunderbaren Kaffee trinken wollen.«

»Trotzdem schadet es doch sicher nicht, wenn Sie ein Tässchen davon trinken«, bot er nochmals lächelnd an. »Ich freue mich bereits auf die Premiere, vor allem, nachdem ich Ihnen beiden jetzt persönlich begegnet bin.« Er lehnte sich zurück und breitete die Arme aus, wobei seine Bewegungen aufgrund der durch die Drogen freigesetzten Energie ein wenig zu ausladend waren. »Also, was kann ich für Sie tun?«

»Kennen Sie eine Marta Dickenson?«

»Der Name sagt mir nichts. Tuva?«

»Sie war die Wirtschaftsprüferin, die vorletzte Nacht ermordet worden ist.«

»Oh. Richtig.« Die ernste Miene, die er machte, wirkte nicht ganz echt. »Der alte Brewer hat mich deswegen sogar persönlich kontaktiert. Was mir vorübergehend entfallen war. Ursprünglich hätte jemand anderes unsere Bücher prüfen sollen, und zwar ...«

»Chaz Parzarri«, half ihm Tuva aus und stellte ein Tablett mit Kaffeetassen auf den Tisch.

»Richtig. Netter Bursche. Offenbar hatte er einen Unfall. Pech für Brewer und die anderen.«

»Können Sie uns sagen, wo Sie vorgestern Abend zwischen neun und Mitternacht gewesen sind?«

»Vorgestern Abend?« Er sah aus, als hätte sie gefragt, wo er fünf Jahre zuvor an einem bestimmten Dienstagnachmittag um kurz nach zwei gewesen war.

»Sie waren in Ihrem Club, beim Pokerabend«, half ihm wieder seine Assistentin aus. »Ihr Fahrer hat Sie hier um sieben abgeholt.«

»Richtig, ja, genau. Ich habe nichts gewonnen, aber dafür ziemlich viel getankt. Aber verdammt, zumindest war es ja für einen guten Zweck.«

»Und wann haben Sie den Club wieder verlassen?«

»Ich bin mir nicht sicher. Da ich nichts gewonnen habe, habe ich mich zeitig wieder auf den Weg gemacht. Vielleicht so gegen zehn.«

»Und von dort aus sind Sie heimgefahren?«

»Hm, nein.« Er blickte Tuva an und zuckte mit den Achseln. »Ich war noch bei Tuva. Ich könnte natürlich sagen, dass es dabei um die Arbeit ging, aber, verdammt, wir sind hier schließlich alle volljährig. Wann ich dort wieder weggegangen bin, weiß ich nicht genau.«

Mit hochrotem Gesicht richtete die arme Tuva sich zu ihrer ganzen Größe auf. »Um kurz vor eins.«

»Hätte ich mir denken sollen, dass sie das weiß.« Wieder zwinkerte er seiner Assistentin zu und sah sie mit einem schnellen, schiefen Grinsen an. »Dabei ist das wirklich keine große Sache, weil wir schließlich beide Singles sind. He, Ty, darf ich dir Lieutenant Dallas und Detective Peabody vorstellen?«

Anders als Young-Sachs war Biden dunkelhaarig und statt durch ein schiefes Grinsen zeichnete er sich durch eine schwermütige Miene aus, die auf manche Frauen sicher ebenfalls sehr anziehend wirkte. Passend zu seinem Gesichtsausdruck ließ er sich schwer in einen Sessel fallen, als wäre er, aus welchem Grund auch immer, abgrundtief erschöpft.

»Ich könnte wirklich einen Kaffee brauchen. Haben Sie für mich auch noch eine Tasse, Tuva?«, fragte er und wandte sich an Eve. »Na, jagen Sie wieder irgendwelche Klone?«

»Killer«, gab sie ungerührt zurück. »Und zwar die von Marta Dickenson.«

»Wer soll das denn sein?«

Wieder gab ihm Tuva die Information und ging ihm eine Tasse holen.

»Ich verstehe nicht, was das mit mir oder mit uns zu tun haben soll. Dass sie tot ist, tut mir selbstverständlich leid, aber jetzt setzen sie doch einfach einen anderen Zahlenfresser auf die Bücher an.«

»Ich wüsste gern, wo Sie vorgestern Abend zwischen neun und Mitternacht gewesen sind.«

Obwohl er mit den Augen rollte, zerrte er seinen Terminkalender aus der Tasche und sah nach. »Ich war mit unserem

Firmenjet auf einer Party in South Beach. Du wolltest doch zu dieser Pokerrunde«, wandte er sich an Young-Sachs. »Du hast gesagt, du würdest sicher was gewinnen. Was dann aber nicht der Fall war«, erklärte Biden und wies mit dem Daumen auf den Kompagnon. »Im Gegensatz zu ihm hatte ich selber Glück. Deshalb war ich auch erst gestern Morgen wieder hier.«

»Wir müssen Ihre Alibis überprüfen.«

»Wegen einer kleinen Wirtschaftsprüferin?« Zum ersten Mal klang Biden interessiert und leicht gereizt.

»Ja, wegen einer kleinen Wirtschaftsprüferin, die, bevor man sie ermordet hat, Ihre Bücher prüfen sollte, und aus deren Büro man diese Bücher letzte Nacht entwendet hat.«

»Um Himmels willen. Das hat bestimmt nichts Gutes zu bedeuten.« Leicht verunsichert wandte Young-Sachs sich seiner Assistentin zu.

»Ich rate Ihnen, umgehend Ihre Finanzberater und auch Ihre Anwälte zu informieren«, setzte Tuva an. »Dazu ändern Sie am besten alle Passwörter und ...«

»Was für eine beschissene Security haben sie bei ... wo zum Teufel waren unsere Unterlagen überhaupt?«

»Bei Brewer, Kyle und Martini«, half Tuva auch diesmal aus.

»Wir werden diese Typen feuern, verlassen Sie sich drauf.«

»Der Auftrag zu der Buchprüfung kam nicht von uns. Er wurde gerichtlich angeordnet«, klärte Tuva ihn mit ruhiger Stimme auf.

»Dann holen Sie die verdammten Anwälte ans Telefon, damit die jemanden auf diese Sache ansetzen, der nicht total verblödet ist.«

»Ist Ihnen bewusst«, mischte sich Eve in das Gespräch, »dass Marta Dickenson von Bradley Whitestone vor einem Gebäude aufgefunden wurde, das sein Unternehmen gerade renovieren lässt?«

»Verdammt, holen Sie mir Rob ans Telefon«, fuhr Biden Tuva an. »Und geben Sie Roarkes Freifahrtschein die Namen unserer Anwälte. Wir haben nichts mehr zu sagen.«

Eve stand langsam auf, was auch immer er in ihren Augen sah, brachte ihn dazu, dass er sich leicht verlegen in dem Sessel wand. »Ich wollte Ihnen damit nicht zu nahetreten.«

»Aber das sind Sie nun einmal. Sie sollten sich davor hüten, eine Polizeibeamtin zu beleidigen, vor allem, während Sie Verdächtiger in einem Mordfall sind.«

»Reden Sie mit unseren Anwälten. Ich bin hier fertig.« Wütend sprang er auf. »Und, Tuva, rufen Sie jetzt endlich Rob an und schicken Ihn umgehend in mein Büro.«

Er stürmte aus dem Raum.

»Wenn Ty sich aufregt, geht er leider immer schnell auf andere los«, bat Young-Sachs sie achselzuckend um Entschuldigung.

»Interessant. Weil schließlich auch jemand auf unser Opfer losgegangen ist. Danke für den Kaffee. Sie hören wieder von uns.«

»Der Kaffee war tatsächlich gut«, murmelte Peabody, als sie mit ihr zusammen zurück zum Fahrstuhl ging.

»Schokolade. Sie hat etwas Schokolade reingetan.«

»Sind Sie sicher?«

»Klar. Ich weiß schließlich, wie Schokolade schmeckt.«

»Verdammt. Ich habe bis nach der Premiere strenges Süßwarenverbot. Auch wenn das hier vielleicht nicht zählt, weil ich schließlich nicht wusste, dass etwas Verbotenes in dem Kaffee war.«

»Genau.« Eve stieg in den Lift und murmelte vernehmlich: »So ein blöder Arsch.«

»Da haben Sie recht. Wobei Young-Sachs im Gegensatz zu Biden noch ein halbwegs nettes Arschloch ist. Vielleicht, weil er was eingeworfen hatte.«

»Was ihn meiner Meinung nach zu einem dummen Arschloch macht. Die Assistentin kennt sich in dem Laden deutlich besser als die beiden Kerle aus. Sie ist heiß auf ihren Boss und würde ohne Frage für ihn lügen, aber meiner Meinung nach hätte er nicht den Mumm für einen Mord, oder auf alle Fälle nicht genug, um selbst auf Marta loszugehen. Wogegen Biden einen Mord bestellen könnte wie etwas zum Mittagessen, wenn er keine Pause machen kann.«

»Dann werde ich die beiden erst mal überprüfen.«

»Tun Sie das. Als Nächstes fahren wir zu diesem Alexander, mit dem Ingersol angeblich was getrunken hat.«

Die Alexander-Pope'schen Räumlichkeiten strahlten eine überladene Würde aus. Die Möbel wirkten schwer, auf den Gemälden in den dicken, goldenen Rahmen waren Leute abgebildet, die in roten Fracks auf Pferden saßen, neben denen Hunde liefen, und die Menschen an der Rezeption sprachen mit gedämpften Stimmen, wie man es sonst nur im Wartezimmer einer Arztpraxis tat.

Auf dem Weg nach hinten hörte Eve das Läuten einer Reihe Telefone, laute Stimmen und das Klappern von Absätzen auf dem Parkett.

Das Büro von Sterling Alexander wirkte mit den dunklen Farben, tiefen Kissen, elegant verblichenen Teppichen und den prunkvoll gerahmten Bildern an den Wänden opulent und mindestens so altmodisch wie der Empfangsbereich.

Er thronte hinter seinem Schreibtisch und die eleganten weißen Strähnen, die sein Haar in Höhe der Schläfen schmückten, verliehen dem fein gemeißelten Gesicht des Mannes einen distinguierten Touch.

Er bedeutete den beiden Polizeibeamtinnen mit einer knappen Geste, Platz zu nehmen, und winkte die stumme Assistentin wortlos aus dem Raum.

»Pope wird sofort hier sein«, fing er an. »Ich habe schon mit Stuart Brewer und Jake Ingersol gesprochen – Sie wissen natürlich, wer das ist. Auch mit unserem Rechtsberater habe ich telefoniert. Mir ist bewusst, Sie tun nur Ihre Pflicht, aber wir müssen umgehend reagieren, wenn wir unser Unternehmen und die Investoren schützen wollen.«

»Verstehe. Kannten Sie Marta Dickenson?«

»Nein. Unser Mann war Chaz Parzarri. Seinem Vorgesetzten nach hatte er einen schweren Unfall, weshalb diese Dickenson die in unseren Statuten vorgeschriebene Prüfung der Bücher übernehmen sollte. Inzwischen teilte man uns mit, dass sie ermordet worden ist, und dass man zu allem Überfluss auch noch in der Firma eingebrochen ist und vertrauliche Finanzdaten unseres Unternehmens hat mitgehen lassen. Es ist ja wohl offensichtlich, was das alles zu bedeuten hat.«

»Nämlich?«

»Parzarris Unfall wurde arrangiert, damit diese Frau an unsere Unterlagen kommen konnte, wer auch immer hinter dieser Sache steckt, hat sie anschließend aus dem Verkehr gezogen und die Dokumente eingesackt. Ich schätze, dass es einer unserer Konkurrenten war.«

»Haben Sie so aggressive Mitbewerber?«

»Wir agieren auf einem aggressiven Markt. Das müssten Sie doch wissen, Ihr Mann hat schließlich ebenfalls mit Immobilien zu tun.«

»Trotzdem finde ich es eher ungewöhnlich, einen Wirtschaftsprüfer zu verletzen und seine Kollegin zu ermorden, um an irgendwelche Daten zu kommen. Aber«, meinte sie, bevor er ihr ins Wort fallen konnte, »selbstverständlich gehen wir allen Möglichkeiten nach. Da wir in alle Richtungen ermitteln, muss ich Sie fragen, wo Sie selber in der Mordnacht waren.«

Eine heiße Röte stieg ihm ins Gesicht. »Sie wagen es ...«

»Ja, natürlich. Und wenn Sie mir keine Antwort geben, was Ihr gutes Recht ist, muss ich das in einer Weise werten, die Ihnen ganz sicher nicht gefallen wird.«

»Ihr Verhalten gefällt mir nicht.«

»Das höre ich oft, stimmt's, Peabody?«

»Ja, Ma'am, in schöner Regelmäßigkeit.«

»Junge Frau ...«

»Lieutenant«, korrigierte Eve ihn scharf.

Alexander holte hörbar Luft. »Mein Vater hat dieses Unternehmen gegründet, als Sie selbst noch nicht geboren waren, ich leite es seit sieben Jahren. Selbst der Gouverneur gehört zu unseren Kunden und hat seinen Landsitz über uns erstanden.«

»Das ist schön für Sie. Trotzdem muss ich wissen, wo Sie in der Tatnacht waren. Die Frage ist reine Routine, Mr. Alexander. Es geht nicht persönlich gegen Sie.«

»Aber ich nehme es persönlich«, fauchte er sie an. »Ich war mit meiner Frau und ein paar Freunden zum Essen im Top of the Apple.«

»Nachdem Sie sich auf einen Drink mit Jake Ingersol von WIN getroffen hatten?«, fragte Eve.

Wie Galahad am Morgen vor dem Frühstück durchbohrte Alexander sie mit seinem Blick.

Doch sie war keineswegs versucht, ihm ein Stück Schinken anzubieten, damit er ihr wieder wohlgesonnen war.

»Ja. Es ging dabei um ein Geschäft, das ich Ihnen nicht erläutern muss. Dann bin ich wieder heimgefahren, habe meine Frau dort abgeholt und mein Chauffeur hat uns zum Restaurant gefahren. Ab acht hatten wir einen Tisch reserviert, und dürften erst um kurz vor Mitternacht wieder von dort aufgebrochen sein.«

»Okay.«

Es klopfte derart leise an der Tür, als scharre eine Maus am Holz.

»Herein!«

Auf Alexanders dröhnenden Befehl kam die Maus hereingehuscht.

»Ich wurde noch kurz aufgehalten. Tut mir leid.«

Ein schmerzlich dünner Mann mit einem länglichen Gesicht und riesengroßen Ohren reichte Eve eine erschreckend weiche Hand. »Lieutenant Dallas, ich erkenne Sie. Und Detective Peabody. Es ist sehr schön, dass ich Sie kennenlernen darf, sogar noch vor der Premiere Ihres Films. Meine Frau und ich freuen uns schon darauf. Du und Zelda kommen ja auch, Sterling.«

»Wir haben keine Zeit für Small Talk«, fuhr Alexander ihn ungehalten an.

»Natürlich. Tut mir leid. Ich bin Thomas Pope.«

»Wir müssen diesen Schlamassel aufklären, Tom.«

»Ich weiß.« Pope warf hilflos seine dürren Arme in die Luft. »Ich weiß. Ich habe schon mit allen gesprochen, die ich kontaktieren sollte. Es wird alles gut, Sterling.«

»Jemand will uns sabotieren.«

»Das wissen wir noch nicht. Reg dich nicht auf. Wir sind schließlich nicht die Einzigen, deren Unterlagen man entwendet hat. Vor allem ist eine Frau gestorben. Eine Frau ist tot.« Er wandte sich an Eve. »Sie hatte zwei Kinder. Das habe ich in den Nachrichten gehört.«

»Ja. Ich muss Sie fragen, wo Sie an dem Abend waren, als man Marta Dickenson ermordet hat.«

»Oje. Aber natürlich, selbstverständlich. Ich war zu Hause, zusammen mit meiner Frau. Unsere Tochter war mit Freunden aus. Wir machen uns immer Sorgen, wenn sie nicht zu Hause ist. Sie ist sechzehn, da hat man fürchterliche Angst um die Mädchen. Wir haben ferngesehen und waren froh, als unsere Tochter wie verabredet um zehn wieder nach Hause kam. Sie war auf die Minute pünktlich«, fügte er mit väterlichem Stolz hinzu.

»Haben Sie an dem Abend abgesehen von Ihrer Frau und Ihrer Tochter jemanden gesehen oder gesprochen?«

»Ah … meine Mutter. Unsere Mutter«, korrigierte er und blickte Alexander von der Seite an. »Wir sind Halbbrüder.«

»Ach ja?«

»Ja, ich wollte es dir noch sagen, Sterling, aber bei der ganzen Aufregung habe ich einfach nicht daran gedacht. Ich habe mit meiner Mutter gesprochen und, genau, mit meinem Nachbarn. Als ich mit dem Hund gegangen bin.« Jeder seiner Sätze klang entschuldigend. »Ich habe ganz vergessen zu erwähnen, dass ich mit dem Hund gegangen bin. Wir haben einen Hund. Genau wie unser Nachbar, und wenn's passt, gehen wir abends zusammen mit den Hunden raus. Das haben wir auch vorgestern gemacht. Ungefähr um neun.«

»In Ordnung. Vielen Dank. Diese Prüfung Ihrer Bücher ist in den Statuten vorgesehen?«

»Ja«, bestätigte ihr Alexander. »Das hat mein Vater bei der Unternehmensgründung angeordnet, weil ihm Transparenz sehr wichtig ist.«

»Damit das Haus auf Dauer sauber bleibt, wie meine Mutter immer sagt.« Pope räusperte sich leise und fuhr fort. »Sie ist erst als Teilhaberin eingestiegen, aber schließlich wurde eine Partnerschaft daraus. Obwohl sie und Mr. Alexander senior irgendwann privat getrennter Wege gingen, blieb ihre geschäftliche Verbindung so lange bestehen, bis sie gemeinsam in den Ruhestand gegangen sind.«

»Es besteht keine Notwendigkeit, die ganze Familiengeschichte zu erzählen«, fuhr Alexander ihn an.

»Sie ist durchaus interessant«, erklärte Eve. »Gab es bei den bisherigen Buchprüfungen je Probleme?«

»Keineswegs«, gab Pope zurück und fuhr zusammen, als Alexander ihn erneut mit bösen Blicken maß. »Natürlich will ich dir nicht vorgreifen, aber die kleineren Unstimmigkeiten, die es manchmal gab, wurden immer sofort ausgemerzt, weswegen ich mit Stolz behaupten kann, dass unser Unternehmen völlig sauber ist.«

»Besteht vielleicht die Möglichkeit, mir die Ergebnisse der bisherigen Buchprüfungen anzusehen?«

»Auf keinen Fall«, kam Alexander seinem Halbbruder zuvor. »Mehr Zeit können wir jetzt nicht erübrigen. Am besten nehmen Sie sich unsere Konkurrenten vor. Es ist offensichtlich, dass die Frau in irgendwas verwickelt war, weshalb man sie ermordet hat. Wir sind hier die Opfer und nicht sie.«

»Ja, natürlich. Sie sind hier die Opfer. Vielen Dank, dass Sie uns Ihre Zeit gewidmet haben.«

Auf der Fahrt hinunter ins Foyer verzog Eve grimmig das Gesicht. »Noch so ein Arsch.«

»Die Welt ist voll davon. Wenn man die beiden sieht oder sie reden hört, käme man nie auf die Idee, dass sie verwandt sind«, meinte ihre Partnerin.

»Was sie für Alexander auch nicht sind. Er betrachtet Pope einfach als Nervensäge und Lakaien, den er nach Lust und Laune herumkommandieren kann. Das ist Pope bewusst. Alexander spielt die Opferkarte, was ihn meiner Meinung nach in höchstem Maß verdächtig macht, und Pope kam mir etwas zu unterwürfig vor.«

Auf dem Weg in Richtung Straße ging sie das Gespräch noch einmal in Gedanken durch. »Alexander sitzt gern auf dem hohen Ross, aber das Telefon auf seinem Schreibtisch hat nicht ein einziges Mal geklingelt, als wir bei ihm waren, Sie können Ihren Arsch darauf verwetten, dass er seine Sekretärin ganz bestimmt nicht unseretwegen angewiesen hat, nichts durchzustellen. Hingegen hat Popes Handy häufiger gesummt.«

»Das ist mir nicht aufgefallen. Mir ist nur aufgefallen, wie leer der Schreibtisch war. Keine Briefe, keine Aktenordner, nichts.«

»Ich wette, dass er Pope die ganze Arbeit überlässt, während er selbst den dicken Max markiert. Aber wer die ganze Arbeit leistet, ist im Allgemeinen auch der, der Zugang zu den Unterlagen und den Büchern hat.«

»Auf mich hat Pope nicht wie der Typ gewirkt, der stiehlt, betrügt und einen Mord begeht.«

»Viele Menschen stehlen, betrügen, morden ohne dass sie danach aussehen. Solange wir sie nicht erwischen, fahren sie ungehindert damit fort. Genau wie wir mit unserer Arbeit«, meinte sie, bevor sie sich erneut hinter das Lenkrad ihres Wagens schwang.

Die Räumlichkeiten von Your Space dehnten sich über zwei Etagen eines älteren Gebäudes in der City aus. Sie boten ausreichend Platz für eine Kleinfamilie und sahen tatsächlich eher wie ein behaglich eingerichtetes Zuhause als wie Büros aus.

Eine Sitzgruppe stand vor einem Kamin, in dem ein Feuer brannte und auf dessen Sims Eve Kerzen neben hübschen Blumen stehen sah. Eine zweite Sitzgruppe stand vor dem breiten Fenster, dort saß ein junges Paar mit einer Frau und starrte wie gebannt auf ein modernes Tablet, das sie in den Händen hielt.

Statt von einem grimmig dreinblickenden Wachmann oder einer feindseligen Assistentin wurden Eve und Peabody von einer der vier Firmengründerinnen begrüßt.

»Latisha Vance«, stellte die hochgewachsene Schönheit mit einer Haut wie Ebenholz sich vor. »Angie kümmert sich gerade um ein paar neue Kunden, aber ich habe ein bisschen Zeit. Wir können auch nach oben gehen, wenn Sie wollen. Kann ich Ihnen etwas anbieten? Wir haben frisch gebackene Plätzchen. Die sind durchaus eine Sünde wert.«

»Nein danke«, übertönte Eve das leise Stöhnen ihrer Partnerin. »Sind auch Ihre beiden anderen Partnerinnen da?«

»Holly und Clare sind leider gerade unterwegs, aber ich glaube nicht, dass es allzu lange dauern wird, bis sie eintreffen.« Sie wandte sich der sanft geschwungenen, pinkfarben gestrichenen Treppe zu. »Es geht wahrscheinlich um die Frau, die vorgestern Nacht getötet wurde, Marta Dickenson.«

»Genau.«

»An dem Tag hat mich Mr. Gibbons wegen des Unfalls unseres Wirtschaftsprüfers angerufen, um mir zu versichern, dass die Prüfung der Bücher trotzdem pünktlich abgeschlossen wird.«

»Haben Sie Mrs. Dickenson jemals getroffen oder sie gesprochen?«

»Ja.« Latisha ging an einem Schlafzimmer vorbei in ein aufgeräumtes, blitzblankes Büro, in dem eine Frau vor einem Laptop saß. »Tut mir leid, Kassy, aber ich brauche kurz diesen Raum.«

»Kein Problem. Dann setze ich mich mit dem Ding ins Wohnzimmer.«

Die Frau glitt aus dem Raum, und Latisha setzte sich auf einen weich geschwungenen, grauen Stuhl. »Kassy managt das Büro. Ja, ich kannte Marta. Bevor wir Brewer unsere Bücher überlassen haben, waren wir alle vier zusammen dort. Wir wollten ein Gefühl für den Laden bekommen, und die Atmosphäre dort hat uns gleich zugesagt. Vor allem Marta war echt nett, und wir hatten gehofft, dass sie uns übernehmen könnte, aber leider war sie schon mit Kunden eingedeckt. Jim ist natürlich auch sehr nett, und wir hoffen, dass er sich von diesem Unfall schnell und vollständig erholt, aber Marta ... ich habe erst vor einer Woche noch mit ihr telefoniert.«

»Worum ging's bei dem Gespräch?«

»Darum, dass sie uns engagieren wollte.«

»Und wofür?«

»Wir sollten ihre Wohnung neu organisieren. Als Angie und ich zusammen angefangen haben, haben wir vor allem Privathäuser oder eher Räume ausgemistet und dann neu organisiert. Wir sind hingefahren, haben ein System entworfen, unseren Kundinnen geholfen auszumisten, was manchmal das Schwierigste an einem Auftrag ist, dann haben wir den Raum, wenn nötig, ganz neu eingeteilt und eingerichtet. Ungefähr ein halbes Jahr lang waren wir zu zweit, bis ich im Fitnessstudio mit Holly ins Gespräch gekommen bin.«

Latisha legte ihre wohlgeformten Beine übereinander und fuhr fort. »Sie war damals bei einem Innenarchitekten angestellt und hatte sich überlegt, was Eigenes aufzumachen, bevor sie bei uns gelandet ist. Kurz darauf hat Angie Clare ins Spiel gebracht, die ausgebildete Büroleiterin ist. Sie hat uns erst auf die Idee gebracht, dass man natürlich auch Büroräume organisieren und neu gestalten kann. Auch unser eigenes Büro war Clares Idee.«

Sie machte eine ausholende Bewegung, die die ganze Firma zu umfassen schien. »Büros müssen nicht zwingend wie Büros aussehen, um effizient zu sein, und hier können wir den Kunden zeigen, was tatsächlich möglich ist, und dass man einen Raum auch ohne jede Menge Nippes behaglich gestalten kann. Tut mir leid, das hat mit unserem Thema nichts zu tun.«

»Oh nein, das ist echt interessant.«

»Wie gesagt, vor einer Woche hat Marta mich kontaktiert. Sie meinte, dass sie ihren Mann mit einem neuen Arbeits- und mit einem neuen Schlafzimmer zur Feier ihres zehnten Hochzeitstages überraschen will. Wir haben einen Termin gemacht, bei dem wir uns die Räume hätten ansehen wollen. Angie und ich hätten sie nächsten Montag in der Wohnung treffen sollen.«

»Haben Sie noch mal mit ihr gesprochen, nachdem sie die Prüfung Ihrer Bücher übernommen hatte?«

»Nein. Ich wollte ihr am nächsten Tag kurz mailen. Wir alle waren in Sorge wegen Jim, und ich wollte ihr erst mal ein bisschen Zeit lassen, um sich die Bücher anzusehen. Und dann ...«

»Sie sind seit fünf Jahren im Geschäft?«

»Als Vierergruppe, ja.«

»Und die Geschäfte gehen gut.«

»Oh ja.« Ihre Miene hellte sich bei diesem Thema wieder auf. »Die meisten Leute wissen nicht, wie sie beginnen sollen, wie sie loslassen, den Dingen einen neuen Sinn verleihen, etwas ändern sollen. All das machen wir.«

»Die Prüfung Ihrer Bücher haben Sie wegen einer möglichen Fusion veranlasst?«

»Ja, genau. Wir wurden von einem Unternehmen angesprochen, das Ordnungssysteme und -werkzeuge entwirft. Sie vertreiben ihre Produkte übers Internet und die Geschäfte gehen durchaus gut, aber sie hätten gern auch einen Laden, brauchen eine kleine Finanzspritze und obendrein ein paar Beziehungen, deshalb haben sie sich an uns gewandt. Aber bevor wir die Verhandlungen in Angriff nehmen, brauchen wir solide Zahlen beider Unternehmen, deshalb haben wir darauf bestanden, dass wir jeweils unsere Bücher prüfen lassen, weil wir bei dem Deal auf Nummer sicher gehen wollen. Für uns ist die Fusion ein großer Schritt. Wir müssten expandieren, Büro- und auch Verkaufsräume für diese neue Sparte unseres Unternehmens finden, bräuchten zusätzliche Angestellte, und wir müssen sicher wissen, dass wir das auch stemmen können und dass beide Seiten finanziell auf festen Füßen stehen.«

»Und ihr Finanzberater ist bei dieser Überprüfung mit an Bord?«

»Er weiß Bescheid und hat mit Jim zusammengearbeitet. Ich weiß aus den Nachrichten, dass Martas Leiche vor dem Haus gefunden wurde, in das seine Firma umziehen will. Es ist … beunruhigend, dass es so vieles gibt, was uns mit diesem Mordfall in Verbindung bringt.«

»Sie arbeiten bei WIN mit Mr. Ingersol.«

»Ja. Der Mann hat jede Menge Energie und ist mit Enthusiasmus bei der Sache«, stellte sie mit einem leisen Lächeln fest. »Nach einem Termin mit Jake haben wir immer das Gefühl, als könnten wir die ganze Welt organisieren. Angie hat mit ihm erst letzte … ah, da ist sie ja.«

Die kompakte braunhaarige Frau kam eilig durch die Tür marschiert und reichte Eve und Peabody die Hand. »Angie Carabelli. Ich muss sagen, es ist toll, dass ich Sie kennenlernen darf, obwohl der Grund für unser Treffen wirklich schrecklich ist. Unser großes Ziel wäre die Organisation der Roarke'schen Welt.«

Latisha fuhr zusammen. »Angie.«

»Ist doch wahr. Das mit Marta tut uns allen furchtbar leid. Wir mochten sie und hatten uns auf die Zusammenarbeit mit ihr gefreut. Was müssen Sie wissen?«

»Wir können diese Sache schnell zum Abschluss bringen, wenn Sie beide uns erzählen, wo Sie am Tatabend von neun bis Mitternacht gewesen sind.«

Angie sah Latisha an. »Bist du es nicht manchmal leid, immer recht zu behalten?«

»Nein.«

»Tisha hat gesagt, die Polizei würde bei uns erscheinen und uns genau diese Frage stellen. Ich habe gesagt, das wird sie nicht, denn warum sollte sie? Darauf hat sie geantwortet …«

»Sie suchen Verbindungen«, beendete die andere ihren Satz.

»Das heißt, wir alle haben über diese Angelegenheit geredet.«

»Um sich miteinander abzusprechen«, stellte Eve mit milder Stimme fest.

»Gott, genauso hat das jetzt geklungen.« Angie stieß ein leicht ersticktes Lachen aus. »Aber nein, wir wollten einfach vorbereitet sein, vor allem, weil wir aus der Zeitung wussten, dass Sie die

Ermittlungen in dem Fall übernommen haben, auch wenn wir im Grunde angenommen haben, dass Sie einfach zwei Detectives schicken würden, weil wir vier nicht wichtig genug sind, damit Sie selbst sich herbemühen. Aber ich hatte gehofft, dass Sie persönlich kommen, denn ich habe Roarke tatsächlich im Visier. Natürlich rein beruflich«, fügte sie verschmitzt lächelnd hinzu.

»Wenn Angie was im Kopf hat«, warf Latisha ein, »spricht sie es aus, meistens ohne nachzudenken.«

»Das stimmt. Aber warum soll man auch erst lange um den heißen Brei herumreden? Das ist nicht effizient. Jetzt sind Sie hier und stellen uns diese Frage, obwohl ich mich schon darauf vorbereitet habe, macht mich das nervös.«

»Warum lässt du mich nicht einfach reden?«, schlug Latisha vor. »Wir waren alle hier – wir alle fünf, und zwar bis ungefähr halb zehn. Wir hatten eine Art Betriebsversammlung, und Clare hat Irish Stew gemacht.«

»Sie kocht gerne und sehr gut«, warf Angie ein. »Kassy ging als Erste. Sie ist seit September verheiratet und wollte heim zu ihrem Schatz. Dann ging Holly, weil sie sich noch mit einem Typen treffen wollte, mit dem sie sich in den letzten Wochen öfter trifft. Er wollte mit ihr tanzen gehen. Mich lädt nie jemand zum Tanzen ein. Sie sah wirklich toll aus, oder Tisha?«

»Allerdings. Als Nächste sind dann Clare und Angie aufgebrochen.«

»Wir wohnen im selben Haus und sind zusammen mit dem Taxi heimgefahren. Eine unserer Nachbarinnen hatte uns zu einer Party eingeladen, und da sind wir hingegangen.«

»Ich habe abgeschlossen und bin als Letzte heimgegangen, weil ich im Augenblick kein Privatleben habe«, schloss Latisha seufzend und fügte hinzu: »Ich bin zu Fuß gegangen, denn ich wohne nur fünf Blocks von hier entfernt.«

»Ich wünschte mir, du würdest abends nicht alleine durch die Gegend laufen«, schalt die Freundin sie.

»Ich habe einen schwarzen Gürtel in Karate, und ich habe immer Pfefferspray dabei. Ich war um elf im Bett. Allein.«

»Das ist deine eigene Schuld. Wenn du Craig noch eine Chance geben würdest, würde er bestimmt …«

»Ich glaube nicht, dass Lieutenant Dallas und Detective Peabody sich für mein im Augenblick nicht existentes Liebesleben interessieren.«

»Jeder interessiert sich für das Liebesleben anderer Leute, oder etwa nicht?« Grinsend wandte Angie sich an Peabody.

»Da haben Sie wahrscheinlich recht.«

»Darf ich Ihnen eine Frage stellen?«

Die Polizistin blinzelte verwirrt. »Okay.«

»War es nicht irgendwie seltsam, als Sie in dem Mord an der Schauspielerin ermittelt haben, die Sie in dem Film verkörpert hat? Vor allem auf den Filmplakaten sieht die Frau genauso aus wie sie. Was doch bestimmt echt seltsam für Sie war.«

Latisha seufzte abermals.

»Es war ein bisschen komisch, ja.«

»Und obendrein ein riesiger Skandal, was die Geschichte noch pikanter macht. Roll nicht mit den Augen, Tisha, schließlich ist es so. Ich würde einen Mord begehen, wenn ich dafür zur Premiere könnte. Nur im übertragenen Sinn natürlich«, fügte sie schnell hinzu. »Tut mir leid. Ich bin etwas nervös, das bin ich normalerweise nie. Ich habe Nerven wie Drahtseile, die aber jetzt ein bisschen durchhängen. Ich hatte bisher nie was mit der Polizei zu tun. Und dann gleich mit Ihnen, mit der Icove-Polizei und mit der Frau von Roarke. Gott, es tut mir leid, aber Ihre Stiefel sind einfach der Hit«, fügte sie an Peabody gewandt hinzu.

»Danke. Mir gefallen sie auch.«

Latisha erhob sich von ihrem Stuhl, holte eine Flasche Wasser aus dem Schrank und drückte sie der Freundin in die Hand. »Hier, trink einen kleinen Schluck, atme tief durch, trink noch mal einen Schluck und hol dann noch einmal tief Luft.«

»Danke«, sagte Angie, trank den ersten vorsichtigen Schluck und holte Luft. »Wir sind kluge, ehrgeizige Frauen, und haben gemeinsam etwas aus unseren Talenten und Ideen gemacht. Jetzt wollen wir das Geschäft erweitern, denn wir leisten gute Arbeit, wir verdienen gut daran und lieben, was wir tun. Das mit Marta tut uns wirklich leid.«

Latisha drückte Angie aufmunternd die Hand. »Dem ist nichts mehr hinzuzufügen.«

»Vielleicht doch«, erklärte Eve. »Wissen Sie, dass man bei Brewer eingebrochen hat?«

»Ja. Mr. Brewer persönlich hat uns vor vielleicht einer Stunde angerufen und es uns gesagt. Für ihn und seine Firma kommt es gerade wirklich ziemlich dicke, finden Sie nicht auch?«

»Werden Sie Probleme kriegen, weil der Dieb auch Ihre Unterlagen mitgenommen hat?«

»Keine Ahnung. Das heißt, nein, ich glaube, nicht. Wir sind ein eher kleines Unternehmen, was in den Akten steht, hätten die Vertreter unseres potenziellen Partnerunternehmens sowieso gehört. Natürlich könnte es passieren, dass sich die Fusion jetzt leicht verzögert, aber da wir es nicht eilig haben, wäre das nicht weiter schlimm.«

»Wir wollen uns sowieso Zeit lassen«, stimmte ihr Angie zu. »Wir haben das Gefühl, als ob es passen würde, aber schließlich dachte ich das auch von diesen tollen, neuen Schuhen, die ich nach einmaligem Tragen Clare gegeben habe, weil ich eine Blase nach der anderen bekommen habe, als ich einen Tag darin herumgelaufen bin. Sie wissen, was ich damit sagen will?«

Peabody musste einfach grinsen. »Allerdings.«

»Auf alle Fälle«, fuhr Latisha fort, »hat Kassy Jake schon auf die Sache angesprochen, und er meinte, da die Bücher völlig sauber waren, könnte nichts passieren, selbst wenn jemand anderes sie in die Hand bekommt. Außerdem haben wir die Passwörter unserer Computer umgehend geändert, unsere Bank verständigt und den ganzen anderen Kram. Für mich klingt's so, als spiele irgendwer nicht uns, sondern eher Brewer ziemlich übel mit.«

»Das waren mal keine Arschlöcher«, erklärte Peabody, bevor sie wieder in den Wagen stieg.

»Nein, aber es gibt auch Nicht-Arschlöcher, die betrügen, stehlen und morden«, meinte Eve.

»Aber was hätten sie für ein Motiv?«

»Vielleicht ist ja bezüglich der Fusion etwas im Busch. Vielleicht hat eine von den fünfen Gelder abgezwackt und die anderen wissen nichts davon.« Eve zuckte mit den Achseln. »Mir kamen sie sauber vor, doch die Verbindungen sind nun mal da.«

»Ich fand sie wirklich nett. Ich frage mich, wie teuer sie wohl sind. McNab und ich könnten in unserer Wohnung durchaus etwas Ordnung brauchen.«

Eve selber ging es eher um die Ordnung in ihren Notizen und in ihrem Kopf. »Ich muss noch mit Mira reden, und ich würde die bisherigen Gespräche gerne kurz zusammenfassen, bevor wir noch einmal mit Whitestone und mit seinen beiden Partnern reden. Überprüfen Sie schon mal die ganzen Alibis, ich rufe die Polizei in Vegas an und frage nach dem Unfall, durch den dieser Ball ins Rollen kam.«

10

Tatsächlich hatte sie auf ihrem eigenen Terrain nicht weniger zu tun als Roarke in seiner Welt. Detectives brauchten ihren Rat zu Ermittlungen in anderen Fällen oder erstatteten Bericht, sie musste McNabs Bericht zur Security im Brewer'schen Gebäude und zur Untersuchung des Computers auf dem Schreibtisch ihres Opfers erst entziffern und danach versuchen zu verstehen, musste ihre Tafel und ihre Notizen aktualisieren, und dann bräuchte sie eine Tasse Kaffee und ein paar ruhige Minuten, um noch einmal alles in Gedanken durchzugehen.

Während sie die letzten Fotos an die Tafel hängte, klopfte Trueheart an den Rahmen ihrer offenen Tür.

»Verzeihen Sie die Störung, Lieutenant, aber hätten Sie vielleicht kurz Zeit?« Sein Blick fiel auf die Tafel, und verwundert rief er: »He, die kenne ich!«

»Wen?«

Er trat ein und zeigte auf das Bild von Holly Novak, einer der vier Partnerinnen von Your Space.

Fasziniert betrachtete auch Eve die Aufnahme der Frau. Mit ihren dunklen Haaren, dem lebendigen Gesicht und den leuchtend grünen Augen war sie äußerst attraktiv.

»Woher?«

»Lassen Sie mich überlegen«, bat er sie. »Ja, richtig, sie – das heißt ihr Unternehmen – hat vor ein paar Wochen das Büro meiner Mom auf Vordermann gebracht. Ich meine, das Büro, in dem sie arbeitet. Ich habe sie dort mal besucht, und die Frau auf dem Bild bei ihr gesehen. Ist sie eine Verdächtige?«

»Ich glaube nicht, aber erzählen Sie mir, was für einen Eindruck Sie bei Ihnen hinterlassen hat.«

»Freundlich und energisch. Gnadenlos, hat meine Mom gesagt, aber auf eine gute Art. Ich weiß, dass meine Mutter sie sympathisch fand. Sie hat gesagt, sie wäre froh, wenn meine Tante sie mal engagieren würde. Meine Tante kann nichts wegwerfen, und so sieht's auch in ihrer Wohnung aus. Als die Frau hier auf dem Foto hörte, dass ich Polizist bin, meinte sie, wir könnten doch bestimmt jemanden auf der Wache brauchen, der dort mal so richtig Ordnung macht, weil man, um unter den Kriminellen aufzuräumen, schließlich erst mal selber eine grundlegende Ordnung haben muss. Was ich ziemlich witzig fand.«

Er ließ den Blick über die Tafel wandern und fuhr fort. »Sie und ihr Unternehmen haben direkt mit diesem Mord zu tun.«

»Es gibt jede Menge Leute und auch Unternehmen, die in diesen Fall verwickelt sind.«

»In großen Unternehmen geht es schließlich auch um großes Geld.« Als Eve ihn fragend ansah, stieg ihm eine leichte Röte ins Gesicht. »Young-Sachs und Biden werden ständig in den Nachrichten, in den Berichten von der Börse und auch in den Klatschspalten der Zeitungen erwähnt. Sie werden dort immer die neuen Macher von New York genannt.«

»Und was halten Sie von ihnen?«

»Meiner Meinung nach sind sie vor allem verwöhnte Kinder reicher Eltern, die mit Dingen angeben, die ihnen einfach zugefallen sind. Auch wenn das wahrscheinlich nicht gerecht ist, weil die Medien natürlich immer furchtbar übertreiben, weil sich Klatsch und Tratsch nun einmal gut verkauft.«

»Nein, ich würde sagen, dass diese Beschreibung wenigstens im Fall von diesen beiden sogar eher noch untertrieben ist. Sie sind einfach zwei blöde Arschlöcher.«

»So hätte ich es zwar nicht formuliert, aber das Gefühl habe ich auch.«

»Was heißt, dass wir uns einig sind. Aber weshalb sind Sie überhaupt hier?«

»Oh, tut mir leid, Lieutenant. Im Grunde ist es gar nicht wichtig. Ich ... ich wollte Ihnen nur kurz danken, weil Sie mir die Chance geben, die Prüfung zum Detective abzulegen.«

»Sie haben diese Chance verdient, worauf mich Baxter nachdrücklich hingewiesen hat. Was Sie daraus machen, liegt bei Ihnen.«

»Ja, Ma'am. Ich werde Sie ganz sicher nicht enttäuschen. Sie haben mich in Ihr Dezernat geholt. Sie haben mich aufs Revier geholt und Baxter zugeteilt, der mir als mein Ausbilder sehr viel beigebracht hat. Jede Menge über Sachen, die mir vorher völlig fremd waren. Auch ihn will ich nicht enttäuschen.«

»Sie leisten gute Arbeit, Trueheart, und solange Sie das tun, können wir ja wohl kaum enttäuscht von Ihnen sein.«

»Danke, Ma'am. Das ist auch alles, was ich will. Neben der Ernennung zum Detective«, fügte er mit einem leichten Grinsen im Gesicht hinzu.

»Wenn Sie weiter gute Arbeit leisten und nach Kräften lernen, werden Sie ab Januar Detective sein. Und jetzt hauen Sie ab.«

Mit einem kurzen Nicken trat er wieder in den Flur, lächelnd drückte sie die Tür ins Schloss, holte sich ihren Kaffee, setzte sich in ihren Schreibtischsessel, legte die Füße auf den Tisch, hob ihre Tasse an den Mund und sah sich abermals die Tafel an.

Young-Sachs und Biden waren also verwöhnte Angeber, Alexander war ein aufgeblasener, schlecht gelaunter Neidsack, Pope die graue Maus, und die vier Frauen von Your Space kamen ihr wie eine ehrgeizige, eingeschworenen, effiziente Truppe vor.

Aber passte eines dieser Attribute zu dem Mord?

Die Frauen von Your Space passten überhaupt nicht ins Bild. Natürlich war es möglich, dass sie irgendetwas übersehen hatte, aber erst mal ließe sie sie außen vor.

Sachs-Young und Biden waren reicher als die Eltern, die die Gründer ihres Unternehmens waren, ohne allzu viel dafür zu tun. Young-Sachs, der ein Verhältnis mit der Sekretärin hatte und auch sonst in allen Dingen auf sie angewiesen war, hatte anscheinend keinen blassen Schimmer von den Vorgängen in seinem eigenen Unternehmen und warf während seiner Arbeitszeit vollkommen unbekümmert irgendwelche Drogen ein. Vielleicht kannte sich ja Biden etwas besser in dem Unternehmen aus, aber das erste, kurze Treffen hatte ihr gezeigt, dass ihm sehr viel an seinen teuren Anzügen und seinem exquisiten Lebensstil gelegen war und er mit Beleidigungen nur so um sich warf.

Sterling Alexander war das hohe Tier, das seinen Rang sichtlich genoss und seinen Halbbruder wie einen Untergebenen behandelte, was der einfach zu akzeptieren schien. Wahrscheinlich sprang er auch mit allen anderen so rüde um ... und hatte offenkundig einen Groll gegen die eigene Mutter, weil sie so geschmack- und rücksichtslos gewesen war, noch einen zweiten Jungen zu bekommen, der zu allem Überfluss auch noch ein fürchterlicher Langeweiler war.

War es einfach lustig oder hatte es womöglich etwas zu bedeuten, dass die Sprache während jedes der Gespräche irgendwann auf Roarke gekommen war?

Am besten dächte sie darüber einmal in aller Ruhe nach. Sie stand auf und hängte ein paar Aufnahmen an ihrer Tafel um. Sie hatte noch knapp eine Viertelstunde bis zu dem Gespräch mit Mira, hätte also noch genügend Zeit für einen zweiten Kaffee und um noch einmal alles in Gedanken durchzugehen.

Bevor sie sich jedoch erheben konnte, um zu ihrem AutoChef zu gehen, klopfte es erneut an ihrer Tür.

»Verdammt.«

»Verzeihung, Lieutenant, aber ...« Ehe Peabody den Satz beenden konnte, schob sich bereits Martas Schwägerin an ihr vorbei.

»Nachdem ich den ganzen Morgen hören musste, dass Sie nicht zu sprechen wären, bin ich froh, dass ich Sie jetzt endlich erwische.«

Eve bedeutete der Partnerin, die Tür von außen zuzuziehen.

»Ich war den ganzen Morgen unterwegs«, erklärte sie und drehte ihre Tafel um.

»Das ist nicht nötig«, meinte Yung. »Ich habe solche Tafeln schon des Öfteren gesehen.«

»Aber bestimmt noch keine, an der ein Familienmitglied hing.«

»Ich bin schon eine Weile im Geschäft, Lieutenant«, rief ihr die andere in Erinnerung. »Lassen Sie die Tafel bitte, wie sie ist.«

Mit kerzengeradem Rücken stand die Richterin im Raum und starrte die Bilder an. »Sie waren schon fleißig.«

»Ja. Der Mord an Ihrer Schwägerin hat augenblicklich Vorrang vor sämtlichen anderen Fällen.«

Yung nickte zustimmend, massierte sich den Nacken und wandte sich von der Tafel ab. »Bitte verzeihen Sie, dass ich einfach hier bei Ihnen eindringe. Aber warten kann sehr schmerzlich sein, und manchmal ist es sogar destruktiv. Ich habe mich gezwungen, geduldig abzuwarten, bis ein anderer Richter Ihnen endlich die Erlaubnis zur Durchsuchung ihres Arbeitsplatzes gibt. Ich weiß, dass so was schwierig ist und dauern kann. Ich hatte bereits einmal nachgefragt, also dachte ich, ich sollte warten, bis diese Erlaubnis endlich kommt. Doch jetzt hat jemand diese Zeit genutzt, um wertvolle Beweismittel zu stehlen. Beweise, über die Sie vielleicht rausgefunden hätten, wer Marta ermordet hat.«

»Euer Ehren, Sie wissen, dass ich Ihnen keine Einzelheiten erzählen darf, aber ich kann Ihnen versichern, dass wir bereits sehr viele Informationen haben, allen Spuren nachgehen und dabei sind, alle Leute zu vernehmen, die mit diesem Fall auf irgendeine Art verbunden sind.«

»Die Wohnung meines Bruders wird inzwischen von der Polizei bewacht.«

»Das ist eine reine Vorsichtsmaßnahme, die ich ergriffen habe, nachdem im Büro von Marta eingebrochen worden ist.«

»Ja. Okay. Man gewöhnt sich leicht daran, Autorität zu haben und der Chef zu sein. Da fällt es einem schwer, wenn plötzlich jemand anderes das Sagen hat und man die Dinge jemand anderem überlassen muss. Auch wenn dieser Jemand durchaus fähig ist.«

Sie streckte ihre Hände aus, sah sie sich an und ballte sie ohnmächtig zusammen.

»Ich war heute früh mit meinem Bruder bei der Identifizierung seiner Frau. Wir haben Marta noch ein letztes Mal gesehen.

Von allem, was ich schon erlebt habe, privat und im Gerichtssaal, hat mir niemals irgendetwas auch nur annähernd so zugesetzt.«

Sie räusperte sich kurz und fuhr mit rauer Stimme fort: »Mein Bruder und die Kinder bleiben erst einmal bei mir. Erst dachte er, es wäre einfacher für sie, wenn er mit ihnen in der Wohnung lebt, aber es tut ihnen und uns allen furchtbar weh. Falls Sie ihn erreichen müssen, wissen Sie also, wo er zu finden ist.«

»Noch einmal, mein tief empfundenes Beileid, Euer Ehren, zu diesem schrecklichen Verlust. Wenn ich etwas habe, was ich Ihnen sagen kann, bekommen Sie umgehend Bescheid.«

Gennifer Yung nickte und sah sich erneut die Tafel an. »Glauben Sie, dass Martas Mörder dort schon hängt?«

»Das weiß ich nicht. Aber ich denke, dass dort das Motiv für diesen Mord zu finden ist. Und dass uns das Motiv zu ihrem Mörder oder ihren Mördern führen wird.«

»Das nehme ich mit und lasse Sie jetzt weiter Ihre Arbeit tun.«

Eve raufte sich die Haare, als die andere Frau den Raum verließ. Trauer, dachte sie, konnte auf den Menschen lasten wie ein drückendes Gewicht.

Sie griff nach ihrer Jacke, die sie beim Hereinkommen ausgezogen hatte, schüttelte die Last der Trauer ab und eilte los, damit sie nicht zu spät zu dem Termin mit Mira kam.

Sie rannte fast, denn Miras Sekretärin würde ihr den Kopf abreißen, käme sie auch nur einen Augenblick zu spät. Sie tauchte wenige Sekunden vor Verstreichen dieser Frist im Vorzimmer der Psychologin auf.

Trotzdem runzelte der Drache wieder einmal die Stirn, als er sie sah.

»Frau Doktor hat heute einen extrem vollen Terminkalender.«

»Den habe ich auch.«

Die Sekretärin schürzte schlecht gelaunt die Lippen, drückte auf den Knopf der Gegensprechanlage und erklärte: »Lieutenant Dallas ist hier.«

Sie nahm den Finger von dem Knopf und bat mit knapper Stimme: »Gehen Sie einfach durch.«

Als Eve den Raum betrat, nahm Mira wie gewohnt zwei hübsche Teetassen aus ihrem AutoChef. Sie trug ein lavendelfarbenes Kostüm zu pflaumenblauen Pumps und drei lange Silberketten um den Hals. Ihre blonden Haare fielen weich um ihr Gesicht und sie bedachte Eve mit einem warmen Blick aus sanften, blauen Augen, während sie erklärte: »Ja, ich habe Ihnen Tee gekocht, denn auch wenn Sie ihn nicht wirklich mögen, tut er Ihnen gut. Sie haben zwei lange, anstrengende Tage hinter sich.«

»Das gehört nun mal zu meinem Job.«

»Das stimmt. Aber trotzdem freut es mich, Sie halbwegs ausgeruht und obendrein in überraschend schicker Aufmachung zu sehen.«

»Roarke hat die Klamotten für mich ausgesucht, weil es heute zur Vernehmung einer Reihe reicher Unternehmer ging.«

»Da hat er wirklich gut gewählt. Kraftvoll, doch nicht hart, autoritär, doch nicht bedrohlich, modisch, aber gleichzeitig auch zeitlos elegant.«

»Dann sprechen Kleider also auch zu Ihnen.«

»Allerdings, allzu häufig raunen Sie mir zu, dass ich sie kaufen soll. Setzen Sie sich doch.« Sie selbst nahm ebenfalls in einem der bequemen Clubsessel in der Gesprächsecke des Raumes Platz und hielt Eve eine der zwei hübschen Tassen hin. »Was macht Richterin Yung?«

»Das alles trifft sie schwer.«

»Ich mag sie sowohl privat als auch beruflich sehr. Auch Marta habe ich ein paar Mal bei der Richterin getroffen. Sie erschien mir wie ein reizender und liebevoller Mensch.«

»Das war sie offensichtlich auch. Sie ist tot, weil sie für jemand anderen eingesprungen ist.«

»Wie bitte?«

»So sieht es bisher zumindest aus. Zwei andere Wirtschaftsprüfer aus der Firma hatten einen Autounfall und liegen im Krankenhaus. Sie hat ein paar von ihren Akten übernommen, wenige Stunden später war sie tot. Ihre Mörder haben versucht, es wie einen fehlgeschlagenen, willkürlichen Überfall zu inszenieren. Wieder ein paar Stunden später wird an ihrer Arbeitsstätte eingebrochen, auf ihrem Computer werden mehrere Dateien gelöscht und die Sicherheitskopien werden geklaut. Sie hatte also einfach Pech.«

»Ich verstehe und bin durchaus Ihrer Meinung, wenigstens insofern, dass es nicht um sie persönlich ging und der wahre Grund für diesen Mord leicht zu erkennen ist. Sie haben in Ihrem Bericht geschrieben, dass die Täter halbprofessionell zu Werke gegangen sind. Das trifft es meiner Meinung nach genau.«

»Ich habe viele reiche Unternehmer, die ich mir genauer ansehen muss. Roarke überprüft für mich die Unternehmen selbst, denn schließlich kennt er sich mit diesen Dingen, mit Zahlen und mit Geld erheblich besser aus als ich, und vielleicht kann er mir was geben, womit ich die Leute in die Zange nehmen oder sie vielleicht von meiner Liste streichen kann. All diese reichen Unternehmer hätten vielleicht ein Motiv für den Mord an einer Wirtschaftsprüferin gehabt. Im Grunde war sie nur ein Werkzeug, aber leider nicht das richtige, deshalb hätte sie unter Umständen eine Bedrohung dargestellt.«

»Die Täter haben überstürzt gehandelt, darauf deuten der zeitliche Ablauf und ihr Vorgehen hin. Aber ein reicher Unternehmer hätte sich doch auf alle Fälle Vollprofis geleistet.«

»Er hätte sie sich leisten können«, stimmte Eve ihr zu. »Aber vielleicht wollte er den Preis einfach nicht zahlen. Er hatte schließlich schon eine Security, für die er jeden Monat zahlt, und dachte sich vielleicht, es reicht, wenn er noch etwas drauflegt, damit diese Leute einen Mord für ihn begehen. Schließlich war die Frau nur eine kleine Angestellte, also war es keine große Sache, sie aus dem Verkehr zu ziehen.«

»Die Bedürfnisse eines so hohen Tiers wie ihm sind selbstverständlich wichtiger als die einer kleinen Angestellten.« Mira nickte zustimmend und nippte nachdenklich an ihrem Tee.

»Das Leben einer Frau, die für ihn arbeitet, ist für ihn nicht weiter von Belang.« Sie nippte abermals an ihrem Tee. »Ich würde gern Ihren Bericht über die Gespräche heute Morgen lesen.«

»Den bekommen Sie.«

»Der oder die Mörder dürften kaltblütige und brutale Individuen mit einer Ausbildung auf diesem Sektor sein. Statt selber nachzudenken, tun sie, was man ihnen sagt. Schließlich war es alles andere als logisch, dass man sich die Frau an ihrem Arbeitsplatz geschnappt, ihre Leiche dann aber an einem Ort, an dem sie an dem Abend gar nicht sein sollte, zurückgelassen hat.«

»Sie wollte mit der U-Bahn fahren, aber das haben sie nicht gewusst. Die Täter oder vielleicht auch der Auftraggeber sind wahrscheinlich davon ausgegangen, dass sie nach Hause laufen will. Dazu kommt, dass diese Wohnung einfach praktisch war.«

»Weil sie in einem leer stehenden Gebäude liegt und ihnen offenkundig irgendwer den Zugangscode zu dem Apartment überlassen hat.«

»Die Verbindung war ihnen egal, denn, wie gesagt, sie haben überstürzt gehandelt und die Wohnung bot sich an. Vor allem sollte es so aussehen wie ein willkürlicher, fehlgeschlagener Überfall auf eine Frau, die spätabends ganz alleine auf der Straße unterwegs ist.«

»Auch der Auftraggeber hat nicht gründlich nachgedacht. Statt die Sache sorgfältig zu planen, hat er die Täter einfach losgeschickt. Im Grunde ging es ihm ausschließlich um die Unterlagen, die ihm unter Umständen hätten gefährlich werden können, nicht um das Opfer selbst. Marta war für ihn entbehrlich. Was bedeutet, dass der Kerl nicht nur grausam, sondern auch oder vor allem furchtbar oberflächlich ist.«

»Es geht für ihn bei all dem einfach ums Geschäft.«

»Genau. Wie gelangt man an die Spitze eines großen Unternehmens, wenn man ohne nachzudenken, ohne langfristig zu planen oder sich für Details zu interessieren, Probleme einfach mit Gewalt beheben will?«

Eve lehnte sich zurück. »Indem man seinen Posten erbt.«

»Auch wenn das etwas zynisch klingt, ist die Wahrscheinlichkeit in diesem Fall sehr hoch, dass es so ist. Die Killer selber sind brutale Rohlinge. Sie haben das Opfer nicht missbraucht, sie haben nicht aus Zorn gehandelt, hatten nichts gegen sie persönlich. Obwohl die Art der Tötung etwas angeberisch ist.«

»Angeberisch?«

»Ja. Der Täter prahlt damit, wie stark er ist, wenn er ihr mit bloßen Händen das Genick bricht. Morris' Bericht zufolge war sie auf der Stelle tot. Sie hatten auch einen Stunner, der bei einem aufgesetzten Schuss auf höchster Stufe tödlich wäre, trotzdem wurde sie mit bloßen Händen umgebracht. Ja, der Täter hat damit geprahlt, dass er auch ohne Waffe töten kann. Er wollte damit zeigen, dass er selber eine todbringende Waffe ist.«

»Okay.« Eve dachte kurz darüber nach. »Okay. Vielleicht musste er ja gerade deswegen mit seinen Fähigkeiten prahlen, weil er vorher feige hinterrücks mit einem Stunner auf sie losgegangen ist. Auf eine Frau, die unbewaffnet und dazu noch völlig ahnungslos war. Vielleicht musste er das ... ausgleichen.«

»Da haben Sie wahrscheinlich recht. Und der Auftraggeber? Er ist ungeduldig, impulsiv und es gewohnt, immer sofort zu kriegen, was er will, ohne Rücksicht oder Mitgefühl für die Personen, die die Arbeit tun, damit er selbst ein gutes Leben führen kann.«

»Das heißt, dass ich schon einmal vier Verdächtige von meiner Liste streichen kann.«

Die Psychologin lächelte sie an. »Ach ja? Und wen?«

»Die vier Frauen von Your Space. Das heißt, mit der Büro kraft sogar fünf. Sie stammen alle aus der Mittelklasse, haben nichts geerbt und achten auf Details. Das gehört einfach zu ihrer Tätigkeit dazu. Sie sind gut organisiert und effizient. Wenn sie das Opfer ins Visier genommen hätten, hätten sie dabei auf Ordnung und auf Sauberkeit geachtet und es wesentlich geschickter angestellt.«

»Ist das ein Kompliment?«

»Auf jeden Fall. Vor allem wäre ihnen klar gewesen, dass das

Opfer noch gar nicht die Zeit gefunden hatte, um die Unterlagen ihres Unternehmens gründlich durchzugehen. Sie zu töten, hätte ihnen also kaum etwas genützt. Okay, ich kann sie noch nicht wirklich von der Liste streichen, aber ich kann mich auf alle Fälle erst einmal auf ein paar andere Leute konzentrieren und spare dadurch zumindest etwas Zeit. Danke für das Gespräch.«

»Ich melde mich, wenn ich Ihren Bericht gelesen habe.«

»Das ist nett.« Eve stellte die fast leere Tasse auf den Tisch. Anscheinend hatte sie das Zeug getrunken, während sie auf das Gespräch mit Mira konzentriert gewesen war.

Sie stand auf, wandte sich aber nicht sofort zum Gehen. »Also ... ich habe letzte Nacht geträumt.«

»Geträumt?« Die Psychologin runzelte besorgt die Stirn.

»Ja. Aber es war kein Albtraum, sondern eher, als hätte ich den Tag Revue passieren lassen und mir dabei das Geschehen und die Tatorte noch einmal genauer angesehen. Manchmal kann ich, wenn ich träume, Opfer, Täter oder sonst etwas aus einer anderen Perspektive sehen. Wie dem auch sei, tauchte mit einem Mal auch Stella auf.«

»Verstehe.«

»Aber es hat mich nicht wirklich aus dem Gleichgewicht gebracht. Es hat mich nicht einmal sonderlich gestört, ich habe zu ihr gesagt, dass sie verschwinden soll.«

»Perfekt. Das ist ein großer Fortschritt«, stellte Mira derart strahlend fest, als hätte Eve bei einem Wettbewerb den ersten Platz gemacht.

»Wahrscheinlich«, stimmte Eve ihr zu. »Die Sache ist die – ihr Auftauchen hat alles in ein anderes Licht gerückt. Vielleicht einfach, weil sie nie an mich gedacht hat und ich ihr nie auch nur ansatzweise wichtig war. Sie hat mich nicht nur nicht beschützt, sondern sie war selber eins der Monster unter meinem Bett.«

Die Psychologin öffnete den Mund, doch Eve kam ihr zuvor. »Ich weiß selbst, dass sie nur biologisch meine Mutter war, damit komme ich inzwischen klar. Aber Mütter sollen an ihre Kinder denken, und mit einem Mal wurde mir klar, dass Marta das getan hat, und zwar bis zum letzten Augenblick. Sie hatte die Dateien auf ihrem privaten Laptop, aber davon hat sie den Mördern nichts gesagt. Wenn sie es verraten hätte, hätten sie auf jeden Fall versucht, in den Besitz des Laptops zu gelangen und das hätte ihren Mann und ihre Kinder in Gefahr gebracht. Das war ihr klar. Ich weiß nicht, ob sie wusste, dass sie die Entführung sowieso nicht überleben würde, doch ich glaube, dass sie eher gestorben wäre, als in Kauf zu nehmen, dass ihrer Familie etwas passiert.« Eve lächelte.

»Auf alle Fälle habe ich beim Wachwerden daran gedacht, dass Stella kein Problem gehabt hätte, mich eigenhändig umzubringen, wenn sie angenommen hätte, dass das irgendwie von Vorteil für sie wäre, während diese Frau bereitwillig den eigenen Tod in Kauf genommen hat, um ihre Familie vor Schaden zu bewahren. Was mir irgendwie geholfen hat.«

»Sie sind wirklich zäh. Nichts, was Stella je getan hat, wird Sie brechen.«

»Ein paar bleibende Schrammen hat sie mir auf jeden Fall verpasst. Doch damit komme ich inzwischen klar. Ich wollte einfach, dass Sie wissen, dass das kein Problem mehr für mich ist.«

»Ich bin für Sie da, egal, ob Sie okay sind oder nicht.«

»Das ist mir klar und hilft mir sehr. Aber jetzt muss ich mich wieder an die Arbeit machen. Vielen Dank, dass Sie mir Ihre Zeit gewidmet haben.«

Mira brachte sie zur Tür und sah sie lächelnd an. »Ich freue mich schon ungemein auf die Premiere.«

»Mann, oh Mann.«

Lachend tätschelte die Psychologin ihr die Schulter. »Ich freue mich unglaublich, dass ich all die Stars in ihren schicken Kleidern und den ganzen Glamour aus der Nähe miterleben kann. Ich habe Dennis schon gesagt, dass er sich einen neuen Smoking kaufen muss. Er wird sehr gut aussehen.«

»Das tut er doch auch so.« Eves Schwäche für den liebenswerten Dennis Mira nahm ihr einen Teil der Angst vor dem Event.

»Wenn ich den Fall bis dahin nicht zum Abschluss bringe, bekommen Sie dort im Übrigen auch die Verdächtigen zu sehen. Sie werden alle zu der Premiere gehen.«

»Wie aufregend.«

»Finden Sie?« Ein wenig überrascht von Miras Einstellung wandte sich Eve zum Gehen und schlug den Weg zum Dezernat der elektronischen Ermittler ein.

Sie wollte sehen, wie weit McNab gekommen war, und kurz mit Feeney sprechen, also holte sie tief Luft und wappnete sich für den Lärm, die unablässige Bewegung und das Übermaß an grellen Farben, so als hätten die Ermittler ihre Kleider in ein Neonbad getaucht und auf den Ringen des Saturn zum Trocknen ausgebreitet oder so.

Ian wackelte mit seinem Knochenarsch auf dem Stuhl und zuckte mit den schmalen Schultern, während er im Kauderwelsch der Elektronikfuzzis irgendwas in den Bürocomputer ihres Opfers sprach.

In der sicheren Erwartung, dass der Mann vor Schreck zusammenfahren würde, tippte sie ihm auf die Schulter, doch er drehte einfach seinen Kopf und sah sie grinsend an.

»Wie kommen Sie voran?«

»Auf dieser Kiste ist derselbe Code versteckt wie im Computer der Security. Es war also derselbe Hacker, und er hat sich auf dieselbe Weise Zugang zum System verschafft. Das ist so etwas wie ein Fingerabdruck.«

»Etwas in der Richtung haben Sie vorhin schon mal gesagt. Wie können Sie den Fingerabdruck nutzen?«

»Wenn ich hier fertig bin, will ich versuchen rauszufinden, wer den Code geschrieben hat. Denn jeder Code hat sein ureigenes Profil. Das ist nicht anders als bei Schuhen.«

Bei Schuhen?

Eve würde diese Elektronikfuzzis nie verstehen und sah ihn einfach fragend an.

»Die Sache ist die, anscheinend hat sich niemand in die Sachen, die sie selbst verschickt hat, reingehackt. Wenn ich selber

Hacker wäre, würde ich mir alles ansehen wollen, aber es sieht aus, als sollten unsere Hacker nur in die Dateien, die man ihr geschickt hat, gehen und sie runterholen. Die Mühe herauszufinden, ob sie sie zuvor kopiert oder verschickt hat, hat er sich anscheinend nicht gemacht. Marta hatte sie statt von der Festplatte von mehreren Disketten auf ihren Privat-Laptop kopiert.«

Er zeigte auf den Bildschirm, auf dem Eve nur eine Vielzahl wirrer Zeichen sah.

»Wenn Sie es sagen.«

»Ja, natürlich. Schließlich steht es da. Ich schätze, Wirtschaftsprüfer sind ein bisschen zwanghaft, denn sie machen sogar Sicherungskopien von Sicherungskopien, damit sie sogar für den Fall, dass die gesamte Welt hochgeht, gewappnet sind. Sie hat also die Dateien erst auf die Disketten und danach von den Disketten auf ihren Privat-Laptop kopiert. Für jede der Dateien gab es eine eigene Diskette. Ich persönlich hätte einfach sämtliche Dateien auf einer einzigen Diskette angelegt, aber vielleicht ging's ihr einfach um eine möglichst gute Übersicht.«

»Kann sein.«

»Die Disketten hatte sie wahrscheinlich in der Aktentasche, denn ich schätze, auch zu Hause wollte sie es beim Arbeiten möglichst übersichtlich haben. Und als die Täter die Disketten in der Aktentasche fanden, dachten sie wahrscheinlich, dass das alles ist. Denn schließlich muss man wirklich etwas zwanghaft sein, um dieses Zeug von den Disketten extra noch mal runterzukopieren.«

Das konnte sie verstehen. »Dann sieht es also aus, als hätte jemand einfach einen Auftrag ausgeführt, mehr nicht. Als hätte er sich keine eigenen Gedanken gemacht, wie er möglichst gründlich sein und auf Nummer sicher gehen könnte.«

»Genau. Die meisten Hacker spielen immer noch ein bisschen rum und sehen sich alles an, wenn sie schon mal in einer fremden Kiste sind. Aber das hat dieser Hacker nicht getan. Er hat direkt die betreffenden Dateien gelöscht und ist dann wieder rausgegangen.« Er ruderte mit einem seiner Arme durch die Luft.

»Falls er sich noch andere Sachen angesehen hat, habe ich das bisher nicht entdeckt.«

»Gut, das passt.«

Sie ließ ihn weiter mit dem Hintern wackeln und mit seinen Schultern zucken, bahnte sich den Weg vorbei an seinen hüpfenden und tänzelnden Kollegen und steckte den Kopf in Feeneys dankenswerterweise ruhiges, in gedeckten Farben eingerichtetes Büro, in dem er reglos und mit müden Basset-Augen hinter seinem Schreibtisch saß.

Das grau durchwirkte, rote Haar stand wirr in alle Richtungen um seinen Kopf, er trug ein beigefarbenes Hemd, und die kackbraune Jacke, die er noch nicht ausgezogen hatte, zeigte, dass er eben erst hereingekommen war. Den ebenfalls kackbraunen Schlips hatte er zwar leicht gelockert, aber dass er ihn noch trug, wies darauf hin, dass er die Absicht hatte, noch einmal loszufahren.

Jetzt aber arbeitete er simultan mit einem Touchscreen und dem Keyboard, das auf seinem Schreibtisch stand.

Auch wenn er wie ein Cop gekleidet war, sich wie ein Cop bewegte und wie einer dachte, war er ein noch größerer Computerfreak als Ian und die anderen Jungs und Mädels seines Dezernats zusammen, wusste Eve.

Sie klopfte an die offene Tür. »Hast du kurz Zeit?«

Er reckte einen Finger in die Luft, fuhr mit seiner Arbeit fort und stieß nach mehreren Sekunden ein zufriedenes Knurren aus.

»Jetzt habe ich kurz Zeit. Nicht mehr lange, und dieser verfluchte Cyberstalker, der sich eingebildet hat, er könnte ungehindert Frauen in ihren eigenen Häusern überfallen, vergewaltigen und ausrauben, wird hinter Gittern sitzen und erkennen, dass er lange nicht so gut ist, wie er angenommen hat.«

»Das heißt, dass du ihn hast?«

»Ich habe seine Signatur und weiß, wo sein Computer steht. Wenn der Kollege, der in diesem Fall ermittelt, ihn jetzt immer noch nicht hochnehmen kann, gehört er selber in den Knast.«

»Wer ermittelt in dem Fall?«

»Schumer.«

»Der ist wirklich gut. Das heißt, dass dieser Typ so gut wie sicher hinter Gittern sitzt.«

»Das hoffe ich.« Der Chef der elektronischen Ermittler fuhr sich mit den Händen durchs Gesicht. »Ich habe ein paar anstrengende Tage hinter mir. Aber das hast du auch.«

»Das stimmt. Wobei mein Fall im Gegensatz zu deinem lange noch nicht abgeschlossen ist.«

»Der Junge arbeitet daran.«

»Und kommt anscheinend ziemlich gut voran. Danke, dass du ihn mir ausgeliehen hast, obwohl du selbst vor lauter Arbeit kaum noch weißt, wohin.«

»Schon gut.« Er griff in seine Schale mit gebrannten Mandeln, während Eve sich auf die Kante seines Schreibtischs sinken ließ.

»Meine Schurken machen ihren Job, doch mehr auch nicht. Sie töten eine Frau, weil das der Auftrag ist, aber nicht, weil sich auf diese Weise ein bestimmtes Ziel erreichen lässt. Dann brechen sie in ihrer Firma ein, um aufzuräumen, sehen sich dabei aber nicht nach allen Seiten um. Und sie begehen den Mord an einem Ort, der in Verbindung, wenn vielleicht auch nicht mit ihnen selbst, so zumindest mit dem Auftraggeber steht. Bei der Arbeit unseres Opfers und auch bei der Arbeit der Finanzberater, die das Haus, in dem die Frau ermordet wurde, renovieren lassen, geht es meist um jede Menge Geld. Dazu kommt, dass ein paar Leute Kunden beider Unternehmen sind.«

»Das heißt, dass deine Täter ziemlich schlampig waren.«

»Aber nur zum Teil. In ihrem Zeugnis würde stehen, sie hätten ihren Job gemacht, aber mit dem selbstständigen Denken und der Anpassung an sich verändernde Gegebenheiten würde es nicht unbedingt zum Besten stehen. Übrigens wird Trueheart Anfang Januar die Prüfung zum Detective machen.«

Lächelnd drehte Feeney sich auf seinem Stuhl zu ihr herum. »Er hat sich wirklich gut entwickelt.«

»Allerdings. Er ist kein grüner Junge mehr, aber noch frisch, und das wird er auch immer bleiben, denn genau das macht ihn aus. Im Gegensatz zu meinen momentanen Tätern macht er nicht nur seinen Job, sondern achtet auch auf Einzelheiten und passt sich an die Gegebenheiten an. Vielleicht macht er dabei hin und wieder einen Fehler, aber schließlich ist er auch noch nicht sehr lange bei der Truppe, vor allem weiß ich, dass er keinen Fehler zweimal macht.«

»Das stimmt.«

»Das ist zum einen Truehearts eigener Verdienst, weil er einfach so ist, zum anderen der Verdienst von Baxter, der ihn sehr gut ausgebildet hat, und irgendwie auch mein Verdienst, denn schließlich habe ich erkannt, was in ihm steckt und ihn aufs Hauptrevier geholt. Außerdem bin ich die Chefin von den zweien.«

»Deshalb bekommst du auch die Schelte ab, wenn sie's vermasseln oder nur mit halbem Herzen bei der Sache sind.«

»Genau. Bei dem aktuellen Fall haben wir's meiner Meinung nach ebenfalls mit einem Boss und mindestens zwei Untergebenen zu tun. Dieser Mord war weder raffiniert noch übertrieben blutig. Sie haben einfach ihren Job gemacht und dabei ein paar Kleinigkeiten übersehen.«

»Sie haben ihr das Genick gebrochen, richtig?«

»Ja, Mira sagt, der Täter hätte dadurch zeigen wollen, wie stark er ist. Das heißt, er ist ein Grobian. Dann haben wir einen Hacker, der sich offenbar auf seinen Job versteht und nach Überwinden der nicht wirklich tollen, aber durchaus akzeptablen Sicherheitsvorkehrungen in dem Bürogebäude erst in den Computer unseres Opfers und danach noch in den Safe ihres Vorgesetzten eingedrungen ist. Er hat den Job erledigt, aber versäumt zu gucken, ob es vielleicht noch Kopien der gottverdammten Unterlagen gab, die er stehlen sollte. Er und der oder die anderen Handlanger haben einfach ihren Job gemacht, aber …«

»Sie haben dabei nicht über den Tellerrand geschaut.«

»Genau.« Sie reckte einen Daumen in die Luft. »Sie haben nicht über den Tellerrand geschaut. Jetzt ist der Auftraggeber angefressen, weil die Bullen vor der Tür stehen, obwohl er sie praktisch selbst zu sich eingeladen hat. Trotzdem bin ich mir nicht sicher, welcher der Verdächtigen hinter der ganzen Sache steckt.«

»Kannst du denn schon Leute ausschließen?«

»Ein paar.«

»Besser als nichts.«

»Ich habe es mit lauter Arschlöchern zu tun und traue ihnen allen diese Taten oder wenigstens den Auftrag zu den Taten zu. Selbst wenn ich bereits wüsste, welches dieser Arschlöcher es ist, hätte ich bisher nicht einen handfesten Beweis. Auch das Warum ist mir nicht ganz klar. Es geht um Geld und Gier. Obwohl das keiner dieser Typen auch nur ansatzweise nötig hat.«

Nachdenklich schob Feeney seine Unterlippe vor. »Manche Menschen kriegen den Hals einfach nicht voll.«

»So sieht es aus. Man schwimmt bereits im Geld, will aber trotzdem immer mehr. Das heißt, man stiehlt, betrügt und mordet, um an immer mehr Geld zu kommen oder weil man irgendwas vertuschen muss.«

»Sieht sich dein eigener Krösus die Finanzen dieser Leute an?«

Sie nickte knapp.

»Wenn irgendjemand das Motiv für diese Tat entdecken kann, dann er. Sieh dir auch die Partner oder Partnerinnen dieser Leute an.«

»Sie sind nur teilweise liiert.«

»Aber sie haben sicher alle Sex. Und entweder gibt die Person, mit der der Täter Sex hat, einfach dessen Kohle aus oder ist bei der Sache mit von der Partie. Bei den Leuten ohne festen Partner guck am besten erst einmal, mit wem sie ein Verhältnis haben oder wen sie für den Sex bezahlen. Denn habgierige Menschen sprechen immer gerne über Geld und geben mindestens genauso gern mit ihren dicken Konten an.«

»Er sieht die Leute nicht, die für ihn arbeiten«, erklärte sie. »Ich weiß nicht, ob er auch eine Ehefrau nicht sehen würde, aber auf ein Callgirl oder eine Freundin träfe das ganz sicher zu. Sex und Geld, die Mischung hat schon öfter jemanden zu Fall gebracht.«

Sie nahm sich eine Handvoll Mandeln, warf sich eine in den Mund und stieß sich von der Kante seines Schreibtischs ab. »Danke für den Tipp.«

»Geldgierige Frauenmörder gehören genau wie vergewaltigende Cyberstalker in den Knast.«

»Auf jeden Fall.«

Sie wandte sich zum Gehen, doch Feeney rief ihr hinterher: »Moment noch. Meine Frau behauptet, dass ich mir für die Premiere extra einen Frack leihen muss.«

»Was soll ich dazu sagen, Feeney? Sogar Mira hat gesagt, sie hätte ihren Mann dazu gezwungen, dass er sich einen neuen Smoking kauft.«

»Was soll der Scheiß? Warum muss ich mich anziehen wie ein Pinguin, um einen Film zu sehen?«

»Mich zwingt man in ein Kleid, in hochhackige Schuhe und zu jeder Menge Schminke im Gesicht. Mein Mitleid wegen deines Fracks ist also begrenzt.«

»Das ist doch alles Schwachsinn.«

»Ja, verdammt, aber so ist es nun einmal«, erklärte sie und stapfte aus dem Raum.

11

Zurück in ihrem eigenen Büro ging Eve die Klatschspalten aus Zeitungen und Zeitschriften der letzten Wochen auf der Suche nach Informationen über ihre hohen Tiere durch, rief bei der Polizei in Vegas an, vollführte den erforderlichen Eiertanz, bis sie eine Kopie des Berichts zu Arnolds und Parzarris Unfall zugeschickt bekam, und kontaktierte abermals das Krankenhaus, in das die beiden Männer eingeliefert worden waren.

Man sagte ihr, dass sie am nächsten Tag nach Hause könnten, und sie nahm sich vor, die zwei schnellstmöglich aufzusuchen, nachdem sie in New York gelandet waren.

Sie kämpfte sich durch jede Menge Klatsch und Tratsch – über Kleider und Frisuren, neue Paare, Trennungen, bevorstehende Events – während sie die Alexander'schen und Pope'schen Ehefrauen, Tuva Gunnarson und die Verlobte von Rob Newton einer eingehenden Prüfung unterzog.

Am Ende hatte sie genug, um anzufangen, packte ihre Sachen und marschierte los.

»Peabody, Sie kommen mit.«

»Auf der Liste steht niemand, auf den ein Cargo-Lieferwagen zugelassen ist.« Peabody schob die Arme in die Ärmel ihrer Jacke und sprang auf.

»Verwandte, Freunde, Mietwagen?«

»Bisher ist dabei nichts herausgekommen, aber natürlich setze ich die Suche fort. Auch wenn das alles andere als einfach ist, weil alleine elf Cousins von Chaz Parzarri in New Jersey oder in New York gemeldet sind.«

»Ach ja?« Eve quetschte sich in einen Lift und fragte sich, warum zum Teufel in den Dingern immer ein so furchtbares Gedränge herrschte, wenn sie damit fuhr. »Wobei mich das im

Grunde auch gar nicht interessiert, ob auf einen dieser elf ein Cargo zugelassen ist.«

»Damit wollte ich nur sagen, dass er eine riesige Verwandtschaft hat, auch wenn keiner dieser Leute einen Cargo fährt. Aber ich sehe mir neben den Wagen vorsichtshalber auch die Leute selber an. Vielleicht fällt mir dabei ja irgendetwas auf. Zum Beispiel, dass sie spielen, zu Nutten gehen, ungewöhnlich viel verreisen oder so.«

Das war eine gute Überlegung, dachte Eve und klopfte ihrer Partnerin gedanklich auf den Rücken, denn genau wie Trueheart und im Gegensatz zu den Tätern schaute sie über den Tellerrand hinaus.

»Und?«

»Bisher halten sich Zockerei, Besuche bei Nutten und Reisen im normalen Rahmen. Wobei die verheirateten Männer und der Typ mit der Verlobten offensichtlich nicht zu Nutten gehen. Falls doch, sind sie dabei außerordentlich diskret und zahlen bar.«

Eine Frau, die aufreizend in einem Miniminirock, kniehohen Stiefeln und mit einer pinkfarbenen Turmfrisur, die hoffentlich das echte, nicht so grelle Haar der Trägerin verbarg, in ihrer Nähe in die Ecke gequetscht stand, hatte ein beeindruckendes Veilchen und blies ihren Kaugummi zu einer ebenso beeindruckenden Blase auf.

»Barzahlungen sind meldepflichtig«, mischte sie sich ungebeten in die Unterhaltung ein. »Natürlich können wir einen Rabatt gewähren, weil wir die Kreditkartengebühren sparen, aber trotzdem besteht auch für Bareinnahmen eine Meldepflicht.«

»Ach ja? Notieren Sie sich das, Peabody. Woher haben Sie das blaue Auge?«, fragte Eve die Frau.

»Ich und eine Kollegin hatten kleine Differenzen wegen eines Kunden, dann hat die blöde Kuh mir plötzlich eine reingehauen. Ich habe Anzeige erstattet und die Sache dadurch offiziell gemacht. Officer Mills war wirklich nett. Ich sollte ihm nicht mal einen gratis blasen.«

»Das ist wirklich ... nett.«

»Ich gebe Cops und Männern von der Feuerwehr immer Gratis-Blowjobs, wenn ich kann. Die Männer haben schließlich jede Unterstützung verdient, die man ihnen geben kann.«

»Wofür Ihnen die Stadt New York bestimmt verbunden ist.«

Strahlend blies sie ihren Kaugummi zu einer neuerlichen Riesenblase auf, und als die Tür des Fahrstuhls aufglitt, segelte sie gut gelaunt davon.

Dankbar, weil auch beinahe alle anderen ausgestiegen waren und sie endlich genug Platz hatte, um einzuatmen, wandte Eve sich abermals an ihre Partnerin.

»Okay, fahren Sie fort.«

»Ich nehme an, ihr ist nicht klar, dass man einen Gratis-Blowjob als Bestechung werten kann.«

»Sie versucht nur, ihre Bürgerpflicht zu tun.«

»Genau. Wo war ich stehen geblieben? Ja, genau. Sachs-Young und Biden spielen gern. Gewinne und Verluste halten sich die Waage, und dass die Beträge an einem Abend höher sind als das, was ich in einem Jahr verdiene, kratzt sie offenkundig nicht. Alexander und auch Ingersol sind häufig unterwegs. Meistens reisen sie an irgendwelche obermegacoolen Orte, deren Namen mir bisher vollkommen fremd waren. Auch Newton ist gelegentlich auf Reisen und liebt Sportwetten, wobei er aber immer nur bescheidene Summen setzt. Wenn Whitestone reist, dann meist geschäftlich oder weil er gerne taucht, in dem Fall nimmt er normalerweise an Reisen seines Tauchclubs teil.«

»Es sieht aus, als lebten alle diese Leute zwar durchaus auf großem Fuß, aber im Rahmen ihrer Möglichkeiten«, meinte Eve und stieg in Höhe der Garage aus dem Lift. »Sie haben alle einen privilegierten Lebensstil. Dazu gehören Ehefrauen, Verlobte, Freundinnen und Exfreundinnen, Nutten, und Sie können Ihren Arsch darauf verwetten, dass der eine oder andere auch eine Geliebte hat.«

»Sie glauben doch wohl nicht im Ernst, dass Pope, die graue Maus, eine Geliebte hat.«

»Obwohl Sie es sich vielleicht nicht vorstellen können, vögeln manche dieser Typen wie die Weltmeister.«

»Haben Sie sich je von einer grauen Maus flachlegen lassen?«

»Nein.« Eves Schritte hallten laut auf dem Beton und irgendwo im Hintergrund heulte ein Motor auf. »Aber Mavis war einmal mit einem Typen zusammen, der aussah wie ein Gartenzwerg, aber wie ein tollwütiger Nerz geknattert haben soll. Vertrauen Sie nie dem äußeren Schein, denn er ist trügerisch.«

»Das stimmt.« Peabody schwang sich beherzt auf ihren Sitz. »Nehmen Sie zum Beispiel Ian. Natürlich ist er supersüß, aber zugleich auch klapperdürr. Trotzdem geht er wie ein Presslufthammer ab.«

»Meine Güte, Peabody, von McNabs Stoßkraft will ich ganz bestimmt nichts hören.«

»Sie ist wirklich der Hit. Erst letzte Nacht hat er ...«

»Hören Sie sofort damit auf.« Eve schlug mit einer Hand auf ihr wild zuckendes Auge und bleckte die Zähne, als das unterdrückte Lachen ihrer Partnerin an ihre Ohren drang.

»Das haben Sie absichtlich gemacht.«

»Ich wollte einfach sehen, ob es noch funktioniert.«

»Das wird immer funktionieren. Genau, wie mein Stiefel immer seinen Weg in Richtung Ihres Hintern finden wird.«

»Sie haben wirklich hübsche Stiefel an«, stellte die andere fröhlich fest. »Wobei Angie von Your Space von meinen Stiefeln begeisterter war.«

»Das hat Sie sicher furchtbar stolz gemacht. Wir fangen mit den Exfreundinnen an«, erklärte Eve, bevor die Partnerin erneut Gelegenheit bekam, mit ihren Stiefeln anzugeben, die sie sicher selbst beim Schlafen trug. »Young-Sachs hat eine Ex, die eine Edelboutique im Meatpacking District betreibt.«

»Woher wissen Sie denn das?«

»Sie sind nicht die Einzige, die die Klatschspalten der Zeitung lesen kann.«

An den Wänden der Boutique war eine Reihe großer Monitore angebracht, auf denen ständig variierende Outfits mit je einem auffällig betonten Einzelstück zu sehen waren. Die kniehohen

Leopardenstiefel mit dem kurzen schwarzen Kleid, das kurze schwarze Kleid mit silbernen High Heels und einem kompliziert gebundenden Silbertuch, das Silbertuch mit Jeans und einer Weste über einem roten Top.

Kleine Spots erhellten die Regale oder Ständer, wo das aktuell betonte Kleidungsstück zu finden war, und Eve wurde ein wenig schwindlig, weil das Licht im Raum sich alle zwei Sekunden zu verändern schien.

Brandy Dyson, eine üppige Blondine, flitzte derart schnell in ihren hochhackigen Stiefeln durch den Raum, dass Eve fast rennen musste, um sie einzuholen.

»Tut mir leid«, erklärte Brandy mit einem breiten Lächeln und sah sie unter derart dichten, schweren Wimpern hervor an, dass Eve sich nicht gewundert hätte, wären ihr die Augen zugefallen. Sie zog ein kleines, blaues Fläschchen aus der Tasche an ihrem juwelenbesetzten Gürtel und hob es an den Mund. »Das ist ein Energiedrink – vollkommen legal. Sie sind wegen Carter hier. Ist er in Schwierigkeiten?«

»Sollte er das sein?«

Brandy lachte auf. »Eine solche Frage sollte man der Exfreundin nicht stellen. Aber dass jemand ein Arschloch ist, verstößt, soweit ich weiß, nicht gegen das Gesetz. Wenn es so wäre, säßen mindestens die Hälfte aller Jungs, mit denen ich mal ausgegangen bin, im Knast.«

»Was für eine Art von Arschloch ist Young-Sachs?«

»Seltsame Frage, aber wenn Sie's wirklich interessiert: Er ist ein Egoist und Egozentriker, der mich belogen und betrogen hat.«

Da Peabody verstand, worum es Eve mit dieser Frage ging, bat sie in einem Ton, der deutlich machte, dass dies eine Unterhaltung unter Mädels war: »Vielleicht könnten Sie uns ja ein Beispiel dafür geben.«

»Warum nicht? Nehmen wir meinen Geburtstag. Da hat dieser Kerl mich gnadenlos versetzt, einfach ohne anzurufen oder mir zumindest eine kurze Textnachricht zu schreiben. Später hat er sich gemeldet und behauptet, er hätte urplötzlich einen wichtigen Geschäftstermin gehabt, obwohl er in Wahrheit an dem Tag mit einer anderen Frau auf Capri war. Das war das letzte Mal, dass der mich angelogen oder hintergangen hat. Es war ganz sicher nicht das erste Mal, doch manchmal braucht man eben eine Weile, bis man hinter all dem Glitter und dem Glanz die dunkle Seite eines Menschen sieht.«

»An Ihrem Geburtstag«, meinte Peabody. »Das ist natürlich hart.«

»Oh ja, das war hart. Anfangs war er wirklich aufmerksam und unglaublich um mich bemüht. Er hat mir regelrecht den Hof gemacht, ich war hin und weg. Ich hatte gerade was mit einem andern Typen angefangen, einem wirklich netten Kerl, mit dem habe ich Carters wegen Schluss gemacht.«

Sie zuckte seufzend mit den Schultern, wandte sich kurz ab und rückte eine Mammut-Handtasche mit Zebrastreifen im Regal zurecht.

»Ich war dumm und habe mich von einem wirklich netten Mann getrennt. Aber nachdem Carter mich eingewickelt hatte, fing er an, den Arsch herauszukehren – das meine ich im übertragenen Sinn, denn seinen körperlichen Arsch hatte ich auch schon vorher ab und zu gesehen.«

Eve gefiel der Stil der Frau und grinsend fragte sie: »Wie hat sich der Arsch im übertragenen Sinn denn gezeigt?«

Brandy warf den Kopf zurück und brach in schallendes Gelächter aus. »Der war wirklich gut. Nun, ich sollte plötzlich alles stehen und liegen lassen, wenn er mit dem Finger schnipste, dann hat er plötzlich Witze über mein Geschäft gemacht. Anfangs noch subtil, doch irgendwann wurden die Witze plumper, und ich erkannte, dass er keine Achtung vor den Dingen hatte, die ich tat. Aber dass meine Familie reich ist, heißt noch lange nicht, dass ich den lieben, langen Tag auf meinem Hintern sitzen soll, statt zu versuchen, selber etwas aufzuziehen.«

Sie atmete vernehmlich aus. »Puh. Ich stelle fest, dass ich noch immer ziemlich angefressen bin. Was hat er denn angestellt?«

»Ich weiß nicht, ob er was verbrochen hat oder vielleicht nur ein Arschloch ist«, erklärte Eve.

Der Blick aus Brandys von den unglaublichen Wimpern eingerahmten Augen wurde hart. »Nun, falls er was verbrochen hat, gehe ich jede Wette ein, dass sein siamesischer Zwilling dabei mit von der Partie gewesen ist.«

»Tyler Biden?«

»Der Typ versucht nicht einmal so zu tun, als wäre er ein auch nur ansatzweise netter Kerl. Es macht ihm richtiggehend Spaß, das Arschloch rauszukehren. Offenbar ist das sein Lebenszweck, und er macht seine Sache wirklich gut. Einen selbstzufriedeneren, aufgeblaseneren Fatzke habe ich noch nie gesehen. Tut mir leid, aber ich bin tatsächlich immer noch echt angepisst.«

»Schon gut«, gab Eve zurück. »Ich hatte ungefähr denselben Eindruck von dem Mann.«

»Gut, denn ich werde Ihnen noch was sagen: Die beiden verstehen nicht mal halb so viel vom Geschäftsleben wie ich. Sie würden bei Young-Biden nicht einmal die Böden schrubben, hätten sie die Posten, die sie innehaben, nicht geerbt. Vor allem Carter. Man braucht nur zu versuchen, mit Carter ein Gespräch über Angebot und Nachfrage, Marketing, Nettorenditen oder die Vergrößerung des Kundenstamms zu führen, um zu merken, dass er keinen blassen Schimmer davon hat. Im Grunde ist er ein Idiot. Ein idiotischer Arsch, was auch mich selber zur Idiotin macht, die achteinhalb Monate ihres Lebens an den Kerl vergeudet hat.«

»Dann hat er also nichts von seiner Arbeit und seinem Geschäft erzählt?«

»Ich schätze, dass er dazu gar nicht in der Lage ist. Wenn er über sein Unternehmen sprach, dann nur, um damit anzugeben. Damit und mit seinem Geld, wofür er es am liebsten ausgibt und wo auf der Welt er schon überall war. Ab und zu hat er sich über seine Mutter aufgeregt, wenn er was getrunken hatte oder …«

»Mir ist bereits klar, dass Carter Drogen nimmt«, erklärte Eve.

»Nun, er hat sich oft über den übertriebenen Ehrgeiz seiner Mutter oder darüber beschwert, dass sie zu viel von ihm erwartet und er nur für die Arbeit leben soll. Wobei sie mir bei den wenigen Malen, als ich sie getroffen habe, weder übertrieben ehrgeizig noch auch nur ansatzweise fordernd vorgekommen ist. Schließlich wird in meiner Familie auch erwartet, dass sich jeder einbringt und was aus sich macht. Vielleicht haben wir nicht so viel von Kohle wie die Youngs, aber selbst wenn wir so viel hätten, dürfte keiner von uns einfach Geld ausgeben, ohne was dafür zu tun. Wenn man etwas will, muss man dafür arbeiten. Ich habe diesen Laden seit drei Jahren, und ich reiße mir dafür den Hintern auf, während Carter meistens einfach faul auf seinem Allerwertesten herumsitzt.«

Seufzend rückte sie die Zebratasche abermals zurecht. »Trotzdem bin ich erst mal auf ihn reingefallen. Er sieht fantastisch aus, kann ausnehmend charmant sein, wenn er will, und einem das Gefühl vermitteln, dass man etwas ganz Besonderes ist. Zumindest am Anfang.«

»Kennen Sie seinen Finanzberater?«

»Nein. Aber da Sie ihn erwähnen, fällt mir ein, dass Carter ganz zu Anfang, als er noch hinter mir her war, mal davon gesprochen hat, dass ich zu diesem Typen gehen soll, wenn ich mein Portfolio durch die Decke schießen sehen will. Er hat gesagt, dass sein Finanzberater alle Tricks und Schliche kennt. Aber meine Familie arbeitet bereits seit Jahren mit einem anderen Berater, dem ich blind vertraue, deshalb habe ich die Dinge so belassen, wie sie sind. Ich wusste schließlich nichts von diesem anderen Typen, und obwohl mich Carter selber anfänglich geblendet hat, bin ich im Grunde meines Herzens und vor allem wenn's um Geld geht, ein eher vorsichtiger Mensch.«

»Und, was haben wir herausgefunden?«, fragte Eve, während Peabody sich auf dem Weg zurück zum Wagen ihre Handschuhe anzog.

»Abgesehen davon, dass ich mir den tollen Schlangenledergürtel mit der saphirblauen Schnalle niemals leisten kann? Dass Young-Sachs ein Arschloch ist, das nach ihrer – meiner Meinung nach wahrscheinlich zutreffenden – Ansicht keinen blassen Schimmer von dem Unternehmen hat, das er selber leitet. Und dass ihm das völlig schnuppe ist. Dass er seine Freundin an ihrem Geburtstag dreist betrogen und versucht hat, sie mit einer dummen Lüge abzuspeisen, die problemlos zu durchschauen war. Dass er seiner Mutter krummnimmt, dass er sich sein Geld verdienen soll und dass Biden klüger und gemeiner ist als er.«

»Was noch?«

Sie ging zwei Frauen mit unzähligen Einkaufstaschen aus dem Weg, die sich freudig über eine Reihe von Rabattaktionen unterhielten und vor lauter Aufregung nicht sahen, dass ihnen jemand entgegenkam.

»Er will haben, was ihm nicht gehört, und weiß es nicht zu schätzen, wenn er es schließlich hat. Er und sein Finanzberater sind so dicke, dass er ihn noch jemand anderem empfohlen hat, und zwar auf eine Art, die darauf hinweist, dass dieser Finanzberater nicht ganz sauber ist.«

»Auch das.«

»Natürlich heißt das nicht, dass er deswegen einen Mord begangen oder einen Killer angeheuert hätte, aber es bestätigt, dass er dämlich genug wäre, so etwas erstens überhaupt zu tun und es zweitens genauso halbherzig wie alle anderen Dinge anzugehen. Ich hätte gern, dass Sie auch noch mit ein paar anderen Exfreundinnen reden, um zu sehen, ob es immer nach demselben Muster abgelaufen ist.«

»Mit Vergnügen.«

»Dachte ich mir doch, dass Sie das freut.«

Menschen eilten, gingen oder schlenderten den Bürgersteig hinab. Manche führten währenddessen Telefongespräche wie der Typ, der lautstark flehte, dass Michelle ihm fünf Minuten zuhören sollte, fünf Minuten, Schatz. Wieder andere machten Fotos wie die Gruppe asiatischer Touristen mit I-Love-New-York-Skimützen auf den Köpfen, die vor einem Schaufenster posierten, um sich all die Orte, die sie während ihrer Reise hätten in natura sehen können, nach der Heimkehr auf unzähligen Bildern anzusehen. Andere futterten im Gehen wie der Mann, der sich den ersten Bissen eines reichhaltigen Soja-Hot-Dogs in den Rachen schob.

Das vielsprachige Stimmengewirr, das Tempo und die ständige Bewegung waren typisch für New York.

Normalerweise liebte Eve das bunte Treiben, doch jetzt wünschte sie, sie hätte, statt sich mühsam einen Weg an all den anderen vorbei bahnen zu müssen, den gesamten Bürgersteig für sich.

»Ich sehe mir die WIN-Gruppe noch einmal genauer an, danach fahre ich nach Hause und gehe von dort aus ein paar Sachen nach«, wandte sie sich an ihre Partnerin. »Morgen knöpfen wir uns Arnold und Parzarri vor. Es geht auf alle Fälle um einen von den beiden, einen der Geschäftsführer von WIN und eins von den vier Arschlöchern, die heute Vormittag von uns vernommen worden sind. Oder vielleicht auch um zwei der vier. Auf alle Fälle haben wir die Zahl unserer Verdächtigen schon mal begrenzt, und wenn wir einen von den Typen überführen können, haben wir die anderen auch.«

Sie vernahm ein leises Surren, spürte einen leichten Druck zwischen den Schulterblättern, machte einen Satz in Richtung ihrer Partnerin und warf sie unsanft auf den Bürgersteig.

»Was zum ...«

»Stunner!« Mit gezückter Waffe rollte Eve herum und sprang behände wieder auf. Durch die Menge der New Yorker, die kaum mit den Wimpern zuckten, und der Fremden, die mit aufgerissenen Augen stehen blieben, sah sie einen hünenhaften weißen Mann mit Skimütze und Sonnenbrille, schwarzem Schal und Jacke, der nach einer schnellen Drehung um die eigene Achse die Beine in die Hand nahm und die Flucht ergriff.

»Los!«, schrie sie in Richtung ihrer Partnerin und sprintete ihm hinterher. Da sie abermals gezwungen war, sich einen Weg durch das Gedränge zu erkämpfen und über die Fußgänger hinwegzuspringen, die von ihrem Gegner wie die Kegel umgeworfen worden waren, konnte sie ihn nur noch in der Ferne sehen. Für einen Mann von seiner Größe überraschend schnell und leichtfüßig nahm er die Treppe Richtung High Line Park.

Menschen schlenderten gemächlich über den gekiesten Weg, hatten es sich auf den Bänken links und rechts des Pfads bequem gemacht und machten Filmaufnahmen, während andere aus dem Gleichgewicht gerieten, als der Mann sie unsanft zur Seite stieß. Sie ignorierte das Gebrüll und die Flüche seiner Opfer und sprang quer über ein Beet, was seinen Vorsprung schmelzen ließ. Ihre Lunge brannte, doch sie holte sichtlich auf.

Ohne stehen zu bleiben, schnappte sich der Kerl ein kleines Kind, rammte dessen Vater unsanft einen Ellenbogen unters Kinn und warf das laut kreischende Bündel schwungvoll hinter sich.

Eve machte hektisch einen Satz nach links, zertrampelte das Gras abseits des Wegs und breitete die Arme aus.

Die Wucht, mit der das Kleinkind gegen ihren Körper prallte, warf sie rücklings um. Wie ein Felsbrocken rammte sich sein Schädel in ihre Brust, und während ihre Rippen hörbar sangen, atmete sie zischend aus und sog trotz des Brennens in ihrem Hals frische Luft in die Lunge ein.

Das wild klopfende Kinderherz so dicht an ihrer Brust verstärkte noch den Schmerz in den Rippen, zeigte aber, dass das Kleine noch am Leben war. Wegen der Wucht des Aufpralls war ihr Schützling kurzfristig verstummt, doch plötzlich atmete er durch und schrie so gellend auf, dass es an ein Wunder grenzte, dass der Schrei die Luft um sie herum nicht in zwei Teile schnitt.

In ihren Ohren läuteten ein Dutzend Kirchenglocken, als Peabody keuchend angelaufen kam und das Kind, dessen Geschlecht aufgrund der leuchtend roten Mütze und der bunten Jacke nicht eindeutig zu erkennen war, von ihr herunterzog.

»Schon gut, schon gut. Jetzt ist es wieder gut, mein kleiner Mann. Jetzt ist alles wieder gut.«

Nachdem der Druck seines Gewichts von ihr genommen war, bekam Eve wieder etwas besser Luft und fragte keuchend: »Woher wissen Sie, dass es ein Junge ist?«

Peabody tätschelte dem Kind den Kopf und hockte sich mit ihm zusammen neben sie. »Sind Sie okay? Wie schlimm sind Sie verletzt?«

»Keine Ahnung, aber so schlimm wird es schon nicht sein.« Abgesehen vom Pochen ihrer Rippen an der Stelle, wo der Kleine aufgekommen war, dem dumpfen Schmerz in ihrem Hintern, auf dem sie gelandet war, dem Dröhnen des Schädels und dem Brennen ihrer gerade erst verheilten Schulter, das nichts Gutes ahnen ließ. »Dieser blöde Wichser«, stieß sie zornig aus.

Peabody fuhr zusammen, richtete sich eilig wieder auf und wandte sich der Frau zu, die hysterisch auf sie zugelaufen kam.

»Mein Kind! Mein Baby! Chuckie!«

Mit blutverschmiertem, kreidigem Gesicht und leicht glasigen Augen kam der Vater schwankend hinterher.

»Er ist okay. Es geht ihm gut. He, Chuckie, hier ist deine Mom. Die anderen machen bitte alle einen Schritt zurück«, wies Peabody die umstehenden Gaffer an.

Während die Mutter schluchzend ihren Sohn umklammert hielt, rappelte Eve sich mühsam auf, und nach einer kurzen Drehung geriet die Welt zumindest annähernd wieder ins Gleichgewicht.

»Bitte zurücktreten«, bat Peabody erneut und packte Chuckies Dad am Arm. »Bitte setzen Sie sich, Sir.«

»Was ist passiert? Was ist denn passiert?«

»Ich rufe erst mal einen Krankenwagen. Bitte, setzen Sie sich einfach hin. Ma'am, bitte setzen sie sich ebenfalls mit Chuckie hin. Ich rufe die Zentrale an«, wandte sich Peabody an Eve. »Am besten setzen auch Sie sich wieder hin.«

»Ich bin okay. Er hat mich einfach umgehauen, sonst nichts.«

»Sie haben ihn gefangen.« Die tränenüberströmte Mutter wandte sich an Eve. »Sie haben ihn gefangen. Sie sind Chuckies Lebensretterin.«

»Okay, lassen Sie uns ...«

Bevor sie den Satz beenden konnte, wurde sie von Chuckies

Mom gepackt und in dem verzweifelten Verlangen, sich aus der Umklammerung der Mutter zu befreien, trat das Kind ihr kraftvoll in den Bauch.

Das Brennen der Schulter dehnte sich in Eves ganzem Körper aus.

»Peabody.«

»Ma'am.« Sachte löste ihre Partnerin die Frau von ihrem Hals und bat sie mit sanfter Säuselstimme: »Bitte setzen Sie sich erst mal hin. Sie, Chuckie und Ihr Mann. Ich brauche ein paar Angaben, okay?«

Eve trat wieder auf den Weg und knirschte mit den Zähnen, denn das Ziehen ihres Hinterns und vor allem ihrer Schulter ließ einfach nicht nach.

Blöder Wichser, dachte sie erneut und sah sich suchend um.

Obwohl der Kerl natürlich längst über alle Berge war.

»Was zum Teufel war das?«, fragte Peabody, als endlich zwei Beamte von der Trachtengruppe und ein Sanitäter nach dem Kleinen und dem Vater sahen.

»Dieser verdammte Hurensohn. Dieser verdammte Hurensohn ist hinterrücks mit einem Stunner auf mich losgegangen. Dieser verfluchte, feige Schweinehund.«

»Er ist mit einem *Stunner* auf Sie losgegangen? Aber wie ... Ihr Zaubermantel!«

»Ja.« Eve strich mit der Hand über das Leder des wunderbaren Kleidungsstücks. »Es hat eindeutig funktioniert. Ich habe einen leichten Druck und dann ein leichtes Brennen zwischen meinen Schulterblättern wahrgenommen, deutlich leichter als wenn's einen mit den schusssicheren Westen, die zu unserer Ausstattung gehören, erwischt. Dann hörte ich ein leises Surren. Als Nächstes wollte er auf Sie zielen.«

»Deshalb haben Sie mich umgeworfen. Das war wirklich nett. Ich habe schließlich keinen Zaubermantel an.«

»Der Bastard ist enorm beweglich und ist völlig mühelos die steile Treppe raufgerannt. Ich konnte nicht auf ihn schießen, dafür waren zu viele Leute unterwegs, aber ich hätte ihn auf alle Fälle eingeholt, wenn nicht …«

»Ich nicht, aber zumindest habe ich versucht, Verstärkung zu rufen, als ich Ihnen hinterhergelaufen bin. Und dann, mein Gott, war alles, was ich sah, dass dieser Kleine durch die Luft geflogen kam.«

»Er hat nicht einen Augenblick gezögert und hat nicht mal wirklich langsamer gemacht. Er hat dem Vater einen Ellenbogen unters Kinn gerammt, sich nach dem Kind gebückt und es dann durch die Luft in meine Richtung geschleudert.«

»Sie haben wirklich toll gefangen.«

»Ja.« Sie rieb sich die Brust, dort, wo der Kopf des Kindes aufgekommen war und stieß erneut ein »Blöder Wichser« aus.

»Chuckie wird bis an sein Lebensende von dem Cop erzählen, der ihn im High Line Park wie einen Football aufgefangen und das Spiel auf diese Art gewonnen hat.«

»Vor allem wird der Name Chuckie bis ans Lebensende an ihm kleben bleiben – ja, genau! So hat er sich bewegt. Wie ein Footballspieler. Schnell, geschmeidig, hart. Ich wette, er hat jahrelang gespielt. Halbprofessionell.«

»Ich habe ihn nicht genau gesehen.«

»Mütze, Sonnenbrille, Schal – was heißt, dass sein Gesicht nicht zu erkennen war. Aber seine Statur. Das ist zumindest etwas.« Jetzt war der Ball bei ihr, und sie würde ihn nehmen und das Spiel damit gewinnen, wie bei dem Touchdown, als Chuckie durch die Luft geflogen war. »Fahren Sie los, und sprechen Sie mit den Frauen. Ich fahre noch einmal zu WIN und versuche herauszufinden, wer das Arschloch eben war.«

»Sie haben ganz schön etwas abbekommen, Dallas.«

»Das zahle ich dem Typen früher oder später heim.«

Dass sie nicht hinkte, als sie die Büros von WIN betrat, war schlicht Stolz. Am liebsten wäre sie direkt vom High Line Park aus nach Hause gefahren und hätte sich zur Linderung der Schmerzen, die sie überall am Körper hatte, vorsichtig in ihrem

Whirlpool ausgestreckt, aber sie musste dieses Eisen schmieden, solange es noch heiß war.

Das war eben Teil des Jobs.

Als sie – mit vorsichtigen Schritten – aus dem Fahrstuhl stieg, wandte sich Rob Newton gerade vom Empfangstisch ab. Er riss die Augen auf, als er sie sah, aber bevor sie sagen konnte, ob der überraschte Blick ein Anzeichen von Schuldgefühlen beinhaltete, stürzte er schon auf sie zu.

»Lieutenant Dallas! Ich muss Ihnen einfach gratulieren.«

»Ach ja?«

»Das war unglaublich! Das war einfach der totale Wahnsinn!«, meinte er und schüttelte so kraftvoll ihre Hand, dass ihr geschundener Leib vor Schmerzen schrie.

»Was?«

»Das mit Chuckie. Sie haben ihn direkt wie einen hohen Wurf beim Football aus der Luft gefangen. Ich ...«

»Woher wissen Sie das?« Sie stemmte ihre Füße in den Boden und legte die Hand an ihre Waffe, denn ein zweiter Überraschungsangriff wäre mehr, als sie momentan ertragen hätte.

»Es ist überall im Internet. Ich habe mir den Film jetzt sechsmal angesehen. Geht es Ihnen gut? Der Kleine hat Sie ganz schön umgehauen.«

»Ich bin okay.«

»Erstaunlich. Kaum zu glauben. Dieser kleine Junge ... Wer zum Teufel tut so was? Er ist noch keine zwei.«

»Haben sie auch den Kerl, der ihn geworfen hat, gefilmt?«

»Nicht, dass ich wüsste, nein. Die Sache wurde von verschiedenen Leuten aus verschiedenen Perspektiven aufgenommen, einmal auch von einer Überwachungskamera. So etwas habe ich noch nie gesehen. Aber setzen Sie sich erst mal hin, und lassen Sie sich was zu trinken bringen. Kaffee, Wasser oder vielleicht einen Sekt?«

Sie schüttelte den Kopf. »Nein, danke. Aber vielleicht hätten Sie ein paar Minuten Zeit für mich. Sind Ihre Partner ebenfalls im Haus?«

»Ja, wir wollten gerade zu dem neuen Haus fahren. Es wurde wieder freigegeben, und wir wollen mit der Innenarchitektin ein paar Kleinigkeiten durchgehen. Wenn Sie mit nach hinten kommen, gebe ich den beiden anderen Bescheid. Die Berichte im Internet sind ziemlich vage, es hieß nur, Sie hätten diesen Mann verfolgt, und er hätte mehrere Fußgänger verletzt, bevor er dieses Kind geworfen hat. Was hat er angestellt, ich meine, warum ist er davongelaufen?«

»Er hat Marta Dickenson ermordet.«

Newton blieb noch einmal stehen und riss entsetzt die Augen auf. »Oh Gott. Wer ist der Kerl? Warum hat er sie umgebracht? Haben Sie ihn erwischt?«

»Wenn ich vielleicht erst mal mit Ihnen allen sprechen könnte?«

»Ja, natürlich. Tut mir leid. Es ist so ... irgendwie verstehe ich das alles nicht.« Er führte sie wie schon beim ersten Mal in den winzigen Besprechungsraum. »Nehmen Sie doch schon mal Platz. Ich bin sofort wieder da.«

Sie blieb stehen, denn auf der Fahrt zu WIN hatte sie festgestellt, dass sie im Augenblick nicht wirklich gerne saß.

Als Erster erschien Jake. Er kam mit schnellen Schritten und einem breiten Lächeln durch die Tür. »Da ist ja unsere Superwoman! Kriege ich ein Autogramm? Das war ein Wahnsinnsfang. Wir sind alle total baff, denn schließlich waren Sie erst heute Morgen hier, und wir haben Sie sofort erkannt. Sie haben dieses Kind gefangen, als Sie einem Mörder auf den Fersen waren. Das ist echt der Hit!«

»Sie haben gesagt, dem Kind ginge es gut«, warf Whitestone ein. »Es hätte ein paar blaue Flecke, aber davon abgesehen wäre es okay. Haben Sie tatsächlich den Kerl gejagt, der diese Frau ermordet hat?«

»Ich glaube, ja. Er ist weiß, gut einen Meter neunzig groß und um die hundertfünfzehn Kilo schwer. Breite Schultern, große Hände und kantiges Gesicht.« Zumindest ging sie nach dem kurzen Blick, den sie auf ihren Widersacher hatte werfen können, davon aus. »Hört sich das irgendwie bekannt an?«

»Scheint ein echt kräftiger Kerl zu sein.« Achselzuckend blickte Whitestone seine Partner an. »Ich persönlich kenne niemanden, auf den diese Beschreibung passt.«

»Ist Ihnen vielleicht irgendwann mal aufgefallen, dass sich so ein Mann entweder hier oder in der Nähe Ihres neuen Hauses herumgetrieben hat?«

»Mir nicht.« Whitestone lehnte sich gegen den Tisch. »Rob hat gesagt, Sie hätten Jagd auf diesen Kerl gemacht. Haben Sie einen Namen oder wenigstens ein Bild?«

»Noch nicht, aber das kriege ich auf alle Fälle. Ich schätze, dass Sie häufiger bei Ihren Kunden sind als Ihre Kunden hier.«

»Stimmt.«

»Dann frage ich Sie alle drei.« Sie nickte Ingersol und Newton zu. »Haben Sie irgendwann einmal jemanden, auf den diese Beschreibung passt, bei Young-Biden oder bei Alexander und Pope gesehen?«

»Ich ...« Newton zögerte und fuhr sich mit der Hand durchs Haar. »Ich weiß es wirklich nicht. Ich habe nicht darauf geachtet, aber ich verstehe auch nicht, was diese Frage soll. Young-Biden ist ein grundsolides Unternehmen, einer unserer größten Kunden, Sie können doch nicht ernsthaft glauben, diese Leute hätten irgendwas mit einem Mord zu tun.«

»Ich gehe einfach allen Möglichkeiten nach. Wie steht's mit Ihnen? Sie sind doch für diese Kunden zuständig«, wandte sich Eve an Ingersol.

»Ich schätze, dass sie ein paar Leute haben, auf die Ihre Beschreibung passt. Als Security oder vielleicht als Hausmeister. Der Assistent von Mr. Pope ist ebenfalls recht groß. Locker einen Meter neunzig, aber ich kann mir nicht vorstellen, dass er über hundert Kilo auf die Waage bringt. Die Prüfung ihrer Bücher ist allerdings nur eine Formsache, im Grunde eine rein interne Angelegenheit, soweit ich es beurteilen kann, werden die Bücher dieses Unternehmens ordentlich geführt.«

»Soweit Sie es beurteilen können«, wiederholte Eve. »Aber

was passiert, wenn man bei dieser Buchprüfung auf irgendwelche Differenzen oder Fehlbeträge stößt?«

»Ich kann mir nicht vorstellen, dass das passieren wird.« Er hüpfte Richtung Kühlschrank, holte sich dort einen Energiedrink und kam wieder an den Tisch zurück. »Aber wenn dem so wäre, käme es drauf an, welcher Art die Differenzen wären. Rob und Brad werden Ihnen bestätigen, dass man bei Buchprüfungen oft auf irgendwelche Kleinigkeiten stößt, weil ein Steuergesetz anders interpretiert wurde oder weil eine Zahlung oder Abhebung an einer falschen Stelle eingetragen worden ist. Aber so was lässt sich immer ohne große Mühe klären.«

»Und was, wenn man etwas nicht so einfach klären kann?«

Er schüttelte den Kopf. »Das kann ich mir in diesem Fall nicht vorstellen. Wenn mit den Büchern wirklich etwas nicht stimmen würde, hätte entweder ich selbst, der Buchprüfer, der Steuerberater oder sonst jemand das festgestellt.«

»Genau deshalb sprechen wir uns mit diesen Leuten ab«, erklärte Whitestone ihr. »Deshalb arbeiten wir mit den Buchprüfern und mit den Rechtsabteilungen der Unternehmen eng zusammen. Wir kontrollieren uns gegenseitig, sparen dadurch Zeit und maximieren den Profit.«

»Okay.«

»Wir denken, dass es bei dem Fall vielleicht um Wirtschaftsspionage geht.« Whitestone breitete die Hände aus, Newton seufzte laut. »Auf die Idee sind wir gekommen, als wir hörten, dass bei Brewer eingebrochen worden ist. Es klingt, als hätte irgendwer die Bücher von verschiedenen Unternehmen klauen sollen und als hätte diese Dickenson vielleicht etwas damit zu tun gehabt. Ich weiß, dass sie ermordet wurde, und das ist natürlich schlimm. Aber man sagte uns, dass der Einbrecher die Unterlagen von verschiedenen Kunden mitgehen lassen hat. Das klingt für mich, als ob ein großes Unternehmen diese Daten haben wollte, damit man sie analysieren und Mitbewerbern schaden kann.«

»Das wäre eine Möglichkeit.«

»Sie denken nicht, dass es so war.«

»Nein, ich denke nicht, dass es so war. Denn die betroffenen Unternehmen decken ganz verschiedene Geschäftsbereiche ab, das heißt, dass sie gar keine Konkurrenten sind. Sie selbst und Brewer sind die einzige Gemeinsamkeit zwischen den beiden Firmen, auf die Sie eben von mir angesprochen worden sind. Also, vielen Dank, dass Sie mir Ihre Zeit geopfert haben.«

Sie hatte ihren Job gemacht, sagte sich Eve – und gestattete sich, leicht zu hinken, als sie wieder unten in der Eingangshalle war. Sie hatte leise Zweifel sowie ein gewisses Unbehagen in dem Menschen wachgerufen, der in diesen Mord verwickelt war.

Und jetzt führe sie endlich heim, um ihren wunden Hintern aufzuweichen, bis der Schmerz erträglich war.

Am Fuß der Eingangstreppe kämpfte sie sich mühsam aus dem Wagen, atmete tief durch und schleppte sich ins Haus.

Sie müsste nur an Dr. Doom vorbei nach oben in die Wanne, und nach einem ausgedehnten Bad in kochend heißem Wasser ginge es ihr sicher wieder halbwegs gut.

Wie nicht anders zu erwarten, lauerte der Butler im Foyer, musterte sie eingehend von Kopf bis Fuß und stellte fest: »Ich nehme an, das war nicht anders zu erwarten.«

»Was?«

»Dass es Sie wieder mal erwischt.«

»Wer sagt denn, dass es mich erwischt hat?«

»Nun, Sie wurden derart unsanft umgeworfen, dass auf jeden Fall mit einer Reihe blauer Flecke und mit einer Prellung dort, wo Sie gelandet sind, zu rechnen ist.«

Auch wenn er es vermieden hatte, ihren Hintern direkt zu erwähnen, hätte ihm die Erwähnung dieses Körperteils aus ihrer Sicht ohnehin nicht zugestanden. Aber als der pummelige Galahad ihr zur Begrüßung um die Beine strich, verkniff sie es sich, sich nach dem Tier zu bücken, denn dann hätte sie vor Schmerzen laut gewimmert oder vielleicht gar geschrien.

»Dort war jede Menge Gras.«

»Trotzdem. Also bitte, stellen Sie sich nicht dümmer als Sie sind, und nehmen Sie den Lift«, fuhr er sie ungehalten an.

»Es geht mir gut. Ich bin ein bisschen steif, sonst nichts.« Natürlich wollte sie die Treppe nehmen, doch nach ein paar Schritten gab sie sich geschlagen, denn wenn sie auf allen vieren hinaufgekrochen wäre, wäre das noch peinlicher für sie gewesen, als an ihm vorbei zum Fahrstuhl zu marschieren.

»Ich gehe davon aus, dass Sie sich wieder einmal nicht verarzten lassen haben. Also nehmen Sie erst mal eine Schmerztablette, danach wechseln Sie am besten zwischen Eis und Hitze ab.«

Bestimmt hatte er recht, aber sie sehnte sich so sehr nach einem heißen Bad wie nach dem nächsten Atemzug. »Es geht mir gut«, erklärte sie erneut.

»Sie sind jung, beweglich, schnell und haben ausgezeichnete Reflexe«, meinte er, als sie an ihm vorüberging. »Das hat ein kleines Kind vor schrecklichen Verletzungen oder noch Schlimmerem bewahrt. Jetzt nehmen Sie eine Schmerztablette, sonst muss er Sie dazu zwingen, wenn er nach Hause kommt.«

Er hielt ihr eine kleine blaue Pille hin. »Nehmen Sie die jetzt, dann werde ich ihm sagen, dass das schon erledigt ist.«

Es war leichter, sie zu nehmen, statt mit Summerset zu streiten, denn tatsächlich würde Roarke sie zwingen, etwas einzunehmen, wenn sie's nicht von selber tat.

»Meinetwegen.« Stirnrunzelnd warf sie die Pille ein.

»Eis«, rief Summerset ihr nochmals in Erinnerung.

»Ich will kein Eis, außer vielleicht in einem möglichst großen Drink.« Mit diesen Worten stieg sie in den Lift.

»Schlafzimmer«, wies Summerset den Fahrstuhl an, bevor sie die Gelegenheit dazu bekam, und dankbar schloss sie die Augen, lehnte sich gegen die Wand und fuhr in den ersten Stock.

Sie hatte schon erheblich schlimmere Verletzungen davongetragen, aber trotzdem kam es ihr so vor, als wäre jeder Muskel, jeder Knochen, jede Sehne ihres Körpers angerissen, angebrochen oder wenigstens gezerrt. Die Tablette würde erst mal helfen, doch die Schmerzen und die Steifheit, die sie morgen spüren würde, würden sie unnötig von ihrem Job ablenken.

Also sollte sie vielleicht dem Rat des Butlers folgen, um am nächsten Morgen wieder ungehindert ihrer Arbeit nachgehen zu können.

Oben angekommen stieß sie einen abgrundtiefen Seufzer aus.

Damit war das Thema Selbstmitleid erst einmal abgehakt.

Sie zog sich vorsichtig den Mantel aus, für dessen schusssicheres Futter sie von Herzen dankbar war, auch wenn es momentan eine gefühlte Tonne wog. Dann wollte sie sich aus der Jacke schälen, doch irgendwann während des Sprints, des Sprungs, der halben Drehung, des Zusammenpralls mit Chuckie oder auch des Sturzes hatte sie sich offenbar die Schulter ausgerenkt. Die Schulter, die nach der erheblich schlimmeren Verletzung während ihres Kampfs mit Isaac McQueen vor ein paar Wochen gerade erst genesen war.

Sie nestelte an ihrem Waffenholster, und noch während sie es sachte über ihren Arm schob, betrat Roarke den Raum.

Er musterte sie eingehend und stellte anerkennend fest: »Das war ein wirklich guter Fang.«

12

Sie hatte mit Sorge, Angst und liebevoller Fürsorge gerechnet, und die nüchterne Bemerkung brachte sie ein wenig aus dem Gleichgewicht.

Wahrscheinlich führte er etwas im Schilde. Ja, genau, er wollte sie bestimmt mit einem Trick dazu bewegen, dass sie sich von ihm ins Krankenhaus chauffieren ließ.

»Danke. Auch wenn dieses Kind ein bisschen überraschend angeflogen kam.«

»Auf jeden Fall. Wie schlimm ist es?«

»Nicht besonders, und vor allem habe ich schon was genommen.«

»Das hat Summerset mir gerade erzählt. Doch jetzt lass mich dich ansehen.«

»Du willst doch nur, dass ich mich ausziehe«, stellte sie lächelnd fest.

»Genau«, erklärte er und trat entschlossen auf sie zu. Er sah an ihrem Blick, dass ihre Schmerzen alles andere als harmlos waren. »Heute nehme ich dir diese Arbeit ab.«

Er zog ihr den Pullover hoch und ihr entfuhr ein lautes »Au«.

»Sekunde«, bat sie ihn, legte eine Hand auf ihre Schulter und versuchte, sie ein kleines Stück zu drehen, damit sie nicht mehr ganz so stach.

Sie sah eisiges Blau in seinen Augen und wusste, er erinnerte sich an McQueen.

»Dieselbe Schulter?«, fragte er sie sanft.

»Sieht ganz so aus. Sie ist in Ordnung, sie tut weh, aber ich glaube, sie ist nur verrenkt.«

»Dann schneide ich den Pulli auf.«

»Den Teufel wirst du tun. Der ist aus Kaschmir, und ich liebe ihn.«

»Ach ja?«

»Ach ja. Das Ding ist weich und warm, ich lasse nicht zu, dass du es in Stücke hackst. Sei einfach vorsichtig, okay?«

»Okay.« Er strich ihr sanft über die Wange, sah ihr forschend ins Gesicht und bat: »Entspann dich, ja? Mach dich locker, entspann dich, und ich übernehme dann den Rest.«

Sie atmete tief durch, schloss die Augen und ließ ihn langsam an der weichen Wolle ziehen. Es war gar nicht so – Scheiße, Scheiße – ja okay, jetzt war es nicht mehr ganz so schlimm.

»Siehst du? Der Pullover ist noch ganz und ...« Sie folgte seinem Blick, sah an sich herab und war etwas betroffen, als sie oberhalb ihres Tanktops einen blauen Fleck in Größe eines Kinderschädels sah.

»Wow, der schillert ja in allen Regenbogenfarben«, stellte sie bewundernd fest. »Ich glaube, da hat Chuckie mich mit seinem Kopf erwischt. Aber schließlich kam er auch wie eine Rakete angeflogen. Peng! Bei einem Zusammenstoß von Dickschädel und Titten ziehen die Titten eindeutig den Kürzeren.«

»Setz dich erst mal hin, damit ich dir die Stiefel ausziehen kann.«

Sie folgte dem Befehl und sah ihm bei der Arbeit zu. Sein kühler Ton verriet, wie wütend und besorgt er war. Was sicher daran lag, dass sie von den Verletzungen bei den Ermittlungen in Dallas gerade erst genesen war. Er hatte einfach nicht genügend Zeit gehabt, um sich von seinem damaligen Schrecken richtig zu erholen, um ihn zu beruhigen, verlieh sie bei ihren nächsten Worten der Stimme einen möglichst unbeschwerten, spielerischen Klang.

»Ich ziehe es eindeutig vor, wenn du mich hier zu Hause ausziehst. Das ist mir lieber, als wenn du erwägst, mir ein Beruhigungsmittel einzuflößen und mich in ein Krankenhaus zu zerren, damit man mich dort aus meinen Kleidern schält.«

»Genau daran hatte ich bereits gedacht.«

»Ich bitte dich. Was wäre das denn für ein Lohn für meinen tollen Fang?«

Er sah ihr ins Gesicht, und seine Anspannung ließ etwas nach. »Du hattest schon schlimmere Verletzungen.«

»Auf jeden Fall.«

»Als Nächstes kommt die Hose dran.«

Sie lächelte erneut. Zwar hatte sie noch immer Schmerzen, die jedoch dank der Tablette, die sie eingenommen hatte, nur noch undeutlich zu spüren waren. »Nur, wenn ich dir auch die Hose ausziehen darf.«

»Es schmerzt mich, dass ich auf dein großzügiges Angebot nicht eingehen kann.« Er öffnete den Reißverschluss ihrer Hose, zog sie vorsichtig an ihr herab und stellte fest: »Die blauen Flecken, die du an den Beinen hast, sehen auch nicht übel aus.«

Sachte glitt er mit den Händen über ihren Hinterkopf und atmete auf, als er dort keine Schwellungen entdeckte. »Nach den Aufnahmen im Internet gehe ich davon aus, dass dein Hintern mit Abstand das meiste abbekommen hat.«

»Er ist im Augenblick ein bisschen taub, ja. Das meiste haben tatsächlich meine Titten und mein Hintern abgekriegt.«

»Was zwei meiner Lieblingskörperteile von dir sind. Und jetzt hoch mit dir.« Er zog sie auf die Beine, hielt sie fest und küsste ihre Stirn.

Sie hatte einfach ein paar Prellungen und blaue Flecke, machte er sich selber Mut. Die hatte sie bereits des Öfteren gehabt, und die bekäme sie auch zukünftig immer wieder einmal ab.

»Hast du den Film gesehen?«

»Nein. Aber im Grunde ist das auch nicht nötig, denn ich war schließlich vor Ort und habe alles live erlebt.«

»Ich finde, dass du ihn dir trotzdem ansehen solltest.« Sachte zog er ihr das Tanktop hoch und unterdrückte einen Fluch, als er die blauen Flecken auch in Höhe ihrer Rippen sah. »Zwei Sekunden später oder wenn du dich bezüglich seiner Flugbahn und Geschwindigkeit verrechnet hättest, hätte dieser Junge mehr als ein paar blaue Flecken abgekriegt.«

»Es ging alles rasend schnell. Dieser Wichser war extrem beweglich, und er hatte ein enormes Tempo drauf. Er hat mit einer

Hand das Kind geschnappt, dem Vater seinen anderen Ellenbogen unters Kinn gerammt, eine halbe Drehung hingelegt und ausgeholt. Ein Footballspieler, Roarke. Ich bin mir sicher, dass er Footballspieler ist oder zumindest war. Und er ist wirklich stark. Ich gehe davon aus, dass Chuckie mindestens zwölf Kilo auf die Waage bringt.«

»Dreizehn, haben seine Eltern während eines Interviews gesagt.«

»Dreizehn. So, wie er das Kind geworfen hat, müsste man denken, dass es höchstens zwei Kilo gewogen hat. Das lag zum Teil an dem Adrenalinschub, den er in dem Augenblick wahrscheinlich hatte, aber trotzdem ist der Kerl echt stark.«

Inzwischen hatte Roarke ihr auch die Unterwäsche ausgezogen und betrachtete ihr Hinterteil.

»Wie schlimm ist es?« Sie verrenkte sich den Hals in dem Bemühen, selbst etwas zu sehen.

»Ein blauer Fleck sieht aus wie Afrika und einer wie Australien. Wobei noch eine kleine Inselkette zwischen beiden Kontinenten liegt.«

»Na toll, ich habe also eine Weltkarte auf meinem Arsch.« Sie schaffte es, sich so weit umzudrehen, dass sie ihr Hinterteil im Spiegel sah. »O Gott.«

»Du hast dort hinten schließlich auch kaum Fleisch.«

»Soll das eine Beschwerde sein?«

Er zog mit seinen Fingern die Konturen ihrer Hämatome nach. »Nur darüber, dass du deinen wunderbaren Hintern so verschandelt hast.«

»Am besten weiche ich mein Hinterteil und auch den Rest erst mal in heißem Wasser ein.«

»Was du jetzt brauchst, ist Eis.«

»Ich will aber kein Eis. Eis ist furchtbar kalt.«

»Ach ja? Das werde ich mir aufschreiben. Jetzt aufs Bett mit dir.«

»Ein heißes Bad täte mir sicher gut.«

»Auf jeden Fall. Nachdem du dich von mir mit Eis hast behandeln lassen. Ich fange mit dem Hintern an«, erklärte er und stapfte in den Nebenraum.

Sie sehnte sich nach einem heißen Bad und sagte sich, je eher die Eisbehandlung abgeschlossen wäre, umso schneller würde sie bekommen, woran ihr wirklich etwas lag. Vor allem war es durchaus angenehm, sich auf der Matratze auszustrecken, nachdem sie eine Position gefunden hatte, in der ihre Schmerzen annähernd erträglich waren.

Kurz darauf kam Roarke zurück und kniete sich zu ihr aufs Bett. »Warum warst du überhaupt dort in der Gegend?«

»Feeney hatte mich auf die Idee gebracht, ein paar Exfreundinnen dieser Typen zu interviewen, denn selbst wenn sie sagen, dass die Trennung sauber und in aller Freundschaft abgelaufen ist, ziehen sie für gewöhnlich durchaus gern vor anderen über den Ex her.«

Sie wollte protestieren, als die Kälte ihren wehen Hintern traf, konnte dann aber nicht leugnen, was für eine Wohltat die Behandlung war. Vielleicht war Eis in diesem Fall ja doch okay.

»Hast du was herausbekommen?«

»Allerdings, und zwar über Young-Sachs. Miras Profil trifft auf ihn zu, und mit erscheint er durchaus wie der Typ, der ganz spontan und ohne lange nachzudenken einen Mordauftrag erteilt. Aber da ist er nicht der Einzige. Ich habe Peabody gesagt, dass sie noch mit ein paar anderen Exfreundinnen sprechen soll, und wollte selbst noch mal zu WIN, als dieses Arschloch hinterrücks mit seinem Stunner auf mich losgegangen ist. Was für ein jämmerlicher Feigling«, stieß sie zornig aus.

Roarkes Hände hielten kurz in der Behandlung ihres Hinterns inne. »Er hat mitten im High Line Park auf dich gezielt?«

»Nein, unterhalb.« Verspätet wurde ihr bewusst, dass Roarke noch nicht gewusst hatte, dass hinterrücks auf sie geschossen worden war. »Aus welchem Grund auch immer habe ich den Stunner surren hören, dann habe ich zwischen meinen Schulterblättern einen leichten Druck verspürt. Das heißt, dass dein hervorragender, schusssicherer Futterstoff den Praxistest bestanden hat.«

Sie reckte einen Daumen in die Luft.

»Der Angriff zeigt, dass er verzweifelt ist. Verzweifelt, impulsiv und dumm. Mitten im Meatpacking District, in dem es vor Leuten nur so wimmelt, auf zwei Polizeibeamtinnen zu schießen, ist schließlich in höchstem Maß riskant. Auch wenn er wirklich gut gezielt hat, was mir sagt, dass er ganz sicher nicht zum ersten Mal mit einem solchen Ding geschossen hat, da er bestimmt kein Profikiller ist und trotzdem eine für Zivilpersonen nicht erlaubte Waffe hat, muss er entweder beim Militär oder ein Paramilitär gewesen sein. Vielleicht hat er auch die Lizenz zum Sammeln solcher Waffen, aber meiner Meinung nach war er beim Militär und war oder ist immer noch als Wachmann oder Leibwächter bei einem meiner hohen Tiere angestellt. Oder etwas in der Art.«

Sie venahm das Summen eines Wundheilstifts und spürte einen leichten Druck.

»Dich zu betäuben, hätte ihm im Grunde nichts gebracht. Er hätte dich schon umbringen müssen.«

»Ja. Aber nach seinem Schuss auf mich habe ich eine Bewegung aus den Augenwinkeln wahrgenommen und konnte im letzten Augenblick verhindern, dass er Peabody erwischt. Er hatte sie schon im Visier, und sie hatte keinen Wundermantel an. Also habe ich sie auf den Bürgersteig geschubst. Wahrscheinlich stammt ein Teil der blauen Flecken daher, und wahrscheinlich hat sie dabei ebenfalls was abgekriegt. Obwohl ich sofort wieder aufgesprungen bin, habe ich den Kerl wegen der vielen Leute, die dort unterwegs waren, nicht richtig gesehen. Er hatte sich schon wieder aus dem Staub gemacht, wahrscheinlich, weil er dachte, ich hätte Peabody mitgerissen, als ich selbst getroffen umgefallen bin. Er wollte uns aus dem Verkehr ziehen und ist sofort wieder abgetaucht. Das heißt, dass er mal wieder überstürzt und schlampig vorgegangen ist. Aber er war wirklich schnell, wahrscheinlich hätte ich ihn, selbst wenn er das Kleinkind nicht nach mir geworfen hätte, nicht erwischt.«

»Irgendwelche Überwachungskameras müssten ihn doch aufgenommen haben. Also kriegst du doch ganz sicher sein Gesicht.«

»Nein, ich glaube nicht. Er war mit Skimütze, Sonnenbrille und Schal vermummt und hielt zur Vorsicht noch den Kopf gesenkt. Vollkommen verblödet ist er also nicht. Wir haben die Beschreibung, die wir von ihm haben, aufs Revier geschickt, und die Kollegen führen eine Gesichtserkennung durch. Falls er beim Militär oder sogar bei unserer Truppe war, haben wir damit vielleicht Glück. Ein paar grundlegende Dinge habe ich erkannt – er ist ein großer Mann von vielleicht 1,90 Meter, circa hundertfünfzehn Kilo schwer, von kräftiger Statur und bärenstark. Ich glaube wirklich, dass er einmal Footballspieler war. Das wäre also auch noch eine Spur, der ich nachgehen kann. Einem Menschen das Genick zu brechen, wäre kein Problem für ihn. Die Muskeln dazu hat er auf jeden Fall.«

»Genau wie den erforderlichen Mangel an Moral und die Kaltblütigkeit, die dafür nötig ist. Sonst hätte er ganz sicher nicht versucht, am hellen Tag an einem gut besuchten Ort zwei Cops aus dem Verkehr zu ziehen. Und jetzt drehst du dich um, damit ich deinen hübschen Brüsten helfen kann.«

»Sie waren schon mal hübscher.«

»Aber meine sind sie immer noch«, murmelte er, und als sie sich mit einem leisen Stöhnen auf den Rücken drehte, küsste er sie sanft.

»Wobei sie an *meinem* Körper angewachsen sind.«

»Trotzdem kann ich es nicht leiden, wenn sich irgendwer erdreistet und die hübschen Brüste meiner Gattin malträtiert.«

»Das sagst du doch nur, weil du mich provozieren willst.«

»Schließlich bist du meine Frau«, rief er ihr in Erinnerung und legte vorsichtig den Eisbeutel auf ihren Oberkörper. »Deine Brüste sind sogar in diesem Zustand wunderschön.«

»Chuckie hat einen Schädel aus Granit«, stellte sie lächelnd fest. »Aber jetzt fühlen meine Brüste sich schon wieder besser an. Warum ziehst du dich nicht endlich aus, damit ich nicht allein nackt bin?«

Er pikste ihr mit einem Finger in die Schulter, und sie stieß ein lautes Zischen aus.

»Das war gemein.«

»Und gleichzeitig der Grund dafür, dass ich noch angezogen bin.«

Er legte einen anderen Eisbeutel auf ihre Schulter, und sie merkte, dass der Schmerz erheblich angenehmer als vor der Behandlung war. Vielleicht war Eis ja echt nicht schlecht?

»Es sind entweder Alexander, Pope, Parzarri oder Young, Biden, Arnold, Ingersol. Vielleicht auch Rob Newton. Whitestone schließe ich erst einmal aus, denn er wäre ganz sicher nicht so dumm gewesen, mit der Frau aus seinen feuchten Träumen nachts zu seinem eigenen Haus zu laufen, obwohl ihm bewusst ist, dass dort eine Leiche liegt. Aber jeder der drei Chefs von WIN könnte an die Kundenkonten seiner Partner gehen, weil in der Firma alles eng verwoben ist.«

»Wer käme für dich am ehesten infrage?«

»Genau das ist das Problem. Alexander, Young-Sachs und Biden sind mir alle gleichermaßen unsympathisch, während Pope als jämmerlicher Schlappschwanz ohne Eier in der Hose rüberkommt. Sie alle passen irgendwie ins Bild. Und Ingersol? Er redet viel zu viel und viel zu schnell und mischt sich viel zu sehr in alles ein. Ich halte ihn für furchtbar impulsiv. Hingegen gibt sich Newton freundlich und zurückhaltend, was aus meiner Sicht sehr clever ist. Und einer der Beteiligten an dieser Angelegenheit muss clever sein. Morgen werde ich die beiden Wirtschaftsprüfer in die Zange nehmen, falls einer von den zweien mir nicht ganz sauber vorkommt, ist das unter Umständen der Schlüssel zu dem Fall. Aber trotzdem wäre es auch dann nur ein Gefühl, ich hätte keinen einzigen echten Beweis. Deshalb muss ich einen von den Kerlen knacken, wenn ich weiß, wer alles mit in dieser Sache steckt.«

»Sterling Alexander wird in manchen Kreisen nicht als echter Unternehmer angesehen«, erklärte Roarke, während er mit dem Heilstift über ihre Schulter fuhr. »Diejenigen, die ich gesprochen habe, sagen, dass die Leute ihn vor allem wegen seines Erbes respektieren und weniger für das, was er aus diesem Erbe macht. Sie haben das Gefühl, als gäbe er zu viel für Reisen und für anderen Luxus aus, während er für seine Angestellten wenig mehr als Hungerlöhne übrig hat.«

»Gut zu wissen, auch wenn mich das nicht besonders überrascht.«

»Pope wird praktisch gar nicht wahrgenommen«, fuhr Roarke fort. »Wobei die Leute, die ihn registrieren, der Ansicht sind, dass er es ist, der sich um alles kümmert und die Bücher ihres Unternehmens führt. Alexander senior – Sterlings Vater – und die Mutter beider Männer haben immer noch die Aktienmehrheit an dem Unternehmen, obwohl sie sich dort inzwischen kaum noch engagieren. Man sagte mir, wenn rauskäme, dass in der Firma irgendetwas nicht mit rechten Dingen zugeht, müssten Pope und Alexander junior sich warm anziehen, denn die Mutter würde diesbezüglich keinen Spaß verstehen.«

»Was ist mit Alexander senior?«

»Der genießt das Leben auf dem Golfplatz und die neueste Ehefrau.« Mit diesen Worten stand Roarke auf, schlenderte ins Bad und ließ geräuschvoll Wasser in die Wanne ein. »Gattin Nummer vier, die fünfzig Jahre jünger ist als er.«

»Meine Güte, ob das wahre Liebe ist?«

»Zyniker behaupten, nein, und ich kann mir vorstellen, welcher Fraktion du angehörst.« Er öffnete ein Wandpaneel und wählte eine Flasche Rotwein aus der Bar, die dort verborgen war. »Er und Mutter Pope haben das Unternehmen groß gemacht, sehr gut damit verdient, aber gleichzeitig auch immer großzügig diverse gute Zwecke unterstützt. Jetzt genießt er den wohlverdienten Ruhestand mit seinen Golfschlägern und seiner wie manche behaupten nicht besonders hellen, jungen Frau. Aber jetzt geht's erst mal in die Wanne.«

»Es ist eine ziemlich große Wanne, und ich frage mich, warum du immer noch nicht ausgezogen bist.«

Er schüttelte den Kopf und schenkte aus der offenen Flasche

in zwei Gläser ein. »Du denkst bei all den blauen Flecken, die du hast, doch sicher nicht an Sex.«

»Ich denke eher daran, wie angenehm es ist, wenn du mich pflegst. Weil du ein wirklich attraktiver Krankenpfleger bist.«

Er lachte fröhlich auf. »Setz dich erst mal in die Wanne, Lieutenant, dann sehen wir, wie's dir dort mit deinem Rotwein geht.«

»Du hast gesagt, ich sollte mich entspannen.« Sie streckte eine Hand in seine Richtung aus, damit er ihr beim Aufstehen half, und schmiegte sich an seinen Körper.

»Das habe ich.« Er erwiderte den Kuss, den sie ihm gab, doch als sie ihre Arme hob, um sie ihm um den Hals zu schlingen, keuchte sie vor Schmerz.

»Okay, die Schulter ist noch ein Problem«, räumte sie widerstrebend ein. »Aber das bedeutet nur, dass du die ganze Arbeit machen musst.«

Er stellte sein Weinglas auf den Tisch, entledigte sich der Krawatte, des Jacketts und seines Hemds und nahm ihr breites Lächeln und den Glanz in ihren Augen wahr.

Vorsichtig nahm er sie auf den Arm, gab ihr einen sanften, warmen Kuss, trug sie ins Bad und setzte sie dort sachte in dem warmen Schaumbad ab.

»Oh Gott, ja.« Sie stöhnte vor Erleichterung. »Genau so habe ich's mir vorgestellt.«

»Entspann dich«, bat er sie erneut.

»He.« Sie runzelte die Stirn, als er den Raum verließ.

Sie wollte Sex, na und? Netten Sex in einem Schaumbad, der sie ihre Schmerzen kurzfristig vergessen ließ. Wobei das Schaumbad, wie sie schnuppernd feststellte, einen ganz besonderen Duft verströmte. Angenehm und irgendwie gesund.

Trotzdem sah sie ihn durchdringend an, als er mit ihren Weingläsern und irgendeiner Creme zurück ins Badezimmer kam.

»Was ist das?«

»Etwas, was deiner Schulter guttun wird. Hier, trink erst mal einen Schluck von deinem Wein.« Er reichte ihr das Glas, stellte die anderen Sachen auf den Wannenrand und zog den Rest seiner Kleider aus.

»So ist es schon besser.«

»Wobei ich mit meinem Bericht noch nicht zu Ende war.«

Plötzlich kam ihr ein Gedanke, und sie blickte voller Argwohn auf ihr Glas. »Du hast doch kein Beruhigungsmittel in den Wein gekippt?«

»Du warst bereits ein braves Mädchen und hast eine Schmerztablette eingenommen, hast dich ohne große Gegenwehr mit Eis behandeln lassen und nicht mal gejammert, als ich mit dem Heilstift kam. Und obwohl dir weiter alles wehtut und du furchtbar steif bist, bin ich nicht der Ansicht, dass du ein Beruhigungsmittel brauchst. Auch wenn deine Schulter mir zu schaffen macht.«

»Mir bestimmt noch mehr.«

»Das kann ich mir nicht vorstellen, denn ich liebe dich, deshalb macht mir zusätzlich zu schaffen, dass ich dir nicht helfen kann.«

»Du kannst mir immer helfen, und das hast du auch in dieser Sache schon getan«, gab sie zurück, als er sich hinter ihr ins dampfend heiße Schaumbad gleiten ließ.

»Jetzt gehe ich sogar so weit, dir zuliebe vor mich hin zu köcheln. Au.« Das Wasser schien zu kochen, aber er verrieb die Creme für ihre Schulter zwischen seinen Händen und strich die Verletzung sachte damit ein.

»Dafür, dass mir jetzt die Schulter wehtut, hätte ich dem Arschloch wirklich gerne einen Tritt verpasst.«

»Immerhin hast du ein kleines Kind gerettet.«

»Während unser Killer abgehauen ist. Früher oder später werde ich den Kerl erwischen, dann hole ich den Arschtritt nach.«

»Davon bin ich überzeugt. Aber jetzt berichte ich dir erst mal weiter, was man sich über Young-Sachs erzählt.« Er erhöhte vorsichtig den Druck auf ihre Schulter und massierte die Lotion in die Muskeln ein. »Er gilt allgemein als relativer Schwachkopf.

Seine Mutter hat ihn fürchterlich verwöhnt, ihm niemals irgendwelche Grenzen aufgezeigt, und er bildet sich auch als Erwachsener noch ein, er könnte tun und lassen, was er will. Er mag Frauen und hat kein Problem damit, für sie zu zahlen. Genauso gerne wirft er regelmäßig eine Reihe von verbotenen Substanzen ein.«

»Er war high, als ich mit ihm geredet habe.«

»Was beweist, dass er der Ansicht ist, er könnte machen, was er will, ohne dass er dafür zur Rechenschaft gezogen wird. So war es bisher schließlich auch. Er verbringt eine gewisse Zeit im Unternehmen, denn seinem Vertrag zufolge muss er fünfundzwanzig Stunden in der Woche im Büro oder geschäftlich unterwegs sein, damit er sein nicht gerade bescheidenes Gehalt und die diversen Bonuszahlungen bekommt.«

»Fünfundzwanzig Stunden in der Woche? Ich bin überrascht, dass er noch keinen Burnout hat.«

»Anscheinend sitzt er seine Zeit dort einfach ab. Wenn er will, kann er durchaus verbindlich und charmant sein, er ist attraktiv, treibt gerne Sport und ist ein angenehmer Gastgeber, wenn er mit Kunden essen geht.«

»Aber von dem Unternehmen selber hat er keinen blassen Schimmer«, warf Eve ein. »Auf meine Fragen dazu ist nicht er, sondern immer die nordische Göttin eingegangen, die zum einen seine Assistentin und zum anderen seine Geliebte ist.«

»Wie sollte man auch einer Göttin widerstehen?«

»Sie schläft mit ihm, weil sie ihn liebt, aber ihm geht es nur um den Sex. Seine Ex – die super aussieht und aus einer wohlhabenden, angesehenen Familie stammt – hat für mich das Bild von einem Mann gezeichnet, dem es darum geht zu haben, was ihm nicht gehört. Er setzt alles dran, es zu bekommen, und sobald er das geschafft hat, interessiert es ihn nicht mehr. Wahrscheinlich würde Mira mir etwas vom Kind im Mann erzählen, aber meiner Meinung nach hat dieses Kind es schon seit einer Ewigkeit verdient, dass man ihm eins hinter die Löffel gibt.«

Was auch immer in der Creme war, tat wirklich gut, erkannte Eve und seufzte wohlig auf.

»Ich weiß nicht, ob er genug auf dem Kasten hätte, um die Bücher zu manipulieren oder irgendeinen halbseidenen Deal zu machen, aber wenn ja, würde er denken, er hätte das Recht, so was zu tun. Ich könnte mir durchaus vorstellen, dass er einen Mord in Auftrag gibt, um etwas zu bekommen, was ihm nicht gehört. Zum Beispiel irgendwelche fremden Firmendaten, aber nur, wenn er auch wüsste, was in aller Welt er damit machen soll. Was ich mir wiederum nicht vorstellen kann.«

»Der jüngere Biden wüsste es bestimmt. Es heißt, er wäre clever und verschlagen, ehrgeizig und völlig skrupellos.«

»Den Eindruck hat er auch auf mich gemacht.«

»Außerdem ist er angeblich ziemlich aufbrausend. Er genießt das Leben, in das er hineingeboren wurde, und das ist sein gutes Recht, aber gleichzeitig wirkt er wie jemand, der niemals wirklich zufrieden ist. Er soll eiskalt und ziemlich grausam sein und zwar als Unternehmer wie privat.«

»Du hast aber ganz schön gründlich recherchiert.«

»Die Leute reden einfach gern. Klatsch ist einer von den Schmierstoffen, der das Geschäft am Laufen hält. Ich habe auch ein paar Informationen über einige der anderen Namen, die du mir gegeben hast.«

»Die hätte ich natürlich auch noch gerne, aber ich bin sicher, dass es einer oder zwei dieser vier Männer sind.«

Sie ließ vorsichtig die Schulter kreisen und nahm dabei höchstens noch ein leichtes Zwicken wahr. »Es geht mir schon viel besser. Vielleicht musst du doch nicht mehr die ganze Arbeit allein leisten.«

»Wenn du deine Schulter überanstrengst, tut sie nachher sicher wieder weh. Also entspann dich, ja?«

»Ich bin bereits entspannt.«

»Aber noch nicht genug.« Er glitt mit seinen eingecremten Händen über ihre Brüste und erklärte: »Schließlich war der kleine Chuckie nicht der Einzige, der vorhin durch die Luft geflogen ist.«

»Was?«

»Sieh dir einfach das Video an. Du bist ein paar Meter rückwärtsgeflogen, bevor du im Gras gelandet bist. Es sah aus, als hättest du eine Kanonenkugel aufgefangen, nach deinem Aufprall auf dem Rasen lagst du mehrere Sekunden kreidebleich und vollkommen benommen da.« Er presste ihr die Lippen auf die Schulter, während er die Hände weiter über ihren Brüsten kreisen ließ. »Aber dann, meine geliebte Eve, als das Kind vor Schreck anfing zu schreien, sahst du nur noch verwirrt und leicht verärgert aus. Ich konnte praktisch hören, wie du dachtest *Was zum Teufel stelle ich mit diesem Ding jetzt an?«*

»Hast du das mit irischem Akzent gehört?«

»Es war vor allem dein Gesichtsausdruck, der mich erleichtert hat. Obwohl ich schon vor Anschauen dieses Filmes wusste, dass dir nichts weiter passiert war, ging es mir erst wieder gut, als ich deine verblüffte und genervte Miene sah. Dann war deine treue Partnerin zur Stelle.«

»Das heißt, du hast Termine abgesagt und wahrscheinlich mehrere milliardenschwere Deals verschoben, um jetzt hier zu sein.«

»Das ist eben wahre Liebe.«

Sie schloss ihre Augen, als er mit den Händen über ihren Körper glitt. »Das ist etwas, wovon die Leute, die ich ins Visier genommen habe, nichts verstehen. Vielleicht fällt es ihnen deswegen so leicht, zu töten oder dafür zu bezahlen, dass jemand anderes einen Mord für sie begeht. Wobei es meiner Meinung nach sogar noch kälter ist, wenn man nicht mal in der Lage ist, es selbst zu tun. Das ist, wie wenn man Leute engagiert, um das Haus oder Büro von Ungeziefer zu befreien. Man will selber mit den Viechern nichts zu tun haben, weil das einfach zu eklig ist. Also bezahlt man jemand anderen dafür. In meinem Fall zahlt jemand Geld, weil es ihm selbst um Kohle geht. Nicht aus Not, aus Liebe oder Leidenschaft. Und er denkt diese Sache nicht mal selber bis zum Ende durch, die Einzelheiten interessieren ihn nicht. Die Sache soll einfach erledigt werden, also erteilt er einfach einen Auftrag und vermasselt sich nicht selbst den Tag, indem er die Details des Auftrages überdenkt.«

»Warum hat der Kerl vorhin versucht, dich aus dem Verkehr zu ziehen?« Roarke wusste es bereits, doch ihm lag daran, dass sie selbst darüber sprach.

»Weil ich ihm auf die Nerven gehe und weil ich ihm nicht das Geschäft vermasseln soll. Es beleidigt ihn und macht ihm etwas Angst, dass ich ihm auf den Fersen bin. Er dachte, dass die Sache für ihn abgeschlossen ist, sobald er mich und Peabody erledigt hat. Was natürlich grottendämlich ist, aber auch der Mord an Dickenson war alles andere als schlau. Denn jetzt nimmt einfach jemand anderes den Ball und setzt das Spiel an ihrer Stelle fort.«

»Vielleicht wollten sie dadurch einfach Zeit gewinnen«, meinte Roarke.

»Das könnte sein, aber durch den Mord an einer Polizistin kriegt man es mit der gesamten New Yorker Polizei zu tun. Wobei der geballte Zorn der Truppe nichts ist im Vergleich mit dem geballten Zorn Roarkes.«

»Den hat er schon geweckt«, erklärte er.

»Ich weiß, aber mir geht es gut. Ich bin hier und mir geht's gut.« Sie schlang ihren gesunden Arm um seinen Hals. »Sie vergehen alle vor Eifersucht auf dich. Auch das ist eine Art von Gier. Sie wollen, was du hast.«

»Aber das bekommen sie nicht.«

»Das ist ihnen klar. Weshalb sie noch angefressener sind. Statt wie sie ein Unternehmen und Geld zu erben, bist du ein Emporkömmling.«

Er lachte fröhlich auf. »Willst du mich beleidigen?«

»Ein irischer Emporkömmling, der auf der Straße groß geworden ist, mit zwielichtiger Vergangenheit und einem Cop als Frau. Es kotzt diese Typen ganz besonders an, dass ihnen deine Polizistin auf den Fersen ist. Aber wir werden diesen Kerlen zusammen eine Lektion erteilen.«

»Sie kennen meine Polizistin nicht.« Er drehte sie ganz vorsichtig zu sich herum und sah ihr ins Gesicht. »Aber ich kenne dich.«

Er gab ihr einen sanften Kuss, doch als sie ihn zärtlich streicheln wollte, hielt er ihre Hände fest. »Nein. Du hast die Sache angefangen, und jetzt musst du eben über dich ergehen lassen, was du angezettelt hast.«

»Keine Angst, das schaffe ich.«

»Das werden wir ja sehen.«

Wieder presste er ihr sanft die Lippen auf den Mund. Er hatte sie nur pflegen und vor allem ihre Schmerzen lindern wollen, aber ihm war klar, sie brauchte mehr. Sie brauchte ihn und musste ihnen beiden zeigen, dass sie nicht geschlagen, nicht mal zurückgeworfen worden war.

Vielleicht zum Teil in der Erinnerung an andere Verletzungen, die sie bereits davongetragen hatte, oder daran, dass sie erst vor ein paar Wochen um ein Haar von Issac McQueen getötet worden wäre und ihn beinah selbst getötet hätte, während sie noch unter Schock gestanden hatte und vor Angst und Schmerzen außer sich gewesen war.

Im Grunde aber spielte es keine Rolle, was der Grund ihres Verlangens war. Er würde ihr geben, was sie brauchte, alles andere war egal.

Trotzdem ging er es liebevoll, sanft und langsam an.

Er spürte, wie sie sich an seinen Körper schmiegte, wie sie allein bei seinem Körper zur Ruhe kommen konnte. Sie, die sich sonst niemals unterwarf, würde sich ihm völlig unterwerfen, was ein Zeichen ihres endlosen Vertrauens und für ihn das kostbarste Geschenk von allen war.

Er tröstete, und er erregte sie mit seinen Händen, mit seinen Lippen und murmelte sanft: *»A ghra.«*

Langsam führte er sie fort von Ängsten und von Schmerzen, bis sie nur noch seidig weiche, warm glänzende Freude über ihr Zusammensein empfand. Er hüllte ihren Leib und auch ihre Gedanken ganz in diese Freude ein, und seine Worte rührten an ihr Herz.

Meine Liebe, nannte er sie wie bereits so oft, weil sie die einzige und wahre Liebe seines Lebens war.

Der Schaum verströmte einen süßen Duft, und ihr kam es so vor, als könne sie auf diesem Schaum, mit diesem Mann, mit dem, was sie einander gaben und was niemand anderes ihnen je zu geben in der Lage wäre, einfach so davontreiben, bis nichts mehr außer ihnen beiden von Bedeutung war.

Er spendete ihr Trost, noch ehe ihr bewusst war, dass sie des Trosts bedurfte, er hatte ihr zuvor so leeres Leben bis zum Rand mit Liebe angefüllt.

Noch bevor sie darum hatte bitten können, war er extra früher heimgekommen, um ihr den erforderlichen Trost zu spenden und ihr Leben abermals mit Liebe anzufüllen.

»Ich liebe dich.« Sie schmiegte ihr Gesicht an seine Wange. »Über alles.«

Über alles, dachte er und schob sich vorsichtig in sie hinein. Über alles und für alle Zeit.

Sie trieb schwerelos auf einer Wolke der Glückseligkeit dahin. Verschränkte ihrer beide Hände, und gemeinsam trieben sie an einen Ort, an dem nichts außer ihnen beiden von Bedeutung war.

13

Es ging ihr wieder deutlich besser, fand Eve und schaltete in ihren Arbeitsmodus um. Sie würde sich zwar nicht direkt mit einem Junkie, der auf Zeus war, prügeln wollen, doch in einem Notfall stünden ihre Chancen sicherlich nicht schlecht.

Unter den gegebenen Umständen gelänge es ihr vielleicht, Roarke zu Pizza und dazu zu überreden, in ihrem Arbeitszimmer noch einmal den gesamten Fall mit ihr zusammen durchzugehen.

Gemeinsam gingen sie in ihr Büro, und während er noch ein Glas Rotwein trank, entschied sie sich für eine Dose eisgekühlter Pepsi, denn sie brauchte dringend Koffein.

Aus Gründen der Behaglichkeit hatte sie ein verwaschenes, verbeultes T-Shirt, eine Hose aus Flanell und dicke Socken an.

Wenn nicht die Arbeit rief, lag sie in diesem Outfit für gewöhnlich auf der Couch und schaute sich mit Roarke zusammen einen seiner alten Filme an.

Aber die Arbeit rief.

»Ich dachte, dass wir vielleicht ein paar Sachen auf den Grund gehen können, während ...«

»Haben wir nicht eben in der Wanne schon genug Dinge erforscht?«

»Du bist einfach pervers.« Sie wies mit ihrer Pepsidose auf die Tafel, die in einer Ecke stand. »Die Sachen, die du mir erzählt hast, haben mein Bild von einigen der Leute, die da hängen, abgerundet. Es war wirklich interessant für mich zu hören, wie ein Unternehmer diese Männer sieht. Vielleicht kannst du ja noch ein bisschen ins Detail gehen, damit ich ein paar zusätzliche Hypothesen zu den Männern anstellen kann.«

»Das kann ich tun.«

»Toll. Währenddessen können wir was essen. Beispielsweise Pizza, weil das immer so schön einfach ist.«

»Auf keinen Fall. Nach einem derart anstrengenden Tag brauchst du etwas Nahrhaftes.«

»Ich habe aber keinen großen Hunger«, maulte sie, als sie eins ihrer Lieblingsessen außer Reichweite verschwinden sah. »Es geht mir wieder gut, und außerdem hat Pizza, was den Nährwert angeht, vollkommen zu Unrecht einen derart schlechten Ruf.«

Wortlos ging er in die Küche, und verbittert dachte sie, wahrscheinlich käme er mit Hühnersuppe oder Haferschleim für sie zurück. Die sie brav essen müsste, weil er extra früher heimgekommen und bereit war, einen Großteil seines Abends damit zu verbringen, dass er ihr bei ihrer Arbeit half.

Sie würde seinen blöden Haferschleim also hinunterwürgen, auch wenn ihr das Zeug zuwider war.

Grimmig trat sie vor die Tafel, hängte ein paar neue Bilder auf und ein paar alte Bilder um, konnte aber im Grunde immer noch keinen großen Unterschied zwischen den Hauptverdächtigen in diesem Mordfall sehen. Selbstverständlich gab es rein äußerlich betrachtet jede Menge Unterschiede zwischen diesen Typen, aber hinter der Fassade waren sie alle gleich, und wie sie tickten, würde sie wahrscheinlich nie verstehen.

Als ihr Handy schrillte, zog sie es aus der Tasche und sah Peabodys Gesicht auf dem Display. »Was gibt's?«

»Hi. Ich schicke Ihnen meine Aufzeichnungen der Gespräche mit den Exfreundinnen zu. Ich weiß nicht, ob Sie uns wirklich weiterhelfen, auch wenn Bidens Ex kein gutes Haar an ihm gelassen hat. Es kam mir vor, als ob die Frau total verbittert wäre, wenn Sie wissen, was ich damit sagen will.«

Eve blickte flüchtig auf, als Roarke mit ein paar Tellern aus der Küche kam. »Ich denke, schon.«

»Whitestones letzte feste Freundin war zwar auch ein bisschen sauer, doch vor allem war sie traurig, denn sie meint, er wäre ein echt netter Mensch, nur hätte er immer mehr Zeit mit seiner Arbeit oder seinen Freunden als mit ihr verbracht. Ingersol hat keine echte Ex, sondern einfach ein paar Frauen, mit denen er sich je nach Lust und Laune trifft. Sie alle stimmen darin überein, dass er zwar äußerst amüsant ist, aber eine feste Bindung scheut.«

»Ich werde mir Ihre Notizen ansehen«, sagte Eve ihr zu, als Roarke noch mal im Nebenraum verschwand und zwei Sekunden später wieder auf der Bildfläche erschien.

»Bei Newtons Verlobter war ich nicht, denn sie würde wahrscheinlich sowieso ein Loblieb auf ihn singen, aber ich dachte mir, dass es bestimmt nicht schaden kann zu hören, wie ihre Freundinnen ihn sehen.«

»Gute Idee.«

»Das fand ich auch. Wobei die nur zu berichten wussten, dass die beiden superglücklich, unsterblich verliebt, das ideale Paar und wie geschaffen füreinander sind. Irgendwelchen bösen Tratsch gab es aus dieser Richtung nicht.«

»Was uns ebenfalls etwas sagt.«

»Okay, im Grunde habe ich Sie angerufen, um zu sehen, wie es Ihnen geht. Sind Sie okay?«

»Es geht mir gut.«

»Es gibt einen, das heißt, eine ganze Reihe Videos von dem Fang im Internet.«

»Das habe ich gehört.«

»Es war ein wirklich toller Fang, nur schade, dass nicht einer von den Leuten, die gefilmt haben, eine gute Aufnahme des Werfers hinbekommen hat.«

»Die elektronischen Ermittler sollen sehen, ob sie was finden. Aber jetzt kommen erst einmal die beiden Wirtschaftsprüfer aus der Klinik in Las Vegas und werden direkt vom Flughafen ins Stuben Health und Wellness transportiert. Kommen Sie morgen früh um acht zur Notaufnahme, dann nehmen wir die beiden in Empfang.«

»Ich werde pünktlich sein. Vielleicht kann ja einer von den Ärzten Sie kurz durchchecken, wenn wir schon einmal in der Klinik sind.«

»Wie gesagt, ich bin okay.« Bevor ihr Peabody noch weiter

mit dem Thema in den Ohren liegen konnte, legte sie entschlossen auf und trat an den von Roarke gedeckten Tisch.

Er hatte seine eigene Version von Hafergrütze auf den Tisch gestellt.

Es war kein Haferschleim, aber …

»Das ist sehr viel Gemüse.«

»Allerdings, und wenn du dein Gemüse wie ein braves Mädchen isst …« Er hob den Silberdeckel über einem anderen Teller an, und sie entdeckte eine kleine Pizza, auf der die Salami wie ein Smiley angeordnet war.

Obwohl sie sich das Lachen nicht verkneifen konnte, meinte sie in möglichst strengem Ton: »Du hältst dich wohl für witzig, Kumpel.«

»Unbedingt.«

»Wollen wir doch mal sehen, wer von uns als Letzter lacht. Au!« Es fiel ihr nicht mehr schwer, ihn böse anzusehen, als sie nach der Pizza greifen wollte und ihr Mann ihr unsanft auf die Finger schlug.

»Erst das Gemüse.«

Jetzt runzelte sie zu dem bösen Blick auch noch die Stirn. »Ich habe Männer schon für weniger verdroschen.«

»Willst du es versuchen?«, bot er unbekümmert an und schob sich selber eine Gabel voll Gemüse in den Mund.

»Wegen der Smiley-Pizza sehe ich großmütig davon ab.« Jetzt kostete auch sie von dem Gemüse und erkannte, dass es gar nicht mal so übel war. Was sicher an der wunderbaren, scharfen Sauce lag. »Wir haben also Gier«, lenkte sie das Gespräch zurück auf ihren Fall, »Maßlosigkeit und Neid. Vielleicht auch Lust und wenigstens bei einigen von ihnen grenzenlose Faulheit. Was fehlt uns noch?«

»Mit Zorn und Stolz wären die sieben Todsünden komplett.«

»Okay, die passen durchaus auch ins Bild. Wobei am auffälligsten Gier und Neid in dieser Gruppe sind. Sie werden Todsünden genannt, weil sie zu anderen Sünden führen, stimmt's? Weil sie die Wurzel aller anderen Übel sind.«

»So könnte man es sehen.«

»Du hast einige von diesen Eigenschaften – so wie jeder andere auch – aber du kommst sehr gut damit zurecht. Wobei du alles andere als faul bist und dir alles selber erarbeitest, woran dir etwas liegt. Und zwar körperlich und geistig. Du denkst an alle Einzelheiten eines Deals, planst alles selbst und investierst viel Zeit in deinen Job. Mehr als die meisten anderen in deinen Gefilden, die nicht mehr gezwungen sind, sich ihren Lebensunterhalt noch zu verdienen. Denn dir geht es bei der Arbeit um den finanziellen Gewinn, aber im selben Maß auch um den Lustgewinn.«

»Ich hätte angenommen, dass es darum eben in der Badewanne ging.«

»Lust am Geschäftemachen«, meinte sie, während sie mit der Gabel auf ihn wies. »Diese Lust hat Whitestone, wie es aussieht, ebenfalls. Er hat Lust zu seiner Arbeit und hat jeden Tag beim Aufstehen den Wunsch, so schnell wie möglich ins Büro zu fahren. Deshalb hat er auch Erfolg.«

»Deshalb und weil er Talent für seine Arbeit hat. Denn man kann durchaus etwas wollen, aber reines Wollen ohne Fähigkeiten führt am Ende niemals zu Erfolg.«

»Da hast du recht. Wobei aus meiner Sicht meine vier Hauptverdächtigen nicht wirklich Lust haben zu den Dingen, die sie tun, sondern einzig von den Dingen profitieren wollen, die von anderen geleistet werden.«

»Ihre Lust gilt also einzig dem Gewinn, was meiner Meinung nach dasselbe ist wie Gier.«

Sie nickte zustimmend und sah ihn fragend an. »Kannst du mir mal sagen, was das hier auf meiner Gabel ist?«

Das Wort Senfkohl würde ihr nichts sagen, also meinte er: »Was Leckeres«, und lächelte sie fröhlich an.

Da es durchaus nicht ungenießbar war, beließ sie es dabei. »Wie dem auch sei, wenn jemand seiner Arbeit ohne echte Lust, ohne echte Fähigkeiten und dazu noch ohne Wertschätzung für das, was ihm das Geld einbringt, nachgeht, sucht er bestimmt nach einem Weg, auf dem sich mit möglichst wenig Einsatz möglichst viel verdienen lässt.«

»Das heißt, dass er die Arbeit delegiert oder betrügt.«

»Andere haben sich was ausgedacht und aufgebaut und waren gut in ihrem Job, bevor du selbst im Chefsessel gelandet bist, wo du das Unternehmen nicht nur aufrechterhalten, sondern wenn es geht, sogar noch ausbauen sollst. Das ist vielleicht ein Privileg, aber du stehst deshalb auch ziemlich unter Druck.«

»Erinner mich daran, wenn wir mal Kinder haben. Es ist wichtig, ihnen eine gute Grundlage zu geben, aber nicht so viel, dass sie nicht selbst gezwungen sind, etwas zu tun.«

Darüber dachte sie jetzt ganz bestimmt nicht nach.

»Auf der anderen Seite sieht es aus, als hätte Alva Moonie von ihrer Familie eine ausgeprägte Arbeitsmoral und Verantwortungsbewusstsein mitbekommen, denn nach einer wilden Phase geht sie jetzt ihrer Tätigkeit mit Freude und dem Wunsch, es möglichst gut zu machen, nach. Es ist also nicht unbedingt das Geld, das Menschen korrumpiert. Es ist ...«

» ... die Gier. Womit wir abermals beim Thema sind.«

»Das nehme ich zumindest an.«

Sie aß schweigend weiter und nach kurzem Überlegen fuhr sie fort: »Das trifft auf alle diese Leute zu, außer vielleicht auf Pope. Entweder er ist die graue Maus, die er zu sein scheint, oder er ist wirklich gut darin, die graue Maus zu spielen. Wir müssen nach privaten und versteckten Konten und nach nicht ganz sauberen Immobilien suchen. So was haben diese Typen doch bestimmt.«

»Ich habe schon mit der Suche angefangen, aber jetzt hast du das Feld ein bisschen eingegrenzt, deshalb werde ich mich vor allem auf die Leute konzentrieren, die für dich ganz oben auf der Liste stehen.«

Sie nickte und war froh, dass sie inzwischen ihr Gemüse aufgegessen hatte und die Pizza an der Reihe war. »Du kannst denken wie ein Cop.«

Er runzelte die Stirn, und lächelnd fuhr sie fort. »Das hast du gelernt, um ihnen aus dem Weg zu gehen oder weil du klüger sein musstest als sie. Womit wir wieder bei den Wurzeln wären. Du konntest diese Fähigkeit noch ausbauen, während du uns als Berater bei verschiedenen Ermittlungen geholfen hast. Außerdem bist du das größte Tier, das die Geschäftswelt je gesehen hat, und denkst als Unternehmer stets im großen Stil. Inzwischen habe auch ich selber ein Gefühl dafür entwickelt, das ich auf den Fall anwenden kann, aber meine Sicht der Leitung eines Unternehmens basiert auf dem, was ich dich machen sehe, und das sehe ich bei diesen Leuten nicht.«

»Bei deinen Fällen ging es doch schon öfter um Bereiche, die dir völlig fremd waren.«

»Absolut. Nur ist es diesmal eben so, dass mir der weltbeste Berater zu dem Thema zur Verfügung steht. Auch wenn der leider gerade ein Stück meiner Pizza isst.«

»Wer hat denn gesagt, dass diese Pizza dir allein gehört?« Er prostete ihr mit dem Pizzastück zu und biss genüsslich davon ab. »Du willst doch bestimmt nicht, dass ich denke, du bist gierig oder maßlos.«

»Haha. Aber wie dem auch sei, sehe ich mir immer wieder die verschiedenen Töne und Schattierungen an meiner Tafel und in meinen Aufzeichnungen an, und habe das Gefühl, als würde ich die ganze Zeit etwas übersehen. Irgendeine Nuance, die das Feld noch mehr begrenzen würde oder so. Du wirst das Motiv des Auftraggebers in den Zahlen und den Büchern, den Steuergesetzen und dem anderen Schwachsinn finden. Wobei du meiner Meinung nach wahrscheinlich jede Menge halbseidener Deals und Schlupflöcher entdecken wirst, die zu klein sind, um hindurchzuschlüpfen, ohne dass man dafür irgendwelche Helfer schmiert.«

»Das habe ich bereits. Aber meiner Meinung nach ist keine dieser Sachen groß genug, um deshalb in Panik auszubrechen oder eine Wirtschaftsprüferin aus dem Verkehr zu ziehen. Man bräuchte nur ein paar Zahlen zu verändern, eine kleine Strafe oder irgendwelche Steuern oder Zinsen nachzuzahlen, und ein guter Steuer- oder Unternehmensanwalt könnte mühelos darauf plädieren, dass man die Gesetze falsch verstanden hat oder dass einem Angestellten bei der Buchführung ein Fehler unterlaufen ist.«

»Selbst wenn ich die Fehler in den Büchern finden würde, könnte ich das nicht beurteilen. Du hast mich gefragt, wer meiner Meinung nach hinter der Sache steckt. Was denkst denn du, wer unser Auftraggeber ist?«

Er schüttelte den Kopf und lehnte sich mit seinem Wein zurück. »Ich bin kein ausgebildeter Ermittler, habe selbst mit keinem der Verdächtigen gesprochen, und es wird bestimmt noch eine Weile dauern, bis die Analyse der Finanzen dieser Leute abgeschlossen ist.«

Sie nahm ein Stück Salami von der Pizza, faltete es sorgfältig zusammen und schob es sich genüsslich in den Mund. »Was sagt dir dein Gefühl? Du kennst dich in der Geschäftswelt und mit anderen Unternehmensführern deutlich besser aus als ich. Du verstehst, wie diese Leute ticken, weil du selber Unternehmer bist, ich will einfach von dir wissen, wen ich aus deiner Sicht genau unter die Lupe nehmen soll.«

Es überraschte ihn, wie sehr er es gewohnt war und genoss, ihr dabei zuzusehen, wie sie die Leute, die Beweise, den zeitlichen Ablauf, und die möglichen Motive auseinandernahm, weil das Zusammenspiel ihres Verstandes und ihres Instinkts während der Jagd ein faszinierendes Schauspiel war.

»Wenn ich mich irre, schlägst du meinetwegen vielleicht eine falsche Richtung ein.«

»Hauptsache, du gibst mir erst mal eine Richtung vor, egal ob richtig oder falsch. Danach liegt es bei mir herauszufinden, was ich damit mache und wie ich die Sache angehe. Die Richtung weiterzuverfolgen oder nicht. Du bist in dieser Sache der Experte, und ich brauche deinen Rat.«

»Meinetwegen. Sterling Alexander.«

»Und warum?«

»Am besten fangen wir damit an, warum ich glaube, dass es keiner von den anderen ist.« Er stand auf und sah sich wie sie selbst sonst immer ihre Tafel an.

»Wie sieht's zum Beispiel mit Young-Sachs und den Todsünden aus? Seine Faulheit übersteigt seine Gier und seine Lust bei Weitem. Am liebsten legt der Kerl die Hände in den Schoß, deshalb hat er eine Assistentin, die sich besser mit dem Unternehmen auskennt als er selbst. Was von grenzenloser Faulheit, aber auch von einem hohen Maß an Dummheit spricht. Den eigenen Laden sollte niemand so gut kennen wie man selbst. Wenn ihm sein Geld nicht reichen würde, bräuchte er wahrscheinlich nur zu seiner Mom zu gehen. Er hat keinen Grund zu betrügen oder zu stehlen, und ist weder ehrgeizig noch schlau genug, um so etwas zu tun.«

»Mir hat er gefallen.«

»Ach ja?«

»Ich meine als Verdächtiger, und zwar, weil er mir alles andere als sympathisch ist. Genau das ist ein Teil meines Problems. Auf die eine oder andere Art finde ich sie alle widerlich.«

»Wahrscheinlich, weil dir dein Instinkt verrät, dass keiner dieser Typen völlig sauber ist. Bestimmt hat jeder von ihnen irgendwelche kleinen, schmutzigen Geheimnisse, die er versteckt, so gut es geht.«

»Kann sein. Wobei Young-Sachs seinen Drogenmissbrauch und seine fehlende Kompetenz als Finanzvorstand des Unternehmens regelrecht zur Schau gestellt hat, als wir bei ihm waren. Er benutzt die Firma, um an seine Drogen zu gelangen. Das weiß ich genau. Und Biden gibt sich alle Mühe, andere vor den Kopf zu stoßen, ich bin mir sicher, dass er, wenn vielleicht auch eher in bescheidenem Rahmen, in die Kasse greift. Und Pope ist so verdammt entgegenkommend und derart bereit, die Verachtung des Halbbruders zu ertragen, dass es fast schon unglaubwürdig wirkt. Aber was du sagst, ergibt natürlich durchaus einen Sinn.«

»Dann sagt dir also dein Instinkt, dass sie alle auf die eine oder andere Weise nicht ganz sauber sind.«

»Ja, genau das ist auch das Problem.«

Sie stand ebenfalls auf, trat neben ihn und schaute sich die

Tafel an. »Also erzähl mir weiter, wer aus deiner Sicht aus welchen Gründen vielleicht nicht infrage kommt.«

»Okay. Wie fälscht man die Bücher seines Unternehmens – denn ich bin mir sicher, dass das hinter allem steckt – wenn man keine Ahnung von Buchhaltung hat? Young-Sachs ist dumm, inkompetent und seine Faulheit überwiegt noch seine Gier.«

»Okay, er ist es also nicht. Wie sieht's mit den anderen aus?«

»Am besten bleiben wir erst mal beim selben Unternehmen und sehen uns diesen Tyler Biden an. Er ist ein unsicherer Kantonist, denn er ist jähzornig, er schafft es nicht, sich der Loyalität seiner Angestellten zu versichern, und vor allem ist der Finanzchef seiner Firma ein Idiot.«

»Dem bestimmt nicht auffällt, wenn mit seinen Büchern was nicht stimmt.«

»Richtig, aber wie es aussieht, ist die Assistentin und gleichzeitige Bettgenossin dieses Trottels alles andere als dumm. Du hast selbst gesagt, dass sie in ihren Chef verliebt oder ihm auf jeden Fall gefühlsmäßig verbunden ist. Da dürfte es ein bisschen schwierig sein, besagte Assistentin dazu zu bewegen, etwas zu vertuschen, was ihren Boss und gleichzeitigen Liebhaber in Schwierigkeiten bringen kann, wenn es herauskommt. Und natürlich auch sie selbst, denn in dem Unternehmen dürfte allgemein bekannt sein, dass es im Grunde sie ist, die die gesamte Arbeit des Vorgesetzten macht.«

»Richtig, aber ...«

»Ich bin noch nicht fertig«, meinte Roarke, denn langsam machte ihm die Sache Spaß. »Er ist ein zorniger und ehrgeiziger Mann, der wissen muss, dass viele vielleicht nicht zu Unrecht denken, dass er seinen Posten in dem Unternehmen einzig deshalb hat, weil er der Sohn des Firmengründers ist. Was heißt, dass er sehr viel beweisen muss. Er genießt das Geld und seinen Status, aber er will auch Respekt. Und wer auch immer hinter dieser Sache steckt, ist auf eine Reihe Leute angewiesen, um sie durchzuziehen. Diese Leute wissen, dass er es alleine und auf rechtmäßigem Weg nicht hinbekommen hat, und das wäre für jemanden wie Biden ein Problem.«

Zwar konnte sie ihm folgen, aber völlig überzeugt war sie noch nicht. Trotzdem nickte sie und meinte: »Ja, okay, dann schließen wir auch Biden zunächst aus.«

»Was Pope betrifft«, erklärte Roarke, »sind manche Leute genau das, was sie vorgeben zu sein. Angeblich macht er seine Sache in dem Unternehmen wirklich gut. Er hat ein komfortables Leben, stellt das aber nicht zur Schau. Er tritt Autorität und Macht an seinen älteren und dominanteren Halbbruder ab, obwohl die Angestellten ihres Unternehmens ihn als Leichtgewicht betrachten, ist er allgemein beliebt. Wenn ihm seine Rolle in dem Unternehmen nicht genügen würde, könnte er darauf bestehen, dass vor allem Sterling ihm mit größerem Respekt begegnet, müsste aber dazu die Komfortzone verlassen, in der er sich eingerichtet hat. Es fällt mir schwer, mir vorzustellen, dass er im Unternehmen seiner Mutter, der er treu ergeben ist, ein krummes Ding drehen und dann noch den Mord an einer Wirtschaftsprüferin in Auftrag geben würde, die zu allem Überfluss auch noch zwei Kinder hinterlässt.«

»Okay, ich glaube auch nicht, dass er dazu in der Lage wäre«, stimmte Eve ihm zu. »Natürlich könnten wir uns beide irren, und am Ende stellt er sich als kriminelles Superhirn heraus, aber ich glaube nicht, dass es so kommt. Es wäre einfach zu viel Arbeit, permanent den Schluffi rauszukehren, und vor allem, was hätte er davon?«

»Den Schluffi?«

»Ja, den Schluffi oder Schlappschwanz, für den Alexander nur Verachtung übrig hat.«

»Was in der Geschäftswelt von New York ein offenes Geheimnis ist.«

»Etwas, was offen ist, kann ja wohl kein Geheimnis sein.«

»Das stimmt. Dann nennen wir's ein schlecht gehütetes Geheimnis, über das man sich nur hinter vorgehaltener Hand austauscht.«

»Okay, dann haben wir jetzt die Gründe, die dagegen sprechen, dass verschiedene Leute Auftraggeber dieses Mordes waren. Jetzt lass mich hören, warum jemand dafür infrage kommt.«

»Erst mal will ich einen Kaffee.«

»Ich auch«, erkannte sie und schnaubte, als er eine Braue in die Höhe zog.

»Ich bin schließlich der Experte.«

»Ja, okay.« Sie schnappte sich die Teller, trug sie in die Küche und bestellte den Kaffee.

»Weißt du«, meinte Roarke in ihrem Rücken, »es gibt auch Droiden, die sich ums Geschirr kümmern und einem Kaffee holen, wenn man welchen will.«

»Mir ist es schon zu viel, dass Summerset hier durch die Gegend schleicht.«

»Haha.«

»Das ist mein Ernst«, erklärte sie und räumte flink die Spülmaschine ein. »Wozu brauchen wir einen Droiden, der hier ständig rumlungert und darauf wartet, dass wir einen Kaffee haben wollen?« Vor allem, da ihr Droiden immer schon ein bisschen unheimlich gewesen waren. »Ich finde, dass man sich den auch gut selber holen kann.«

»Das stimmt. Wobei viele reiche Leute nie auf den Gedanken kämen, jemals eine Spülmaschine einzuräumen oder sich einen Kaffee selbst zu holen, weil sie denken, dass das unter ihrer Würde ist. Aber vielleicht halten einen gerade diese kleinen, grundlegenden Tätigkeiten davon ab, den sieben Todsünden zu verfallen, von denen wir gesprochen haben.«

Sie reichte Roarke einen Kaffee, nahm ihren eigenen Becher in die Hand und lehnte sich an die kurze Arbeitsplatte. »Dann gehst du also davon aus, dass Alexander sein Geschirr nicht selber in die Spülmaschine räumt.«

»Ich nehme an, er hat, wenn überhaupt, bisher nie nennenswerte Zeit in seiner eigenen Küche zugebracht. Bei manchen Menschen ist der Stolz so hungrig wie die Gier, und es ist nicht zu übersehen, wie stolz der Mann auf seinen Status, seine Position und seinen Wohlstand ist. Er hat fünf Vollzeit- und drei Teilzeithaushaltshilfen angestellt und diese Truppe mit zwei Hauswirtschaftsdroiden komplettiert.«

»Wie hast du das rausgefunden?«

»Es reicht, wenn man den richtigen Personen die richtigen Fragen stellt«, erklärte er. »Im Gegensatz dazu hat Pope nur zwei Teilzeithaushaltshilfen und nicht einen einzigen Droiden, obwohl er es sich genauso leisten könnte, eine ganze Flotte an Bediensteten für seinen Haushalt einzustellen. Neben all dem Personal hat Alexander zwei Piloten für seinen Privatjet, für die permanente Rufbereitschaft gilt. Was reine Angabe und völlig unwirtschaftlich ist. Wenn er sich mit Vorständen von irgendwelchen Krankenhäusern trifft, besteht er immer auf einer bestimmten Marke Mineralwasser und darauf, dass er einen Platz am Kopfende des Tischs bekommt, auch wenn das lauter unwichtige Kleinigkeiten sind. Seine Frau ist auch nicht besser, denn wenn sie ein neues Kleid will, fliegt sie dafür extra ihren bevorzugten Designer aus Italien ein. Aber vielleicht tröstet sie sich mit dem ganzen Luxus ja auch einfach darüber hinweg, dass ihr Mann eine Geliebte hat.«

»Er hat eine Geliebte?« Eve stieß sich vom Arbeitstresen ab. »Ich habe nirgendwo eine entdeckt. Wo also hast du eine Geliebte her?«

»Ich selber nirgends, denn ich habe eine Ehefrau, die häufig eine Waffe trägt. Aber von Alexander heißt es, dass er im Verborgenen schon seit Jahren nebenher was laufen hat.«

»Ich muss diese Geliebte finden und sie sprechen.«

»Den Gerüchten nach kennt er sie schon seit seiner Jugend, doch sein Vater hat damals ein Veto gegen die Verbindung eingelegt. Wahrscheinlich handelt es sich bei der Frau um Larrina Chambers, eine Witwe, die als enge Freundin der Familie gilt. Ich hatte bisher keine Zeit zu überprüfen, ob sie es tatsächlich ist, was heißt, dass es bisher nichts anderes ist als ein Gerücht. Aber Sterling gilt als stramm konservativer Mensch, rührt bereits seit Jahren die Trommel der Partei und stellt sich und die

Familie in Bezug auf Tradition und alte Werte gern als Vorbild dar.«

»Trotzdem weiß die Ehefrau bestimmt Bescheid. Du hast gesagt, dass er bereits seit Jahren eine Geliebte hat. Dann weiß die Frau auf jeden Fall Bescheid. Wenn sie ihn bloßstellen würde, brächte ihn das nicht nur in Verlegenheit, sondern würde das Fundament erschüttern, auf dem sein Leben aufgebaut ist oder nicht?«

»In unternehmerischer Hinsicht dürfte die Enthüllung der Affäre keine große Rolle spielen«, widersprach ihr Roarke. »Dann stünde er als Heuchler da, aber das wäre eine rein private Angelegenheit. Doch sein Stolz würde dadurch natürlich ziemlich angeknackst.«

Stolz, dachte Eve. Was eine der zuvor beschriebenen Todsünden war. »Dann geht es bei der Angelegenheit vielleicht um Zahlungen oder Geschenke, eine Wohnung, Reisen oder sonst etwas, was die Geliebte im Verlauf der Zeit von ihm bekommen hat. Darum, dass er das erforderliche Geld für diese Dinge aus der Firmenkasse abgezwackt hat und dass das herausgekommen wäre, hätte jemand sich die Bücher angesehen.«

»Auf jeden Fall.«

»Aber deshalb einen Menschen umzubringen?« Sie schüttelte den Kopf. »Menschen haben schon für weniger gemordet, aber, Himmel, irgendwie reicht mir das als Motiv in diesem Fall nicht aus. Es reicht nicht aus, um auch noch andere Leute in die Angelegenheit hineinzuziehen.«

»So sehe ich das auch. Es muss in diesem Fall um mehr Geld gehen und zwar um Geld, das über einen langen Zeitraum entweder entwendet wurde oder noch hätte entwendet werden sollen. Es muss um wirklich viel gehen, wofür jemand bereits vor dem Mord ein großes Wagnis eingegangen ist.«

»Damit wären wir also wieder bei den Büchern und der Prüfung. Also gut. Am besten konzentrierst du dich auf Alexander und auf Pope und guckst, was du über die beiden sonst noch alles in Erfahrung bringen kannst. Aber das hättest du wahrscheinlich sowieso getan.«

»Genau.« Er lächelte sie an. »Und du kümmerst dich um den Rest.«

»Deine Überlegungen sind wirklich schlüssig.«

»Danke für das Kompliment, Lieutenant. Werde ich befördert, wenn ich richtigliege?«

»Wenn stimmt, was du gesagt hast, kümmere ich mich um das Abendessen und räume danach auch noch die Spülmaschine ein«, bot sie ihm an und fügte, als sie seinen durchdringenden Blick bemerkte, hinzu: »Wobei es keine Pizza geben wird.«

»Einverstanden. Was macht deine Schulter?«

»Der geht's gut. Sie tut nur noch ein bisschen weh.«

Er presste seine Lippen auf besagte Schulter, nahm sie in den Arm und hielt sie einfach fest.

»Ich habe selber oft genug betrogen und gestohlen. Um zu überleben und aus Spaß.«

Das wusste sie, denn schließlich kannte sie ihn gut. »Wie viele unschuldige Mütter zweier Kinder hast du deshalb umgebracht?«

»Bisher noch keine einzige.« Er ließ sie wieder los. »Ich werde dich nicht um Verzeihung bitten für die Diebstähle und die Betrügereien, aber genauso wenig werde ich jemals bedauern, dass die Zeit vorüber ist. Denn jetzt bin ich mit dir zusammen, und ich wäre nirgends lieber als hier.«

»Nicht mal nackt an einem weißen Sandstrand in den Tropen?«

»Wenn ich es genau bedenke ...« Als sie lachte, küsste er sie zärtlich auf den Mund. »Aber nein, nicht einmal dort. Es gibt für mich nichts Schöneres als das Jetzt und Hier.«

»Dies ist schließlich auch ein schönes Haus.«

»Und an den Tropenstrand können wir nach der Premiere fliegen, die in ein paar Wochen ist.«

»Daran darf ich gar nicht denken.« Schon bei dem Gedanken breitete sich ein Gefühl der Panik in ihr aus. »Ich will noch nicht einmal an diese dämliche Premiere denken, wegen der die anderen alle derart aus dem Häuschen sind.«

»Wir werden dort alle unseren Spaß haben«, versicherte er ihr. »Versuch einfach, dir nicht noch mehr blaue Flecke einzuhandeln, denn dein Kleid zeigt jede Menge Haut.«

»Siehst du? Das ist noch etwas, worüber ich mir jetzt Gedanken machen muss. Am besten suche ich erst einmal nach der Geliebten.«

»Und ich gucke, was die hohen Tiere, die du im Visier hast, alles auf dem Kerbholz haben. Also haben wir beide jetzt schon unseren Spaß.«

Sie schenkte ihnen beiden Kaffee nach, und da sich Roarke an ihren Schreibtisch setzte, nahm sie abermals vor dem Ersatzcomputer Platz. Irgendwann war Galahad hereingekommen, hatte sich wie ein von einem Auto überfahrener Vielfraß auf dem Schlafsessel zu ihrer Rechten ausgestreckt und rührte sich nicht mehr vom Fleck. Ihr Blick wanderte weiter durch das Arbeitszimmer, das auf Roarkes Betreiben haargenau wie ihre alte Wohnung eingerichtet worden war. Er hatte ihre einstige Komfortzone für sie erhalten wollen, als sie in sein großes, wunderschönes Haus gezogen war.

Nein, erkannte sie, auch sie wäre nirgends lieber als zu dieser Zeit mit diesem Mann an diesem Ort.

Sie brachte ihre Aufzeichnungen auf den neuesten Stand, las sie noch einmal durch, schrieb ein paar Dinge um und schickte sie an ihre Partnerin, bevor sie deren Bericht zu den Gesprächen mit den Exfreundinnen las. Dann nahm sie sich ein paar Minuten Zeit, legte ihre Füße auf den Tisch, schaute sich die Tafel an und ging die Dinge, die Roarke über die Verdächtigen geäußert hatte, noch einmal in Gedanken durch.

Young-Sachs war seiner Meinung nach zu faul, Biden war zu stolz und Pope war zu zurückhaltend und vielleicht auch zu ehrlich, um der Auftraggeber eines Mords zu sein.

Was hieß, dass nur noch Sterling Alexander übrig blieb.

Vielleicht, sagte sie sich. Vielleicht steckte tatsächlich er hinter dem Mord. Falls es so war, steckten aus ihrer Sicht Jake Ingersol und Chaz Parzarri in der Angelegenheit mit drin. Wobei zwar nicht wahrscheinlich, aber auch nicht ausgeschlossen war, dass Newton falsches Spiel mit den Klienten eines seiner Partner trieb.

Sie freute sich schon auf das erste Treffen mit Parzarri, denn mit etwas Glück geriete dann der Stein ins Rollen. Am besten nähme sie ihn in die Zange, während er geschwächt war und infolge des Unfalls körperliche Schmerzen litt.

Vielleicht sollte sie so tun, als ob der Unfall gar kein Unfall, sondern ein gezieltes Attentat war, auch wenn das dem Polizeibericht nach auszuschließen war. Drei Collegekids waren betrunken und berauscht von einem eher bescheidenen Gewinn in einem der Casinos direkt in das Taxi hineingefahren, mit dem Arnold und Parzarri, ebenfalls nach dem Besuch eines Casinos, auf dem Weg zurück in ihr Hotel gewesen waren.

Auch die drei Studenten waren im Krankenhaus gelandet, nichts legte die Vermutung nahe, dass sie nicht nur drei betrunkene Vollidioten, sondern für einen gezielten Anschlag auf zwei Wirtschaftsprüfer angeheuert worden waren.

Der Unfall hatte sich rein zufällig ereignet, doch er hatte zur Ermordung einer unschuldigen Frau geführt.

Ja, sagte sie sich, das könnte sie benutzen, wenn sie morgen früh versuchte, diesen Kerl zu knacken.

Aber erst mal nähme sie sich Alexanders Liebschaft vor.

Das Erste, was ihr an Larrina Chambers auffiel, war das Alter, denn sie war kein jugendliches Flittchen, sondern eine reife Frau von siebenundfünfzig Jahren. Dazu hatten Chambers und ihr in der Zwischenzeit verstorbener Mann vor zweiundzwanzig Jahren in New Jersey ein Lokal eröffnet, aus dem im Verlauf des folgenden Jahrzehnts eine gut gehende, landesweite Restaurantkette geworden war, sie hatte es also anscheinend auch nicht auf einen reichen Gönner abgesehen. Außerdem hatte sie mit achtzehn Jahren ein Stipendium für das MIT bekommen und mit fünfundzwanzig ihren Master in Betriebswirtschaft gemacht, das hieß, sie war auch alles andere als dumm.

Eves angeborener Argwohn brachte sie dazu, zu überprüfen, wie der Ehemann gestorben war, aber auch diese Spur verlief im Sand. Neal Chambers war bei einem plötzlich aufkommenden Sturm vor der Küste von Australien mit seinem Segelboot gekentert, während seine Gattin in New York gewesen war, um ihrer Mutter beizustehen, die kurz zuvor nach einem kleinen Eingriff aus dem Krankenhaus gekommen war. Die Ermittlungen zu dem Unfall, bei dem außer Chambers noch vier andere Menschen umgekommen waren, waren durchaus umfassend gewesen, hatten aber nicht das Mindeste erbracht.

Je länger Eve sich mit der Frau befasste, umso klarer wurde, dass Larrina Chambers es bestimmt nicht nötig hatte, sich von wem auch immer aushalten zu lassen, weil sie selbst durchaus vermögend war. Trotzdem gab es viele Anzeichen dafür, dass sie und Alexander eng verbandelt waren, und dass in den Jahren nach dem Tod des Ehemanns die alte Liebe zwischen ihr und Sterling wieder aufgeflackert war.

Ein Gespräch mit Chambers könnte sich womöglich lohnen, dachte Eve und schrieb sich ein paar Einzelheiten auf.

Alexander, Ingersol und Chaz Parzarri, dachte sie erneut und grub sich langsam und methodisch durch die Leben ihrer aktuellen Hauptverdächtigen hindurch.

14

Er war irgendeiner Sache auf der Spur. Roarke spürte so deutlich, dass Bewegung in die Sache kam, wie wenn er einen Dietrich in ein Türschloss schob.

Er hatte schon drei Off-Shore-Konten auf den Namen Alexander ausfindig gemacht, zwei von ihnen waren vollkommen legal, auch wenn sie moralisch vielleicht nicht ganz sauber waren.

Er selber hatte damit ein geringeres Problem als Eve, weil er in solchen Fällen die Grenzen weiter zog als sie. Selbst das illegale Konto trüge Alexander, falls man es entdeckte, keine ernsthaften Probleme ein. Im schlimmsten Fall müsste er eine Strafe zahlen und sich verwarnen lassen, käme aber davon abgesehen genau wie sein Finanzberater ungeschoren davon.

Der Finanzberater könnte anschließend noch Werbung damit machen, dass man selbst bei illegalen Machenschaften bei ihm in den allerbesten Händen war.

Allerdings war es das reinste Kinderspiel gewesen, diese Konten aufzuspüren, was sicher hieß, dass es noch andere, sorgsamer versteckte, illegale Konten gab.

Die er genauso finden würde, dachte Roarke, denn Menschen gingen stets nach einem ganz bestimmten Muster oder Rhythmus vor, und wenn er dieses Muster erst entschlüsselt hätte, fänden sich die Konten wie von selbst.

Wobei er deutlich spürte, dass auch das noch längst nicht alles war.

Er kannte das Gefühl von früher, wenn er irgendwo ein Schloss geknackt hatte und vollkommen überraschend auf besondere Reichtümer gestoßen war. Das Kribbeln in den Fingerspitzen und die ganz besondere Aufregung, die nur ein Dieb verspürte und verstand.

Obwohl die Zeiten seiner Diebeszüge endgültig vorüber waren, verspürte er dasselbe Kribbeln in den Fingern und dieselbe Aufregung, wenn er bei der Zusammenarbeit mit seinem Cop die Möglichkeit bekam, den Geheimnissen und Missetaten anderer auf den Grund zu gehen.

Er drehte seinen Kopf und stellte fest, dass Eve total erledigt war. Er wusste, was es hieß, wenn ihre Augen glasig wurden und sie unbewusst die Schultern hängen ließ. Wenn er sie sich selber überließe, würde sie so lange weitermachen, bis ihr Kopf vor lauter Müdigkeit auf den Schreibtisch fiel.

Er sah auf seine Uhr. Kein Wunder, dass sie so erschöpft war. Schließlich war es bereits fast halb zwei.

Noch während er verfolgte, wie die Kräfte sie verließen, stieß der Kater mit dem Kopf gegen sein Schienbein und bedachte ihn mit einem vorwurfsvollen Blick.

»Keine Angst, ich habe es gesehen. Also gehen wir alle erst einmal ins Bett.«

Angeschlagen, wie sie war, brauchte Eve ganz dringend ein paar Stunden Schlaf. Kurzerhand ließ Roarke seinen Computer automatisch mit der Arbeit weitermachen, speicherte die Resultate seiner bisherigen Suche ab, trat neben seinen Cop und stellte fest: »Wir sollten langsam Feierabend machen, findest du nicht auch?«

»Hu? Ich ... überprüfe gerade Ingersol.« Sie kratzte sich am Kopf, als würden ihre Hirnzellen davon wieder wach. »Eine Verbindung zwischen Newton und den Kunden oder Kundenkonten seines Partners gibt es offensichtlich nicht. Natürlich wäre das echt clever, aber das würde bedeuten, dass er davon ausgegangen wäre, dass ihm jemand auf die Schliche kommt und deshalb schon mal einen Sündenbock in petto hat.«

»Wobei solche Leute meist nicht glauben, dass man sie jemals erwischt.«

»Genau. Aber egal. Du hast einmal gesagt, ich sollte mir auch die Versicherungen dieser Leute ansehen. Ingersol hat eine Reihe Kunstwerke versichert, wobei die Versicherungssummen deutlich höher liegen als der Preis, zu dem er diese Kunstwerke erstanden hat.«

»Vielleicht hat er den Wert ja ursprünglich zu niedrig angesetzt, damit ihn niemand fragt, wie er sich solche Werke leisten kann. Oder er hat vor, eins dieser Werke als gestohlen oder zerstört zu melden und seine Versicherung auf diese Art über den Tisch zu ziehen.«

»Ich habe bisher keine Schadensmeldungen gefunden, aber ...«

»Geh der Sache einfach morgen weiter nach. Jetzt brauchst du erst mal etwas Schlaf.«

»Es ist noch gar nicht spät.« Sie sah auf ihre Uhr und riss erstaunt die Augen auf. »Oh, anscheinend doch.«

»Schluss für heute.« Er zog sie von ihrem Stuhl und als sie leise zischte, meinte er: »Du spürst die Folgen des Sturzes.«

»Ich bin ein bisschen steif, sonst nichts.« Trotzdem widersprach sie nicht, als er sich über den Computer beugte, um die Arbeit abzuspeichern, während der sie unterbrochen worden war.

»Ich muss selbst noch ein paar Spuren nachgehen«, meinte er und führte sie behutsam aus dem Raum. »Aber das gelingt mir sicher besser, wenn ich wieder etwas frischer bin.«

»Was für Spuren?«

»Mehreren versteckten Konten. Zwei legalen und einem, das mir etwas fragwürdig erscheint. Außerdem gibt es verschiedene Transaktionen, die ich mir genauer ansehen muss. Ich gehe davon aus, dass er den Wirtschaftsprüfer in der Tasche hat, und wenn dem so ist, hat der wahrscheinlich gut hinter ihm aufgeräumt. Trotzdem finde ich bestimmt noch ein paar Sachen, die nicht geregelt worden sind. Er setzt jede Menge Reisekosten ab, und zwar an Orten, die als Spieler- oder Steuerparadiese gelten«, klärte er sie auf.

»Vielleicht, um Geld zu waschen?«

»Der Gedanke drängt sich einem auf.« Er schob sie durch die Tür des Schlafzimmers, und während sie sich auszog, brachte er ihr ein Coolpack aus dem Bad. »Damit wirst du besser schlafen«, sagte er, bevor sie widersprechen konnte. »Und mit dem Schmerzmittel, das du gleich nehmen wirst. Ein paar Stunden ordentlicher Schlaf werden dich wieder in Schwung bringen, damit du morgen weiter Schurken fangen kannst. Jetzt zeig mir dein Hinterteil.«

Augenrollend drehte sie sich um.

»Afrika ist immer noch recht deutlich zu erkennen, auch wenn die Ränder schon etwas verschwommen sind.«

»Na toll. Jetzt zerstören wir also den schwarzen Kontinent.«

Lachend fuhr er mit dem Wundheilstab über ihr Hinterteil, drückte das Coolpack auf die Schulter, tätschelte den schwarzen Kontinent und stellte fest: »Hoffen wir, dass diese Landmasse bis morgen früh noch weiter erodiert.«

»Mit oder ohne Afrika werde ich morgen früh Parzarri in die Zange nehmen«, kündigte sie an und kletterte ins Bett. »Und den von dir gefundenen Konten gehen wir weiter nach. Oh, und Larrina Chambers gibt nicht unbedingt die klassische Geliebte ab«, erklärte sie und atmete tief durch, als Roarke sich neben ihr auf die Matratze schob. »Sie ist selber alles andere als arm. Ich bin mir trotzdem ziemlich sicher, dass was zwischen ihnen läuft, aber um Geld geht's dabei offensichtlich nicht. Ich weiß nicht, ob ich was aus ihr herausbekommen kann. Ich muss also noch überlegen, ob ich mit ihr sprechen soll.«

Da ihre Stimme schon ein wenig schläfrig klang, massierte er ihr sanft den Rücken, um sie weiter einzulullen. »Die Ehefrau weiß eindeutig Bescheid. Du kannst nicht über Jahre nebenher etwas mit einer anderen haben, ohne dass sie etwas davon mitbekommt. Dafür müsste sie schon grottendämlich sein.«

»Das bin ich ganz sicher nicht.«

Lächelnd setzte Roarke die Massage fort. »Das werde ich bedenken, wenn ich einmal längerfristig was mit einer anderen Frau anfangen will.«

»Das solltest du auf jeden Fall, denn sie würden deine Leiche niemals finden«, murmelte sie rau, und währenddessen fielen ihr die Augen zu.

Er lächelte erfreut, und mit dem wohligen Gefühl, geliebt zu werden, schlang er einen Arm um ihren Bauch und schlief zufrieden ein.

Sie schlug die Augen wieder auf und sah, dass Roarke wie jeden Morgen auf dem Sofa saß. Er war schon angezogen und ging irgendwelche Codes und Zahlenreihen auf seinem Tablet durch.

Sie richtete sich vorsichtig und langsam auf und sah es als ein gutes Zeichen an, dass sie zwar etwas steif, doch praktisch schmerzfrei war.

»Wie geht's?«, erkundigte er sich.

»Relativ gut.« Obwohl die Schulter, als sie sie bewegte, nicht mehr knirschte, stöhnte sie noch leise, aber das bekäme sie mit einer heißen Dusche sicher in den Griff.

Wie am Vorabend ließ er den Finger kreisen, nachdem sie wie schon am Abend mit den Augen gerollt hatte, drehte sie sich folgsam um. »Jetzt wirkt es eher wie Südamerika«, stellte er fest. »Was eindeutig ein Fortschritt ist.«

Auch wenn der kränklich gelbe Fleck auf ihrer Brust nicht unbedingt beruhigend aussah.

»Wenn ich dieses Arschloch finde, wird er sehen, wie es ist, wenn ein Kontinent auf seinem Hintern prangt.«

»Am besten Asien«, meinte Roarke. »Weil das noch größer ist.«

»Dann trete ich ihm also Asien in den Arsch.«

Wenn er ihn nicht schon eher erwischte, dachte Roarke, aber das sagte er ihr nicht.

Sie verrenkte sich den Kopf, um ihr Hinterteil im Spiegel anzusehen. Oh ja, es sah tatsächlich deutlich besser als am Vortag aus.

»Ich habe von fliegenden Kleinkindern geträumt. Ich konnte sie unmöglich alle fangen.«

»Das ist ... nicht schön.«

»Ganz sicher nicht. Als sie auf dem Boden aufgeprallt sind, hat es *Puff* gemacht.« Sie warf die Hände in die Luft. »Und dann ist dieses ganze Zeug aus ihnen herausgespritzt.«

»Also bitte, Eve, verdirb mir nicht den Frühstücksappetit.«

»Keine Eingeweide oder so, sondern kleine Spielzeuge und bunte Bonbons wie bei diesen mexikanischen Piñatas, auf die man mit Stöcken eindrischt, weil man an die Süßigkeiten will.«

Er ließ sein Tablet sinken, sah sie an und stellte fest: »Du hast wirklich ein in höchstem Maße faszinierendes Gehirn.«

»Das Opfer saß auf einer dieser Holzbänke im High Line Park und sagte immer wieder zwei und zwei macht vier. Das hat sie ständig wiederholt. Damit wollte sie mir sicher zu verstehen geben, dass Zahlen niemals lügen, sie saß einfach da, hat ein ums andere Mal denselben Satz gesagt und sich gleichzeitig auf eins von diesen alten Rechendingern konzentriert.«

»Sie hatte einen Abakus?«

»Was ist denn das? Ach ja, richtig, so ein ...« Nackt und mit zerzausten Haaren stand sie da und glitt mit ihren Fingern durch die Luft.

»Nein, es war eins von diesen ...« Sie fing an zu tippen und schob dann die Hand von rechts nach links.

»Eine Rechenmaschine.«

»Ja, genau. Ich habe versucht, all diese kleinen Kinder aufzufangen, und sie hat vor sich hin getippt und immer wieder den einen Satz gesagt. Das hat mich derart abgelenkt, wahrscheinlich habe ich ein paar der Kinder deshalb nicht erwischt. Auf alle Fälle war es ein seltsamer Traum.«

Seltsam, doch kein Albtraum, dachte er, als sie ins Badezimmer ging.

Er stand auf, holte ihr ein frisches Coolpack und den Wundheilstab, bestellte einen Becher dampfenden Kaffee und nach kurzem Überlegen ein Omelette mit Käse und Spinat. Protein und Eisen wären jetzt genau das Richtige für sie, durch den Geschmack des Käses würde das Aroma des von ihr verabscheuten Gemüses sicher übertönt.

Als sie, eingehüllt in einen Morgenmantel, wieder aus dem Badezimmer kam, stand das Essen bereits auf dem Tisch, und sie bedachte das Omelette mit einem argwöhnischen Blick. »Was ist da drin?«

»Das wirst du merken, wenn du isst. Übrigens hat der Computer heute Morgen ein paar interessante Dinge ausgespuckt.«

»Und zwar?«

»Das wirst du hören, wenn du isst.«

Sie setzte sich, hob aber erst mal ihren Kaffeebecher an den Mund. »Ergibt zwei und zwei tatsächlich immer vier?«

»In diesem Fall anscheinend nicht. Es gibt da nämlich eine Zahlung von zweihunderttausend Dollar an ein Unternehmen mit dem Kürzel IOC, die irgendwie nicht sauber ist. Unter anderem steht dieses Kürzel für den wunderbaren Namen Intensiv-Orgasmus-Coach. Das ist eine Pornoseite, über die man Videos, Sexspielzeuge, Aphrodisiaka, Live-Aufnahmen, virtuellen Sex, Hausbesuche durch Prostituierte und noch jede Menge anderes tolles Zeug bestellen kann.«

Sex, sagte sich Eve, verkaufte sich natürlich immer gut.

»Ich glaube nicht, dass Alexander so viel Geld aus seiner Unternehmenskasse einem Sexshop überwiesen hat.«

»Das kann ich mir auch nicht vorstellen. Ich denke eher, dass dieses Geld an ein kleines, in Miami ansässiges Unternehmen, das angeblich landesweit agiert, gegangen ist. Die Investment Opportunity Corporation handelt offenbar mit Grundstücken und Immobilien jeder Art.«

»Macht das Alexander-Pope'sche Unternehmen das nicht auch?«

»Doch, und deshalb ist es vielleicht nicht verboten, aber ziemlich seltsam, dass sie einem anderen Unternehmen aus derselben Branche eine sechsstellige Summe zahlen und das als Betriebsausgaben deklarieren. Wobei IOC auch noch mit einem anderen Unternehmen in Verbindung steht. Real and Exclusive Properties. Der Firmensitz liegt auf den Kaimaninseln, angeblich agieren sie weltweit für Investoren oder Investorengruppen, die auf der Suche nach besonderen Immobilien sind. Wobei eine ihre Dienstleistungen die Analyse und Zusammenführung der

Klienten und der Immobilien ist, die besonders gut zu ihnen passen.«

»Wie bei einer Partnervermittlung?«

»Ja, genau. Sie haben auf ihrer Website verschiedene Grundstücke und Immobilien und natürlich die Bewertungen zufriedener Kunden eingestellt. Für weitere Informationen und natürlich für Investitionen in besondere Grundstücke und Immobilien soll man sie dann direkt kontaktieren.«

»Du denkst, dass dieses Unternehmen nicht ganz sauber ist?«

»Ich denke, dass die Sache regelrecht zum Himmel stinkt, mein Schatz. Weil Geschäfte dieser Art nie wirklich sauber sind.«

»Und wie läuft so was ab?«

»Sie ködern die Klienten mit verschiedenen, kleinen Deals und zahlen zu Beginn durchaus vernünftige Renditen aus, damit die Kunden anschließend noch mehr Geld investieren. Ich nehme an, dass es die meisten Grundstücke, die sie verkaufen, gar nicht gibt, oder dass sie dank der Zahlungen an irgendwelche Leute, die die Sache für sie weiterspinnen, viel zu hoch bewertet sind.«

»Warum kommen sie damit durch? Warum zeigen die betrogenen Kunden sie nicht an?«

»Weil sie bei solchen Deals meist mit Schwarzgeld zahlen. Das Unternehmen lässt sich die Gesamtsumme in kleineren Beträgen auszahlen, denn große Summen rufen automatisch national und international die Steuerfahndung auf den Plan. Um weiter unter dem Radar zu bleiben, teilt das Unternehmen dieses Geld erneut in kleinen Summen auf verschiedene Konten auf. Dann machen sie den Laden dicht, nehmen das Geld, waschen es und machen kurz darauf woanders unter anderem Namen wieder auf. Das ist das reinste Kinderspiel.«

»Wobei Alexander offenbar den Elefantenanteil an den Geldern kassiert.«

»Du meinst, den Löwenanteil.«

»Nein, den Elefantenanteil. Elefanten sind die größten Tiere, und er sackt den größten Teil der Kohle ein.«

»Dieser Logik kann ich schwerlich widersprechen.«

»Ganz genau. Er ist also der Elefant, der das Geld erst waschen und danach verstecken muss.«

»Wobei die Geldwäsche in seinem eigenen Immobilienunternehmen ziemlich einfach ist. Wenn er irgendwo ein Grundstück offiziell weit unter Marktwert kauft und die Differenz in bar bezahlt, spart er jede Menge Steuern, und wenn er ein paar Monate später dieses Grundstück zum normalen Preis verkauft, macht er dabei legal Profit, was heißt, dass dieses Geld jetzt sauber ist.«

»Er ist in der perfekten Position für derartige Deals.«

»Genau. Wobei es natürlich auch noch jede Menge anderer Möglichkeiten der Profitsteigerung gibt, die komplizierter, aber gleichzeitig auch profitabler sind. Ich gehe beispielsweise davon aus, dass ich auch noch ein Unternehmen finden werde, das die Darlehen vergibt. Der Kunde nimmt dort den Kredit für den Erwerb des Grundstücks auf. Dann mauschelt man schon mal bei Kreditvergabe, und wenn dann das Grundstück offiziell bewertet wird, stellt sich heraus, dass sein Wert die Höhe des Kredits bei Weitem nicht erreicht. Wenn man sich bescheidet und nur hier und da ein paar Tausender von den Krediten abzwackt, kriegt man dieses Geld gewaschen, ohne dass man die Finanzbehörden alarmiert. Wenn der Kunde den Kredit nicht mehr bedienen kann, weil der Wert des Grundstücks wesentlich geringer als seine Verbindlichkeiten ist, kriegst du obendrein auch noch das Land.«

Sie hörte zu, während sie das gesunde, aber trotzdem leckere Omelette aß. »Das ist doch viel mehr Arbeit als wenn man sein Geld auf rechtschaffene Art verdient.«

»Du vergisst den Kick, den solche Deals verschaffen, das Vergnügen, wenn man dem Finanzamt eine lange Nase machen kann, und die Freude, die es manchen Menschen macht, andere über den Tisch zu ziehen.«

»Wo kriegen diese Typen ihre Kunden her? Schließlich muss man ganz schön dumm sein, um sich einzubilden, dass man, ohne auch nur einen Finger krumm zu machen, einfach jede Menge Kohle scheffeln kann.«

»Dumme Leute gibt es überall«, bemerkte Roarke. »Ich nehme an, dass ihr Klientel aus zwei Kategorien Mensch besteht. Dem naiven Typ, der zum ersten Mal in seinem Leben investiert, und dem übertrieben selbstbewussten Typ, der sich einbildet, dass er diese Betrüger selbst betrügen kann.«

»Hast du jemals selbst mit dieser Masche Geld gemacht?«

»Ich habe das Gefühl und den Geruch von frisch gewaschenem Geld des Öfteren genossen«, gab er lächelnd zu und schenkte ihnen beiden Kaffee nach. »Aber die Immobilien- oder Grundstücksmasche mochte ich noch nie. Zwar hätte ich sie durchziehen können, aber die Bedingungen bei diesem Spiel fand ich einfach nicht fair. Ich habe gern gestohlen, und ich werde nicht mal dir als Polizistin gegenüber so tun, als hätte ich es einzig aus der Not heraus getan. Am Anfang ging es mir dabei tatsächlich ums nackte Überleben, aber irgendwann hat es mir einfach Spaß gemacht. Betrug jedoch lag mir noch nie. Und jetzt ...«

Er beugte sich ein wenig vor und gab ihr einen Kuss. »Jetzt macht es mir Spaß, wenn ich dir meine Talente zur Verfügung stellen kann. Genau das werde ich auch heute tun. Ich habe auch noch ein paar andere Sachen zu erledigen, aber das kann ich von hier aus tun. Danach werde ich sehen, was ich mit diesem Zwei-plus-zwei-macht-vier anfangen kann.«

»Ich hoffe, dass ich Chaz Parzarri knacken kann. Schließlich ist der Mann verletzt, und vielleicht lässt er sich mit einigen der Sachen, die wir rausgefunden haben, unter Druck setzen.«

»Auf jeden Fall hast du genug, um Alexander wegen des Betruges vorzuladen. Was ich bisher rausgefunden habe, ergibt schon ein recht konkretes Bild.«

»Vielleicht, nur geht es mir nicht um Betrug, sondern um Mord. Es ist ein guter Ansatzpunkt, aber ich will ihn und all die anderen wegen Mordes drankriegen, wegen der Verabredung zu einem Auftragsmord. Doch wenn bekannt wird, dass er unseres Wissens nach in dem Betrug drinsteckt, geht er vielleicht auf Tauchstation oder die Bundespolizei nimmt mir die Sache ab.

Und statt um Dickenson wird's ihnen um Betrug im großen Stil, um Geldwäsche und Steuerhinterziehung gehen. Deshalb wäre es mir lieber, wenn er denkt, er kommt mit dieser Sache durch, hat aber weiter Angst, dass ich ihm früher oder später den Mord nachweisen kann.«

»Vielleicht setzt er seinen Killer noch einmal auf dich an.«

»Auszuschließen ist das nicht. Ihm wäre durchaus zuzutrauen, dass er so dämlich ist. Aber schließlich habe ich ja meinen Zaubermantel an. Mach dir keine Sorgen«, bat sie ihn, obwohl sie wusste, dass er das auf alle Fälle tat. »Er konnte mir nichts anhaben, obwohl ich nicht einmal damit gerechnet hatte, dass der Kerl mir auf den Fersen ist. Aber jetzt bin ich gewarnt. Vor allem bin ich sicher, dass der Typ auf der Gehaltsliste von Alexander steht. So dumm, sich einen Killer irgendwo im Internet zu suchen, ist er nicht.«

»Die Kerle, die es da zu mieten gibt, sind auch nicht wirklich gut.«

»Zu den Angestellten seines Unternehmens gehört dieses Arschloch nicht, aber trotzdem bin ich sicher, dass er dort zu finden ist. Ich werde Feeney die Beschreibung geben, damit er ihn für mich sucht. Ich wette immer noch, dass er beim Militär oder vielleicht sogar einmal bei unserer Truppe war. Früher oder später werden wir ihn finden, aber erst mal knöpfe ich mir jetzt den Wirtschaftsprüfer vor.«

Sie stand auf und zog sich an.

»Wenn ich rechtzeitig mit meiner Arbeit fertig werde und die Suche, die ich für dich durchführen werde, irgendwas ergibt, komme ich später aufs Revier und sage dir, was dabei rausgekommen ist.«

»Okay, aber am besten rufst du vorher an, denn vielleicht bin ich dann noch unterwegs.«

»Ich werde dich auf alle Fälle finden«, meinte er, und als sie eine Jacke über ihr schon angelegtes Waffenholster zog, streckte er sich wieder mit seinem Tablet und dem dicken Kater auf den Beinen auf dem Sofa aus.

Er wirkte vollkommen entspannt, schließlich sah er seine Arbeit meist auch als entspannendes Vergnügen an.

»So gehst du also deine Arbeit an.«

»Zumindest in der nächsten Viertelstunde.« Lächelnd sah er zu ihr auf und winkte sie zu sich heran.

Sie beugte sich zu ihm herab und gab ihm einen Kuss.

»Was ich dir im Übrigen noch sagen wollte. Nach der Filmpremiere findet im *Around the Park* noch eine Party statt.«

Sie sah ihn aus zusammengekniffenen Augen an. »Das sagst du doch bestimmt erst jetzt, weil ich schon auf dem Sprung bin und mich deshalb nicht mehr mit dir streiten kann.«

»Zeugt es nicht von einer wirklich innigen Beziehung, dass wir beide genau wissen, wie der jeweils andere tickt?«

»Innige Beziehung«, murmelte sie aufgebracht und wandte sich zum Gehen.

»Hüte dich vor explodierenden Babys«, rief Roarke ihr noch hinterher und lachend lief sie aus dem Haus.

Chaz Parzarri ging es gut, denn schließlich wurde er auf Kosten der Versicherung der Trottel, derentwegen er im Krankenhaus gelandet war, sowie des Taxiunternehmens, dessen Fahrzeuge nicht mit den neuesten Airbags ausgestattet waren, mit einem Privatjet nach New York geflogen, und bekam vor allem von der Schwester, die ihn während des Transpots umsorgte, wirklich tolle Schmerzmittel verpasst.

Es hieß, er müsste noch zwei Wochen in der Klinik bleiben und danach zur Physiotherapie, aber solange er die wunderbaren Mittel eingeflößt bekam, war das für ihn okay.

Natürlich hatte er zu tun, aber die Arbeit könnte er problemlos in dem luxuriösen Einzelzimmer, das er ebenfalls bezahlt bekäme, erledigen. Die Buchprüfung wäre im Handumdrehen fertiggestellt, und seine Bereitschaft, sie vom Krankenbett aus durchzuführen, trüge ihm bei seinem Vorgesetzten und bei Alexander sicher jede Menge Punkte ein.

Nachdem ihm nicht mehr alles wehtat, wenn er nur mit den

Wimpern zuckte, kam der Unfall ihm im Grunde gerade recht. Er würde jede Menge Schmerzensgeld kassieren, wäre im bezahlten Krankenstand, würde allgemein bedauert und stünde endlich einmal im Mittelpunkt.

Ein paar Zahlen musste er auch für sich selbst durchgehen. Fiele das Schmerzensgeld entsprechend aus, könnte er vielleicht schon jetzt in Rente gehen und das süße Leben auf Hawaii genießen, was er in etwas weniger als sieben Jahren sowieso vorhatte.

Als er erstmals nach dem Unfall seine Augen aufgeschlagen hatte, hätte er sich fast vor Angst ins Hemd gemacht. Angst davor zu sterben oder dass die unzähligen Tests ergeben würden, dass sein Hirn für alle Zeit geschädigt war. Als diese Angst zum größten Teil verflogen war, hatte sich die Angst wegen der Buchprüfung, die er kurz vor der Tagung angefangen hatte, eingestellt.

Okay, er hatte sie vielleicht ein bisschen vor sich hergeschoben, aber schließlich hätte er noch jede Menge Zeit dafür nach seiner Rückkehr nach New York gehabt. Oder sie auf alle Fälle haben sollen. Der Rahmen für die Änderungen, die gefälschten Zahlen und die sauberen, monatlichen Abrechnungen waren auf dem Laptop versteckt, der bei ihm zu Hause stand.

Noch ein, zwei Tage für die Analyse und die letzte Überprüfung, und er hätte es geschafft. Dann hätte er den Job erledigt und bekäme eine große Summe auf sein Konto überwiesen, um sie dann von dort aus auf ein anonymes, steuerfreies Nummernkonto in der Schweiz zu transferieren.

Es würde alles gut. Nur noch ein paar Tage, um die Sache abzuschließen, und zwar ganz bequem innerhalb der Frist.

Er hatte Alexander bisher nicht kontaktieren können, denn die Ärzte hatten ihm das Telefonieren untersagt. Aber schließlich hätte er bis gestern auch nur mühsam einen Ton herausgekriegt. Er würde diesen Anruf tätigen, wenn er in seinem Einzelzimmer in der angesehenen New Yorker Klinik lag.

Jim Arnold humpelte mit seinem Gipsbein auf ihn zu. »Na, wie geht's dir, Partner?«

»Alles bestens, Partner«, stieß er immer noch ein wenig krächzend aus.

Jim setzte sich und streckte vorsichtig sein Gipsbein aus. »Ich kann es kaum erwarten, endlich heimzukommen. Der Arzt in Vegas meinte, dass die Ärzte mich zu Hause sicher nur noch einmal durchchecken und vielleicht noch eine Nacht im Krankenhaus behalten, man mich aber morgen früh wahrscheinlich endgültig entlassen wird. Tut mir leid, dass du kein solches Glück hattest wie ich.«

»Mir auch.« Parzarri verzog grimmig das Gesicht, obwohl ihm der Gedanke, noch ein bisschen länger in der Klinik zu verweilen, wo die Schwestern ihm sein Essen brachten und man ihn auch sonst so gut es ging verwöhnte, alles andere als zuwider war. »Ich nehme an, dass meine Glückssträhne mit dem Verlassen des Casinos abgerissen ist.«

»Dort lief es wirklich gut für dich. Ich wollte dir noch sagen, dass sich Sly gemeldet hat. Er erwartet uns im Krankenhaus. Ich habe ihm gesagt, dass er nicht extra kommen muss, aber er hat zurückgeschrieben, dass er uns mit eigenen Augen sehen will. Du kennst ja Sly. Wir setzen gleich zur Landung an. Hör zu, ich werde dort von meiner Frau erwartet, aber wenn du möchtest, fahre ich mit dir ins Krankenhaus.«

»Auf keinen Fall. Fahr du mit deiner Frau. Schließlich hast du extra so lange in Vegas ausgeharrt, bis man mich hat fliegen lassen.«

»Ich hätte ja wohl schwerlich einfach meinen Kumpel seinem Schicksal überlassen können. Schließlich haben wir gemeinsam eine Schlacht geschlagen, mein Freund.«

»Worauf du wetten kannst.« Parzarri klatschte mit ihm ab und lag dann, eingehüllt in einem warmen Nebel, sicher auf der Liege, als das Shuttle sich im Landeanflug auf New York befand.

Die gute, alte Heimatstadt, ging es ihm durch den Kopf. Ob sie ihm wohl fehlen würde, wenn er erst mal täglich unter Palmen an einem weißen Sandstrand säße?

Nein, wahrscheinlich nicht.

Vielleicht würde er dort eine kleine Bar eröffnen und sie dann von jemand anderem führen lassen, denn bestimmt wäre es lustig, als Eigentümer einer Bar dort abzuhängen und all die halb nackten Frauen Mai Tais schlürfen zu sehen.

Vielleicht würde er auch Surfen lernen. Ja, das wäre cool.

Lächelnd versank er erneut in einem dichten Nebel, während man ihn aus dem Shuttle rollte, bis ihm plötzlich Eiseskälte um die Nase wehte und er mit geschlossenen Augen daran dachte, dass es nicht mehr lange dauern würde, bis er in der Sonne säße, wo ihm eine milde Brise durch die Haare fuhr.

»Ich bin sofort wieder bei dir, Chaz.« Er schlug die Augen wieder auf, reckte einen Daumen in die Luft und nahm das Leuchten in den Augen des Kollegen wahr.

»Hallo, Schatz!« Mit diesen Worten humpelte der andere in die Arme seiner Frau.

»Na, dann wünsche ich ein schönes Wiedersehen«, murmelte Parzarri, während man ihn in den Krankenwagen schob. Endlich war es wieder warm, während er noch wohlig seufzte, drangen die Stimmen der Schwester, die ihn auf dem Flug begleitet hatte, und der beiden Sanitäter, die ihn in New York entgegennahmen, das Geplapper von Jims Frau und Jims frohes Lachen an sein Ohr.

Dann fiel die Krankenwagentür ins Schloss, und rumpelnd fuhr der Wagen an.

»Vergessen Sie ja nicht die guten Schmerzmittel.« Lächelnd blickte Chaz unter die Decke und stellte sich die Frauen in seiner Bar mit von der Sonne goldener und vom Wasser nasser Haut in ihren winzigen Bikinis vor. Aloha.

Ihm war wohlig warm, und seine Glieder waren schwer. Plötzlich aber wurden seine Handgelenke an der Liege festgeschnallt, mühsam drehte er den Kopf und fragte: »Muss das sein?«

»Das verhindert, dass Sie runterfallen.«

Die Stimme kam ihm irgendwie bekannt vor und verwundert sah er auf. »He. Was soll das? Hat der Boss Sie hergeschickt?«

»Genau.«

»Das ist natürlich nett.«

»Ihn interessiert, ob Sie mit irgendwem geredet haben.«

»Huh?«

Der Mann klemmte den Schlauch, durch den die Schmerzmittel in seinen Körper liefen, ab. »Mr. Alexander möchte wissen, ob Sie jemandem von dieser Buchprüfung oder von sonst etwas erzählt haben.«

»Mein Gott, die halbe Zeit lag ich im Koma und die Ärzte haben wer weiß was mit mir angestellt. Mit wem hätte ich da reden sollen? Ich brauche dieses Mittel, Mann. Die Schmerzen setzen bereits wieder ein.«

»Mr. Alexander möchte wissen, ob Sie irgendwelche Dokumente oder Akten haben.«

»Ja, natürlich, weil ich ohne diese Sachen schließlich schlecht die Bücher prüfen kann. Ich habe alles, was ich brauche, um die Prüfung abzuschließen. Das bekomme ich problemlos in der Klinik hin, wenn man mir meine Akten und mein Laptop bringt. Am besten sagt er Jake, dass er die Sachen holen soll. Er weiß, was ich alles brauche.«

»Mr. Alexander möchte wissen, ob Sie noch woanders irgendwelche Dokumente, Akten oder Infos über das Geschäft verwahren.«

»Was zum Teufel soll die blöde Fragerei? Nehmen Sie endlich die verdammte Klammer von dem Schlauch. Los, Mann.«

Lavagleich durchrollte ihn der Schmerz, als eine Faust auf seine kaum verheilten Rippen traf. Er holte Luft, der Fahrer aber stellte die Sirenen an, deren lautes Heulen seinen Schrei übertönte.

»Beantworten Sie meine Frage. Haben Sie noch woanders Dokumente, Akten oder Infos über das Geschäft von Mr. Alexander aufbewahrt?«

»Nein! Gott! Weshalb sollte ich? Ich werde meinen Job machen wie immer. Keine Angst, ich kriege das auf alle Fälle hin.«

»Mr. Alexander sagt, dass Sie erledigt sind.«

Bei diesen Worten senkte sich eine große Hand auf Parzarris

Mund und hielt ihm gleichzeitig die Nase zu. Während die Sirenen heulten und das Blaulicht auf dem Dach des Krankenwagens blitzte, bäumte sich Parzarris Körper unter dem Entzug von Sauerstoff und schmerzstillenden Mitteln auf, seine Augen kreisten in den Löchern wie die eines Tiers, das Todesängste litt.

Die Äderchen in seinen Augen platzten auf, es sah aus, als weine er nicht Tränen, sondern Blut. Seine Finger krallten sich im Stoffbezug der Liege fest und fuhren durch die Luft, als er an seinen Fesseln riss.

Seine Blase entleerte sich, er verdrehte noch ein letztes Mal die Augen und sobald sein Blick erstarrte, zog der große Mann die Hand zurück, schlug mit einer Faust unter die Decke, der Fahrer stellte die Sirenen und das Blaulicht wieder ab und hielt auf dem geborstenen Asphalt in einer Unterführung an.

Beide Männer stiegen aus, der Große schnappte sich die Aktentasche, mit der Chaz Parzarri nach Las Vegas und zurück geflogen war, warf sie in den Kofferraum eines bereitstehenden Wagens und stieg ein.

Er saß gerne in dem großen, luxuriösen Wagen und ließ sich wie ein hohes Tier darin herumkutschieren. Doch inzwischen hatte er den zweiten Mord begangen, und er stellte fest, dass Töten noch viel schöner war.

Eve stand vor der Notaufnahme, denn man hatte ihr gesagt, dort kämen Chaz Parzarri mit dem Krankenwagen und Jim Arnold, der von seiner Frau gefahren würde, an.

»Wie wollen Sie es angehen?«, fragte ihre Partnerin.

»Ich möchte ihn mir erst mal selber anschauen, um zu sehen, wie es ihm geht. Am besten lassen wir ihn in sein Zimmer bringen und vernehmen ihn dann dort. Um ihm ein bisschen Angst zu machen, kläre ich ihn sofort über seine Rechte auf, Sie machen dabei ein möglichst grimmiges Gesicht.«

»Ich darf also den bösen Bullen spielen? Yeah.« Peabody vollführte einen kleinen Freudentanz in den pinkfarbenen Stiefeln, die sie täglich nicht nur bei der Arbeit trug.

»Wir müssen auch mit Arnold reden, aber das haken wir routinemäßig ab, während die Ärzte nach Parzarri sehen.« Sie brach ab, als sie Sylvester Gibbons näher kommen sah.

»Lieutenant, Detective«, grüßte er. »Ich hätte nicht erwartet, Sie gleich bei der Ankunft unserer beiden Männer hier im Krankenhaus zu sehen.«

»Wir müssen mit ihren beiden Angestellten sprechen.«

»Ja, natürlich. Sicher. Ah ...« Er atmete vernehmlich aus und fuhr sich mit der Hand durch das Gesicht. »Vielleicht dürfte ich ja vorher kurz mit Chaz Parzarri reden, denn er weiß noch nicht, was Marta zugestoßen ist. Ich hatte Jim gleich angerufen, um es ihm zu sagen, ihn aber gebeten, erst mal dichtzuhalten, weil der arme Chaz in einer schrecklichen Verfassung war und die Ärzte meinten, dass er vorerst Ruhe braucht. Sie haben sogar das Handy und den Fernseher aus seinem Raum verbannt. Ich wollte ihm persönlich sagen, was geschehen ist. Ich möchte nicht, dass er es von der Polizei erfährt, womit ich Ihnen selbstverständlich nicht zu nahe treten will. Ich denke einfach, dass es leichter für ihn ist, wenn er es von einem Freund erfährt.«

»Wir werden erst mit Mr. Arnold sprechen.«

»Danke, das ist wirklich nett. Da kommt Jims Wagen. Ja, genau. Das sind Jim und seine Frau. Himmel, er sieht ebenfalls noch ganz schön mitgenommen aus.«

Eve verfolgte, wie ein Pfleger einen Rollstuhl Richtung Wagen schob und wie sich ein Mann mit Gehgips und mit bleichem, eingefallenem Gesicht mühsam aus dem Auto in den Rollstuhl schob.

Gibbons stürzte eilig auf ihn zu. »Jim! Wie geht es Ihnen? Wie fühlen Sie sich?«

»Es ging mir schon besser.« Jim ergriff die ausgestreckte Hand des anderen Manns. »Wobei es mir vor ein paar Tagen noch erheblich schlechter ging, Jetzt bin ich erst mal einfach froh, dass ich wieder zu Hause bin.«

»Das bin ich auch. Hier in der Klinik sind Sie beide sicher

gut versorgt. Machen Sie sich über nichts Gedanken, und falls Sie was brauchen, lassen Sie's mich einfach wissen.«

»Ich hoffe, dass man mich, so schnell es geht, nach Hause fahren lässt.« Jim lenkte seinen Blick auf Eve und Peabody und wandte sich dann wieder seinem Vorgesetzten zu. »Polizei?«

»Ich bin Lieutenant Dallas«, stellte Eve sich vor. »Und das ist meine Partnerin, Detective Peabody.«

»Marta.« Seine Augen wurden feucht. »Ich kann einfach nicht glauben, dass sie nicht mehr leben soll. Ich weiß nicht, was ich denken oder machen soll. Ich habe Chaz noch nichts erzählt«, wandte er sich abermals an seinen Boss. »Wahrscheinlich hätte ich es ihm auch nicht erzählt, wenn Sie nicht gesagt hätten, dass er es erst mal nicht erfahren soll. Ich habe keine Ahnung, wie er es aufnehmen wird. Er ist in einer deutlich schlechteren Verfassung als ich selbst. Er hat das meiste abgekriegt. Wo ist er überhaupt?«

»Er ist noch nicht angekommen.«

»Seltsam. Schließlich sind sie vor uns losgefahren.« Er runzelte besorgt die Stirn und sah sich suchend um. »Meine Frau und ich saßen noch kurz im Wagen, aber der Krankenwagen ist sofort weggefahren. Wahrscheinlich haben sie einen anderen Weg genommen und stehen irgendwo im Stau.«

Eve gab ihrer Partnerin ein unauffälliges Signal, und als die loslief, wandte sie sich abermals an Jim. »Wir haben ein paar Fragen.«

»Wir müssen den Patienten erst einmal untersuchen«, mischte sich der Pfleger ein.

»Ich würde gerne warten, bis auch Chaz hier ist, Liebling«, wandte er sich an die Frau, die mit verweinten Augen durch die Tür gekommen war. »Chaz ist noch nicht hier.«

»Dann haben sie anscheinend einen anderen Weg genommen«, meinte sie, bevor sie vor ihm in die Hocke ging. »Mach dir keine Gedanken. Keine Angst. Es geht ihm sicher gut. Es wird alles gut.«

»Lieutenant.«

Peabodys Gesicht und Ton verrieten, dass die Nachrichten nicht unbedingt erfreulich waren, eilig trat Eve auf sie zu. »Was ist?«

»Sie können den Krankenwagen nicht erreichen. Der Fahrer geht weder ans Auto- noch ans Notfalltelefon.«

»Ich will die Namen der Sanitäter, die ihn hätten holen sollen.«

»Die habe ich bereits. Die Frau in der Zentrale versucht, sie auf ihren privaten Handys zu erreichen und über das GPS herauszufinden, wo der Krankenwagen gerade ist.«

»Behalten Sie die Leute hier im Auge«, meinte Eve, bevor sie selbst in Richtung der Zentrale lief.

Noch bevor sie sie erreichte, drangen aufgeregte Stimmen an ihr Ohr.

»Ich sage Ihnen doch, man hat mich auf die Standardtour um neun versetzt. Und Mormon auch. Fragen Sie ihn.«

»Sie stehen hier in den Unterlagen für die Fahrt zum Flughafen«, stellte eine erboste Frauenstimme fest.

»Die hätte ich tatsächlich auch machen sollen, bevor irgendwer den Plan geändert hat.«

»Wann haben Sie von der Änderung des Plans erfahren?«, fragte Eve.

»Wer zum Teufel sind Sie?«

Kurzerhand hielt sie ihm ihre Marke hin.

»Meine Güte, ist es jetzt vielleicht schon strafbar, wenn man eine Tour verpasst? Die Mitteilung kam heute früh um sechs. Statt um sieben jemanden vom Flughafen zu holen, sollte ich um neun die Standardrunde drehen. Hier, überzeugen Sie sich selbst.« Er riss sein Handy aus der Tasche, rief die Nachricht auf, und eilig las sie sie durch.

»Wo ist dieser Mormon?«

»Wir haben im Pausenraum gefrühstückt, er ist kurz raus, um sich an dem Stand da vorne auf der Straße einen Milchkaffee zu holen. Er ist sicher sofort wieder da.«

»Haben Sie den Krankenwagen schon gefunden?«, fragte Eve.

»Gerade eben. Auch wenn ich beim besten Willen nicht verstehe, wie das Ding da hingeraten ist«, erklärte ihr die Frau. »Und ich habe keine Ahnung, wer zum Teufel überhaupt hinter dem Steuer sitzt, denn die Tour hätten auf alle Fälle Mormon und Drumbowski machen sollen, aber Drumbowski steht jetzt, wie Sie selber sehen können, hier herum.«

»Das ist nicht meine Schuld«, beschwerte sich der Mann.

»Nein, das ist nicht Ihre Schuld«, erklärte Eve und wandte sich umgehend wieder an die Frau. »Sagen Sie mir, wo der Krankenwagen steht. Und zwar sofort!«

»Was zum Teufel hat das alles zu bedeuten?« Hilflos warf der Krankenwagenfahrer seine Hände in die Luft.

Doch Eve lief bereits los, denn Chaz Parzarri war nicht auf dem Weg ins Krankenhaus, sondern wäre in Bälde auf dem Weg ins Leichenschauhaus.

15

Eve ging sicher davon aus, dass Chaz nicht mehr am Leben war. Korrupte Wirtschaftsprüfer waren schließlich austauschbar. Trotzdem ließ sie Peabody schon einmal eine Streife zu der Stelle schicken, an der der verschwundene Krankenwagen dem von ihm entsandten GPS-Signal zufolge stand, während sie selber auf die Tube drückte, um so schnell wie möglich selbst vor Ort zu sein.

»Zwei Teams sind unterwegs.« Peabody umklammerte in Todesangst den Haltegriff über dem Fenster, während sie ein stummes Stoßgebet zum Himmel schickte, dass der Wagen ihrer Partnerin so sicher und vor allem so mühelos zu manövrieren war, wie die Tatsache, dass das Gefährt von Roarke extra für Eve entwickelt worden war, sie zumindest hoffen ließ.

Ihr Herz schlug trotzdem einen Purzelbaum, als die Karre ruckartig in die Vertikale ging und mit einem Abstand von drei Millimetern über eine lange Schlange leuchtend gelber Taxis schoss. Dann setzte ihr Herzschlag aus, als sich der Wagen wie ein Flugzeug auf die Seite legte und um eine Ecke schoss.

»Es ist absolut dumm, ihn umzubringen.« Krachend kam der Wagen wieder auf der Straße auf und fädelte sich in eine kaum wahrnehmbare Lücke im Verkehr. »Aber sie sind schließlich auch dumm. Das hätte ich bedenken sollen. Ich hätte ihre gottverdammte Dummheit in meine Überlegungen mit einbeziehen sollen.«

»Vielleicht wusste er zu viel«, gab Peabody zurück.

»Natürlich. Schließlich war der Kerl nicht weniger korrupt als sie. Aber besser wäre es gewesen, ihm etwas dafür zu zahlen, dass er mich auf eine falsche Fährte lockt. Sie wissen nicht, dass Dickenson Kopien der Unterlagen auf ihrem privaten Laptop hatte, deshalb hätten sie ihn dazu bringen sollen, mich von ihnen abzulenken und die Bücher schnellstmöglich auf Vordermann zu bringen, um ihn anschließend aus dem Verkehr zu ziehen. Oder ihn in eins der Länder zu verfrachten, die nicht in die Staaten ausliefern, ihm eine neue Identität zu geben und ihn weiter zu bezahlen. Er hat hier schließlich keine echten Bindungen, er hätte also sicher mitgespielt. Jetzt müssen sie einen neuen gottverdammten Zahlenfresser finden, der die Arbeit für sie macht. Ihn zu töten, ist vollkommen unnötig und alles andere als effizient.«

»Vielleicht haben sie das ja gemacht. Vielleicht haben sie ihn abgeholt und irgendwo versteckt.«

Eve schüttelte den Kopf. »Dann hätten sie ihn schon in Vegas abgeholt. Es macht keinen Sinn, ihn erst hierherkommen zu lassen, um ihn dann woanders hinzuschicken. Aber, Gott verdammt, es macht genauso wenig Sinn, ihn kommen zu lassen, wenn man ihn ermorden will. Warum haben sie ihn nicht in Vegas umgebracht, in einer Stadt, mit der man sie nicht in Verbindung bringt? Sie sind wirklich geradezu erschreckend dumm.«

Wobei die Dummheit dieser Männer tödlich war.

Sie machte einen Schwenk nach rechts und hielt neben einem Streifenwagen an.

Eilig stieg sie aus und hörte über ihrem Kopf das Dröhnen des Verkehrs. Neben der Fahrer- und der offenen rückwärtigen Tür des Krankenwagens standen je ein Streifenpolizist, und ein paar Meter weiter redeten zwei weitere Beamte auf einen verschreckten, wild zitternden Junkie ein.

»Wir haben eine noch warme Leiche hier im Krankenwagen, Lieutenant.«

Eve lugte durch die Tür und sah, dass es Parzarri war. »Peabody, sie hatten offenbar noch einen anderen Wagen hier geparkt. Gucken Sie, ob er von einer Überwachungskamera hier in der Gegend aufgezeichnet worden ist. Sie sind vor höchstens einer Viertelstunde losgefahren. Was haben wir da drüben?«, fragte sie und nickte mit dem Kopf dorthin, wo der nervöse Junkie aufgeregt an seinen Kleidern riss.

»Als wir kamen, hat der Kerl gerade versucht, die Tür des Krankenwagens aufzuziehen. Sie war nicht abgesperrt, aber er steht derart neben sich, dass er sie nicht aufbekommen hat.« Der Beamte stemmte eine seiner Hände in die Hüften und verzog ironisch das Gesicht. »Er meint, als braver Bürger hätte er nur gucken wollen, ob dort jemand ist, der vielleicht Hilfe braucht.«

»Natürlich.«

»Obwohl er ziemlich fertig ist, riechen solche Typen auf eine Meile Entfernung, wenn irgendwo Stoff zu holen ist. Die Kollegen nehmen ihn gerade in die Mangel, aber er behauptet steif und fest, er hätte nichts gesehen.«

Wobei das Timing etwas anderes sagte, dachte Eve und sah sich eilig um, bis sie auf einen Haufen alter Kleider, Pappkartons und anderen Unrats hinter einem der Betonpfeiler der Brücke stieß. »Ist das da sein Unterschlupf?«

»Wir gehen davon aus.«

»Dann will ich doch mal sehen, ob er mir irgendwas erzählen kann. Sie bleiben hier.«

»Viel Glück.«

Der Mann trug eine schmuddelige Tarnjacke zu einer löchrigen, orangefarbenen Jogginghose, und sein schmaler Körper mit dem sichtbar aufgeblähten Bauch wies auf inzwischen jahrelange Fehlernährung hin. Sonnenlicht war Gift für Funkie-Junkies, und nachdem der Blick aus seinen roten, stark tränenden Augen über Eve gehuscht war, zerrte er eine verdreckte Sonnenbrille mit gesprungenen Gläsern aus der Tasche seiner Jacke und setzte sie eilig auf.

Dann zupfte er nervös am ausgefransten Saum des schwarzen Schals, den er sich um den Hals geschlungen hatte, und tippelte nervös in seinen ausgelatschten, schnürbandlosen Springerstiefeln, deren Sohlen mit Klebeband befestigt waren, vor ihr auf und ab.

Das bleiche, ausgemergelte und schmutzige Gesicht gab keinen Hinweis darauf, ob er dreißig oder achtzig war.

Ehe er sein Leben für die Drogen weggeworfen hatte, war er

mal der Sohn von jemandem gewesen, hatte vielleicht einmal eine Freundin oder Frau gehabt und vielleicht selber eine Tochter oder einen Sohn.

»Ich bin zufällig vorbeigekommen«, stieß er aus, wobei er ständig in Bewegung war. »Ich bin nur zufällig vorbeikommen, ja, genau. He, Lady, ham Sie vielleicht eine Kleinigkeit für mich? Ich brauche gar nicht viel.«

Sie hielt ihm ihre Marke hin. »Sehen Sie die hier?«

»Ja, na klar.« Das Blinzeln seiner ruinierten, wild tränenden Augen aber machte deutlich, dass er kaum noch etwas sah.

»Das ist eine Dienstmarke der Polizei. Was heißt, dass ich ein Lieutenant und ganz sicher keine Lady bin. Nennen Sie mir einen Namen.«

»Was für einen Namen?«

»Ihren.«

»Doc. Ich heiße Doc und trinke gerne Grog.«

»Also Doc, wohnen Sie hier?«

»Ich habe niemandem was getan. Ich bin immer für mich, okay? Okay, okay?«

»Okay. Waren Sie zu Hause, als der Krankenwagen kam?«

»Ich kam gerade zufällig vorbei.« Wieder huschten seine kranken Augen hin und her. »Ich kam nur zufällig vorbei.«

»Wo kamen Sie her, wo wollten Sie hin?«

»Ich kam nirgendwo her und wollte nirgends hin.«

»Sie sind also einfach von Nirgendwo nach Nirgendwo spaziert und haben zufällig den Krankenwagen gerade mal fünf Meter neben Ihrer Wohnung stehen sehen?«

Er lächelte, sodass sie das nicht gerade glückliche Ergebnis wirklich schlechter Mundhygiene sah. »Genau. Genau.«

»Ich glaube nicht, dass es so war. Ich glaube, Sie haben sich an einem kalten Tag wie diesem dick in Ihre Sachen eingemummelt und in Ihrem Unterschlupf gesessen, statt in einer dünnen Jacke durch die Gegend zu spazieren. Ich wette, wenn Sie losziehen, um Kleingeld zu erbetteln oder sich den nächsten Schuss zu holen, ziehen Sie vorher ein paar zusätzliche Schichten Kleider an.«

»Ich bin einfach rumgelaufen«, stieß er winselnd aus. »Ich habe nichts und niemanden gesehen. Ich sehe nicht mehr gut. Ich habe eine Krankheit.«

Ja, sagte sich Eve, und die hieß Sucht.

»Warten Sie hier.«

Sie ging zurück zu ihrem Wagen, wühlte kurz im Handschuhfach und wie nicht anders zu erwarten, hatte Roarke oder vielleicht auch Summerset dort eine Sonnenbrille für sie hinterlegt, weil sie ihre Brillen andauernd verlor.

Wahrscheinlich kostete die Brille mehr als Doc in zehn Jahren mit Betteln machte, doch sie nahm sie mit und schwenkte sie vor Docs Gesicht.

»Wollen Sie die haben?«

»Sicher! Sicher!« Plötzlich drückten seine malträtierten Augen etwas wie Verzweiflung aus. »Wollen Sie tauschen?«

»Ja. Aber nicht gegen die Brille, die Sie selber auf der Nase haben. Sie können meine Brille haben, wenn Sie mir erzählen, was Sie gesehen haben. Ohne Quatsch. Wenn Sie mir die Wahrheit sagen, gehört diese Brille Ihnen.«

»Ja, okay. Ich kenne eine Wahrheit. Selbst, wenn eine Uhr nicht geht, zeigt sie jeden Tag zweimal die richtige Zeit.«

»Ich meine eine andere Wahrheit.« Sie hielt die Brille so, dass sie für ihn nicht zu erreichen war. »Die Wahrheit über diesen Krankenwagen und darüber, was vor einer Viertelstunde hier passiert ist.«

»Ich war nicht in dem Krankenwagen drin. Ich bin nur hingegangen und hab ihn mir angesehen.«

»Und wer ist aus dem Krankenwagen ausgestiegen?«

Als er mit den dünnen Schultern zuckte, wandte sie sich ab.

»Okay.«

»Tauschen Sie mit mir.«

»Solange Sie mir nichts erzählen, gibt es nichts zu tauschen. Sagen Sie die Wahrheit, wenn Sie diese Brille wollen. So war es abgemacht.«

»Männer in weißen Kitteln, wer wohl sonst? In Krankenwagen haben die Leute immer weiße Kittel an. Sie sollten mich nicht sehen, also habe ich mich hingehockt.«

Er machte eine absenkende Handbewegung, damit sie verstand. »Ich brauche keinen Krankenwagen, und die Leute in den weißen Kitteln ham mir Angst gemacht.«

»Wie viele weiße Kittel haben Sie gesehen?«

»Zwei. Ich glaube, zwei. Ich sehe nicht mehr gut. Zwei. Dann plötzlich hatten sie die weißen Kittel nicht mehr an. Bestimmt ham sie sie hinten in den Van gepackt.«

»In was für einen Van?«

»In den, der hier gestanden hat, als ich vorhin wach geworden bin. Ein ziemlich neuer Lieferwagen. Glänzend. Schick. Ich bin nicht reingekommen, denn die Türen waren alle abgesperrt. Ich hätte sowieso nur gucken wollen«, beeilte er sich zu erklären. »Ich wollte nur mal gucken, aber alle Türen waren abgesperrt. Dann sind die Weißkittel ohne weiße Kittel in das große, schöne Auto eingestiegen und waren weg.«

»Wie sahen sie aus?« Natürlich wusste Eve, dass er ihr das bestimmt nicht sagen könnte, einen Versuch aber war's wert. »Die Weißkittel ohne weiße Kittel, die in diesem großen, schönen Auto weggefahren sind.«

»Einer groß und einer klein. Ich kann nicht mehr gut sehen, aber der eine war echt groß.« Doc riss die Arme in die Luft, und Eve stellte vorübergehend die Atmung ein, als ihr ein geradezu erstaunlicher Geruch von Schweiß und Ausdünstungen anderer Art entgegenschlug.

»Okay, wie sieht es mit dem Wagen aus? War er eher dunkel oder hell?«

»Dunkel, dunkel. Vielleicht schwarz. Keine Ahnung. Glänzend. Das ist alles wahr. Lassen Sie uns endlich tauschen.«

»Meinetwegen.« Da sie davon ausging, dass er ihr tatsächlich nichts mehr sagen könnte, hielt sie ihm die Brille hin.

»Nein, behalten Sie die auch« bat sie, als er beflissen seine eigene Brille von der Nase zog. »Wahrheit gegen Brille. Wir sind quitt.«

Als sie sich zum Gehen wandte, lief ihr einer der Beamten hinterher. »Sollen wir ihn mitnehmen, Lieutenant? Zum Entzug?«

Gesetzlich und vielleicht moralisch wären sie dazu verpflichtet, aber innerhalb von einer Woche wäre Doc dann wieder draußen, hätte seinen Schlafplatz und vielleicht auch seinen Platz zum Betteln eingebüßt und wäre schlimmer dran als jetzt.

Zumindest würde es ihm ganz bestimmt nicht besser gehen.

»Lassen Sie ihn gehen, und schauen Sie einfach ab und zu bei ihm vorbei.«

Der Beamte nickte. »Er hat hier ein halbwegs anständiges Plätzchen, ist nicht völlig schutzlos Wind und Wetter ausgesetzt, und wie's aussieht, lassen die Hyänen ihn in Ruhe. Etwas Besseres findet er wahrscheinlich nicht.«

Was manchmal reichen musste, dachte Eve, und als sie losging, um sich noch einmal den Krankenwagen anzusehen, kam Peabody angejoggt und stellte keuchend fest: »Die Verkehrswacht hat die Aufnahmen auf das Revier geschickt. Die elektronischen Ermittler haben darauf ein Fahrzeug ausfindig gemacht, dass um 8.23 Uhr in östlicher Richtung von hier weggefahren ist. Die Typen haben an die Kameras gedacht und die Nummernschilder vorn und hinten abgedeckt, aber wir haben zumindest Marke und Modell. Ein schwarzer Executive Lux 5000, wie sie erst in diesem Jahr herausgekommen sind. Die Fenster einschließlich der Windschutzscheibe sind abgedunkelt, was zum einen nicht erlaubt ist und zum anderen heißt, dass von den Insassen des Wagens nichts zu sehen ist.«

»Fragen Sie McNab, ob er der Sache nachgehen und gucken kann, ob so ein Wagen entweder auf Alexander selbst oder auf das Unternehmen zugelassen ist. Und sagen Sie, dass er sich auch noch andere Aufnahmen von der Verkehrswacht schicken lassen soll. Sie müssen irgendwann hierhergekommen sein, meiner Meinung nach am frühen Morgen, um die beiden hier abzuholen, muss ein zweiter Wagen hinterhergefahren sein.«

»Drei Fahrzeuge für eine Tat? Das wäre aber ganz schön dumm.«

»Das ist es, aber schließlich sind die Kerle auch nicht gerade schlau.«

»Sie hatten einfach Glück, dass der Wagen, der hier stand, nicht aufgebrochen worden ist.«

»Falls Doc – das ist der Junkie, der jetzt meine Sonnenbrille trägt – die wenigen Gehirnzellen, die er noch hat, benutzt hätte, um nachzudenken, wäre er bestimmt daraufgekommen, eins der Autofenster einzuschlagen und die Kiste auszuräumen. Es wäre also deutlich cleverer gewesen, sich von jemand Drittem nach der Tat abholen zu lassen oder einen Teil des Wegs zu laufen und ein Taxi ranzuwinken oder so. Wer auch immer die Befehle gibt, hat keinen blassen Schimmer davon, wie die Dinge auf der Straße laufen, weil er selbst ein abgeschirmtes, reiches Luxusleben führt.«

Sie sprühte ihre Hände und die Stiefel ein, bevor sie in den Krankenwagen stieg. »Bestellen Sie die Spurensicherung, und schicken Sie die elektronischen Ermittler in die Klinik, um zu gucken, wann und wie man das Gefährt entwendet hat.«

Obwohl sie wusste, wie er hieß und wann er ungefähr gestorben war, setzte Eve die notwendigen Instrumente zur Bestätigung seiner Identität und des Todeszeitpunkts ein. Dann klemmte sie das Aufnahmegerät am Aufschlag ihrer Jacke fest und sah sich die Fesseln an den Hand- und Fußgelenken ihres neuen Opfers, die geplatzten Blutgefäße in den Augen und die Hämatome rund um Mund und Nase an.

Wie sein noch lebender Kollege sah er erschreckend bleich und zerschunden aus. Den älteren blauen Flecken, den Behandlungsspuren und dem Infusionsbeutel zufolge hatte er erheblich mehr als Arnold bei dem Unfall abgekriegt.

Sie hob seine Oberlippe an und nahm die aufgerissenen Stellen, wo sich seine Zähne in das weiche Fleisch gegraben hatten, wahr.

Sie hatte sich verkalkuliert. Sie hatte Angst gesät, denn der Verdächtige hätte sich in den Ranken, die aus seiner Angst erwachsen waren, verfangen und ins Schwitzen kommen sollen.

Sie hätte nicht gedacht, dass jemand dämlich genug wäre, ihr das nächste Glied in der Beweiskette zu überreichen, indem er den Wirtschaftsprüfer nicht bestechen, sondern um die Ecke bringen ließ. Dass jemand dämlich genug wäre, auf ein gut geschmiertes Werkzeug zu verzichten, das für seine illegalen Machenschaften wichtig war.

»Schürfwunden und Hämatome an den Hand- und Fußgelenken«, stellte sie mit ruhiger Stimme fest. »Sieht aus, als hätte er sich vehement zur Wehr gesetzt.«

Sie richtete sich wieder auf und steckte ihren Generalschlüssel ins Schloss eines metallenen Spinds. Die Medikamente in dem Schrank und die tragbaren medizinischen Geräte hätten auf der Straße eine ordentliche Stange Geld gebracht.

Sie hatten also kein Interesse oder keine Zeit gehabt, um diese Dinge einzustecken und sich damit einen netten Bonus zu verdienen. Hatten einfach ihren Job und sich dann aus dem Staub gemacht.

Sie selber ging ins Fahrerhaus des Krankenwagens und lenkte den Strahl von ihrer Taschenlampe in der Hoffnung, dass sie das Papier von einem Schokoriegel, einen Einwegkaffeebecher oder sonst etwas fände, erst unter die Bank und dann unter das Armaturenbrett.

Als sie nichts entdeckte, blieb sie in der Hocke sitzen, starrte auf das Autotelefon und hörte sich die letzten abgehenden Gespräche an.

Zentrale, hier sind Mormon und Drumbowski, Einheit sieben. Bestätigen die Übernahme des Patienten Chaz Parzarri am East Side Metro Transportzentrum. Ankunft aus Las Vegas mit privatem Shuttle Nummer Bravo-Echoneun-sechs-drei-neun.

Hier Zentrale, Alles klar. Geben Sie Bescheid, wenn der Patient an Bord des Krankenwagens ist und Sie losfahren.

Roger. Einheit sieben aus.

Eve trommelte sich mit den Fingern auf die Knie.

Zentrale. Hier ist Einheit sieben. Haben den Patienten an Bord und fahren los.

Verstanden. Zustand des Patienten?

Stabil.

Er nannte einen offensichtlich akzeptablen Puls und Blutdruck, zählte ein paar andere Werte auf und beendete dann das Gespräch.

Während Eve noch überlegte, zerrte Peabody die Tür des Krankenwagens auf. »McNab ist auf der Suche, der Leichenwagen und die Spurensicherung sind unterwegs.«

»Der Fahrer muss der Hacker sein«, sagte Eve mehr zu sich selbst als zu ihrer Partnerin. Er musste wissen, welche Sanitäter für die Tour am Flugplatz vorgesehen waren und wie die Kommunikation zwischen den Leuten hier im Wagen und der Krankenhauszentrale läuft. Er hat sich in das System des Krankenhauses eingeklinkt, sich den Dienstplan angesehen und sich ein paar Gespräche angehört. Die Zentrale hat natürlich nicht damit gerechnet, dass ein Team von Mördern es auf einen Krankenwagen abgesehen hat, deshalb war aus ihrer Sicht alles okay.

Sie tütete die Sprechanlage für die elektronischen Ermittler ein. »Jetzt haben wir den Stimmabdruck von diesem dummen Arschloch. Wollen wir doch mal sehen, ob die Elektronikfuzzis ihn etwas säubern und uns sagen können, ob im Hintergrund noch irgendetwas anderes zu hören ist.«

Peabody schrieb sich ihre Anweisungen auf. »Wissen Sie schon, wie er gestorben ist?«

»Sie haben ihn erstickt. Die Abschürfungen und die blauen Flecken zeigen deutlich, dass er erst gefesselt wurde und ihm wenig später Mund und Nase zugehalten worden sind. Diesmal hat der Mörder seinem Opfer ins Gesicht gesehen. Die beiden haben sich gekannt. Es war etwas Persönliches. Natürlich war es auch in diesem Fall ein Job, aber so, wie wenn man einen Mitarbeiter feuert, was ja auch immer zugleich persönlich ist. Die Kollegen sollen den Fundort erst mal absperren, und wir suchen Jake Ingersol.«

»Sie denken doch wohl nicht ...«

»Nein, aber genauso wenig hätte ich gedacht, dass Parzarri auf der Abschussliste dieser Leute steht.« Sie raufte sich die Haare und stand auf. »Hören Sie, ich werde gucken, wo er steckt, und Sie rufen währenddessen Gibbons an. Er sollte wissen, dass Parzarri nicht mehr lebt, denn jetzt werden sich die Medien auf die Geschichte stürzen, nachdem innerhalb von gerade mal zwei Tagen schon der zweite Buchprüfer desselben Unternehmens gewaltsam umgekommen ist.«

»Dagegen können wir wohl kaum etwas tun.«

Außer, dass sie selber in die Offensive gingen, dachte Eve und fragte sich, ob sie wohl etwas Zeit fände, um Nadine Furst durch Schmeichelei oder Bestechung dazu zu bewegen, die Geschichte so zu bringen, dass es für die Ermittlungen von Vorteil war.

Aber zuerst fuhr sie wieder los und kontaktierte das Büro von WIN. »Hier ist Lieutenant Dallas. Ist Jake Ingersol im Haus?«

»Heute Morgen sind sie alle in den neuen Büros. Soll ich Ihnen die Adresse geben, Lieutenant?«

»Vielen Dank, die habe ich bereits.«

»Soll ich Mr. Ingersol Bescheid geben, dass Sie ihn sprechen wollen?«

»Danke, nein. Das wird nicht nötig sein.«

Peabody saß neben ihr, sprach Gibbons sanft ihr Beileid aus und vermied es taktisch klug, direkt auf seine Fragen einzugehen.

»Machen Sie noch einen Termin für mich bei Mira, ja?«, bat Eve nach Ende des Gesprächs. »Ihnen kratzt der Drache, der ihr Vorzimmer bewacht, wahrscheinlich nicht durchs Telefon die Augen aus. Ich brauche Miras neuerliche Einschätzung dieser Arschlöcher.«

Sie rieb sich das Genick und dachte kurz an Chaz Parzarri, der, gefesselt auf der Pritsche liegend, seinem Killer ins Gesicht gesehen hatte, während er getötet wurde. Er konnte sich nicht wehren, hatte aber bis zum letzten Atemzug gekämpft.

Er war korrupt gewesen, das stand fest. Doch er hatte niemanden getötet und nicht einmal die Gelegenheit gehabt, sich durch Mitwissen am Mord an der Kollegin mitschuldig zu machen oder nicht. Er hatte schließlich nie erfahren, dass sie ermordet worden war.

Jetzt war auch er selbst ermordet worden, weil sie nicht vorausgesehen hatte, dass man ohne Not ein Rädchen aus dem Uhrwerk nehmen würde, das bis dato reibungslos gelaufen war.

Vielleicht hätte sie doch mit Roarke nach Vegas fliegen und Chaz dort mit seinen Taten konfrontieren sollen. Oder ihn am Flughafen erwarten statt am Krankenhaus.

Im Nachhinein war man natürlich immer klüger, dachte sie, auch wenn das nicht mehr wirklich half.

»Sie sollen zu Mira kommen, wann es Ihnen passt«, erklärte Peabody.

»Das ist alles? Einfach so?«

»Ich war eben nett am Telefon.«

»Okay, ab jetzt machen Sie immer die Termine für mich aus. Genau wie gegenüber den verdammten Automaten auf der Wache gebe ich mich gegenüber dieser blöden Sekretärin endgültig geschlagen, denn es lohnt sich einfach nicht, mich jedes Mal aufs Neue aufzuregen, nur weil sie mich wieder einmal eiskalt abserviert.«

»Es ist nicht unsere Schuld.« Seufzend lehnte sich Peabody auf ihrem Sitz zurück. »Ich bin ziemlich gut darin, mir immer selbst die Schuld an allem Möglichen zu geben, aber für Parzarri können wir nun wirklich nichts.«

»Ich habe mich verrechnet, und jetzt ist er tot.«

»Vielleicht haben Sie sich verrechnet, aber wie berechnet man so was? Sie hatten recht, als Sie gesagt haben, es wäre dumm und die reine Verschwendung, diesen Mann aus dem Verkehr zu ziehen. Wie hätte man damit rechnen sollen, dass ein Mensch, der ein millionenschweres Unternehmen führt, zu dummen, unwirtschaftlichen Entschlüssen neigt? Sie wussten, dass er in Las Vegas völlig isoliert war. Er hatte keinen Grund, sie zu verraten, denn er wusste nicht, dass Dickenson ermordet worden war, hat jede Menge Geld gescheffelt und den anderen Möglichkeiten aufgetan, das ebenfalls zu tun. Soweit sie wissen, sind inzwischen alle Unterlagen wieder in ihrem Besitz, sie hätten also die Zahlen so manipulieren lassen können, wie es vorgesehen war. Weshalb hätte das nicht weiterhin Parzarri machen sollen?«

»Ich dachte, dass er es weitermachen soll, aber ich habe mich geirrt.«

»Nein – ich meine, ja –, aber sie hätten ihn nicht töten *sollen,* nicht bei dem Szenario, das Sie entworfen haben. Wenn sie Angst hätten, die Sache weiter durchzuziehen, weil Sie ihnen auf den Fersen sind, okay, dann hätten sie ihn außer Landes schaffen sollen. Dann hätten wir ihn nicht erwischt und, verdammt, dann hätten sie es irgendwie so drehen können, als hätte er die ganze Sache ausgeheckt. Sie hätten ihm falsche Beweise unterjubeln und es so drehen können, als hätte er den Mordauftrag erteilt oder mit jemandem zusammengearbeitet, der Dickenson hat ermorden lassen. Dann wäre er in Argentinien oder so, würde dort ein angenehmes Leben führen und unter einem neuen Namen und mit neuem Gesicht weiter ihre Bücher führen. Die Investition hätte sich auf jeden Fall gelohnt. Vielleicht hätten sie es sogar so drehen können, als hätte er ohne ihr Wissen was von ihren Konten abgezwackt. Dann hätte es so ausgesehen, als ob sie selbst die Opfer wären.«

Eve spielte das Szenario, das jetzt ihre Partnerin entworfen hatte, in Gedanken durch. »Das wäre schlau gewesen, stimmt. Sie hätten den Buchprüfer behalten und ihm alles in die Schuhe schieben sollen, während er glücklich und zufrieden irgendwo ein neues Leben führt. Daran hätten sie denken, das hätten sie probieren sollen.«

»Sie haben einen Wirtschaftsprüfer, der die Bücher für sie fälscht und ihnen bei ihren Betrügereien hilft, und dann bringen sie ihn plötzlich mitten in einer Prüfung um? Das ist vollkommener Schwachsinn.«

»Das heißt, sie haben wieder aus einem Impuls heraus gehandelt, brauchten sofort einen Erfolg. Sie hätten Parzarri immer noch aus dem Verkehr ziehen können, wenn er hätte aussteigen oder sie vielleicht sogar verpfeifen wollen. Aber sie haben ihm nicht einmal die Chance gegeben zu beweisen, dass er weiter treu zur Fahne steht. Bisher hatten sie einen Wirtschaftsprüfer, einen Finanzberater, einen Hacker und den Muskelmann.«

»Aber der Wirtschaftsprüfer ist jetzt nicht mehr da.«

»Genau.« Sie hatten ihn spontan ermorden lassen, um sofort einen Erfolg zu sehen. »Vielleicht toppen sie das noch und knöpfen sich als Nächsten ihren Finanzberater vor. Wobei sie uns durch die Ermordung des Buchprüfers etwas gegeben haben, von dem sie nicht wussten, dass wir es schon hatten – nämlich den Beweis dafür, dass es eine Verbindung zwischen ihnen gab. Jetzt wissen wir, dass Chaz Parzarri mit von der Partie war. Vielleicht haben sie also die Hoffnung, dass sie ihm tatsächlich alles in die Schuhe schieben können, auch wenn sie jetzt kaum Zeit haben, um sich zu überlegen, wie es für sie weitergehen soll. Aber sie sind eben impulsiv und gehen die Dinge immer, ohne nachzudenken, an. Bei allem geht's um Gier. Weil sie geldgierige Schweinehunde sind. Warum sollten sie noch mehr in ihren alten Wirtschaftsprüfer investieren? Wahrscheinlich wollen sie jetzt einfach einen anderen bestechen und ihm höchstens das bezahlen, was Parzarri zu Beginn bekommen hat. Ich wette, Alexander denkt, das wäre wirtschaftlich. So, wie wenn man einem alten Mitarbeiter kündigt und dann einen neuen, billigeren engagiert.«

»Ohne dem bisherigen Angestellten eine Abfindung zu bezahlen.«

»Falls er versuchen will, dem Toten alles anzulasten, muss auch der Finanzberater mitspielen. Oder ebenfalls verschwinden«, meinte Eve und trat das Gaspedal bis auf den Boden durch.

»Nicht schon wieder«, seufzte Peabody und umklammerte den Haltegriff über der Tür.

Ohne auf das wütende Gehupe all der anderen Fahrer einzugehen, hielt sie mit quietschenden Reifen direkt vor dem Haus in zweiter Reihe, joggte Richtung Tür und sah sich unterwegs nach einem dunklen Exec Lux 5000 um.

Obwohl sie ihn nirgendwo entdeckte, klingelte sie Sturm, schon nach wenigen Sekunden öffnete Brad Whitestone ihr die Tür und sah sie mit einem einladenden Lächeln an. »Lieutenant Dallas, wir waren gerade …«

»Wo ist Ingersol?«

»Jake?« Er machte einen Schritt zurück, und sie marschierte in die fertig renovierte Eingangshalle, in der es nach frischer Farbe roch. An der silberfarbenen Wand hinter dem noch unbemannten, u-förmigen Empfangstisch prangte in modernen, großen Buchstaben der Name WIN.

»Wir müssen mit ihm reden.«

»Er ist kurz weg, aber er kommt wahrscheinlich jeden Augenblick zurück. Warum führe ich Sie nicht erst mal he …«

»Wohin? Wo ist er hin?«

Auf Whitestones Miene zeichnete sich erst Verwirrung und danach Besorgnis ab. »Ich weiß es nicht genau. Wir kriegen heute Morgen unsere Möbel. Rob und ich wollen sichergehen, dass alles glattläuft. Rob ist hinten in seinem Büro und spricht alles mit den Lieferanten ab. Jake hatte einen Anruf auf dem Handy und sagte zu uns, er müsste kurz etwas erledigen, wäre aber spätestens in einer Stunde wieder da. Das ist vielleicht eine halbe Stunde her. Ich weiß es nicht genau, ich habe nicht darauf geachtet, wann genau er losgegangen ist.«

»Peabody.«

Die andere trat vors Haus und rief Jake Ingersol zur Fahndung aus.

»Was ist?«, erkundigte sich Whitestone aufgeregt. »Ist was passiert? Hat es etwas mit Jake zu tun?«

»Chaz Parzarri wurde heute Morgen umgebracht.«

»Was? Wie? Meine Güte. Rob!« Er machte kehrt, ging ein paar Schritte nach rechts und brüllte: »Rob, komm her. Er war im Krankenhaus, nicht wahr? Sind Sie sicher, dass man ihn ermordet hat? Vielleicht waren ja einfach die Verletzungen gravierender als gedacht. Ich kann mir einfach nicht ...«

»Verdammt, Brad, ich war mitten in – oh, Verzeihung, Lieutenant. Ich wusste nicht, dass Sie hier sind.«

»Sie sagt, dass Chaz Parzarri ... sie behauptet, dass er ebenfalls ermordet worden ist.«

»Wann? Wo? Er ist doch in Las Vegas, das heißt, nein. Gott, er hätte heute früh zurückkommen sollen. Ich habe gestern Abend bei Jim Arnold angerufen, und er hat gesagt, sie kämen heute wieder nach New York. Was ist mit Jim? Ist Jim okay?«

»Ihm geht es gut. Wissen Sie, wohin Ihr anderer Partner wollte, als er eben weggegangen ist?«

»Einer seiner Kunden hatte eine Krise. Er meinte nur, er würde diesen Kunden kurz auf einen Kaffee treffen, um ihn zu beruhigen, wäre aber sofort wieder da. Warum?«

»Ich muss mit ihm sprechen. Es ist wirklich dringend.«

»Ich kann ihn gerne anrufen. Das mit Chaz wird ihn sehr treffen. Sie haben mehrere gemeinsame Klienten.«

Newton zog sein Handy aus der Tasche, doch bevor er den Partner kontaktieren konnte, meinte Eve: »Bitte sagen Sie ihm nichts von diesem Mord. Fragen Sie ihn einfach, wo er ist. Alles andere mache ich.«

Er nickte knapp und rief den Partner unter dessen Kurzwahlnummer an. »Bei ihm springt gleich die Mailbox an. Aber ich kann ihm eine Nachricht schicken. Wir haben einen besonderen Code, wenn's dringend ist.«

»Wie hat er auf den Anruf dieses Kunden reagiert?«, wollte Eve von Whitestone wissen.

»Ah, ich weiß nicht, was Sie meinen. Außer vielleicht, dass er leicht verärgert war. Wir wollen hier schließlich innerhalb der nächsten beiden Wochen fertig werden und den Laden aufmachen. Die Renovierung der Büros und meiner Wohnung sind inzwischen abgeschlossen, in den Apartments und Büroräumen, die wir vermieten wollen, fehlt nur noch der letzte Schliff. Das heißt, dem Umzug steht nichts mehr im Weg.«

»Wenn er sich hier in der Gegend mit seinem Klienten kurz auf einen Kaffee treffen wollte, wo könnte er dann hingegangen sein?«

»Normalerweise geht er immer ins Express. Das ist nur einen knappen Häuserblock von hier entfernt.«

»Er reagiert nicht«, stellte Newton fest.

»Bleiben Sie hier«, wies Eve die beiden Männer an. »Falls er Sie kontaktiert, sagen Sie ihm, dass er sich nicht vom Fleck bewegen soll, und geben mir Bescheid. Peabody.«

»Warum sagen Sie uns nicht, was los ist? Wir müssen wissen, falls etwas mit Jake nicht in Ordnung ist.«

»Das erfahren Sie von mir, wenn ich es selber weiß«, erklärte sie und lief entschlossen los.

Auf halbem Weg zum Wagen blieb sie stehen, drehte sich noch einmal um und starrte die Tür von Whitestones zukünftiger Wohnung an.

»Mein Gott, so dreist und arrogant können sie doch wohl nicht sein.«

Sie änderte die Richtung, nahm die Treppe Richtung Souterrain, zückte ihre Waffe und warf einen Blick auf ihre Partnerin.

»Glauben Sie das wirklich?«

»Er hat sie direkt hier getroffen, weil das einfach praktisch ist. Er sitzt auf keinen Fall mit irgendeinem Kunden im Café.«

Mit ihrer linken Hand zog sie den Generalschlüssel aus der Tasche, schob ihn lautlos in das Schloss der Tür, hielt drei Finger in die Luft und zählte stumm bis drei.

Schnell und geschmeidig sprangen sie gemeinsam durch die Tür ...

... und sahen, dass die Kerle tatsächlich so dreist und arrogant gewesen waren.

Jake Ingersol lag auf dem frisch versiegelten Parkett, starrte reglos die frisch gestrichene Decke an und sein eingeschlagener Schädel schwamm in einer Pfütze des eigenen Bluts.

Eve hob eine Hand. »Erst mal sehen wir, ob die Luft inzwischen rein ist.«

Auch wenn sie nicht glaubte, dass der Killer sich in einem Kleider- oder Küchenschrank verborgen hielt, durchkämmten sie zusammen jeden Raum und steckten dann erst ihre Waffen wieder ein.

»Holen Sie den Untersuchungsbeutel aus dem Wagen, Peabody, und rufen Sie die Spurensicherung.«

»Er hat mit einem Hammer auf ihn eingedroschen«, stellte ihre Partnerin mit rauer Stimme fest. Die Waffe lag direkt neben der Leiche und war mit dem Blut und mit den Eingeweiden von Jake Ingersol verschmiert. »Sie haben seinen Kopf damit zu Brei geschlagen, das Blut ist durch den ganzen Raum gespritzt. Mein Gott. Sehen Sie sich das Blut an seiner Hose an. Sieht aus, als ob er ihm auch noch die Kniescheiben zertrümmert hat.«

»Dieses Mal hat unser Mann sich wirklich angestrengt. Anscheinend macht die Arbeit ihm allmählich richtig Spaß.«

16

Während Peabody den Untersuchungsbeutel holte, sah sich Eve den Tatort, die inzwischen dritte Leiche und die Blutspritzer auf dem schimmernden Parkett und an den frisch gestrichenen Wänden an.

Wahrscheinlich hatten sie den Killer knapp verpasst. Das hieß, sie hätten diesen Mord verhindern können, wenn sie eine halbe Stunde früher auf der Bildfläche erschienen wären.

Auch ohne Untersuchungsbeutel, Werkzeuge und Instrumente konnte sie den Ablauf, die Brutalität, das Grauen des Geschehens deutlich vor sich sehen.

Sie hatten ihn über das Handy kontaktiert. Entweder per SMS oder mit blockierter Videofunktion. Sie selbst hätte ihr Opfer ebenfalls auf diese Art hierhergelockt. Hätte einfach knapp erklärt, er solle in die Wohnung des neuen Gebäudes kommen, weil es etwas zu besprechen gab.

Auf Fragen hätte sie mit einer ausweichenden Antwort oder ungeduldig reagiert. »Mr. Alexander hat gesagt, sofort, also kommen Sie gefälligst auf der Stelle her.«

Wahrscheinlich hatte sich der Killer während des Gesprächs schon in der Wohnung aufgehalten, nachdem entweder der Hacker ihm die Tür geöffnet hatte oder ihm der neue Zugangscode bereits von Ingersol persönlich überlassen worden war.

»Nach dem Anruf kommt das Opfer rein«, erklärte Eve, als Peabody mit ihren Arbeitsutensilien wieder auf der Bildfläche erschien. »Da unser Killer eigentlich ein Feigling ist, lauert er ihm bereits in der Wohnung auf. Wir wissen, dass er einen Stunner hat, den hat er bestimmt benutzt. Er hat Ingersol damit betäubt und auf ihn eingeprügelt, während er hilflos am Boden lag. Das passt zu ihm.«

»Warum hat er ihm nicht einfach das Genick gebrochen oder

ihn erstickt? So hat er's schließlich bei den beiden anderen gemacht. So brutal, wie er mit seinem dritten Opfer umgesprungen ist, wirkt es irgendwie persönlich und nicht mehr wie ein Auftragsmord.«

»Ich nehme an, dass er auf den Geschmack gekommen ist und dass sein Opfer dieses Mal kein Fremder für ihn war.« Sie nahm ihrer Partnerin den Untersuchungsbeutel ab und sprühte sich die Hände und die Stiefel ein.

»Dann hat er Ingersol also gekannt ...« Auch Peabody sah sich den Toten und die Blutspritzer genauer an. » ... ihn aber nicht wirklich gemocht.«

»Wahrscheinlich nicht. Vielleicht hat Ingersol ihm irgendwann einmal ans Bein gepinkelt oder ihn beleidigt, vielleicht konnte er auch einfach das Gesicht des Kerls nicht leiden. Das gibt ihm einen Grund – und vielleicht die Erlaubnis – auf ihn einzudreschen, während er wehrlos am Boden liegt. Dickenson hat er gedankenlos wie eine Fliege umgebracht. Bei dem Angriff auf uns hat er zwar auf Befehl gehandelt, aber vielleicht hat die Vorstellung, zwei Cops an einem öffentlichen Ort aus dem Verkehr zu ziehen, ihm auch einen leichten Kick verschafft.«

»Wobei er es am Schluss total vermasselt hat.«

»Das stimmt.« Eve zog verschiedene Instrumente aus der Tasche, um den Toten offiziell zu identifizieren und den genauen Todeszeitpunkt festzustellen. »Worüber Alexander sicher alles andere als glücklich ist. Vielleicht hat er seinen Muskelmann ja deshalb in den Werkzeugschuppen mitgenommen.«

»Und ihm dort den Hammer in die Hand gedrückt?«

»Nein, Sie wissen schon, im Werkzeugschuppen hat man früher unartigen Kindern eine Abreibung verpasst.«

»Ach ja? Oh, Sie meinen einen *Holz*schuppen. Dort haben die Väter früher ihre unartigen Söhne übers Knie gelegt.«

»Wozu braucht Holz denn einen Schuppen?«

»Keine Ahnung ... oder doch, damit es trocken bleibt, weil man mit nassem Holz schließlich kein Feuer machen kann.«

»Achtzehn Minuten. Gottverdammt, vor einer guten Viertelstunde hat er noch gelebt.« Eve unterdrückte mühsam ihren Zorn. »Sie sind also nach der Sache mit Parzarri auf direktem Weg hierhergekommen. Bestimmt hat ihn die Sache mit dem Buchhalter in Schwung gebracht. Hatte er den Hammer bei sich oder lag der hier herum?«

Sie sah sich wieder um. Nachdem die Renovierung des Apartments abgeschlossen war, lagen keine Werkzeuge und Arbeitsmaterialien mehr herum. »Der Bautrupp hat schon aufgeräumt, weshalb also hätte hier ein Hammer liegen sollen? Das heißt, er hat ihn mitgebracht. Vielleicht hat er ja kurz irgendwo angehalten und das Ding gekauft. Auf jeden Fall hat einer von den beiden, Killer oder Hacker, Ingersol hierherbestellt.«

Sie blickte Richtung Tür, rechnete kurz nach und hob vorsichtig das ruinierte, blutverschmierte Hemd des Opfers an. »Die Stunnerabdrücke sind gut zu sehen. Natürlich muss der Pathologe noch bestätigen, dass es ein Stunner war, aber ...« Mit einer Mikrobrille auf der Nase beugte sie sich dicht genug über den toten Ingersol, dass sie mit ihrer Nase gegen die gebrochenen Rippen stieß. » ... auf jeden Fall sieht es so aus. Er hat Ingersol von vorne attackiert. Vielleicht, weil es nicht anders ging, aber vielleicht auch, weil er sein Gesicht sehen wollte, als er auf ihn losgegangen ist. Das Opfer kommt also herein. Es ist in Eile und will schnellstmöglich zurück zu seinen Partnern, aber ehe es auch nur den Mund aufmachen kann, wird es bereits betäubt.«

Sie schloss kurz die Augen. »Falls der Hammer hier gelegen hat, hat ihn der Killer vielleicht ganz spontan benutzt. Aber ich glaube nicht, dass zufällig ein Hammer hier vergessen worden ist, den er sich dann gegriffen hat. Gerade hat er seinen zweiten Mord begangen, aber das ist ihm noch nicht genug. Er ist auf seine Art genauso gierig wie die anderen, denn sie alle wollen immer mehr. Er hätte Ingersol einfach den Stunner auf die Halsschlagader drücken können, um ihn so aus dem Verkehr zu ziehen. Stattdessen hat er ihn nur leicht betäubt und hat danach mit einem Hammer auf ihn eingeschlagen.«

»Wobei ein Teil des Bluts doch sicher auf ihm selbst gelandet ist.«

»Wenn der Hammer hier gelegen und er ihn sich ganz spontan genommen hätte, ja. Aber wenn er ihn gekauft oder bereits im Wagen liegen hatte, hat er sicher auch an Schutzkleidung gedacht. Wir müssen wissen, woher dieser Hammer stammt, denn das sagt viel über den Täter aus.«

Sie richtete sich wieder auf. »Die elektronischen Ermittler sollen sich das Schloss ansehen und die Kollegen von der Trachtengruppe sollen sich umhören, ob irgendwer zwei Männer und den Wagen hier gesehen hat. Vielleicht haben wir dieses Mal ja Glück.«

»Jetzt ist niemand mehr übrig, den der Kerl zum Schweigen bringen muss. Soweit wir wissen, waren in diese Sache außer Alexander nur noch Ingersol, Parzarri und der Hacker involviert.«

»Vielleicht ist also auch der Hacker in Gefahr. Es wäre dumm und unnötig, ihn umzubringen, aber schließlich ist der Killer jetzt in Schwung. Alexander hat vielleicht noch andere Angestellte, die in die Betrügereien verwickelt sind, und selbst wenn er keine Morde mehr in Auftrag gibt, hört der Killer jetzt bestimmt nicht einfach auf. Nach dieser Tat«, erklärte sie und nickte mit dem Kopf dorthin, wo ihre dritte Leiche lag, »hat er entdeckt, dass er zu diesem Job berufen ist.«

Sie überließ es Peabody, auf die Kollegen und die Spurensicherung zu warten, und ging selbst wieder hinauf, um den Partnern zu berichten, was geschehen war.

»Er geht immer noch nicht ans Telefon«, erklärte Newton, als sie das Foyer betrat. »Offenbar hat er sein Handy ausgestellt. Sonst hätte er ...«

»Er wird auch nicht mehr drangehen, weil er nämlich nicht mehr lebt.«

Sie sprach mit kalter, ausdrucksloser Stimme, denn die Reaktionen beider Männer wären sicher interessant.

Whitestone wurde starr vor Schreck, doch Newton fuhr sie zornig an: »Was reden Sie denn da? Das ist vollkommen lächerlich. Was zum Teufel wollen Sie überhaupt von uns?«

»Ich bin hier, um Ihnen mitzuteilen, dass Jake Ingersol ermordet worden ist. Natürlich tut mir das sehr leid für Sie, setzen Sie sich bitte erst mal hin.«

»Weshalb sollte irgendjemand Jake ermorden wollen?«, stieß Whitestone heiser aus. »Das ergibt nicht den geringsten Sinn. Das ist total verrückt. Geht's dabei um diese beiden Wirtschaftsprüfer? Hat irgendein Irrer es womöglich auf uns alle abgesehen? Vielleicht ein unzufriedener Klient? Ich kann das einfach nicht verstehen. Eben erst war Jake noch *hier.* Er ist vor weniger als einer Stunde weggegangen.«

»Setzen Sie sich«, bat sie etwas sanfter, weil den beiden Männern neben Schock und Zorn jetzt auch die einsetzende Trauer deutlich anzusehen war.

Zitternd setzte Newton sich auf einen alten Klappstuhl, während Whitestone sich ermattet auf den Boden sinken ließ.

»Wie wurde er getötet?«, wandte er sich abermals an Eve. »Sagen Sie uns, was passiert ist. Er war nicht nur unser Partner, sondern unser Freund. Rob. Meine Güte, Rob.«

»Er hat seinen Mörder in der Wohnung hier im Souterrain getroffen. In Ihrer Wohnung, Mr. Whitestone.«

Brads Gesicht nahm eine kränklich grüne Farbe an. »Nein. Oh nein. Er hat gesagt, dass er sich in einem Café mit einem unserer Klienten treffen will.«

»Aber das hat er nicht getan. Er dachte, dass er einen Kunden treffen würde, und zwar einen Kunden, mit dem er zusammen Immobilienbetrügereien begangen hat. Chaz Parzarri hat dabei als Wirtschaftsprüfer mitgemacht.«

Newton sprang von seinem Stuhl. »Das ist totaler Schwachsinn. Immobilienbetrügereien? Jake ist tot, und jetzt versuchen Sie, ihn als Kriminellen hinzustellen.«

»Dazu hat er sich selbst gemacht. Wir haben handfeste Beweise dafür, dass Ihr Partner Ingersol zusammen mit Parzarri sowie einer anderen Person Betrügereien im großen Stil begangen hat.« Sie sah Brad Whitestone an und stellte fest: »Sie wirken nicht besonders überrascht.«

»Ich dachte, dass er nur Blödsinn macht. Ich dachte, Rob … die Armbanduhr, er hat gesagt, er hätte sie für ’n Appel und ’n Ei bei einer Haushaltsauflösung gekriegt. Und das Gemälde, das er sich vor ein paar Monaten gekauft hat, nachdem er angeblich im Casino ein paar Tausender gewonnen hat. Und andere Dinge. Großer Gott.« Er legte seinen Kopf auf die Knie.

»Du glaubst doch nicht im Ernst, dass Jake Betrügereien begangen hat?«, fragte Newton ihn in ungläubigem Ton. »Um Himmels willen, Brad.«

»Ich weiß nicht …« Er fuhr sich mit wild zitternden Händen durchs Gesicht. »Vor vielleicht einem Jahr waren Jake und ich zusammen in einem Club und haben dort ordentlich gebechert. Wir beide waren alleine, denn du warst mit Lissa unterwegs. Es sah damals so aus, als wolle einer meiner größten Kunden, Breckingridge, woanders hingehen, erinnerst du dich noch? Es ging mir an dem Abend ziemlich dreckig, also hat Jake mir erzählt, wie man mit Grundstücksdeals viel Geld verdienen kann, indem man Scheinfirmen eröffnet, Grundstücke zu überhöhten Preisen an die Anleger verkauft, sie dann niedriger bewerten lässt, als sie tatsächlich wert sind, und sie am Ende, wenn die Käufer den Kredit nicht mehr bedienen können, selber kauft. Er hat mir alles ganz genau auf mehreren Papierservietten aufgemalt.«

Mit einem flehenden Blick auf Eve rieb er sich die Knie und fuhr fort: »Ich dachte, er macht einen Witz. Ich dachte wirklich, er macht Blödsinn, um mich aufzuheitern oder so. Ich bin sogar darauf eingegangen und habe gesagt, wenn es okay für einen wäre, andere zu betrügen oder für ein paar Jahrzehnte in den Knast zu wandern, wäre das natürlich eine Möglichkeit. Mein Gott, ich habe sogar selbst ein paar Ideen eingebracht. Himmel, Rob, ich habe spaßeshalber ein paar Verbesserungsvorschläge gemacht. Er hat sie sich aufgeschrieben. Hat sich alles aufgeschrieben, obwohl ich noch immer dachte, dass er Witze macht. Dann habe ich zu ihm gesagt, es wäre echt bedauerlich, dass wir so ehrlich wären und uns jahrelang die Ärsche aufgerissen hätten, um die Zulassung zu kriegen und ein eigenes Unternehmen aufzubauen, dessen guter Ruf uns wichtig ist. Worauf er geantwortet hat ...«

»Was hat er genau gesagt?«

»Dass man sich einen guten Ruf auch mühelos mit Geld erkaufen kann. Da habe ich gelacht und ihm erklärt, dass er, statt weiter solches Blech zu reden, erst einmal die nächste Runde springen lassen soll.«

»Das war doch alles nur Gerede«, wandte Newton sich an seinen Freund. »Du glaubst doch selber nicht, dass Jake jemals betrogen hat. Wir drei haben dieses Unternehmen aufgebaut. Sieh dich doch nur mal um. Was du hier siehst, haben wir zusammen erarbeitet. Wir alle drei.«

»Es geht hier nicht nur um Betrug, sondern um Mord«, erklärte Eve. »Wir gehen davon aus, dass Marta Dickenson ermordet wurde, weil sie nach Parzarris Unfall dessen Arbeit übernehmen und die Bücher der Betrüger prüfen sollte.«

»Sie denken doch wohl nicht im Ernst, Jake hätte *irgendetwas* mit dem Tod dieser Frau zu tun«, fiel Newton ihr ins Wort.

»Ich weiß, dass es so ist. Die fehlenden Einbruchsspuren in der Wohnung zeigen, dass er ihrem Killer rechtzeitig den Zugangscode zum Haus gegeben hat. Vielleicht dachte er, sie wollten ihr dort nur ein bisschen Angst einjagen, damit sie die Unterlagen rausrückt und die Klappe hält. Aber als sie tot war, wusste er auf jeden Fall, wer sie aus welchem Grund ermordet hat, und dass er in die Angelegenheit verwickelt war.«

»Ich weigere mich, das zu glauben.« Newton wandte sich entschlossen ab, doch vorher konnte Eve in seinem Blick den aufkommenden Zweifel und das wachsende Entsetzen sehen.

»Aber es ist unser Haus«, warf Whitestone ein. »Weshalb hätte Jake es diesen Leuten zur Verfügung stellen und uns dadurch mit der Sache in Verbindung bringen sollen?«

»Ihre Leiche sollte erst am nächsten Tag gefunden werden. Weder Jake noch einer von den anderen konnte ahnen, dass Sie mitten in der Nacht mit einer potenziellen Kundin hierher spazieren würden, um sich Ihre neue Wohnung anzusehen. Genauso wenig haben sie damit gerechnet, dass die Polizei sich in der Wohnung umsehen würde oder dass dort irgendwas zu finden wäre. Wenn alles so gelaufen wäre wie geplant, wäre diese Frau für uns das Opfer eines fehlgeschlagenen Überfalls gewesen, der rein zufällig vor Ihrer Haustür stattgefunden hat.«

»Ich kann einfach nicht glauben, dass er in der Lage war, sich selbst und uns so etwas anzutun«, stieß Newton leise aus.

»Innerhalb einer Stunde wurden erst Parzarri und danach Ihr Partner umgebracht. Glauben Sie tatsächlich, dass das Zufall ist, und können Sie mir sagen, warum er ausgerechnet dort unten in der Wohnung liegt?«

»Wir haben zusammen eine Firma aufgebaut, und wenn man seinem Partner nicht vertrauen kann ...«

»Ich kann Sie gut verstehen, aber den Beweisen nach steckte Ihr Partner nun einmal bis über beide Ohren in der Sache drin. Es hätte auch Sie selbst erwischen können«, wandte sie sich Whitestone zu. »Mit etwas Pech könnten auch Sie nicht mehr am Leben sein.«

»Was wollen Sie damit sagen?«

»Wenn Sie statt erst noch was zu trinken, gleich mit Alva Moonie hierhergekommen wären, während Marta Dickenson mit ihrem Mörder in der Wohnung war ... Was wäre Ihnen und auch Alva Ihrer Meinung nach dann wohl passiert?«

Sie konnte deutlich sehen, wie er erbleichte, ehe er den Kopf zwischen die Hände sinken ließ.

»Wir konfiszieren alle elektronischen Geräte, die Ihr Partner hier, in Ihrem anderen Bürogebäude und zu Hause hatte«, klärte sie die beiden Männer auf. »Falls Sie irgendetwas wissen, sagen Sie es mir am besten jetzt sofort, denn diese Leute bringen jeden um, von dem sie denken, dass er ihnen irgendwie gefährlich werden kann.«

»Sie denken, diese Leute hätten es vielleicht auch auf uns beide abgesehen?«, stieß Whitestone panisch aus. »Aber warum? Wir haben nichts mit der ganzen Angelegenheit zu tun. Wir haben niemanden betrogen und vor allem haben wir bestimmt niemanden umgebracht. Wenn Sie mir nicht glauben, sehen Sie sich meinetwegen alle Unterlagen unseres Unternehmens an.«

»Wir können nicht einfach vertrauliche Akten unserer Klienten weitergeben, Brad«, fing Newton an.

»Früher oder später kriegen sie die Erlaubnis, sich die Akten anzusehen, und ich bin ganz sicher nicht bereit, mein Leben wegen Akten zu riskieren, Rob.«

»Niemand hat einen Grund, uns umzubringen.«

»Rob«, nannte auch Eve ihn beim Vornamen, in der Hoffnung, dass sie dadurch sein Vertrauen gewann. »Wenn ich mich frage, was Ihnen Ihr Partner von der Angelegenheit erzählt hat oder was ihm vielleicht einfach rausgerutscht ist, werden sich auch seine Mörder diese Frage stellen. Sie haben Marta Dickenson getötet, kaum, dass sie die Unterlagen in die Hand bekommen hat, während Sie zwei und Jake bereits seit Jahren Partner und auch Freunde sind.«

»Lassen Sie mich nachdenken. Bitte.« Newton stapfte in der Eingangshalle auf und ab. »Ich kann es einfach nicht begreifen. Jake war unser Freund und Partner. Gott, er hat mir sogar Lissa vorgestellt. Wir ... Lissa.« Plötzlich blieb er stehen. »Meine Verlobte. Ist sie in Gefahr? Könnten sie versuchen, ihr was anzutun?«

»Ich kann sie schützen lassen. Sie und auch Sie beide. Aber dazu müssen Sie kooperieren. Mit wem hat Jake die Zeiten außerhalb der Arbeit zugebracht?«

»Mit uns.« Whitestone warf die Hände in die Luft. »Ab und zu geht er mit irgendwelchen Frauen aus, was aber nie etwas Ernstes ist. Er macht gerne Party und zieht abends häufig durch die Clubs. Rob ist ziemlich häuslich, seit er Lissa kennt, und ich, tja nun, ich habe einfach nicht dieselbe Kondition wie Jake. Ich gehe durchaus gerne ab und zu in irgendwelche Clubs, aber im

Grunde haue ich mich abends nach der Arbeit am liebsten einfach auf die Couch. Deshalb ist er oft allein oder mit irgendwelchen anderen Leuten losgezogen.«

»Ich will mit Lissa sprechen«, insistierte Newton. »Ich muss wissen, dass sie in Sicherheit ist.«

»Sagen Sie mir, wo sie momentan ist, damit ich den Personenschutz für sie bestellen kann.«

»Sie ist noch im Büro.«

Er nannte die Adresse, und als Eve einen Streifenwagen zum Bürogebäude schickte, atmete er sichtlich auf.

»Sie können mit ihr sprechen, sobald wir hier fertig sind«, erklärte sie und sah ihn fragend an. »Also, falls Sie irgendetwas wissen ...«

»Nein«, gab er zurück. »Ich ... das heißt, vielleicht. Er war in den letzten Monaten noch öfter unterwegs als sonst. Er hat von Anfang an vor allem auswärtige Kundschaft angeworben. Darin war er wirklich gut.«

»War er in letzter Zeit mal in Miami oder auf den Kaimaninseln?«

»Bei den Kaimaninseln muss ich nachsehen, aber ich weiß, dass er vor zwei Wochen in Miami war.« Er sank erneut auf seinen Stuhl. »Ich kann einfach nicht glauben, dass das alles tatsächlich passiert. Können wir ihn sehen? Wir sollten ... was auch immer er getan hat, er war unser Partner. Unser Freund.«

»Sie wollen ihn jetzt bestimmt nicht sehen. Ich werde dafür sorgen, dass Sie ihn sich später noch einmal anschauen können, wenn Sie das wollen.«

»Er stand seiner Familie nicht besonders nahe«, stellte Whitestone fest. »Sie leben zum großen Teil in Michigan. Ich glaube, Rob und ich werden die ... notwendigen Vorkehrungen treffen, und ich denke, dass wir ihn auch noch einmal sehen sollten, wenn das möglich ist. Wie ist er gestorben?«

Sie könnte es den beiden jetzt erzählen oder warten, bis sie alle Einzelheiten aus den Medien erführen.

»Er wurde totgeschlagen«, fing sie an, und während Newton sich die Hände vors Gesicht warf, fuhr sie fort: »Aber ich gehe davon aus, dass er betäubt wurde und gleich bewusstlos war. Wenn dem so war, hat er wahrscheinlich nichts gespürt.«

»Wenn er getan hat, was Sie denken …«, setzte Whitestone langsam und mit unsicherer Stimme an. »Wenn er getan hat, was Sie sagen, war das für ihn sicher nur ein Spiel. Natürlich war es falsch, aber trotzdem war es für ihn nur ein Spiel. Er war ein Spieler und hat es genossen, wenn er wichtig war. Ihm sind dabei Fehler, schlimme Fehler, unterlaufen, aber dafür hätte er nicht sterben sollen.«

Als Eve wieder nach draußen kam, war dort die Arbeit schon in vollem Gange. Der Leichensack wurde auf einer Bahre aus dem Haus gerollt, die Leute von der SpuSi gingen in der Wohnung ein und aus, und die Kollegen von der Trachtengruppe schirmten das Gebäude gegen neugierige Blicke ab.

»Ich habe übrigens Personenschutz für die beiden Partner des Toten und Newtons Verlobte bestellt«, wandte sie sich an ihre eigene Partnerin.

»Glauben Sie, dass er es auf die auch noch abgesehen hat?«

»Ich glaube, dass er unberechenbar und impulsiv ist und inzwischen einen Heidenspaß am Morden hat. Vielleicht hat er keine Lust mehr abzuwarten, dass ihm jemand den Befehl zum Töten gibt, deshalb gehe ich kein Risiko ein.«

»Die elektronischen Ermittler bringen gerade sämtliche Geräte aus der Wohnung unseres Opfers aufs Revier.«

»Hat dort irgendetwas darauf hingedeutet, dass sie nicht die Ersten in der Wohnung waren?«

»Natürlich sehen sie sich noch die Aufnahmen der Überwachungskamera am Eingang an, aber sichtbare Spuren eines Einbruchs gibt es nicht.«

»Und hier?«

»Hier auch nicht«, antwortete McNab, der gerade aus der Wohnung kam. »Der Eigentümer hat nach dem ersten Mord den Zugangscode gewechselt, trotzdem sind sie einfach reingekommen. Vielleicht hat ja das Opfer ihnen aufgesperrt.«

»Ich glaube, dass der Killer ihm schon in der Wohnung aufgelauert hat. Das entspräche eher seinem Stil. Sehen Sie sich die elektronischen Geräte unseres Opfers an. Die Partner arbeiten mit uns zusammen, Sie können also alles mitnehmen, was wichtig ist. Auch hier im Haus steht ein Computer, doch sie sagen, dass der noch nicht angeschlossen ist. In ihrem anderen Büro stehen zwei, zwei Ihrer Kollegen bringen die Geräte, die in seiner Wohnung waren, aufs Revier.«

»Wird erledigt«, sagte er ihr zu und sah sich noch einmal nach dem Tatort um. »Dieses Mal war's anders als bei unserem ersten Opfer der totale Overkill. Ich kann mir fast nicht vorstellen, dass es derselbe Täter ist.«

»Wenn es nicht derselbe ist, haben wir ein noch erheblich größeres Problem. Überprüfen Sie die elektronischen Geräte«, bat sie ihn erneut. »Finden Sie diesen verdammten Fingerabdruck, denn ich will den Hacker haben, ehe er wie die drei anderen im Leichenschauhaus liegt. Peabody, Sie kommen mit.«

Sie ignorierte, dass ihre Partnerin dem elektronischen Ermittler noch ein sanftes Abschiedsküsschen gab, denn um den beiden einen Rüffel zu erteilen, fehlte ihr die Zeit.

»Schicken Sie Mira schon einmal die vorläufigen Daten und die Aufnahmen der letzten beiden Tatorte«, befahl sie Peabody im Gehen. »Ich will, dass sie bei unserem Treffen alle Einzelheiten kennt. Dann finden Sie heraus, wo Ingersol gewohnt hat, als er in Miami war. Ich will wissen, wo er sich dort rumgetrieben und mit wem er sich getroffen hat. Ich weiß nicht, ob Parzarri unter Umständen zur selben Zeit am selben Ort war, also finden Sie das ebenfalls heraus.«

»Okay. Ich hätte angenommen, wir führen erst mal aufs Revier.«

»Das tun wir auch. Obwohl wir vorher erst noch zu der Unterführung fahren und versuchen herauszufinden, welche Route unser Killer bis hierher genommen hat. Wo hat er den Hammer her? Hat er sich den spontan besorgt? Hat er unterwegs irgendwo angehalten und das Ding gekauft? Oder hat er einen eigenen kleinen Werkzeugschuppen, aus dem er den Hammer mitgenommen hat?«

»Die SpuSi meint, er wäre neu. Auch wenn das natürlich erst noch im Labor bestätigt werden muss.«

»Ich hatte auch den Eindruck, dass er neu ist, und ich schätze, wenn man innerhalb eines Vormittags zwei Menschen umbringen will, nimmt man den direktesten und schnellsten Weg von Opfer Nummer eins zu Opfer Nummer zwei.«

»Sie haben bestimmt nicht erst noch eine Frühstückspause eingelegt.«

»Oder wenn doch, dann erst, nachdem der zweite Job erledigt war. Falls er diesen Hammer also ganz spontan gekauft hat, ist ihm der Gedanke unterwegs gekommen, vielleicht, als sein Blick auf einen Werkzeugladen fiel.«

»Okay. Moment.«

»Was tun Sie da?«, erkundigte sich Eve, als ihre Partnerin nach dem Handcomputer griff.

»Ich suche nach dem schnellsten Weg und gucke, wo man auf der Strecke Werkzeug kaufen kann.«

»Gute Idee.« Eve nickte anerkennend mit dem Kopf und sah sich währenddessen weiter auf der Straße um.

»Es gibt zwei Geschäfte«, meinte Peabody. »Zum Einen ...«

» ... den Big Apple Hardware Store«, erklärte Eve und zog abermals durch Parken in der zweiten Reihe den geballten Zorn der anderen Autofahrer auf sich.

So viele ausgestreckte Mittelfinger hatte sie bisher noch nie an einem Morgen eingeheimst. Doch ohne auf die unflätigen Gesten und die Flüche, die ihr in den Ohren hallten, einzugehen, stieg sie aus und öffnete die Tür des winzigen Geschäfts, in dem in zahllosen Regalen und an Stecktafeln diverses Werkzeug, Kisten voller Schrauben, Nägel, Bolzen, Plastikplanenstapel, Schutzgarderobe, -brillen und Ohrenstöpsel, Bürsten, Pinsel, Sprühpistolen, Dosen voll mit Lacken oder Farben und verschiedene andere Handwerksutensilien angeordnet waren.

Sie fragte sich, wie je etwas gebaut oder gebastelt wurde, wenn bereits die Auswahl des erforderlichen Werkzeugs eine halbe Ewigkeit in Anspruch nahm.

Auf einem Hocker hinter einem zugemüllten Tresen saß ein breitschultriger Kerl und sah sich einen Actionfilm auf seinem Laptop an.

»Kann ich was für Sie tun?«

»Das hoffe ich.« Sie legte ihre Marke auf den Tisch.

»Polizeirabatte kann ich leider nicht gewähren. Tut mir leid.«

»Brauch ich auch nicht. Ich suche einen Mann mit einem Hammer. Locker 1,90 Meter groß und um die hundertfünfzehn Kilo schwer. Hat jemand, auf den die Beschreibung passt, heute Morgen hier einen Hammer gekauft?«

»Was für einen Hammer?«

»So ein Ding, mit dem man kräftig draufhauen kann.«

»Es gibt Klauenhammer, Kugelhammer, Vorschlaghammer, Fäustel …«

»Klauenhammer«, unterbrach Eves Partnerin die Litanei.

»Mit geschwungener oder flacher Klaue oder vielleicht doch ein Latthammer?«, hakte er nach.

»Mister«, fiel ihm Eve ins Wort. »Hat eine Person, auf die diese Beschreibung passt, heute Morgen einen Hammer irgendeiner Größe oder Form und egal mit welchem Namen hier gekauft?«

»Ich dachte einfach, dass die Einzelheiten vielleicht wichtig sind, aber okay, vor ungefähr zwei Stunden hat ein Typ, auf den diese Beschreibung passt, einen geschwungenen Klauenhammer aus gehärtetem Stahl mit glatter Oberfläche und 330 Millimeter Länge hier gekauft.«

Bingo.

Peabody wählte einen Hammer aus der Ansammlung diverser Hammer aus. »So einen?«

»Ja, genau. Sie kennen sich mit Hammern echt gut aus.«

»Das habe ich von meinem Vater und von einem meiner Brüder, der nach seiner Tischlerlehre eine eigene Schreinerei eröffnet hat.«

»Für Leute aus der Branche gibt's Rabatt«, bot er ihr lächelnd an.

»Wir wollen aber nichts kaufen, sondern uns nur kurz die Aufnahmen der Kamera über der Tür ansehen«, erklärte Eve ihm barsch.

Er lenkte seinen Blick auf das Gerät. »Da gibt es nichts zu sehen. Für eine echte Kamera fehlt uns das Geld. Das Ding dient lediglich der Abschreckung. Nicht, dass es hier bisher schon einmal Ärger gab. Wenn sie einen Laden überfallen wollen, dann ja wohl eher den Schnapsladen am Ende unserer Straße, denn die Leute geben deutlich mehr für Fusel als für Schrauben aus.«

»Wie hat der Mann bezahlt?«

»Bar.«

»Haben Sie ihn gut gesehen?«

»Na klar, ich bin schließlich nicht blind, und er stand genau dort, wo Sie jetzt stehen.«

»Dann kommen Sie bitte aufs Revier und fertigen mit unserem Zeichner ein Phantombild von ihm an.«

»Ich kann nicht einfach dichtmachen, um irgendwo ein Bild zu malen. Ich verdiene mir hier schließlich meinen Lebensunterhalt.«

»Dann schicke ich jemanden her, Mr. ...«

»Ernie Burnbaum. Was hat dieser Typ denn angestellt? Hat er jemandem den Hammer auf den Kopf geschlagen?«

»So in etwa. Peabody, rufen Sie Yancy an.«

»Sofort.«

»Also, Ernie, vielleicht können Sie mir ja den Hammermann schon mal beschreiben und mir sagen, was Sie zwei geredet haben, während er im Laden war.«

»Wie Sie sagten, er war ganz schön groß. Ein großer, weißer Mann.«

»Und die Haare? Dunkel oder hell, kurz oder lang?«

»Mittelbraun und kurz geschoren.«

»Welche Augenfarbe hatte er?«

»Ah, braun. Ich glaube, braun.«

»Irgendwelche Narben, Piercings, Tätowierungen, die Ihnen aufgefallen sind?«

»Nicht, dass ich wüsste, nein. Aber er hatte ein kantiges Kinn und irgendwie fand ich, dass er ziemlich brutal aussah.«

Yancy würde mehr aus ihm herausbekommen, dachte Eve. »Was hat er gesagt?«

»Also, er kam rein ...«

»Alleine?«

»Ja, alleine. Er hat gesagt, er wolle einen Hammer kaufen. Also frage ich ihn, welche Art, und er geht einfach los und nimmt den Klauenhammer von der Wand. Ja genau, der Kerl ist einfach losmarschiert und hat sich selber einen Hammer ausgesucht. Ich habe ihn gefragt, ob er noch etwas anderes braucht, und er meinte, ein Overall wäre nicht schlecht. Ich wollte wissen, welche Art von Overall, was ihn etwas verärgert hat, aber schließlich konnte ich nicht riechen, was er will. Also habe ich ihm alle Overalls in XXL gezeigt, denn etwas anderes hätte ihm bei seiner Größe nicht gepasst. Er hat einen von den durchsichtigen Schutzanzügen ausgewählt, als ich von ihm wissen wollte, was für ein Projekt er plant, hat er mich einfach nach dem Preis gefragt. Also habe ich den Preis genannt, er hat bar bezahlt und ist dann wortlos wieder gegangen.«

»Haben Sie das Geld noch in der Kasse?«

»Ja, natürlich. Denken Sie, ich esse meine schwer verdiente Kohle einfach auf?«

»Ich brauche dieses Geld. Sie kriegen eine Quittung, und Sie kriegen das gesamte Geld zurück.«

»Yancy ist unterwegs«, erklärte Peabody.

»Bestellen Sie auch die Spurensicherung. Vielleicht findet sie ja ein paar Fingerabdrücke des Kerls. Am Tresen oder hier an dieser Wand. Das Geld, Ernie.«

»Ich habe keine Ahnung, was von diesem Geld von dem Typen ist.« Er öffnete den Safe unter dem Tresen und nahm einen roten Geldbeutel mit Reißverschluss heraus. »Die meisten Leute zahlen mit Karte, aber hin und wieder zahlt auch jemand bar. Ich habe das Geld von diesem Kerl zu den Bareinnahmen von gestern und vorgestern gesteckt. Keine Ahnung, welche von den Scheinen er mir gegeben hat.«

»Okay, dann zählen Sie das Geld, und ich stelle Ihnen eine Quittung dafür aus.«

»Das sind über fünfhundert Dollar!«, weinte er und drückte sich den Beutel wie ein heiß geliebtes Kind, das sie entführen wollte, an die Brust.

»Sie bekommen jeden Cent davon zurück. Wie es aussieht, hat der Mann, der hier war und den Hammer haben wollte, heute früh zwei Menschen umgebracht.«

Ernie starrte sie entgeistert an. »Mit meinem Hammer?«

»In einem von den beiden Fällen. Ihr Geld ist bei uns sicher, Ernie. Ich werde mich dafür verwenden, dass man Ihnen dafür, dass Sie es uns eine Zeit lang überlassen, eine zehnprozentige Aufwandsentschädigung bezahlt.«

Er lockerte den Griff ums Portemonnaie. »Zehn Prozent?«

»Genau. Und wenn das Phantombild, das der Polizeizeichner mit Ihrer Mitwirkung erstellt, zur Festnahme des Typen führt, lege ich selber noch mal fünfzig drauf.«

»Ich gebe Ihnen also fünfhundert und kriege sechshundert zurück?«

»Genau.«

»Die Quittung will ich trotzdem haben.« Vorsichtig zog er den Reißverschluss des Beutels auf, zählte die Scheine zweimal nach, und Eve drückte ihm eine Quittung und eine Visitenkarte in die Hand.

»Was soll ich tun, wenn er noch einmal wiederkommt und eine Handkreissäge will?«

Das hoffte Eve beim besten Willen nicht. »Ich glaube nicht, dass er sich hier noch einmal blicken lässt, aber falls doch, verkaufen Sie ihm alles, was er will, und rufen Sie mich an, sobald er das Geschäft verlässt. Ist Ihnen aufgefallen, in welche

Richtung er gegangen und ob er in einen Wagen eingestiegen ist?«

»Er ist wieder rausgegangen. Das ist alles, was ich weiß.«

»In Ordnung, vielen Dank für Ihre Hilfe«, meinte Eve und tat es ihrem Killer nach.

Wieder schwang sie sich hinter das Lenkrad ihres Wagens und warf einen Seitenblick auf ihre Partnerin. »Ich halte gleich kurz am Labor, Sie bringen dem Sturschädel das Geld und sagen ihm, dass er die Fingerabdrücke, die er dort findet, mit den Abdrücken, die in den Datenbanken unserer Truppe, des Militärs und privater Sicherheitsdienste gespeichert sind, abgleichen soll. Wobei er alle Frauen und alle Männer, die bezüglich ihres Alters und der Hautfarbe nicht passen, aussortieren kann.«

»Ich soll Berenski sagen, dass er Dutzende von kleinen Scheinen, die wahrscheinlich mindestens genauso viele Leute in den Händen hatten, nach den Fingerabdrücken von jemandem, den wir nicht kennen, absuchen soll?«

»Genau. Wenn er eine Übereinstimmung entdeckt, führen wir eine zweite Suche durch. Unser Kerl gehört zu Alexander, aber er ist nicht der Chef des Firmenwachschutzes, denn der sieht völlig anders aus. Ich denke, dass der Typ privat von Alexander angeheuert worden ist und deshalb nicht auf der Gehaltsliste des Unternehmens steht. Auf jeden Fall nicht so, dass es sofort zu sehen ist. Er ist Alexanders Schläger, und ich denke, dass er seinen Boss begleitet, wenn der durch die Weltgeschichte gondelt, oder vielleicht auch vorausfährt, damit alles glattläuft, wenn der Boss erscheint. Als Angestellter seines Unternehmens wird er nicht geführt. Das habe ich schon überprüft. Also gehen wir's jetzt anders an.«

»Er, das heißt der Sturschädel, macht das ganz sicher nicht umsonst.«

»Sagen Sie ihm, er soll ... das heißt, sagen Sie ihm, dass er zwei VIP-Karten für die Premiere morgen Abend kriegt. Ich schätze, dass ich die noch rechtzeitig besorgen kann.«

»Das wirkt bestimmt.«

»Aber warten Sie mit diesem Angebot, bis er Sie darauf anspricht, und tun Sie dann so, als müssten Sie mich mühsam dazu überreden, dass er diese Karten von mir kriegt. Dann bildet er sich ein, er hätte einen super Deal gemacht. Ich werde gleich mit Morris sprechen und danach zu Mira fahren. Wenn wir Glück haben und Yancy oder meinetwegen auch Berenski einen Treffer landet, kriegen wir den Schweinehund vielleicht zu fassen, ehe er sich eine Säge kaufen kann.«

»Igitt.«

Da hatte Peabody eindeutig recht.

»Vor ein paar Jahren hatten ich und Feeney einmal einen Fall, in dem's um eine Eisensäge ging. Bevor er zu den elektronischen Ermittlern ging. Die Frau hatte dem Mann die Scheidung angedroht und ihm zu allem Überfluss auch noch die Konten sperren lassen. Also hat er ihr mit dieser Meerjungfrauenmessingstatue den Schädel eingeschlagen, dann gemerkt, oh Gott, oh Gott, sie ist nicht mehr am Leben, und sich überlegt, was er jetzt mit der Leiche machen soll. Also hat er sie in seiner kleinen Werkstatt hinterm Haus mit einer Eisensäge klein gesägt und ihre Einzelteile ordentlich in großen Müllsäcken verpackt im Fluss versenkt.«

»Igittigitt.«

»Das war nicht wirklich schön. Dann hat er überall herumerzählt, dass seine holde Gattin auf Europareise wäre, aber – huch – einer von den Säcken hat sich an dem Anker oder so von einem Boot verfangen, und auch wenn es ziemlich mühsam war, die Einzelteile zu sortieren, bis wir wussten, wer sie war, fiel der Verdacht ziemlich schnell auf ihn. Er hat auf vorübergehende Unzurechnungsfähigkeit und diesen ganzen Mist plädiert, da wir aber die Säge hatten und die Techniker ermittelt hatten, dass er ungefähr sechs Stunden schweißtreibender Arbeit investieren musste, um die tote Gattin in tragbare Einzelteile zu zerlegen, wurde er am Ende trotzdem wegen Mordes verknackt.«

Nach kurzem Schweigen fragte Peabody: »Finden Sie, dass das Leben eher interessant oder eigentlich nur widerlich ist?«

»Das kommt drauf an. Jetzt steigen Sie aus und sehen zu, dass uns der Sturschädel die Abdrücke des Kerls besorgt«, erklärte Eve und hielt vor dem Eingang des Labors.

17

Morris hörte lauten, basslastigen Rock und kehrte dem mit offener Brust auf einem Stahltisch liegenden Parzarri seinen Rücken zu, während er mit dem übel zugerichteten Jake Ingersol beschäftigt war.

»Zwei Tote an einem Vormittag«, erklärte er und stocherte in Ingersols inzwischen ebenfalls offener Brust herum. »Sie haben keine Zeit verloren.«

»Ich wette, dass die beiden Opfer nicht derart in Eile waren.«

»Wahrscheinlich nicht. Ihr Wirtschaftsprüfer hat die Standardmischung aus Beruhigungs- und Schmerzmitteln im Blut. Er war also bestimmt gut drauf, bevor man seine Luftzufuhr so rüde unterbrochen hat. Und zwar mit einer ziemlich großen Hand.«

»Besteht die Chance, dass der Killer Fingerabdrücke an seinem Körper hinterlassen hat?«

»Ich fürchte, nein. Auch wenn ich dank der blauen Flecken relativ genau die Form des rechten Daumens und Zeigefingers und die Handgröße bestimmen kann. Das heißt, Sie können ziemlich sicher davon ausgehen, dass wir hier dieselbe Hand haben wie die, mit der dem ersten Opfer ins Gesicht geschlagen worden ist.«

»Das wäre schon mal was.«

»Die Hände und die Füße Ihres zweiten Opfers waren während des Überfalls gefesselt, doch den Abschürfungen an den Hand- und Fußgelenken nach hat es sich trotz der Beruhigungsmittel vehement gewehrt. Das dritte Opfer aber hatte von Beginn an keine Möglichkeit, sich gegen seinen Angreifer zu wehren.«

Morris, der das lange, glatte Haar zu einem schlichten Pferdeschwanz gebunden hatte, drückte Eve eine der Mikrobrillen in die Hand. »Ihre Beobachtung am Tatort war korrekt. Der blaue

Fleck an seinem Oberkörper weist auf einen Schuss mit einem Stunner hin. Wie es aussieht, hatte der Stunner ihn mit voller Wucht erwischt, das heißt, dass er von allem, was danach geschehen ist, nichts mehr mitbekommen hat.«

»Natürlich muss ich erst noch hören, was Mira dazu sagt, aber meiner Meinung nach hat er ihn nicht betäubt, um ihm Schmerzen zu ersparen. Dieses Mal hatte er es mit einem Mann zu tun, der nicht verletzt, sediert oder gefesselt war. Also hat er ihn als Erstes unschädlich gemacht.«

»Um kein unnötiges Wagnis einzugehen? Das hieße, dass er entweder vorsichtig oder ein Feigling ist.«

»Genau.«

»Ein vorsichtiger Feigling, der sich nicht beherrschen kann? Das ist eine gefährliche Mixtur.«

»Vielleicht. Bei aller Vorsicht ist er unbeherrscht, aber zugleich hat es ihm Spaß gemacht, als er auf die Knie, den Unterleib, die Brust, die Hände, das Gesicht und auch den Kopf des Opfers eingedroschen hat.«

»Meine Untersuchung hat ergeben, dass die Hände eher gequetscht als gebrochen sind.«

»Gequetscht. Heißt das, dass er nicht mit dem Hammer auf sie eingeschlagen hat, sondern darauf herumgetrampelt ist?«

»Ich glaube, ja.«

»Dann hat er diesen Typen wirklich nicht gemocht. Er hat Parzarris Reisetasche und Ingersols Handy und Terminkalender eingesteckt, während er vierhundert Dollar Bargeld, mehrere Kreditkarten und eine Armbanduhr mit einem sechsstelligen Wert zurückgelassen hat. Diesmal hat er also gar nicht erst versucht, es wie einen Raub aussehen zu lassen. Weshalb hätte er das auch tun sollen? Trotzdem sagt mir das Zurücklassen des Bargelds und der Uhr, dass offenbar der Hacker die dreihundert Dollar aus dem Safe bei Brewer hat mitgehen lassen und unser Killer nicht dabei war oder es im Fall von Ingersol zu eklig fand, in Blut und Eingeweiden herumzuwühlen, um nach Wertsachen zu suchen.«

Sie steckte die Daumen in die Vordertaschen ihrer Jeans. »Bei diesem Fall geht es um Geld und um die Gier nach immer mehr. Dafür wurden diese beiden Menschen umgebracht, wobei Geld nicht der Gott unseres Killers ist.«

»Diese beiden Menschen werden ihrem Gott so einiges erklären müssen, falls sie ihm jetzt gegenüberstehen.«

»Das stimmt. Es ist bestimmt nicht einfach, in den Himmel zu gelangen, wenn man sich auf Erden derart mies verhalten hat. Wobei ich mich frage, wie er oder sie den Überblick über die Taten all der Wesen, die dort früher oder später anklopfen, behält.«

»Die höhere Macht, die irgendwann ihr Urteil über jeden von uns fällt?«

»Ja, genau. Ich meine, denken Sie nur an die Zahl der Toten, für die Sie und ich zuständig sind. Wir sind gerade mal zwei Leute, und wir arbeiten nur in einer Stadt. Jetzt dehnen Sie das Ganze auf das Universum aus. Das heißt, dass es Milliarden Toter gibt. Da fragt man sich, ob es da oben einen Haufen Angestellter gibt, die dicke Bücher über all die Leute führen und dann entscheiden, wen sie in den Himmel lassen sollen und wen nicht. Also, John Smith aus Albuquerque, das mit diesem Flugzeugabsturz war natürlich blöd. Folgen Sie der grünen Linie bis zum Orientierungspunkt. Und was, falls zwei John Smiths aus Albuquerque in dem Flieger waren? Ausgeschlossen ist so was nicht. Es bliebe also jede Menge Raum für Fehlentscheidungen.«

Morris lächelte sie über ihren aktuellen Toten hinweg an. »Auf jeden Fall. Wir müssen also hoffen, dass das dortige System ein bisschen ausgeklügelter und raffinierter ist.«

»Da haben Sie recht. Wobei ich mir nicht vorstellen kann, wie so was gehen soll.«

Sie verdrängte ihre existenziellen Überlegungen zum Leben nach dem Tod und fuhr wieder aufs Revier.

Aus ihrem Dezernat drang fröhliches Gelächter in den Flur, und sie sah eine kleine Gruppe Polizisten, die eindeutig nicht zu ihr gehörten, in der offenen Tür der Abteilung stehen.

»Na, macht das Verbrechen heute Urlaub?«

Eilig machten sie ihr Platz und durch das kleine Loch, das in der Tür entstand, entdeckte sie den Grund der ausgelassenen Stimmung in Gestalt von Marlo Durn – Filmschauspielerin, gefeierte Berühmtheit und die Frau, die in dem Film, der morgen in den Kinos anlief, als Eve selbst auftrat.

Zu Eves Erleichterung waren Marlos Haare zwischenzeitlich wieder blond und deutlich länger, weshalb sie beide nicht mehr ganz so ähnlich wie zur Zeit der Dreharbeiten aussahen. Sie hatte sich an Baxters Schreibtisch angelehnt und flirtete mit den Detectives und den Mitgliedern der Trachtengruppe, deren Arbeit währenddessen einfach liegen blieb.

Baxter machte ein Gesicht, als hätte sie mit einem herzförmigen Stunner direkt auf sein Herz gezielt.

Peabody entdeckte sie zuerst und zog eilig ihre Füße mit den pinkfarbenen Cowboystiefeln von dem Aktenberg auf ihrem Tisch. »He, Dallas. Sehen Sie mal, wer hier ist.«

»Dallas!« Strahlend eilte Marlo auf sie zu und fiel ihr um den Hals. »Ich freue mich unglaublich, Sie zu sehen. Matthew und ich sind gestern Abend angekommen, ich hatte gehofft, dass ich Sie hier kurz sehen kann. Wir sind wegen der Premiere morgen Abend alle furchtbar aufgeregt.«

»Tja, nun ...«

»Sie würden wahrscheinlich lieber irgendeinen Killer jagen, als über den roten Teppich zu flanieren, aber ich bin sicher, dass es ein echt toller Abend wird. Peabody hat erzählt, Sie hätten es im Augenblick mit einem Dreifachmord zu tun.«

Als Eve die Partnerin mit einem kalten Blick bedachte, zog die unglücklich die Schultern hoch. »So was kommt bei Mordermittlern eben manchmal vor. Ich wette, dass jeder meiner Leute irgendeinen ungelösten Fall auf seinem Schreibtisch liegen hat.«

Sofort nahmen die Kollegen Arbeitshaltung ein, griffen nach den Hörern ihrer Links oder schlugen irgendwelche Aktenordner auf.

»Das heißt, Sie haben wieder einmal alle Hände voll zu tun. Hätten Sie wohl trotzdem fünf Minuten Zeit?«

»Okay.« Eve wandte sich an ihre Partnerin. »Peabody, was macht der Sturschädel?«

»Ist bei der Arbeit. Widerwillig, aber immerhin.«

Nickend winkte Eve den Gast in ihr Büro.

»All das hat mir gefehlt«, fing Marlo an. »Ich weiß, wir waren nur an einem Set, aber mir fehlt die Atmosphäre dieses Orts. Und ...« Sie legte eine Pause ein, als sie die Bilder an der Tafel sah. »Sie sind mitten in einem neuen Fall. Ich denke immer wieder an K. T. und alles, was passiert ist. Auch wenn Matt und ich nicht oft darüber reden, haben wir die Angelegenheit die ganze Zeit im Hinterkopf. Auch mit Julian habe ich ein paar Mal seit dem Ende des Projekts telefoniert. Er macht einen Entzug, und auch wenn er sich für die Premiere ein paar Tage frei nimmt, will er anschließend dorthin zurück, weil seine Therapie noch nicht beendet ist.«

Sie wandte sich entschlossen wieder von der Tafel ab. »Ich weiß, dass es so wirkt, als würden wir in unserer Welt irgendwelche Rehakliniken besuchen so wie andere Leute shoppen gehen, aber ich glaube wirklich, dass es ihm inzwischen besser geht. Was mit K. T. passiert ist, und dass er bei der Geschichte beinah selbst gestorben wäre, hat ihn offenbar dazu gebracht, in sich zu gehen. Obwohl das sicher schrecklich klingt, konnte ihm nichts Besseres passieren. Das werden Sie ja morgen selber sehen.«

»Das freut mich zu hören. Kaffee?«

»Danke, nein. Der Skandal um den Prozess, bei dem gegen Joel Steinburger als einer Hollywood-Ikone wegen Mords verhandelt wird, beherrscht die Medien drüben an der Küste, und natürlich stürzen sich die Journalisten auch auf mich, auf Matthew, Mason, Connie und die anderen, weil wir dabei gewesen sind. Es ist eine Erleichterung, dem Rummel wenigstens vorübergehend zu entfliehen, obwohl man uns auch hier bestimmt nicht vollkommen in Ruhe lassen wird.«

»Das wird sich legen«, meinte Eve und Marlo schlenderte gemächlich durch ihr winziges Büro.

»Auf jeden Fall. Wobei die ganze Angelegenheit, so grässlich sie auch war, eine hervorragende Werbung für den Film und sogar für das Studio ist. Was ich deprimierend finde, doch ich weigere mich, deprimiert zu sein, denn eigentlich bin ich nur hier, um Ihnen zu erzählen, dass Matthew und ich heiraten wollen.«

»Gratuliere!«, sagte Eve in Gedanken an den durch und durch charmanten Schauspieler, der in dem Film als elektronischer Ermittler Ian McNab zu sehen war.

»Ich weiß, dass das alles sehr schnell geht und natürlich einem anderen Hollywood-Klischee entspricht. Dem, dass Schauspieler die Partner wechseln so wie andere das Hemd. Aber ich liebe ihn, und wir weihen in unsere Pläne nur eine Handvoll Leute ein. Wir wollen vermeiden, dass die Presse Wind davon bekommt. Nach Ende der Dreharbeiten sind wir eine Zeit lang weggefahren, um in Ruhe zu besprechen, wie es weitergehen soll. Wir lieben unsere Arbeit, auch wenn sie bei allem Glamour ziemlich hart und stressig ist. Sie kennen sich mit Stress aus und damit, wie man sich in einer harten Welt ein befriedigendes Privatleben aufbauen kann.«

»Wahrscheinlich. So wie jeder andere auch.«

»Ich wollte, dass Sie es erfahren, denn eine Zeit lang Sie zu sein, hat mir geholfen zu verstehen, was wirklich wichtig ist. Gute Arbeit, egal, was man auch tut. Aber wenn man irgendwann dem Richtigen begegnet, wird dadurch das ganze Leben auf den Kopf gestellt. Man wird ein anderer und besserer Mensch. Ich habe Freundinnen und Freunde, denen ich das sagen könnte, und die mich verstehen würden, aber keiner versteht das so gut wie Sie. Weshalb ich Sie um einen Gefallen bitten will.«

Eve sah sie fragend an.

»Matthew und ich lassen uns übermorgen hier in Masons und Connies Haus im Rahmen einer kleinen Feier trauen, und ich hätte Sie gern als Trauzeugin dabei.«

»Wie bitte?«

»Werden Sie mit Roarke zu unserer Feier kommen und als

meine Trauzeugin fungieren? Wenn Sie können. Wenn die Arbeit nicht dazwischenkommt.«

»Sie haben doch ganz sicher ein paar gute Freundinnen, die ...«

»Ja, natürlich, und ich habe auch an sie gedacht.« Marlo nahm Eves Hand und sah sie strahlend an. »Aber ich will Sie, falls das für Sie in Ordnung ist und Sie nicht bei der Arbeit sind. Wenn ich Matthew die Treue schwöre, will ich jemanden an meiner Seite haben, der versteht, wie wichtig diese Worte sind. Wir halten eine schlichte, kleine Feier ab. Natürlich schmeißen wir noch eine Riesenfete, wenn wir erst wieder zu Hause sind, aber dieser Teil – der Treueschwur – ist nur für uns.«

Eve erinnerte sich gut daran, wann sie begriffen hatte, was es hieß, verheiratet zu sein. Das abgegebene Versprechen auch zu halten, wenn es einmal schwierig war.

»Also gut. Ich komme, wenn ...«

» ... wenn Ihnen nichts dazwischenkommt«, beendete die andere ihren Satz und sah sich abermals die Bilder an der Tafel an. »Und wenn etwas dazwischenkommt, ist das okay. Aber erst mal vielen, vielen Dank.« Sie drückte Eve die Hand. »Ich war ganz aufgeregt, als ich hierhergekommen bin, aber jetzt fühle ich mich wunderbar. Falls ich jemals etwas für Sie tun kann, brauchen Sie es nur zu sagen.«

»Das ist gut, ich könnte nämlich noch zwei VIP-Karten für die Premiere brauchen. Ich musste jemanden damit bestechen«, meinte Eve.

»Wird erledigt. Lassen Sie mich einfach ... aber hallo.« Wieder setzte sie ihr flirtbereites Lächeln auf, als Roarke im Türrahmen erschien. Dann trat sie lachend auf ihn zu und gab ihm einen freundschaftlichen Wangenkuss. »Ich hätte nicht erwartet, dass Sie auch hier auf der Wache sind. Es ist mir eine ganz besondere Freude, nicht nur Eve, sondern auch Sie zu sehen.«

»Wie geht es Ihnen, Marlo?«

»Bestens, aber da ich Dallas sicher schon zu lange von der Arbeit abgehalten habe, kann ja sie Ihnen erzählen, weshalb ich aufs Revier gekommen bin. Wir freuen uns schon alle auf die Party morgen nach dem Film. Da holen wir alles nach.«

»Ich störe Sie nur ungern … Marlo! Was für eine Freude, Sie zu sehen.«

Als auch noch Mira auf der Bildfläche erschien, fragte sich Eve entnervt, wer wohl als Nächstes kommen würde. Vielleicht eine Big Band?

Jetzt musste sie sich abermals gedulden, bis der ganze nervtötende Small Talk abgehandelt war, während sie aufgrund der vielen Leute, die sich in dem kleinen Zimmer drängten, kaum noch Luft bekam.

Roarke bedachte sie mit einem amüsierten Blick über die Köpfe der zwei anderen Frauen hinweg und wandte sich der Schauspielerin zu.

»Wie sieht's aus, Marlo? Haben Sie vielleicht Lust, mich zu den elektronischen Ermittlern zu begleiten und sich dort ein bisschen umzusehen?«

»Mit Vergnügen, denn dann kann ich Ihnen selbst erzählen, was es alles Neues gibt. Wir sehen uns dann morgen, Dallas. Und noch einmal vielen Dank. Die Karten kriegen Sie geschickt.«

»Das ist echt nett.«

Als Roarke und Marlo das Büro verließen, atmete Eve auf. »Gott! Was wollen all die Leute nur von mir?«

»Sie hat glücklich ausgesehen«, stellte Mira fest. »Aber Sie selber sehen eher ungeduldig aus.«

»Das ist sie, und das bin ich auch. Ich wollte meine Aufzeichnungen aktualisieren, neue Bilder an die Tafel hängen und dann zu Ihnen kommen.«

»Ich habe die Berichte durchgelesen, mir die Aufnahmen der Tatorte, die Peabody geschickt hat, angesehen und mich dann sofort auf den Weg hierher gemacht. Das Verhalten unseres Täters eskaliert.«

»Ich weiß.«

Die Psychologin schüttelte den Kopf. »Bringen Sie erst mal

Ihre Tafel auf den neuesten Stand und hängen die Aufnahmen der Opfer und der Tatorte von heute Morgen auf.«

»Okay.« Sie trat vor den Computer, der auf ihrem Schreibtisch stand.

»Am besten hole ich uns jetzt mal einen Kaffee«, bot ihr Mira an.

»Ich habe auch den Tee, den Sie so gerne trinken, da.«

»Ich möchte lieber Kaffee.« Während Eve die Bilder druckte, trat die Psychologin vor den AutoChef.

»Das erste Opfer«, fing sie an, »wurde schnell und sauber umgebracht, der Täter hat versucht, es darzustellen wie einen fehlgeschlagenen Raub.«

»Es war einfach ein Job. Er kannte Marta nicht.«

»Genau. Wogegen es beim zweiten Mord schon mehr als nur ein reiner Job für ihn gewesen ist. Er hat das Opfer vollkommen unnötig leiden lassen und ihm dabei auch noch ins Gesicht gesehen.«

»Es war etwas Persönliches für ihn«, erklärte Eve. »Er kannte diesen Mann und vor allem hat der erste Mord ihn offenbar auf den Geschmack gebracht.«

»Er hat ihm ins Gesicht gesehen«, wiederholte Mira, »doch das Opfer war gefesselt und sediert. Sie glauben, dass der Killer groß und stark ist, trotzdem hat er seinem Opfer, das erheblich kleiner und vor allem schwächer war als er, zur Vorsicht Fesseln angelegt.«

»Weil er in seinem tiefsten Inneren ein Feigling ist.«

»Genau. Das dritte Opfer hat er sofort nach dem zweiten auf extrem brutale Weise umgebracht. Wobei Sie glauben, dass der Mann betäubt war, als der Killer mit dem Hammer auf ihn losgegangen ist.«

»Was Morris in der Zwischenzeit bestätigt hat.«

»Und dass er ihm in der Wohnung aufgelauert, ihn dorthin gelockt, außer Gefecht gesetzt und dann mit einem Hammer auf ihn eingedroschen hat. Die Gewalt nimmt sehr schnell zu, vielleicht probiert er noch verschiedene Methoden aus, aber da sein Vorgehen in einem derart schnellen Tempo eskaliert, muss er immer schon gewaltbereit gewesen sein. Ein großer, starker Mann, körperlich und geistig in der Lage, einer Frau mit bloßen Händen das Genick zu brechen, gleichzeitig ein Feigling, wobei seine Feigheit noch gefährlicher als die Neigung zur Gewalt und seine Stärke ist.«

»Denn als Feigling überfällt er die Opfer hinterrücks.«

»Was noch nicht alles ist. Obwohl die Morde ziemlich einfach waren, hat er versagt. Sie haben ihm den fehlgeschlagenen Raub nicht abgekauft und waren aufgrund des Tatorts seinem Auftraggeber sofort auf der Spur. Und wie hat er darauf reagiert?«

»Er hat versucht, auch mich und Peabody aus dem Verkehr zu ziehen.«

»Ja. Impulsiv und ohne Rücksicht auf die Menschen, die durch dieses Vorgehen in Gefahr geraten sind. Er hat seine Feigheit unverhohlen zur Schau gestellt, indem er ein Kind als Schutzschild und als Waffe gegen Sie verwendet hat. Er hat abermals versagt, diesmal haben ihn die Medien als feiges Monster tituliert und Ihnen als Heldin applaudiert.«

»Ich habe nur das Kind gefangen. Das war einfach ein natürlicher Reflex.«

»Was die Öffentlichkeit und ich selber anders sehen. Aber die Sache ist die, er steht als Feigling und Sie selbst stehen als Heldin da.«

»Also gut. Das hat ihn sicher ziemlich angekotzt.«

»Glauben Sie, sein Auftraggeber hat ihn angewiesen, diese beiden Männer heute auf derart brutale Weise umzubringen, ohne es zumindest aussehen zu lassen, als hätten die Taten nichts mit ihm zu tun?«

Eve schüttelte den Kopf. »Wahrscheinlich nicht. Ich nehme an, der Boss hat einfach gesagt, dass er sich um die Sache kümmern soll. Ich glaube nicht, dass Alexander weiter als sein Schläger denkt.«

»Nein. Trotzdem haben wir es bei dem Killer eindeutig mit einem impulsiven, unvorsichtigen und feigen Mann mit einer

Neigung zur Gewalt zu tun, der sicher nicht mehr darauf warten wird, dass er von seinem Auftraggeber den Befehl zu einem neuerlichen Mord bekommt. Er sieht die letzten beiden Morde als Erfolg an. Er hat sie auf seine Art begangen und hatte Spaß an der Gewalt. Dieses Erfolgsgefühl und diesen Spaß will er sicher noch einmal haben. Und er wird nicht vergessen, dass sein erster Mord durch Ihre und Peabodys Schuld ein Fehlschlag war und dass der Mordanschlag auf Sie und Ihre Partnerin genauso in die Hose ging.«

»Diesen Fehler will er korrigieren.« Nachdenklich lehnte Eve sich an der Kante ihres Schreibtischs an. »Okay.«

»Er muss ihn korrigieren, weil er das Gesicht und seinen Stolz verloren hat, als die Aufnahmen von Ihnen, wie Sie diesen Kleinen aus der Luft gefangen haben, überall im Internet zu sehen waren. Das hat er jetzt zum Teil durch die beiden neuerlichen Morde wettgemacht. Er hatte ein Erfolgserlebnis, die Morde haben ihm Spaß gemacht, und selbst wenn niemand es von ihm verlangt, wird er Ihnen auf jeden Fall noch einmal ans Leder wollen, um sich und allen anderen zu beweisen, dass die Darstellung von ihm als Feigling und von Ihnen als der Heldin falsch ist.«

Die Psychologin sah Eve an. »Sie überlegen schon, wie sich diese Gefahr zu Ihrem Vorteil nutzen lässt.«

Sie galt eindeutig nicht zu Unrecht als die beste Psychologin der New Yorker Polizei, erkannte Eve.

»Wenn mir nicht einfällt, wie ich diesen Trottel hinters Licht führen und stoppen kann, suche ich mir besser einen anderen Job. Wobei ich angenommen hätte, dass er erst versucht, den Hacker zu erwischen, falls er auch nur einen Hauch von Ehrgeiz hat.«

»Das könnte durchaus sein, aber im Augenblick ist er mit sich zufrieden, und Sie sind die Einzige, mit der er noch ein Hühnchen zu rupfen hat, denn Sie haben ihn als Feigling hingestellt. Also muss er Sie erledigen, um zu beweisen, dass er das nicht ist.«

»Dann muss ich ihn aus der Reserve locken. Er wird nicht mehr lange warten wollen. Vielleicht bildet sich Alexander irrtümlicherweise ein, dass man ihm jetzt nichts mehr beweisen kann. Die potenziellen Zeugen wurden aus dem Weg geräumt, das heißt, für seinen Schläger ist das Morden erst einmal vorbei. Wenn er den Hacker umbringt, muss er seinem Boss erklären, warum er ihn aus dem Verkehr gezogen hat. Aber wenn er mich erledigt, schließt er die Geschichte dadurch einfach sauber ab. Damit kann ich arbeiten.«

»Er wird weder beherrscht noch logisch vorgehen, wenn er Sie erwischen will. Er ist brutal und wütend und schert sich nicht darum, wer bei diesem Angriff sonst noch zu Schaden kommt.«

»Dann wähle also ich die Zeit, den Ort und die Umstände des Anschlags aus. Ich kann ja wohl schwerlich einfach durch die Stadt spazieren und hoffen, dass er irgendwann sein Glück versucht. Ich muss ihn mit der Nase auf den idealen Ort und Zeitpunkt stupsen, und ich weiß auch schon, wie ich das anstellen werde, falls es wirklich nötig ist. Vielleicht gelingt es uns ja heute schon, den Kerl zu identifizieren und festzunehmen, dann hat sich das Problem von selbst gelöst.«

»Unterschätzen Sie ihn nicht, denn schließlich ist er impulsiv und unberechenbar, was unter Umständen für ihn von Vorteil ist.«

Vielleicht, sagte sich Eve, als Mira ihr Büro verließ. Wobei ihre eigene Erfahrung, ihre Schläue und die manipulativen Fähigkeiten, die sie hatte, für sie selbst von Vorteil waren.

Sie kontaktierte Nadine Furst, als die Jounalistin ihr Gesicht auf dem Display erblickte, fragte sie sie gut gelaunt: »Und, bereit für morgen Abend?«

»Deshalb rufe ich Sie an.«

Nadine blickte sie argwöhnisch aus ihren grünen Katzenaugen an. »Erzählen Sie mir bitte nicht, Sie hätten wieder mal zu viel mit irgendeinem Mord zu tun.«

»Nicht mit einem, sondern gleich mit dreien.«

Nadine warf ihren blond gesträhnten Schopf zurück und

schaltete sofort in Journalistenmodus um. »Die beiden Toten heute Morgen stehen also in Verbindung mit der toten Schwägerin der Richterin?«

»Zumindest deutet alles darauf hin. Wie kommt es übrigens, dass mich bisher noch niemand auf ein Interview wegen der Filmpremiere angesprochen hat?«

»Wollen Sie mich auf den Arm nehmen?« Abermals verzog die Journalistin argwöhnisch das fein gemeißelte Gesicht. »Was haben Sie vor?«

»Ich würde gern noch jemanden zu der Premiere einladen.«

»Und wen?«

»Den Killer. Also kommen Sie mit Ihrer Kamera vorbei, damit er seine Einladung noch rechtzeitig bekommt.«

Nach dem Gespräch lehnte sich Eve auf ihrem Schreibtischstuhl zurück. Es könnte funktionieren. Ja, natürlich wäre es riskant, doch schließlich hieß es nicht umsonst: Wer wagt, gewinnt.

Gerade, als sie Peabody in ihr Büro zitieren wollte, erschien Roarke in der inzwischen wieder offenen Tür.

»Du bist wieder alleine.«

»Jetzt nicht mehr. Danke, dass du Marlo mitgenommen hast.«

»Kein Problem. Ich wollte wirklich kurz zu Feeney und McNab. Sie schwebt im siebten Himmel und ist dir unendlich dankbar, dass du übermorgen die Trauzeugin spielen wirst.«

»Ich hatte schließlich keine Möglichkeit, mich zu entziehen.«

»Du hast es nicht übers Herz gebracht«, verbesserte er sie und stellte einen Pappbecher auf ihren Tisch.

»Was ist denn das?«

»Suppe, denn ich wette, dass du seit dem Frühstück nichts mehr in den Bauch bekommen hast.«

»Ich hatte heute Morgen ziemlich viel zu tun.«

»Das habe ich bereits gehört.« Er baute sich vor ihrer Tafel auf. »Er tötet nicht mehr kalt und kontrolliert, sondern heißblütig und gemein. Heißt das, dass der Bluthund von der Leine ist?«

»Aus Miras Sicht auf jeden Fall. Sie denkt, der erste Mord hätte ihn erst auf den Geschmack gebracht. Wobei ich der gleichen Meinung bin. Außerdem denkt sie genau wie ich, dass er ein Feigling ist, dass die Gewalt mit jeder seiner Taten zunimmt und dass er Spaß an seiner Arbeit hat. Außerdem denkt sie, dass diese Mischung ihn extrem gefährlich macht. Was ebenfalls nicht auszuschließen ist.«

»Der Biss eines verschreckten Tiers ist auch nicht tödlicher als der einer Bestie, die im Angriffsmodus ist, aber weniger vorhersehbar.«

»In Ordnung, so in etwa hat auch sie es formuliert. Wobei sie denkt, dass ich das Haar in seiner Sauce bin.«

»Suppe.«

»Was ja wohl dasselbe ist. Das Attentat auf mich hat er vermasselt, und die Aufnahmen im Internet haben sein Ansehen beschädigt, was bedeutet, dass er es noch mal versuchen muss, um nicht auf Dauer wie ein Trottel dazustehen.«

»Deshalb hofft er, dass er dich in eine Falle locken kann.« Roarke war vielleicht kein Psychologe, doch er kannte seine Frau. »Und jetzt denkst du darüber nach, wie du dich ihm als Köder präsentieren kannst.«

»Als Köder würde ich mich nicht bezeichnen. Ich will ihm nur einen ... Anreiz bieten, auf mich loszugehen. Vielleicht schaffen wir es ja, ihn vorher schon zu identifizieren, dann kassieren wir ihn einfach ein. Falls nicht, habe ich ein echt gutes Angebot für ihn, dem er bestimmt nicht widerstehen kann.«

Er zog eine Diskette aus der Tasche und hielt sie ihr hin. »Ich denke, dass hier drauf genug zu finden ist, damit du Sterling Alexander wegen mehrfachen Betrugs, Unterschlagung und Veruntreuung fremder Gelder und dazu noch wegen Steuerhinterziehung an den Karren fahren kannst.«

»Du hast die Konten ausfindig gemacht?«

»Das war im Grunde kinderleicht, nachdem der erste Stein ins Rollen kam. Genauso einfach war es, die Verbindung zwischen ihm und einer Reihe anderer Unternehmen, die zum Teil einfach zum Schein gegründet worden sind, und verschiedenen Personen, die in diesen Unternehmen ebenfalls Betrügereien im großen Stil begangen haben, herzustellen.«

»Hast du auch etwas gefunden, was ihn mit drei Morden und dem Mordversuch einer Polizeibeamtin in Verbindung bringt?«

»Es war ebenfalls nicht weiter schwierig, die Verbindung zwischen seinem und den anderen Unternehmen, dem jüngst verstorbenen Wirtschaftsprüfer und dem ebenfalls nicht gerade sanft entschlafenen Finanzberater herzustellen. Wenn die beiden noch am Leben wären, hätten sie wahrscheinlich jede Menge zu erzählen.«

»Dann hat also Alexander diese beiden Männer töten lassen, weil sie ihm gefährlich waren. Was ich ihm aber leider bisher nicht beweisen kann. Wenn wir ihn wegen der Betrügereien dranbekommen und die Sprache dabei auf die Morde kommt, kehrt er bestimmt den Ahnungslosen raus. Trotzdem werde ich mit der Diskette zum Commander und zur Staatsanwaltschaft gehen. Und sie bitten, mir zwei Tage Zeit zu lassen, damit ich ihn auch der Morde überführen kann. Danke. Das war wirklich gute Arbeit, Roarke.«

»Woher willst du das wissen? Schließlich hast du dir den Inhalt der Diskette doch noch gar nicht angesehen.«

»Das weiß ich, weil es deine Arbeit ist.«

Er tippte ihr mit einem Finger auf den Kopf. »Du versuchst, mir um den nicht vorhandenen Bart zu gehen, damit ich mich nicht aufrege, weil du dich einem Mörder auf dem silbernen Tablett anbieten willst.«

»Trotzdem ist es wahr.«

Er setzte sich auf ihren ungemütlichen Besucherstuhl. »Am besten isst du erst mal deine Suppe und erzählst mir deinen Plan.«

Eve hob den Deckel von dem Becher, schnupperte und fragte: »Was soll das für eine Suppe sein?«

»Auf dem Schild stand Minestrone, aber du kennst dich mit euren Automaten besser aus als ich.«

»Deswegen weiß ich, dass sie ganz bestimmt nicht lecker ist.« Trotzdem trank sie einen vorsichtigen Schluck. »Sie schmeckt auch nicht wirklich schlecht. Also, gleich kommt Nadine, damit ich ihr ein kurzes Interview zu morgen Abend geben kann. Darüber, wie aufregend und amüsant der Glamour und der Glitzer der Premiere für mich sind. Der Premiere eines Films, der auf einem Fall basiert, den ich geknackt habe wie eine faule Nuss. Obwohl meine Bescheidenheit mich daran hindern wird, mich selber zu beweihrauchen.«

»Beweihräuchern«, verbesserte er sie.

»Das macht doch keinen Unterschied. Wobei das Hauptwort schließlich Weihrauch und nicht Weihräucher heißt.«

»Da hast du recht.« In dem vergeblichen Bemühen, annähernd bequem zu sitzen, streckte Roarke die langen Beine unter ihrem Schreibtisch aus. »Du willst also einen brutalen Killer dazu bringen, in einem rappelvollen Kino auf dich loszugehen?«

»Ich will einen Killer dazu bringen, auf der Premiere zu erscheinen, weil ich dort eine von den Hauptpersonen bin, und weil er hofft, dass er sich nach der furchtbaren Blamage mit dem Baby vor den anwesenden Journalisten rehabilitieren kann.«

»Und du glaubst nicht, dass es ein allzu großes Wagnis ist, wenn du ihm diese Niederlage noch mal öffentlich unter die Nase reibst.«

»Ich gehe davon aus, dass das für mich von Vorteil ist. Hör zu, wie soll er es auf der Premiere schaffen, mich in einen Hinterhalt zu locken? Ich muss ihn dazu bringen, zu versuchen, morgen während der Premiere zuzuschlagen, denn sonst lauert er mir früher oder später morgens auf dem Weg zur Arbeit, abends auf dem Heimweg oder sonst wo auf. Natürlich kann ich eine Zeit lang Vorkehrungen treffen, um mich vor dem Kerl zu schützen, doch auf Dauer geht das nicht. Oder er macht sich erst an Peabody heran, wenn sie auf dem Weg zur U-Bahn oder irgendwo beim Einkauf ist.«

»Also gut, das wäre wirklich zu gefährlich, denn der Kerl ist schließlich unberechenbar.«

»Genau, wenn ich ihn auf die Premiere locke, enge ich das Feld auf diese Weise ein. Morgen Abend, während ich im Mittelpunkt des journalistischen Interesses stehe, wird er mir und allen anderen zeigen wollen, dass er besser ist als ich.«

Er konnte ihr nicht widersprechen, und ihr Plan, den Lauerer in einen Hinterhalt zu locken, klang im Grunde wirklich gut. »Vor allem werden außer dir noch jede Menge anderer Polizisten in dem Kino sein.«

»Es wird dort regelrecht von Polizisten wimmeln«, sagte sie ihm zu. »Und vor allem sollten wir noch heute eine bessere Beschreibung von ihm kriegen, wenn wir ihn nicht bis morgen Abend schon erwischt haben, werfen wir das Netz auf der Premiere aus.«

Wo er die ganze Zeit an ihrer Seite wäre, tröstete sich Roarke.

»Und wenn ihr ihn dann habt, glaubst du, dass du ihn dazu bewegen kannst, gegen Alexander auszusagen?«

»Allerdings, und dann wandern sie beide bis ans Lebensende in den Knast.«

»Tja nun, auf alle Fälle wird der Abend sicher interessant.«

»Ich muss nur noch die Genehmigung von Whitney einholen und meine Leute briefen.«

»Die letzten Einzelheiten kannst du überdenken, während dir Trina morgen Nachmittag die Haare macht.«

»Was? Warum denn das?«

»Also bitte, Lieutenant, clever, wie du bist, hättest du dir denken sollen, dass das passieren wird.«

»Ich kann mir doch auch selber das Gesicht anmalen.«

»Peabody und Mavis werden dich moralisch unterstützen, während Trina dich frisiert und schminkt. Ich habe nichts damit zu tun«, erklärte er und warf zum Zeichen seiner Unschuld beide Hände in die Luft. »Und wirklich, Liebling, wenn du mutig genug bist, um es mit einem Killer aufzunehmen, bist du doch sicherlich auch zäh genug, um zusammen mit zwei Freundinnen den Besuch einer Friseurin noch dazu in deinem eigenen Haus zu überstehen.«

»Die beiden haben mich in einen Hinterhalt gelockt«, murmelte sie erbost. »Was sind das bloß für Freundinnen?«

»Die besten, die du hast«, gab er gut gelaunt zurück. »Dein Killer wird dir noch weniger widerstehen können, wenn du derart aufgebrezelt bist.«

Sie öffnete den Mund, klappte ihn wieder zu und räumte schließlich widerstrebend ein: »Das macht die Hinterhältigkeit der beiden zwar nicht wett, aber wahrscheinlich hast du recht.«

Als sie Schritte auf dem Flur vernahm, erklärte sie: »So tänzelt nur McNab«, bevor er auf der Bildfläche erschien.

»Lieutenant«, fing er an. »Mit etwas Glück habe ich Ihren Hacker ausfindig gemacht.«

Sie vergaß das Elend des bevorstehenden Friseurtermins. »Wen und wo?«

»Einen gewissen Milo Easton alias der Maulwurf, der in Hackerkreisen relativ berühmt oder vielleicht auch eher berüchtigt ist. Haben Sie schon von ihm gehört?«, wandte der elektronische Ermittler sich an Roarke.

»In der Tat, das habe ich. Er ist noch ziemlich jung, nicht wahr? Keine fünfundzwanzig, schon als Teenager hat er sich in den Hauptrechner der NSA gehackt. Außerdem hat er das Konto eines konkurrierenden Internetmagnaten leer geräumt und die Wetten vor dem Kentucky Derby manipuliert.«

»Genau«, bestätigte McNab. »Er wurde bisher nur ein einziges Mal erwischt, und zwar in seiner Anfangszeit. Da er damals erst vierzehn war, ist ihm nicht viel passiert. Was eindeutig ein Riesenfehler war, denn er hackt schon seit Jahren nicht mehr nur zum Spaß, sondern, weil er damit jede Menge Geld verdienen kann. Er gräbt sich gern in fremde Rechner ein«, wandte er sich an Eve. »Weshalb er selbst und seine Arbeit schwer zu finden sind. Unter anderem hat er eine Reihe von Pensionsfonds angezapft und ist seither in der Community nicht mehr besonders angesehen. Es ist eine Sache, Gelder großer Unternehmen oder irgendwelcher reichen Leute umzuleiten, aber dadurch, dass man den normalen kleinen Mann um seine Rente prellt, macht man sich nicht unbedingt beliebt. Zurück zu unserem Fall. Ich bin mir sicher, dass der Fingerabdruck auf dem Rechner des ersten Opfers und auch an dem Safe des Wirtschaftsprüfungsunternehmens ihm gehört.«

»Wo finden wir den Kerl?«

»Wie gesagt, er gräbt sich gerne ein. Wenn Sie eine seiner IT-Adressen finden, kommt sofort ein Riesendatenstrom. Wenn sie die Adresse noch mal aufrufen, kommt ein völlig anderer, genauso großer Datenstrom. Die beide falsch sind, was uns also erst einmal nicht weiterbringt. Ich bin weiter an der Sache dran, aber bisher kann ich nicht sagen, wo er sich versteckt.«

»Dabei kann ich vielleicht helfen.« Lächelnd wandte Roarke sich seiner Gattin zu. »Ich kenne Leute, die wiederum Leute kennen, zusätzlich kann ich der Spur des Gelds folgen, denn er wurde eindeutig bezahlt, und ganz egal, auf welchem Weg er dieses Geld bekommen und danach vielleicht hat verschwinden lassen, fängt jeder Weg irgendwo an und führt am Ende auch irgendwo hin.«

Jetzt lächelte er Ian an. »Wäre es nicht toll, den Weg zu finden?«

»Der uns dann zu Milo führt?« MacNab fing an zu strahlen wie ein Honigkuchenpferd. »Auf jeden Fall. Wenn wir ihn hochnehmen, werde ich der König oder eher der Kaiser aller Hacker und auch aller elektronischen Ermittler sein.«

»Dann lassen Sie uns loslegen und Ihre Krone holen.« Roarke stand auf, beugte sich vor und presste kurz die Lippen auf Eves Haar. »Ich gehe jetzt mit meinen Freunden spielen.«

Genau dasselbe täte sie auch.

Sie rief bei Whitney an, erbat einen Termin, und bis sie sein Büro erreichte, hatte sie sich einen grundlegenden Einsatzplan zurechtgelegt. Natürlich musste sie ihn noch verfeinern, dachte sie, und alle losen Enden sorgfältig verknüpfen, bis das Netz, das sie auswerfen würde, nirgends mehr auch nur das allerkleinste Schlupfloch bot.

»Lieutenant.«

»Sir. Ich wollte Sie kurz auf den neuesten Stand bringen. Detective Yancy erstellt mit dem Zeugen ein Phantombild der Person, die den Hammer gekauft hat, mit dem Ingersol ermordet worden ist. Die elektronischen Ermittler haben unter Leitung von McNab den Hacker identifiziert, der in Dickensons Büro- und den Krankenhauscomputer eingedrungen ist.«

»Und wer ist diese Person?«

»Er nennt sich Milo, der Maulwurf. Offenbar ist das ein Name, der den Leuten aus der Branche etwas sagt. Sie versuchen herauszufinden, wo der Kerl sich eingegraben hat. Sobald Yancy das Phantombild unseres Mannes fertig hat, gleichen wir's mit der Gesichtserkennung ab. Falls es uns gelingt, einen oder beide Männer aufs Revier zu holen, werden wir sie in die Zange nehmen, bis sie gegen Alexander aussagen.«

»Ich werde heute Nachmittag zu der Gedenkfeier für Marta gehen. Richterin Yung wird sicher eine Reihe Fragen haben, wenn sie mich dort sieht.«

Das würde sicherlich nicht leicht für ihn, sagte sich Eve, und war nur froh, dass sie nicht zu der Feier eingeladen war.

»Ich weiß natürlich nicht, welcher Grad an Offenheit ihr gegenüber Ihrer Meinung nach zu diesem Zeitpunkt angemessen ist, aber mit den Dateien, die Dickenson noch kurz vor ihrem Tod auf dem Privatcomputer abgespeichert hatte, können wir beweisen, dass der ehrenwerte Sterling Alexander Unterschlagungen, Betrügereien und Steuerhinterziehungen im großen Stil begangen hat. Roarke zufolge ist dabei wahrscheinlich auch noch Geldwäsche im Spiel.«

»Das heißt, Sie haben ihn?«

»Ich habe mir die Daten selber noch nicht angesehen, aber ...«

»Wenn Roarke die Daten überprüft hat, ist es so«, beendete ihr Vorgesetzter den Satz.

»Ich werde Ihnen und den Wirtschaftsprüfern unseres Hauses die Kopien der Unterlagen schicken, und ja, Sir, Roarke hat sie sich bereits angesehen und meint, dass die Beweislage eindeutig ist.

Wenn es uns gelingt, die Spur der Daten und der Zahlungen bis zum Killer und zum Hacker zu verfolgen, kommt auch Anstiftung zum Mord dazu. Ich gehe davon aus, dass sich wegen der Steuerhinterziehung auch das FBI für Sterling Alexander und sein Unternehmen interessieren wird.«

Whitney lehnte sich zurück und sah sie fragend an. »Sie würden sicher gerne noch ein bisschen warten, bevor wir die Bundespolizei über die Sache informieren.«

»Drei Menschen sind tot, zwei Polizeibeamtinnen hat unser Killer zu ermorden versucht. Tatsächlich wäre es mir lieber, ihn erst deshalb und danach wegen der Geldangelegenheiten zur Rechenschaft zu ziehen.«

»Wie lange?«

»Höchstens sechsunddreißig Stunden. Wenn es uns gelingt, den Killer und den Elektronikmann zu identifizieren und aufzuspüren, schaffen wir die beiden her. Falls uns das in diesem Zeitraum nicht gelingt, habe ich noch einen Notfallplan.«

Whitney richtete sich wieder auf, verschränkte seine Finger auf der Tischplatte und sah sie fragend an. »Erzählen Sie mir von diesem Plan.«

»Die Medien haben darüber berichtet, dass auch Peabody und ich zur morgigen Premiere der *Icove Agenda* gehen. Dem bisherigen Vorgehen unseres Killers und der Einschätzung von Dr. Mira nach wird auch er dort auftauchen, um zu erledigen, was ihm gestern nicht gelungen ist.«

»Sie glauben, dass der Kerl versuchen wird, Sie und Peabody während der Premiere zu erwischen, während sich dort jede Menge Schaulustige und Reporter drängen, um sich die Filmstars und die anderen Gäste aus der Nähe anzusehen?«

»Ich glaube, dass er es nicht trotz, sondern gerade wegen all der Gaffer dort versuchen wird. Er hat gestern versagt und wurde im Internet gedemütigt, als der Film gezeigt wurde, in dem das Baby von mir aufgefangen worden ist.«

»Das war ein echt beeindruckender Fang.«

»Danke, Sir. Die zunehmende Gewalt und der persönliche Aspekt der Morde heute Morgen weisen darauf hin, dass er Gefallen an seiner Tätigkeit gefunden hat und jetzt mit einer Leidenschaft zu Werke geht, von der bei Dickenson noch nichts zu sehen war. Er ist ein Feigling, der beweisen muss, wozu er in der Lage ist. Bisher hat er jedes Opfer auf die eine oder andere Art in einen Hinterhalt gelockt, aber morgen machen wir es genau andersherum.«

»Das heißt, Sie locken Ihn in einen Hinterhalt?«

»Sir, durch ein Interview mit Nadine Furst kann ich die Sache noch für ihn versüßen, indem ich erkläre, wie unglaublich ich mich schon auf diesen Abend freue und wie aufgeregt ich deswegen bin.«

Der Commander sah sie feixend an. »Können Sie sich derart gut verstellen?«

»Irgendwie bekomme ich das sicher hin. Auf alle Fälle wird er nur den Glamour, aber nicht die Falle sehen. Vor allem wird auch Alexander, wenn wir ihn nicht vorher schon verhaften, im Kino sein. Das heißt, der Killer denkt, dass er Gelegenheit bekommt, nicht nur dem breiten Publikum, sondern auch seinem Auftraggeber zu beweisen, dass er diesen Job zu Ende bringen kann. Ich glaube fest daran, Commander, dass er es, wenn er bis dahin nicht schon hinter Gittern sitzt, auf jeden Fall versuchen wird. Ich werde für den Kerl gewappnet sein. Er hat heute innerhalb von weniger als einer Stunde zwei erwachsene Männer umgebracht, bestimmt macht ihn das zuversichtlich, dass er mich, nachdem ich ihm einmal entkommen bin, beim zweiten Mal auf jeden Fall erwischt.«

»Es gibt einfachere Wege, eine Polizistin umzubringen.«

»Aber keinen, der so stimmig ist, der auf dieselbe Weise seiner impulsiven Art entspricht und auf dem er diese Polizistin in dem Augenblick erwischt, in dem sie aufgetakelt wie ein Pfau über den roten Teppich zur Premiere ihres eigenen Films marschiert. All die Leute, die im Internet den demütigenden Film gesehen haben und ihn bisher nur als Feigling kennen, werden sehen, wie er am Ende triumphiert. Wenn wir ihn also bis morgen Abend noch nicht festgenommen haben, taucht er garantiert im Kino auf.«

»Wahrscheinlich haben Sie recht. Also gut, Lieutenant, erzählen Sie mir von Ihrem Plan.«

18

Sie musste noch ein bisschen daran feilen, dachte Eve auf dem Rückweg in ihr Dezernat. Trotz der guten Vorschläge des Commanders waren ein paar Einzelheiten noch nicht völlig klar.

In Gedanken bei verschiedenen potenziellen Schwachstellen ihres Plans trat sie durch die Tür ihrer Abteilung, wo ihr Peabody entgegenrief: »Nadine ist da. Sie hat gesagt, Sie hätten sie persönlich einbestellt.«

»Das stimmt.« Sie sah sich um. »Alle, die nicht unterwegs sind, sind in einer Stunde in dem Konferenzraum, den uns Peabody besorgt. Peabody, besorgen Sie mir außerdem noch einen Plan des Five Star Theater, okay?«

Ohne auf das Murmeln ihrer Leute einzugehen, marschierte sie in ihr Büro.

Nadine stapfte in kiwifarbenen High Heels und einer taillierten Jacke in derselben Farbe über einem schwarzen Lederkleid vor ihrem Schreibtisch auf und ab, während sie über den Knopf in ihrem Ohr mit einem ihrer Leute über die Bearbeitung und die Platzierung eines ihrer Beiträge in den Achtuhrnachrichten sprach. Der Kameramann hatte es sich auf dem Besucherstuhl bequem gemacht und vertrieb sich nach den Geräuschen zu urteilen, die sein Handy ausstieß, die Zeit mit irgendeinem Spiel.

Als die Journalistin ihr bedeutete, noch einen Augenblick zu warten, wandte Eve sich an den Mann. »Könnten Sie vielleicht kurz draußen warten?«

»Sicher.« Ohne seine Spielserie zu unterbrechen, stand er auf und schlenderte mit seiner Kamera und seiner Tasche aus dem Raum.

»Wenn es nur zwei Minuten dreiundvierzig werden sollen, will ich, dass Derrick diesen Beitrag schneidet. Nein, es muss auf alle

Fälle Derrick sein. Ich melde mich, wenn ich hier fertig bin. Wenn ich das wüsste, würde ich es sagen oder nicht? Und verschieben Sie die Anprobe auf 8.30 Uhr. Tun Sie einfach, was ich sage, Maxie.«

Genervt riss sie den Knopf aus ihrem Ohr. »Ich kann nur hoffen, dass sich mein Besuch hier lohnt«, wandte sie sich an Eve. »Ich habe gerade einen Sonderbeitrag, der bis heute Nachmittag geschnitten werden muss, eine Assistentin, der ich diese Woche alles zweimal sagen muss, und eine letzte Anprobe des Kleides, das ich morgen Abend tragen will, versetzt und verschoben.«

»Ich weiß natürlich nicht, ob ein Gespräch mit mir gegen die Anprobe von einem Kleid anstinken kann.«

»Jetzt pampen Sie nicht rum. Der Abend morgen ist echt wichtig, deshalb werde ich, verdammt noch mal, sensationell aussehen.« Sie blieb stehen und bedachte Eve mit einem kalten, durchdringenden Blick. »Sie haben mich doch wohl nicht herbestellt, um mir zu sagen, dass Sie die Premiere sausen lassen wollen?«

»Ganz im Gegenteil. Ich will, dass Sie mich wegen der Premiere interviewen und dass dieses Interview zur besten Sendezeit im Fernsehen kommt.«

»Sind Sie etwa auf den Kopf gefallen? Nach allem, was ich von dem tollen Babyfang gesehen habe, sind Sie auf dem Arsch gelandet, aber ...«

»Machen Sie so weiter, und ich gebe jemand anderem das Interview.«

»Sie würden jemand anderem nicht erzählen, was Sie wirklich von ihm wollen, damit er es so dreht, dass es für Sie am besten ist.« Sie setzte sich auf den Besucherstuhl, schlug eins ihrer phänomenalen Beine übers andere und blickte Eve mit einem selbstzufriedenen Lächeln an. »Also, worum geht's?«

»Um die Berichterstattung zu diesem besonderen Event. Sie werden selbst mit eigenen Kameras dabei sein, oder nicht?«

»Worauf Sie Ihren sicher ziemlich wunden Arsch verwetten können.«

»Wenn alles so läuft wie geplant, springt dabei eine Wahnsinnsstory für Sie raus.«

Nadine sah auf die Tafel und wieder auf Eve. »Was hat die Premiere morgen mit diesen drei Mordfällen zu tun?«

»Wir haben schon eine heiße Spur, vielleicht bringen wir die Sache bereits vorher unter Dach und Fach. Aber falls nicht, könnte es sein, dass diese Angelegenheit direkt bei der Premiere abgeschlossen wird.«

Nadine spitzte die Lippen, während das Blitzen ihrer Augen zeigte, dass die Sache journalistisch durchaus von Interesse für sie war. »Und wie?«

»Das überlassen Sie am besten erst mal der New Yorker Polizei. Werfen Sie einfach den Köder aus. Nachdem es unserem Täter gestern nicht gelungen ist, mich und Peabody aus dem Verkehr zu ziehen, bin ich sicher, dass er es noch einmal versuchen wird, und lege mit dem Interview, das Sie von mir bekommen, Zeit und Ort des neuerlichen Anschlags auf uns fest.«

»Sie wollen, dass er morgen Abend während der Premiere noch einmal sein Glück versucht.«

»Wahrscheinlich weiß er schon, dass ich dort hingehen werde, aber trotzdem möchte ich ihn noch einmal daran erinnern und ihm deutlich machen, dass ich vorhabe, mich dort im Glanze meines Ruhms zu sonnen, weshalb es besonders peinlich für mich ist, wenn er mich dort erwischt.«

»Sie wollen von dem Glitzer und dem Glamour der Premiere reden und erzählen, wie sehr Sie sich auf diesen Abend freuen?«, fragte Nadine in einem Ton, dem der Zweifel deutlich anzuhören war. »Das kauft Ihnen doch niemand ab.«

»Sie kriegen das schon hin. Ich freue mich darauf, die Verfilmung der von mir geleiteten, erfolgreichen Ermittlungen in einem wirklich großen Fall zu sehen. Sie könnten mich zum Beispiel fragen ...«

»Augenblick.« Die Journalistin wackelte mit dem erhobenen Zeigefinger. »Wenn Sie wollen, dass ich diese Sache bringe, halten wir uns an die Regeln, ja? Ich kann Ihnen nicht soufflieren, was Sie sagen sollen. Entweder es wird ein echtes Interview, oder wir blasen diese Sache ab.«

»In Ordnung. Das ist fair.«

»Wenn Sie den Kerl mit Hilfe dieses Interviews erwischen, kommen Sie in meine Sendung.« Ehe Eve ihr widersprechen konnte, hob sie abermals den Zeigefinger in die Luft. »Auch das ist fair, denn schließlich muss ich alles dransetzen, damit ein so banaler Beitrag heute Abend in den Nachrichten gesendet wird.«

»Meinetwegen. Abgemacht.«

Danach ging alles ziemlich schnell. Nadine positionierte Eve auf eine Weise vor dem Fenster, dass die Illusion entstand, als hätte sie ein deutlich größeres Büro, und dass sich ein phänomenaler Ausblick auf die City bot.

»Lieutenant Dallas«, fing sie an. »Morgen findet die Premiere der *Icove Agenda* statt. Freuen Sie sich schon darauf?«

»Auf jeden Fall. Es war ein schwieriger und weitreichender Fall, der mir als Polizistin ziemlich an die Nieren ging, ich bin sehr gespannt darauf zu sehen, wie der Film die Wirklichkeit interpretiert.«

»Sie hatten auf eigenen Entschluss hin mit den Dreharbeiten kaum etwas zu tun.«

»Leute wie Mason Roundtree schreiben mir nicht vor, wie ich in Mordfällen ermitteln soll, und ich meinerseits erzähle Ihnen nicht, wie ein Film zu drehen ist. Ich möchte sehen, wie dieser Film geworden ist. Sie haben den Fall in Ihrem Buch zutreffend dargestellt, und ich bin zuversichtlich, dass das auch dem Film, der auf dem Buch basiert, gelungen ist.«

»Danke. Nachdem Sie bisher vor allem als die Frau von Roarke gesellschaftliche Großereignisse besucht haben, sind Sie in diesem Fall die Hauptperson.«

»Es geht hier nicht um mich, sondern vor allem um den Fall«, erklärte Eve, wobei ihr das spontane Unbehagen deutlich anzuhören war.

»Bei dem Sie die Ermittlungen geleitet haben«, widersprach Nadine. »Wie fühlen Sie sich bei dem Gedanken an den roten

Teppich, über den Sie morgen schreiten werden, daran, dass man Sie und Ihr Erscheinungsbild einer genauesten Betrachtung unterziehen, und an all die Berühmtheiten, von denen es dort nur so wimmeln wird?«

Es wäre völlig untypisch für sie, erkannte Eve, zu tun, als wäre sie an all dem Glitzer und dem Glamour auch nur ansatzweise interessiert.

»Soweit ich es beurteilen kann, machen auch Schauspieler nur ihren Job. Aber nach allem, was ich von den Dreharbeiten mitbekommen habe, machen sie ihn wirklich gut. Tatsächlich habe ich erst heute früh mit Marlo Durn gesprochen, und ich freue mich darauf, sie und all die anderen morgen Abend noch einmal zu sehen.«

»Es heißt, das Kleid, das Sie bei der Premiere tragen werden, hätte ihr Lieblingsdesigner Leonardo extra für diesen Event kreiert. Können Sie mir vielleicht einen kleinen Hinweis darauf geben, wie es aussieht?«

Selbst wenn ihr die Journalistin einen Stunner an den Hals gehalten hätte, hätte sie ihr nichts verraten können, denn sie hatte das verdammte Kleid bisher noch nicht gesehen. »Ich werde nur verraten, dass der Mann nicht ohne Grund auch dieses Kleid für mich entworfen hat. Er trifft mit jedem Stück, das er für mich entwirft, genau ins Schwarze, was mir unnötige Anproben und Änderungen erspart. Ich kann immer direkt anziehen, was sein Atelier mir schickt, weil es wie angegossen sitzt und auch oder vor allem ausgezeichnet zu mir passt. Morgen – nun, dieser Event ist eine Art von Fantasie, nicht wahr? Roter Teppich, schicke Kleider, angesagte Leute, und ein großer Film im größten Kino New Yorks. Das ist mal eine nette Abwechslung von meinem Alltag, und es bietet mir die Möglichkeit, für einen Abend eine Fantasie zu leben, bevor es am nächsten Morgen mit der Wirklichkeit des nächsten Falles weitergeht.«

Nadine warf ihr noch ein paar leichte Bälle zu, der Kameramann nahm sie dazu aus einem anderen Winkel auf, dann war es geschafft.

»Nicht übel, Dallas. So müsste es funktionieren.«

»Je öfter Sie mit diesem Interview auf Sendung gehen können, um so besser«, meinte Eve.

»Ich werde sehen, was ich tun kann«, sagte ihr die Journalistin zu und wandte sich zum Gehen.

Zufrieden schnappte Eve sich alles, was sie für das Briefing bräuchte, verließ das Büro und wandte sich an ihre Partnerin. »Haben Sie schon was von Yancy oder von den elektronischen Ermittlern?«

»Nein.«

»Dann bereiten wir jetzt zuerst die Besprechung vor.«

»Worum soll's denn dabei gehen?«

»Das hören Sie unterwegs.« Eve grub ein paar Münzen aus der Tasche, als sie neben Peabody den Flur hinunterging.

»Hier, holen Sie mir eine Dose Pepsi und für sich, was Sie auch immer trinken wollen.«

»Heißt das, dass Sie die Automaten wieder boykottieren?«

»So ist es für uns alle sicherer. Wenn wir konkrete Spuren finden, die uns zum Hacker und zu Alexanders Schläger führen, wird dieses Briefing einfach eine Übung sein.« Sie öffnete die Dose, die Peabody für sie gezogen hatte, und genehmigte sich einen ersten, großen Schluck.

»Wenn nicht, gehen ich und Mira davon aus, dass er noch mal versuchen wird, Sie und mich aus dem Verkehr zu ziehen.«

»Das sind keine guten Neuigkeiten.«

»Doch, weil uns das weiterbringen wird. Haben Sie den Plan des Kinos?«

»Hier.« Peabody hielt ihr eine Diskette hin. »Ich war mir nicht sicher, ob Sie ihn auf dem Computer oder eher als Ausdruck haben wollen.«

»Das reicht vorerst. Am besten fangen Sie schon an und hängen die Bilder an der Tafel auf.«

Eve rief den Plan auf dem Computer auf und während Peabody die Fotos an der Tafel festmachte, erzählte sie von ihrem Plan.

»Während der Premiere?«, unterbrach die Partnerin entsetzt. »Ist das ihr Ernst?«

»Jetzt heulen Sie nicht rum.«

»Aber ich habe ein neues Kleid und neue Schuhe, die noch teurer waren als das Kleid. Und Trina hat diese fantastische Idee, wie sie mir die Haare machen kann, und diese ganz neue Palette Lidschatten ...« Verlegen brach sie ab und wandte sich erneut der Tafel zu.

»Ich weiß, dass Trina morgen kommt. Sie blödes Weib.«

Mit hochgezogenen Schultern hängte Peabody das nächste Foto auf. »Es ist ein ganz besonderer Event. Sie brauchen keinen Finger krumm zu machen, werden aber trotzdem wirklich toll aussehen. Wir wollen schließlich nicht, dass die New Yorker Polizei im Schatten all der Hollywood-Schauspieler steht. Das verbietet unser Stolz!«

»Haha.«

»Wirklich Dallas, es wird sicher toll, und wir werden fantastisch aussehen, wenn ...« Noch einmal brach sie ab, doch dieses Mal hellte sich ihre Miene auf. »Wir *werden* super aussehen. Und wenn wir uns diesen Killer während der Premiere schnappen, werden wir dabei bestimmt gefilmt, dann kommt dieser Film noch öfter als die Aufnahmen Ihres tollen Fangs im Fernsehen und im Internet. Wir werden obermegacool aussehen.«

»Es freut mich, dass Sie wissen, worauf es bei dieser Sache ankommt«, stellte Eve sarkastisch fest.

»Dass wir einen Mörder fangen«, gab die andere ungerührt zurück. »Aber wenn wir uns dabei schon filmen lassen, schadet es bestimmt nicht, super dabei auszusehen. Deshalb haben Sie Nadine auf das Revier bestellt. Sie wollten den Kerl daran erinnern, dass Sie morgen bei dieser Premiere sind.«

»Sie wird mich ins Fernsehen bringen, während ich erzähle, dass ich mich auf morgen Abend freue, wenn er das sieht, kommt er bestimmt auf die Idee, sich dort an uns heranzumachen, wenn er nicht bis dahin bereits hinter Gittern sitzt. Wir müssen also für den Kerl gewappnet sein«, erklärte sie und schaute sich den Grundriss des Theaters an. »Wer verlegt den roten Teppich, wer bestimmt, wo wer entlanggeht und das ganze Zeug?«

»Ich nehme an, das legen die PR-Leute aus Hollywood zusammen mit den PR-Leuten des Kinos fest.« Peabody nahm einen Laserpointer in die Hand. »Sie werden hier und hier die Straße für den Autoverkehr sperren, und von hier bis hier wird eine Barrikade für die Fußgänger aufgebaut. Wer einen Presseausweis hat, kann selbstverständlich ...«

»Woher wissen Sie das alles?«, fiel Eve ihr ins Wort.

»Tja, nun, ich habe angerufen und gefragt, ob ich eine Kopie des Grundrisses, des Ablaufplans und so bekommen kann. Ich wollte schon mal ein Gefühl dafür bekommen, wie es morgen Abend wird. Es ist schließlich mein erstes Mal«, fügte sie entschuldigend hinzu.

»Wenn die Infos nicht so nützlich wären, würden Sie mir leidtun. Aber jetzt erzählen Sie mir, wie es laufen wird.«

»Okay. Sie lassen unsere Limousine bis zum Haupteingang des Kinos fahren. Die Leute, die einen Blick auf uns erhaschen, Autogramme haben oder Bilder machen wollen, werden hier und hier hinter den Absperrungen stehen. Die PR-Frau denkt, dass jede Menge Leute kommen werden, weil lauter Schauspieler von Rang und Namen in dem Film mitspielen, weil die Geschichte in New York spielt und weil K. T. Harris während der Dreharbeiten zu dem Film ermordet worden ist. Das Haus wird bis zum letzten Platz besetzt sein, obwohl nur geladene Gäste und Empfänger der zahlreichen VIP-Karten dort zugelassen sind. Außerdem werden diverse Bodyguards aus Hollywood, die Security des Kinos, eine Reihe von privaten Leibwächtern und jede Menge Polizei zugegen sein.«

»Auf jeden Fall«, murmelte Eve.

»Wir werden also dort abgesetzt und sofort fängt der rote Teppich an. Von dort an bis zum Kinoeingang können die zugelassenen Journalisten Bilder machen, Filme drehen, Fragen stellen und sich um kurze Interviews bemühen.«

»Das Kino ist echt riesig.«

»Allerdings. McNab und ich waren vor zwei Wochen dort, um uns schon einmal alles anzusehen. Es ist kein normales Kino, sondern eher ein echter Filmpalast. Es gibt dort ein Café, zwei Bars und ...«

»Dazu kommen wir später noch.«

»Nun, im Foyer werden dann andere Journalisten sein. Es gibt da eine ganz bestimmte Hackordnung. Unsere Ankunft ist für 19.15 Uhr vorgesehen, damit wir über den roten Teppich schreiten, mit den Journalisten sprechen und uns unter all die anderen berühmten Leute mischen können, die dort sind. Dann werden wir zu unseren Plätzen eskortiert. Wir sitzen ganz vorne, weil wir praktisch VIP-VIPs sind.«

»Werden alle Ausgänge bewacht?«

»Das habe ich nicht recherchiert, denn schließlich hatten Sie mir nicht gesagt, dass jemand versuchen könnte, mich dort zu ermorden, doch ich gehe davon aus. Sie wollen schließlich nicht, dass irgendwer sich heimlich in das Kino schleicht. Wenn Sie dringend mal auf die Toilette müssen, stehen extra Wachleute bereit, damit keiner von den Journalisten sich an Sie heranmacht, die in diesem kleinen Nebensaal versammelt sind, um dort den Film zu sehen. Falls Sie etwas trinken oder essen wollen, können Sie von Ihrem Sitzplatz aus bestellen. Sie tippen einfach, was Sie wollen, in einen kleinen Bildschirm ein, und schon wird es gebracht. Natürlich kostenlos, denn schließlich sind wir ...«

»VIP-VIPs«, meinte Eve. »Was ist, wenn die Vorführung vorbei ist?«

»Nach Filmende werden wir wieder nach draußen eskortiert. Durch den Haupt-, oder wenn wir wollen, durch einen der verschiedenen Hinterausgänge, die es gibt.«

»Okay. Okay.«

Sie stapfte vor dem Bildschirm auf und ab und spielte alles in Gedanken durch. »Er kann nicht bis zum Ende warten, denn er weiß nicht, welchen Weg wir wählen werden und vor allem wird er nicht so lange warten wollen. Er könnte sich unter die Menge hinter den Absperrungen mischen, aber wenn er keine tödlichere Schusswaffe als einen Stunner hat, kommt er von dort aus nicht zum Ziel. Er wird diesmal möglichst nahe an uns herankommen müssen. Entweder als Journalist oder als jemand von der Security. Wahrscheinlich als Security, denn diese Rolle passt zu ihm.«

Sie blickte wieder auf den Bildschirm, änderte die Perspektive, zoomte ein paar Stellen zu sich heran und blendete sie wieder aus.

»Machen Sie die Tafel fertig«, sagte sie zu ihrer Partnerin. »Ich muss mir überlegen, wie wir es am besten angehen.«

»Falls er draußen auf uns losgeht, hat er ein größeres Publikum«, bemerkte Peabody.

»Das stimmt. Aber im Foyer wäre es leichter, sich von hinten an uns anzuschleichen, weil dort mit den ganzen Stars und VIPs, die sich etwas zu trinken holen und vor den Kameras posieren, ein ziemliches Gedränge herrschen wird.«

Sie rief die Gegend um das Kino auf ihrem Computer auf und überlegte, welchen Fluchtweg er am ehesten aus dem Kino und der näheren Umgebung nehmen würde, wenn die Polizei ihm nach dem – hoffentlich missglückten – Anschlag auf den Fersen war.

Sie suchte erst den schnellsten Weg und dann den, den sie für den besten hielt. Wahrscheinlich würde er den schnellsten nehmen, denn bestimmt war er zu dumm, um zu erkennen, dass ein Umweg ab und zu durchaus von Vorteil war.

Während die Operation in ihrem Kopf Gestalt annahm, rief sie auf einem Bildschirm die Umgebung und auf einem anderen das Innere des Kinos auf.

Sie markierte potenzielle Routen und Bereiche, die nur von Bediensteten des Kinos oder der Security betreten werden durften, und sah nach, wie die Toiletten, Kinosäle, Bars, das Café, die Verkaufstresen für Essen, Trinken, Souvenirs und die Kartenschalter angeordnet waren.

In Gedanken stellte sie Beamte in verschiedenen Bereichen auf, schob sie wie Schachfiguren auf einem Spielbrett hin und her, und als die Tür geöffnet wurde, sah sie auf und wandte sich dem eintretenden Yancy zu.

»Lieutenant. Baxter sagte, dass Sie hier sind. Ich habe Ihr Bild. Tut mir leid, dass es nicht schneller ging, aber manche Zeugen brauchen einfach Zeit.« Er hielt ihr einen Ausdruck und eine Diskette hin.

Eve betrachtete das Bild. Breitflächiges Gesicht, kantiges Kinn, kurz geschorene, mittelbraune Haare, braune, schwerlidrige Augen, eine etwas schiefe Nase über einer Oberlippe, die ein bisschen dicker als die Unterlippe war.

»Wie zuversichtlich sind Sie, dass das Bild so stimmt?«

»Ich denke, dass es ihm zumindest ziemlich nahekommt.«

Yancy schob die Hände in die Taschen seiner ausgebeulten Jeans. »Erst hat der Zeuge nur gesagt, er wäre groß, und er hätte ziemlich grimmig ausgesehen, aber als wir bei der Arbeit waren, fielen ihm doch noch ein paar Einzelheiten ein. Das Gesicht ist sehr markant. Vielleicht wirkt es nur säuerlich, weil der Zeuge es so wahrgenommen hat, aber ich gehe davon aus, dass er dem Bild zumindest ähnlich sieht.«

»Dann setzen wir es für die Fahndung ein. Danke.«

»Gern geschehen.« Als er auf die Tafel schaute und das Bild des toten Ingersol erblickte, wurden seine jugendlichen, attraktiven Züge hart. »Man muss schon ziemlich grimmig sein, um so etwas zu tun.«

»Das stimmt. Ich nehme an, ein Antiaggressionstraining täte ihm gut.«

Yancy schüttelte den Kopf und stieß ein halbes Lachen aus. »Ich habe gehört, dass es auf Omega echt gute Kurse gibt.«

»Dann werden wir versuchen, ihn dorthinzuschaffen.«

»Geben Sie Bescheid, falls Sie noch etwas brauchen«, bat er Eve und wandte sich an ihre Partnerin. »Hi, Peabody. Wir sehen uns.«

»Ich habe mal geträumt, dass ich was mit ihm habe«, meinte sie, nachdem der junge Mann im Flur verschwunden war.

»Oh Gott.«

»Aber das war noch vor McNab. Das heißt, bevor ich mit McNab zusammen war. Er ist einfach unglaublich süß. Yancy, meine ich. McNab natürlich auch, aber ...«

»Halten Sie den Mund.«

»Es war ein wirklich schöner Traum«, stieß Peabody noch leise aus. »Genau wie ...«, fing sie an, als Roarke den Raum betrat.

»Wenn Sie nicht endlich Ihre Klappe halten, hole ich den Hammer aus der Asservatenkammer und klopfe Ihnen damit die Zunge flach«, drohte ihr Eve und wandte sich an Roarke. »Und, wisst ihr, wo der Hacker steckt?«

»Ian hat es fast geschafft. Er fragt, ob er das Briefing schwänzen darf, bis er ihn hat.«

»Ich nehme an, es bringt uns mehr, wenn er erst mal weitermacht. Und warum suchst du selber nicht mehr nach dem Kerl?«

»Weil er ihn wie gesagt schon beinah hat. Und weil ich wissen will, was du im Schilde führst. Denn schließlich lässt es mich nicht kalt, wenn die Gefahr besteht, dass einer, nein zwei Frauen, die mir sehr am Herzen liegen, morgen Abend irgendwas passiert.«

»Ah.« Peabody errötete vor Freude, als sie Eves bösen Blick bemerkte, fügte sie hinzu: »Das ist nur ein Geräusch, kein Wort.«

»Dann hören Sie auch mit den Geräuschen auf. Ich habe sein Gesicht. Yancy denkt, dass es ihm ziemlich ähnlich sieht. Ich gebe es sofort in die Gesichtserkennung ein und gleiche es mit Aufnahmen von Militärs und Sportlern ab. Wenn ich richtigliege, sparen wir dadurch erheblich Zeit und erfahren noch heute, wer er ist.«

Roarke nahm das Phantombild in die Hand. »Du denkst, wenn er versucht, ins Kino zu gelangen, gibt er sich als Wachmann aus.«

»Sieh dir das Gesicht an.«

»Bei diesem Aussehen wäre das am logischsten«, stimmte er zu und schaute sich die Bilder auf den beiden Monitoren an.

»Es ist ein riesiges Gebäude mit diversen Ein- und Ausgängen auf beiden Ebenen und noch mehr im Keller und in den Bereichen, wo das ganze Zeug gelagert wird. Die Security ist gut, aber nicht exzellent. Es gibt dort kaum etwas zu stehlen, und an den Türen sind Standardalarmanlagen angebracht, damit sich niemand während einer Vorführung in einen Saal schleichen und dort den Film sehen kann, ohne dass er Eintritt zahlt.«

»Woher weißt du das?«

»Nachdem du mir von deinem Plan erzählt hast, habe ich ein paar Recherchen angestellt.«

»Ich glaube nicht, dass er einbrechen wird. Er wird sich einfach unters Volk mischen. Der Hacker könnte einen Ausweis, eine Marke oder sonst was herstellen, was er dafür braucht. Oder er könnte einen offiziellen Wachmann umnieten, damit er seinen Platz einnehmen kann. Die Security soll dort die Leute daran hindern, allzu nah an die Berühmtheiten heranzukommen oder ins Kino zu gelangen. Es ist also kein wirklich harter Job. Er könnte jemanden bestechen, damit der ihm seinen Posten überlässt, aber nachdem er jetzt auf den Geschmack gekommen ist, bringt er wahrscheinlich einfach einen von den Männern um.«

»Er wird möglichst nahe an dich herankommen müssen.«

»Stimmt. Nah genug, um mich zu töten, bevor ich ihn daran hindern und ihn festnehmen kann. Vergiss das nicht.«

Roarke sah ihr ins Gesicht und strich ihr mit der Hand über das Haar. »Das vergesse ich ganz sicher nicht.«

Entschlossen trat sie einen Schritt zurück, denn die Kollegen kamen durch die Tür geschlurft.

Als Feeney sie erblickte, kam er direkt auf sie zu. »Der Junge hat ihn fast. Ich habe Callendar von einer anderen Sache abgezogen, damit sie ihm helfen kann.«

»Falls es ihm gelingt, ihn ausfindig zu machen, wird die nächste halbe Stunde reine Zeitvergeudung sein.«

Feeney sah den Monitor und knabberte an seiner Unterlippe, als ihm klar wurde, worum es ging. »Verdammt und zugenäht.

Meine Frau liegt mir seit Tagen damit in den Ohren, wie sehr sie sich auf diesen Rummel freut.«

»Vielleicht kriegt sie ja sogar zwei verschiedene Vorstellungen geboten«, meinte Eve. »Wobei es besser wäre, diesen Kerl in aller Stille festzunehmen, ohne dass die Allgemeinheit etwas davon mitbekommt.«

»Irgendwer merkt immer was«, stellte der Chef der elektronischen Ermittler düster fest, suchte sich dann aber einen Platz, um sich ihre Pläne anzuhören.

Sie griff nach der Diskette mit dem Bild des Täters, aber Roarke nahm sie ihr ab. »Das übernehme ich.«

Sie nickte knapp und zählte, wie viele Kollegen in dem Raum versammelt waren. Sie bräuchte mehr, aber sie kannte diese Cops und wusste, dass Verlass auf jeden einzelnen von ihnen war.

»Dann fangen wir mal an«, rief sie. »Marta Dickenson, Chaz Parzarri und Jake Ingersol. Wir gehen davon aus, dass dieser Mann ...« Sie machte eine Pause, bis das Bild zu sehen war. » ... diese drei Menschen ermordet hat und dass seine Gewaltbereitschaft zusehends eskaliert. Dazu hat er gestern einen Anschlag auf zwei Polizeibeamtinnen verübt.«

»Super Fang, Lieutenant«, erklärte Jenkinson, und die Kollegen spendeten spontan Applaus.

Grinsend hob sie ihre Hände in die Luft, wackelte mit ihren Fingern und erklärte: »Nun, ich habe eben zahlreiche Talente. Aber jetzt zurück zu unserem Fall. Wir gleichen dieses Bild mit der Gesichtserkennung ab und hoffen, dass der Killer, der hilflose Babys durch die Luft wirft, dort zu finden ist. Bisher wissen wir nur Folgendes von ihm.«

Sie fasste kurz zusammen, was sie sicher wussten, denn die Leute sollten wissen, dass der Kerl gefährlich und auf keinen Fall zu unterschätzen war.

»Da wir noch nicht wissen, wer er ist, gehen wir aufgrund seines Profils und infolge seines bisherigen Vorgehens davon aus, dass er, wenn wir ihn nicht rechtzeitig verhaften, bei der nächsten sich bietenden Gelegenheit noch einmal sein Glück bei den beiden Beamtinnen versuchen wird. Wobei ihm morgen Abend die Gelegenheit dazu auf einem silbernen Tablett geboten wird.«

»Das Five Star Theater.« Sie wandte sich den beiden Monitoren zu, beschrieb kurz ihren Plan sowie den Grundriss des Gebäudes und wies jedem der Kollegen einen Platz und eine ganz bestimmte Aufgabe im Kino zu.

»Jeder von Ihnen bekommt eine Kopie des Phantombilds unserer Zielperson. Sie wird bewaffnet sein. Falls sie entdeckt wird, werde ich mich schnellstmöglich an einen Ort begeben, an dem außer uns so gut wie niemand anderes ist. Wir müssen ihn von den Zivilpersonen trennen, die im Kino sind, und seinen Fluchtweg absperren. Wobei verschiedene Szenarien möglich sind. Szenario eins: Er hält sich vor dem Kino auf.«

Sie beschrieb mit ein paar kurzen Sätzen ihren Plan für diesen Fall, und sprach danach die Möglichkeiten der Entdeckung ihres Täters im Foyer oder im Vorführsaal des Kinos durch.

Nachdem sie die Szenarien aus allen Perspektiven durchgegangen war und jedes Element, das sie vorhersehen konnte, angesprochen hatte, sah sie die Kollegen an.

»Noch Fragen?«

Baxter reckte einen Finger in die Luft. »Ich hätte eine, Boss. Kann ich jemanden mitbringen?«

Einige Kollegen schnaubten, doch sie nickte zustimmend und meinte: »Klar. Bringen Sie Trueheart mit. Sie beide sind ein wirklich hübsches Paar. Wenn wir den Kerl nicht vorher schnappen, treffen wir uns morgen Abend 18 Uhr dem Anlass entsprechend gekleidet wieder hier. Diejenigen von Ihnen, die als Personal oder Security dort auftreten, sind spätestens 18.30 Uhr in den jeweils vorgeschriebenen Outfits dort.«

Sie wandte sich noch einmal kurz der Tafel zu. »Hier sehen Sie, wozu das Arschloch fähig ist. Deshalb muss jeder Einzelne von uns bei diesem Einsatz voll auf seinem Posten sein. Das war's.«

»Wenn ich noch kurz was sagen dürfte, Lieutenant«, meinte Roarke und stieß sich von der Seitenwand des Raumes ab. »Nach der Premiere und dem Einsatz findet im Around the Park noch eine Party statt. Zu der Sie alle eingeladen sind, sobald besagtes Arschloch hinter Gittern sitzt. Ihre Zustimmung vorausgesetzt, Lieutenant.«

Sie wusste, wenn sie die nicht gäbe, würden ihre Leute ihr das nie verzeihen.

»Es ist deine Party«, meinte sie, doch als die anderen johlend applaudierten, bat sie: »Immer mit der Ruhe, ja? Jetzt machen Sie sich erst mal wieder an die Arbeit. Und wenn Sie nach der Premiere feiern wollen, vermasseln Sie es morgen Abend nicht.«

Während die Kollegen sich zum Gehen wandten, kam McNab breit grinsend durch die Tür gehüpft.

»Wir haben ihn«, erklärte er und reckte triumphierend eine seiner Fäuste in die Luft.

»Ich habe seine Spur zurückverfolgt, wie wir's besprochen hatten«, wandte er sich stolz an Roarke. »Sein Echo wurde immer stärker, ist dann aber wieder abgeflacht. Trotzdem haben wir, sobald ...«

»McNab«, fuhr Eve ihn an. »Sagen Sie mir einfach, wo er ist.«

»Zu Befehl, Ma'am. In einer wirklich guten Gegend von Tribeca. Ich habe einen Satellitenscan des Hauses durchgeführt und es mir aus der Vogelperspektive angesehen. Ein wirklich elegantes Sandsteinhaus, das er anscheinend ganz für sich alleine hat. Es gibt nämlich nur eine einzige Person, die dort gemeldet ist. Und zwar unter dem Namen James T. Kirk.«

Roarke fing an zu lachen, und auf dem Gesicht des elektronischen Ermittlers zeichnete sich abermals ein breites Grinsen ab. »Ich weiß. Das ist echt gut.«

»Was?«, erkundigte sich Eve. »Was ist echt gut?«

»So hieß der Kommandeur bei *Raumschiff Enterprise*«, erklärte Roarke. »Das ist ein Science-Fiction-Klassiker, der erst im

Fernsehen und dann auch noch als Mehrteiler im Kino kam. Unser Hacker hat also Humor und Sinn für Stil.«

»Ja«, stimmte McNab ihm zu. »Obwohl ich finde, dass er eher Chekov oder Sulu hätte nehmen sollen, weil sie für die Navigation zuständig und die eigentlichen Elektronikleute waren. Kirk war vielleicht der Boss, aber …«

»Nerds«, murmelte Eve und wandte sich an ihre Partnerin, die ebenfalls im Raum geblieben war. »Peabody, ich will ein Achterteam, in dem auch diese beiden Irren sind. Rufen Sie das Bild des Hauses auf dem Bildschirm auf, McNab.«

»Wird erledigt. Halleluja«, wandte er sich abermals an Roarke. »Wir stürmen die *Enterprise*.«

19

Nachdenklich studierte Eve das Satellitenbild des Hauses, das das Schlupfloch ihres Hackers war.

»Es hat jede Menge Ein- und Ausgänge. Wir brauchen Wärmebildkameras, um zu sehen, ob er überhaupt zu Hause ist.«

»Dagegen wird er sicherlich gewappnet sein«, erklärte Roarke, und der elektronische Ermittler nickte zustimmend.

»Auf jeden Fall. Wahrscheinlich wird durch jede Form externer Schnüffelei ein Alarm in seiner Bude ausgelöst.«

»Und gleichzeitig werden die eigenen Geräte umgehend gesperrt und der Schnüffler umgelenkt. Schließlich ist das Hacken seine Welt. Er hat also ganz sicher ein System entwickelt, um alle Versuche, sich in seine eigenen Computer einzuklinken, abzuwehren. Er ist gut, sicher hat er jede Menge Zeit und Geld in die Sicherung der Türen und Fenster seines Hauses investiert.«

»Besser als du wird er doch wohl nicht sein.«

Roarke lenkte seinen Blick auf Eve. »Du irrst dich, falls du denkst, dass es dir hilft, wenn du an mein Ego appellierst. An den Fakten kommst du nämlich trotzdem nicht vorbei.«

»Das stimmt, Dallas.« McNab stopfte die Hände in eine der unzähligen Taschen seiner Hose und klimperte darin mit irgendwas herum. »Die besten Hacker sind paranoid, denn schließlich ist ihnen bewusst, dass es keine Grenzen für sie gibt. Wenn wir versuchen, uns in seiner Bude umzusehen oder heimlich bei ihm einzudringen, kriegt er das auf alle Fälle mit.«

»Er hat ganz sicher einen Unterschlupf, in dem er sich vor uns verstecken kann«, fügte Roarke hinzu. »Und wenn er erst dort ist, kriegen wir ihn mit konventionellen Mitteln nicht mehr heraus. Außer wir hätten jede Menge Zeit, denn früher oder später fänden wir ganz sicher einen Weg. Weil's nämlich auch für mich und Ian keine Grenzen gibt«, erklärte er und zauberte ein Strahlen auf das Gesicht des anderen Manns.

»Oh Mann, das wäre echt der Hit. Wenn wir den Maulwurf hacken würden, wären wir die Könige der Hackerwelt. Wir könnten unter Einbeziehung der bisher bekannten Daten eine Hypoanalyse des von ihm verwendeten Systems erstellen.«

»Ja. Von da aus könnten wir dann weitermachen, die verschiedenen Schutzschichten, die er verwendet, testen, diese doppeln und dann umleiten.«

»Mann, ich *liebe* diesen Scheiß.« McNab wackelte fröhlich mit den Hüften und schwenkte die Arme wie ein Dirigent.

Roarke wippte nachdenklich auf seinen Fersen und sah sich das Bild des Hauses noch einmal an. »Wir haben ein paar Proben seines Könnens, seinen Fingerabdruck und die Außenansicht des Gebäudes. Was bedeutet, dass es durchaus machbar ist.«

»Innerhalb von welcher Zeit?«, erkundigte sich Eve.

»Oh, mit etwas Glück und mit zwei zusätzlichen Leuten vielleicht eine Woche. Wenn's super läuft, bekommen wir es vielleicht sogar in drei Tagen hin.«

»Verdammt. Sehe ich aus, als hätte ich so lange Zeit?« Sie stapfte wütend durch den Raum. »Mir stehen alle elektronischen Ermittler der New Yorker Polizeiwache und dazu der größte, hinterhältigste und schlauste Elektronikfuzzi, den die Welt jemals gesehen hat, zur Verfügung ...«

»Danke, Liebling.«

»Aber trotzdem soll es eine Woche dauern, einen kleinen Hacker mit dem lächerlichen Namen Maulwurf hinters Licht zu führen?«

Roarke lächelte sie einfach an. »Genau.«

»Wie gesagt, Dallas, es ist wie bei der *Enterprise*«, rief McNab ihr in Erinnerung. »Sie müssen verstehen, wie komplex das alles ist, was für Filter er wahrscheinlich installiert hat, welche ...«

»Nein, das muss ich nicht.« Sie pikste ihn mit ihrem Zeigefinger an. »*Sie* müssen das verstehen.« Als er etwas erwidern wollte, pikste sie ihn nochmals an.

»Ich hab's!«

Eve fuhr zu Peabody herum. »Was haben Sie?«

Die andere schwenkte triumphierend ihren Handcomputer durch die Luft. »Kirk. Die *Enterprise.* Das hat mich daran erinnert, dass mir bei der Suche nach dem Van ein Name aufgefallen ist. Ich musste lachen, als ich ihn gelesen habe, denn der Kerl hieß Tony Stark.«

»Oh Baby.« Ian warf ihr eine beidhändige Kusshand zu. »Das hast du wirklich super hingekriegt.«

»Er muss es sein, nicht wahr? Das entspräche einfach seinem Stil.«

»Wer in aller Welt ist Tony Stark?«, erkundigte sich Eve.

»Iron Man«, erklärte Roarke. »Ein schwerreicher Playboy, aber gleichzeitig auch Superheld, Genie und innovativer Ingenieur.«

»Iron Man? Das ist doch so ein Typ aus einem Comic, oder nicht?«

»Bilderroman«, verbesserten NcMab und Roarke sie gleichzeitig.

»Um wie viel wollen wir wetten, dass er es ist, Dallas?«, mischte sich Peabody wieder in das Gespräch. »Alte Roman- und Filmhelden. Das passt. Sie haben seinen Van benutzt. Der Lieferwagen gehört ihm.«

»Kann sein. Okay, so wie ihr guckt, ist davon auszugehen. Um die Kiste werden wir uns später kümmern, erst mal brauchen wir ihn selbst. Jetzt lasst mich nachdenken.«

Sie stapfte wieder auf und ab und ging die Sache in Gedanken durch. Sie war dem kleinen Elektronikarschloch, dessen Aliasnamen auf Figuren aus Comics und Science-Fiction-Serien basierten, sicher nicht so nah gekommen, damit sie sich so kurz vorm Ziel einfach geschlagen gab.

Er war ein Nerd, sagte sie sich. Ein Nerd, der sich als Held und Schlaukopf sah. Doch die Playboys mit dem vielen Geld bekamen stets die Frauen ab.

»Ihr kommt mit eurer Hightech nicht gegen die Hightech dieses Typs an? Dann machen wir es auf die alte Tour. Peabody, ziehen Sie die Jacke aus.«

»Meine Jacke?«

»Richtig. Ziehen Sie sie aus.«

Verwundert kam die Partnerin der Bitte nach, Eve stemmte die Hände in die Hüften und befahl nach einer kurzen Musterung: »Jetzt knöpfen Sie Ihre Bluse auf.«

Peabody riss schockiert die braunen Augen auf. »Was?«

»Die beiden, nein die drei obersten Knöpfe. Meine Güte, Peabody.« Entschlossen trat Eve auf sie zu und knöpfte ihr das Hemd persönlich auf. »Wir alle haben schon mal eine nackte Brust gesehen.« Sie zog die Brauen hoch, als sie den sexy Spitzenbüstenhalter sah, den Peabody unter der Bluse trug und dessen Farbe der ihrer erhitzten Wangen glich. »Das sollen die Leute unter den Klamotten einer Polizeibeamtin sehen, wenn uns jemand in die Luft jagt oder so?«

»Ich hatte eigentlich nicht vor, mich heute in die Luft jagen zu lassen«, gab die andere zurück. »Oder zuzulassen, dass mir meine Partnerin während des Dienstes an die Wäsche geht.« Sie versuchte, ihre Bluse wieder zuzuziehen, doch Eve schlug ihr entschlossen auf die Hand.

»Jetzt schieben Sie Ihre Brüste etwas höher.«

»Was?«

»Schieben Sie sie etwas höher.«

»Wenn du willst, kann ich das machen«, bot McNab der Freundin an.

»Halten Sie sich zurück, McNab«, befahl ihm Eve in ruhigem Ton und wandte sich erneut an ihre Partnerin. »Sie wissen, was ich meine. Pumpen Sie die Mädels etwas auf.«

Eve streckte ihre Hände aus, doch Peabody trat eilig einen Schritt zurück. »Vielen Dank, aber das kriege ich auch noch alleine hin.« Sie kehrte Eve den Rücken zu, wackelte mit ihren Schultern und drehte sich errötend wieder um.

»Aber hallo, She-Body.«

Eve ignorierte Ians Kommentar und ging einmal um Peabody herum. »So müsste es auf alle Fälle funktionieren.«

»Der Klassiker«, erklärte Roarke.

»Was müsste funktionieren? Was für ein Klassiker? Ich will meine Jacke wieder haben.«

»Keine Chance. In diesem Aufzug werden Sie bei Milo klingeln, ich kann Ihnen versichern, dass er Ihnen öffnen wird.«

»Ach ja?«

»Jungfrau in Nöten, stimmt's?«, wandte sich Eve an Roarke.

»Eine höchst verführerische Jungfrau«, stimmte er ihr zu. »Das ist wirklich clever, Lieutenant.«

»Oh, verstehe. Ich soll so tun, als wäre ich in Schwierigkeiten, ganz allein und unbewaffnet bei ihm klingeln und vollkommen harmlos tun, damit er aufmacht, um zu sehen, ob er mir helfen kann. Am besten machen Sie das selbst«, sagte sie zu Eve.

»Sie sind die mit den dicken Brüsten, es ist nun einmal so, dass Männer unglaublich auf Brüste stehen.«

»Das klingt ein wenig harsch«, bemerkte Roarke. »Aber trotzdem ist es wahr.«

»Außerdem sind Sie erwiesenermaßen der Typ Frau, auf den dürre, blasse Elektronikfuzzis stehen.«

»Auf jeden Fall«, bestätigte McNab.

»Vielleicht ziehen Sie noch einen kurzen Rock und irgendwelche Knöchelbrecher an. Irgendwer hier hat bestimmt so was dabei. Dann sieht er nur eine halb nackte Frau mit Riesentitten vor der Haustür stehen und denkt, dass dies sein Glückstag ist. Während er sich auf die Titten konzentriert, stürmen wir das Haus und nehmen ihn fest.«

»McNab, besorgen Sie die Schuhe und den Rock. Peabody, Sie malen sich an und machen sich das Haar. Erzählen Sie mir nicht, sie wüssten nicht, wie man das macht. Ich besorge währenddessen die Erlaubnis zur Durchsuchung seines Hauses und den Haftbefehl.«

Während sich die beiden in Bewegung setzten, rief sie wegen der Papiere bei Cher Reo an und wandte sich an Roarke. »Du weißt, wie diese Typen ticken. Also sag mir, wie wir es am besten angehen.«

»Gern.«

Innerhalb einer Stunde hockte Eve zwei Blocks vom Ziel entfernt in einem Van der elektronischen Ermittler und stellte mit Grabesstimme fest: »Wir haben keine Ahnung, ob der Kerl zu Hause ist.«

Sie hasste es, wenn sie im Ungewissen war, deshalb fügte sie hinzu: »Wenn Peabody dort klingelt und er ihr nicht aufmacht, weil er entweder nicht da ist oder nicht auf ihre Masche reinfällt, gehen wir rein.«

»Aber dann brauchen wir knapp zwei Minuten, um zu gucken, ob es dort Sprengfallen oder etwas in der Richtung gibt. Außerdem zerstören die Geräte, die dort rumstehen, sich im Falle eines Einbruchs sicher automatisch selbst«, rief Roarke ihr in Erinnerung.

»Du kriegst die zwei Minuten, aber wir gehen rein.«

»Ich setze mein Geld auf Peabody«, meinte McNab, der wie gebannt auf seinen Bildschirm sah. »Sie sieht einfach *fantastisch* aus.«

»Nach allem, was wir wissen, fährt er vielleicht auch auf Ihren oder deinen Typ ab«, sagte Eve zu ihm und Roarke. »Aber erst einmal versuchen wir es mit dem Klassiker. Sobald er aufmacht, geht es los. Roarke und McNab schließen den Scan des Hauses gerade ab. Verstanden, Peabody?«

»Verstanden.«

»Baxter?«

»Alles klar.«

»Dann fahren Sie jetzt los.«

»Wahnsinn!«, juchzte Peabody, während das Dröhnen eines leistungsstarken Motors durch die Lautsprecher im Lieferwagen drang. »Der Wagen ist einfach der Hit!«

»Bemühen Sie sich trotzdem um ein möglichst trauriges Gesicht.«

»Ich kämpfe mit den Tränen, weil mein Freund so fürchterlich gemein zu mir ist.«

Mit einem Lachen in der Stimme meinte Baxter: »Wir drehen eine Runde um den Block und haben das Ziel im Blick.«

»Alle anderen bleiben erst einmal auf Abstand«, befahl Eve. »Sie braucht ein bisschen Raum und Zeit. McNab, wir fahren eine Idee näher ran.«

Auf sein Signal hin fädelte der Van sich unauffällig in den fließenden Verkehr.

Direkt vor Milo Eastons Haus lenkte Baxter seinen Wagen an den Straßenrand und machte für den Fall, dass Milo auf die Straße sah, ein grimmiges Gesicht. »Wir sind am Ziel«, erklärte er, als Peabody die Zähne bleckte und beleidigt das Gesicht verzog.

»Dann bieten Sie ihm was«, wies Eve die beiden an.

»Sorry, Peabody.«

Er packte sie, sie setzte sich zur Wehr, und während einiger Minuten rangen sie auf dem Vordersitz.

»Sorry, Baxter«, meinte dann auch sie und tat, als schlüge sie ihm kraftvoll ins Gesicht, bevor sie mit Tränen in den Augen ohne Handtasche und Jacke aus dem Wagen auf die Straße stürzte und sich zitternd ihre Arme um den Oberkörper schlang.

»Du bist ein Riesenarsch mit einem viel zu kleinen Schwanz«, schrie sie, und Baxter reckte einen Mittelfinger aus dem offenen Fahrerfenster, ließ den Motor seines Wagens aufheulen und schoss davon.

Wie besprochen stolperte ihm Peabody auf ihren hochhackigen Schuhen ein paar Meter hinterher. »Komm zurück, du Wichser. Du hast meine Tasche und mein Handy!«

Sie tat, als knicke sie mit einem ihrer Knöchel um und humpelte den Weg zurück, den sie gekommen war.

»So ist es recht«, erklärte Eve, als sie sie auf dem Bildschirm sah. »Angefressen und etwas verzweifelt. Ich Arme. Was soll ich jetzt machen? Ja, genau, entdecken Sie das Haus und drücken ohne nachzudenken auf den Klingelknopf, weil Ihnen schließlich irgendjemand helfen muss.«

Mit vor Aufregung und Panik wild klopfendem Herzen zwang sich Peabody, die Sache durchzuziehen. Du darfst es nicht vermasseln, Gott, du darfst es nicht vermasseln, sagte sie sich streng.

Sie betätigte die Klingel, während sie so tat, als sähe sie sich suchend nach der Gegensprechanlage um. »Hallo«, stieß sie mit rauer und verführerischer Stimme aus. »Ist jemand zu Hause? Hallo. Bitte machen Sie mir auf. Ich bin in Schwierigkeiten. Können Sie mir helfen?« Sie drehte sich in Richtung Kamera, ließ ein paar Tränen über ihre Wangen kullern und streckte die Brust heraus. »Hallo? Darf ich mal Ihr Telefon benutzen? *Bitte.* Es ist furchtbar kalt.«

Sie brauchte längst nicht mehr zu tun, als ob sie zittern würde, und sie spürte, dass auch ihre Nippel in Habt-Acht-Stellung gegangen waren, aber vielleicht stellte sie die Mädchen ganz umsonst zur Schau, weil er gar nicht zu Hause war.

»Es ist so kalt, und ich stehe hier ohne Jacke, weil mein Freund einfach mit meinen ganzen Sachen abgehauen ist. Kann mir irgendjemand helfen?«

»Wie sollte er ihr jemals widerstehen?«, fragte McNab. »Wenn er ihr nicht aufmacht, ist er ganz bestimmt nicht da.«

»Geben Sie ihr noch ein bisschen Zeit.« Noch einen Augenblick, sagte sich Eve, bevor die beiden Männer die Genehmigung bekämen, sich aus sicherer Entfernung in der Bude umzusehen.

»Da. Sehen Sie das, Ian?«, fragte Roarke.

»Ja.« Der elektronische Ermittler nickte mit dem Kopf. »Er ist also doch im Haus.«

»Woher wisst ihr das?«, erkundigte sich Eve.

»Weil er sie gerade überprüft.« McNab klopfte auf seinen Monitor.

»Kann er uns ebenfalls entdecken?«

»Nein. Wir fliegen unter dem Radar und sehen für ihn wie ein normales Fahrzeug aus.«

»Trotzdem kann sie nicht mehr ewig weiterklingeln. Peabody, Sie müssen tun, als ob Sie aufgeben. Wenden Sie sich ab, setzen Sie sich auf die Treppe und heulen ein bisschen rum.«

»Was soll ich nur machen?« Schniefend wischte Peabody sich eine Träne unter einem Auge fort. »Ich habe keine Ahnung, was ich machen soll.« Sie wandte sich zum Gehen, und als die

Gegensprechanlage plötzlich leise summte, zwang sie sich so zu tun, als hätte sie es nicht gehört, und machte einen Schritt in Richtung Bürgersteig.

»Was ist denn los?«

»Oh, Gott sei Dank.« Eilig drehte sie sich wieder um und dachte gerade noch im letzten Augenblick daran, etwas zu hinken, als sie wieder vor die Gegensprechanlage trat. »Hallo! Hallo! Bitte, können Sie mir helfen? Mein Freund ist einfach abgehauen und hat meine Tasche mitgenommen, in der mein Geld, mein Handy und auch alle meine anderen Sachen sind. Es ist so furchtbar kalt. Könnte ich vielleicht kurz reinkommen und Ihr Telefon benutzen? Ich könnte meine Freundin Shelly anrufen und sagen, dass sie mich hier abholen soll.«

»Wer sind Sie?«

»Oh, ich heiße Dolly. Dolly Darling. Ich bin Tänzerin im Kitty Kat, drüben in der Harrison. Kennen Sie den Laden? Er ist wirklich nett. Echt elegant. Shelly hat die Tagschicht, deshalb könnte sie bestimmt vorbeikommen und mich abholen, wenn ich kurz bei Ihnen warten darf. Das Schwein hat sogar meine Jacke mitgenommen, es ist entsetzlich kalt.«

»Haben Sie sich mit ihm gestritten?«

»Ich habe rausgefunden, dass er mich betrogen hat, und zwar mit meiner bisher besten Freundin. Warum hat er das getan? Warum ist er so gemein zu mir?« Sie zog ihren wie sie hoffte schönsten Schmollmund, atmete tief durch und stellte ihre Brüste möglichst vorteilhaft zur Schau.

»Ich war immer total nett zu ihm. Ich habe *alles* für den Kerl getan. Schätzchen, bitte. Mir ist furchtbar kalt. Vielleicht könnten Sie mir eine Jacke borgen oder so. Nur als kurze Leihgabe. Sie kriegen auch etwas dafür. Ich könnte Ihnen einen blasen oder so. Ich habe die Lizenz dafür. Auch wenn ich sie gerade nicht bei mir habe, weil der blöde Mickey meine Tasche mitgenommen hat.«

Ihr war tatsächlich kalt, erkannte Peabody und presste ein paar dicke Tränen hervor.

Dann hörte sie das Summen des Türöffners und hob den Kopf. »Machen Sie mir auf? Oh, danke! Tausend Dank! Dafür schulde ich Ihnen einen riesigen Gefallen.«

Die Tür ging einen Spalt weit auf, und Peabody und die Kollegen konnten Milo erstmals aus der Nähe sehen.

Irgendwann nach Aufnahme des letzten Passbilds hatte er sein Kinn verbreitern und sich einen schmalen Streifen sandfarbenen Haars dort wachsen lassen, der Blick seiner gespenstisch grünen Augen wanderte ein ums andere Mal zu Peabodys phänomenalen Vorbauten. Zu langen Dreadlocks in den Farben eines Regenbogens trug er eine kürbisfarbene Schlabberhose unter einem T-Shirt in den Farben eines Sonnenaufgangs, das genau wie bei McNab um einen dürren Körper hing.

»Hi«, stieß Peabody mit atemloser Stimme aus und lächelte die unheimlichen Augen an. »Ich bin Dolly! Ihre Haare sind echt toll! Sehen wirklich super aus. Könnte ich vielleicht für zwei Minuten reinkommen? Ich bin total durchgefroren. Sehen Sie?«

Sie streckte eine ihrer leeren Hände aus und atmete erneut tief durch, als er sie nahm. »Oh, wie warm Sie sind. Und dazu noch echt süß. Bitte, könnte ich kurz reinkommen und Ihr Telefon benutzen? Ich verspreche Ihnen, nicht zu beißen, außer wenn Sie darauf stehen.«

»Na klar. Wir finden sicher einen Weg, auf dem Sie sich erkenntlich zeigen können.«

Er machte einen Schritt zurück, Peabody trat durch die Tür und baute sich so vor ihm auf, dass er sie offen stehen lassen musste, während sie mit einem leisen Schmerzensschrei nach ihrem Knöchel griff. »Au! Ich habe mir den Fuß vertreten, als ich diesem *Wichser* nachgelaufen bin.«

»Vielleicht sollten Sie sich erst mal hinlegen.«

Sie kicherte und pikste ihm mit ihrem Zeigefinger in die Brust. »Vielleicht könnten Sie mich ja ein bisschen ... wärmen, bevor ich Shelly anrufe«, schlug sie ihm mit verführerischer Stimme vor.

»Dann fange ich am besten sofort damit an.« Er griff nach ihrer linken Brust, lächelnd schob sie sich an ihn heran ...

... und presste ihn mit dem Gesicht gegen die Wand.

»Dann willst du's also auf die harte Tour?«, setzte er an.

»Die Party ist vorbei.« Eve trat neben ihre Partnerin und drehte ihm die Arme auf den Rücken. »Milo Easton, Sie sind festgenommen. Wir haben jede Menge Fragen, Sie kommen zunächst mit auf das Revier. Am besten klären Sie Milo jetzt über seine Rechte auf, Peabody, und wir anderen sehen uns währenddessen seine elektronischen Geräte an.«

»Sie können nicht einfach hier hereinkommen. Sie haben nicht das Recht, sich meine Computer anzusehen. Sie dürfen nicht ...«

»Oh doch, ich kann und darf und werde«, antwortete Eve. »Sie sind am Arsch, Milo. Nehmen Sie die Bude auseinander«, wandte sie sich an McNab.

»Ich kann es kaum erwarten«, meinte er, doch vorher nahm er sich die Zeit und hüllte Peabody in eine Jacke ein.

»Die Kollegen von der Trachtengruppe sollen ihn auf die Wache bringen«, sagte Eve zu ihrer Partnerin. »Dort kann er schon mal eine Zeit lang schmoren, bevor wir ihn uns vorknöpfen.«

Nachdem Peabody Milo über seine Rechte aufgeklärt hatte, verfolgte Eve, wie die Uniformierten ihn sich schnappten, um ihn aus dem Haus zu führen, und stellte lächelnd fest: »Und das alles wegen eines Tittenpaars.«

»Das zugegebenermaßen äußerst reizvoll ist«, erklärte Roarke.

Sie schüttelte den Kopf. »Ihr Männer seid doch alle gleich. Trotzdem wette ich, dass du dir jetzt, statt weiter Brüste anzugaffen, vor allem die Computer dieses Kerls ansehen willst.«

»Du könntest mich nicht mal mit deinen wunderbaren Brüsten von hier fortlocken, bevor ich alles durchgegangen bin.«

»Wetten doch?«, fragte sie ihn, ließ ihn dann aber einfach stehen.

In ihrem Wagen drehte sie erst einmal die Heizung auf, als Peabody sich auf den Sitz an ihrer Seite fallen ließ.

»Oh Gott. Wie wunderbar. Ich habe mir da draußen echt den Hintern abgefroren.«

»Sie haben Ihre Sache wirklich gut gemacht, Dolly Darling.«

»Ich dachte einfach, dass es glaubwürdiger ist, wenn ich dem Typen erzähle, wer ich bin.«

»Eine Stripperin und lizensierte Bordsteinschwalbe, die von ihrem Freund mit Namen Mickey hintergangen worden ist.«

»Genau. Ich dachte mir, dann rechnet er sich Chancen bei mir aus. Ich meine, schließlich lege ich beruflich Männer flach. Die Geschichte von der Tänzerin fand ich nicht schlecht, denn schließlich träumt fast jeder Mann davon, Frauen dabei zuzusehen, wenn sie sich aus ihren Kleidern schälen. Dolly Darling ist mein Künstlername. Das hätte ich ihm noch erzählt, wenn er irgendwelche Einzelheiten hätte wissen wollen. Wie sieht es übrigens mit einem Bonus aus dafür, dass ich zugelassen habe, dass der Kerl mir an den Busen greift?«

»Ihr Busen gehört ebenso wie alles andere von Ihnen der New Yorker Polizei. Außerdem bin ich mir sicher, dass McNab Sie wie ein Rennpferd besteigen wird, sobald er die Gelegenheit dazu bekommt. Was ja wohl kein übler Bonus ist.«

»Sie haben in einem Satz von Ian und von Sex gesprochen.«

»Was ein zweiter Bonus ist.«

»Ich habe zu Hause ein Outfit, das zu Dolly passt. Das werde ich heute Abend anziehen und ...«

»Einen derart dicken Bonus haben Sie trotz allem nicht verdient. Er wird sich einen Anwalt nehmen. Wir haben ihn überrascht und aus dem Gleichgewicht gebracht, deshalb hat er nicht gleich nach einem Rechtsbeistand geschrien. Aber das holt er auf jeden Fall demnächst nach.«

»Wir haben genug gegen den Typen in der Hand, für einen Deal reicht es auf jeden Fall.«

»Ja. Wobei ein Deal für mich der letzte Ausweg ist. Am besten geben Sie erst mal dem Staatsanwalt Bescheid, dass wir ihn verhaftet haben und er baldmöglichst von uns vernommen wird. Ich hoffe, dass uns das Phantombild unseres Schlägers weiterbringt, denn sobald wir einen Namen haben, brauchen wir mit Milo keinen Deal mehr einzugehen.«

»Uns bleibt nicht viel Zeit, bis uns die Bundespolizei den Fall abnimmt.«

»Wir haben noch bis morgen Abend«, antwortete Eve. »Entweder, wir haben den Fall bis dahin selber abgeschlossen, oder aber wir beziehen die Feds mit ein.«

Natürlich wollte sie die Arbeit selbst zu Ende bringen, dachte Eve, als sie in Richtung des Verhörraums ging. Sie wollte ihren Täter selbst der Staatsanwaltschaft präsentieren.

Sie betrat den Raum mit ihrer Partnerin, die wieder eine Jacke über der züchtig zugeknöpften Bluse trug. »Lieutenant Eve Dallas und Detective Delia Peabody vernehmen Milo Easton. Na, wie stehen die Aktien, Milo?«, fragte sie ihn gut gelaunt.

»Ich habe Ihnen nichts zu sagen.«

»Heißt das, Sie wurden vorschriftsmäßig über ihre Rechte aufgeklärt und sind sich dieser Rechte und Ihrer Verpflichtungen bewusst?«

»Verdammt, ich kenne meine Rechte und verlange einen Anwalt. Ohne einen Anwalt sage ich kein Wort.«

»In Ordnung, kein Problem. Trotzdem kriegen Sie noch einen gut gemeinten Rat. Es heißt, dass Ihr ... Klient dabei ist, seine Spuren zu verwischen, deshalb sollten Sie sich gründlich überlegen, welchen Rechtsbeistand Sie in die Sache einbeziehen wollen. Denn falls der Anwalt mit Ihrem Klienten in Kontakt steht, hätten wir uns auch die Mühe sparen können, Ihren Knochenarsch zu retten.«

»Meinen Arsch zu retten?«, fauchte er erbost. »Halten Sie mich für blöd?«

»Man sagte mir, auf dem Gebiet der Elektronik wären Sie echt gewieft. Ob das auch auf Ihre Menschenkenntnis zutrifft, weiß ich nicht. Sie sind der letzte Faden, den er noch durchtrennen muss, obwohl Sie sich in ihrer Festung vor dem Kerl verschanzen, bin ich sicher, dass er Sie dort irgendwann erwischen wird. Das ist uns schließlich auch gelungen, und im Grunde war es gar nicht schwer.«

Schnaubend lehnte Milo sich auf seinem Stuhl zurück. »Anwalt.«

»Also gut.« Sie wandte sich an ihre Partnerin. »Dann informieren Sie den Staatsanwalt, dass Milo einen Anwalt nimmt und er sich die Mühe eines Deals ersparen kann. Lassen Sie Milo seinen Anruf tätigen, bringen ihn dann wieder in die Zelle und erklären den Kollegen, dass sie ihn rund um die Uhr bewachen sollen. Es soll schließlich niemand sagen, wir hätten nicht alles in unserer Macht Stehende getan, um ihn am Leben zu erhalten, während er in unserer Obhut war.«

Eve hätte schwören können, dass sich seine Gedanken überschlugen oder in seinem Fall, dass die Hauptplatine heiß lief, als sie sich von ihrem Platz erhob. »Sie können eine ganze Flotte Rechtsbeistände nehmen, Milo, trotzdem kommen Sie nicht ungeschoren davon. Mit den Beweisen, die wir haben, wandern Sie auf jeden Fall für mehrere Jahrzehnte in den Kahn. Und das allein aufgrund der Dinge, die in Ihrem Haus gefunden worden sind. Wenn man dazu noch Betrug, Steuerhinterziehung, Geldwäsche, Veruntreuung und das Fälschen von Bilanzen nimmt, sind Sie ein gebrochener, alter Mann, bis man Sie wieder aus der Haft entlässt.«

»Sie haben gar nichts in der Hand. Auf meinen Computern werden Sie nichts finden, und den ganzen anderen Blödsinn haben Sie sich doch nur ausgedacht.«

»Vielleicht sind Sie ja doch nicht ganz so clever, wie behauptet wird. Wir werden nichts finden? Meine Güte, Milo, wir haben *Sie* gefunden, oder etwa nicht? Ich wette, mindestens die Hälfte des Equipments, das in Ihrem Haus steht, wurde von Roarke Industries entworfen und hergestellt. Es ist Roarke persönlich, der Ihr Spielzeug gerade auseinandernimmt.«

Befriedigt registrierte sie, dass Milo schlucken musste, als der Name ihres Mannes fiel.

»Bilden Sie sich ernsthaft ein, dass Sie der Beste sind? Ich bitte Sie. Sie sind nicht halb so gut wie er. Also rufen Sie ruhig Ihren Anwalt an, dann wandern Sie alleine in den Knast und bringen dort gut und gerne achtzig Jahre ohne auch nur einen Handcomputer zu. Aber schließlich wollen Sie keinen Deal.«

Sie wandte sich zum Gehen.

»Warten Sie.«

»Ich habe noch zu tun, Milo.«

»Bevor ich mich entscheide, will ich wissen, was für einen Deal Sie anzubieten haben.«

»Ich soll also meine Karten ausspielen, ohne dass ich einen Blick in Ihre Karten werfen kann? Vergessen Sie's.«

Inzwischen hatte sie die Tür erreicht.

»Woher weiß ich, dass Sie mich nicht nur verarschen?«

»Ach, Milo, wir haben Sie kalt erwischt. Ich habe es nicht nötig, Sie zu verarschen«, gab sie zurück.

»Warum brauchen Sie dann einen Deal?«

»Ich persönlich würde Ihnen lieber keinen Deal anbieten, doch der Staatsanwalt will alles möglichst schnell über die Bühne bringen, um dem Steuerzahler unnötige Kosten zu ersparen. Sie sind der kleinste Fisch und deshalb wäre er bereit, mit Ihnen nachsichtig zu sein, wenn er dafür handfeste Beweise gegen die Person bekommt, die hinter dieser ganzen Sache steckt. Alexander braucht Sie jetzt nicht mehr, das wissen Sie genauso gut wie ich. Aber Sie können die Chance nutzen, die Ihnen jetzt noch geboten wird.«

»Hören Sie, der Betrug, die Unterschlagungen und dieser ganze Mist gehen nicht auf meine Kappe. Alexander hat mich einfach engagiert, um mich in seine eigenen Unterlagen einzuklinken, die auf den Computern dieses Wirtschaftsprüfungsunternehmens sind. Aber, verdammt, es sind seine eigenen Bücher, oder nicht? Es ist ja wohl seine Sache, wenn er die eigenen Bücher fälschen will.«

»Anwalt oder nicht, Milo?«

»Lassen Sie uns diese Sache vorher klären. Das kriegen wir auch ohne Anwalt hin.«

»Die Entscheidung liegt bei Ihnen. Das Fälschen seiner eigenen Bücher, das heißt, die Veruntreuung von Geldern, Geldwäsche und der Betrug an anderen Parteien sind verboten, Milo. Da er Sie dafür angeheuert und bezahlt hat, haben Sie sich mitschuldig gemacht. Das heißt, dass Sie ernsthaft in der Bredouille sind.«

»Und wenn ich Ihnen Beweise liefere?«

»Wie soll das gehen?«

»Ich lege immer Sicherungskopien von allen Sachen an und habe deshalb auch Kopien der Dateien, die er mich hat zerstören lassen. Wissen Sie, ich weiß auch immer gern, womit genau ich es zu tun habe, und habe mich deshalb in die Computer seines Unternehmens eingehackt und mir sämtliche Namen, Verträge und vor allem die Finanzen angesehen. Was Ihnen sicher weiterhelfen wird.«

»Wo haben Sie alle diese Daten?«

Milo rutschte unruhig auf dem harten Plastikstuhl herum. »Was haben Sie mir für einen Deal zu bieten? Was springt dabei für mich raus?«

»Wenn Sie mir handfeste Beweise liefern, die zur Festnahme und zur Verurteilung von Sterling Alexander wegen Mordes führen, verfolgt der Staat New York die Anklagen gegen Sie wegen Betrugs, Veruntreuung und Geldwäsche oder der Beihilfe dazu nicht weiter«, sagte Eve ihm zu.

»Was ist mit der Cyberkriminalität und mit den Sachen, die in meinem Haus gefunden worden sind?«

»Jetzt werden Sie ein bisschen gierig, finden Sie nicht auch? Ich habe Ihnen gerade fünfzig Jahre Haft erspart.«

»Los. Ich biete Ihnen Alexander und all seine Schweinereien auf einem silbernen Tablett. Er hat Briefkastenfirmen auf der ganzen Welt und begeht Internet- und Immobilienbetrügereien im großen Stil. Ich liefere Ihnen einen wirklich dicken Fisch. Wie ist es also damit? Ich sage umfassend gegen Alexander aus, und dann tauche ich ab.« Er breitete die Hände aus und machte ein puffendes Geräusch.

»Das liegt nicht in meiner Macht«, erklärte Eve und hob gleichmütig die Schultern an. »Vielleicht könnte ich den Staatsanwalt dazu bewegen, dass er einen Teil der Anklagen gegen Sie fallen lässt.«

»Alexander ist der Typ, auf den wir's abgesehen haben«, warf Peabody ein. »Vielleicht könnten wir ja dafür sorgen, dass der Hauptbelastungszeuge einfach ein paar Jahre Hausarrest bekommt.«

»Meine Güte, Peabody.« Eve raufte sich gespielt frustriert das Haar. »Da können wir ihn auch gleich laufen lassen.«

»Geben Sie uns ein Zeichen Ihres guten Willens«, bat Peabody den Mann. »Sie haben handfeste Beweise gegen Alexander in der Hand. Ersparen Sie uns Zeit, Mühe und Geld und überlassen Sie uns einen Teil davon. Davon dürfte auch der Staatsanwalt beeindruckt sein. Dallas?«

»Ja, ja, sicher wird er das. Verdammt.« Sie atmete geräuschvoll ein und wandte sich dann wieder Milo zu. »Ich werde auf Hausarrest für Sie plädieren. Wegen der Hackerangriffe auf Brewer und der Sachen, die in Ihrem Haus waren und bei denen es um andere Leute als um Alexander ging. Aber geben Sie mir was, womit ich mich für Sie verwenden kann.«

»In meinem Keller gibt es einen Raum, in den man nur mit meinem Hand- und Stimmabdruck und nach Einlesen meiner Retina gelangt. Sie müssen mich dorthin zurückbringen, sonst bekommen Sie die Tür nicht auf.«

Eve dachte an Roarke und stellte lächelnd fest: »Das werden wir ja sehen. Peabody.«

»Okay.«

»Detective Peabody verlässt den Raum«, erklärte Eve und wandte sich erneut dem Maulwurf zu. »Also gut, Milo. Nachdem wir das geklärt haben, erzählen Sie mir jetzt, was es mit den drei Morden auf sich hat.«

20

Eve ließ ihm einen Augenblick, um seinen Schrecken zu verdauen, während er ihr mit offenem Mund und einem schmalen Streifen blonden Haars am Kinn gegenübersaß.

»Mord, Milo. Sie wissen schon, die illegale Tötung eines andern Menschen. Wie zum Beispiel Marta Dickenson.«

»Ich habe sie nicht umgebracht. Ich habe weder sie noch sonst wen umgebracht. Ich habe mich in ihren Computer eingeklinkt, okay? Das habe ich doch schon gesagt. Das war der Deal.«

»Genau. Jetzt geht es um das hier.« Sie schob ihm ein Bild der toten Frau über den Tisch.

»Das war ich nicht.« Er schob das Foto wieder fort. »Ich habe sie nicht *angerührt.* Wenn Sie mir das in die Schuhe schieben wollen, sage ich jetzt gar nichts mehr.«

»Das können Sie natürlich halten, wie Sie wollen«, tat sie seine Drohung achselzuckend ab. »Wobei auch hier gilt, dass ich Ihnen, wenn Sie nicht den Mund aufmachen oder mich belügen, nicht mehr helfen kann. Wenn Sie mir erzählen, Sie wären nicht dabei gewesen und Sie wüssten nichts davon, lasse ich Sie sofort wieder in die Zelle bringen und führe das Verhör erst nach der Gegenüberstellung fort.«

»Wovon reden Sie? Was für eine Gegenüberstellung?«

»Die Gegenüberstellung mit der Zeugin, die Sie und Ihren Kumpel in dem Van – in *Ihrem* Van – am Abend des Mordes an Marta Dickenson vor Whitestones Wohnung hat stehen sehen. Himmel, Milo, denken Sie, wir hätten Ihren Namen aus dem Hut gezaubert? Wir haben eine Zeugin, die Sie dort gesehen hat.«

Wieder rutschte er auf seinem Stuhl herum und fuhr sich mit dem Handrücken über den Mund. »Ich habe niemanden getötet.«

»Aber Sie haben in Alexanders Auftrag mehrere Dateien gelöscht, die auf Marta Dickensons Computer waren. Sie und Ihr Van wurden außerdem zu der Zeit, als sie ermordet wurde, am Tatort gesehen. Vielleicht sollten Sie jetzt zuerst Ihren Anwalt kontaktieren, denn ich kann Ihnen versprechen, dass er Ihnen bestätigen wird, dass es für Sie nicht gut aussieht.«

»Ich habe niemanden getötet! Ja, okay, es war mein Van, aber ich bin nur gefahren.«

»Sie sind nur gefahren?«, wiederholte Eve in nettem Ton, während sie dachte: *So, du blöder Arsch, jetzt haben wir dich.*

»Genau. Ich habe nur den Van gefahren. Ich wusste nicht, dass sie getötet werden sollte. Ich habe nur den Van gefahren und sollte ihm helfen, in die Wohnung zu gelangen, falls der Zugangscode nicht funktioniert.«

»Welcher Zugangscode?«

»Der für die Wohnung, den uns Jake gegeben hat. Jake Ingersol. Alexander hatte mich nur dafür angeheuert, dass ich die beiden mit meinem Van dort hinbringe und die Tür aufmache, falls uns Ingersol den falschen Code gegeben hätte. Das war alles.«

»Verstehe, aber kehren wir trotzdem noch mal kurz zum Anfang dieser Angelegenheit zurück. Auf welche Weise wurden Sie von Alexander engagiert? Wie hat er Sie kontaktiert?«

»Das lief alles über Ingersol. Man kann nicht vorsichtig genug sein, deshalb arbeite ich nur auf Empfehlung, und ich hatte vorher schon verschiedene Aufträge von Ingersol bekommen.«

»Aha. Dann hat also Jake Ingersol den Kontakt zu Alexander hergestellt?«

»Genau. Die Geschäfte von den beiden liefen wirklich gut, aber Alexander wollte sie optimieren, weil er dachte, dass dabei noch mehr herauszuholen ist. Da kam ich ins Spiel. Ich habe Akten über potenzielle Zielpersonen oder Investorengruppen für sie erstellt. Habe die Finanzen dieser Leute überprüft und für sie rausgefunden, wo sie noch Geld investieren und wofür. Wenn die Leute nebenher etwas am Laufen hatten, haben wir uns an sie herangemacht.«

Das war ein Widerspruch, erkannte Eve, denn vorher hatte Milo ihr erklärt, mit den Betrügereien hätte er nichts zu tun gehabt. Um ihn noch weiter reinzureißen, fragte sie in beiläufigem Ton: »Um sie zu erpressen?«

»Ich habe niemanden erpresst.« Er hob abwehrend die Hände in die Luft. »So einen Scheiß mache ich nicht. Ich versorge meinen Kunden nur mit den Informationen, die er haben will. Was er dann damit macht, geht mich nichts an.«

»Verstehe«, meinte sie erneut. »Aber gründlich, wie Sie sind, haben Sie doch sicher festgehalten, wie er die Infos verwendet hat. Damit Sie selbst auf der sicheren Seite sind.«

»Wie gesagt, man kann nicht vorsichtig genug sein«, stimmte er ihr zu. »Ja, sicher hat er einigen der Zielpersonen die Daumenschrauben angelegt und sie noch etwas stärker bluten lassen, wenn sie nicht mehr mitspielen wollten, sich beschwert haben oder so. Weil er ein geldgieriger Bastard ist. Er hat sogar mal versucht, mir weniger zu zahlen als abgemacht.«

»Stell sich einer vor.«

»Einfach unglaublich, finden Sie nicht auch? Schließlich habe ich den Job echt gut gemacht, und er hat damit jede Menge Geld gescheffelt.«

»Davon bin ich überzeugt. Wie lange haben Sie für ihn gearbeitet?«

»Ein halbes Jahr. Ich habe nur gelegentlich ein paar Verbesserungsvorschläge gemacht.«

»Dann waren Sie bei den Betrügereien also mit von der Partie.«

Er blinzelte verwirrt. »Ich habe niemanden betrogen. Wie gesagt, ich habe nur ein paar Verbesserungsvorschläge gemacht.«

»Also gut. Sie haben ein paar Verbesserungsvorschläge gemacht und Alexander so geholfen, jede Menge Geld zu machen, bis er urplötzlich in Schwierigkeiten war. Wegen dieser Buchprüfung, die nicht mehr zu verhindern war.«

»Die wäre kein Problem gewesen, wenn Parzarri nicht im Krankenhaus gelandet wäre, bevor die verdammte Prüfung abgeschlossen war. Also kam ich wieder ins Spiel.« Milo beugte sich vertraulich zu ihr vor. »Er meinte, dass ich mich in den Computer dieser neuen Buchprüferin hacken und alle Dateien seines Unternehmens löschen soll, bevor sie einen Blick daraufwerfen kann. Ich dachte, dass sie nur die Unterlagen löschen und ein bisschen Druck auf sie ausüben wollten, damit sie die Klappe hält und tut, was man ihr sagt. Vielleicht hätten sie ihr was dafür bezahlen sollen, aber wie gesagt, er ist ein geldgieriger Schweinehund, der alles, was er hat, zusammenhält. Ich habe nur das Handy dieser Tante abgehört und mich in ihrem Computer umgesehen.«

»Und Sie haben den Van gefahren.«

»Ja, genau. Alexander hat mich manchmal auch für andere Sachen als fürs Hacken eingesetzt. Das hat mir nichts ausgemacht, denn schließlich hat er gut bezahlt. Ich habe also seinen Schläger zu diesem Büro gefahren, er hat die Frau dort einkassiert, und ich habe die beiden bei der Wohnung abgesetzt. Er hat die Tür der Wohnung mit dem Code problemlos aufgekriegt, ich brauchte also nur zu warten, bis er wiederkam. Sehen Sie? Ich habe niemals Hand an diese Frau gelegt. Ich saß die ganze Zeit in meinem Van.«

»In Ordnung, das macht Sinn. Aber erzählen Sie mir trotzdem ganz genau, wie alles abgelaufen ist.«

»Tja, nun, als sie hinten im Lieferwagen lag, hat sie ein bisschen Krach gemacht, Alexanders Schläger hat ihr daraufhin eine reingehauen. Hören Sie, das tut mir wirklich leid, aber solche Sachen kommen nun mal vor. Es ist schließlich eine harte Branche.«

»Klar.«

»Ich bin einfach nur gefahren, habe mir die Schlösser an der Tür der Wohnung angesehen, wir haben sie reingeschafft, und dann bin ich in meinen Van zurückgekehrt. Ich kann nicht sicher sagen, wie lange genau er mit ihr in dem Apartment war, weil ich die ganze Zeit an meinem Laptop saß, aber so lange wird es nicht gewesen sein.«

»Und dann?«

»Das war's. Der Typ hat nur gesagt, ich sollte ihn zurück zu Alexanders Firma fahren, also hab ich ihn dort abgesetzt, meinen Van in der Garage abgestellt, in der ich einen Dauerstellplatz habe, und bin mit dem Taxi heimgefahren.«

»Wer ist der Schläger?«

»Keine Ahnung.«

»Milo.«

»Ehrlich.« Wie zum Schwur hob er die rechte Hand. »Ich weiß es nicht und will's auch gar nicht wissen, denn er ist echt Furcht einflößend, ich hätte mich niemals getraut, ihn auszuspionieren. Und schließlich habe ich nicht gerade regelmäßig mit dem Kerl zu tun. Ich war ihm vorher höchstens ein-, zweimal begegnet, und nach dieser ganzen Sache will ich ihn nie wieder sehen.«

Obwohl Eve dazu neigte, ihm zu glauben, würde sie auf diesen Punkt zu einem anderen Zeitpunkt noch einmal genauer eingehen.

Erst einmal aber fragte sie: »Über Dickenson hat er kein Wort gesagt?«

»Er hat auch sonst kein Wort gesagt, außer, dass ich ihn zurück zu Alexanders Firma fahren soll. Er hatte ihre Aktentasche und – was ich ein bisschen seltsam fand – auch ihren Mantel mitgebracht. Aber ich dachte einfach, dass er sie zwingen wollte, ohne Mantel durch die Eiseskälte heimzulaufen, um dadurch den Druck noch etwas zu erhöhen. Dann hörte ich am nächsten Morgen, dass die Frau ermordet worden war. Es hieß, sie wäre überfallen worden, aber …«

»Ihnen war gleich klar, dass etwas anderes dahintersteckt.«

»Nun, natürlich war nicht auszuschließen, dass sie nach der Sache auf dem Heimweg noch mal überfallen worden war, aber ich hielt es für wahrscheinlicher, dass irgendetwas in der Wohnung schiefgelaufen war. Allerdings habe ich Alexander nicht danach gefragt. Denn er kann es nicht leiden, wenn man irgendwelche Fragen stellt.«

»Sie haben Alexander also nicht gefragt, warum Sie bei Brewer einbrechen, dort Dickensons Computer hacken und den Safe aufbrechen sollten, um die Unterlagen zu entwenden oder zu zerstören?«

»Das war ein ganz normaler Job.« Milo legte seine Hände auf den Tisch. »Sicher, manchmal muss man irgendwelche Fragen stellen, aber die Anweisungen waren klar. Ich habe versucht, ihm zu erklären, dass ich mich schon vorher um die Unterlagen kümmern könnte, aber die Gebühr dafür wollte er nicht bezahlen. Am Ende habe ich die Summe einfach bei der nächsten Rechnung draufgeschlagen, denn für diesen elendigen Geizhals arbeite ich sicher nicht umsonst.«

»Haben Sie ihn auch gefragt, warum Sie sich in den Computer und in die Security des Krankenhauses hacken sollten?«

»Ich hatte nur ein paar Routinefragen, damit ich den Job in Angriff nehmen konnte. Hören Sie, es war wie bei dieser Dickenson. Ich wusste nicht, dass sie Parzarri töten wollten. Bitte, weshalb hätten sie das auch tun sollen? Der Typ hat seine Arbeit schließlich wirklich gut gemacht.«

»Was dachten Sie denn, worum es geht?«

»Ich dachte, dieser Typ sollte Parzarri nur ein bisschen Angst machen und rausfinden, ob er mit irgendwem geredet hat. Schließlich war er ein paar Tage lang nicht zu erreichen, das hat Alexander Angst gemacht. Vor allem, nachdem Sie bei ihm waren. Mann, er war vollkommen außer sich.«

»Ach ja?«

»Allerdings, so wütend habe ich ihn nie zuvor erlebt. Also gut, ich werde Ihnen alles sagen. Ich werde umfänglich kooperieren.« Er bedachte sie mit einem treuherzigen Blick. »Ich hätte mich auch in Ihre Geräte hier auf dem Revier und zu Hause hacken sollen. Aber die Kisten sind so gut geschützt, dass das auf die Schnelle nicht zu machen war. Also habe ich mich bei der anderen Polizistin – wie heißt sie noch mal – umgesehen.«

»Detective Peabody.«

»Genau. Die Geräte der New Yorker Polizei sind ebenfalls

recht gut geschützt, aber nicht gut genug, als dass sie nicht zu knacken sind. Also habe ich das Handy dieser Polizistin angepeilt, deshalb wusste Alexanders Schläger, wo Sie beide an dem Mittag waren.«

»Aber Sie haben natürlich nicht gefragt, wofür er diese Info braucht.«

»Ich dachte mir, er wollte Ihnen etwas Angst einjagen oder so. Auch wenn das meiner Meinung nach echt dämlich war. Denn danach brauchten Sie nur eins und eins zusammenzuzählen, um zu wissen, wer dahintersteckt. Aber ich werde nicht dafür bezahlt, dass ich ihm irgendwelche Ratschläge erteile, also habe ich auch nichts zu ihm gesagt. Dieses kleine Kind zu werfen, war echt eiskalt, Mann. Das war wirklich uncool, wobei Ihnen ein toller Fang gelungen ist.«

»Danke. Aber erst noch mal zurück zu Chaz Parzarri, damit diese Sache abgeschlossen ist. Sie haben also die Flugdaten herausgefunden, nachgesehen, welche Sanitäter ihn dann in die Klinik fahren sollten, entsprechende Ausweise gefälscht und Nachrichten an die beiden geschickt, dass ihre Tour verschoben worden ist.«

»Genau, das war mein Job.«

»Dann haben Sie den Krankenwagen gefahren.«

»Das war echt der Hit«, stellte er grinsend fest. »Die Sirenen und das Blaulicht und dass man an keiner Ampel halten muss.«

»Aber während Sie gefahren sind, Milo, und den Kick genossen haben, wurde hinten der Patient erstickt.«

»Woher hätte ich das wissen sollen? Im Ernst, wenn man am Steuer eines Krankenwagens sitzt, muss man entsetzlich aufpassen.«

»Was dachten Sie, als Sie den Wagen und Parzarri in der Unterführung haben stehen lassen und mit Ihrem Van verschwunden sind?«

»Genau dasselbe wie bei Dickenson«, erklärte er, sah aber eilig fort. »Dass er ihm ein bisschen Angst gemacht hat und sonst nichts.«

Jetzt lügst du, dachte Eve. *Du elender, verlogener, jämmerlicher, kleiner Hurensohn.*

»Indem er ihn verletzt dort liegen lässt? Sie wussten schließlich nicht, dass er nicht mehr am Leben war. Sie dachten, dass er einfach nur verletzt alleine dort zurückgelassen wird. Sie haben also seinen Koffer eingepackt und sind dann weggefahren.«

»Ich wurde für das Hacken und die Fahrerei bezahlt. Das war alles, sonst war nichts. Ich hätte niemals etwas gesagt, denn Alexanders Muskelmann war irgendwie ... vollkommen aufgedreht. Das hat mir Angst gemacht. Von dort sollten wir weiter zu dem neuen Haus von WIN fahren, damit er mit Ingersol reden kann.«

»Nur reden, weiter nichts.«

»Was anderes hat man mir nicht gesagt. Ich habe Ingersol von unterwegs aus angerufen und erklärt, dass Alexander ein paar Einzelheiten klären will. Dass es wirklich wichtig wäre und er ihn in dem Apartment treffen soll. Aber vorher hat der Schläger mich noch einmal halten lassen. Das war nicht geplant, trotzdem habe ich's getan. Ich hätte mich mit diesem Kerl bestimmt nicht angelegt. Dann ist er in einen kleinen Handwerksladen spaziert, und ich habe eine Runde um den Block gedreht, was bei dem Verkehr etwas gedauert hat. Als ich zurückkam, stand er wieder auf dem Bürgersteig und hat auf mich gewartet. Er hatte eine Tüte aus dem Laden in der Hand. Was drin war, konnte ich nicht sehen. Vielleicht brauchte er ja ein Werkzeug oder so.«

»Wie man es in Handwerksläden kriegt.«

»Genau.«

Eve wartete einen Moment. »Und dann?«

»Tja, nun. Nach allem, was passiert war, hatte Whitestone in der Zwischenzeit den Zugangscode geändert, aber das System war immer noch dasselbe, also habe ich den Code im Handumdrehen geknackt. Dann habe ich ein Stück vom Haus entfernt geparkt, mir einen Kaffee geholt, mich wieder reingesetzt und weiter gearbeitet, bis mich der Typ zurückbeordert hat.«

Er befeuchtete sich seine Lippen mit der Zunge und fuhr fort: »Inzwischen war der Kerl mit richtiggehend unheimlich. Er wirkte nicht mehr aufgedreht, sondern total verrückt. Außerdem kam es mir vor, als röche er nach Blut. Natürlich bin ich mir nicht sicher, ob es tatsächlich so war, aber ich weiß genau, dass ich ihn schnellstmöglich zu Alexander fahren wollte, um dann meinen Van in der Garage abzustellen und heimzufahren. Ich sage Ihnen, ich hätte bestimmt nie wieder einen Auftrag angenommen, bei dem dieser Typ im Spiel gewesen wäre, nicht für alles Geld der Welt.«

»Diese Einsicht kommt ein bisschen spät, Milo.«

»Hören Sie, ich bin Hacker, aber ich habe noch keinem Menschen je auch nur ein Haar gekrümmt. Ich finde Informationen und, ja, okay, ich leite manchmal fremde Gelder um, aber mit Gewalt habe ich nichts am Hut.«

»Sie verkaufen nur Informationen an Leute, die Gewalttaten in Auftrag geben oder selbst begehen.«

»Es ist nicht mein Problem, was diese Leute mit den Infos machen.«

»Da irren Sie sich, Milo, denn den geltenden Gesetzen nach ist das auf alle Fälle Ihr Problem. Deshalb nehme ich Sie wegen Beihilfe zum Mord in drei Fällen fest.«

»Das können Sie nicht machen. Ich war nur der Fahrer, weiter nichts.«

Wahrscheinlich würde er das bis zum Ende seines jämmerlichen Lebens tatsächlich so sehen.

»Deswegen heißt es Beihilfe. Am besten schlagen Sie das Wort mal nach. Sie haben nur den Van gefahren, als Marta Dickenson gekidnappt und ermordet worden ist. Übrigens sind Sie auch wegen Entführung dran.«

»Aber ... was ...«, setzte er an, doch mehr brachte er vor Entsetzen nicht heraus.

»Vielleicht kann ja Ihr Anwalt vorbringen, dass Sie zu dem Zeitpunkt keine Ahnung hatten, dass die Frau getötet werden sollte, aber wie Sie selber zugegeben haben, wussten Sie, dass sie ermordet worden ist, deshalb sind Sie, wenn nicht wegen Beihilfe, zumindest wegen der Vertuschung einer Straftat dran. Statt zu uns zu kommen haben Sie den nächsten und den übernächsten Auftrag von denselben Leuten ausgeführt, keiner der Geschworenen wird Ihnen abkaufen, dass Sie so dämlich waren, nicht zu sehen, worin Sie da verwickelt sind. Sie haben immer wieder Wasser aus dem Brunnen geholt, obwohl Sie wussten, dass es giftig war, deshalb sind jetzt drei Menschen tot.«

In seinen Augen stiegen Tränen auf.

»Ich war kooperationsbereit. Ich habe ausgepackt.«

»Vielen Dank. Das haben Sie.« Mit diesen Worten stand sie auf.

»Sie haben mich belogen. Sie haben mich ausgetrickst. Sie ... Sie haben mich in eine Falle laufen lassen.«

»Nein, ja, nein. Obwohl ich bei Verhören lügen darf, habe ich das nicht getan. Wenn wir Sie nicht erwischt und festgenommen hätten, hätte Alexander seinen Schläger auf Sie angesetzt. Was heißt, dass Sie von uns gerettet worden sind. Weil Sie kooperiert haben, wird der Staat New York Sie wegen der Betrügereien, die Sie begangen haben, nicht belangen. Wobei ich allerdings nicht sagen kann, ob auch die Bundespolizei Ihnen gegenüber eine derartige Milde walten lassen wird.«

»Ich habe niemanden verletzt.«

»Gott, das glauben Sie tatsächlich.« Vielleicht hätte Eve deswegen Mitleid mit ihm haben sollen, aber das gelang ihr einfach nicht.

»Ich werde außerdem beim Staatsanwalt nachfragen, ob er wegen der Computerspionage einen Hausarrest statt eines Aufenthaltes im Gefängnis in Erwägung ziehen kann. Natürlich erst, nachdem Sie nach Verbüßen Ihrer Strafe wegen der drei Morde und der Strafe, die ein Bundesgericht wegen der Betrügereien über Sie verhängen wird, aus dem Knast entlassen worden sind. Ich weiß nicht, ob Sie überhaupt so lange leben werden, Milo, ich frage aber trotzdem gerne für Sie nach.«

Jetzt brachen sich die Tränen Bahn, mit rauer Stimme stieß er aus: »Verdammte Fotze.«

»Richtig. Danke für das Kompliment.« Sie öffnete die Tür zum Flur und winkte den Beamten, die dort standen, zu. »Bringen Sie ihn runter«, bat sie die Kollegen und zählte die verschiedenen Anklagen gegen den Maulwurf auf, während er laut nach seinem Anwalt schrie.

»Und lassen sie ihn seinen Anwalt kontaktieren, aber setzen Sie ihn irgendwo allein in eine Zelle, wo er keine Zugriffsmöglichkeit auf irgendwelche elektronischen Geräte hat. Wenn sein Anwalt auftaucht, informieren Sie auch ihn, dass während des Gesprächs mit dem Mandanten keine elektronischen Geräte zugelassen sind.«

In diesem Augenblick kam Peabody zurück.

»Sie waren so schön im Rhythmus, dass ich dachte, ich warte lieber draußen. Ich wollte ihn nicht ablenken. Also habe ich von nebenan aus zugesehen, damit ich im Notfall sofort reinkommen kann. Ich dachte nicht, dass Sie die Info brauchen, die gerade eingeganen ist. Sie sind inzwischen in dem Kellerraum und sehen sich die Geräte und Dateien an.«

»Das ging aber schnell«, bemerkte Eve, während sich Milo widerstrebend Richtung Gleitband zerren ließ.

»Was sicher daran liegt, dass unsere Männer besser sind als er.« Zufrieden lächelnd sah sie Milo hinterher, wurde dann aber sofort wieder ernst. »Er hat es wirklich nicht kapiert. Er hat nur den Van gefahren und die Infos ausgegraben, also kann er nichts dafür.«

»Das Geld und das Gefühl der Macht, das er als Hacker hatte, waren ihm so wichtig, dass er alle Skrupel über Bord geworfen hat. Gier, der Kick, etwas Verbotenes zu tun, und angeborene Dummheit. Darauf basiert der ganze Fall. Jetzt spreche ich besser erst mal mit dem Staatsanwalt.«

»Reo hat mit mir zusammen zugesehen, wie Milo sich von Ihnen an der Nase hat rumführen lassen, und spricht bereits mit ihrem Boss.«

»Gut. Dann spreche ich nachher einfach mit ihr. Und jetzt, verdammt noch mal, will ich endlich wissen, wer der Schläger ist. Wir brauchen diesen Kerl, bevor wir Alexander festnehmen.«

»Er würde uns doch sicher seinen Namen nennen oder nicht? Für einen Deal würde er uns den Kerl auf einem silbernen Tablett servieren.«

»Ich habe aber keine Lust auf einen Deal mit diesem widerlichen Snob, aber selbst wenn mir nichts anderes übrig bliebe, ginge unser Schläger nach der Festnahme von Alexander garantiert sofort auf Tauchstation. Genauso wird er reagieren, wenn er hört, dass Milo uns ins Netz gegangen ist. Die Medien dürfen also vorerst nicht erfahren, dass jemand verhaftet worden ist. Wenn wir einen der anderen zwei erschrecken, könnte es passieren, dass wir sie verlieren. Wir sollten also Alexander nicht mehr aus den Augen lassen, und falls wir den Eindruck haben, dass er sich verdünnisieren will, bringen wir ihn aufs Revier.«

»Dann schicke ich gleich zwei Beamte los«, erbot sich Ihre Partnerin und sah sie fragend an. »Glauben Sie, dass Milo wirklich keine Ahnung hat, wie Alexanders Schläger heißt?«, fragte Peabody erneut.

»Ich glaube, dass er ihm tatsächlich unheimlich ist. Und ich glaube, dass er seinen Namen gar nicht wissen wollte, damit er behaupten und vielleicht tatsächlich glauben kann, er hätte mit den Morden nichts zu tun. Er wusste nichts und kann deshalb nichts dafür.«

»Jetzt hat er bis zum Ende seines Lebens Zeit, um zu erkennen, dass das ein Riesenirrtum war«, ertönte Reos melodiöser Südstaatenakzent im Hintergrund, bevor die blonde Staatsanwältin aus dem Nebenzimmer des Verhörraums trat. »Sie haben ihn eben ganz schön vorgeführt.«

»Er kennt sich mit Computern, aber nicht mit Menschen aus.«

»Sie haben einen Teil meines Jobs gemacht. Eigentlich handeln wir die Deals in solchen Fällen aus.«

»Ich bin eben multitaskingfähig.«

»Was in diesem Fall für meinen Boss durchaus in Ordnung ist. Wegen der Betrügereien überlassen wir den Kerl der Bundespolizei. Wobei sie ihn im Gegenzug für eine umfängliche Aussage in dem Verfahren gegen Alexander vielleicht laufen lassen wird. Wann nehmen Sie den Typen fest?«

»Noch nicht. Ich brauche erst noch seinen Schläger, doch an dem bin ich inzwischen dran.«

»Dallas, den Hacker lässt das FBI vielleicht noch laufen, aber einen dicken Fisch wie Sterling Alexander lassen sie sich sicher nicht entgehen. Sie werden sich ihn holen, selbst wenn ihm die Verabredung zu den drei Morden dann nicht mehr bewiesen werden kann.«

»Ich bin schon an der Sache dran«, erklärte Eve erneut. »Wenn es mir bis morgen nicht gelingt, seinen Schläger wegen der drei Morde festzunehmen, habe ich noch einen Notfallplan.«

»Ich bin ganz Ohr.«

»Am besten kommen Sie mit in mein Büro, weil ich noch die Gesichtserkennung checken will.«

»Sind Sie bereit für morgen?«, fragte Reo sie ihm Gehen.

»Ich habe doch gesagt, ich habe einen Notfallplan.«

»Ich meine die Premiere. Selbst in Ihrem Job muss man mitunter eine Pause machen.«

»Nicht, wenn man die Arbeit mit dem Freizeitspaß verbinden kann.«

In ihrem Büro erklärte Eve der Staatsanwältin ihren Plan, während diese eine Wasserflasche in Größe eines Babyelefanten, die sie immer bei sich hatte, aus der Handtasche zog.

»Sie glauben allen Ernstes, dass der Kerl Sie bei einem gesellschaftlichen Großereignis vor den Augen Hunderter von Menschen umbringen will?«

»Ich glaube, dass er denkt, dass ich zu der Premiere gehen werde, um mich dort im Glanze meines Ruhms zu sonnen, und deshalb gedanklich nicht bei ihm und der Gefahr, die von ihm ausgeht, bin.«

»Dann hat er keine Ahnung, wie Sie ticken, denn Sie sonnen sich niemals im Glanze Ihres Ruhms und schalten niemals völlig ab.«

»Er orientiert sich nur an seiner eigenen Wahrnehmung, und die wurde durch all die Filme von dem Baby, das ich aufgefangen habe, von dem Interview, das ich Nadine gegeben habe, und dem ganzen Medienrummel wegen der Premiere nachhaltig getrübt. Mira ist der festen Überzeugung, dass er mich eliminieren muss, weil er erst dann mit sich zufrieden ist, und weil sein Spaß an der Gewalt mit jedem der drei Morde zugenommen hat. Wobei ich ihr nicht widersprechen kann.«

»Aber bei dem Einsatz könnte etwas schiefgehen, Dallas.«

»Das ist immer drin, lassen Sie uns einfach dafür sorgen, dass es nicht für uns, sondern für ihn schiefläuft. Wir werden ihn und Alexander festnehmen und wegen der Verabredung zu Mord sowie Betrugs im großen Stil drankriegen, was die Feds zu Ihren besten Freunden machen wird.«

»Dann geben seine Helfer sicher Fersengeld, aber ich schätze, dass die Bundespolizei sie früher oder später finden wird.«

»Wobei Milos Daten sicher hilfreich sind. Dafür werden uns die FBIler etwas schuldig sein.«

»Davon sollte man zumindest ausgehen, auch wenn sie das wahrscheinlich etwas anders sehen, kann ich sie auf jeden Fall daran erinnern, wenn es irgendwann in Zukunft einmal nötig ist.«

Sie blickte auf Eves Bildschirm, auf dem das von Yancy angefertigte Phantombild neben den durchlaufenden Gesichtern Hunderter von Militärs, Polizeibeamten sowie Mitgliedern von Wachschutzunternehmen abgebildet war. »Ist das der Kerl?«

»Das ist, was wir bisher von ihm haben. Yancy denkt, dass er ihn ziemlich gut getroffen hat, aber wir gleichen dieses Bild jetzt schon seit Stunden mit den Bildern unserer Gesichtserkennung ab, ohne dass bisher etwas dabei herausgekommen ist.«

»Dann hoffe ich, dass es in Bälde einen Treffer geben wird, denn ich werde mich morgen deutlich besser amüsieren, wenn ich weiß, dass in dem Kino kein durchgeknallter Auftragskiller auf der Lauer liegt.«

»Ich weiß nicht. Wenn es dort zum Showdown käme, wäre zumindest wirklich etwas los.«

»Das sehen auch nur Sie so«, stellte Reo lachend fest und wandte sich zum Gehen. »Ich werde sehen, ob Milo seinen Anwalt angerufen hat und dann …«

Als Eves Computer piepste, brach sie ab.

Bei der Gesichtserkennung wurde eine 95,8 prozentige Übereinstimmung entdeckt.

»Anscheinend haben Sie mir Glück gebracht«, wandte sich Eve der Staatsanwältin zu. »Falls ich je nach Vegas fliege, nehme ich Sie mit.«

»Er ist es ganz bestimmt.« Reo sah sich noch einmal das Phantombild links und dann das Passbild auf der rechten Seite von Eves Bildschirm an. »Clinton Rosco Frye.«

»Dreiunddreißig Jahre, Leibwächter. Oh ja, genauso nennt man das. Er ist angeblich Freiberufler und gibt Alexander nicht als seinen Arbeitgeber an.« Eilig las sie weiter und nickte zufrieden mit dem Kopf. »Ich *wusste* es. Hier, sehen Sie? Er hat Football gespielt. Das ist inzwischen zwar acht Jahre her, und er war auch nicht gerade in der Profiliga, aber trotzdem wusste ich, dass er so einen Sport getrieben hat. Außerdem war er zwei Jahre lang beim Militär und dann vier Jahre bei den Patrioten von Montana, einem paramilitärischen Verein.«

»Er ist direkt von der Highschool zur Armee und von dort aus direkt weiter zu diesem Verein gezogen, der, wie ich hier lese, als verrückte Randgruppe verschrien ist«, meinte Reo, während sie auf ihren Handcomputer zeigte. »Während seiner Freizeit hat er sich mit Footballspielen vergnügt. Wie wird ein solcher Mensch plötzlich zum selbstständigen Bodyguard und Auftragskiller?«

»Für die Profiliga hat's bei ihm als Sportler offenkundig nicht gereicht, nachdem er es vielleicht beim Militär und Paramilitär ebenfalls vermasselt hat, hat er seinen Körperbau genutzt und sein Glück als Leibwächter versucht. Dabei hat er einen Kunden aufgetan, der gut dafür bezahlt, dass er neben der eigentlichen Arbeit hin und wieder anderen etwas auf die Mütze gibt. Irgendwann ist es dann eskaliert. Sehen Sie, er hat schon öfter gegen das Gesetz verstoßen, und es ging in allen Fällen um Gewalt. Tätlicher Angriff, Körperverletzung und Beschädigung von fremdem Eigentum. Er ist dafür nicht eingefahren, sondern hat nur ein paar Geldstrafen bezahlt, Sozialstunden geleistet und ein schwachsinniges Antiaggressionstraining gemacht. Mit Drogen oder Alkohol hat er anscheinend nichts am Hut. Er bleibt immer sauber, hält sich fit, und seiner offiziellen Steuererklärung nach verdient er jede Menge Geld. Wahrscheinlich hat er irgendwo noch mehr versteckt, gibt aber trotzdem beim Finanzamt eine hohe Summe an, für die er brav die Steuern zahlt. Damit man sieht, dass er erfolgreich ist.«

»Die angegebene Adresse ist nicht weit von Ihrem ersten Tatort entfernt, stimmt's?«

»Richtig«, meinte Eve. »Weil es von dort aus auch nicht weit zu Alexanders Unternehmen ist. Schließlich ist es praktisch, wenn man in der Nähe seines Arbeitsplatzes wohnt.« Sie griff nach ihrem Mantel und stand auf.

»Wie es aussieht, werden morgen doch wie ursprünglich geplant meine neuen Schuhe das Glanzlicht des Abends sein«, stellte die Staatsanwältin zufrieden fest. »Schließlich sehen sie auch fantastisch aus. Ich besorge schon einmal den Haftbefehl für Sie, und falls ich nicht hier bin, wenn Sie mit ihm kommen, rufen Sie mich einfach an. Machen Sie heute Abend ruhig noch ein paar Überstunden, wenn dafür dann morgen Nacht die Riesenfete entspannt steigen kann.«

»Hoffen wir, dass es so kommt.« Eve zog ihren Mantel an und stapfte los. »Peabody, Carmichael von der Trachtengruppe, Baxter, Trueheart, Franks. Der Verdächtige heißt Clinton Frye. Los, schnappen wir uns den Kerl.«

Sie ging nach einem simplen Schema vor und ließ die Ausgänge des achtgeschossigen Gebäudes sperren, während McNabs Kollegin Callendar mit Wärmebildern überprüfte, ob der Kerl in seiner Wohnung in der obersten Etage war.

»Und, ist er jetzt dort oben oder nicht?«

»Ich finde keine Wärmequellen, er hat das Apartment auch nicht extra abgeschirmt. Das heißt, er ist nicht da.«

»Verdammt.«

»Falls Sie sich im Flur vor seiner Wohnung, in den Fahrstühlen und im Treppenhaus umsehen wollen, klinke ich mich in die Überwachungskameras des Hauses ein.«

»Okay.«

»Sollen wir warten, bis er heimkommt?«, fragte Peabody.

Wenn ihr nichts anderes einfiel, müssten sie das vielleicht wirklich tun, doch kopfschüttelnd erklärte Eve: »Lassen Sie uns zunächst sehen, ob irgendwer uns ein paar Infos zu dem Typen geben kann. Ist jemand in der Wohnung gegenüber?«

»Moment«, bat Callendar und sah kurz nach. »Ja. Zwei Personen, von denen eine entweder ein Zwerg oder ein Kind sein muss.«

»Das reicht. Wir reden erst mal mit dem Nachbarn, Peabody. Die anderen bleiben weiterhin auf ihren Posten und sehen zu, dass sie ihn nicht verschrecken, falls er sich hier blicken lässt, denn wenn er erst mal losrennt, holt ihn keiner von uns ein.«

Joggend überquerte sie die Straße und sah sich nach allen Seiten um. Offenkundig war dies eine durchaus nette Gegend, in der man spazieren gehen, im Supermarkt einkaufen oder einen späten Lunch in einem Restaurant einnehmen konnte, wenn einem danach zumute war. Trotzdem wollte sie auf Nummmer sicher gehen, dass Frye nicht plötzlich Richtung Haus geschlendert kam und sie von Weitem sah.

»Er könnte bei der Arbeit sein«, bemerkte Peabody, als Eve den Generalschlüssel ins Schloss der Haustür schob.

»Ich glaube nicht, dass Alexander ihn so häufig einbestellt. Er ist die Art von Mann, die sofort auffällt, und es wäre alles andere als klug, sich permanent mit einem Typen zu umgeben, der den Menschen im Gedächtnis bleibt. Vielleicht hat er ja irgendwo noch ein Büro. Oder er ist einfach ausgegangen. Oder er bringt gerade jemanden aus eigenem Antrieb oder auf Befehl von Alexander um.«

»Wer ist denn noch übrig?«

»Durch den vorzeitigen Tod seines Halbbruders bekäme Alexander ein noch größeres Stück vom Kuchen ab und vor allem würde ihm dadurch ein ganz privates Ärgernis vom Hals geschafft.«

»Glauben Sie im Ernst, er würde Pope ermorden lassen, während im Zusammenhang mit drei anderen Morden gegen ihn ermittelt wird?«

»Ein solches Maß an Arroganz wäre ihm durchaus zuzutrauen, aber mein Instinkt und die Wahrscheinlichkeitsberechnungen des Computers sagen mir, dass er damit noch eine Weile wartet. Aber wie für Frye haben sich die Morde auch für Alexander ausbezahlt. Warum also sollte er es nicht noch einmal tun?«

Im achten Stock stiegen sie aus dem Lift und klopften an die Tür der Wohnung, die der ihres Täters gegenüberlag.

»Wie es aussieht, hat er sein Apartment ordentlich, aber nicht übertrieben gut gesichert«, stellte Eve nach einem Blick in Richtung seiner Wohnung fest.

Im nächsten Augenblick kam eine Frau von vielleicht Mitte dreißig, mit zerzausten Haaren und zerknitterter Garderobe an die Tür der Nachbarwohnung und bedachte sie mit einem Blick, dem die Erschöpfung überdeutlich anzusehen war.

»Wer sind Sie?«

»Lieutenant Dallas und Detective Peabody von der New Yorker Polizei.« Eve hielt ihr die Marke hin.

»Sie können mich wohl kaum dafür verhaften, dass ich davon träume, Handschellen zu kaufen, um mein Kind damit ans Bett zu fesseln, bis es endlich einmal schläft.«

»Wahrscheinlich ist es nicht besonders schlau, einer Polizistin zu verraten, dass Sie so was machen wollen.«

»Das liegt ganz einfach daran, dass ich zwischenzeitlich völlig hirntot bin. Dies ist der dritte Tag, an dem der Junge Schnupfen hat. Warum in aller Welt hat die verfluchte Pharmaindustrie noch nichts entdeckt, womit man einen gottverdammten Schnupfen wegbekommt? Ich würde alles dafür zahlen, wenn mir jemand sagen würde, wie ich ihn gesund bekommen kann.«

Sie wies auf einen vielleicht sechsjährigen Jungen, der inmitten eines Bergs von Spielzeug auf dem Boden saß. Er hatte eine leuchtend rote Nase, obwohl er seine Augen nur mit Mühe offen halten konnte, runzelte er kampfbereit die Stirn.

»Er fühlt sich inzwischen etwas besser, was es für mich selbst noch schlimmer macht.«

»Ich will ein Eis!«, brüllte das Kind und trommelte mit seinen Füßen auf dem Fußboden herum. »Ich will ein Eis!«

»Das kriegst du erst nach dem Mittagsschlaf.«

Zur Antwort fing er gellend an zu schreien.

»Nehmen Sie mich fest.« Die Frau streckte die Arme aus. »Retten Sie mich, und nehmen Sie mich fest. In die Schule darf er erst ab morgen wieder gehen, und auch das nur, wenn ich schwöre, dass er nicht mehr ansteckend ist. Das schwöre ich bei allem, was mir heilig ist. Sein Vater hat mal wieder Glück, denn der ist auf Geschäftsreise ...«

»Es tut mir leid, aber wir ...«

»Eis!«

Schreiend schleuderte das Kind ein Spielzeug durch den Raum. Der schwere Holzlaster verfehlte seine Mutter nur um Haaresbreite, auch Eve musste sich ducken, damit sie das Teil nicht an den Kopf bekam.

»Jetzt reicht's!« Die Mutter wirbelte zu ihm herum. »Ich habe endgültig die Nase voll. Krank oder nicht krank, Bailey Andrew Landon, dein Hintern wird gleich so rot wie deine Nase sein!«

Obwohl Eve die Reaktion durchaus verstand, legte sie begütigend die Hand auf ihren Arm.

»Junge«, wandte sie sich selber an das Kind und schob den Mantel so weit auf, dass er den Stunner in dem Holster unter ihrer Schulter sah. »Das war eindeutig ein Verstoß gegen Artikel achtzig-zwo, siebzig-sechs-B, StGB, und du hast jetzt genau zwei Möglichkeiten. Entweder du gehst ins Bett und schläfst, oder ich nehme dich vorübergehend fest. Wobei es im Gefängnis weder Eis noch Spielsachen noch Zeichentrickfilme im Fernsehen gibt. Dort gibt's nur Zellen mit Gitterstäben, weiter nichts.«

Der Junge riss entsetzt die müden Augen auf. »Mommy!«

»Da kann ich dir auch nicht helfen, Schätzchen. Sie ist von der Polizei. Bitte, Officer«, wandte die Mutter sich an Eve, und obwohl sie flehend ihre Hände rang, hatte sie ein beinah irres Grinsen im Gesicht. »Bitte, geben Sie dem Jungen eine letzte Chance. Eigentlich ist er ein gutes Kind. Er ist einfach müde und fühlt sich nicht gut.«

»So ist es nun einmal Gesetz«, erklärte Eve mit einem harten, kalten Blick in Richtung Kind. »Entweder er schläft, oder er wandert in den Knast.«

»Ich werde schlafen!« Eilig rappelte der Kleine sich vom Boden auf, rannte wie von Furien gehetzt davon und warf die Tür des Kinderzimmers krachend hinter sich ins Schloss.

»Ich bin sofort bei dir, Baby«, rief ihm die Mutter hinterher und wandte sich erneut an Eve. »Bitte ziehen Sie Ihre Stiefel aus, damit ich Ihre Füße küssen kann. Oder ich mache Ihnen eine Pediküre oder lade Sie zum Essen ein.«

»Wenn Sie Antworten auf ein paar Fragen geben, sind wir quitt.«

»Wir werden niemals quitt sein, aber was wollen Sie wissen?«

»Clinton Frye.« Eve zeigte auf die andere Wohnungstür. »Wann haben Sie ihn zum letzten Mal gesehen?«

»Gestern Nachmittag, so gegen fünf. Ich habe mir ein paar Lebensmittel liefern lassen, weil ich mit dem kranken Kind nicht in den Supermarkt gekommen bin, da kam er aus der Tür.«

»Hat er gesagt, wohin er will?«

»Er redet nie mir mit. In den fünf Jahren, seit wir hier eingezogen sind, habe ich kein einziges Gespräch mit ihm geführt. Er ist nicht gerade das, was man gesellig nennt.«

»Hatten Sie mal irgendwelchen Ärger mit ihm?«

»Nein. Aber es überrascht mich nicht, dass sich die Polizei für diesen Typen interessiert. Er hat einfach diese ... Ausstrahlung. Ich habe nie gesehen, dass er Besuch bekommen hätte oder dass er je mit einer Freundin oder einem Freund nach Hause kam.«

»Seit gestern Nachmittag ist er nicht mehr hierher zurückgekehrt?«

Sie schüttelte den Kopf. »Er hatte zwei Koffer bei sich, also denke ich, dass er verreisen wollte.«

»Koffer?«

»Ja, genau. Jeden anderen hätte ich gefragt, ob er in Urlaub fahren will. Aber bei ihm würde ich mich das nie trauen.«

»In Ordnung. Vielen Dank.«

»Sind Sie sicher, dass ich sonst nichts für Sie tun kann? Soll ich Ihnen vielleicht einen Kuchen backen? Ich habe keine Ahnung, wie das geht, aber ich würde es auf jeden Fall versuchen«, bot sie an.

»Danke, nein. Es reicht, dass Sie uns Ihre Zeit gewidmet haben.«

»Eigentlich ist er ein wirklich lieber Junge«, nahm die Mutter ihren Satansbraten vor den Polizeibeamtinnen in Schutz. »Aber in den letzten Tagen hat er sich einfach nicht gut gefühlt. Am besten machen wir jetzt fürs Erste beide einen Mittagsschlaf, dann sieht die Welt bestimmt schon wieder deutlich besser aus.«

»Gute Besserung.« Eve wandte sich zum Gehen und schaute sich dabei noch einmal die Tür der Wohnung gegenüber an.

»Glauben Sie, der Kerl ist abgehauen?«, fragte ihre Partnerin.

»Wahrscheinlich dachte er, dass er hier nicht mehr sicher ist. Nach all den Filmen von dem Kind, das durch die Luft geflogen ist, konnte er nicht wissen, ob jemand sein Gesicht gesehen hat. Also hat er, was er braucht, eingepackt und sich verdrückt. Aber er ist nicht wirklich abgehauen und hält sich auf jeden Fall irgendwo hier in der Nähe auf.«

Sie zog ihr Handy aus der Tasche, wies die Männer von der Trachtengruppe an, sich in der Nachbarschaft des Hauses umzuhören, ob Frye am Nachmittag zuvor vielleicht mit einem Taxi weggefahren war, und bat Callendar herauf, um sich die elektronischen Geräte anzusehen, die der Kerl vielleicht zurückgelassen hatte.

»Am besten schauen wir uns erst mal um«, erklärte sie und steckte ihren Generalschlüssel ins Schloss der Wohnungstür.

»Das mit dem Jungen haben Sie übrigens echt super hingekriegt«, bemerkte Peabody. »Mit der Drohung vom Gefängnis haben Sie ihm richtig Angst gemacht.«

»Wer sagt denn, dass das eine bloße Drohung war?«, gab Eve zurück und öffnete die Tür.

21

Das Erste, was ihr in der Wohnung auffiel, war das Fehlen von allem, was einer Behausung Atmosphäre und Persönlichkeit verlieh. Das Wohnzimmer wirkte so *un*bewohnt, als wäre der Besitzer schon seit Wochen und nicht erst seit gestern fort.

Mit nichts als einem Riesensofa, einem ebenso großen Wandbildschirm, einem willkürlich im Raum stehenden Stuhl und zwei leeren Tischen sah das Zimmer einsam, tot und irgendwie bedrückend aus. Es fehlten Farben, Bilder an den Wänden oder irgendetwas Persönliches, was auf den Menschen, der es eingerichtet hatte, schließen ließ, selbst der graue Teppich vor der Couch sah schlaff und müde aus.

Ob der Hüne hier wohl auf der Couch gesessen hatte, um sich ganz allein im Fernsehen die Bilder anderer Menschen sowie Aufnahmen des Lebens außerhalb der Wohnung anzusehen?

»Das ist Minimalismus im Extrem«, bemerkte Peabody.

Eve ging wortlos weiter, um sich in der Hochglanzküche umzusehen. Im Kühlschrank standen Wasser, Bier und ein paar Energiedrinks, in einem von den Schränken waren Sojachips und Energieriegel und je vier Teller, Becher und Müslischüsseln aufgereiht.

Er hatte also jede Menge Platz für nichts gehabt, ging es ihr durch den Kopf, bevor sie an das breite Fenster trat.

Doch von hier aus konnte er verfolgen, was sich unten auf der Straße tat. Genau, wie wenn er vor dem riesengroßen Bildschirm saß.

Auch die meisten Schubladen waren leer. Besteck für vier Personen und zwei unbenutzte Memowürfel, weiter nichts.

»Hier liegt nirgends irgendwelcher Krimskrams rum«, stellte sie fest. »Er hat nichts einfach in eine Schublade geworfen oder in den Schrank gestopft, weil er nicht wusste, was er damit anstellen soll.

Er hat nichts, was er nicht braucht, abgesehen von all dem Platz und all den schicken Schränken, mit denen er nichts anzufangen weiß.«

Sie öffnete die Tür des Schlafzimmers und sah eine braune Tagesdecke auf dem Bett, die derart straff gezogen war, dass sie eine Münze darauf hätte hüpfen lassen können, einen Stuhl wie der, der im Wohnzimmer stand, sowie einen großen Schreibtisch, der genauso leer war wie die beiden Tische im Wohnraum.

»Sie nehmen sich die Kommode und die Schubladen des Schreibtischs vor«, sagte sie zu Peabody und öffnete den Schrank.

Ein großes Ding mit eingebauten Schubladen und Fächern, in denen nicht mal ein Körnchen Staub von Frye zurückgelassen worden war.

»Gähnende Leere«, meinte Eve.

»Hier auch«, erklärte ihre Partnerin und schob die letzte Lade wieder zu.

Das Badezimmer einschließlich des Wäschekorbes war genauso ausgeräumt. »Sogar seine benutzten Unterhosen hat er eingepackt. Und das Waschbecken geschrubbt. Er hat alles mitgenommen, was in zwei Koffer passt und sogar geputzt, bevor er abgehauen ist.«

»Aber warum? Wir brauchen schließlich keine DNA mehr von dem Kerl. Wenn wir hier sind, dann ja wohl, weil wir inzwischen wissen, wer er ist.«

»Keine Ahnung. Los, wir sehen uns auch noch das letzte Zimmer an.«

In dem es erstmals Hinweise auf den Bewohner gab.

»Das passt nicht in einen Koffer«, meinte Eve.

Er hatte sich ein Fitnessstudio eingerichtet – mit Geräten und Gewichten, einem Sandsack, einem Kühlschrank, hinter dessen Glastür wie im Kühlschrank in der Küche Wasser und verschiedene Energiedrinks ordentlich in Dreierreihen angeordnet waren, und einem genauso ordentlichen Stapel blütenweißer Handtücher in einem blank polierten Chromregal.

Neugierig trat sie neben die Bank und stellte anerkennend fest: »Hundertfünfzig Kilo. Aber hallo, Clinton, du bist wirklich stark. Er hat wahrscheinlich jede Menge Zeit in diesem Raum verbracht, Gewichte gestemmt, geschwitzt und seine jeweilige Tagesleistung sorgfältig dokumentiert. In den Spiegeln hat er überprüft, ob ihm die Kraft und Fitness anzusehen war. Weil ihm das wichtig ist. Das heißt, in diesem Raum hat er gelebt.«

Sie stemmte ihre Hände in die Hüften und drehte sich langsam um sich selbst. »Natürlich holen wir noch die Spurensicherung, aber ich glaube nicht, dass er irgendwas zurückgelassen hat. Weil er auf seine Art durchaus penibel ist. Die Geräte sind nicht neu, trotzdem können wir versuchen herauszufinden, wo er sie erstanden hat. Woher die Lebensmittel und die Kleider stammen und wo er sie in die Reinigung gegeben hat. So bekommen wir ein Gespür für die Routine dieses Kerls.«

»Unsere Elektronikleute haben hier nichts zu tun«, erklärte ihre Partnerin.

»Doch, denn die Geräte haben sicher aufgezeichnet, welche Trainingseinheiten er durchlaufen hat«, gab Eve zurück. »Wir müssen eben nehmen, was wir kriegen können, ich schätze, dass das Training ebenfalls ein Teil seiner Routine ist. Es geht ihm nicht ums Geld«, fügte sie nachdenklich hinzu. »Außer vielleicht einfach darum, dass er es bekommen hat und jetzt behalten will. Es geht ihm darum, was zu tun, um einen Job, um eine Aufgabe, durch die er seinem eintönigen Leben kurzfristig entfliehen kann. Jetzt hat er das Töten zum Beruf gemacht.«

»Aber mit ganz konkretem Ziel, nicht wahr? Er sieht das Töten immer noch als Teil seines Jobs, es geht ihm nicht einfach darum, willkürlich auf der Straße auf jemanden loszugehen.«

Eve nickte zustimmend. »Genau. Der gute Maulwurf hat echt Glück, dass wir ihn festgenommen haben, denn sonst wäre er, egal, ob Alexander das befehlen würde oder nicht, auf jeden Fall das nächste Ziel. Das wäre Teil von Clintons Job. Er würde denken, dass er aufräumt so wie hier, bevor er abgehauen ist.«

»Wobei vielleicht am Schluss auch Alexander selbst aus dem Verkehr gezogen werden muss.«

»Das könnte durchaus sein. Wie bei dem Hund, der seinen eigenen Herren beißt. So was kommt schließlich vor. Aber nicht jetzt sofort«, schloss Eve. »Weil er auf alle Fälle vorher uns erwischen muss. Ich werde jetzt nach Hause fahren, um dort noch ein paar Sachen durchzugehen. Lassen Sie sich von zwei Beamten heimfahren, und sagen Sie ihnen, dass sie warten sollen, bis Sie in Ihrer Wohnung sind.«

»Glauben Sie, er lauert mir vielleicht schon jetzt irgendwo auf?«

»Ich glaube, dass er sich auf morgen Abend vorbereitet, aber trotzdem hat es keinen Sinn, ein unnötiges Wagnis einzugehen.«

Eve stieg in ihren Wagen, doch auf halbem Weg nach Hause kam ihr ein Gedanke, und sie rief bei Mira an.

Sie nutzte die Sekunden, die die Sekretärin brauchte, um ihr in Erinnerung zu rufen, dass die Psychologin sehr beschäftigt wäre und gerade Feierabend machen wollte, um die Aufnahme der Wohnung aufzurufen, und kam, als sie endlich Miras Stimme hörte, direkt auf den Punkt.

»Ich möchte, dass Sie sich was ansehen und mir Ihre Meinung dazu sagen.«

»Kein Problem.«

»Wir haben uns in Clinton Fryes Apartment umgesehen. Sie wissen, wer das ist?«

»Ja. Ich habe mir auch seine Daten bereits angeschaut.«

»Gut. Wir wissen von der Nachbarin, dass er die Wohnung gestern Nachmittag mit zwei Koffern verlassen hat.«

»Dann ist er also auf der Flucht?«

»Ich glaube, nicht. Ich schätze, dass er einfach umgezogen ist. Bitte sehen Sie sich kurz die Bilder aus der Wohnung an.«

Sie rief die Aufnahmen des Wohnzimmers, der Küche und des Fitnessstudios auf.

»Die Wohnung wirkt total steril«, stellte die Psychologin fest. »Und zwar nicht nur, weil sie furchtbar nüchtern eingerichtet ist, sondern weil die Einrichtung Gefühl und jegliche Verbindung des Bewohners zu der Räumlichkeit vermissen lässt. Natürlich könnte er alle privaten Gegenstände mitgenommen haben, aber wenn er nur zwei Koffer bei sich hatte, hätte er darin nur wenig Platz dafür gehabt.«

»Es gibt keinen Hinweis darauf, dass es je private Gegenstände in der Wohnung gab. Keine hellen Flecken an den Wänden, wo er vielleicht Bilder hängen hatte, oder so. Außerdem hat man dort das Gefühl, als hätte er tatsächlich so gelebt. Allein und ohne jegliche Verbindung zu dem Ort.«

»Außer in dem Fitnessraum, denn der ist gut organisiert und vollständig eingerichtet, weil das wichtig für ihn ist. Was dazu passt, dass er beim Militär und Footballspieler war.«

»Aber nicht als Profi«, meinte Eve.

»Dafür war er offenbar nicht gut und nicht intelligent genug. Das heißt, bis ganz nach oben hat er's nie geschafft.«

Bis jetzt, sagte sich Eve.

»Neben dem Bett standen einfach zwei schlichte, kleine Tische, er hat also keine Schubladen für irgendwelches Sexspielzeug, Kondome oder so gehabt. Natürlich hätte er so etwas auch woanders aufbewahren können, aber seine Nachbarin hat uns erzählt, sie hätte nie gesehen, dass jemand bei ihm zu Besuch gewesen ist. Dasselbe haben auch die anderen Nachbarn ausgesagt. Er ist ihnen aufgrund seiner Größe aufgefallen, aber wirklich gekannt haben sie ihn nicht.«

»Das deutet ebenfalls auf fehlende Bindungen und auf fehlenden Gemeinsinn hin. Trotzdem war er beim Sport und auch beim Militär Teil eines Teams.«

»Ja, wobei wir sehen werden, ob er am Ende selbst gegangen oder rausgeworfen worden ist. Die Wohnung ist blitzsauber«, fügte Eve hinzu. »Die Schubladen sind ausgewischt, selbst sein Bett ist ordentlich gemacht. Er lebt allein und ist jetzt abgehauen, wahrscheinlich ohne dass er noch mal wiederkommen will, aber trotzdem hat er vorher so ordentlich sein Bett gemacht, als wäre er immer noch bei der Armee.«

»Weil seine Ausbildung ihm wichtig ist. Das körperliche Training und die Ordnung in seinem Bereich. Falls Sie Kleider dort gefunden hätten, hätten die wahrscheinlich frisch gewaschen und natürlich ordentlich gefaltet an dem ihnen zugedachten Platz gelegen und wären von guter Qualität gewesen, aber ganz bestimmt nicht protzig, sondern praktisch und eher schlicht. Das Geschirr hat er als Set gekauft und nichts hinzugefügt. Nachdem er alles, was er konnte, mitgenommen hat, ist es ihm sicher schwergefallen, die Sportgeräte in der Wohnung stehen zu lassen, weil sie zwar nicht unersetzlich, aber trotzdem wichtig für ihn sind. Sie gehören ihm, er hat sie oft benutzt und hatte seinen Spaß damit. Sie sind etwas, womit er sich seine Kraft bewiesen hat. Er wird denken, dass es Ihre Schuld ist, dass er die Geräte jetzt verliert.«

»Ein Grund mehr, sich abermals an mich heranzumachen, und zwar morgen, weil er nämlich keine andere Möglichkeit mehr hat. Da er sich bei diesem Anschlag nicht verleugnen und sich innerhalb seiner Komfortzone wird bewegen wollen, tritt er bestimmt als Wachmann auf.«

»Das wäre logisch«, stimmte ihr die Psychologin zu. »Wobei er bereits hinlänglich bewiesen hat, dass er nicht immer logisch handelt, sondern oft auch ganz spontan aus einem Impuls heraus agiert.«

Eve überlegte, während sie in ihre Einfahrt bog. »Wir werden ihn auch dann erkennen, wenn es ihm gelingt, noch eine Karte zu bekommen und sich als Gast dort einzuschleichen oder so zu tun, als wäre er vom Kinopersonal.«

»Er wird sich nicht direkt an Sie heranmachen. Wenn er es schafft, als Wachmann aufzutreten, wird er wissen, welche Schwachstellen die Security dort hat.«

»Ja. Aber das weiß ich auch. Vielen Dank für das Gespräch. Wir sehen uns dann morgen.«

»Planen Sie den Einsatz bitte sorgfältig«, empfahl die Psychologin ihr. »Denn wenn er kommt, schlägt er bestimmt mit aller Härte zu.«

»Ich werde aufpassen«, versicherte ihr Eve und legte auf.

Am besten ginge sie erst mal in ihren eigenen Fitnessraum, sagte sie sich, um ihren Körper zu trainieren und damit sie wieder einen klaren Kopf bekam.

Sie hoffte ernsthaft, dass sie nicht am Schluss alleine einem Typ gegenüberstünde, der problemlos hundertfünfzig Kilo stemmen konnte, aber wenn es dazu käme, wollte sie, so gut es ging, dafür gewappnet sein.

Sie hatte schon eine Beleidigung parat, wenn Summerset eine Bemerkung machen würde, weil sie ungewöhnlich früh nach Hause kam. Sie würde ihm erklären, heute wäre der Welt-Leichenbittertag und deshalb hätte sie nur ihm zu Ehren früher frei gemacht.

Das wäre kurz und auf den Punkt gebracht.

Sie öffnete die Tür, zu ihrer Überraschung aber war die größte Plage ihres Lebens nirgendwo zu sehen. Vielleicht besuchte er ja gerade irgendeinen anderen leichenfressenden Dämon oder grub Champignons in irgendeinem feuchten, dunklen Keller aus.

Froh, das Haus für sich zu haben, lief sie in den ersten Stock und hätte fast vor Schreck gequietscht, als er ihr aus ihrem Schlafzimmer entgegenkam.

Stattdessen fauchte sie ihn an: »Verdammt, was tun Sie da?«

»Ich habe Ihre Wäsche in den Schrank gelegt«, klärte er sie mit ruhiger Stimme auf. »Auch wenn die T-Shirts, die Sie meistens tragen, eher eine Ansammlung von alten Lumpen sind.«

Daran, dass er ihre Wäsche machte, hatte sie bisher noch nie gedacht. Sie brauchte einen Augenblick, bevor sie die Sprache wiederfand, doch ehe sie Gelegenheit bekam, ihm die Beleidigung, die sie geplant hatte, noch an den Kopf zu werfen, lief er schon an ihr vorbei den Flur hinab.

Mit einem leisen »Mist« betrat sie selbst ihr Schlafgemach.

Und hätte beinahe abermals gequietscht, als Galahad unter der Couch hervorgesprungen kam.

»Verdammt«, murmelte sie und atmete geräuschvoll aus. So schreckhaft war sie für gewöhnlich nicht.

Anscheinend war es allerhöchste Zeit, dass sie etwas für ihre Fitness und vor allem zur Beruhigung ihrer Nerven tat.

Ein kurzer Blick auf ihren Hintern zeigte, dass der bläulich-violette Kontinent inzwischen nur noch eine Gruppe kleiner, bräunlich gelber Inseln war. Auch ihrer Brust ging es inzwischen wieder halbwegs gut, und das Ziehen und Stechen ihres Steißbeins und der Schulter hatte sich fast vollständig gelegt.

Sie könnte also ganz normal trainieren und ihren Muskeln deutlich machen, dass sie wieder völlig einsatzfähig waren.

Sie zog sich einen Sport-BH und eine kurze Hose an, ließ nach kurzem Überlegen ihre ordentlich gefalteten, ganz sicher *nicht* zerlumpten T-Shirts, wo sie waren, nahm die Diskette mit dem Kinogrundriss und fuhr mit dem Fahrstuhl in den Fitnessraum.

Wie immer dauerte es, bis die elektronischen Geräte machten, was sie wollte, doch am Ende hatte sie auf der Grundlage des Kinoplans verschiedene Szenarien eingegeben und lief los, um sich im Innern des Gebäudes umzusehen.

Sie schlug von Anfang an ein hohes Tempo an, denn wenn sie morgen rennen müsste, hätte sie ganz sicher nicht die Zeit, es erst einmal gemütlich anzugehen. Sie rannte durchs Foyer, die Treppe rauf, die Treppe runter, in den Keller, in den Raum hinter der Leinwand, durch den Kinosaal, wieder hinauf und abermals hinab ins Erdgeschoss.

Sie war genauso schnell wie er und wenn auch vielleicht nicht so stark, so doch auf jeden Fall gewitzter, dachte sie und wischte sich die ersten, dicken Schweißperlen von der Stirn, als Roarke den Raum betrat.

Er blickte auf den Monitor und hob die Brauen an. »Hast du die Strecke selber programmiert?«

»Ja.« Obwohl sie bereits hörbar keuchte, setzte sie den Sprint durch das Gebäude fort. »Ich bin schließlich nicht doof.«

»Wie lange hast du dafür gebraucht?«

»Ach, halt die Klappe.«

»Wollen wir doch mal sehen, ob ich dich noch einholen kann.«

»Ich habe schon fast eine halbe Stunde Vorsprung und verlege meine Strecke jetzt nach draußen, denn ich will auch für den Fall, dass er es aus dem Kino herausschafft, gewappnet sein.«

»Das kann ich gut verstehen.« Er schwang sich auf das Laufband neben ihr und passte sich im Handumdrehen an ihren Rhythmus an.

Sie hätte gern gefragt, was er in Milos Haus gefunden hatte, aber wenn sie weiter laufen wollte, musste sie den Atem sparen.

Sie wich Fußgängern und Autos, die ihr willkürlich entgegenkamen, aus, kehrte zurück ins Haus, lief eine letzte Runde durch das Kino und brach schweißgebadet ab.

»Okay, okay.« Sie ging die letzten Meter, rang nach Luft und hob begierig eine Flasche Mineralwasser an ihren Mund. »Okay.«

»Die Szenarien sind wirklich interessant«, bemerkte Roarke. »Wobei sie wahrscheinlich für den Verfolger noch ein bisschen interessanter als für den Verfolgten sind. Wir sollten die verschiedenen Szenarien vielleicht mischen und ein Spiel draus machen«, schlug er fröhlich vor.

»Tu, was du nicht lassen kannst.«

Sie stieg von ihrem Band und ließ sich auf den Rücken fallen. Dehnen würde sie sich gleich. Erst einmal wollte sie einfach dort liegen und ein bisschen dabei zusehen, wie er lief.

Gott, was für ein toller Hintern, dachte sie. Einfach zum Anbeißen.

Am besten dehnte sie die Stunde noch ein bisschen aus, denn schließlich machte nichts so fit wie guter Sex.

Sie rappelte sich mühsam auf, und als sie ihre von dem langen Laufen schmerzlich harten Muskeln dehnte, kam ihr eine ausgezeichnete Idee.

Sie ließ sich wieder auf den Boden sinken und massierte sich die Wade.

»Au.«

»Was ist?«

»Nichts. Ich habe nur …« Sie stieß ein leises Zischen aus.

»Lass mich gucken.« Eilig schaltete auch er das Laufband ab, kniete sich neben sie und griff nach ihrem Bein. »Was hast du dir denn gezerrt?«

»Bisher noch nichts, aber das hole ich jetzt nach«, erklärte sie und zerrte ihn auf sich herab.

»Du hältst dich offenkundig für besonders schlau.«

»Auf alle Fälle habe ich dich jetzt, wo ich dich haben will.« Sie schlang ihm ihre langen Beine um den Rücken und rollte sich schwungvoll über ihn.

»Hast du dieses Szenario auch in den Computer eingegeben?«

»Nein, das habe ich mir gerade eben erst ausgedacht. Wir sind total verschwitzt.« Sie neigte ihren Kopf und knabberte an seinem Kinn. »Erhitzt und nass. Das nutzen wir am besten aus.«

»Ich weiß deinen Sinn für Effizienz zu schätzen«, meinte er und glitt mit einer Hand erst über ihren Hintern und danach über die Rückseite ihres Beins. »Du bist immer noch ganz hart.«

»Dann solltest du mich vielleicht etwas dehnen.«

Wieder neigte sie den Kopf, doch diesmal rollte er sich über sie und presste seinen Mund auf ihren Mund und seinen feuchten Leib auf ihren Leib.

Sie erschauderte, und ein Gefühl der Hitze wogte in ihr auf.

Erfüllt von grenzenloser Leidenschaft und rücksichtsloser Gier riss sie an seinem Hemd, glitt mit ihren kurzen Nägeln über seine Haut und bohrte ihm die Finger in die Muskeln, denn sie sehnte sich nach dem Gewicht, der Form, dem herrlichen *Gefühl* von seinem Körper, während er mit ihr verschmolz.

Bereits nach wenigen Sekunden war sie wieder völlig außer Atem, die Muskeln bebten, und das Herz schlug bis zum Hals. Doch bevor sie wieder Luft holen konnte, trieb er sie mit seinem Mund und seinen Händen an den Rand des Abgrunds.

Sie keuchte, und er spürte, wie sie kam, aber noch immer war es nicht genug.

Er riss an ihrem Sport-BH, die Brutalität der Geste kümmerte ihn nicht. Er wollte, dass sie wild und ebenso verzweifelt darauf aus war wie er selbst, dass er ihr alles gab.

Und tatsächlich bäumte sich ihr Körper quicklebendig und begierig auf, während sie nicht weniger brutal an seinen Kleidern riss.

Dies war nicht der Moment für Zärtlichkeit oder Geduld. Jetzt gab es nur noch drängenden und grenzenlosen Hunger, den es umgehend zu stillen galt.

Wie von Sinnen rissen sie einander noch die letzten Kleider von den Leibern, er drang kraftvoll in sie ein, zerrte sie auf ihre Knie und stieß abermals mit aller Härte zu.

Sie sollte alles nehmen, was er ihr zu bieten hatte, bis sie vollständig mit ihm verschmolzen war.

Erfüllt von glühendem Verlangen, schrie sie auf, packte seine Hüften, und er rammte sich erneut in sie hinein.

Schnell und immer schneller, bis ihr Schreien in ein leises Schluchzen überging, sie die Hände schlaff zur Seite fallen ließ, und ihr Name keuchend über seine Lippen kam.

Sie holte pfeifend Luft und fragte sich, warum ihr wild klopfendes Herz nicht lange schon aus der Brust gesprungen war, um außerhalb der Enge ihres Leibs ein Freudentänzchen aufzuführen.

»Mein Gott«, stieß sie mit rauer Stimme aus. »Grundgütiger, Rad schlagender Jesus.«

»Dieses Bild kommt etwas unerwartet«, kommentierte er, noch während er auf ihr zusammenbrach. Wahrscheinlich sollte er von ihr herunterrollen, damit sie nicht erstickte, und das würde er auch tun. In ein, zwei Tagen, wenn er selber wieder Luft bekam.

»Vielleicht habe ich mir diesmal wirklich etwas gezerrt.«

»Darauf falle ich bestimmt nicht noch mal rein. Du hast mich vollkommen geschafft.«

»Gut, weil ich mich nämlich auch ganz bestimmt nicht mehr bewegen kann.«

Unter Mühen rollte er sich auf den Rücken und starrte die Decke an. »Wir können einfach hierbleiben.«

»Für immer?«

»Wäre eine Möglichkeit.«

»Dann wären wir schuld, wenn das Verbrechen in New York die Oberhand gewinnt und die Finanzwelt vollkommen zusammenbricht.«

»Wahrscheinlich hast du recht. Vor allem brauche ich jetzt unbedingt etwas zu trinken. Vier, fünf Liter reichen sicher vorläufig aus.«

»Kipp meinen Teil des Wassers einfach über mich.«

Leicht benommen stand er auf und nahm zwei Flaschen Wasser aus dem Kühlschrank an der Wand. Auf dem Weg zurück zu ihr hob er die eine Flasche an den Mund, blickte lächelnd in ihr leicht gerötetes Gesicht mit den geschlossenen Augen und … goss ihr tatsächlich etwas von dem kalten Wasser aus der anderen Flasche auf den Bauch.

»He!«

»Du hast es so gewollt.« Grinsend setzte er sich neben sie und hielt ihr eine Flasche hin.

Sie nahm den ersten großen Schluck und seufzte wohlig auf. »Ich wollte kurz trainieren und einen klaren Kopf bekommen, was mir eindeutig gelungen ist.« Sie griff nach seiner Hand. »Er taucht auf alle Fälle morgen Abend auf.«

»Wahrscheinlich hast du recht.«

»Aber wir werden für den Kerl gewappnet sein. Habt ihr bei Milo irgendwas gefunden, was ich gegen ihn verwenden kann?«

»Oh, wir haben in seinem Keller jede Menge Zeug entdeckt. Mehr als genug, damit du eine ganze Reihe Leute wie zum Beispiel Alexander hinter Gitter bringen kannst. Milo hat die grenzenlose Neugier, die für Hacker typisch ist, und hat penibel über alles Buch geführt. Das heißt, dass Alexander seine ganz private Büchse der Pandora durch das Anheuern dieses Typen geöffnet hat.«

»Hatte er auch irgendwelche Sachen über Frye? Du hast die Nachricht doch gekriegt, und weißt, dass das der Schläger ist?«

»Das hat sich inzwischen bis zu mir rumgesprochen, ja. Namentlich hat er ihn nirgendwo erwähnt. Er nennt ihn immer nur den unheimlichen Kerl oder den Schläger, doch die Namen seiner Opfer und die Einzelheiten aller Taten hat er ordentlich vermerkt. Dickenson, Parzarri, Ingersol, jeweils mit Zeit- und Ortsangabe und der Höhe der Gebühr, die er für seine Hilfe eingestrichen hat. Er hält sich offenkundig wirklich für den Größten und hat Dateien über alles angelegt und in dem Kellerraum versteckt, weil er anscheinend dachte, dass niemand so schlau oder so gut ist, dass er jemals dort hineingelangen kann.«

»Aber ihr habt's geschafft.«

»Oh ja, wir haben's geschafft. Aber zurück zu Frye, das heißt, Moment. Es ist sogar für uns ein ziemlich starkes Stück, hier nackt und vollkommen verschwitzt herumzusitzen und uns über Mord zu unterhalten. Also lass uns in den Pool gehen, erzähl mir einfach dort, was du herausgefunden hast.«

Sie hätte kein Problem damit gehabt, auch weiter nackt im Fitnessraum zu sitzen, aber sie war dankbar, dass sie alles durchsprechen konnte, und das kühle Wasser war natürlich durchaus angenehm.

»Ich muss noch ein paar Leute kontaktieren«, erklärte sie, nachdem sie abgetrocknet und auch wieder angezogen waren. »Fryes befehlshabenden Offizier und seinen Footballtrainer, weil ich ein Gefühl dafür bekommen will, wie er sich dort verhalten hat, und Reo, um herauszufinden, wo die Staatsanwaltschaft in Bezug auf Milo steht, und mir zu überlegen, wie wir es am besten anstellen, dass uns das FBI noch eine Vierundzwanzig-Stunden-Frist einräumt, bevor es sich auf Alexander stürzt.«

»Du könntest Alexander mit den Dingen, die du hast, auch jetzt schon festnehmen, aber du willst, dass er zu der Premiere kommt.«

»Genau. Er denkt, er wäre mit den Mordaufträgen und den ganzen anderen Schweinereien durchgekommen, deshalb wird er selbstgefällig dort herumstolzieren und den Stars die Hände schütteln, obwohl jede Menge Blut daran klebt. Neben der Genugtuung, ihm vor den Augen all der Leute Handschellen anzulegen, kriegen wir auf diese Weise Zeit, um unser Vorgehen sorgfältig zu planen, damit uns keiner seiner Handlanger entwischt. Falls das FBI oder die Polizei vor Ort versucht, sie jetzt schon zu kassieren, könnte es passieren, dass einer der Typen Alexander warnt. Und wenn wir Alexander gleich kassieren, werden dadurch die anderen gewarnt. Aber ich will diesen Saustall gründlich auskehren, ohne dass mir auch nur einer dieser Schweinehunde durch die Lappen geht.«

»Lass uns erst mal etwas essen«, meinte Roarke. »Es ist ganz einfach so, dass wilder Sex mich immer furchtbar hungrig macht. Du selbst brauchst jede Menge Kraft zum Fegen, denn mit Milos Unterlagen und den Sachen, die ich selber rausgefunden habe, hast du einen riesengroßen Berg an Dreck vor dir.«

Der Berg an Dreck war tatsächlich riesig, dachte Eve, als sie die Dateien las. Sie hatte es quasi mit dem Mount Everest zu tun, denn gemeinsam hatten Roarke und Milo alles über Sterling Alexanders illegale nationale, internationale und globale Geschäfte gefunden. Zusammen mit den gefälschten Büchern stellten sich die Namen, Orte, Summen als wahre Goldgrube heraus.

Bestimmt brächen die FBIler, wenn sie diese Unterlagen sähen, in Freudentränen aus. Doch FBIler waren Bürokraten, und Eve durfte keine Zeit damit verlieren, dass sie sich an den offiziellen Dienstweg hielt.

Das überließe sie am besten einer angesehenen Richterin, dem Commander der New Yorker Polizei und dem Polizeichef selbst.

»Ich bräuchte eine Videokonferenzschaltung.«

»Okay. Und mit wem?«

»Mit Whitney, Tibble und Richterin Yung. Sie haben die Beziehungen und auch den Einfluss, um dafür zu sorgen, dass die Bundespolizei in dieser Angelegenheit nach unseren Regeln spielt. Ich gehe davon aus, dass die Beweise, die wir haben, ausreichen, um sie dazu zu bringen, das zu tun. Es ist ein Riesenfall, wenn sie sich bereit erklären, noch ein bisschen stillzuhalten, um am Ende Alexander wegen des Betrugs und all der anderen Sachen dranzukriegen, während wir ihn der drei Morde überführen, haben wir alle was davon.«

»Und wenn ihnen das nicht reicht?«

»Sie können sich den Kerl erst schnappen, wenn sie unsere Daten haben, und die rücke ich bestimmt nicht freiwillig heraus. Bis der Antrag auf Herausgabe der Unterlagen durch ist, haben wir uns Alexander längst schon selbst geschnappt. Wenn Sie auf meinen Vorschlag eingehen, heimsen sie die Lorbeeren in dem Betrugsfall ein. Wenn nicht, haben sie das Nachsehen und stehen am Schluss mit leeren Händen da.«

»Das könnte funktionieren.«

»Allerdings.« Sie müsste nur noch dafür sorgen, dass es zur Zusammenarbeit zwischen den verschiedenen Behörden kam. »Aber dafür brauche ich Cher Reo und natürlich dich.«

»Dass du mich brauchst, hast du mir eben schon gezeigt.«

»Haha. Ich brauche dich als Elektronikfuzzi für den Fall, dass jemand fragt, wie ich an die Infos gekommen bin. Wobei es vielleicht besser ist, wenn neben dir noch Feeney und McNab für Fragen zur Verfügung stehen. Aber wenn ich Peabody dann außen vorlasse, wird sie bestimmt beleidigt sein.«

»Gib du einfach den anderen Bescheid, ich bereite die Besprechung vor.«

Sie sah an sich herab. »Findest du, mein Oberteil sieht wie ein Lumpen aus?«

»Auf was für einer Skala?«

»Also bitte.«

»Es ist ein bequemes T-Shirt, das zu Hause völlig akzeptabel ist.«

»Genau.« Sie nickte zustimmend. »Und jetzt besorg mir diese Konferenzschaltung, okay?«

Obwohl sie irgendwann vor lauter Reden einen trockenen Hals bekam, fand Eve es unpassend, sich vor den Augen ihrer Vorgesetzten einen Kaffee holen zu gehen. Sie war nur froh, dass Roarke bereit gewesen war, an der Besprechung teilzunehmen, denn im Gegensatz zu Feeney und McNab, die den computertechnischen Aspekt des Falls in ihrem umständlichen Fachjargon erklärten, fasste er die Dinge derart gut und knapp zusammen, dass es auch für Laien zu verstehen war.

»Ich möchte Ihnen nicht zu nahe treten, Lieutenant«, meinte Yung, »aber schließlich heißt es nicht umsonst, lieber den Spatz in der Hand als die Taube auf dem Dach, und mit allem, was Sie haben, wäre es doch möglich, Alexander heute Abend bereits zu verhaften, während gleichzeitig die Polizei vor Ort die meisten seiner Helfer dingfest macht.«

»Von einem Polizeieinsatz in derart großem Stil bekämen die Medien auf alle Fälle Wind, und ich will nicht riskieren, dass Frye die Pläne, die er vielleicht hat, noch einmal verschiebt. Wenn er abtaucht, weiß ich nicht, wann wir ihn wiederfinden oder wann er versucht, einen endgültigen Schlussstrich unter diese Angelegenheit zu ziehen. Und, Euer Ehren, bitte lassen Sie mich völlig offen sein. Auch wenn Alexander dafür zahlen muss, dass er den Auftrag zur Ermordung Ihrer Schwägerin gegeben hat, hat Clinton Frye ihr das Genick gebrochen und auch noch zwei andere Menschen umgebracht. Dafür muss er ebenfalls bezahlen, vor allem muss er aufgehalten werden, ehe er den nächsten Mord begehen kann.«

»Da haben Sie natürlich recht. Wenn wir uns also einig sind, werde ich ein paar Strippen ziehen und zusammen mit der Staatsanwaltschaft einen Plan entwerfen, der aus meiner Sicht auch für die Bundespolizei in Ordnung ist.«

»Wir werden alles tun, was möglich ist. Als besonderes Bonbon bekommt das FBI noch Milo Easton«, sagte ihr Cher Reo zu.

»Dann bringen wir den Ball ins Rollen.« Tibble nickte den Ermittlern zu. »Gute Arbeit, Lieutenant, Detective und Sie alle.

Sehen wir also zu, dass uns die Politik beim Abschluss dieses Falls nicht in die Quere kommt.«

»Wir melden uns, wenn die Verhandlungen abgeschlossen sind«, wandte Whitney sich an Eve. »Bis dahin machen Sie so weiter wie geplant. Das war wirklich gute Arbeit«, stimmte er dem Polizeichef zu.

Nach Ende des Gesprächs holte sich Eve den Kaffee, der ihr schon seit einer Stunde nicht mehr aus dem Kopf gegangen war. »Gott, ich bin nur froh, dass das erledigt ist. Laber, laber, laber.«

Roarke bedachte sie mit einem mitfühlenden Blick. »Ich weiß. So geht's mir jeden Tag.«

»Nur, dass du dieses ständige Gerede offenkundig liebst. Okay. Ich gehe jetzt die letzten Einzelheiten meines Planes durch. Wo zum Teufel soll ich in dem blöden Kleid mit meiner Waffe hin?«

»Daran habe ich bereits gedacht und eine Kleinigkeit für dich besorgt. Die hättest du im Grunde erst zu Weihnachten bekommen sollen, aber wie es aussieht, gebe ich Sie dir am besten jetzt.«

Er ging in sein Büro und kam mit einer Schachtel in der Hand zurück.

»Was ist denn das?«

Er schüttelte verzweifelt, aber gleichzeitig auch amüsiert den Kopf. »Warum fragst du immer, wenn du einfach nur den Deckel öffnen musst, um nachzusehen?«

Da sie darauf keine Antwort hatte, kam sie seinem Vorschlag nach und hob den Deckel an.

»Oh, hervorragend«, erklärte sie, als sie das schlanke Waffenholster sah.

»Das ist für deinen Oberschenkel. Zugegebenermaßen kannst du deine Waffe dort nicht ganz so einfach ziehen, aber auf jeden Fall hast du sie bei dir, ohne dass es jemand sieht.«

Eilig zog sie ihre Hose aus und schnallte sich das Holster um.

»Wer hätte gedacht, dass ich mir selber damit eine solche

Freude machen würde?«, stellte er mit einem breiten Lächeln fest. »Das Holster steht dir wirklich gut.«

»Das Ding ist gerade groß genug für meine Zweitwaffe«, erklärte sie und lief im Zimmer auf und ab, damit sie ein Gefühl dafür bekam. »Es funktioniert ausgesprochen gut. Vielen Dank.«

»In diesem Fall bin ich es, der zu danken hat«, gab er feixend zurück.

»Hast du vorhin im Fitnessraum nicht selbst gesagt, dass du total erledigt bist?«

»Auch wenn es vielleicht seltsam ist, verleiht der Anblick meiner Frau, die mit nacktem Hintern und mit einem Waffenholster um ihren Oberschenkel geschnallt durch die Gegend läuft, mir neue Energie. Inzwischen hat der blaue Fleck auf deinem Allerwertesten im Übrigen die Form von Mexiko angenommen. *Olé*.«

Lachend tauschte sie das Holster wieder gegen ihre Hose ein und stellte anerkennend fest: »Das ist wirklich ein fantastisches Geschenk.«

»Frohe Weihnachten.«

»Morgen probiere ich das Ding mit meinem Stunner aus. Wir treffen uns um achtzehn Uhr auf dem Revier.«

»Ich weiß. Und du hast wirklich Glück, weil Trina nämlich auch schon etwas früher kommen kann.«

»Nein!«, schrie sie entsetzt. »Auf keinen Fall. Ich habe keine Zeit für diesen Quatsch.«

»Auf diese Weise brauchst du dich nicht selbst um deine Haare und um dein Make-up zu kümmern, sondern kannst dich noch mal mit Peabody besprechen, während ihr euch stylen lasst. Das ist in höchstem Maße effizient.«

»Ich scheiß auf Effizienz.«

»Nur Mut, mein Schatz«, bat er und tätschelte ihr sanft das Hinterteil. »Bevor du dichs versiehst, ist es vorbei.«

Das war es nie, sagte sie sich. Doch wenn sie diese Qualen über sich ergehen ließ, gewönne sie tatsächlich Zeit zur Vorbereitung ihres Plans.

Was sie nicht alles für die Arbeit tat ...

22

Sie brachte Stunden mit dem Grundriss des Theaters zu, stopfte Löcher, wo sie welche fand, ging mehrfach die verschiedenen Routen durch und sah sich immer wieder alle Zugangswege zum Gebäude an.

Wenn er es tatsächlich schaffte, in das Kino zu gelangen, käme er auf keinen Fall ohne Handschellen wieder heraus.

Für den Fall, dass er sich dort nicht blicken ließe, schriebe sie ihn vorsorglich mit seinem Bild und einer schriftlichen Beschreibung seines Aussehens in sämtlichen Transportzentren der Stadt zur Fahndung aus.

Natürlich könnte er sich auch, obwohl es keinen Führerschein auf seinen Namen gab, ein Auto mieten oder kaufen oder einen Firmenwagen seines Auftraggebers nehmen, aber schließlich konnte sie kaum alle Brücken, Tunnel, Ausfallstraßen der Millionenstadt New York abriegeln, bis ihr Täter hinter Gittern saß.

Sie wog die verschiedenen Möglichkeiten ab, wobei sie sich am Schluss auf Miras Einschätzung des Kerls und auf ihr eigenes Bauchgefühl verließ.

Er würde morgen Abend versuchen, sie aus dem Verkehr zu ziehen.

Sie freute sich bereits darauf, und der Gedanke an die Auseinandersetzung und die Festnahme des Killers lenkte sie vorübergehend von der Angst vor einer neuerlichen Sitzung bei der dominanten Trina ab.

Bis zu dieser ganz privaten Folter hätte sie noch ein paar Stunden Zeit, und die verbrachte sie mit derart vielen Telefongesprächen, um sich mit dem Chef der Wachleute des Kinos, den Kollegen und ihrem Commander abzusprechen, dass sie den bevorstehenden Termin darüber irgendwann vergaß.

Er fiel ihr auch nicht wieder ein, als Peabody erschien. Denn schließlich hatte sie die Partnerin ein bisschen früher einbestellt, um noch einmal alles mit ihr durchzugehen.

»Tut mir leid, dass ich zu spät bin«, meinte ihre Partnerin, und Eve hob ruckartig den Kopf.

»Zu spät?« Sie blickte auf die Uhr. »Tatsächlich. Warum sind Sie nicht pünktlich?«

»Auf den Straßen ist die Hölle los. Wegen unserer schicken Kleider dachten wir, dass wir ein Taxi statt der U-Bahn nehmen sollten, aber gleich nachdem wir eingestiegen waren, standen wir erst mal im Stau. Trotzdem haben wir noch etwas Zeit, bis Trina kommt, und ich habe mir im Taxi schon mal kurz die Protokolle der Gespräche mit dem Leiter der Security, mit Whitney und mit allen anderen angesehen. Sie hängen schon den ganzen Tag am Telefon.«

»Schließlich laufen in dem Kino jede Menge Zivilisten und dazu noch unzählige Journalisten rum. Das heißt, wir müssen ihn erwischen, wenn er auftaucht, denn wenn Zivilisten oder Journalisten dort zwei tote oder schwer verletzte Polizeibeamtinnen am Boden liegen sehen, bricht sicher eine Massenpanik aus.«

»Da haben Sie völlig recht.«

»Genauso wenig wollen wir, dass Zivilpersonen dort zu Schaden kommen, der Verdächtige sich seiner Festnahme entzieht und die Medien mit dem verpatzten Polizeieinsatz hausieren gehen.«

»Genau.«

»Deshalb wäre es das Beste, ihn so schnell wie möglich zu entdecken und diskret aus dem Verkehr zu ziehen.« Eve ließ ihren von der stundenlangen Schreibtischarbeit steifen Nacken kreisen und erklärte dumpf: »Auch wenn das sicher nicht passieren wird.«

»Warum nicht? Schließlich haben Sie alles sorgfältig geplant, was heißt, dass wir auf jeden Fall für diesen Kerl gewappnet sind.«

»Einen Kerl, der riesengroß und superschnell ist und im Notfall sogar kleine Kinder durch die Gegend wirft.«

»Ich glaube nicht, dass viele Kleinkinder bei der Premiere sind.«

»Er kann hundertfünfzig Kilo stemmen«, rief Eve ihr in Erinnerung. »Das heißt, er könnte auch uns beide durch die Gegend werfen, ohne dass er dabei aus der Puste kommt.«

»Hören Sie, Dallas, wenn Sie denken, dass die Sache schiefgeht, blasen wir das Ganze vielleicht besser ab und tauchen einfach nicht dort auf.«

»Ich habe nicht gesagt, dass es nicht funktionieren wird. Wir werden ihn auf jeden Fall erwischen, nur verlasse ich mich einfach nicht darauf, dass uns das ohne jedes Aufheben gelingen wird. Wir müssen unbedingt verhindern, dass Zivilpersonen zu Schaden kommen oder dass es zu einer Massenpanik kommt.«

»Das sollte doch zu machen sein.«

»Auf jeden Fall«, stimmte Eve zu. »Der Kerl ist an Befehlsketten gewöhnt. Von seiner Zeit bei der Armee, beim Paramilitär und in einem Footballteam. Deshalb ist es wahrscheinlich, dass er als Erste mich aus dem Verkehr ziehen will. Was allerdings nicht heißt, dass er nicht seine Pläne ändern wird, wenn sich für ihn die Möglichkeit ergibt, zuerst auf Sie zu zielen. Ich hoffe also, Sie haben Ihre Waffe griffbereit dabei.«

»Bisher liegt Sie mit meinen anderen Sachen in dem Gästezimmer, das uns Summerset gegeben hat. Während der Premiere wollte ich sie in dem kleinen, wirklich hübschen Täschchen mit der unechten Rubinschnalle verstecken, das ich im Sonderangebot …«

»Das interessiert mich nun beim besten Willen nicht.«

»Das Täschchen passt hervorragend zu meinem Kleid«, fuhr Peabody starrsinnig fort. »Schließlich brauche ich etwas, worin ich meine Waffe unauffällig aufbewahren kann. Aber dann habe ich noch mal nachgedacht.«

»Und was ist dabei rausgekommen?«

»Nun, mein Kleid hat einen ziemlich weiten Rock. Also habe

ich die Seitennaht geöffnet und ihn so mit einem Schlitz versehen.« Sie demonstrierte es, indem sie eine Hand vor ihre Hüfte schob. »Dann habe ich ein Beinholster genäht, in dem ich meinen Stunner direkt bei mir tragen kann.«

»Sie haben selbst ein Beinholster gemacht?«

»Es sieht aus wie ein verstärkter Strumpfhalter, auch wenn es leider nicht besonders hübsch geworden ist. Für etwas Hübsches hat die Zeit ganz einfach nicht gereicht. Ich habe ein paar Stoffreste genommen und das Ding von Hand genäht. Und egal, wie wenig ansprechend es aussieht, erfüllt es auf alle Fälle seinen Zweck. Ich brauche nämlich nur kurz durch den Schlitz in meinem Kleid zu greifen und schon habe ich die schussbereite Waffe in der Hand.«

»Sie haben selbst ein Beinholster genäht.« Man konnte deutlich hören, wie überrascht und wie beeindruckt Eve von dieser Leistung war. »Es passt zu Ihren Hippiegenen, dass Sie Sachen selber machen. Das Waffenholster ist vielleicht nicht gerade hippiemäßig, aber dafür weist es Sie als clevere Polizistin aus.«

»Ich bin ein cleverer Cop«, stimmte ihr Peabody mit stolzer Stimme zu. »Ich könnte unter diesem Namen ja in Serienproduktion mit meinen Baumwollholstern gehen, was meinen Sie? Ich habe übrigens ein Bild von Ihrem Kleid gesehen und frage mich, was Sie mit Ihrer Waffe machen wollen.«

»Ich habe auch ein Beinholster, das gerade groß genug für meine etwas kleinere Reservewaffe ist. Das habe ich nicht selbst gemacht«, gestand sie unumwunden ein. »Leider hat mein Kleid keinen so tollen Schlitz, durch den mir der direkte Zugriff auf den Stunner möglich ist.«

»Der Skizze nach glaube ich nicht, dass das bei Ihrem Kleid so einfach funktionieren würde wie bei meinem Rock. Durch einen Schlitz würde die schlanke Linie ruiniert.«

»Oh Gott, das wäre wirklich schlimm.« Hauptsache, sie könnten beide schnell nach ihren Waffen greifen, dachte Eve, womit das Thema für sie abgeschlossen war. »Jetzt gehen wir die ganze Sache noch einmal durch.«

»Kann ich vorher einen Kaffee haben? Da wir im Dienst sind, gibt es sicher keinen Wein, was wirklich schade ist, denn ich bin wegen dieser Sache mit dem roten Teppich immer noch etwas nervös.«

»Statt über einen roten Teppich sollten Sie sich Sorgen wegen eines durchtrainierten Footballspielers machen, der gut fünfzig Kilo schwerer ist als Sie und es womöglich auf Sie abgesehen hat.«

»Das macht mich ebenfalls nervös.«

Nachdem der Kaffee ihnen neue Energie verliehen hatte, gingen sie noch einmal alle Einzelheiten des geplanten Einsatzes im Kino durch, wogen das Für und Wider der verschiedenen Szenarien ab und fingen dann wieder von vorne an.

Bis Eve beschloss, dass es genug war, während gleichzeitig das perlende Gelächter, das das Markenzeichen ihrer Freundin Mavis war, im Flur erklang.

Vielleicht stand ja Trina wie zuvor schon Peabody im Stau. Und vielleicht löste dieser grauenhafte Stau sich erst in ein paar Tagen auf. Vielleicht.

Bevor sie den Satz zu Ende denken konnte, tauchte neben Mavis' ganz in Pink und Gold gehaltener, feenhafter Gestalt das personifizierte Grauen auf.

»He! Bereit zur Party?« Mavis drehte eine Pirouette, und als sie die Pläne auf den Monitoren, und die Ausdrucke und Fotos auf dem Schreibtisch sah, riss sie die Augen auf »Ihr seid am Arbeiten? Warum seid ihr am Arbeiten?«

»Weil das Verbrechen niemals schläft?«, schlug Eve ihr müde vor.

»Sagt nicht, dass ihr nicht mit zu der Premiere kommen könnt.« Vorwurfsvoll wies Mavis mit dem ausgestreckten Zeigefinger auf die beiden Frauen. »Das wird euer großer Abend. Schließlich wird dort *euer* Film gezeigt, und Peabody und ich haben unser Filmdebüt.«

»Wir kommen mit«, erklärte Eve mit einem vorsichtigen Seitenblick auf Trina, die sie kritisch musterte, als wäre sie eine Substanz, die vom Sturschädel auf einen gläsernen Objektträger gestrichen worden war. »Wir kommen mit und arbeiten.«

»Und feiern«, fügte Peabody hinzu.

»Bei all dem werdet ihr fantastisch aussehen, wenn ich mit euch fertig bin.« Trina, deren Turm aus goldenen und roten Haaren Eve an einen Großbrand denken ließ, runzelte nachdenklich die Stirn, ihr klappte die Kinnlade herunter, als das Weib ihr plötzlich in die Wange kniff.

»Mit Ihrer Haut bin ich zufrieden. Wie es aussieht, haben Sie sie ordentlich gepflegt.«

»Ich ... kann sein.« Sie klatschte sich tatsächlich regelmäßig die von Trina aufgezwungene Pampe ins Gesicht. Und zwar nicht nur aus Angst vor deren Zorn, wenn sie es unterließ, sondern auch oder vor allem, weil sie es als durchaus angenehm empfand. »Kneifen Sie mich noch mal, und ich haue Ihnen eins auf die Nuss.«

»Immer mit der Ruhe. Erst einmal bekommen Sie einen Hydrobooster. Der frischt Ihren Teint zusätzlich auf.«

»Ich brauche keinen ...«

»Keine Angst, das geht ganz schnell und ist total entspannend«, ging die andere furchtlos über ihren Widerstand hinweg. »Wie ein Maler eine Leinwand vorbereitet, bevor er sich an die Arbeit macht, bereiten wir jetzt Ihre Haut vor.«

»Ich muss Mavis noch erklären, was heute Abend läuft.«

»Das können Sie auch tun, während Ihre Haut die notwendige Feuchtigkeit bekommt. Mavis hat den Booster schon gekriegt. Los, wir gehen in Ihr Schlafzimmer, da steht mein ganzes Zeug.«

»Ach ja?«

»Male ich Sie an wie eine Schlampe, oder sehen Sie, wenn ich mit Ihnen fertig bin, wie eine hausbackene, alte Schachtel aus?«, hakte die Visagistin nach.

»Sie haben mir heimlich ohne meine Zustimmung den Hintern tätowiert.«

»Aber das Bild ging wieder ab. Heute steht so etwas nicht auf dem Programm«, klärte die Visagistin sie mit einem breiten Grinsen auf.

»Vielleicht könnte ich ja eins bekommen. Mein Kleid hat diese Rosenknospen in Höhe der Taille, deshalb sähe eine kleine Rosenknopse sicher super aus«, erklärte Peabody in hoffnungsvollem Ton.

»Wir werden sehen. Und jetzt los«, wies Trina ihre Opfer an. »Sie haben mich extra früher einbestellt, weil Sie in Eile sind, also verlieren wir besser keine unnötige Zeit.«

Da hatte sie natürlich recht, erkannte Eve. Wenn sie pünktlich fertig werden wollten, fingen sie am besten endlich an.

Sie trottete den Flur hinauf in Richtung ihres Schlafzimmers und wandte sich an ihre Partnerin. »Was machen übrigens die anderen?«

»McNab und Roarke gehen noch mal den computertechnischen Aspekt des Einsatzes im Kino durch.«

»Des Einsatzes im Kino?«, hakte Mavis nach.

Eve tätschelte ihr kurz die Schulter. »Das erkläre ich dir gleich. Was hast du übrigens mit deinem Mann gemacht?«

»Du hast gesagt, wir müssten vom Revier aus fahren, also kommt er nachher direkt dorthin. Er ist noch zu Hause bei der Kleinen, denn wir wollten nicht, dass sie so lange mit der Babysitterin allein sein muss. Wobei Bellamina voll auf Carly abfährt, weil sie echt ein Schatz ist, aber mit dem Film und mit der anschließenden Party sind wir ohnehin schon ewig weg.«

»Sie sind total in die Kleine vernarrt«, warf Trina ein. »Belle ist schließlich auch ein Kind, in das man sich einfach verlieben muss.«

»Die Herzen fliegen unserem Schätzchen nur so zu«, pflichtete ihr die stolze Mutter bei. »Wenn ihr im Kino einen Einsatz habt, bedeutet das, dass es um einen schlechten Menschen geht, der anderen ans Leder will. Genauso etwas sehen wir auch schon in dem Film, Dallas. Gibt's nicht vielleicht die Möglichkeit, auf eine Wiederholung zu verzichten?«

»Anderer Killer, anderes Stück.« Als Eve die beiden tragbaren Frisierstühle in ihrem Schlafzimmer entdeckte, wünschte sie, das andere Stück finge nicht erst in ein paar Stunden an.

»Sie und Peabody zuerst«, wandte Trina sich ihr zu. »Dann können Sie uns während Ihrer Frischekur erzählen, worum in aller Welt es diesmal geht. Mavis, du kannst uns was von dem Prickelwasser holen, von dem Roarke gesprochen hat.«

»Wir sind im Dienst«, erklärte Eve.

»Das bin ich auch, was allerdings nicht heißt, dass ich nichts trinken kann.«

Entschlossen klappte Trina eine ihrer Kisten auf und machte sich ans Werk.

Eine Stunde – oder Tage – später hatte Eve ein aufgefrischtes, sorgsam eingecremtes, angemaltes, strahlendes Gesicht, und auch wenn es ihr half, dass sie mit Mavis über die Arbeit sprechen konnte, klammerte sie sich, als Trina sich an ihre Haare machte, Hilfe suchend an den Lehnen des Sessels fest.

»Machen Sie bloß nichts Verrücktes.«

»Definieren Sie verrückt.«

»Sehen Sie einfach in den Spiegel.«

»Ha. Ich werde Ihren Haaren etwas Glanz verleihen und bausche sie ein bisschen auf. Ich war während der Dreharbeiten häufiger am Set, deswegen weiß ich, wie sich Marlo Durn die Haare für die Rolle hat machen lassen, wobei Sie sowieso immer so aussehen, wenn ich mit Ihnen fertig bin. Auch heute habe ich nichts anderes vor, außer vielleicht den Glamourfaktor der Frisur noch ein bisschen zu erhöhen.«

»Ich liebe meine Haare!« Peabody betrachtete verzückt ihr Spiegelbild.

Sie hatte eine Turmfrisur, nicht ganz so hoch wie die von Trina, sondern eher locker und mit einem weichen, hübsch mit einer Rosenknospe aufgepeppten Knoten im Genick.

»Ich hole jetzt mein Kleid, damit ihr mich in meiner ganzen Pracht bewundern könnt.«

Fröhlich tänzelte sie aus dem Raum, und als Eve ihr hinterherrief: »Denken Sie an ihre Waffe!«, wandte Mavis sich ihr zu.

»Glaubst du wirklich, dieses Arschloch wird versuchen, während der Premiere auf euch loszugehen?«

»Das denke und das hoffe ich«, gab Eve zurück. »Weil wir schließlich bestens darauf vorbereitet sind.«

»Zumindest geben Sie, falls Sie der Kerl erwischt, zwei wirklich hübsche Leichen ab.« Die Visagistin machte einen Schritt zurück, musterte sie kritisch und stellte mit einem selbstzufriedenen Nicken fest. »Ich bin echt gut.«

Sie bedeutete Eve, aufzustehen und sich im Spiegel anzusehen, erleichtert stellte Eve fest, dass ihre Haare praktisch unverändert waren. Sie wirkten höchstens etwas weicher und standen in alle Richtungen, doch durchaus schick, um ihren Kopf. Auf ihre Augen hatte Trina jede Menge Zeug geklatscht, im Grunde aber sahen sie dadurch nur größer und etwas dramatisch aus. Was ebenfalls dem Anlass durchaus angemessen war.

Von Tätowierungen war nirgends etwas zu sehen.

»In Ordnung, das haut hin.«

»Du wirkst verführerisch und weltgewandt«, stimmte Mavis ihr zu. »Jetzt kannst du dich anziehen, bevor ihr auf die Wache fahrt und Trina mir die Haare frisiert.«

»Ich dachte, dass dein Haar schon fertig ist.«

Lachend bauschte Mavis sich die wilden, blonden Locken mit den pinkfarbenen Spitzen auf. »Das ist mein normaler Look. Für die Premiere haben wir uns etwas ganz Besonderes ausgedacht.«

Eve wagte nicht, sich vorzustellen, was aus Mavis' und aus Trinas Sicht etwas Besonderes war. Als die anderen den Raum verließen, sah sie ihnen hinterher und atmete erleichtert auf.

Egal, was noch geschähe, sie hatte aus ihrer Sicht das Schlimmste hinter sich.

Als Roarke den Raum betrat, schob sie in leicht gebückter Haltung eine Hand unter den kurzen Saum ihres Kleids, riss ihre Waffe aus dem Holster, richtete sich eilig wieder auf und nahm eine Haltung wie am Schießstand ein.

»Mach das noch mal. Ich hätte gerne einen kurzen, ganz privaten Film davon, wie du unter dem Kleid nach deiner Waffe greifst.«

»Mit ein bisschen Übung geht das ziemlich gut.«

»Steck die Waffe trotzdem wieder ein, und dreh dich einmal um dich selbst, damit ich dich von allen Seiten sehen kann.«

Sie lüftete den Saum des Kleides, rollte mit den Augen, als ein zustimmendes Summen über seine Lippen drang, und strich den Stoff dann wieder über ihren Oberschenkeln glatt.

Er bezweifelte, dass ihr bewusst war, wie hervorragend ihr weich schimmernder Teint durch den vollen Kupferton ihres Gewands zur Geltung kam. Für eine Frau mit einem derart wachen Auge war sie geradezu erschreckend blind für alles, was sie selbst betraf. Das Kleid schmiegte sich weich an ihren langen, schlanken Körper an, und durch den viereckigen Ausschnitt und die diamantene Träne, die er ihr einmal geschenkt hatte und die sie immer um den Hals trug, wurden ihre sanft geschwungenen Brüste vorteilhaft betont.

»Ich musste etwas üben, bevor ich in diesen Knöchelbrechern an die Waffe kam.« Die Schuhe, die dieselbe Farbe hatten wie ihr Kleid, glitzerten genauso wie der Diamant um ihren Hals. »Aber inzwischen kriege ich es hin.«

»Was habe ich doch für ein Glück mit meiner Frau.«

»Das versteht sich ja wohl hoffentlich von selbst.«

»Es zu sagen, schadet trotzdem nichts. Du siehst fantastisch aus. Hier, die fehlen noch.« Er zog eine Schachtel aus der Tasche, in der ein Paar langer Ohrringe mit Diamanten und Rubinen lag.

»Sind die neu?«, erkundigte sie sich in vorwurfsvollem Ton.

»Nein«, erklärte er ihr lachend. »Aber trotzdem passen Sie hervorragend zu deinem Kleid. Ich hatte eigentlich auch eine andere Kette vorgesehen, aber die Riesenträne ist perfekt, und vor allem habe ich selbst eine besondere Verbindung zu dem Stück. Ich ziehe mich schnell um, dann können wir losfahren.«

»Es ist einfach nicht fair, dass du in drei Minuten fertig bist, während es bei mir Stunden gedauert hat.«

»Aber die investierte Zeit hat sich auf jeden Fall gelohnt. McNab, Feeney und ich sind übrigens bereit.«

»Gut.« Sie wandte sich erneut dem Spiegel zu, bevor sie abermals die Waffe aus dem Holster zog.

Das war sie schließlich auch.

Sie ignorierte Baxters »Aber hallo«, Truehearts rote Wangen und Sanchez' hochgezogene Brauen, und da sie dachte, dass es half, die allgemeine Anspannung ein wenig abzubauen, ließ sie zu, dass Peabody mit übertriebenem Hüftschwung vor den Männern auf und ab stolzierte und das laute Pfeifkonzert, das über sie hereinbrach, umfänglich genoss.

Nachdem der Trupp sich ausgeblödelt hatte, gingen sie ein letztes Mal den Einsatz, die verschiedenen Codes und Positionen durch.

»Falls es noch Fragen gibt, Probleme oder Sorgen, formulieren Sie die jetzt.«

»Können wir die Kosten für das Popcorn absetzen?«, erkundigte sich Baxter.

»Nein. Wobei das keine Rolle spielt, weil es kein Popcorn für Sie geben wird. Das macht klebrige Finger, und die können Sie nicht brauchen, wenn Sie Ihre Waffe ziehen müssen oder so. Diejenigen, die sich als Gäste dort unter die Leute mischen, fahren jetzt los und machen alle Viertelstunde Meldung, auch wenn nichts passiert.«

Sie blickte ihre Leute an. »Auf geht's.«

Dass auch Mavis in der Limousine saß, half, die Stimmung aufzulockern. Ihr *ganz besonderer* Look bestand aus einer Woge schimmernd blonden Haars mit einer Vielzahl dünner, violetter

Zöpfe in der Farbe ihres Kleides, in die leuchtend grüne Bänder in der Farbe der Schuhe eingeflochten waren. Leonardo als ihr Partner hatte einen langen, leuchtend grünen Frack mit violettem Hemd und farblich passender Krawatte an.

»Ich wünschte mir, ihr könntet auch was von dem Prickelwasser trinken.«

»Nach dem Einsatz«, meinte Eve.

»Du hast nicht einmal Angst.«

»Höchstens davor, dass ich wegen dieser blöden Schuhe auf die Schnauze falle.«

»Dafür sehen sie fantastisch aus. Sie passen also ganz hervorragend zu uns, denn schließlich sehen wir alle rundherum fantastisch aus.«

»Ich glaube, mir wird schlecht.« Peabody presste die Hand gegen ihr schimmernd goldfarbenes Kleid, Leonardo klappte eine kleine, silberne Schatulle auf und bot ihr eine der Pastillen daraus an.

»Pfefferminz. Das hilft. Als ich das erste Mal über den roten Teppich laufen musste, war mir mindestens genauso schlecht. Weißt du noch, Mavis?«

»Mein armer Schatz hat es fast nicht mehr bis zum Klo geschafft, bevor er losgereihert hat.«

»Du wirst bestimmt nicht brechen«, munterte McNab die Liebste auf. »Du wirst dich derart amüsieren, dass du deine Übelkeit sofort vergisst.«

Auch er trug einen Frack, doch jedes Mal, wenn er sich auch nur leicht bewegte, blitzte der verdammte Stoff in einer anderen Farbe auf. Rot, Blau, Gold und zwar in einem derart schnellen Wechsel, dass Eve schwindlig wurde, wenn sie auch nur kurz in seine Richtung sah.

Entschlossen wandte sie sich ab und sprach mit ihrem Team.

»Sie alle sind auf Position. Der Verdächtige ist nirgendwo zu sehen. Reineke berichtet, dass die Menge außerhalb der Absperrung noch deutlich größer als erwartet ist.«

Jetzt waren sie fast da, erkannte sie und wandte sich den

Freunden zu. »Mavis, Leonardo, macht es euch was aus, als Erste auszusteigen?«

»Kein Problem.«

»Ich möchte, dass ihr aus dem Weg seid, falls es brenzlig wird.«

»Keine Sorge.« Leonardo legte einen muskulösen Arm um seine Frau. »Ich passe auf sie auf.«

»Oh, Honigbär.«

»Fangt jetzt bloß nicht an zu knutschen, denn wir halten im Moment an. Mischt euch unters Publikum, und lasst euch nicht in meiner Nähe blicken, bis die Sache abgeschlossen ist.«

»Wir kommen schon zurecht. Sieh zu, dass dir das auch gelingt«, bat Mavis sie und nahm sie eilig in den Arm. »Und du machst auf dem roten Teppich einfach alles, was ich auch mache, okay?«, wandte sie sich an Peabody. »Denn Dallas ist vielleicht die Fachfrau für den Polizeieinsatz, aber ich bin die Expertin für das Showgeschäft.« Sie lachte und gab ihre Anweisungen.

»Also zieh den Bauch ein, drück die Brüste raus, lächle, aber guck, dass es natürlich bleibt, auch leichtes Winken ist okay. Wenn du für die Kameras posierst, verlagerst du am besten dein Gewicht auf den hinteren Fuß und guckst über die Schulter, weil das oft die schönsten Bilder sind.«

»Du kriegst das sicher hin.« Mavis tätschelte der aufgeregten Peabody den Arm. »Da wären wir. Seht zu, dass ihr den Bastard möglichst schnell erwischt, damit im Anschluss an den Film die Riesenparty steigen kann.«

Der Fahrer, der zu Roarkes privaten Leibwächtern gehörte, öffnete die Tür, unter dem Gewitter unzähliger Blitzlichter stieg Leonardo aus und reichte seiner Frau die Hand.

Als Mavis aus der Limousine glitt, schwollen die Rufe und der Beifall tatsächlich noch an, trotz der Umstände und ihrer eigenen Anspannung fand Eve es wunderbar zu hören, wie das Publikum den Namen ihrer Freundin rief.

»Sie ist 'ne echte Sensation«, bemerkte sie und schaltete im nächsten Atemzug in Arbeitsmodus um. »Jetzt kommen wir, danach ist Peabody an der Reihe.«

Auf ihr Nicken stieg Roarke aus, bot ihr die Hand und wie Mavis wurde sie von grellem Blitzlicht und von einem regelrechten Jubelsturm begrüßt.

Noch während Eve sich suchend in der Menge umsah, stimmte diese ihren und Roarkes Namen an.

Auf dem roten Teppich, der sich wie ein gerader roter Fluss im Foyer des Kinos in ein leuchtend rotes Teppichmeer ergoss, liefen Leute, die je nach Geschlecht in eleganten Abendanzug oder teures Abendkleid gewandet, mit funkelnden Juwelen aller Art behangen waren, und lachend für die Kameras posierten, die das Publikum begeistert in die Höhe hielt.

Doch Clinton Frye war – bisher – nicht dabei.

»Lieutenant Dallas ist die Sensation des Abends«, kommentierte Roarke.

»Das ist seltsam und ein bisschen unheimlich«, erklärte sie und raunte in ihr Mikrofon: »Wir gehen jetzt los.«

Noch seltsamer empfand sie all die Fragen, die man ihr entgegenrief, die Mikrofone, die man ihr unter die Nase hielt, die unterwürfige Begeisterung der Journalisten und die ungezähmte Energie der Menge links und rechts der Absperrung.

Was machten sie nur für ein Aufhebens um sie? Sie war fast täglich auf der Straße unterwegs und ging so gut wie sicher davon aus, dass der eine oder andere der Menschen, die jetzt jubelten und winkten, schon mal von ihr festgenommen worden war.

All diese wilde Aufregung, um einen Blick auf einen Cop zu werfen? Manchmal schämte sie sich richtiggehend für die Bewohner ihrer Stadt.

Als sie etwas in der Art zu ihrem Gatten sagte, lachte er und presste ihr – wie um sie vollends in Verlegenheit zu bringen – sanft die Lippen auf den Mund.

Die Menge flippte endgültig aus und wütend raunte sie: »Verdammt, hör auf damit.«

»Vielleicht könnte ich das tun«, gab er zurück und hob entschlossen ihre Hand an seinen Mund. »Wenn du aufhören würdest, derart amüsant zu sein.«

»Ich arbeite daran.«

Es war ganz einfach Teil ihres Jobs, sagte sie sich, als die Reporter angelaufen kamen. Einfach Teil des Plans.

Toller Abend, freue mich schon riesig auf den Film, bla, bla, genau, das Kleid ist wieder mal von Leonardo. Und die Schuhe? Na, die Schuhe sind von mir.

Aus irgendeinem Grund brach eine Modejournalistin bei dem Satz in perlendes Gelächter aus.

Es war nicht ganz einfach, aber es gelang ihr, gleichzeitig zu reden und zu lächeln, den Berichten der Kollegen durch den Knopf in ihrem Ohr zu lauschen und sich unauffällig umzusehen, ohne Peabody und Mavis aus den Augen zu verlieren. Bis sie Nadine in einem Traum aus Silber, Mira in azurblauer, weich fließender Seide sowie einen leicht verwirrten Dennis Mira in der Tür des Kinos stehen sah. Oh Gott, wie süß er wieder einmal war. Der Commander wirkte neben seiner königlichen Frau, die immer etwas Furcht einflößend wirkte, wie ein General.

Als jemand ihren Namen rief, sah sie sich um und stellte fest, dass Marlo, Hand in Hand mit Matthew, auf sie zugelaufen kam.

»Dallas! Sie sind hier! Ich hatte bis zum Schluss befürchtet, dass Sie keine Zeit hätten zu kommen, weil Sie wieder einmal irgendeinem Mörder auf den Fersen sind. Umso schöner, dass Sie tatsächlich gekommen sind. Wir freuen uns schon total auf heute Abend und auf morgen.«

Roarke gab ihr die Hand. »Genau wie wir. Schön, Sie zu sehen, Matthew.«

»Es ist wirklich super, wieder in New York zu sein.«

Als die Journalisten um ein Foto baten, schob sich Marlo lächelnd neben Eve und legte einen Arm um sie.

Sie war ihr viel zu nah, sagte sich Eve, obwohl es sicher keinen Grund zur Sorge gab, weil Marlo ihr mit dem langen, blonden Haar im Grunde gar nicht mehr so ähnlich sah.

»Wir sollten langsam rein«, raunte ihr Marlo zu, während sie die nächste Pose einnahm. »Hier draußen ist es trotz der Heizstrahler echt kalt, und solange wir uns nicht bewegen, halten die Reporter uns hier fest.«

»Das klingt nach einem guten Plan.« Eve winkte Peabody zu sich heran, wieder wurden Grüße sowie Komplimente ausgetauscht und jede Menge Aufnahmen gemacht.

»Ich möchte nicht, dass jemand sich verkühlt«, erklärte Roarke nach einem Augenblick und führte die gesamte Gruppe zielstrebig ins Haus.

Die Eingangshalle war mit rotem Teppichboden ausgelegt, aber es herrschte drinnen deutlich weniger Gedränge, weil dort nur ein ausgesuchter Kreis an Gästen zugelassen war.

Unter anderem Sterling Alexander, der mit einem selbstzufriedenen Lächeln im Gesicht an einem Cocktail nippte und sich mit dem Regisseur des Filmes, Mason Roundtree, unterhielt.

Eve ließ den Blick über Young-Sachs und Biden wandern, bis sie etwas abseits Alva Moonie in Begleitung ihrer Hauswirtschafterin stehen und Brad Whitestone mitfühlend die Hände drücken sah.

Auf der anderen Seite des Foyers hielt Candida ganz in durchschimmerndem Weiß vor einer Schar von Klatschreportern Hof.

»Ich habe mich gefragt, ob sie wohl kommen würden. Whitestone, Newton und seine Verlobte«, murmelte Eve leise, Roarke folgte ihrem Blick.

»Die ganze Sache lastet schwer auf ihnen. Das ist nicht zu übersehen.«

»Warum tun sie sich dann so etwas wie diese Filmpremiere an?«

»Manche Menschen brauchen Einsamkeit und Stille, wenn sie trauern, aber andere brauchen Menschen, Ablenkung und Lärm um sich herum. Das eine kann so tröstlich wie das andere sein«, erklärte er und zeigte mit dem Kopf zu Alva, die Whitestone in die Arme nahm.

»Wahrscheinlich hast du recht.«

Die anderen Polizisten waren überall im Raum verteilt.

Baxter, dessen Frack wie angegossen saß, unterhielt sich lächelnd mit Carmichael, die genauso elegant aussah, einzig ihre Blicke und die sprungbereite Körperhaltung zeigten, dass sie nicht nur zum Vergnügen in dem Kino waren.

Feeney zerrte unglücklich am Knoten der Krawatte, die er trug, bevor Eve aber zu ihm gehen und ein paar Worte mit ihm wechseln konnte, tauchte Julian Cross an ihrer Seite auf, hob ihre Hände sanft an seinen Mund und sah sie aus nicht ganz so blauen und verruchten Augen an wie Roarke. »Ich habe schon auf Sie gewartet.«

In dem Film sprach er mit irischem Akzent, von dem jetzt aber nichts zu hören war. »Ich wollte Ihnen noch mal dafür danken, dass ich Ihretwegen noch am Leben bin.«

»Das ist nicht mein, sondern Nadines Verdienst.«

»Das stimmt. Sie hat verhindert, dass ich in der Nacht gestorben bin. Doch Sie haben rausgefunden, dass Joel K. T. ermordet hat, mir die Sache in die Schuhe schieben wollte und mich danach ebenfalls ermorden wollte. Dadurch haben Sie mir den Mut gegeben, endlich einen Schlussstrich unter meine Sauferei zu ziehen. Ich habe mein Leben vollkommen geändert, rühre keinen Alkohol mehr an und werde das auch niemals wieder tun.«

»Das freut mich sehr.«

Er gab ihr einen Wangenkuss und wandte sich an Roarke. »Sie haben wirklich Glück mit dieser Frau.«

»Auf jeden Fall. Die Enthaltsamkeit steht Ihnen ausgezeichnet, Julian.«

»So fühlt sie sich auch an. Nochmals danke Ihnen beiden. Aber jetzt muss ich mit Connie sprechen, die sich sicher freuen würde, Sie schon vor der ... Feier morgen Nachmittag zu sehen«, fügte er mit dem ihm angeborenen Charme hinzu. »Mason wird, bevor wir reingehen, eine kleine Rede halten, vielleicht schaffen Sie es ja, sich vorher in den Kinosaal zu schleichen und sich diese Rede zu ersparen. Wir haben nachher auf der Party und vor allem morgen sicherlich noch Zeit, um ein paar Neuigkeiten auszutauschen, hoffe ich.«

»Manchmal krempelt man ein Leben, indem man es rettet, völlig um«, bemerkte Roarke, als Julian verschwunden war.

»Das hat er selbst getan.«

Aufgrund der kostenlosen Drinks schwoll der Lärmpegel nach kurzer Zeit erheblich an. Die Leute tauschten Wangenküsse aus, warfen sich Kusshände durch das Gedränge zu, machten einander echte oder falsche Komplimente, und erzählten sich den neusten Tratsch, von dem es auch oder vor allem in der sogenannten besseren Gesellschaft immer zur Genüge gab.

Plötzlich spürte Eve ein leichtes Kribbeln im Genick, sah unauffällig über ihre Schulter und vernahm die Meldung des Kollegen einen Augenblick, bevor sie Frye in einer Ecke stehen sah. Sie lenkte ihren Blick bewusst an ihm vorbei zurück auf Roarke, und er berührte sachte ihren Arm.

»Ich habe es gehört. Und ihn gesehen.«

»Er hat einen Ausweis der Security, das heißt, dass er sich überall vollkommen frei bewegen kann. Hier vorne sind zu viele Leute. Drinnen im Saal gelingt es uns wahrscheinlich eher, ihn unauffällig festzunehmen, ohne dass es dabei zu verletzten Zivilisten kommt. Ich gehe schon mal los. Er wird mir sicher folgen.«

Ehe Roarke ihr widersprechen konnte, fügte sie hinzu: »Ich habe Männer dort postiert und bin bewaffnet. Schließlich haben wir es von Beginn an so geplant.«

»Das ist mir klar. Genauso, wie dir klar ist, dass ich ihm auf den Fersen bleiben werde, wenn er diesen Raum verlässt.«

»Aber überstürz es bitte nicht.«

»Baxter, Sie nehmen Alexander – unauffällig – fest, sobald ich in den Kinosaal gegangen bin. McNab, Sie geben dem FBI wegen der Handlager des Typs grünes Licht. Jetzt fängt das große Reinemachen an.«

Sie schenkte Roarke ein Lächeln, schlenderte gemächlich Richtung Kinosaal, und winkte ein paar Leuten lässig im Vorbeigehen zu. Sie konnte deutlich spüren, dass er ihr mit Blicken folgte, doch sie wusste, dass sie ihm näher kommen musste, weil sie nicht riskieren durfte, dass er ihr wieder entkam.

Wahrscheinlich hatte er ein Messer, einen Stunner oder beides bei sich, dachte sie und glitt entschlossen durch die Tür in den palastartigen Saal.

Obwohl sie niemals vorher dort gewesen war, kannte sie jeden Winkel dieses Raums.

Sie zückte ihre Waffe und ging vorsichtig nach links. Sie musste dafür sorgen, dass er weit genug hereinkam, um nicht wieder herauslaufen zu können, ehe auch der letzte Ausgang abgeriegelt war.

Die anderen Türen waren bereits blockiert und an der Tür, durch die sie selbst gekommen war, würden zwei von ihren Männern direkt hinter Clinton Position beziehen, sodass er in der Falle saß.

Sie tat noch ein paar Schritte und wandte dabei absichtlich der Tür den Rücken zu.

Denn andere Augen, denen sie vertraute, würden ihn auch weiterhin im Blick behalten, sie selber würde hören und spüren, sobald er in der Nähe war.

Tatsächlich hörte sie im nächsten Augenblick, wie er den Saal betrat.

Noch ein bisschen näher, dachte sie und lauschte auf die Stimmen in ihrem Ohr und ihren eigenen Instinkt. Nur noch ein bisschen näher, und wir haben dich.

Sie wirbelte zu ihm herum, als sie mit der Waffe auf ihn zielte, starrte er sie völlig reglos an, wobei das Zucken seiner Hand verriet, dass er auf diesen Anblick nicht gefasst war.

»Vielleicht drücken Sie tatsächlich schneller ab als ich, aber falls ich Sie nicht erwische, holen das die vier Kollegen hier im Saal auf alle Fälle nach. Also legen Sie Ihren Stunner langsam auf den Boden, Frye, wenn nicht die ganze Truppe auf Sie zielen soll. Denn ich kann Ihnen versichern, wenn alle Sie gleichzeitig erwischen, tut das höllisch weh.«

Er sah nervös nach links und rechts, verlagerte ein wenig sein Gewicht und rollte auf den Zehen ab.

»Sie können nirgendwo mehr hin. Das Spiel ist aus.«

Noch während sie dies sagte, schwang die Tür des Saals noch einmal auf.

»Eve Dallas!«, fauchte eine sturzbetrunkene Candida sie mit zornbebender Stimme an. »Jetzt hören Sie mir mal zu, Sie blödes Weib!«

Frye wirbelte zu ihr herum, zerrte sie wie ein Schutzschild vor sich, holte aus und schleuderte sie unsanft durch die Luft.

Kreischend landete die Frau auf Eve und rammte ihr versehentlich eine ihrer wild fuchtelnden Fäuste ins Gesicht.

»Du blödes Weib!«, schrie sie erbost und trommelte mit Händen und Füßen auf Eve ein. »Du hast mein Kleid kaputt gemacht!«

Die Kollegen feuerten aus allen Rohren, doch Frye bahnte sich einen Weg an Stuhlreihen vorbei auf eine der vielen Türen zu.

Fluchend wälzte Eve sich unter Candida hervor, sprang eilig auf, zerrte sich die verdammten hochhackigen Schuhe von den Füßen und nahm die Verfolgung ihres Widersachers auf.

Er war echt schnell, aber verdammt, sie wäre schneller.

Ihr rechtes Auge tränte so, dass sie nur noch verschwommen sah, es schmerzte wie ein fauler Zahn.

Als einer der diversen Laserstrahlen seine Schulter streifte, sprang er vorne auf die Bühne, schoss wie ein Verrückter um sich, und bemerkte nicht, dass ein paar Meter hinter ihm auch Eve inzwischen auf der Bühne stand.

Sie drückte ab und traf ihn direkt in den Rücken, aber anstatt zu stolpern, schwankte er nur etwas, statt eines wilden Zitterns zuckte nur ein leiser Schauder durch den muskulösen Leib.

Er fuhr zu ihr herum und riss im selben Maße zornig wie verängstigt seine Waffe hoch.

Sie und die Kollegen riefen: »Lassen Sie die Waffe fallen«, doch er funkelte sie weiter wütend an.

Er konnte sie aus diesem Abstand unmöglich verfehlen, wusste sie. Genauso wenig wie sie ihn.

Sie sagte sich, *verdammt,* und machte sich daran zu schießen, ehe er sie traf.

Als plötzlich Roarke geschmeidig wie ein Panther angeflogen kam, Frye den Schädel in die Kniekehlen rammte und mit ihm zusammen noch ein Stückchen weiter flog.

»Handschellen!«, brüllte Eve und stürzte auf die beiden Männer zu. Bevor sie sie jedoch erreichte, holte Roarke schon aus, rammte seinem Gegner eine seiner Fäuste ins Gesicht, und ehe sie ihn daran hindern konnte, drosch er abermals auf den Widersacher ein.

»Okay, okay, okay. Er ist erledigt. Du hast ihn erwischt.«

»Lieutenant«, Jenkinson warf ihr die Handschellen zu und fuhr zusammen, als er mühselig das Podium erklomm.

»Sind Sie verletzt? Haben Sie was abgekriegt?«

Er schüttelte den Kopf. »Ich hatte eine schusssichere Weste an. Aber trotzdem tut ein Treffer ganz schön weh.«

»Ich weiß. Am besten setzen Sie sich erst mal hin, bis Sie wieder zu Atem kommen. Und du auch«, wandte sie sich an Roarke, obwohl er schon neben dem benommenen Täter auf dem Boden saß.

Als Frye versuchte aufzustehen, rammte Eve ihm ihren Stunner ins Gesicht. »Sie sind erledigt«, wiederholte sie. »Drehen Sie sich aufs Gesicht, und legen Sie die Hände auf den Rücken. Und zwar so, dass ich sie sehen kann.«

Stattdessen tastete der Kerl nach seiner Tasche, worauf Roarke ihm einen wenig sanften Stoß zwischen die Rippen gab.

»Suchst du das hier, Junge?«, fragte er und hielt ein Messer in die Luft. »Das hattest du schon nicht mehr in der Tasche, als du auf dem Boden aufgekommen bist. Leg noch einmal Hand an meine Frau, und ich ramme dir die Klinge in den Bauch.«

Eve sah ihn warnend an und schüttelte den Kopf.

»Jenkinson, Sie tüten dieses Messer ein, okay? Die andern helfen mir, den Bastard auf den Bauch zu drehen.«

Er bäumte sich verzweifelt auf und trommelte mit seinen Füßen wie ein kleiner Junge in der Trotzphase auf das Parkett.

»Mein Gott, Sie sind *erledigt«,* fauchte Eve zum dritten Mal und wahrhaft dankbar, dass sie nicht in einen Zweikampf mit dem Kerl verwickelt worden war, stellte sie die Handschellen weiter, weil sie in normaler Größe viel zu klein für seine dicken Arme waren.

»Clinton Rosco Frye, ich verhafte Sie wegen Verabredung zum Auftragsmord an Marta Dickenson, Chaz Parzarri und Jake Ingersol. Dazu kommen auch noch ein paar andere Dinge wie der wiederholte Mordversuch an einem Mitglied der New Yorker Polizei. Schafft ihn durch die Hintertür, und bringt ihn schon mal aufs Revier. Ich komme sofort nach.«

Während vier Kollegen ihren Täter, der sich weiterhin nach Kräften wehrte, auf die Füße zerrten und gewaltsam Richtung Ausgang schoben, setzte sie sich neben ihren Gatten auf die Bühne, der sah sie fragend an.

»War das dieser verdammte Schweinehund?«

Sie glitt mit ihren Fingern über die Wange und das Auge, das inzwischen völlig zugeschwollen war. »Verdammt, verdammt. Das war er nicht, oder zumindest nicht direkt. Er hat mit dieser blöden Candida nach mir geworfen, und die dumme Kuh hat mich mit der Faust erwischt.«

»Erst ein Kleinkind und jetzt eine angetrunkene Idiotin.«

»Ich weiß nicht, ob man sagen kann, dass das ein Fortschritt ist.« Sie drehte ihren Kopf und sah, dass Baxter, Peabody und andere versuchten, all die Leute aus dem Saal zu drängen, die hereingekommen waren, um den Film zu sehen. »Tut mir leid, aber wie's aussieht, kann ich mir den Film jetzt doch nicht ansehen, weil ich erst mal Frye vernehmen muss.«

»Dann verpassen wir ihn beide, denn ich lasse dich ganz sicher nicht alleine auf die Wache fahren.«

»Das ist ...«, setzte sie an, brach aber achselzuckend ab. Er wäre sowieso nicht davon abzubringen, und im Grunde hatte sie auch keine Lust, allein zu fahren. »Das war übrigens ein super Tackling.«

»Als Junge habe ich ein bisschen Zeit mit diesem Sport verbracht.«

»Mit was für einem ... oh, du meinst wahrscheinlich Gaelic Football, wie man es in Irland spielt. Wie's aussieht, hast du dafür ziemliches Talent.«

»Trotzdem tun mir alle Knochen weh«, räumte er ein und spannte seine aufgerissenen Knöchel an. »Es war, wie wenn man gegen eine Scheißbetonwand kracht.«

Mitfühlend nahm sie seine Hand und sah sich die Verletzung an. »Sieht aus, als bräuchte heute auch noch jemand anderes Eis.«

»Und zwar in einem Glas mit Whiskey«, stimmte er ihr zu.

»Das hast du dir auf jeden Fall verdient. Tja, verdammt, wie's aussieht, war es wirklich eine gute Show, die wir hier abgeliefert haben.«

»Unbedingt, früher oder später finden wir bestimmt noch Zeit, um auf die After-Show-Party zu gehen.« Er rappelte sich auf, zog seine Gattin auf die Füße, legte die verletzte Hand an ihr geschundenes Gesicht und lächelte sie an.

»Dallas!« Ihre eigenen und Eves Stöckelschuhe in den Händen, kam die treue Peabody den Gang heruntergerannt. »Au! Sie haben ganz schön was abgekriegt. Sind Sie okay? Sind Sie beide okay?«

»Okay genug. Jetzt fahren wir als Nächstes aufs Revier, damit ich diese Angelegenheit zu Ende bringen kann.«

»Ich komme mit.«

»Sie bleiben bitte hier, denn irgendwer muss dafür sorgen, dass die Leute sich beruhigen, und sich vergewissern, dass die blöde Candida gesund, wenn auch vielleicht nicht wirklich munter ist.«

»Aber ...«

»Mit Frye werde ich auch alleine fertig, aber da ich es nicht schaffe, an zwei Orten gleichzeitig zu sein, vertreten Sie mich bitte hier. Ich brauche jemanden, der hier die Leitung übernimmt. Ich melde mich, wenn die Vernehmung abgeschlossen ist. Wenn möglich, kommen wir noch zu der Party, wenn nicht, hat alles andere auch bis Montag Zeit.«

»Okay.«

»Was ist mit Alexander?«

»Baxter und Trueheart haben ihn verhaftet, was ihm ziemlich sauer aufgestoßen ist.«

»Das hätte ich natürlich gerne miterlebt.«

»Was für ein Abend«, stellte Peabody mit einem Seufzer fest.

»Auf jeden Fall alles andere als langweilig.« Eve stützte sich auf Roarkes gesunde Hand, um sich die Schuhe anzuziehen. »Im Grunde ist es so gelaufen wie geplant.«

»Genau«, stimmte er lachend zu, auf den jeweils anderen gestützt, verließen sie das Kino durch die Hintertür und fuhren aufs Revier.

Epilog

Eve saß Frye gegenüber im Vernehmungsraum. Inzwischen hatte man ihm dickere Handschellen angelegt und diese zusätzlich mit Ketten an den Haken befestigt, die im Boden verankert waren.

Reineke zufolge hatte er sich bis zum Schluss mit seinen irren Riesenkräften gegen die Verbringung in den Zellentrakt gewehrt.

»Alexander hat alles auf Sie geschoben«, fing sie an. »Er hat gesagt, Sie hätten ihn bedroht und ihn gezwungen, tatenlos mit anzusehen, wie diese Leute von Ihnen ermordet worden sind. Was sagen Sie dazu?«

Er sagte nichts.

»Wollen Sie, dass er ungeschoren davonkommt?«, fragte sie, was der totale Schwachsinn war, denn wie Alexander und seine vier Anwälte bereits von ihr erfahren hatten, käme er infolge der erdrückenden Beweislast bis ans Lebensende nicht mehr aus dem Knast. »Warum erzählen Sie mir nicht Ihre Seite der Geschichte?«

Als er weiter schwieg, lehnte sie sich auf dem Stuhl zurück. »Okay, dann werde ich Ihnen jetzt sagen, was ich weiß, was ich beweisen kann und was Sie dreimal lebenslänglich hinter Gitter bringen wird. Sie haben auf Befehle von Sterling Alexander mithilfe von Milo Easton Marta Dickenson entführt, in die leere Wohnung unter den neuen Büros der WIN-Gruppe verschleppt, sie dort befragt, geschlagen, misshandelt und ihr schließlich das Genick gebrochen. Wobei Alexander vorgibt, dass Sie selbst auf die Idee gekommen wären, ihr am Ende das Genick zu brechen, während Easton meint, er hätte nicht gewusst, was in der Wohnung vor sich geht. Was sagen Sie dazu?«

Er sagte weiter nichts.

»Bei den beiden anderen Morden sieht's genauso aus. Auch da behauptet Alexander steif und fest, er hätte nichts davon gewusst, und Sie hätten ihn gezwungen, den Mund zu halten, während Milo aussagt, er wäre völlig ahnungslos gewesen, und Sie hätten ganz allein agiert. Wenn Sie mir nicht sagen, wie es Ihrer Meinung nach gewesen ist, wandern Sie für diese Morde in den Kahn, und die beiden anderen kommen mit einer Anklage wegen Betrugs davon. Sind Sie tatsächlich so dumm und fahren allein für diese Taten ein?«

In seinen Augen blitzte heißer Zorn. »Sagen Sie nicht, ich wäre dumm.«

Das waren die allerersten Worte, die aus seinem Mund gekommen waren. Mit ihnen zeigte er ihr seine Schwachstelle.

»Ich sage nicht, sondern ich frage, ob Sie tatsächlich so dämlich sind. Ob Sie einfach alles auf sich nehmen wollen, während Alexander Sie ans Messer liefert, weil er sich aus der Verantwortung für diese Taten stehlen will. Ich weiß, dass er Sie angeheuert hat. Dass er Sie bezahlt und Ihnen gesagt hat, was Sie machen sollen. Zeigen Sie, dass Sie nicht dumm sind. Sitzen Sie nicht einfach tatenlos hier herum, während Alexander Ihnen alles in die Schuhe schiebt.«

Entschlossen beugte sie sich wieder zu ihm vor. »Er hat nicht das Recht, Sie zum Sündenbock zu machen. Er ist derjenige, der Sie für dämlich hält, aber wir beide wissen, dass er Ihnen diese Aufträge gegeben hat. Sie haben einfach Ihren Job gemacht. Sie haben die Befehle dieses Kerls befolgt.«

»Er hat zu mir gesagt, schnappen Sie sich die Frau, und finden Sie heraus, was sie getan hat oder weiß. Nehmen Sie ihr alles ab, was sie dabeihat, stopfen Sie ihr ein für alle Mal das Maul, und werden Sie sie los. Aber welche Aufträge ich ausführe, und wie ich dabei vorgehe, entscheide ich noch immer selbst.«

»Okay.« Mit ausdrucksloser Miene lehnte sie sich abermals auf ihrem Stuhl zurück. »Sie denken selbstständig. Verstehe. Wie viel hat Alexander für das Kidnapping, die Befragung und den Mord an dieser Frau bezahlt?«

»Fünfundzwanzigtausend, und zwar bar auf die Hand. Wie jedes Mal hat er versucht, den Preis zu drücken, aber ich habe gesagt, das könnte er vergessen und das Geld im Voraus und in bar verlangt. Ich bin *nicht* dumm.«

»Genau.« Er war nicht einfach dumm, sondern ein Vollidiot. »Was heißt jedes Mal? Hatte er Sie vorher schon mal angeheuert, um jemanden loszuwerden?«

Als er schwieg, hakte sie sachte nach. »Das passt zu seinem Muster, sehen Sie? Zu dem Muster, nach dem Alexander immer vorgegangen ist. Er hat immer andere dazu gebracht, dass sie sich für ihn die Hände schmutzig machen, und dabei versucht, sie finanziell über den Tisch zu ziehen, weil er sich für viel klüger hält als alle anderen.«

»Er hat mich nur dafür bezahlt, ihnen ein bisschen zuzusetzen. Ihnen eine reinzuhauen, den Arm zu brechen oder so.«

»Dann hat er Sie im Fall von Dickenson also zum ersten Mal dafür bezahlt, jemanden zu töten.«

»Was ihn mehr gekostet hat. Dafür habe ich das Doppelte wie sonst verlangt. Danach habe ich noch ihre Sachen und den Mantel mitgenommen. Es war ein wirklich ordentliches Stück. Damit es aussah wie ein Raub. Wenn dieses Arschloch Milo dichtgehalten hätte, wären Sie nie draufgekommen, dass es um was völlig anderes gegangen ist.«

»Sie haben es so aussehen lassen, als ob Marta überfallen worden wäre. Das war wirklich schlau. Das bedeutet, dass die anderen die Dummen waren, Frye, denn sie haben Sie dazu gebracht, den Mord in einer Wohnung zu begehen, die jemandem gehört, der mit Alexander in Verbindung stand. Das war nicht Ihre Schuld. Danach war Parzarri dran. Wie wurde diese Sache arrangiert?«

»Er ...«

»Wer?«

»Alexander, wer wohl sonst? Er hat gesagt, dass dieser Buchhalter verschwinden muss. Er hatte es verbockt, was hieß, dass er eine ... Belastung war. Er hat zu mir gesagt: ›Finden Sie raus, ob er geredet hat, und räumen Sie ihn aus dem Weg.‹ Ich habe gesagt, dass das noch teurer wird. Parzarri war ein Mann, und Männer bringt man nicht so leicht wie Frauen um, deshalb habe ich mehr verlangt.«

Sie nickte anerkennend mit dem Kopf. »Sie leisten die Arbeit, deshalb bestimmen Sie auch den Preis. Wie hoch haben Sie ihn angesetzt?«

»Ich wollte dreißigtausend. Erst wollte er nicht so viel bezahlen, aber das war mein Preis, deshalb hat er ihn am Schluss gelatzt. Außerdem war die Idee, ihn mit dem Krankenwagen zu entführen, von mir. Also habe ich zu ihm gesagt, er müsste Milo engagieren, was ihn ebenfalls etwas gekostet hat. Aber diesmal hat er anstandslos bezahlt. Er hat nur gesagt, ich solle ihm diesen Buchprüfer vom Hals schaffen. Wie ich das mache, wäre ihm egal.«

»Und bei Ingersol war es genauso?«

»Er hat immer so getan, als wäre er was Besseres als ich, als wäre ich ein Nichts. Er hat immer Kleiner zu mir gesagt. Aber ich bin nicht klein.« Bei diesen Worten stieg ihm eine heiße Zornesröte ins Gesicht. »Vor allem war er nie mein Boss, aber er hat immer so getan, als ob ich sein Angestellter wäre und als ob ich machen müsste, was er sagt. Alexander meinte, dass Ingersol auch eine Belastung wäre und dass ich ihn aus dem Verkehr ziehen soll. Dafür habe ich ihm noch mal dreißig Riesen abgeknöpft, aber ich hätte es auf alle Fälle auch für weniger getan. Es hat mir Spaß gemacht, dem arroganten Fatzke wehzutun. Er hatte sich über mich lustig gemacht und so getan, als ob ich dumm wäre. Aber ich bin nicht dumm.«

»Sterling Alexander hat Sie also angeheuert und Ihnen für die drei Morde Geld bezahlt. Fünfundzwanzigtausend für den Mord an Dickenson und jeweils dreißigtausend für die Morde an Parzarri und Jake Ingersol.«

»Das habe ich doch schon gesagt. Er hat gesagt, ich soll sie ihm vom Hals schaffen, und ich habe gesagt, wie viel er mir dafür bezahlen soll.«

»Also gut. Warum haben Sie versucht, auch mich und meine Partnerin aus dem Verkehr zu ziehen?«

»Alexander konnte Ihre Schnüffelei nicht leiden, er hat zu mir gesagt, Sie wären zwei neugierige Weiber, die ihm auf die Nerven gingen. Vor allem Sie mit Ihrem reichen Mann, weil Sie anscheinend denken, dass Sie ihm durch Ihre Hochzeit ebenbürtig sind. Er hat gesagt, ich soll Sie loswerden und zwar so schnell es geht. Für zwei Cops wollte ich sechzigtausend Dollar sehen, aber er hat gesagt, dass er für zwei auf einen Streich einen Rabatt verlangt und mir nur fünfzigtausend zahlt. Wobei ich finde, dass auch fünfzigtausend alles andere als übel sind. Aber als ich dann auf Sie geschossen habe und Sie hätten umfallen sollen, sind Sie einfach stehen geblieben. Also bin ich weggerannt. Ich war schon immer schnell, und mir war klar, Sie hätten keine Chance gegen mich.«

Sie hätte von dem Baby sprechen können, ließ es aber erst mal sein. »Sie haben mich also nicht erwischt.«

»Er wollte sein Geld zurück, aber ich habe ihm erklärt, dass diese Angelegenheit noch nicht erledigt ist. Da hat er mich so komisch angesehen, dass ich dachte, vielleicht setzt er jetzt ja einen Killer auf mich selber an. Oder vielleicht hätte jemand mich gesehen und Sie wüssten, wer ich bin. Also bin ich erst mal abgetaucht. Ich mag meine Wohnung, aber ich habe auch noch ein anderes Versteck. Ich wollte diesen Job zu Ende bringen. Man beendet alles, was man angefangen hat. So hat man es mir beigebracht.«

»Wollten Sie mich und meine Partnerin auf der Premiere töten, Frye?«

»Das sollte ich auf jeden Fall. Das alles ist alleine Milos Schuld, denn er hat Ihnen viel zu viel erzählt.«

»Nicht wirklich. Eigentlich bin ich von selber draufgekommen, weil ich einfach deutlich klüger bin als Sie. Und weil ich im Gegensatz zu Ihnen auch kein Feigling bin. Sie haben einer wehrlosen Frau im Dunkeln aufgelauert, einen schwer verletzten Mann erstickt, der obendrein gefesselt war, einen anderen Mann betäubt und sind danach mit einem Hammer auf ihn losgegangen und haben versucht, mich rücklings zu erschießen. Was mir zeigt, dass Sie ein feiger Mörder und erledigt sind.«

Er schoss hoch, um auf sie loszugehen, aber die Ketten hielten ihn zurück. »Du Miststück, dafür bringe ich dich um. Eines Tages bin ich wieder draußen, dann bringe ich dich um.«

»Sie werden weder je wieder aus dem Gefängnis kommen noch mich umbringen«, gab sie ungerührt zurück. »Aber Sie können dafür sorgen, dass Sie nicht allein, sondern zusammen mit Alexander und mit Milo bis ans Lebensende hinter Gitter gehen. Auch all die anderen Leute, die in Alexanders Auftrag andere betrogen, bestohlen und deren Leben ruiniert haben, fahren für viele Jahre ein. Sie werden also nicht alleine sein.«

Mit diesen Worten stand sie auf und ging zur Tür. »Die Vernehmung ist beendet. Bringen Sie ihn wieder weg.«

Vier kräftige Beamte kamen in den Raum, und sie machte sich auf den Weg in Richtung ihres Dezernats.

Unterwegs blieb sie noch einmal stehen, denn zu ihrer Überraschung hockte Thomas Pope auf einer Bank im Flur.

Als er sie entdeckte, stand er auf. »Lieutenant, ich ...«

»Was tun Sie hier?«

»Sterling. Mir wurde ... sein Anwalt hat mir ausgerichtet, dass er mich nicht sehen will.«

»Und warum wollen Sie ihn sehen?«

»Er ist mein Bruder, was auch immer er verbrochen hat.«

»Sie wissen wenigstens zum Teil Bescheid, nicht wahr?«

»Ich wusste nicht, dass er Menschen hat ermorden lassen. Das schwöre ich. Ich dachte, nachdem Jake ... ich habe mich gefragt, ob er vielleicht etwas damit zu tun hat, mir dann aber eingeredet, dass nicht einmal Sterling dazu in der Lage wäre, derart weit zu gehen. Ich wusste ... dachte ... dass er vielleicht Gelder unterschlagen hätte, aber sicher war ich nicht. Ich hätte ihm geholfen oder hätte es auf jeden Fall versucht. Ich habe bis zum Schluss versucht, Zugang zu ihm zu finden, obwohl er mich stets aus allem ausgeschlossen hat.« Er blickte Eve aus tränenfeuchten Augen an.

»Sie können ihm nicht helfen, Mr. Pope. Aber Ihr Unternehmen, das von Ihrer Mutter mitbegründet wurde, wird jetzt sehr viel Hilfe brauchen, und die können Sie gewähren. Vielleicht können Sie sich ja darum kümmern und die Dinge geraderücken, die in den vergangenen Jahren schiefgelaufen sind.«

»Er hätte dieses Geld gar nicht gebraucht. Er hätte es ganz sicher nicht gebraucht. Er brauchte nichts von alledem.«

»Manchmal geht es nicht ums Brauchen, sondern nur ums Wollen. Es tut mir leid, dass Sie jetzt diesen ganzen Ärger haben, Mr. Pope. Fahren Sie nach Hause zu Ihrer Familie, denn etwas Besseres können Sie im Augenblick nicht tun.«

»Ja. Sie werden noch mal mit mir reden müssen.«

»Ich selbst und auch die Bundespolizei. Aber nicht mehr heute Abend.«

»Also gut. Okay. Dann werde ich nach Hause fahren. Aber ... falls er es sich anders überlegt ... Falls er mich doch noch sehen will ...«

»Bekommen Sie von uns Bescheid.«

Eve sah ihm hinterher, während er gramgebeugt den Flur hinunterging, und stellte fest, dass Roarke neben der Tür ihrer Abteilung stand.

»Das ist wirklich traurig«, meinte er. »Er hält jemandem die Treue, den es gar nicht gibt. Das ist ihm bewusst, aber er kann nichts dagegen tun.«

»Ich hoffe nur, er wird es irgendwann verwinden, dass sein nichtsnutziger, habgieriger, mörderischer Halbbruder für viele, viele Jahre ins Gefängnis wandern wird.«

»Hast du von Frye bekommen, was du brauchtest?«

»Allerdings. Nachdem er irgendwann beschlossen hat zu reden, hat er seinen Mund fast nicht mehr zugekriegt. Er ist irgendwie ein bisschen ... schräg. Vielleicht ist in seinem Kopf ja von Geburt an irgendetwas falsch verdrahtet, vielleicht hat er auch beim Football allzu oft den Ball gegen den Kopf gekriegt. Seinem Extrainer zufolge konnte er den Spielen nicht richtig folgen und hat nie auf ihn gehört, weshalb er ihn am Ende aus dem Team geworfen hat. Aber er kann Falsch und Richtig unterscheiden, er weiß, was er getan hat, und ist stolz darauf, dass er sein Vorgehen selbst geplant und die Gebühren für die jeweiligen Morde ausgehandelt hat. Er ist also ganz sicher nicht verrückt, sondern wahrscheinlich einfach ziemlich hohl.«

Roarke trat auf sie zu, presste sanft die Lippen auf ihr zugeschwollenes Auge und schlug vor: »Wie wäre es mit etwas Eis, damit du morgen wieder etwas sehen kannst?«

»So schlimm ist es gar nicht.«

»Lass mich gucken. Hier ist etwas, was bereits im Internet die Runde macht.« Er zog seinen Handcomputer aus der Tasche und drehte ihn so, dass Eve sich selbst mit bereits violett verfärbtem Auge auf der Bühne in dem Kino stehen sah, während Roarkes aufgeschürfte Hand an ihrer Wange lag.

»Verdammt. Sie haben uns gefilmt? Sie haben Aufnahmen von uns gemacht, während die anderen mit einem Killer auf dem Weg zum Ausgang waren?«

»Mir gefällt's.«

Schnaubend sah sie sich das Bild genauer an. Sie blickte darauf lächelnd zu ihm auf, während er ebenfalls mit einem breiten Lächeln im Gesicht auf sie heruntersah.

»Mir auch. Denn es zeigt uns genau so, wie wir sind. Ich will eine Kopie davon, damit ich sie auf meinen Schreibtisch stellen kann.«

»Ach ja?«

»Daheim«, schränkte sie ein. »Aber ja. Es zeigt uns, wie wir sind und wie ich uns haben will.«

»Ich auch. Jetzt bekommst du Eis aufs Auge.«

»Und du selbst auf deine Hand.«

»Auf jeden Fall. Am besten setzen wir uns in den Wagen und verarzten uns dort gegenseitig, während du entscheidest, ob du danach heim oder noch auf die Party gehen willst.«

Sie dachte an ihr Veilchen, daran, dass inzwischen Mitternacht vorbei war, an das Bild von ihnen beiden und die Menschen, die sie waren.

»Verdammt. Lass uns noch Party machen, denn das haben wir uns auf jeden Fall verdient.«